ATRIUM

In den wilden tasmanischen Bergen verschwindet eine Gruppe Teenager von einem Schulausflug und ihre Lehrerin wird bewusstlos aufgefunden – jemand hat ihr einen Schlag auf den Hinterkopf verpasst. Tagelang gibt es keine Spur von den Mädchen, und das kleine Städtchen Limestone Creek organisiert eine große Suchaktion. Da hier in den Achtzigerjahren schon einmal junge Mädchen verschwanden, ist der Ort in Alarmbereitschaft und alle denken mit Schaudern an die Legende des Hungermanns. Schließlich wird eines der Mädchen tot und übel zugerichtet am Fuß eines Berges gefunden. Der Verdacht fällt auf wilde Tiere. Der ermittelnde Detective Badenhorst zweifelt jedoch, denn wie kommt es, dass die Leiche barfuß ist? Und was hat es mit dem fein säuberlich zugeschnürten Paar Schuhe auf dem Felsgipfel auf sich?

KYLE PERRY arbeitet in verschiedenen Highschools, Jugendeinrichtungen und Entzugskliniken als Therapeut und Sozialarbeiter. Seine Familie stammt aus der Gegend der Great Western Tiers. Perry selbst hat sich zweimal in den tasmanischen Bergen verirrt und behalf sich einmal mit den herausgerissenen Seiten eines Tagebuchs, um den Rückweg zu finden. Er hat im Busch eigenartige, unerklärliche Dinge gesehen, über die man besser schweigt. Kyle Perry lebt in seinem kleinen Heimatort im Nordwesten Tasmaniens und in der Hauptstadt Hobart. Sein zweites Buch *Der Rausch der Tiefe* erscheint ebenfalls bei Atrium.

SABINE LÄNGSFELD übersetzt Literatur verschiedenster Genres aus dem Englischen ins Deutsche. Zu den von ihr übertragenen Autor:innen zählen Simon Beckett, Malala Yousafzai und Chan Ho-kei.

KYLE PERRY

DIE STILLE DES BÖSEN

THRILLER

Aus dem Englischen von Sabine Längsfeld

Atrium Verlag · Zürich

Diese Übersetzung wurde mit der finanziellen Unterstützung
des Förderungs- und Beratungsgremiums für Kunst des Australia Council
for the Arts der australischen Regierung veröffentlicht.

MIX
Papier aus verantwortungsvollen Quellen
FSC® C014496
FSC www.fsc.org

Taschenbuchausgabe
1. Auflage 2022

Die Originalausgabe erschien 2020 unter dem Titel
The Bluffs bei Penguin Random House Australia Pty Ltd.
Diese Ausgabe wurde in Vereinbarung mit
Penguin Random House Australia Pty Ltd via
Michael Meller Literary Agency GmbH, München veröffentlicht.

Aus dem Englischen von Sabine Längsfeld
Lektorat: Claudia Jürgens, Berlin
Umschlaggestaltung: Hauptmann & Kompanie Werbeagentur, Zürich
Satz: Greiner & Reichel, Köln
Druck und Bindung: GGP Media GmbH, Pößneck
Printed in Germany
ISBN 978-3-03882-134-2

www.atrium-verlag.com
www.facebook.com/atriumverlag
www.instagram.com/atriumverlag

Zuallererst für meine Familie

Ich zolle den traditionellen Hütern des Landes Respekt, den Palltore des Nordstamms, Hüter von Meander. Ich zolle den Ältesten der Vergangenheit, der Gegenwart, der Zukunft Respekt, für die der Kooparoona Niara – der Berg der Geister – von großer kultureller Bedeutung ist.

Ich würdige die gegenwärtige Aboriginal-Gemeinde auf ganz Lutruwita, sie sind die Hüter dieser Insel. Ich würdige ihre immerwährende Verbindung zum Land, zu den Gewässern und zur Kultur.

Ich glaube, ich habe ihn gesehen. Er stand oben an der Baumgrenze und beobachtete die Schule. Ich glaube, er hat mich gesehen, und dann war er weg.
Rose sagt, ich bin nicht die Einzige, die ihn gesehen hat.
Ich gehe nie wieder aus dem Haus.

Aus dem Tagebuch von Victoria Compton, sechzehn Jahre alt, einem der fünf Opfer der Entführungen von 1985 in den Great Western Tiers

Er hockt in den Bergen versteckt, um zu töten.
Er hockt in den Höhlen versteckt, um zu warten.
Der Hungermann, der Hungermann,
er steht auf kleine Mädchen,
auf die hübschen Gesichter aus unserem Städtchen.
Glaub ja nicht, was die Erwachsenen sagen,
der Hungermann wird's wieder wagen.
Drum geh ich da oben nie allein durch den Wald,
sonst kommt der Hungermann und macht mich kalt.

Schülerreim, gefunden an der Wand einer Mädchentoilette der Limestone Creek District School, 1985

PROLOG

ELIZA

GEGENWART; GREAT WESTERN TIERS, TASMANIEN

Der Regen weckte sie.

Sie braucht dich.

Eliza schlug die Augen auf. Sie lag mit dem Gesicht im Schotter des Wanderwegs, in der Nase den Geruch von nasser Erde.

Du musst aufstehen.

Sie saugte Luft durch die zusammengebissenen Zähne. Alles tat ihr weh. An ihrem Hinterkopf tobte ein stechender Schmerz. Das Brillengestell grub sich in ihre Schläfe, das linke Glas war gesprungen. Ihre Daunenjacke und die Wanderhose waren klitschnass.

Der eisige Gebirgsregen wurde stärker, der Wind peitschte die Tropfen gegen die Eukalyptusblätter. Im Gebüsch rief ein Gelblappenhonigfresser: Es klang, als würde ein Korken aus der Flasche gezogen.

Steh auf. Sie braucht *dich.*

Dichter, mit weißen Blüten gesprenkelter tasmanischer Lorbeer säumte wie eine Hecke den Wanderweg. Sie lehnte sich dagegen, rappelte sich mühsam hoch. Stachelige Blätter schnitten ihr in die Hand. Den zerquetschten Blüten entströmte süßer, wilder Duft.

Ihre Wanderstiefel waren weg, die Socken auch, die Füße waren in der alpinen Kälte taub und blau.

Sie drehte sich um, spähte in den Nebel. Bei der Bewegung fing ihr Schädel an zu pochen. Sie fasste sich an den Hinterkopf. Ihre Hand färbte sich rot.

Blonde Strähnen klebten mit etwas schmierig Braunem an ihrer Wange. Verwirrt löste sie die Haare von der Haut.

Dann, plötzlich, eine menschliche Stimme – weit entfernt, aber sie kam näher.

Eliza erstarrte. Lauter halb gare Gedanken schossen ihr durch den Kopf und alle in dieselbe Richtung. Sie griff nach einem Ast, der auf dem Weg lag: Weißer Eukalyptus, dick und glatt. Sie drückte sich ins Gebüsch neben dem Pfad, verfing sich mit der Jacke in den stacheligen Blättern. Konnte sie sich irgendwo verstecken? Wollte sie tatsächlich den Pfad verlassen, in dieser Wildnis?

Hinter ihr, plötzlich, das Geräusch knackender Zweige. »Miss Ellis!«, rief eine Stimme.

Eliza schrie, fuhr herum, schwang den Stock.

Die Gestalt – ein junges Mädchen – schrie ebenfalls auf und wich stolpernd zurück.

»Jasmine!« Eliza hätte vor Erleichterung am liebsten geweint. »Nein … Carmen?«

»Sie wollten mich angreifen!« Carmen wich zurück, die langen dunklen Haare klebten ihr am Gesicht. »Was ist los mit Ihnen?«

Eliza fiel der Stock aus den eiskalten Fingern. »Es tut mir leid.« Sie packte Carmen am Handgelenk und zog sie zu sich in den Schutz des Gestrüpps.

»Sie sind ganz kalt, Miss Ellis!«

Plötzlich, als hätte jemand den Hahn zugedreht, hörte es auf zu regnen. Bis auf leises Tröpfeln war der Busch um sie herum auf einmal mucksmäuschenstill. Wartete. Lauschte.

»Wo sind die anderen?«, flüsterte Eliza.

»Die sind schon alle beim Bus, aber Jasmine, Cierra, Bree

und Georgia fehlen noch. Mr North sagt, wir müssen abbrechen, wegen dem Sturm. Er hat den Bus gerufen.« Carmen merkte offenbar gar nicht, dass sie ebenfalls die Stimme gesenkt hatte. »Sie sind nicht ans Telefon gegangen. Er hat mich und Mr Michaels losgeschickt, Sie suchen.«

»Und die Mädchen hat keiner gesehen?«

»Sind die nicht bei Ihnen? Stimmt es, dass es eine Prügelei gab?« Carmen sah sie genauer an. »Ist das Blut?«

»Wo ist Mr Michaels?«

Carmen musterte das Blut, Elizas zerschrammtes Gesicht, die zerbrochene Brille. Sie fing an zu begreifen.

»*Carmen!* Wo ist Jack – wo ist Mr Michaels?«

»Wir haben uns getrennt. Er hat den anderen Weg genommen. Wir suchen Sie seit einer Ewigkeit«, sagte Carmen. »Was ist passiert? *Was ist passiert?*«

»Du warst *allein* hier unterwegs?«, schrie Eliza, und wieder wich Carmen erschrocken zurück.

Um Eliza drehte sich alles, sie stützte sich gegen einen Eukalyptusstamm. Ihr Telefon vibrierte in der Tasche – vielleicht vibrierte es schon die ganze Zeit, und sie hatte es nur nicht gemerkt. Sie musste sich zuallererst um Carmens Sicherheit kümmern.

»Wo ist dein Telefon, Carmen?«

»Die haben wir in der Schule gelassen«, sagte Carmen mit zitternder Stimme. »Wir haben sie Mr North gegeben, bevor wir aufgebrochen sind. O Gott. Wissen Sie das nicht mehr? O Gott, Hilfe … wa-was ist mit Ihnen passiert? *Wo sind die anderen?*«

»Carmen, hör mir gut zu … Ich will, dass du zu Mr Michaels zurückrennst. Jetzt gleich. *Du rennst!* Du bleibst auf keinen Fall stehen.« Sie hob den Stock wieder auf und drückte ihn Carmen in die Hand. »Wenn du irgendwen siehst, den du nicht kennst …«

»Miss Ellis?«

»Wenn du Mr Michaels nicht finden kannst, rennst du zurück zum Bus. Du hältst dich von *jedem anderen* fern! *Hast du mich verstanden?*«

»Wa-was ist denn los?«, wimmerte Carmen.

»Moment. Warte kurz.« Eliza ging ans Telefon. »Tom?«, sagte sie. »Sind die Mädchen zurück?«

»Eliza! Endlich! Wo steckst du, zum Teufel?«

»Die *Mädchen*, Tom!«

»Wir warten immer noch auf Georgia, Bree, Jasmine und Cierra. Ich habe Carmen und Jack losgeschickt, um euch zu suchen. Sind sie bei dir?«

»Ich schicke Carmen zu Jack und dann beide zurück zu dir. Wenn sie in einer Viertelstunde nicht bei euch ist, sperrst du die anderen Mädchen in den Bus und gehst sie suchen. Ich habe keine Ahnung, wo wir hier sind.«

»Wi-wir sind direkt neben dem Lake Nameless Trail«, stammelte Carmen. »We-westlich davon.«

Plötzlich fing es wieder an zu regnen, diesmal mischten sich Graupel in die Wassertropfen. Die winzigen Eiskörner stachen Eliza in die Haut.

»Carmen kommt vom westlichen Zweig des Lake Nameless Trail. Und ruf die Polizei. *Sofort.*«

»Was zum Teufel ist los? Wo sind die anderen?«, fragte Tom.

»Ich finde sie«, sagte Eliza. »Ruf einfach die Polizei, Tom.«

»Eliza, du kannst nicht …«

»Tom. Ruf die Polizei.« Sie drückte ihn weg und sah Carmen an. *»Los!«*

Carmen zögerte, dann schob sie sich durchs Gebüsch und rannte den Pfad entlang davon. Eliza sah, wie sie um die nächste Kurve verschwand, dann trat sie selbst zurück auf den Weg.

Ein Blitz zerriss den Himmel. Drei Sekunden später folgte ein lang gezogener, dröhnender Donnerhall, der gegen ihre Trommelfelle drückte und dem Honigfresser einen erschrockenen Schrei entlockte.

Der Graupel wurde heftiger, das wilde Buschland wirkte in der wolkenverhangenen Nässe bedrohlich. Was für ein übler Ort für einen Sturm: Es hieß, in den Great Western Tiers konnte alles passieren. Kooparoona Niara, in der Aboriginal-Sprache, oder »Berg der Geister«: der karge Gebirgszug, der das zentrale Hochplateau der Insel begrenzte – zerklüftet, klaustrophobisch und gefährlich. Man konnte tagelang im Kreis laufen, ohne auch nur einmal einen Wanderweg zu queren, man konnte in Schneestürmen erfrieren, die aus dem Nichts auftauchten, man konnte von einer im Nebel verborgenen Klippe in einen der zahllosen Wasserläufe stürzen und nie gefunden werden.

Mit der Bewegung kehrte allmählich etwas Gefühl in ihre nackten Füße zurück, spitze Schottersteine und eisiges Wasser stachen ihr in die Sohlen. Sie war kaum eine Minute gelaufen, als sie wieder den Ruf eines Vogels vernahm – diesmal ein Gelbkehlhonigfresser –, weit vor ihr, ein rauer, kehliger Schrei, mit dem er andere Vögel von seinem Territorium fernhält. Oder vor Menschen warnt.

Eliza blieb schaudernd stehen.

Das ist deine Schuld. Du hast es nicht anders verdient.

Sie versuchte, die Erinnerung an den alten Kinderreim zu verdrängen, den Reim, den sie den Schülerinnen und Schülern verboten hatten, den Kinderreim, den sie und ihre Schwestern sich abends im Dunkeln früher zugeflüstert hatten, kichernd vor lauter Anspannung. Limestone Creek, die kleine Stadt am Fuße der Tiers, war von einem Monster heimgesucht worden; die Leichen der Mädchen hatte man bis heute nicht gefunden.

Sie verließ den Weg, drückte sich in ein dichtes Gestrüpp aus Berg-Nadelbusch, das ihr die Haut zerkratzte, und bewegte sich parallel zum Wanderpfad weiter, gebückt, nah am Boden. Ihre Füße stachen. Ihre Jacke riss und zerrte an ihr. Sie hatte einen

Ohrring verloren – jetzt baumelte nur noch an ihrem linken Ohr eine goldene Creole.

Und dann, eine Minute später, hörte sie schwere Schritte im Gebüsch, in absolutem Gleichklang mit ihren.

Sie blieb nicht stehen. Sie schlich weiter.

»Das bildest du dir ein«, flüsterte sie.

Das knirschende Stampfen von Schritten, das Kratzen von Farnen und Zweigen.

Sie sah nicht hin.

Alles war gut, solange sie nicht hinsah.

Solange du sein Gesicht nicht siehst, holt er dich auch nicht – so hieß es.

KAPITEL EINS

MURPHY

DER MORGEN DAVOR

Murphy seufzte. »Das Thema ist erledigt.« Er saß oben ohne an dem wackeligen Esstisch und sprach mit erhobener Stimme gegen den dröhnenden Jon-Bellion-Song aus dem Bluetooth-Lautsprecher in der Ecke an. »Camping ist *gut* für dich.«

»Ich kann zu Hause helfen«, sagte seine sechzehnjährige Tochter Jasmine im Schmeichelton. Sie stand gegen den Tisch gelehnt, ihre dicke schwarz-weiße Katze Myrte wand sich in ihren Armen. »Ich kann Rasen mähen. Ich kann Fenster putzen ...«

»Du gehst zur Schule. *Basta.*« Murphy nahm ein Klümpchen von dem süßen, klebrigen Marihuana, das den ganzen Tisch übersäte, und legte es auf die elektronische Waage.

Die Küche war baufällig, die Schranktüren waren lose, die Armaturen undicht, die Tapete und der braune Linoleumfußboden lösten sich vom Untergrund. Katzensichere Zimmerpflanzen bedeckten so gut wie alle Stellflächen – oben, wo die Katzen nicht hinkamen, zog sich Teufelsefeu über die Schränke. Den hatte Jasmine angeschleppt, ihr neuester Versuch, die Luft von Zigarettenrauch und Dope zu befreien.

»Ich kann ...«

»*Basta*«, sagte Murphy wieder.

Jasmine, klein und zierlich wie ihre verstorbene Mutter, trug heftigen Lidschatten und einen dunklen Lidstrich um die leuchtend hellblauen Augen. Die Haare hatte sie zu einem Pferdeschwanz zurückgebunden. Eigentlich waren sie rot, auch das ein Erbe ihrer Mutter, aber Jasmine hatte sie rabenschwarz gefärbt.

Murphy dagegen war groß, trug einen wilden Vollbart und hatte die Figur eines Holzfällers: keltische Tattoos auf breiter Brust, muskelbepackte Arme, kräftige Beine. Er trug nur die zerknitterten Calvin-Klein-Boxershorts, in denen er geschlafen hatte.

Die Katze maunzte und befreite sich mit einem Sprung aus Jasmines Armen. Myrte, benannt nach der Maulenden Myrte aus *Harry Potter*, machte ein paar Schritte, ließ sich auf die Seite plumpsen und schlief offensichtlich sofort ein.

»Hör mal, Dad, ich glaube, du checkst nicht ganz, was ich dir hier anbiete ...«

»Ich checke ganz genau, was du mir hier anbietest, Süße.«

»Aber wir gehen *wandern*, Dad!«

»Es wird dich nicht umbringen.«

»Das kannst du nicht wissen ...«

»Sie *könnte* hierbleiben und ihr Zimmer aufräumen, Bro«, meldete sich Jasmines Onkel Butch zu Wort. Er war ebenfalls in der Küche und machte Frühstück, bewegte sich im Takt der Musik, einen Joint in der einen, eine Bratpfanne mit Speck in der anderen Hand. Er trug seine Standarduniform, ein dunkelblaues Muskelshirt und dazu verdreckte Sportshorts.

»Tu das nicht!«, warnte Murphy ihn, ganz auf seine Aufgabe fokussiert. Er gab noch etwas Gras auf die Waage, bis exakt eine Unze erreicht war.

Die Ähnlichkeit zwischen Butch und seinem jüngeren Bruder Murphy war offensichtlich, nur dass Butch entschieden runder war. Außerdem trug er Dolche und einen mexikanischen Zuckerschädel auf den Nacken tätowiert. Butch hatte seinen Spitznamen in der Schule wegen seiner Größe kassiert, dabei waren sie beide gleich groß, nämlich genau eins neunzig. Niemand nannte sie bei ihren Vornamen, es sei denn, er war auf Streit aus.

»Darf ich zu Hause bleiben, Onkel Butch?« Mit federleichtem Schritt tänzelte Jasmine zu ihm rüber. »Bitte? Darf ich?«

»Logo, Jaz«, sagte Butch und zog an seinem Joint. »Pa-pa-partytime bei den Mu-mu-murphys.«

»Deine Lehrerin hat mich *extra* angerufen, um sicherzustellen, dass du kommst«, sagte Murphy. Mit routinierten Handgriffen füllte er die Unze Dope in ein Plastiktütchen und verschweißte es mit einem Vakuumiergerät. »Du hast dieses Jahr schon zu oft blaugemacht. Also *wirst* du zur Schule gehen, und du *wirst* mit ins Klassencamp fahren, und *du wirst Spaß haben.*«

»Tja, Jaz, wenn *Miss Ellis* das sagt …«, meinte Butch.

»Das ist der einzige Grund, warum er mich zwingt«, sagte Jasmine angewidert. »Er will ihr an die Wäsche.«

Murphy wandte sich wieder seiner Arbeit zu, nahm das versiegelte Tütchen und klatschte einen Aufkleber drauf – einen der »THE CAPTAIN«-Sticker, die sie online en gros bei The Mad Hueys bezogen –, der das Päckchen als bestes Buschgras in Nordtasmanien kennzeichnete. Auch wenn es riskant war, weil ihre Ware damit identifizierbar wurde, hatte es den Zusatznutzen, dass sie Sergeant Doble damit direkt vor der Nase rumtanzten – Sergeant Doble, ihr größter Kontrahent und Kotzbrocken, der permanent versuchte, auf der Straße möglichst viel von ihrem Stoff sicherzustellen.

»Wie kommst du drauf, dass ich ihr nicht schon längst an die Wäsche gegangen bin?«, fragte Murphy.

»Eklig! Dad!«

»Heee, Murphy, ich war Erster!«, sagte Butch und zwinkerte Jasmine zu.

»Und glaub ja nicht, dass ich dich vom Haken lasse, wenn du den Bus verpasst«, fuhr Murphy mit lauter Stimme fort. »Dann fahr ich dich.« Ein strahlendes Lächeln blitzte auf und entblößte seine schiefen Zähne. »In Unterhosen. Ich springe sogar raus und geb dir vor deinen ganzen niedlichen kleinen Klassenkameradinnen einen dicken fetten Abschiedsschmatz.«

»Du bist so widerlich. Bitte, Dad, ist doch egal, wenn du denen sagst, dass ich krank bin oder so …«

Murphy musterte sie stumm. Das blasse Gesicht, die leicht aufeinandergepressten Lippen; sie stand auf Zehenspitzen, als würde sie jeden Moment zum Fenster rausfliegen. »Jasmine«, sagte er schließlich. »Es ist nur für eine Nacht. Mir passiert schon nichts. Ich bin noch hier, wenn du wiederkommst.«

»Dad, ich habe keine …«

»Ich gehe nirgendwohin, Süße. Versprochen.«

Jasmines Niedergeschlagenheit verwandelte sich in kühle Resignation. »Schön.« Sie fischte sich eins der Tütchen aus der Schachtel, zwischen zwei Finger geklemmt. »Dann nehm ich das hier mit.«

Er nahm ihr den Stoff wieder ab. »Netter Versuch.«

»Heuchler. Onkel Butch hat gesagt, du hättest *immer* Dope mit ins Schulcamp genommen.«

»Pssst!«, machte Butch übertrieben laut.

»Wenn ich dich auch nur mit einem *Fitzelchen* Gras erwische, hast du Hausarrest, bis du achtunddreißig bist.« Murphy starrte Butch finster an. »Dein Onkel sollte die Klappe halten.«

»Ich hab vielleicht ein bisschen übertrieben, Jaz«, sagte Butch. »Soweit ich mich erinnere, hat er nicht permanent geraucht: Manchmal hingen seine Lippen auch an einer der Lindsay-Schwestern, und nicht nur an ihren …«

»*Igitt!*«, kreischte Jasmine. »Bin schon weg.«

Sie setzte sich den Campingrucksack auf. Dann hob sie Myrte hoch, drückte ihr Gesicht ins Fell und sang ein paar Zeilen aus *Goodbye My Lover* von James Blunt. Myrte maulte, Jasmine drückte sie ein letztes Mal und ließ sie runter.

»Nur, damit du's weißt, Dad, ich glaube nicht, dass Miss Ellis dein Typ ist. *Hab dich lieb!*« Jasmine knallte die Tür hinter sich zu. Aber nicht vor Wut, sondern weil Knallen die einzige Möglichkeit war, die störrische Tür ganz zuzukriegen.

»Das hat sie von dir, Schwachkopf!« Murphy wog bereits die nächste Portion ab.

»Was? Die langen Finger?«, sagte Butch. »Ich hab selbst kaum mitbekommen, wie das Tütchen in ihrem Ärmel verschwand.«

»Nein, ich meinte ihre – *was*?«

»Ach, nichts.« Butchs Grinsen wurde immer breiter.

»Scheiße!« Murphy rannte Richtung Tür, warf dabei den Stuhl um, sprang über die fauchende Katze und stolperte auf die Straße hinaus. Der allgegenwärtige Fallwind trug ihm den unverwechselbaren Stadtgeruch von Limestone Creek aus Diesel, Rauch und Eukalyptus in die Nase.

Am Ende der Straße sah er Jasmine gerade noch in den Bus steigen. Bis dorthin waren es gut fünfzig Meter – sie musste den ganzen Weg gerannt sein. Sie hüpfte die Stufen hoch und verschwand.

Murphy legte einen Sprint Richtung Bus hin, über zerbrochene Pflastersteine, neben ihm sprang ein Jack Russell am Zaun hoch und fing wild an zu kläffen.

Der Bus fuhr an. Unter dem Spott einer Elster in einem Eukalyptusbaum kam Murphy zum Stehen, ihm taten vom harten Pflaster die nackten Füße weh.

Auf der anderen Straßenseite sah er zwei junge Frauen in identischen Adidas-Jogginganzügen. Sie kicherten. Peggie und Darcy, sie wohnten zusammen ein Stück die Straße runter. Er kannte sie, natürlich. Er kannte fast alle in der Gegend. Sie hatten die Handys gezückt und ihre Kameras auf ihn gerichtet.

In dem Moment wurde ihm klar, dass er immer noch in Unterhosen war.

Er raste nach Hause zurück.

Die Tür war zu.

Er drückte dagegen.

Abgeschlossen.

»Butch, sei kein Arschloch.« Er drosch mit der Faust gegen die Tür und warf Peggie und Darcy einen Schulterblick zu. Sie winkten.

Das Fenster neben der Haustür ging auf, und Butch steckte den Kopf raus. »Hallo, Leute!«, rief er. »Murph ist ausgesperrt und hat nur seine Unterhosen an!«

»Ich schlag dir die Eier zu Brei!«

»*Da ist ein nackter Mann auf der Straße. Ruft die Polizei!* Hey, hallo, Ladys, wie geht's? Murphy sieht aus, als wär ihm kalt, oder?«

Peggie und Darcy lachten, ein Kookaburra stimmte ein, der Jack Russell bellte.

»Du bist tot, Butch«, sagte Murphy. Er ging seitlich am Haus entlang und kletterte über den abgeblätterten weißen Zaun.

Der Garten war ein Dschungel aus Unkraut, hohem Gras und wuchernden Büschen. In einer Ecke stand ein Hühnergehege, in einer anderen ein Schuppen und in der Mitte eine rostige Wäschespinne. Einen rückwärtigen Zaun gab es nicht, eine Brombeerhecke und ein paar Eukalyptusbäume begrenzten den Garten. Das Grundstück lag am Ortsrand von Limestone Creek und ging direkt in den Western Tiers National Park über. Anderthalb Kilometer in das dichte, bergige Buschland hinein befand sich gut versteckt die Cannabisplantage der beiden Brüder, der Zugang mit selbst gebastelten Fallen geschützt.

Direkt dahinter erhoben sich die Great Western Tiers, steile, mit engen Felsspalten durchzogene graublaue Berghänge. Drüben im Westen lag Devils Gullet: eine zerklüftete Schlucht mit einem Aussichtspunkt oben auf den flachen Klippen mit Blick auf die dunstverhangenen Berge. Dieser Aussichtspunkt gehörte zu den Zielen von Jasmines Schulwanderung, auch wenn sie schon x-mal dort gewesen war. Murphy hatte mit ihr sogar schon am selben Platz auf dem Western Bluff gezeltet, wo auch die Schülerinnen heute übernachten würden: Von ihrem Zuhause aus waren es bis rauf zu der Klippe nur fünfundzwanzig Minuten, vorausgesetzt, man hatte ein Geländemotorrad und kannte die richtigen Schleichwege. Das war damals gewesen, als Jasmines Mum Sara noch lebte.

Murphy stürmte durch die Hintertür und in die Küche. Butch stand mit verschränkten Armen da, einen Joint zwischen die Finger geklemmt, musterte ihn von oben bis unten und pfiff bewundernd durch die Zähne. »Ich versteh wirklich nicht, warum du Single bist.«

»Schwachkopf! Das zahl ich dir heim!« Murphy ließ die Hand vorschnellen, um Butch in die Seite zu boxen, doch sein Bruder wich blitzschnell aus. »Der Pick-up-Schlüssel.« Murphy klopfte an die Wand, wo normalerweise der Autoschlüssel hing. »Wo hast du den?«

»Alles gut, Murph, sie ist ein kluges Kind, die lässt sich nicht erwischen.«

»Wo ist der Scheißschlüssel?«

Butch lachte. »Komm *runter*, Mann. Glaubst du wirklich, dass du Jasmine auf ewig vom Dope fernhalten kannst, obwohl ihr Alter davon lebt, das Zeug *anzubauen*? Sie ist sechzehn, sie fährt ins Schulcamp, sie hatte ein hartes Jahr: Gönn ihr ein bisschen Entspannung.«

»Wo ist der *verfickte* Schlüssel, Butch?«

Butch stieß einen Seufzer aus und wandte sich wieder den Eiern mit Speck zu. »Mach dir keine Sorgen. Ich hab nur Spaß gemacht.«

»Was?«

»Sie hat nichts mitgehen lassen … aber du hättest dein Gesicht sehen sollen.« Er fing an zu gackern. »Ich hätte dich da draußen filmen sollen.«

»Du bist ein Arschloch, Mann.« Er versetzte Butch einen Faustschlag gegen die Schulter, und zwar fest. Ihre zweite Katze, Karl Chaos, hüpfte erschrocken beiseite, warf einen großen Schwertfarn um und verstreute die Blumenerde auf dem Küchenfußboden.

Butch hätte beinahe den Teller fallen lassen, aber dann kroch das Grinsen zurück auf sein Gesicht. »Skinner kommt heute Abend vorbei, und bis dahin müssen wir noch eine Scheiß-*Lkw-Ladung* Dope eintüten.« Er schob sich den Joint in den Mundwinkel und drückte Murphy den zweiten Teller in die Hand. »Hier, Bro, Kraft tanken.«

KAPITEL ZWEI

JASMINE

Jasmine ging bis ganz nach hinten durch. Ihr Herz raste. Logisch war Dad ihr nachgerannt. Butch hatte hundertpro mitgekriegt, wie sie das zweite Tütchen hatte mitgehen lassen – der Verräter. Allerdings war sie sich ziemlich sicher, dass keiner von beiden gemerkt hatte, wie sie das erste einsteckte.

Alles kein Problem, solange Dad nicht rauf zur Schule fuhr …

Sie stöhnte. Was er mit Sicherheit tun würde.

Kurz durchzuckte sie Erleichterung: Vielleicht wurde sie suspendiert und durfte nicht mit ins Camp. Dagegen konnten die anderen schlecht was sagen …

Nein.

Sie musste es durchziehen. Es lag bei ihr. Sie musste nur diesen einen Tag überstehen, ohne kalte Füße zu kriegen.

Hoffentlich fuhr Dad ihr *nicht* hinterher …

Als sie sich durch den engen Gang quetschte, fühlte sie sich zwischen den anderen Schülern in den graugrünen Schuluniformen mit ihrer Billabong-Jacke wie auf dem Präsentierteller. Nur die Mädchen aus der Zehnten durften heute in Zivil kommen, weil sie direkt nach der Jahrgangsstufenversammlung ins Schulcamp aufbrachen.

In der letzten Reihe saßen Georgia und die eineiigen Zwillinge Cierra und Madison – Jasmines beste Freundinnen, ihre Mädels, die anderen drei der Fab Four.

»Ist dein Dad heiß?«, seufzte Cierra und musterte Jasmines Dad durch die Heckscheibe. Bei Cierra klang jeder Satz wie eine Frage, obwohl Jasmine immer wieder versucht hatte, ihr diese nervige Angewohnheit auszutreiben. Cierra trug eine kobaltblaue, zu einem kurzen Bob geschnittene Perücke, die die Ohren frei ließ, obwohl sie von Natur aus umwerfend aussah mit ihrem natürlichen Beachmodel-Teint, den Sommersprossen und dem geschwungenen Eyeliner. Jasmine hatte keine Ahnung, warum Cierra glaubte, diese Perücke zu brauchen – das wusste Cierra wahrscheinlich selbst nicht genau.

»Heiß? Der kocht«, sagte Jasmine. Sie stellte den Rucksack in den Gang, manövrierte die Tütchen mit dem Weed, eins aus jedem Ärmel, hinein und schob sie ganz nach unten. Sie setzte sich zwischen Cierra und ihre Schwester Madison.

»Hey, Bitch«, sagte Madison und hakte sich bei Jasmine ein. In ihrer freien Hand lag – wie festgewachsen – das neuste iPhone mit seinen drei Kameras. Madison filmte für Hunderttausende Follower ihr komplettes Leben und trug ausschließlich die teuersten Marken am Leib, gekauft und bezahlt von Werbeeinnahmen oder ihren »Influencer-Kooperationen«. Ihre naturroten Haare waren zu langen Locken gestylt, die ihr Gesicht umrahmten, sie trug denselben geschwungenen Eyeliner wie Cierra und eine Hilfiger-Luxusdaunenjacke über abgeschnittenen Jeans.

Ihre Handyhülle war mit LED-Leuchtstreifen zur optimalen Ausleuchtung der zu filmenden Objekte ausgestattet. Madison hielt mit der Kamera auf Jasmines Gesicht. »Und? Was hast *du* zu dieser abartig grausamen Bestrafung zu sagen? Ein Schulcamp?« Jasmine sah den Schalk in ihren Augen blitzen, das Grinsen auf den vulkanroten Lippen. »Wandern und *campen*, ausgerechnet da oben im Selbstmörderwald. Das ist total *Wolf Creek*.«

»Wenn es nicht wenigstens so warm wird, dass Mr Michaels sich das Hemd auszieht, ist die Veranstaltung reinste Zeitverschwendung«, sagte Jasmine in die Kamera.

»Wahrscheinlich schneit's«, meldete Georgia sich auf Madisons anderer Seite nüchtern zu Wort.

»Dann braucht er sicher wen zum Kuscheln«, sagte Jasmine.

Madison lachte. »Das geht definitiv online, Jaz.« Sie richtete die Kamera auf sich selbst. »Hallo, Mr Michaels.« Sie zwinkerte.

MMMMadisonMason, Madisons YouTube-Kanal, hatte über 700 000 Abonnenten. Jasmine wusste aus zuverlässiger Quelle, dass ihr Assistenzlehrer Jack Michaels auch dazugehörte.

»Sag nicht Selbstmörderwald.« Georgia Lenah – dicke Brillengläser in einem runden Gesicht und hellrosa Lippenstift zwischen den Grübchen in ihren Wangen – war, obwohl sie nicht die umwerfende Optik von Madison oder Cierra hatte, bei den Jungs die mit Abstand Beliebteste der Fab Four. Ihre Aboriginal-Abstammung sorgte für einen Blickwinkel, den Jasmine als sehr gesund für die Zwillinge empfand: Jasmine und Georgia versuchten, als Regulativ für das privilegierte Weltbild der Mason-Mädchen zu wirken.

»Warum denn nicht? Wir kommen schließlich direkt am Galgenbaum vorbei«, sagte Madison und richtete die Kamera auf Georgia. »Wir könnten stattdessen auch *Hungerwald* dazu sagen, was meinst du?«

»Hör auf, Madison!«, rief Cierra mit einem Frösteln. »Nicht ausgerechnet heute?«

»Hast du Angst vor dem Hungermann?«, fragte Madison, das Handy jetzt auf ihre Schwester gerichtet. *»Er hockt in den Bergen versteckt, um zu töten. Er hockt in den Höhlen versteckt, um zu warten …«*

»Hör auf damit!«, kreischte Cierra, und Madison kicherte.

Jasmine hatte bereits eine ziemlich genaue Vorstellung von Madisons Video des Tages. Zuerst die Fab Four auf der Rückbank vom Bus, dann Material von der Wanderung und zum Schluss ein paar Eindrücke vom Lagerfeuer. Jasmine war froh, dass sie sich für das Camp eine neue Jacke gekauft hatte, die würde gut rüberkommen. Madison hatte sie bei der Auswahl beraten. Es war manchmal ziemlich praktisch, mit einer Internetberühmtheit befreundet zu sein, die sich mit Kamerawinkeln, Make-up und Klamotten auskannte.

Der Bus fuhr die nächste Haltestelle an, und eine Schülerin aus der Zwölften stieg zu – Yani Hugh, die Tochter des Pastors.

Madison gab ein abfälliges Geräusch von sich und verzog die roten Lippen zu einer Schnute.

Jasmines Lächeln erstarrte. *Geht das wieder los …*

Yani kam mit schwingendem Rock den Gang entlang, die kurzen Haare starr vor Gel, und setzte sich zu ihren Klassenkameradinnen irgendwo in die Mitte vom Bus. Früher hatten die Älteren geglaubt, sie hätten ein Anrecht auf die letzte Bank im Bus – aber das war, ehe die Fab Four aufgekreuzt waren.

»He! Riecht hier noch jemand Karotten?«, rief Madison über das Stimmengewirr hinweg.

Schlagartig wurde es still im Bus. Yanis Nacken lief rosarot an.

Der Busfahrer war schwerhörig. Er bekam nie was von diesen Wortwechseln mit. Jasmine wünschte, er könnte hören, was abging.

»Lass sie in Ruhe, Madison«, sagte Jasmine leise.

»Mach dich locker, Bitch. Bin gleich wieder da«, sagte Madison, stand grinsend auf und ging im Takt mit dem schaukelnden Bus den Gang hinunter, das Handy in der Hand.

Yani ist selbst schuld, versuchte Jasmine sich einzureden. Aber das war Monate her. Madison war *gnadenlos*.

Madison setzte sich gegenüber von Yani und ihren Freundinnen auf die andere Seite des Gangs und fuchtelte mit dem Telefon herum.

Yani sank immer tiefer in ihren Sitz, während Madison anfing, sie niederzumachen – ihr Aussehen, ihr Sexleben –, und damit ein paar von den anderen Schülerinnen leises Gekicher entlockte. »Mhm … oh ja, eindeutig. Ich rieche Karotten«, beendete

Madison die fiese Attacke. Yani reagierte nicht. Wenn man im Visier von Madisons Kamera war, konnte alles, was man von sich gab, online gegen einen verwendet werden. Abgesehen von der Munition, die Madison sonst noch zur Verfügung hatte.

Breit grinsend und mit gerötetem Gesicht kam Madison nach hinten zurück.

»Du bist so eine Bitch, Madison«, sagte Georgia.

»Yani ist *definitiv* eine Hure. Wir hassen sie, Georgia«, antwortete Madison. Sie drängelte sich zwischen sie und Jasmine. »Für alle neuen Zuschauerinnen und Zuschauer da draußen, bitte sag uns doch noch mal, wie die Great Western Tiers bei deinem Volk heißen, Georgia.«

Georgia setzte sich aufrecht, strich sich die Löckchen aus dem Gesicht und verfiel in ihre Aktivistinnenstimme. »Der traditionelle Name der Tiers lautet *Kooparoona Niara*«, sagte sie. »Das bedeutet ›Berg der Geister‹. Der Gebirgszug galt einst drei verschiedenen Stämmen als bedeutender Versammlungsort. Hier kamen sie her, um Zeremonien abzuhalten, Nachrichten auszutauschen, und auch, um das geheiligte Ocker zu tauschen – Moment, was soll dieser Blick? Nein! Du willst doch nur wieder auf diese Scheißportale raus, die da oben deiner Meinung nach versteckt liegen!«

»Komm schon, Georgia …«, sagte Madison.

»*Bestimmt nicht!* Das ist *nicht* Teil der Aboriginal-Geschichte. Ich unterstütze dich sicher nicht dabei, dir meine Kultur anzueignen, um …«

»*Deine* Kultur aneignen?«, sagte Madison. »Und was ist mit *Avengers*? Du liebst Thor, und der ist für manche Leute definitiv ein Gott.«

»Das ist was völlig anderes, das weißt du genau!« Georgia klang empört. »In den Bergen gibt es keine magischen Geisterportale! Und es gibt auch keinen geheimnisvollen, menschenverschlingenden Aboriginal-Jenseitsstrudel!«

»Das klingt mir verdächtig nach der Argumentation von Leuten, die die Tatsache verheimlichen wollen, dass es in den Bergen *wirklich* Portale gibt …«

Jasmine, die das alles schon viel zu oft gehört hatte, wandte sich ab und sah an Cierra, die mit ihrem Telefon beschäftigt war, vorbei zum Fenster hinaus.

Sie tat so, als würde sie nicht sehen, dass Yani mit bebenden Schultern dasaß und lautlos weinte, während ihre Freundinnen versuchten, sie zu trösten. Die ganze Sache fühlte sich vor allem deshalb so falsch an, weil die Anti-Mobbing-Kampagne zu den größten Themen von MMMMadisonMason gehörte. Na ja – viele Dinge, die Madison im echten Leben tat, standen im Widerspruch zu dem, was sie online von sich gab.

Mach dir keine Sorgen … du weißt, wozu du es tust …

Draußen zogen die Häuser von Limestone Creek vorbei. Die meisten waren ziemlich heruntergekommen. Eternitfassaden und schmutzige Ziegelbauten, eine Gemeinde, die ihren Aufstieg und Fall erst mit dem lokalen Bergbau und dann mit der Holzindustrie erlebt hatte. Heute war Limestone Creek ein waschechter Straßenköter, eine Mischung aus Touristenort und überalterter Bevölkerung. Rostende Autos in überwucherten Vorgärten, Ziegen auf Grasstreifen, Wohnhäuser, in denen gleichzeitig Antiquitäten verkauft wurden, mit bunten Flaggen, um die Touristen auf der Durchreise auf der Meander Valley Scenic Route anzulocken, die direkt hineinführte in die unberührte, dunstverhangene Wildnis des tasmanischen Hochlands.

Jasmine wusste, wie Limestone Creek wirklich war. Wenn der eigene Vater Dope verkaufte, erfuhr man so einiges über seine Heimatstadt. Vor allem, wenn die Stadt nicht mal 6000 Einwohner hatte.

Das Haus zum Beispiel, an dem sie gerade vorbeifuhren – die Mutter arbeitete in einem Klamottengeschäft und der Vater als Mechaniker. Jasmine wusste, dass sie sich prügelten. Einmal, vor über einem Jahr, war ihre kleine Tochter dazwischengeraten; der Vater schlug ihr im Suff eine Flasche so heftig ins Gesicht, dass sie eine Gehirnverletzung davontrug. Hinterher erzählten die Eltern überall rum, sie sei auf dem Spielplatz ausgerutscht und habe sich den Kopf gestoßen; sie hatten sogar versucht, die Schule zu verklagen. Als die Mutter einer Freundin erzählte, was wirklich passiert war, machte es in der Stadt die Runde, und irgendwann bekam Jasmines Dad Wind davon. Er ging damit zu den Bullen, aber die sagten, dafür gebe es keine Beweise, und kümmerten sich nicht weiter darum.

Ein Haus ein Stückchen weiter gehörte einem Anwalt. Sein Sohn betrieb in der Garage eine Werkstatt für Holzhandwerk, mit hübschen Fahnen, auf denen »GEÖFFNET« und »SALE ON NOW« stand. Der Anwalt war verheiratet, hatte sich aber trotzdem aus Vietnam ein »Au-pair« einfliegen lassen, das in Wirklichkeit seine Geliebte war. Ein Mädchen aus der elften Jahrgangsstufe an Jasmines Schule – Julie Jacobson – war offiziell die Freundin seines Sohnes und bekam zusätzlich »Privatnachhilfe« von dem Anwalt.

Wie viele Geschichten dieser Art kannte sie? Geschichten, die sich durch die Stadt zogen, wie Karies sich durch einen Zahn fraß. Missbrauch, Korruption, Sex, Drogen … Jasmine würde von hier abhauen, *so schnell sie konnte.*

Das war eines der wenigen Geheimnisse, von denen die anderen Mädels nichts wussten. Sie würden es nicht verstehen: Sie lebten gern in Limestone Creek, wo alles leicht und einfach war und Madison ein Star und sich alle in ihrem Glanz sonnen konnten. Wahrscheinlich war es wirklich ganz nett, wenn man von den Schattenseiten nichts ahnte. Und Madison war fest davon überzeugt, dass sie für immer zusammen hier leben würden, wahrscheinlich in einer Villa, die sie von ihrer Online-Kohle bauen würde und in der sie dann ihr Leben als kitschige Instagram-Reality-Soap inszenierten.

Die anderen kapierten nicht, wie dringend Jasmine hier wegmusste, wie dringend sie auch ihren Dad hier wegschaffen musste. Dass sie die Einzige war, die ihren Dad von hier wegkriegen konnte.

Außerdem konnte sie dann auch endlich so weit wie möglich von Madison weg. Denn das war Jasmines zweites Geheimnis: Sie *hasste* Madison Mason. Sie hasste sie mit Haut und Haaren, ihre Rücksichtslosigkeit, ihr Inneres, ihre dämlichen roten Haare, ihre dämliche Stimme, ihr dämliches knallrotes Grinsen.

Jasmine spürte, wie Madison liebevoll ihren Arm drückte. Sie drehte sich lächelnd zu ihr um, streichelte ihr Bein und kuschelte sich an sie. *Ich hass dich so sehr, Bitch!*, dachte sie.

Sie fuhren jetzt durch die Stadtmitte und überquerten die breite Steinbrücke über den Limestone Creek, der dem Ort seinen Namen gegeben hatte. Die Brücke war einst von Sträflingen errichtet worden, und es hieß, sie sei verflucht. Einer von Jasmines Ex-Freunden schwor, dass er den Geist schon mal mit eigenen Augen gesehen hatte, einen Mann mit Strohhut auf dem Kopf.

In Limestone Creek gab es jede Menge Spukgeschichten über Gespenstersichtungen, die meisten rund um die Gebäude in der Stadtmitte, die noch aus der Sträflingsära stammten. Im Sommer fand jedes Wochenende eine Gespenstertour statt, und selbst jetzt, außerhalb der Saison, alle vierzehn Tage, weil die Touristenscharen in unvorhersehbaren Intervallen in Limestone Creek einfielen. Die Stadt stand »auf Platz drei der heimgesuchtesten Spukstädte Australiens«.

Völliger Schwachsinn, in Jasmines Augen jedenfalls. Mr Carswell, ihr Lehrer für Naturwissenschaften, ein entschiedener Skeptiker, hatte ihnen einen TED-Talk vorgespielt, in dem es um bestimmte Tonfrequenzen ging, die Menschen Gänsehaut verursachten und sie dazu brachten, in den Augenwinkeln verschwommene Gestalten wahrzunehmen. Dann erklärte Mr

Carswell ihnen, dass der Wind, der durch die Felsen der Tiers wehte, manchmal eine Art Heulen verursachte, das ebenfalls seinen Teil zu der fragwürdigen Geschichte von »Spukereignissen« beitragen könnte.

Eigentlich hätten sie sich dazu ein Experiment ausdenken sollen, aber niemand legte sich wirklich ins Zeug: Mr Carswell hatte null Rückgrat. Und, wie Madison verkündete, als er das Thema wieder ansprach, das sei keine Erklärung für die Min-Min-Lichter oben in den Tiers, die immer wieder gesichtet wurden, woraufhin Mr Carswell Fotobeweise für die Lichter verlangte und sich dann in eine Theorie über Sumpfgas und Kalksteinmethan verstieg. Jasmine hatte gegoogelt und musste zugeben, dass es so was wahrscheinlich eher nicht gab.

Madison glaubte jedenfalls glühend an dieses ganze Zeug: Abgesehen von der Tatsache, dass sie einfach umwerfend aussah, war einer der Gründe für den Megaerfolg ihres YouTube-Kanals das Angebot eigener Live-Gespenstertouren durch die Stadt, zusammen mit Séancen und nächtlichen Erkundungstrips. Auch wenn Jasmine nicht an den Schwachsinn glaubte, ließ sich nicht leugnen, dass Madisons Gespenstergeschichten Klicks generierten.

Was ihr jedoch die mit Abstand meisten Views bescherte, waren die Videos über die Hungermann-Entführungen – das Geheimnis um die fünf Mädchen, die 1985 verschwunden waren und bis heute nicht gefunden wurden. Die Tragödie war jedem in Limestone Creek so gut wie immer präsent.

Wenn es darum ging, konsumierbaren Content zu generieren, war Madison ein Genie. Mit der Kombination aus ihrem Look und einer ungeheuren Bandbreite – von Make-up- und Modetipps über soziale Themen bis hin zu Spukberichten, Gespenstertouren und Katastrophentourismus – hatte sie dafür gesorgt, dass ihr Kanal so beliebt geworden war. Aber erst die Geschichten rund um den Hungermann hatten sie dann endgültig durch die Decke katapultiert. Ganz Tasmanien, ja ganz Australien war bis heute fasziniert von der Geschichte.

In der Schule allerdings waren der Hungermann und die verschwundenen Mädchen von 1985 ein absolutes Tabu. Schüler waren schon vom Unterricht suspendiert worden, nur weil sie auf dem Gang den alten Reim gesungen hatten. Eigentlich schwieg die ganze Stadt das Thema tot. Wenn man im Coffeeshop einen Witz darüber machte, kassierte man von alten Damen übelst finstere Blicke.

Der Bus nahm die Steigung hinauf zu dem weitläufigen Schulgelände, das sich auf halber Strecke an den steilen Berg schmiegte. Die restliche Fahrt sah Jasmine schweigend zum Fenster hinaus und betrachtete das undurchdringliche Buschland entlang der Straße. Weißer Eukalyptus und Hartriegel, Farne und Sträucher, auf der einen Seite steil nach oben, auf der anderen steil nach unten.

Ihr Dad hatte über diese Straße irgendwann mal im Spaß gesagt, der Busch unten in der Schlucht sei so dicht, dass man eine Leiche einfach aus dem Auto schubsen könnte, sie würde nie gefunden werden. Selbst wenn sie nur ein paar Meter vom Asphalt entfernt liegen bliebe, würde man sie nie wieder zu Gesicht bekommen, vor allem auch, weil die Tasmanischen Teufel mit ihren fiesen starken Kiefern noch in der ersten Nacht mit der Leiche kurzen Prozess machen würden. Mum hatte ihn daraufhin in den Arm geboxt und eine bissige Bemerkung gemacht, weil die Mädchen von 1985 noch immer nicht gefunden worden waren und dass seine Tochter schließlich auch im Auto saß und jedes Wort mit anhörte.

Jahre später, als Mum längst tot und Dad entschieden anfälliger dafür geworden war, sich volllaufen zu lassen, hatte er mal was von einem Typen gefaselt, mit dem er früher rumgekickt hatte und der so verzweifelt Kohle brauchte, dass er für eine der Gangs einen Auftragsmord übernahm. Und das für mickrige

3000 Dollar. Er fuhr mit dem Opfer – irgendein armes Schwein, das in eine Drogengeschichte verwickelt gewesen war – aus Hobart hier rauf, brachte den Kerl um und warf seine Leiche irgendwo an dieser Straße ins Gebüsch. Das war Jahre her, und soweit sie wusste, hatte niemand die Leiche je gefunden.

Sie bogen um die nächste Kurve, und schon lag die Schule vor ihnen. Der Bus rollte die von Rosskastanien gesäumte Auffahrt entlang, die Sonne verschwand hinter dicht belaubten Ästen. Jasmine sah, dass Yani als eine der Ersten aus dem Bus stürmte und quer über den Parkplatz floh, um endlich von Madison wegzukommen.

Der Weg zur Jahrgangsstufenversammlung verging im Flug. Die vier blieben dicht zusammen, Madison lief rückwärts vor ihnen her, interviewte sie zu dem bevorstehenden Ausflug und zwirbelte dabei die Haare um den Finger.

Sie kamen bei den Siebtklässlern vorbei, und ein paar Jungs aus Madisons Fanclub riefen ihr hinterher; dann vorbei am Hauswirtschaftsblock, wo es nach Betonstaub und Moder roch. Der Bereich war gefühlt seit Jahren wegen Renovierung geschlossen. Vorbei an den schrägen Hippie-Kids, die vor dem Eingang saßen und heimlich Zigaretten rauchten.

Als sie an der Bücherei und dem angrenzenden Lehrerzimmer vorbeikamen, wurde Jasmine automatisch langsamer. Sie hielt nach Mr Michaels Ausschau: Er war ihr Assistenzlehrer, einundzwanzig Jahre jung, hatte einen Hauch Bartstoppeln auf dem kantigen Kiefer und verträumte braune Augen.

Augen, die ihr, wie sie genau wusste, nachsahen, während sie vorbeigingen. Sie erwiderte sein Lächeln. Er strahlte sie mit seinen schiefen Zähnen an, seine Freude war ansteckend, sein Glück, sie zu sehen, so aufrichtig. Das Problem mit ihm war nicht, dass er dämlicher war als ein Schaf, sondern dass sie soeben rausgefunden hatte, dass er ihren Dad beschissen hatte. Völlig egal, dass er echt heiß war und authentisch und dass er nett zu ihr war – ihre Loyalität galt zuallererst ihrem Dad. Sie musste Schluss machen. So traurig sie dieser Gedanke auch machte, das aufregende Gefühl von Rache war auch nicht schlecht.

Die Fab Four suchten sich in der Versammlung ihre Plätze. Aufregung lag in der Luft. Das Bergcamp war Teil der verpflichtenden Erlebnispädagogik, die in der zehnten Jahrgangsstufe auf dem Sportlehrplan stand. Allerdings fand der Ausflug inzwischen nach Jungen und Mädchen getrennt statt, weil es in der Vergangenheit zu schwierig gewesen war, sie von den jeweils anderen Zelten fernzuhalten. Die Jungen waren letzte Woche unterwegs gewesen, und jetzt saßen sie auf den Tischen der Mädchen und berichteten feixend von den seltsamen Geräuschen, die sie nachts da oben gehört hatten.

»Wie ein Dämon. Tief, heiser. Ich hab ein Raunen gehört, Geflüster …« Tyler Cabot warf die Haare zurück.

»Echt?« Cierras Augenbrauen verschwanden unter der blauen Perücke. »Und was hat er zu dir gesagt?«

»Er sagte: ›Cierra steht auf dich, sie denkt gerade an dich … in ihrem Bett … im Dunkeln …‹«

»Ja, klar, kapiert. Du hast geträumt«, sagte Cierra. »Und? Hat's beim Aufwachen schön geklebt in deiner Spider-Man-Unterhose?«

Die Jungs johlten wie Affen. Tyler grinste. »Schau doch selber nach.« Er zog den Hosenbund seiner Shorts heraus.

»Iiiihhh«, quiekte Cierra. Georgia würgte und barg das Gesicht an Madisons Schulter.

»Ich sag euch jetzt mal, was ich gehört habe«, mischte sich Jye Calloway ein. Er trug das Schulhemd aufgeknöpft und präsentierte sein Muskelshirt. »Aus dem Zelt von Mr Michaels … kam die Stimme von Miss Ellis.« Er hämmerte mit der flachen Hand auf Jasmines Tisch und fing an zu stöhnen. *»Oh, Jack! Oh … JACK!«*

Wieder grölendes Gelächter von den Jungs.

Jasmine fand das nicht besonders witzig.

Zum Glück hatte von den Lehrern niemand was mitbekommen. Mr North, der Sportlehrer, saß mit den Footballern zusammen und unterhielt sich, und Miss Ellis saß vorne und hakte die Anwesenheitsliste ab. Neben der Jahrgangsstufenleitung war sie für Englisch und Geschichte zuständig, aber weil sie eine Bezirksschule waren, die mit dem zurechtkommen musste, was da war, unterrichtete sie ab und zu auch weitere Fächer. Eliza Ellis trug einen stylischen Pferdeschwanz mit roter Schleife und riesengroße Creolen dazu – für eine Buschwanderung zwar ziemlich unpraktisch, aber die Ohrringe waren so was wie ihr Markenzeichen. Sie hatte den Fab Four mal einen kleinen Vortrag darüber gehalten, was die Ringe für sie symbolisierten: »Big Hoop Energy«, ein Synonym für Selbstliebe und Selbstermächtigung, worauf Cierra monatelang nur noch mit Creolen in den Ohren durch die Gegend gelaufen war.

Miss Ellis hatte ständig diese kleinen Tipps und Tricks auf Lager. Sie war ihren Schülerinnen und Schülern gegenüber auch sehr offen, was ihre psychische Gesundheit betraf. Sie sprach von ihrer Trauer über den Verlust ihrer Nichte Denni King, aber auch über ihre schwierige Kindheit mit einem Vater, der betrunken bei einem Autounfall gestorben war, und einer drogenabhängigen Mutter, die Miss Ellis und ihre beiden Schwestern im Stich gelassen hatte.

Miss Ellis hatte ein strahlendes Gesicht mit Sommersprossen auf der Nase, mit denen sie immer aussah wie von der Sonne geküsst und gleichzeitig wie ein britisches Model. Sie war topfit – ständig beim Wandern oder Joggen oder Boxen. Die meisten Lehrer behandelten die coolen oder gut aussehenden Kids anders als den Rest, mit dieser halb verzweifelten »Bitte, ich will auch cool sein«-Haltung, die offensichtlich sogar Erwachsenen zu eigen war, was Jasmine ziemlich deprimierend fand. Anders Miss Ellis. Sie behandelte alle gleich. Sogar wenn sie mit dir redete, als hätte sie deine geheimsten Snapchats gelesen. Alle Mädchen an der Limestone District standen gnadenlos beschützend zu ihr – vor allem seit der Tragödie. Denni King war schließlich eine von ihnen gewesen.

Jasmine sah genau, wie ein paar von den Jungs Miss Ellis auf den Hintern starrten, als sie sich umdrehte, um etwas von der Tafel zu wischen, und zwar inklusive Mr North, der leider auch mit zum Wandern kam. Jasmine wusste aus verlässlicher Quelle, dass der Sportlehrer Steroide nahm, was ihn nicht nur riesig wie einen Schrank machte, sondern auch noch notgeil wie ein Karnickel. *Alle* Mädchen wussten das, und es gab welche, die es toll fanden und ausnutzten, während andere, so wie Jasmine, es absolut widerlich fanden.

Unterstützt wurden Miss Ellis und Mr North auf dem Ausflug von Mr Michaels – von Jack –, ihrem süßen, geheimen, verplanten zukünftigen Ex-Freund. Die Aufgabe lautete, dreißig hormonverseuchte Teenagerinnen in Schach zu halten. Eigentlich waren sie Helden.

»Also, Ladys«, rief Mr North über den Lärm. »Nehmt eure Sachen, wir versammeln uns draußen am Rondell. Auf dem Weg gebt ihr bei mir eure Handys ab, und zwar ohne Rumgezicke. Ihr wart alle einverstanden. Das wird eine *Wildniserfahrung* und keine *›Ich häng den ganzen Tag am Telefon‹-Erfahrung*. Und *ja*, ihr bekommt sie von mir zurück, damit ihr am Aussichtspunkt Fotos machen könnt, also *morgen*.«

Natürlich händigte Madison ihm nur ein Fake aus: ein altes iPhone, das sie schon seit einem Jahr nicht mehr benutzte. Ihr aktuelles Telefon war in ihrem BH versteckt, auch wenn Mr North – wie Georgia bemerkte – mit Sicherheit nichts dagegen hätte, dort nachzusehen.

Jasmine ging mit der Gruppe nach draußen zum Rondell, dem Startpunkt der Wanderung zum Zeltplatz oben in den Bergen.

Der Oktoberhimmel war blau und wolkenlos. Der schmale Wanderweg war holprig, übersät mit Schotter und Wurzeln und Steinen, gesäumt von Berg-Nadelbusch und Tasmanischem Lorbeer, der an Socken und Shorts zerrte und ihnen die nackten Beine zerkratzte. Es duftete nach Eukalyptus. Vogelstimmen erfüllten die Luft. Am lautesten drangen die krächzenden Rufe der Gelbohr-Rabenkakadus, die über ihnen kreisten, durch die Bäume.

»Da zieht ein Sturm auf«, sagte ein Mädchen hinter Jasmine. »So, wie die Vögel fliegen, suchen sie Schutz vor einem Sturm.«

»Quatsch«, sagte ihre Freundin. »Die Wettervorhersage sagt, alles gut.«

»Die Vögel wissen es besser, glaub mir.«

»Alles klar, Vogelflüsterin.«

Jasmine konzentrierte sich darauf, wo sie ihre Füße hinsetzte. Der Aufstieg wurde immer steiler, der Rucksack auf ihrem Rücken immer schwerer. Sie gehörte zu den kleinsten Schülerinnen ihres Jahrgangs, aber sie würde sich durchbeißen. Sie würde den Scheißrucksack schleppen, bis sie oben angekommen waren.

Sie hoffte, dass kein Sturm aufzog. Sie hatten das warme Wetter der letzten Tage richtig genossen. *Indian Summer.* Sie hatte plötzlich die Stimme ihres Vaters im Ohr. *Eine Woche warmes Wetter, und dann noch mal einen Monat Stürme …*

Sie schauderte. Irgendwas fühlte sich seltsam an.

Bald machten die Bäume und dichten Büsche neben ihnen einem plätschernden Bach mit gelblich braunem Bett Platz, von dem ein lehmiger Geruch aufstieg. Ein Mädchen hatte haltgemacht, um ihre leere Wasserflasche aufzufüllen, obwohl sie gerade mal fünf Minuten unterwegs waren, während eine andere versuchte, ihr einzureden, dass der Bach aus Wallaby-Kacke bestand.

Kurz darauf trennte der Pfad sich wieder vom Bach, und sie erreichten den ersten echten Meilenstein ihrer Wanderung: den

Galgenbaum. Jasmine merkte, dass sie da waren, weil plötzlich niemand mehr lachte.

Es handelte sich um eine riesengroße, krumm gewachsene King-Billy-Fichte mit breiten Ästen und knorrigen Wurzeln. Aus einer Laune der Natur heraus besaß der Baum statt einem Stamm gleich drei. Zwei verkrüppelte, kleinere Stämme spreizten sich wie schmerzhaft verdrehte Arme vom Hauptstamm weg. Der Baum stand allein auf einer felsigen Lichtung.

Zwischen den Wurzeln und auf der dichten Decke aus Fichtennadeln steckten bunte Schleifen und Blumensträuße – manche frisch, andere verwelkt oder aus Plastik – und gerahmte Fotos. An einen Pfosten genagelt hing ein altes, verrostetes Metallschild. Darauf stand: TELEFONSEELSORGE – BRAUCHST DU HILFE? – WIR HÖREN ZU – 13 11 14.

In den Stamm war ein großes, ziemlich schlampiges A geritzt. Irgendwann hatte jemand die Schnitzerei mit matt dunkelroter Farbe besprüht, damit die Rinde nicht wieder über dem Buchstaben zusammenwuchs.

Die Einheimischen hatten die King-Billy-Fichte Galgenbaum getauft. Fünf Menschen hatten sich an diesem Baum bereits erhängt: alle zu verschiedenen Zeiten, keiner mit dem anderen verwandt. Zwei weitere Selbstmordversuche waren misslungen. Der erste verhinderte Selbstmörder war entdeckt worden, als er mit einem Seil auf den Baum kletterte, und der zweite war auf dem Weg den Steilhang hinauf aufgehalten worden.

Der Erste, der sich an dem Baum erhängt hatte, war der Aboriginal-Mann Theodore Barclay gewesen. Alle kannten seinen Namen. Er war der Hauptverdächtige der Hungermann-Entführungen von 1985 gewesen. Er brachte sich um, ehe es zum Prozess kam, nachdem sein Haus niedergebrannt worden war und aufgebrachte Einwohner ihn fast zu Tode geprügelt hatten.

Danach gab es im Laufe der Jahre noch drei Selbstmorde, und

letztes Jahr war dann ihre Schulkameradin Denni King hier gestorben. Sie war noch bei der Schulabschlussfeier gewesen und danach rauf auf den Berg gekommen, um sich das Leben zu nehmen. Ihr Tod hatte die Gemeinde erschüttert und Jasmines Leben verändert.

Sie stand da, betrachtete den Baum und merkte plötzlich, dass sie die Luft anhielt. Sie atmete aus.

Scarlett Watkinson, die Jahrgangsstufensprecherin mit dem supergeraden Rücken und den großen Brüsten, legte am Stamm des Baums einen Blumenstrauß nieder. Wunderschöne Rosen in pinkfarbenem Papier. Sie sahen eigentlich eher aus wie ein Hochzeitsstrauß. Bei dem Gedanken wurde Jasmine schlecht.

Miss Ellis weinte. Jasmine spürte heftiges Mitgefühl. Sie hatte das nicht verdient.

Mr North blinzelte ebenfalls seine Tränen weg. Er war mit Miss Ellis' Schwester Monica verheiratet, also Dennis Onkel gewesen. Für ihn hatte Jasmine allerdings kein Mitgefühl. Arschgesichtiger steroidfressender Wichser.

Madison hatte ebenfalls angefangen zu weinen und ruinierte sich das Make-up. Jasmine, Cierra und Georgia scharten sich um sie und spendeten sich gegenseitig Trost. Madison war diejenige gewesen, die Denni damals gefunden hatte. Sie war mit ihrem Handy auf dem Berg unterwegs gewesen, hatte eine Gespensterjagd live gestreamt. Denni und sie hatten ursprünglich gemeinsam filmen wollen, und Denni hatte Madison vorgeschlagen, sich direkt nach der Abschiedsfeier am Galgenbaum zu treffen: die perfekte Inszenierung, sie beide in ihren schönen Kleidern, oben im unheimlichen Busch.

Offenbar hatte Denni geplant, dass Madison ihre Leiche fand und die Entdeckung live streamte. Ein weißes Kleid, die Tattoos auf den nackten Armen deutlich erkennbar, der braune, lange Zopf mit einem goldenen Haarnetz auf den Kopf getürmt … ein Strick um den Hals.

Madisons Abonnentenzahlen gingen nach dem Vorfall durch die Decke, aber es war natürlich schrecklich. Jasmine hatte immer noch Albträume von Dennis Leiche – sie hatte damals live zugesehen. Neben dem Tod ihrer Mutter war es das Schlimmste, was ihr je passiert war. Das Video war sofort viral gegangen, ehe die Bilder dann aus dem Netz genommen wurden. Aber Georgia hatte Jasmine erzählt, wenn man ein bisschen googelte, konnte man in ausländischen Blogs immer noch vereinzelt Fotos von Dennis Leiche finden.

Jasmine streichelte Madison durch die Jacke über den Rücken. Etwas entfernt stand eine Gruppe Mädchen, die flüsternd zu ihnen rüberschauten. Einige Leute waren der Auffassung, Madison sei damals eingeweiht gewesen. Sie habe gewusst, was Denni plante, und habe mitgespielt, weil sie auf Klicks aus war. Jasmine warf den Mädchen einen finsteren Blick zu, und sie sahen weg.

Der Wind frischte auf, die Äste des Galgenbaums knarzten und ächzten. Jasmine lief es eiskalt den Rücken runter, und sie wusste, sie war mit diesem Gefühl nicht allein. Ein Mädchen wäre vor Schreck fast in die Luft gesprungen – als hätte der Baum selbst gesprochen. Es schien ein gutes Signal zum Aufbruch zu sein. Überall setzten Mädchen sich die Rucksäcke wieder auf und machten sich bereit.

Alle bis auf Bree Wilkins. Sie stand allein auf einem flachen Felsen, der etwas erhöht lag wie eine Bühne. Ihr böser Blick war noch eine Meile weit weg zu spüren. Typisch Depri-Bree.

Sie sah direkt zu Jasmine rüber. Jasmine hielt den wütenden Augen einen Moment lang stand, bis Bree die Lippen zu einem verächtlichen Schnauben verzog und Jasmine sich, wie sie hoffte, möglichst würdevoll abwandte.

Sie gingen geschlossen weiter. Miss Ellis nahm die Brille ab, um sich über die Augen zu wischen. Mr North tröstete sie, seine Riesenpranke knapp über dem Po auf ihrem Rücken.

Und so setzten sie die Wanderung fort, immer tiefer in den Busch hinein, auf die Felswände zu, während der Wind den Steilhang hinaufpfiff.

Ich werde es durchziehen, ich werde es durchziehen, ich werde es durchziehen.

Nach einer Stunde erreichten sie eine kleine, von Fenchelholzbäumen umstandene Lichtung mit weichem Gras und einer in einen umgestürzten Stamm geschnitzten Bank. Ein Wegweiser wies die drei von hier abzweigenden Wanderwege aus: eine kurze Wanderung zum Aussichtspunkt am Devils Gullet, ein Rundweg von fünfeinhalb Stunden über den Rücken der Tiers und die dreistündige Wanderung zum Aussichtspunkt auf dem Western Bluff, die sie sich vorgenommen hatten. Neben der herrlichen Aussicht gab es dort auch einen Zeltplatz, direkt neben der historischen Trapper-Hütte vom Anfang des letzten Jahrhunderts. Jasmine kannte die Hütte. Sie war ganz aus Rinde und rohen Stämmen gezimmert. Man durfte zwar offiziell darin übernachten, aber es war höllisch unheimlich dort.

Die Gruppe machte halt, um zu trinken und zu essen und zu motzen, und dann fing ein Mädchen an zu kreischen, als sie auf eine schwarze Tigerotter stieß, die sich in der Nähe zusammengerollt hatte.

»Das ist offensichtlich ein Frühaufsteher, aber ihr könnt euch beruhigen, Mädels, die hat mehr Angst vor euch als andersrum. Haltet einfach die Augen offen. Das hier ist ihr Zuhause, nicht eures«, sagte Mr North.

Sie teilten sich in zwei Gruppen auf: Miss Ellis ging mit der kleineren, schnelleren Gruppe voraus, und Mr North und Jack bildeten mit den langsameren Schülerinnen die Nachhut. Die Fab Four schlossen sich der langsameren Gruppe an.

Nach der ersten Stunde schnitten Jasmine die Rucksackträger in die Schultern, und ihr verschwitzter Rücken fing an zu jucken. Blütenpollen juckten ihr in der Nase. Ihr taten die heißen Füße weh. Aber sie jammerte nicht. Sie spürte Jack dicht hinter sich. Sie wollte auf keinen Fall, dass er dachte, sie würde es nicht schaffen.

Sie sah sich zu ihm um. Er musterte sie eingehend. »Geht's dir gut? Ist der Rucksack auch nicht zu schwer?«

»Nein.« Jasmine schaute zurück nach vorne. Er war immer so nett zu ihr.

Sie bekam ein schlechtes Gewissen.

Hier oben war der Busch weniger dicht: ein offener Wald aus Mostgummi- und Trichterfrucht-Eukalyptus, es roch wie Weihnachten. Nur ein paar Meter vom Wanderweg entfernt befand sich die Klippe mit der Steilwand hinunter in die Schlucht, aus der ein stetiger Wind zu ihnen heraufwehte.

Ein dumpfer Schlag ließ sie zusammenzucken. Zwischen den Bäumen sah sie gerade noch den Rücken eines Grauen Riesenkängurus, das offenbar das Weite suchte. Sie versuchte, ihre Reaktion mit einem Huster zu kaschieren. Warum war sie nur so dermaßen schreckhaft?

Ein zirpender Ruf ertönte. Sie hob den Blick und sah vor sich auf einem Zweig einen Schwalbenstar sitzen, fast schon über dem Abhang, ein Frühlingsrückkehrer vom Festland.

Seltsam. Normalerweise waren diese Vögel sehr scheu und flogen weg, sobald Menschen sich näherten. Aber dieser hier schien sie direkt anzustarren, und Jasmine starrte zurück. Ihr Atem wurde immer lauter, bis er das einzige Geräusch in ihren Ohren geworden war. Der durchdringende Weihnachtsgeruch lag ihr schwer auf der Lunge, sie bekam das Gefühl zu ersticken …

»Jasmine!« Jack packte sie am Rucksack und zerrte sie rückwärts. »Was *tust* du?«

Benommen schüttelte sie den Kopf. Der Schwalbenstar war weg, sie merkte, dass sie mehrere Schritte vom Weg abgekommen war. »Was …«

»Hast du mich nicht gehört? Ich hab dich gerufen. Du bist direkt auf die Felskante zugelaufen!«

Ihre Freundinnen standen zusammen mit ein paar anderen Neugierigen hinter ihm, während der Rest der Gruppe die Gelegenheit ergriff, ein bisschen aufzuholen.

Jasmine fühlte sich unwohl. »Alles gut«, sagte sie und machte sich los.

»Immer mit der Ruhe, Mr Michaels«, sagte Madison trocken.

»Sie hat bestimmt nur zu wenig gegessen.« Georgia warf Jasmine durch die dicken Brillengläser einen besorgten Blick zu und drückte ihr einen Müsliriegel in die Hand.

»Du hast uns echt nicht gehört, oder, Jaz?«, sagte Cierra leise.

»Alles in Ordnung da hinten?«, rief Mr North von weiter vorn.

»Logo, Northo, alles super«, sagte Jasmine. Sie setzte sich wieder in Bewegung, und die anderen folgten ihr nach. Jack murrte leise vor sich hin.

Jasmine wickelte den Müsliriegel aus und versuchte dabei, ihre zitternden Hände zu verbergen. Sie legte einen Zahn zu.

Ich bin einfach nur gestresst, dachte sie. *Ich bin einfach nur verfickt gestresst. Was zum Teufel tun wir da?*

Sie dachte an ihren Dad und streckte den Rücken durch.

Ich werde nicht kneifen.

Ein Stückchen voraus stand Mr North mit verschränkten Armen neben dem Pfad und zählte halblaut die Schülerinnen durch.

»Wie weit denn noch?«, maulte Cierra.

»Wir haben schon über die Hälfte geschafft«, sagte Mr North.

Als sie weitergingen, hörten sie vor sich jemanden nach Mr North rufen. Einen Moment später joggte ihnen Carmen, die Sportlichste des Jahrgangs, entgegen. »Mr North«, sagte sie kaum außer Atem. »Wir glauben, Missy hat sich den Knöchel gebrochen.«

Mr North fluchte, und gemeinsam joggten sie davon.

Ein paar Minuten später hatten Jasmine und der Rest der zweiten Gruppe die anderen eingeholt. Missy Carswell saß gegen einen umgestürzten Baum gelehnt und weinte, während Mr North die Beweglichkeit ihres Knöchels prüfte.

»Der ist nicht gebrochen, nur verdreht«, flüsterte Carmen Jasmine und den anderen zu. »Sie hat einfach keinen Bock mehr weiterzulaufen. Außerdem ist sie mitten in einem Ameisenhaufen gelandet.«

»Autsch!« Jasmine zuckte zusammen.

»Oh, das ist so *Hunger Games*!« Madison verdrehte die Augen.

Mr North ergriff die Initiative, ohne auch nur den Versuch zu unternehmen, Mitgefühl zu heucheln. »Mr Michaels, Miss Ellis, Sie bringen die Mädchen zum Zeltplatz.« Der Frust in seiner Stimme war unüberhörbar. »Und ich helfe unserer kleinen Miss Carswell zur Straße zurück. Wir rufen wen an, der sie abholen soll.«

Der Rest ging in einer großen Gruppe weiter bis zum Zeltplatz. Es gab keine weiteren Zwischenfälle mehr, bis auf eine Schülerin, die beim Anblick eines Waldskorpions austickte – »Ich hatte keine Ahnung, dass es hier Skorpione gibt! Sind die giftig? Sind die auch im Lager?« –, und ein paar Mädchen mit leichtem Sonnenbrand, inklusive Jasmine.

Sobald sie angekommen waren, machten sich Jasmine, Cierra und Madison auf die Suche nach einem abgelegenen Platz für ihre Zelte. Sie wollten möglichst weit weg von der unheimlichen Trapper-Hütte übernachten, die im Zentrum der Lichtung stand: eine knarzende Bruchbude mit nur einem Raum aus dunklen, vermoderten Holzstämmen, mit vernagelten Fenstern und gesplitterter Tür, die im Wind hin- und herschwang.

Zwischen zwei Doleritfelsbrocken und einem umgestürzten Mostgummi-Eukalyptus stießen sie auf einen Flecken weiches

Gras. Die Stelle lag am äußersten Rand des Zeltplatzes und grenzte fast schon an die Felskante. Miss Ellis hatte die Verteilung der Zelte bereits im Vorfeld organisiert. Madison und Cierra würden sich eins teilen, und Jasmine würde zusammen mit Bree übernachten. Sie baute ihr Zelt in der Lücke zwischen dem der Zwillinge und einem Felsbrocken auf. Georgia ging mit zu Carmen, die ihr Zelt bereits in der Nähe der Trapper-Hütte aufgestellt hatte.

Jasmine war damit beschäftigt, ihr Zelt aufzubauen, schwitzte in der feuchtwarmen Frühlingsluft und schlug sich mit lästigen Fliegen und einer störrischen Spinnenwespe herum, als hinter ihr Brees barsche Stimme ertönte.

»War ja klar. Natürlich hattest du es nicht nötig, mich zu fragen, ob mir die Stelle passt.«

Jasmine drehte sich zu ihr um. Brees fleckig rotes Gesicht war wutverzerrt. »Sorry. Ich dachte, das wäre ein guter Platz.«

»Weißt du, ich finde, du hättest mich fragen können, wo ich heute Nacht schlafen will. Du weißt schon, *mich mitreden lassen.*«

»Sorry. Aber jetzt steht es doch schon.«

Bree ballte die Fäuste und spuckte aus. »*Bitch!*« Sie stampfte davon.

Madison lachte. »Wie sie dir *nicht* ihre Hilfe angeboten hat!«

»Alles klar bei euch?« Jack stand plötzlich neben Jasmine. »Was ist los?«

»Gar nichts, Mr Michaels. Jasmine braucht nur ein bisschen Hilfe beim Aufbauen«, sagte Madison. »Ist Ihnen nicht warm in Ihrem Hemd?«

»Komm, ich helfe dir«, sagte Jack und nahm Jasmine die Heringe aus der Hand.

Sie trat zurück, überließ ihm das Feld und fegte ihm die lästige Spinnenwespe vom Rücken, die sich dort niederlassen wollte: eine große schwarze Wespe mit orangefarbenen Flügeln und

Fühlern. Sie machte sich mit ihren typischen Hüpfbewegungen davon.

»Wenigstens brauchen wir heute Nacht keine Angst vor Riesenkrabbenspinnen zu haben«, sagte sie.

Cierra schauderte. Jasmine wusste, dass sie Spinnen hasste; vor allem die dicken, handtellergroßen Riesenkrabbenspinnen, die hier in den Bergen zu Hause waren.

»Wahrscheinlich hat die Spinnenwespe ihr Nest in dem umgestürzten Baum«, sagte Jasmine.

Cierra kreischte los. »Was zum Teufel ist eine *Spinnenwespe*?«

»Entspann dich. Jedenfalls keine Kreuzung aus Spinne und Wespe. Sie *frisst* Spinnen, vor allem Riesenkrabbenspinnen. Zerrt sie über den Boden. Manchmal beißt sie ihnen sogar die Beine ab, damit sie's leichter hat.«

»Das ist *krank.*« Cierra schauderte.

Madison schnaubte. »Woher weißt du das denn, Insektenfrau?«

»Von meinem Dad. Ich hab einmal eine vor unserem Haus entdeckt, mit einer Riesenkrabbenspinne. Dad hat mir erklärt, dass die Wespe die Spinne mit ihrem Gift lähmt und dann im Spinnenkörper ihre Eier ablegt. Damit die Larven gleich was zu fressen haben. Sie fangen innen an, aber die lebenswichtigen Organe rühren sie nicht an, damit die Spinne so lange wie möglich am Leben bleibt …« Sie lachte. »Ich war total am Ende. Ich habe stundenlang geheult. Mum ist ausgeflippt. Weil er mir so was Bescheuertes erzählt hat.«

»Finde ich auch«, sagte Jack. Das Zelt stand. »Bescheuert, so was einem kleinen Mädchen zu erzählen.«

Jasmine boxte ihn in die Seite, ein bisschen fester als nötig. »Ich hab's zum Glück ohne Trauma überstanden.«

Bree kam zurück. Sie war immer noch sauer. Als sie sah, dass das Zelt stand, drückte sie sich an ihnen vorbei, kroch hinein und zog von innen den Reißverschluss zu.

Jasmine verdrehte die Augen. »Das wird ein langes halbes Jahr«, flüsterte sie den Zwillingen zu. Cierra nickte seufzend, und Madison lächelte verschlagen. Behutsam über moosbewachsene Steine steigend, machten sie sich gemeinsam auf den Weg zu den anderen. In der Mitte brannte bereits das Lagerfeuer, daneben hatten ein paar Mädchen einen Stapel Totholz aufgeschichtet.

In der Nähe beaufsichtigte Miss Ellis den Aufbau eines offenen Pavillons, den die Jungs am vergangenen Wochenende für sie zurückgelassen hatten. Jack eilte zu Hilfe. »Wenn ihr wollt, könnt ihr noch ein bisschen Feuerholz sammeln gehen«, sagte Miss Ellis zu Jasmine und ihren Freundinnen, setzte die Brille ab und wischte das Kondenswasser von den Gläsern.

Die vier drehten sich murrend um und gingen auf den Rand der Lichtung zu.

»Und denkt dran«, rief Miss Ellis ihnen nach, als sie die Brille wieder aufhatte, *»bleibt immer auf dem Weg*!«

»Als würde Feuerholz auf dem Weg rumliegen«, maulte Madison. Sobald sie außer Sichtweite waren, zog sie ihr Handy raus.

»Sie ahnt was«, sagte Georgia. »Das merk ich genau.«

»Quatsch! Woran denn?«, fragte Madison.

»Sie schaut uns so komisch an.«

»Keine Sorge«, sagte Madison betont gelassen. »Um die kümmere ich mich.« Sie schaute sich um. »Wir teilen uns auf, dann finden wir mehr.«

Die Zwillinge trennten sich von Jasmine und Georgia, verließen den Pfad und verschwanden hinter ein paar Nadelbüschen. Madison tippte auf ihrem Telefon rum. »Der Empfang ist echt scheiße!«

Jasmine und Georgia gingen ein Stück weiter, verließen dann ebenfalls den Pfad und fingen an, Stöcke einzusammeln, aber nicht, ohne sie vorher auf Insekten zu untersuchen. Jasmine war in Gedanken die ganze Zeit bei den Zwillingen. Es war nicht okay, dass sie Geheimnisse hatten, nicht ausgerechnet jetzt. Sie warf ihr Reisigbündel auf den Boden.

»Madison führt was im Schilde.«

Georgia seufzte. »Ja, Schatz. Wir alle.«

»Nein, das meine ich nicht. Ich geh jetzt lauschen ...«

»Jasmine!«, sagte Georgia, aber Jasmine schlug sich bereits durchs Gebüsch.

Sie schlich langsam, gebückt, und mied Zweige und dichtes Laub. Jasmine hatte Erfahrung darin, sich unentdeckt durch den Busch zu schleichen. Sie hatte ihrem Vater und Onkel Butch oft genug hinterherspioniert, wenn sie die Plantage besuchten. Kurz darauf waren die Stimmen von Madison und Cierra zu hören. Sie blieb stehen und ging tief in die Hocke.

»... drei neue Spieler«, sagte Madison.

»Von wo?«, fragte Cierra.

»Einmal Surfers Paradise, einmal Geelong und einer aus Hobart«, sagte Madison. »Ih! Hobart.«

»Sind diesmal auch Jungs dabei?«

»Zwei.« Madison kicherte. »Schau dir den an. Scharf wie einer von den Hemsworths. Jackpot.«

»Hoffentlich beeilen die sich und haben bis heute Abend alle ihre Nacktfotos geschickt ...« Cierras Stimme klang verzagt. Sie fing leise an zu schniefen.

»Nicht weinen – hey, wir haben doch darüber gesprochen«, sagte Madison sanft.

Jasmine zog sich zurück. Sie wollte auf keinen Fall, dass die Zwillinge beim Weitergehen über sie stolperten. Sie kehrte auf den Wanderweg zurück, aber Georgia war schon gegangen. Sie klaubte ihren Haufen Totholz wieder auf und kehrte zurück zu den anderen.

Sie lud ihr Holz auf dem wachsenden Stapel ab und sah Bree allein am Feuer sitzen. Jasmine holte tief Luft. Jetzt oder nie, dachte sie. Höchste Zeit, rauszufinden, ob sie eine Verbündete hatte.

Sie ging ans Feuer und setzte sich neben sie.

»Was willst du?«, fauchte Bree.

»Ich habe Madison belauscht. Es war wieder von dem Spiel die Rede. Und von Nacktfotos«, sagte Jasmine leise. »Ich glaube, du hattest recht. Es muss was Ähnliches wie Honcho Dori sein.«

Bree seufzte sarkastisch auf. »Hab ich dir doch *gesagt*!« Sie warf ihr einen Blick zu, immer noch sauer. »Spar dir das Theater, Bitch. Ich weiß genau, dass du für sie spionierst.«

»Nein! Tu ich nicht, *Bitch*.«

»Lass mich in Frieden«, sagte Bree. »Halte du dich an deinen Teil des Deals und ich halte mich an meinen.«

Bree stolzierte davon, und Jasmine sah ihr nach. Sie war frustriert, aber es war trotzdem nicht schlimm, sie hatte heute Nacht im Zelt noch genug Zeit, mit Bree zu sprechen. Wenn es sein musste, konnte Jasmine sehr überzeugend sein.

Georgia kehrte zum Camp zurück, lauter kleine Zweige in den Haaren, und lud ihren Armvoll Feuerholz auf dem Stapel ab. Sie machte am Pavillon halt, wo eine Schachtel zerquetschter Früchte aus irgendeinem Rucksack stand, setzte sich zu Jasmine und reichte ihr eine Banane. »Wir können uns jetzt keinen Streit leisten, Jaz«, sagte sie. »Wir müssen zusammenhalten.« Während sie ihre Banane schälte, sah sie Jack zu, der ein paar Mädchen half, die immer noch damit kämpften, ihr Zelt aufzubauen.

Madison und Cierra kamen zurück, immer noch Arm in Arm.

»Weiß ich«, sagte Jasmine. »Ich finde einfach nur, dass es keine Geheimnisse geben sollte.« Sie warf die Bananenschale ins Feuer.

Georgia lachte. »Die Geheimnisse der anderen nicht zu kennen ist der einzige Grund, warum wir vier überhaupt Freundinnen sein können.«

Nach einem Abendessen aus über dem Feuer gegrillten Schweinswürstchen und Salat saßen die Schülerinnen in losen Grüppchen zusammen. Die Fab Four hockten mit Carmen im Halbkreis auf einer großen Strohmatte, die jemand hinter der Hütte gefunden hatte. Auf der anderen Seite vom Feuer hatte Scarlett einen tragbaren Lautsprecher aufgestellt, und die Beats ihrer Radio-Triple-J-Playlist schufen den Hintergrund für Feuerprasseln und Mädchenstimmen. Sie war als Jahrgangssprecherin die einzige Schülerin, die ihr Telefon mitnehmen durfte, allerdings teilte sie sich heute Nacht mit Miss Ellis das Zelt direkt neben der Hütte, was das Privileg wieder zunichtemachte.

Ohne ihre Handys redeten die Mädchen über ganz normale Dinge – die Mädchen aus der Schule, die Jungs aus der Schule, die Jungs aus der Stadt, die Mädchen aus der Stadt. Jasmine ignorierte ein paar nicht ganz so subtile Anspielungen auf sie und Jack, der, wie wirklich alle mitbekamen, ständig zu ihr rübersah. Carmen war davon offensichtlich besonders genervt. Jasmine wusste, dass sie auf ihn stand, aber sie hatte nicht mal die Kraft, sich darüber zu amüsieren. Sie war einfach nur nervös. Sie würde sich, sobald sie konnte, kurz wegschleichen und ein bisschen was von Dads Dope rauchen. Wenn sie sich das jemals verdient hatte, dann heute Abend.

Es wurde langsam spät, aber die wenigsten Mädchen zog es schon ins Zelt. Nachdem die erste Gruppe Schülerinnen aufgebrochen war, ging Miss Ellis ebenfalls ins Bett, nicht ohne den Übrigen noch ein »denkt dran, wir haben morgen eine lange Strecke vor uns« mitzugeben, aber mit der resignierten Stimme einer Lehrerin, die genau wusste, dass die Mädchen sowieso tun würden, was sie wollten.

Mr North war kurz vor dem Essen schließlich auch wieder zu ihnen gestoßen, nachdem er Missy Carswell sicher auf den Heimweg gebracht hatte. Er unterhielt sich mit Jack und einer kleineren Gruppe Footballspielerinnen. Irgendwann stand auch er auf, ermahnte die Mädchen, vor der großen Wanderung genug Schlaf zu kriegen, und verschwand zu seinem Zelt.

Jasmine sah ihm nach, aber nur, um sicherzugehen, dass er sich nicht in irgendein anderes Zelt schlich. In das von Cierra und Madison zum Beispiel.

Jack blieb, wo er war, auf der anderen Seite des Lagerfeuers, und starrte in die Flammen. Er gab sich furchtbare Mühe, nicht ununterbrochen zu Jasmine rüberzuschauen. Wenn sie ein guter Mensch wäre, würde sie heute Nacht noch mit ihm Schluss machen. Aber sie wusste, dass sie es nicht tun würde.

»Wie's aussieht, sind Mum und Dad ins Bett gegangen«, sagte Madison. Sie drängte sich zwischen die anderen und holte das Telefon aus der Tasche.

»Madison!«, zischte Carmen. »Wie hast du das denn reingeschmuggelt? Dafür kriegst du einen Verweis.«

Madison reichte das Handy an Cierra weiter. »Wer hat Lust auf eine Story?«

»Mr Michaels sitzt immer noch da drüben«, sagte Georgia. »Das kannst du nicht bringen. Der meldet dich.«

»Nicht, wenn Jasmine ihm ihre Titten zeigt.«

Cierra fing an zu filmen.

»Wir befinden uns hier am Zeltplatz oben auf dem Western Bluff«, sagte Madison in die Kamera. »Es ist der einzige Ort, wo damals Spuren der Mädchen gefunden wurden, die 1985 verschwanden. Die Schuhe von Rose Cahil, die Schnürsenkel ordentlich gebunden, einer neben dem anderen an der Felskante direkt hinter uns … sowie ein Fetzen Stoff ihrer Jeans, und zwar in der Trapper-Hütte. Es heißt, dass ihr Geist heute noch in der Hütte umgeht.« Cierra schwenkte die Handykamera auf die Hütte. »Jeder weiß, *dass man da nachts auf gar keinen Fall reingehen darf.*«

Carmen schauderte. »Ich würde heute Nacht gerne schlafen, Maddy! Mein Zelt steht direkt daneben.«

»Die Hungermann-Entführungen. Fünf Mädchen, alle im Abstand von zwei Monaten verschwunden«, fuhr Madison fort. »Mallory Andrew, vierzehn, zuletzt zu Fuß auf dem Weg zur Schule gesehen. Yolanda Swift, sechzehn, verschwunden während einer Wanderung durch die Devils-Gullet-Schlucht: Ihre Eltern waren nur wenige Meter von ihr entfernt und haben nichts mitbekommen. Victoria Compton, sechzehn, verschwunden während …«

»Stopp!«, schrie Carmen und hielt sich die Ohren zu.

Ungerührt zählte Madison weiter die Details jedes einzelnen Falls auf. Sie endete mit: »Und eine Überlebende … die kleine Dorrie Dossett, vierzehn Jahre alt. Dorrie, die uns alles über ihn erzählte, den Buschmann, der die Mädchen raubte.« Sie hielt inne. »Der Hungermann.«

»He, Mädels, was treibt ihr da?«, fragte Jack und kam zu ihnen rüber.

»Nur Gespenstergeschichten erzählen, Mr Michaels«, sagte Jasmine.

Cierra hatte sich das Handy blitzschnell in die Jacke geschoben. Nur die Kamera schaute heraus und filmte weiter mit.

»Der Hungermann ist groß, abartig groß«, sagte Madison, ohne Jack zu beachten.

»Madison, du weißt, dass das Thema tabu ist«, sagte er.

»Er trägt einen Buschhut, und sein Gesicht ist lang und gespenstisch bleich. Er versteckt sich direkt neben dir im Busch, und wenn du ganz still bist, kannst du seine Schritte hören. Er geht genauso schnell wie du. Du kannst rufen, aber er antwortet nicht. Aber du kannst ihn atmen hören. Und wenn du ihm in die Augen schaust …«

»Okay. Das reicht jetzt, Madison.«

»Was ist denn, Mr Michaels?«, fragte Cierra und richtete verstohlen die Kamera auf ihn. »Fürchten Sie sich vor einer Gespenstergeschichte?«

»Schon vor 1985 gab es immer wieder Gerüchte über einen einsiedlerischen Buschmann, der hier in diesen Wäldern haust«, fuhr Madison fort, die Lippen geschürzt, die roten Haare umrahmten dramatisch ihr Gesicht. »Hin und wieder war der Rauch seines Lagerfeuers zu sehen. Hin und wieder waren Schüsse zu hören, immer dann, wenn er auf die Jagd ging. Und einmal … einmal fand man die Knochen einer Frau, säuberlich abgenagt, sowie ihre Schuhe, die Schnürsenkel ordentlich gebunden.«

»Das ist nicht wahr.«

»Und wer hat dann die Mädchen entführt, Mr Michaels?«, fragte Madison. »Was ist mit ihnen passiert? Die kleine Dorrie Dossett hat den Hungermann gesehen. Er hat sie aus dem eigenen Garten entführt.«

»Dorrie Dossett litt unter dem Downsyndrom.«

»Was nicht heißt, dass sie eine Lügnerin war«, entgegnete Madison.

»Theodore Barclay war …«

»Ted Barclay hatte *definitiv* den IQ eines Zehnjährigen. Er hätte auf keinen Fall fünf Mädchen entführt, ohne Spuren zu hinterlassen. Und dann hat er sich *umgebracht*?«, sagte Madison.

»Ihm wurde nur die Schuld in die Schuhe geschoben, weil er Aboriginal war«, fügte Georgia hinzu.

»Okay. Ab in die Zelte.« Mr Michaels klatschte in die Hände. »Sofort. Oder ich hole Mr North.«

Widerstrebend und murrend standen die Mädchen auf. Er kickte ein paar verkohlte Holzstücke zurück ins Feuer und scheuchte die Mädchen in die Zelte. Madison nahm Cierra ihr Telefon wieder ab und ließ es heimlich in die Tasche gleiten.

Als Jasmine den Reißverschluss aufzog, sah sie Bree auf ihrem Schlafsack liegen. Sie war wach und starrte an die Decke. Jetzt rollte sie sich zur Seite und drehte Jasmine den Rücken zu. Jasmine schnappte sich Zahnbürste, Wasserflasche und den kleinen Kulturbeutel, in dem sich inzwischen außerdem ein Tütchen Gras, ein Feuerzeug und eine Pfeife befanden.

Sie verschwand zwischen den Bäumen, setzte sich auf einen Stein und holte das Gras und die Pfeife raus. Einen Augenblick später setzte sich Cierra zu ihr. Jasmine stopfte die Pfeife, zündete sie an und reichte sie weiter.

»Wie geht es dir?«, fragte Cierra und inhalierte.

»Wir ziehen das echt durch, oder?«

»Nach morgen ist nichts mehr, wie es war.« Cierra gab ihr die Pfeife zurück.

Jasmine inhalierte tief und hustete. »Meinst du, wir machen wirklich das Richtige?«

Cierra nahm noch einen Zug. »Ja. Madison weiß, was sie tut.«

Sie saßen da und rauchten. Keine sagte ein Wort. Jasmine betrachtete die Bäume. Schließlich sagte sie: »Was ist das für ein Spiel?«

Cierra erstarrte.

»Das Spiel«, wiederholte Jasmine. »Ich habe euch gehört, wie ihr geredet habt. Über Spieler und Nacktfotos.«

»Ich weiß nicht, was …«

»Du erzählst es mir jetzt, oder ich schwöre, ich gehe zu Miss Ellis und erzähle ihr alles. *Alles.*«

»Sei keine Zicke«, fuhr Cierra sie an.

»Ich mache bei der Sache nicht mit, wenn ihr Geheimnisse habt, Madison und du.«

Cierra sah kurz aus, als würde sie reden wollen, dann zögerte sie. Sie nahm noch einen Zug aus der Pfeife. »Okay. Ich sag es dir … morgen. Morgen um die gleiche Zeit. Okay?«

Jasmine musterte sie. »Du musst vor Madison keine Angst haben, das weißt du, ja? Wir würden dich beschützen.«

Cierra lachte. »Ich habe keine Angst vor ihr. Du weißt nicht, was du da redest!«

»Okay, Cierra. Wenn du es sagst. Jedenfalls sind wir für dich da, Georgia und ich.«

Jasmine wandte sich wieder den Bäumen zu, und da sah sie es. Ihr lief ein eiskalter Schauer über den Rücken, an ihren Armen stellten sich sämtliche Härchen auf.

»Cierra!«, zischte sie. »Bleib ganz still sitzen und schau unauffällig zu der Baumgruppe da drüben, ein Stückchen nach links.«

»Was ist da?«, flüsterte Cierra.

»Da steht jemand. Beobachtet uns.«

Cierra schüttelte den Kopf. »Das ist nur ein Baum, Jaz.«

Jasmine spähte in die Dunkelheit. Nach einer Weile beruhigte sich ihr Atem. »Nur ein Baum«, sagte sie. Sie kicherte und klopfte das restliche Gras aus der Pfeife. »Mit dem Zeug muss man echt vorsichtig sein, das macht paranoid.«

Cierra lachte mit, und sie standen auf. Sie drückte Jasmine einen flüchtigen Kuss auf die Wange. »Du bist meine beste Freundin, Jaz. Danke, dass du das tust.«

Seite an Seite gingen sie zu den Zelten zurück.

Hinter ihnen knackte ein Ast.

»Nur ein Wallaby?«, sagte Cierra noch fragender als sonst.

Sie gingen schneller, noch schneller und noch ein bisschen schneller, bis sie rannten.

KAPITEL DREI

MURPHY

Es war schon weit nach Sonnenuntergang, als es klopfte. Butch rieb sich den steifen Nacken und ging zur Tür.

Murphy stieß sich vom Tisch ab und verscheuchte Karl Chaos sanft von seinem Schoß, um aufstehen zu können. Dicht unter seiner Schädeldecke lauerten Kopfschmerzen. Er streckte den Rücken durch. Es war ein langer Tag gewesen.

»Hallöchen, Jungs«, sagte Skinner gedehnt. Er trug eine Servo-Sonnenbrille und hatte lange, strähnige Haare. Die sehnigen Arme waren mit Tribal-Tattoos übersät. Er umarmte erst Butch, dann Murphy. Murphy drehte sich automatisch zur Seite, um Skinners schlechtem Atem zu entkommen – die Drogen hatten seine Verdauung ruiniert. »Ich hab euch ein kleines Geschenk mitgebracht, um mich für eure harte Arbeit zu bedanken.«

Butchs Augen fingen an zu leuchten. »Was gibt's denn Feines?«

Skinner zog eine weiße Sprühdose aus der Tasche. »Angel Dust für meine Engel. Und zwar den besten Shit seiner Art, den ich *jemals probiert habe*. Wer hat Lust auf einen Fry?«

»Ich glaub, ich setz diesmal aus, Kumpel.« Murphy beäugte misstrauisch die Dose. Ein Fry war Straßenslang für einen mit Angel Dust besprühten Joint. Murphy hatte erst einmal einen probiert und damit eine ziemlich schlechte Erfahrung gemacht. Außerdem ging er harten Drogen wie Angel Dust so gut wie möglich aus dem Weg. Er war schließlich Vater.

»Sei kein Hosenscheißer, du probierst es«, sagte Skinner.

»Ja. Murphy ist dabei, oder ich rufe in der Schule an und erzähle denen, dass Jasmine ein kleines Goodie mit ins Klassencamp genommen hat«, sagte Butch.

»Sie hat gar nichts mitgenommen«, sagte Murphy schnell.

»Murphy ist dabei«, sagte Butch.

»Guter Mann.« Skinner zupfte Murphy im Vorbeigehen am Bart und steuerte auf die Hintertür zu.

Der Schuppen war mit gemütlichen Sofas, einer leistungsstarken Anlage, einem gut bestückten Bierkühlschrank und einem rostigen Holzofen ausgestattet.

Murphy saß da, rauchte den Fry, den er sich widerstrebend angezündet hatte, und sah den Flammen im Ofen zu. Karl Chaos war auf seinen Schoß zurückgekehrt und schnurrte. Skinner und Butch diskutierten über irgendwas Politisches – wenn Skinner high war, fing er grundsätzlich an zu politisieren.

Saras Gesicht erschien vor seinem inneren Auge. Rote Haare, braune Augen, breites Lächeln, perfekte Zähne. Er verspürte einen Stich in seiner Brust. Sara hatte politische Diskussionen mit den Jungs immer gewonnen. Dabei half, dass sie immer nüchtern war – nicht mal Gras hatte sie angerührt. Trotzdem hatte sie nichts gegen Begegnungen mit Skinner gehabt. Darin war sie wirklich gut gewesen. Sie verurteilte niemanden für das, was er tat. Sie war Anwältin gewesen; hatte alles Mögliche zu hören bekommen. War unfassbar klug gewesen.

Er vermisste sie unendlich. Er würde alles tun, um sie zurückzukriegen. Alles tun, um die Zeit zurückzudrehen und sie irgendwie zu beschützen vor dieser Krankheit, die sie umgebracht hatte.

Auf einmal durchzuckte ihn schreckliche Angst. Er setzte sich ruckartig auf. *Jasmine …*

Die Welt geriet ins Schlingern, er hatte das Gefühl, die Couch würde ihn verschlucken. Das PCP knallte rein, Wellen fluteten seinen Körper – nur dass es nicht mehr sein Körper war. Er hatte das Gefühl, zu schweben, sich von sich selbst zu entfernen. Die schreckliche Angst fühlte sich gleichzeitig kindisch und fieberhaft klar an.

Murphy sah durch das gesprungene Fenster hinaus in die tintenfarbene Schwärze der Tiers bei Nacht. In Luftlinie waren die Mädchen nicht wirklich weit von dem Fleck entfernt, an dem er gerade saß. *Jasmine, ich darf dich nicht auch noch verlieren …*

Was war das denn? Wie schräg! Sein Gesicht glühte. Er fühlte sich gut. Er hatte Angst.

Die Couch lachte und saugte ihn mit knurrendem Magen noch ein Stückchen weiter in sich rein. Er hob Karl Chaos von seinem Schoß, der Kater sah ihn mit außerirdischer Intelligenz im Blick durchdringend an. Er beamte ihm Gedanken ins Hirn. Weiße Lichter zuckten durch sein Blickfeld. Ein angenehmes Surren vibrierte in seinen Ohren, in seinem Bauch, in seinen Leisten … sein Herz pochte, während er dabei zusah, wie die Tränen über seine eigenen, behaarten Wangen liefen.

Er hatte zwei Gedanken: *Nimm den Fry aus dem Mund, ehe du umfällst, sonst versengst du dir den Bart* und *Sara … ich darf dich nicht noch mal verlieren.*

»Murph. Scheiße, Mann! Wach auf.«

Murphy regte sich. Unter seinen Augenlidern pulsierten Stroboskoplichter, und als er sie öffnete, sah er, dass es wieder hell war. Er lag am Ende des Gartens einigermaßen vor dem Regen geschützt unter einem Kohl-Eukalyptus. Er hatte seine dicke Jagdjacke an, trotzdem war ihm schweinekalt, sämtliche Knochen taten ihm weh, und er war über und über bedeckt mit Kratzern und Schrammen. Obwohl er im Schutz des großen Baums lag, hatte er das Gefühl, bis auf die Knochen durchnässt zu sein.

Er rollte sich auf die Seite und würgte. Aber es kam nichts; nicht mal ausspucken konnte er.

Butch klopfte ihm auf den Rücken. »Komm, werd wach, mach dich sauber, da ist jemand von den Bullen. Sie wartet drinnen. Will dich unbedingt sprechen.«

»Was?« Murphys Mund war trocken wie ein Wattebausch. An seinen Klamotten hingen Zweige, und in seinen Händen steckten Dornen. Hatte er sich im Busch rumgerollt? Wie breit war er *gewesen*?

Er fasste sich an den Kopf – sein Arm war leicht wie eine Feder. Korrigiere. Er war *immer noch* breit.

»Die Bullen?«, ertönte Skinners Stimme. Er streckte den Kopf aus dem Schuppen. Offensichtlich war er nackt.

»Hat nichts mit dir zu tun, Skin«, sagte Butch. »Irgendwas wegen Jasmines Schulausflug …«

»*Was?*«, sagte Murphy.

»Ich sagte, irgendwas wegen Jasmines Schulausflug, da ist was pass…«

Aber Murphy stolperte bereits durch den Regen ins Haus. Er schwankte heftig von links nach rechts, weil das eine Bein länger war als das andere. Die Lichter tanzten immer noch vor seinen Augen.

In seinem Wohnzimmer stand eine blonde Polizistin. »Murphy. Erinnern Sie sich an mich? Constable Cavanagh.«

Natürlich erinnerte er sich, er kannte sämtliche Bullen der Stadt. »Wo ist Jaz? Was ist passiert?« Er stützte sich mit einer Hand auf den Tisch, die Welt kippte ihm entgegen.

Ihre Worte drangen von weit weg an sein Ohr, als würde sie gegen heftigen Wind ansprechen. Er schüttelte den Kopf, versuchte, die Ohren freizukriegen, was immer da auch drinsteckte. Er hatte sie nicht richtig verstanden.

»Ich glaube, es ist besser, Sie kommen mit«, sagte Cavanagh langsam.

»… aber sie hätte *niemals* den Weg verlassen«, wiederholte Murphy über das Geräusch der Sirene und der Scheibenwischer hinweg. Er kauerte auf dem Beifahrersitz des Streifenwagens, einem Kia Stinger, und krallte sich am Griff fest. Er wurde wieder nüchtern, aber viel zu langsam. Er zitterte von dem ganzen Adrenalin und dem Schock. Im Auto stank es nach widerlichem *Scheißlavendel*, und sein Kopf rebellierte.

»Ich glaube Ihnen, Mr Murphy«, sagte Cavanagh.

Murphy war sich bewusst, dass er ihr das alles schon erzählt hatte, aber er hatte keine Ahnung, wie oft. Die Welt drehte sich immer noch, als würde er auf einem Karussell sitzen. Und sein Mund war so *verdammt* trocken. Der Anblick des Regens draußen auf der Windschutzscheibe, den die Scheibenwischer beständig zur Seite schoben, ließ ihn hecheln.

»Wir finden sie. Aber bitte denken Sie noch mal nach. Wäre es denkbar, dass sie irgendwo *hingegangen* sein könnte?«

»Ich sag Ihnen doch, sie wäre zuerst nach Hause gekommen. Außerdem ist sie nicht blöd: Sie würde bei so einem Wetter niemals abhauen!«, brüllte er.

Cavanagh zuckte zusammen. »Könnten Sie bitte versuchen, nicht so zu schreien? Sie tun meinen Ohren weh.«

Eine Minute später fuhren sie um eine Kurve und bogen auf den Schotterparkplatz am Wanderweg ab.

Murphy sprang aus dem Auto und stolperte los, noch ehe der Wagen richtig stand.

Über ihnen türmten sich die Tiers auf – nebelverhangen und undurchdringlich. Menschen rannten kreuz und quer über den Parkplatz auf der von Fenchelholzbäumen umstandenen Lichtung. Murphy war im Nu wieder vom Regen durchnässt. Er versuchte, aus den hohlen Händen zu trinken.

Die größte Menschentraube war um den Schulbus versammelt, wo er eine Gruppe halbwüchsiger Mädchen in Wanderausrüstung entdeckte. Jasmine war nicht dabei. Außerdem standen dort zwei Männer. Er kannte beide: Thomas North und Jack Michaels.

Bei Jacks Anblick spürte Murphy heiße Wut in sich aufsteigen, aber es gelang ihm, sie wegzudrängen.

Es wimmelte vor Journalisten – Vierschrötige in Regenjacken, elegante, perfekt geschminkte Frauen auf hohen Absätzen, die sich von ihren Assistenten Regenschirme über die Köpfe halten ließen, sogar ein paar Leute mit riesigen Fernsteuerungen, die Kameradrohnen kreisen ließen.

Drei Rettungsfahrzeuge und fünf Streifenwagen schickten verschwommene Blinklichter durch den Regen. Auch ein Einsatzfahrzeug der örtlichen Feuerwehr stand auf dem Parkplatz und wurde gerade entladen. Von offenen Anhängern wurden geländegängige Motorräder geschoben, und sogar einige Pferde mit reflektierenden Leuchtdecken mischten sich unter die Menge.

»Stopp mal, Kumpel.« Ein stämmiger blonder Mann im Anzug stellte sich Murphy in den Weg. Er sah aus wie ein Boxer: schiefe Nase, Narbe über der Augenbraue, ein bisschen benebelt und mit einem dämlichen blonden Schnauzer mitten im Gesicht. »Wo wollen Sie hin?«

Murphy riss sich von ihm los. »Verpiss dich.«

»Er gehört zu mir, Detective Coops.« Cavanagh kam im Laufschritt auf sie zu. »Seine Tochter ist eine der Vermissten.«

»Da drüben steht ein Zelt für Angehörige, es gibt Suppe und Kaffee …«

»'nen Teufel werd ich tun«, sagte Murphy.

»… oder, wenn Sie sich an der Suchaktion beteiligen wollen, gehen Sie rüber zu dem orangen Zelt vom State Emergency Service«, sagte Detective Coops. »Schließen Sie sich einer Suchmannschaft an, aber rennen Sie nicht einfach blind drauflos wie ein Idiot, mitten rein in den Busch, der sie killt, ehe Sie fünfzig Meter weit gekommen sind.«

»Soll ich ihm Handschellen anlegen, Coops?«, ertönte eine Stimme hinter ihm.

Murphy fuhr herum, die Hände zu Fäusten geballt.

Schlag ihn nicht, die sperren dich ein, du musst Jasmine finden … Die Stimme der Vernunft war stärker, aber es kostete ihn geradezu übermenschliche Kräfte, um den Mann, der hinter ihm aufgetaucht war, nicht umzunieten.

Feist und mit wabbelnden Hängebacken wie ein Basset. Die Uniformjacke zum Platzen eng über die Bierwampe gespannt. Sergeant Doble.

»Hab gehört, Ihre Tochter gehört zu den Vermissten, Kumpel. Alles okay bei Ihnen?« Doble klang besorgt, aber Murphy kannte ihn besser.

»Ich gehe da jetzt rauf, Doble«, sagte er durch zusammengebissene Zähne.

»Selbst Sie müssen sich an die Regeln halten, Murphy.«

»Sergeant Doble …«, fing Cavanagh an.

»Danke, Constable, ich übernehme«, sagte Doble und wandte sich an den Detective. »Den kenne ich, Coops«, raunte er laut. »Gut, dass Sie ihn aufgehalten haben. Wer weiß, was der da oben angerichtet hätte.«

Der Detective musterte Murphy ein letztes Mal von Kopf bis Fuß, dann setzte er seinen Weg fort.

Plötzlich glühte Murphys Haut: Die Wut loderte hoch.

»Wo wir gerade dabei sind: Wo waren Sie eigentlich heute am frühen Morgen, Murphy? In Ihrem Keller sind nicht zufällig ein paar niedliche kleine Teenagerinnen versteckt, oder?«, sagte Doble.

Murphy richtete sich zu seiner vollen Größe auf, bereit, dem fetten Arschloch eine …

»Alles in Ordnung hier?«, ertönte eine tiefe Stimme mit breitem australischem Akzent und einem ganz leichten Hang zum Nuscheln.

»Alles bestens, Badenhorst«, sagte Doble. »Das ist Jordan Murphy. Der, von dem ich Ihnen erzählt habe – ich wette, Sie haben einige Fragen an ihn.«

»Ah, ja. Schön, Sie kennenzulernen.« Der Neuankömmling hielt ihm die Hand hin; das Nuscheln kam von seiner Angewohnheit, seitlich aus halb geschlossenem Mund zu sprechen. »Ich bin Con Badenhorst.«

»*Senior Sergeant Detective* Con Badenhorst«, murmelte Doble, für Murphys Ohren bestimmt. »Leitet die Ermittlungen.«

Badenhorst war ein gut aussehender Mann mit hellen, sonnengesträhnten Haaren, die ihm regennass am Kopf klebten, und einem leichten Bartschatten auf dem markanten Kinn. Er wirkte geschmeidig und athletisch, aber Murphy glaubte trotzdem, dass er es im Zweifel mit ihm würde aufnehmen können. Er sah aus wie ein Surfer aus Gold Coast – in Limestone Creek definitiv fehl am Platz.

Badenhorst hatte immer noch die Hand ausgestreckt, als hätte er alle Zeit der Welt. Seine blauen Augen musterten Murphy neugierig, offensichtlich unbeeindruckt von seiner strikten Weigerung, die Höflichkeit zu wahren. Sein Blick löste sich von ihm und schweifte über die Menge, nahm gelassen alles andere in sich auf und kehrte schließlich zu Murphy zurück. Den Arm hielt er immer noch ausgestreckt. Ruhig und selbstsicher.

Vor einem der Zelte in der Nähe kam etwas in Bewegung, dann joggte eine Gruppe Menschen auf den Startpunkt des Wanderwegs zu, angeführt von Frauen und Männern in den orangefarbenen Overalls des SES.

Badenhorst ignorierend, rannte Murphy hinterher und schüttelte dabei heftig den Kopf, um den letzten Rest Benommenheit loszuwerden.

Am Zugang zum Wanderweg wurde er von einer SES-Koordinatorin aufgehalten.

»Wer sind Sie?«, fragte sie barsch.

»Meine Tochter ist da oben.« Er versuchte, sich an ihr vorbeizudrücken, aber sie verstellte ihm den Weg.

»Dann gehen Sie rüber zum Zelt. Sie können sich dem nächsten Suchtrupp anschließen.«

»Ich brauche Ihre *Scheißerlaubnis* nicht, um nach *meiner* Tochter zu suchen!«, brüllte Murphy.

»Alles okay hier?«, fragte ein riesiger, bärtiger Mann, ebenfalls in SES-Outfit.

»Er will mitsuchen, sich aber keinem Trupp anschließen.«

»Dann sag ihm, er soll sich verpissen.«

Murphy machte einen Satz auf den Wanderweg zu, an ihnen vorbei, aber der Riese packte ihn von hinten. Murphy brüllte, verdrehte dem Typen den kleinen Finger, bis es schnalzte und der Typ aufheulte.

Murphy kam drei Meter weit, ehe zwei SES-Jungs ihn zu Boden warfen und sein Gesicht in den Schotter drückten.

Murphy rastete aus.

Ein paar Minuten später wurde er mit vereinten Kräften in das Heck eines Polizeibusses verfrachtet, ein blühendes Veilchen auf der Wange, hinter sich eine kleine Spur der Verwüstung aus gebrochenen Fingern und blutigen Nasen. Er brüllte den Beamten Beleidigungen zu, während er sich gegen die Handschellen wehrte, mit geschwollenen Halsadern, den Bart verschmiert mit Speichel und Blut aus seiner Nase. Kameras blitzten, während am Himmel Blitze die Wolken zerrissen und der Donner grollte.

KAPITEL VIER

CON

Detective Con Badenhorst sah dem Polizeifahrzeug nach, das mit dem immer noch tobenden Jordan Murphy den Parkplatz verließ. Seine Augen ruhten weiter auf der Straße, als der Einsatzwagen längst um die Kurve verschwunden war.

Reichlich neben der Spur, lautete sein Fazit.

»Ich fahre zurück auf die Dienststelle und unterhalte mich mit Murphy, Badenhorst.« Sergeant Doble stand plötzlich neben ihm.

»Danke, aber ich brauche Sie hier.«

»Quatsch, wirklich, glauben Sie mir, wenn irgendwer in dieser Stadt was damit zu tun hat, dann Murphy. Sie haben ihn ja gesehen.« Und halb zu sich selbst sagte er: »Jemand muss rausfinden, warum er unbedingt da raufwollte, und wenn die Nummer noch größer wird, als sie sowieso schon ist …«

»Alles gut, Kumpel. Danke für das Angebot«, wiederholte Con und ließ den Blick über den Parkplatz schweifen.

»Hören Sie, Badenhorst …«, fing Doble wieder an.

»Haben Sie eine Sekunde für mich, Detective?« Eine Reporterin kam im Eilschritt auf ihn zugelaufen.

Damit hatte sie ihn quasi an den Pulk Journalisten verraten, die sich unter einer Kuppel aus Regenschirmen zusammendrängten. Sie stürzten sich auf ihn wie Seemöwen auf eine Pommes.

»Natürlich.« Er zwang sich zu einem Lächeln.

Sobald bekannt geworden war, dass in Limestone Creek vier Teenagerinnen vermisst wurden, hatten sich Medienvertreter aus ganz Australien in Lichtgeschwindigkeit auf den Weg in dieses gottverlassene Nest gemacht. Con war vor einem Jahr aus seiner Heimatstadt Sydney nach Tasmanien gezogen, aber sogar dort hatte er nur selten erlebt, dass die Pressegeier sich so schnell zusammenrotteten.

Eigentlich wäre es die Aufgabe seiner Vorgesetzten Commander Normandy, sich um die Presse zu kümmern. Was natürlich hieß, dass Con sich darum kümmern musste. *Alles Teil des Jobs*, sagte er sich. Aber trotzdem, verdammt. Er wollte diesen Fall so schnell wie möglich hinter sich bringen.

»Gehen Sie davon aus, die Mädchen unverletzt und gesund wiederzufinden?«, fragte ein Reporter.

»Wir hoffen natürlich das Beste und bereiten uns trotzdem auf sämtliche Eventualitäten vor.«

»Aber die Tiers sind gefährlich, vor allem in dieser Gegend«, hakte der Nächste nach. »Welche Sicherheitsvorkehrungen trifft der SES?«

»Der SES ist bestens auf derartige Situationen vorbereitet.«

Im Schwarm herrschte Gedränge, alle versuchten, möglichst dicht an ihn ranzukommen.

»Könnte es sein, dass die Mädchen einfach abgehauen sind?«

»Bei diesem Wetter eher unwahrscheinlich«, antwortete Con.

»Vermuten Sie eine Verbindung zu den Vorfällen von 1985 rund um das Meander Valley? Mädchen im Teenager-Alter, alle im Buschland entführt?« Die Journalistin legte eine Kunstpause ein. »Ist der Hungermann wieder am Werk?«

Der Schwarm drängte sich enger um ihn.

»Wir haben es mit vier halbwüchsigen Mädchen zu tun, die während eines Sturms von einem Wanderweg verschwunden sind«, sagte Con. »Es wäre also hilfreich, die Sache nicht aufzubauschen. Wir haben es nicht zum ersten Mal mit so was zu tun, wir wissen, wo die Mädchen sind – sie sind *irgendwo* da oben«, er wedelte mit der Hand in Richtung der wolkenverhangenen Gipfel, »und die Kollegen vom SES werden sie finden.«

»Und was hat dann die Bundespolizei hier zu suchen?«

»Reine Routine«, sagte Con und grinste breit.

»Sie gehen also nicht von einem Zusammenhang mit den Morden von 1985 aus …«

»Nein. Der Mörder von 1985 wurde gefasst«, sagte Con.

Die Fragen prasselten inzwischen nur so auf ihn ein.

»Könnte es ein Nachahmungstäter sein?«, rief eine Reporterin.

»Die Familie von Theodore Barclay beteuert heute noch seine Unschuld«, rief jemand anderes. »Und die Leichen wurden nie gefunden.«

»Müssen sich die jungen Mädchen in Limestone Creek um ihre Sicherheit sorgen?«

»Eben wurde ein Mann abgeführt«, erklang eine Stimme. »Jordan Murphy. Er ist der Vater einer der Vermissten. Stimmt es, dass er einen Freiwilligen angegriffen hat? Wird er als Verdächtiger gehandelt?«

»Ja, das stimmt, aber wir können zu diesem Zeitpunkt noch keine näheren Angaben zu unseren Verdächtigen machen«, meldete Doble sich plötzlich lautstark zu Wort.

»Sergeant, überlassen Sie das mir«, sagte Con bestimmt.

»Falls jemand irgendwelche Informationen hat, melden Sie sich bitte bei uns«, rief Doble über Cons Kopf hinweg. »Sie können sich unter 1800 333 000 bei der Verbrechensbekämpfung melden oder hier zu uns auf die örtliche Polizeidienststelle kommen. Wir versprechen Ihnen – Ihre Sicherheit ist unser Anliegen. Einschüchterungen jeglicher Art werden nicht toleriert, und Sie brauchen vor Männern wie Jordan Murphy keine Angst zu haben.«

»*Es reicht,* Kumpel!«, sagte Con.

Doble wirkte überaus zufrieden mit sich: Der Schaden war angerichtet. Leise murmelte er: »Vollidiot, auswärtiger …«

Genau das hatte Con noch gefehlt: ein Landei mit Ambitionen.

Über die Köpfe der Journalisten hinweg entdeckte er seine Partnerin, Detective Sergeant Gabriella Pakinga. Sie kam in Begleitung eines uniformierten Beamten auf den Pressepulk zu. Sie schob ihn vor die Kameras und rief mit heiserem Kiwi-Akzent: »Das hier ist Constable Darren Cahil. Er stammt aus dieser Gegend, kennt die Berge wie seine Westentasche und wird die Koordination der Suchaktion übernehmen. Gibt es Fragen?«

Während sich Reporter mit Kameras und Mikrofonen auf den Polizisten mit dem auffallend klaren Blick stürzten, zog Gabriella Con zu sich unter ihren Regenschirm und ging mit ihm ein paar Schritte beiseite.

Doble war immer noch neben ihm, und Con packte ihn am Arm. »Ich hab's mir anders überlegt. Fahren Sie zurück zur Dienststelle. Sie können einen Bericht für mich schreiben, über alles, was bis jetzt passiert ist. Ich brauche was für Commander Normandy.«

Doble musterte Cons Hand auf seinem Arm. »Hätten Sie die Güte, mich loszulassen? Ich bin nicht Ihre Sekretärin.«

»Und bitte in netten, verständlichen Worten. Glauben Sie, Sie kriegen das hin?« Con ließ ihn los, und Doble stolzierte davon, auf seinen Streifenwagen zu.

Gabriella hakte sich bei Con ein. »Mögen wir ihn nicht?«

»Nur das ortsübliche Arschloch. Hält mich für einen arroganten Großstadtfuzzi.«

»Du *bist* ein arroganter Großstadtfuzzi.« Gabriella lachte, und ihr ganzer Körper bebte dabei.

Er seufzte und steuerte auf das Zelt der Kommandozentrale zu. »Was hast du für mich, Gabby?«

»Nenn mich nicht Gabby«, sagte sie. »Sie müssen langsamer vorgehen bei der Suche. Der Regen vermischt sich mit Graupel, vielleicht fängt es sogar noch an zu schneien. Der Nebel wird immer dichter. Das Letzte, was wir jetzt brauchen können, ist, dass ein paar von den Freiwilligen in die Schlucht stürzen, abgesehen davon, dass die Chance, bei diesem Wetter die Spuren der Mädchen zu zerstören, genauso groß ist, wie sie zu finden.«

»Es ist doch gar nicht kalt genug für Schnee«, sagte Con verwirrt. »Was ist mit den Hunden? Haben die was gewittert?«

»Die sitzen nur rum. Als würden sie nicht suchen wollen.«

»Das ist nicht gut«, sagte Con. »Kürz ihnen den Lohn.«

Sie schnaubte. »Ich kapier's auch nicht.« Dann schüttelte sie sich. »Zuerst die ganzen Geschichten, dann die Hunde. Der Ort hier macht mir eine Gänsehaut. Wie verschwinden vier Mädchen, einfach so? Und dann diese Sache von 1985 …«

»Vier Mädchen verschwinden *nicht* einfach so«, erwiderte er streng. »Fang ja nicht an, mir mit deinen Spinnereien die Ohren vollzusülzen.« Er zeigte zu den in den Wolken verborgenen Steilwänden hinauf. »Wir wissen, dass sie irgendwo da oben sind. Wir finden sie, und dann packen wir zusammen und fahren wieder nach Hause. Und danach kannst du gern deinen Salbei verbrennen und deine Chakren reinigen.«

»Darüber macht man keine Witze«, sagte sie und versetzte ihm einen Klaps auf den Hinterkopf. »Und was ist mit Eliza Ellis und ihren Kopfverletzungen?«

Con verstummte. Ihre Schritte knirschten auf dem nassen Schotter. »Vielleicht ist sie gestürzt?«

»Ja, logo, arme, hilflose Frau stürzt im großen, gruseligen Busch, einfach so«, sagte Gabriella eingeschnappt. »Also. Wie geht's weiter?«

»Wir warten, bis die Sanis mit Eliza fertig sind, und wenn sie sagen, sie ist vernehmungsfähig, befragen wir sie, und dann gehen wir dorthin, wo die Mädchen zuletzt gesehen wurden. Alles, was wir bis dahin rausfinden, gilt als Bonus.«

Plötzlich wurde es kalt. Eiskalt. Ein Wirbelwind aus weißen Flocken erfüllte die Luft.

Con streckte die Hand aus und fing eine Schneeflocke. »Was ist das denn?«

»Ich hab mal gehört, Schulkinder sagen Schnee dazu«, erklärte Gabriella in gespielt ernsthaftem Ton. »Der SES sagt, die Tiers wären eine noch üblere Version von Melbourne: vier Jahreszeiten an einem Tag. Das heißt auch, es könnte noch schlimmer werden.«

Der Schnee wirbelte um sie herum und wurde so schnell, wie er gekommen war, von eisigem Regen abgelöst.

Gabriella erschauerte. »Unheimlich.«

In diesem Moment stürzte eine Polizistin ins Kommandozelt.

»Sie haben was gefunden«, sagte sie. Ihre Stimme bebte.

»O Gott!«, sagte Gabriella.

»Ach, Scheiße!«, sagte Con.

KAPITEL FÜNF

MURPHY

Er saß seit mindestens drei Stunden in diesem Vernehmungsraum – es musste längst Nachmittag sein. Murphy trommelte mit den Fäusten auf den Tisch. Die Handschellen stachelten seine Wut nur weiter an. Aber so laut er auch brüllte, es kam niemand. Er war nass, durchgefroren und durstig, und das Blut aus seiner Nase hing geronnen in seinem Bart.

Jasmine … Gott im Himmel, mach, dass es ihr gut geht.

Bumm.

Mach, dass es ihr gut geht. Ich schwöre, ich ändere mich. Ich höre mit dem Dealen auf.

Bumm bumm bumm.

Ich höre auf, ein Arschlochvater zu sein.

Die Tür ging auf, und Sergeant Doble betrat mit einer Mappe und einem digitalen Aufnahmegerät den Raum.

Murphy stand auf, doch die an den Tisch geketteten Handschellen zwangen ihn in eine gebückte Haltung. »Haben sie sie gefunden?«

»Jetzt ist es so weit«, sagte Doble. Er stellte den Rekorder auf den Tisch und schaltete ihn ein. »Wo waren Sie heute Morgen, Mr Murphy?«

»Beantworten Sie meine Frage.«

»Kein Alibi?«

Er setzte sich wieder hin. Murphy war kein Idiot. Er wusste, was Doble für ein Spiel spielte. »Ich war mit Butch zusammen. Videospielen.«

»Klar, natürlich. Das ist ja immer Ihre Antwort, oder, Murphy? *Grand Theft Auto* und Bullen abknallen.«

»Fragen Sie Butch.«

»Diesmal ist es ernst, Murphy.« Doble blätterte durch die mitgebrachten Unterlagen. »Ihr Alibi ist immer dasselbe.«

»Ich will meinen Anwalt«, sagte Murphy. Er war halb wahnsinnig vor Angst, aber man durfte vor Bullen keine Schwäche zeigen.

Doble musterte ihn, ein leises Lächeln umspielte seine Lippen. Er schaltete den Rekorder aus. »Diesmal steckst du bis über beide Ohren mit drin, hab ich recht?«

Murphy weigerte sich, den Blick zu senken. Er bleckte die Zähne, wohl wissend, dass sie blutverschmiert waren.

»Also … ich könnte dir da raushelfen«, sagte Doble.

Es klopfte an der Tür.

»Ich bin beschäftigt!«, rief Doble und schaltete hastig den Rekorder wieder ein.

Die Tür ging auf, und Detective Con Badenhorst betrat den Raum. Die beiden obersten Knöpfe seines durchnässten Hemds standen offen. »Kommen Sie bitte zum Ende. Pakinga und ich müssen uns mit Mr Murphy unterhalten.« Sein Gesichtsausdruck war vollkommen neutral. Murphy konnte nichts darin ablesen.

Hinter ihm betrat eine hünenhafte Maori den Raum. Blitzschnell hatten sie einander abgecheckt. Sie war riesengroß und wirkte unnachgiebig.

Einen Moment lang glaubte Murphy, Doble würde sich weigern, aber er gönnte den beiden ein unangenehmes Lächeln und bot Badenhorst den freien Stuhl neben sich an. »Ich bin mir allerdings nicht sicher, ob das was bringt. Mr Murphy besteht auf seinen Rechtsbeistand.«

»Haben Sie Jasmine gefunden?«, fragte Murphy.

»Wir haben keine weiteren Informationen als das, was Sergeant Doble Ihnen bereits gesagt hat«, erwiderte Con.

»Die haben immer noch nichts gefunden?«

»Hat Sergeant Doble Sie *nicht* in Kenntnis gesetzt?«, fragte Con.

»Ich bin noch nicht dazu gekommen«, sagte Doble. »Er war nicht kooperativ.«

»Haben Sie was gefunden?« Murphy hasste die Verzweiflung in seiner Stimme.

»Ja. Auf dem Wanderweg. Ein Tütchen Marihuana mit einem Aufkleber, THE CAPTAIN, und ein Stückchen weiter eine Wasserflasche mit Blutspuren.« Cons Stimme wurde ein bisschen weicher. »Auf der Flasche steht Jasmines Name. Wir benötigen Ihre Einwilligung, von ihrer Zahnbürste eine DNA-Probe zu nehmen, um bestätigen zu können, dass es sich um Jasmines Blut handelt …«

Jasmines Blut …

In seinen Ohren fing es an zu rauschen. Er zerrte wie wild an den Handschellen und brüllte Obszönitäten. Er war sich der Worte, die aus seinem Mund kamen, kaum bewusst, warf den Stuhl hinter sich um und trat gegen die eisernen Tischbeine. »Lasst mich sofort aus diesem verfickten Loch, oder ich reiß euch die Zungen raus!«

Es dauerte ein paar Sekunden, bis er wieder zu sich kam. Keuchend und schwitzend stand er da, die Handgelenke bluteten, die Schläfen pochten, die Kehle war rau.

Die Frau stellte ihm den Stuhl wieder zurecht. Sie sah tatsächlich aus, als hätte sie die Show genossen. Er ließ sich schwer auf den Stuhl fallen.

»Na? Immer noch so 'ne große Schnauze?«, murmelte Doble.

»Sergeant, lassen Sie uns bitte allein«, sagte Con, ohne Murphy aus den Augen zu lassen.

»Ich glaube, ich bleibe besser hier«, erwiderte Doble. »Der Typ ist gefährlich.«

»Mr Murphy ist an den Tisch gekettet«, sagte Con eisig.

»Das ist meine Dienststelle. Ich bleibe hier«, wiederholte Doble.

In dem Moment flog die Tür auf. »Alles gut, Murphy, Kumpel. Ich bin da.«

Murphy durchströmte eine Woge der Erleichterung. Dave Llewellyn, der alte Anwalt seines Vaters, von damals, als Dad noch die Geschäfte geführt hatte. Mitte fünfzig und schon immer etwas krötenhaft, wirkte er heute besonders blass und kränklich.

»Hol mich hier raus, Dave«, krächzte Murphy.

»Tut mir leid, dass ich so spät bin. Butch hat mich heute Morgen angerufen, aber ich musste ganz von Hobart hier raus. Ganz schön viele Scheißkurven.« Dave fuhr sich mit dem Ärmel über das Gesicht und setzte sich neben Murphy. Dann musterte er Detective Badenhorst, registrierte das feuchte Hemd, die zerzausten Haare.

Badenhorst stellte sich und seine Partnerin vor – Detective Sergeant Gabriella Pakinga hieß die Hünin –, ehe er mit der Befragung begann.

»Ich weiß, wie schwer das gerade für Sie ist, Mr Murphy. Bitte denken Sie dran, dass das alles Routinefragen sind, okay?«

Murphy sah ihn nur finster an.

»Hat Ihre Tochter Ihres Wissens irgendwelche Feinde?«

Murphy warf Dave einen Blick zu. Dave nickte. »Du solltest die Fragen beantworten. Nur zu.«

»Nein«, sagte Murphy. »Keine Feinde.«

»Haben *Sie* Feinde?«

Murphy lenkte den Blick auf Doble. »Keine.«

»Geben Sie uns die Erlaubnis, von Jasmines Zahnbürste eine DNA-Probe zu nehmen? Und in den Medien ein Foto von ihr zu veröffentlichen?«

»Klar«, sagte Murphy.

»Und können Sie sich irgendeinen Grund denken, weshalb jemand Ihre Tochter entführen sollte? Vielleicht im Zusammenhang mit … irgendwelchen Produkten, die Sie vertreiben?«, fragte Con.

»Das beantwortest du nicht«, sagte Dave.

»Ich weiß nicht, wovon Sie sprechen«, sagte Murphy.

»Hören Sie. Mein Klient blutet«, sagte Dave. »Sind diese Handschellen *wirklich* nötig, Detective?«

Con seufzte. »Sergeant Doble, nehmen Sie ihm die Handschellen ab.«

»Das ist nicht Ihr Ernst«, sagte Doble. »Er hat am Einsatzort zwei Polizisten angegriffen. Er ist gerade eben in diesem Raum völlig ausgetickt. Nein.«

»Verfluchte Scheiße, Murph«, murmelte Dave. »Schon wieder?«

»Sergeant Doble, die Handschellen, *bitte*!«, sagte Con.

»Nein«, blaffte Doble.

»Also schön.« Dave plusterte sich auf wie ein Ochsenfrosch. »Dann nehme ich meinen Klienten jetzt mit. Gegen ihn liegt keine Anklage vor, und er muss ins Krankenhaus, um seine Verletzungen versorgen zu lassen.«

»Na gut. In Ordnung«, sagte Con. Er klang resigniert.

»Was?«, rief Doble. Sein Blick ging ungläubig zwischen Con und Dave hin und her. »Den Teufel wird er tun!«

»Hätten Sie vorhin auf mich gehört, wären wir jetzt nicht in dieser Lage.« Con stand auf. »Ich als ranghöchster Beamter in diesem Raum habe Sie vorhin gebeten, ihm die Handschellen abzunehmen. Sie haben sich geweigert. Nach dem Gesetz zum Schutz vor Polizeibrutalität hat Mr Murphy jetzt das Recht zu gehen.«

Doble klappte den Mund auf und wieder zu. »Schwachsinn!«, sagte er schließlich.

»Sergeant Doble, wenn Sie nicht unverzüglich die Handschellen öffnen, muss ich bei Commander Normandy Meldung machen«, sagte Con.

Doble lief knallrot an. Er griff zum Schlüsselbund und öffnete Murphy die Handschellen.

Murphy stand auf und betastete prüfend die blutenden Handgelenke.

Con beugte sich über den Tisch und hielt ihm die Hand hin, offensichtlich ein Friedensangebot. »Fangen wir noch mal von vorne an. Ich bin Detective Con Badenhorst.«

Zu seiner eigenen Überraschung ergriff Murphy nach einem Moment des Zögerns Cons Rechte und schüttelte sie, während ihm das Blut über den Handrücken lief. Er hatte Fragen, war aber klug genug, sie in einem Verhörraum der Polizei für sich zu behalten.

»Hier ist unsere Karte, da stehen beide Nummern drauf.« Gabriella reichte Dave und Murphy jeweils eine Visitenkarte über den Tisch. »Falls Ihnen irgendetwas einfällt, das hilfreich für uns sein könnte, klingeln Sie einfach bei einem von uns durch. Komm, Con. Und fass mich *bitte* nicht an!«, sagte sie schaudernd mit einem Blick auf Cons weggestreckte, mit Murphys Blut beschmierte Hand.

Die beiden Detectives gingen hinaus und ließen die Tür hinter sich weit geöffnet.

»Sind die echt?«, murmelte Dave. »Wie haben die es zu Detectives gebracht?«

Murphy starrte Doble an. »Du wirst den Rest deines Lebens mit einem Strohhalm ...«

»Murphy! Es reicht!«, schnauzte Dave. Doble sah sie nur wütend an. »Wir gehen!«

Sie verließen den Verhörraum und liefen durch die gefliesten, weiß gekalkten Flure der Polizeidienststelle. Ein Weg, der Murphy bestens vertraut war.

»Na, das nenn ich Glück. Das sind die mit Abstand dämlichsten Bullen, die mir je begegnet sind. Ich hatte gerade überlegt, wie ich uns am besten da rausbluffe – du sahst aus, als würdest du jeden Moment explodieren –, aber ein Gesetz zum Schutz vor Polizeibrutalität? Kannte ich noch gar nicht. Oder vielleicht doch, unbewusst? Weißt du, ich hab mal einen IQ-Test gemacht, und ich sage zwar nicht, dass ich ein Genie bin, aber …«

Murphy hörte nicht zu. *Nicht an Jasmines Wasserflasche denken. Du musst stark bleiben. Für sie. Aber warum sollte Blut an ihrer Flasche sein? Und ein Tütchen mit unserem Gras – o Gott, bitte mach, dass ihr nichts passiert ist …*

Sie bogen um die Ecke ins Foyer und sahen vor sich am Kaffeeautomaten die beiden Detectives stehen.

»So dämlich bin ich auch wieder nicht, Mr Llewellyn«, sagte Badenhorst, der gerade dabei war, sich mithilfe von Desinfektionsspray aus einem Wandspender die Hände sauber zu machen. »So ist dieses Gesetz natürlich nicht gemeint, aber das braucht Doble ja nicht zu wissen.«

Dave blieb ruckartig stehen und schaute ungläubig von Badenhorst zu Pakinga und zurück. »Was?«

»Mr Murphy, ich weiß, dass Sie mit dem Verschwinden der Mädchen nichts zu tun haben«, sagte Badenhorst. »Ihr Bruder war vorhin hier und hat Ihr Alibi bestätigt. Hören Sie, Gabby und ich sind auf dem Weg ins Krankenhaus. Wollen Sie mit? Wir fahren mit Blaulicht.«

»Ich brauch kein Krankenhaus.«

»Na ja, es gibt ein paar Gründe, weshalb Sie vielleicht doch mitkommen wollen. Erstens: Eliza Ellis ist bei Bewusstsein und bereit, mit uns zu sprechen. Sie sind mit Sicherheit genauso gespannt zu erfahren, was da oben passiert ist, wie wir. Zweitens: Ganz ehrlich? Gemessen an den Blutmengen, die immer noch aus Ihren Handgelenken laufen, brauchen Sie wahrscheinlich tatsächlich ein Krankenhaus. Drittens: Wenn Jasmine gefunden wird, kommt sie direkt in die Notaufnahme. Dann wäre es gut, wenn Sie dort wären.«

Con schob achselzuckend die Hände in die Hosentaschen.

»Viertens … Wenn Sie mit uns kommen, versuchen Sie wenigstens nicht wieder, auf eigene Faust in den Bergen herumzuklettern, und Doble macht Ihnen das Leben nicht noch schwerer. Was mir wiederum Kopfschmerzen erspart.« Mit einem Grinsen versuchte er, die letzte Bemerkung als Witz abzutun.

Pakinga reichte Badenhorst einen Becher Kaffee. Sie nippte an ihrem, verzog angewidert das Gesicht und warf die ganze Chose in den Müll.

Trinkend wandte Badenhorst sich zum Gehen. »Ihre Entscheidung. Wir fahren jetzt jedenfalls.« Er ging weiter, Gabriella folgte ihm.

Murphy zögerte. Wenn er ehrlich war, wollte er nichts anderes, als rauf auf den Berg und sie suchen … aber was, wenn es mehr brachte, mit Eliza zu sprechen?

Berg oder Krankenhaus. Er stand wie angewurzelt da, bis Con und Gabriella nicht mehr zu sehen waren. Schließlich siegte die Vernunft.

»Dave, ich muss dabei sein, wenn sie Eliza befragen. Aber bleib bitte noch in der Stadt. Ich glaube nicht, dass Doble schon mit mir fertig ist. Butch kümmert sich um dein Honorar.«

Er rannte den Detectives hinterher.

Er traute ihnen zwar kein Stück über den Weg, aber Jasmine war wichtiger.

KAPITEL SECHS

CON

Con drehte die Heizung im Streifenwagen voll auf. Hemd und Hose waren immer noch feucht. Für die Fahrt von Limestone Creek zum Kreiskrankenhaus in Launceston musste man regulär eine knappe Stunde rechnen, es sei denn, man war in einem Streifenwagen unterwegs. Die Straßenschilder reflektierten die rot-blauen Signallichter des Kia Stinger, während sie durch den Regen und die zunehmend trübere Düsternis der tasmanischen Landschaft fuhren. Im Außenspiegel verloren sich die wolkenverhangenen Great Western Tiers in der Ferne.

Ich werde alle Tricks anwenden, die ich kenne, um diesen Fall so schnell wie möglich zu den Akten zu legen, dachte er und trommelte mit den Fingern aufs Lenkrad.

Murphy saß auf der Rückbank, den Kopf gegen die Scheibe gelehnt, die Handgelenke von Gabriella mit Mullbinden aus dem Erste-Hilfe-Kasten notdürftig versorgt, und trank die Wasserflasche leer, die sie ihm gegeben hatten. Obwohl die Heizung auf Hochtouren lief und Murphy eine dicke Jacke trug, zitterte der groß gewachsene Mann: Vielleicht lag es an den nassen Klamotten, vielleicht war es der Schock, vielleicht aber auch nur Erschöpfung.

Con verspürte leises Unbehagen, wenn er an die Gewaltausbrüche des Mannes dachte, zuerst oben am Einsatzort und dann noch einmal im Verhörraum. Murphy hatte sich aufgeführt wie ein Wilder, mehr Raubtier als Mensch. Con hatte fast seine gesamte Polizeikarriere mit Fällen verbracht, die mit Jugendlichen zu tun hatten, und kannte sich ziemlich gut mit Kindheitstraumata aus – wie sie aussahen, wie sie wirkten, wodurch sie getriggert wurden. Nach einem kurzen Blick in Murphys Polizeiakte, die von Gewaltausbrüchen, hochriskantem Verhalten und mutmaßlichem Drogenhandel nur so strotzte, war Con ziemlich sicher, dass es in der Vergangenheit dieses Mannes Traumata gab, die halfen, seine explosive Wut zu erklären. Wenn er ihn dazu bringen wollte zu kooperieren, musste er behutsam vorgehen.

Gabriella saß neben ihm auf dem Beifahrersitz am Laptop und studierte ebenfalls Murphys Akte. Sie nahmen ihm sein Alibi beide nicht eine Sekunde lang ab, aber Con wollte ihn trotzdem im Krankenhaus dabeihaben.

Con war klar, dass er Murphy unbedingt in eine weniger belastende Umgebung bringen musste, um ihn zum Reden zu kriegen, und, noch wichtiger – weg von Doble. Es schadete nicht, dass sein Anwalt sie nicht begleitete, auch wenn er nicht glaubte, dass der Mann ein großes Hindernis gewesen wäre.

Vor allem aber wollte Con, dass Murphy mit Eliza sprach. Als sie vorhin am Einsatzort gewesen waren, hatte die Lehrerin sich noch in Obhut der Sanitäter befunden und nur wirres Zeug geredet. Sie mussten unbedingt jemanden zu ihr reinschicken, ehe sie selbst mit ihr redeten. Ein vertrautes Gesicht – ein besorgter Vater – wäre perfekt geeignet, um Eliza Ellis irgendetwas Sinnvolles zu entlocken. Wenn sie tatsächlich derart erschüttert war, würden Beamte der Bundespolizei, mochten sie auch noch so nett und freundlich sein, sie nur ängstigen und ihre Gedächtnislücken vergrößern. Die Vorstellung, sie mit einem potenziellen Verdächtigen allein in einem Zimmer zu lassen, gefiel ihm zwar nicht, aber die Mädchen waren seit vier Stunden verschwunden, das war das Risiko wert.

»Wie geht's dahinten, Kumpel?«, fragte Con. »Sollen wir jemanden für Sie anrufen?«

Murphy schüttelte den Kopf, ohne den Blick von der Landschaft zu wenden.

»Warm genug?«, fragte Con. Murphy reagierte nicht. Schließlich fragte Con leise: »Was sagt Ihr Bauchgefühl?«

Murphy hob den Blick und sah ihn durch den Rückspiegel an. »Was?«

»Ihre Tochter. Was ist Ihrem Gefühl nach passiert?«

Murphy kniff skeptisch die Augen zusammen, offensichtlich auf der Suche nach dem Haken. Schließlich sagte er: »Sie ist zu clever, um den Wanderweg zu verlassen. Wenn sie sich verlaufen würde, würde sie an Ort und Stelle bleiben. Sie hat einen riesigen Beschützerinstinkt, und wenn eine ihrer Freundinnen sich verletzt hätte, würde sie wahrscheinlich von einer Klippe springen, um sie zu retten. Abgesehen davon gäbe es nur einen Grund für sie, den Weg zu verlassen: Entweder sie wurde gezwungen, oder sie wurde reingelegt.« Er schüttelte kurz den Kopf, wie um eine Fliege zu verscheuchen. »Wie weit ist es noch?«

»So schlimm?«, sagte Gabriella. »Wir haben vielleicht irgendwo Schmerztabletten.«

»Blödsinn, mir geht's gut!«, erwiderte er. »Aber mir hat immer noch niemand gesagt, was da oben eigentlich los war. War Eliza die Einzige, die dabei war?«

»Sie kennen sie, stimmt's?«, fragte Gabriella zurück.

Con war froh, dass sie Murphys Fragen so geschickt auswich. Sie hatten sich darauf geeinigt, Murphy so weit wie möglich im Dunkeln zu lassen, für den Fall, dass er Details preisgab, die er nicht hätte wissen dürfen.

»Ich kenne die meisten in diesem Kaff. Außerdem ist sie Jasmines Lehrerin.«

»Aber es ist mehr als nur die Verbindung über die Schule, oder?«, sagte Con. Ob Murphy Eliza gut kannte, war wichtig –

dann wäre er noch besser geeignet, ihr brauchbare Informationen zu entlocken.

»Wir sind uns schon oft im Pub über den Weg gelaufen. Haben früher sogar ab und zu mal was getrunken. Aber nicht mehr, seit sie Jasmines Lehrerin ist. Warum?«, blaffte er und kniff wieder skeptisch die stechend blauen Augen zusammen.

»Ich frage mich nur, wie sie so ist«, sagte Con. »Ich hatte noch keine Gelegenheit, sie richtig kennenzulernen. Kurz nachdem wir dort eintrafen, haben die Sanitäter sie mitgenommen. Wir hatten noch nicht die Chance, sie richtig zu befragen. Sie wirkte ein bisschen ... was würdest du sagen, Gab? Verwirrt?«

»›Verwirrt‹ beschreibt es ganz gut«, sagte Gabriella. Sie hatte Murphys Akte wieder geschlossen und las die E-Mails, die inzwischen reingekommen waren – Detective Stuart Coops, der dem Fall ebenfalls zugeteilt worden war, sprach momentan mit Lehrern, Eltern, dem Sozialarbeiter der Schule und wühlte sich durch Schulakten und Polizeiberichte.

»Tja. Was soll ich dazu sagen ...« Murphy klang abweisend. »Eliza kann gut mit den Kids. Die beste Englischlehrerin, die Jasmine je hatte. Die Mädchen lieben sie. Ohne Ausnahme. Sie ist letztes Jahr durch die Hölle gegangen, als ihre Nichte sich das Leben nahm. Deshalb macht sie das jetzt mit Sicherheit völlig fertig.«

»Ihre Nichte?« Gabriella horchte auf. Sie fing sofort an, auf ihren Computer einzutippen.

Sie erreichten den Stadtrand von Deloraine, der nächstgelegenen größeren Stadt – nicht, dass irgendeine Stadt in Tasmanien sonderlich groß gewesen wäre; die ganze Insel hatte weniger Einwohner als der Großraum Geelong. Con navigierte durch die Innenstadt und bahnte sich mit Blaulicht und Sirene einen Weg, bis sie auf den Bass Highway einbogen. Endlich konnte er den Stinger richtig von der Leine lassen, und sie rasten auf Launceston zu.

»Darf ich Sie noch was fragen?«, sagte Con. »Wissen Sie, weshalb Sergeant Doble Sie dermaßen auf dem Kieker hat?«

»Klar. Ich hab seine Frau gevögelt«, sagte Murphy sarkastisch.

Gabriella gluckste, ohne den Blick vom Bildschirm zu heben. »Köstlich. Ich liebe Kleinstadtquerelen.«

»Lachen Sie noch einmal über mich, und Sie werden sehen, was passiert.«

»Drohen Sie meiner Partnerin noch einmal, und ich mach Sie alle«, sagte Con mit eisiger Stimme.

»Hört auf, Jungs, ich find euch beide niedlich«, sagte Gabriella und gab Con einen Klaps aufs Bein.

Die Männer starrten sich im Rückspiegel an, bis Con den Blick abwenden musste, um sich auf den Verkehr zu konzentrieren. »Leck mich, Mann«, murmelte Murphy und lehnte den Kopf wieder gegen die Fensterscheibe.

Gabriella schaltete das Radio ein, damit sie sich unterhalten konnten, ohne von hinten belauscht zu werden. Con warf noch einen Blick in den Rückspiegel. Murphy hatte die Augen geschlossen.

»Was ist los mit dir, Badenhorst?«, sagte Gabriella. »Du wirkst irgendwie ein bisschen gereizt. Die armen vermissten Mädchen kommen dir wohl nicht ganz so gelegen, was?«

»Sei leise! Er ist noch wach«, flüsterte Con.

Gabriella warf einen Blick nach hinten. »Nein. Ist er nicht.«

»Der tut nur so«, sagte Con und beobachtete Murphy im Spiegel.

»Ich glaube nicht, dass er was damit zu tun hat.«

»Du stehst einfach nur auf Holzfäller«, sagte Con. »Hör zu, ich hab eine Idee.« Er beugte sich zu ihr und fing an zu flüstern, ohne dabei die Straße aus den Augen zu lassen. Er schilderte seinen Plan, Murphy allein zu Eliza hineinzuschicken, um ihr Informationen zu entlocken. Allerdings hatte er noch keine Idee, wie er ihm sein Diktiergerät unterjubeln sollte.

Gabriella schüttelte den Kopf. »Das klingt viel zu kompliziert.«

»Ich will kein Risiko eingehen, aber ich glaube, es ist wichtig. Du weißt doch, wie die Leute auf dem Land sind. Die machen noch am ehesten auf, wenn sie unter ihresgleichen sind. Die Zeit spielt eine entscheidende Rolle.«

»Con, du bist jetzt schon seit einem Jahr hier, aber ich glaube, du weißt immer noch nicht mehr über die Leute auf dem Land als das, was du in irgendwelchen Büchern gelesen hast.«

Eine Zeit lang fuhren sie schweigend weiter, Gabriella klapperte auf ihrem Computer herum. »Elizas Nichte hieß Denni King. Ihr Selbstmord war eine schlimme Geschichte … ach, und Madison Mason war darin verwickelt, die Schwester von Cierra. Sie ist offensichtlich eine Art YouTube-Star. Das ist ja interessant.«

»Jasmine …«, krächzte Murphy. Er fuhr hoch und zerrte an seinem Sicherheitsgurt. Er sah sich um, die blutunterlaufenen Augen weit vor Schreck. Als er merkte, dass Con ihn beobachtete, wandte er sich mit finsterem Blick wieder ab. Er bedeckte das Gesicht mit dem Unterarm und ließ sich wieder gegen das Seitenfenster sinken. Er versuchte, es zu verbergen, aber seine Schultern bebten, und unter dem Arm liefen ihm die Tränen herunter.

Con rutschte auf dem Fahrersitz herum. *Trotzdem verdächtig*, dachte er.

Das Launceston General Hospital befand sich in einem grauen, weitläufigen Gebäudekomplex, und im Regen bewegte sich der Verkehr auf den Fahrwegen und Parkplätzen nur langsam vorwärts. Sie parkten in der Anfahrtszone neben der Notaufnahme.

Murphy sprang als Erster aus dem Wagen.

Zu dritt betraten sie die Notaufnahme. Con zeigte der Schwester am Empfang seine Marke und fragte nach Eliza.

»Ist auf Station verlegt worden«, sagte die Frau, ohne den Blick vom Bildschirm zu heben.

Con gab Murphy einen Schubs. »Gut. Wir lassen Sie dann mal hier. Sie sollten sich Ihre Handgelenke versorgen lassen.«

»Den Teufel werd ich tun«, sagte Murphy. »Ich komme mit.« Sagte es und stürmte los. Con und Gabriella mussten rennen, um mit ihm Schritt zu halten. Als sie die richtige Station gefunden hatten, zeigte ihnen eine Schwester Elizas Zimmer.

»Ach, verdammt!« Con hielt inne. »Fast hätt ich's vergessen. Wir müssen vorher noch Commander Normandy anrufen.«

»Was?«, sagte Murphy.

»Nicht schlimm … gehen Sie doch einfach schon vor«, sagte Gabriella. »Wir kommen gleich nach.«

»Gabby! Ich bin mir nicht sicher, ob wir ihn allein …«

»Mach dir keinen Kopf, ich glaube, es ist wichtig für ihn«, widersprach sie. »Gehen Sie zu ihr rein, Mr Murphy. Wir kommen, sobald wir mit Telefonieren fertig sind.«

Murphy sah sie zweifelnd an, dann verschwand er eilig in Elizas Zimmer.

»Gut gemacht«, raunte Con.

»Nenn mich noch einmal Gabby, und ich stech dir die Augen aus«, sagte sie drohend und warf die Haare in den Nacken.

Wieder zückte Con seine Marke und bat um Elizas Krankenakte. Dann verzogen sie sich in ein freies Zimmer und setzten sich auf das frisch bezogene Bett. Es roch nach Desinfektionsmittel und Urin. Con holte sein Telefon und die AirPods aus der Tasche und drückte einen Gabriella in die Hand. Er öffnete eine App auf seinem Telefon und war live mit dem Diktiergerät verbunden.

»Hab ich ihm in die Tasche geschmuggelt, als ich ihm am Empfang einen Schubs gegeben habe.«

»Schlaues Füchslein. Wobei wir natürlich tunlichst ignorieren, dass das illegal ist.«

Sie verstummte, als ein korpulenter Pfleger den Raum betrat und ihnen die erbetene Krankenakte von Eliza brachte, inklusive Fotos ihrer Verletzungen. Gabriella zwinkerte dem Mann zu, er zwinkerte zurück.

»Falls sie die Gelegenheit nutzt, um sich bei Jasmines Dad zu entschuldigen und ihren Schuldgefühlen damit wenigstens ein bisschen Luft zu verschaffen, können wir, wenn wir gleich reingehen, sehr viel schneller zum Punkt kommen.«

»Dein Mitgefühl ist überwältigend«, sagte Gabriella und steckte sich den Hörer ins Ohr.

KAPITEL SIEBEN

MURPHY

Murphy betrat Elizas Zimmer.

Sie saß aufrecht im Bett, von Kissen gestützt. Ihr Kopf war bandagiert, die honigfarbenen Haare fielen ihr wirr ins Gesicht. Sie hatte einen dicken weißen Bademantel an, die Decke bis zur Hüfte hochgezogen, und unterhielt sich mit einer dicken, grauhaarigen Krankenschwester, die an ihrem Bett saß.

»Was wollen Sie?«, fragte die Schwester barsch und stand auf. »Wenn Sie auch wieder ein Journalist sind, ich schwöre bei Gott, dann ...«

»Murphy!« Eliza beugte sich vor. »Haben sie sie gefunden?« Ihre Stimme klang heiser. »Bitte sag mir, dass sie sie gefunden haben.«

Murphy schüttelte den Kopf.

Eliza wiegte sich verzweifelt hin und her. »O nein ... Murphy. Das ... das ist alles meine Schuld.«

»Kennen Sie den Mann?«, fragte die Krankenschwester. »Ist er ein Angehöriger?«

»Er ist der Vater von einem der Mädchen.«

Das Gesicht der Frau wurde weich. »Oh, Sie Ärmster«, sagte sie, und ihre ganze Haltung veränderte sich. »Wenn ich irgendwas für Sie ...« Ihr Blick fiel auf die blutgetränkten Verbände an seinen Handgelenken.

»Alles gut«, sagte Murphy.

Unbeirrt streifte die Schwester sich Einweghandschuhe über, griff nach seinen Händen und machte sich daran, die Verbände zu lösen.

»Wer war das denn? Ein Kind? Das ist ja erbärmlich …« Beim Anblick der aufgescheuerten Gelenke, aus denen immer noch Blut sickerte, sog sie scharf die Luft ein.

»Geht es dir gut, Murphy?«, fragte Eliza. »Du würdest mich bestimmt am liebsten umbringen …«

»Was ist da oben passiert? Die sagen mir nichts«, fragte er, ohne auf die Schwester zu achten, die in einem Rollwagen herumkramte und ihm schließlich ein scharf riechendes Desinfektionsmittel auf die Wunden sprühte.

»Das … es ist alles so verschwommen, Murphy. Ich glaube, ich habe einen Schlag auf den Kopf bekommen. Aber … aber ich war mit den vier zusammen. Cierra, Georgia, Bree, Jasmine. Wir liefen ein Stückchen hinter der Hauptgruppe.«

»Warum nur mit den vieren?«

»Ich habe mich absichtlich mit ihnen zurückfallen lassen. *Ich* war das. Es … es gab heute Morgen eine Prügelei. Ich dachte, es wäre besser, sie von den anderen zu trennen.«

»Eine Prügelei?«

»Zwischen Madison und Jasmine.«

Murphy zog sich der Magen zusammen, auch wenn ihm klar war, dass eine Prügelei angesichts der Tatsache, dass Jaz verschwunden war, eine Lappalie war. »War Jaz okay?«

»Madison hatte ein blaues Auge und Jasmine eine aufgeplatzte Lippe. Tom und Jack waren mit den anderen schon vorausgegangen. Ich hatte Madison und Jasmine bei mir und außerdem Georgia, Cierra und Bree Wilkins. Erinnerst du dich an Bree?«

»Ja, sie war mit deiner Denni befreundet.«

»Genau«, sagte Eliza. »Eine Freundin von Denni. Und jetzt habe ich noch vier Mädchen verloren …« Ihre Stimme brach.

»Sag das nicht. Es ist nicht deine Schuld«, erwiderte Murphy. »Das mit Denni nicht, und das mit den Mädchen auch nicht. Weshalb haben sie sich geprügelt?«

»Ich weiß es nicht, Murphy! Ich glaube, es ging um einen Jungen. Die fünf trödelten morgens beim Aufbruch absichtlich herum. Ich dachte, sie wären einfach nur faul, und wollte vermeiden, dass ausgerechnet Tom oder Jack ihnen Beine machten. Du weißt ja, wie die Mädchen sind.

Aber dann fingen sie plötzlich an, sich zu schubsen und laut zu streiten. Madison boxte Jasmine, Jasmine schlug zurück, und dann herrschte Chaos. Ich ging mithilfe der anderen dazwischen. Madison war immer noch fuchsteufelswild, und weil ich mir sicher war, dass sie jeden Moment wieder anfangen würden, schickte ich Madison voraus, Tom und Jack hinterher.« Eliza redete jetzt schnell. »Ich weiß, dass das ein Fehler war, aber der Vorsprung war noch nicht so groß … ich hatte es für das Beste gehalten …«

»Aber Jasmine ging es gut?«, fragte Murphy. Die Schwester hatte ihn inzwischen verbunden und führte ihn zu dem Stuhl neben Elizas Bett.

»In meinen Augen schon. Du weißt, wie stark sie ist, Murphy. Ich habe versucht, herauszufinden, was eigentlich los war, aber die Mädchen waren alle sehr einsilbig. Ich sorgte dafür, dass sie bei mir blieben, und ging extra langsam, um Madison nicht einzuholen. Cierra weinte, und Georgia sah aus, als müsste sie sich jeden Moment übergeben. Bree gab Jasmine die Schuld, aber mit Jasmine war alles okay, sie nuckelte lediglich ständig an ihrer Trinkflasche rum.« Eliza verstummte. Ihre Oberlippe fing an zu zittern, doch sie bekam sich schnell wieder unter Kontrolle, offensichtlich verärgert über ihre eigene Schwäche. »Hätte ich sie nicht dazu gezwungen, so langsam zu laufen …«

»Dann was?« Murphy hasste sich dafür, dass er sie bedrängte, aber die Verzweiflung brachte ihn dazu.

»Wir wanderten in einer Gruppe, keine Ahnung, vielleicht eine halbe Stunde lang? Ich ging voraus, und Georgia unterhielt sich mit mir, aber die anderen drei ließen sich absichtlich immer weiter zurückfallen – vor allem Bree –, und irgendwann waren wir ziemlich weit auseinandergezogen und …« Eliza versuchte bewusst, sich zu bremsen. »Es hat viel zu lange gedauert, bis mir klar wurde, dass Jasmine, Cierra und Bree nicht mehr hinter uns waren. Ich sagte zu Georgia, dass wir umdrehen und sie suchen müssten, aber sie hat sich hingesetzt und gesagt, sie wäre zu müde und würde auf mich warten. Und … und … und ich bin umgedreht, und …« Sie holte tief Luft. »Und dann kann ich mich an nichts mehr erinnern … komisch. Es ist fast wie in einem Traum. Ergibt das irgendeinen Sinn, Murphy?«

Er berührte ihr Handgelenk. Eliza zitterte, ihre Haut glühte.

»Murphy«, sagte sie, »es war alles so *merkwürdig*.«

»Wie meinst du das?« Murphy rückte näher und setzte sich direkt zu ihr aufs Bett. Die Krankenschwester, die immer noch im Zimmer war und neugierig lauschte, beachtete er gar nicht.

»Wenn ich es jetzt so sage, klingt es verrückt, aber es war, als würde ich in eine Blase hineinlaufen … Plötzlich wurde alles still. Die Vögel, der Wind. Ich hörte nichts mehr außer meinen eigenen Schritten, und die dafür umso lauter …« Sie holte zitternd Luft. »Ich bekam Angst. Ich hatte noch nie im Leben solche Angst. Das war nicht normal, ich fing an zu rennen – ich rannte wie um mein Leben.« Sie schluchzte auf, ihr liefen Tränen übers Gesicht. »Das klingt so *dumm*!«

»Eliza, was ist *passiert*?«

»Ich weiß es nicht! Ich weiß es einfach nicht! Ich bin gerannt und gerannt und habe gerufen und gerufen, bis – bis ich einen Schlag auf den Kopf bekam? Ich weiß nur noch, dass ich barfuß war, als ich wieder zu mir kam – Carmen, eins der anderen Mädchen, hat mich gefunden. Ich habe ihr gesagt, sie soll rennen und sich in Sicherheit bringen, aber sie kam mit Jack zurück. Als sie mich fanden, lag ich wieder ein Stück weiter den Weg entlang zusammengekrümmt unter einem Busch und übergab mich. Ich weiß nicht, wie ich dorthin gekommen bin, aber ich kann mich noch daran erinnern, wie sie kamen. Die Ärzte sagen, die Übelkeit wäre eine Folge der Gehirnerschütterung. Sie haben mich zum Bus zurückgebracht und dann … Alarm geschlagen. Es ist, als … ich kann es nicht erklären, aber das war alles so seltsam da oben …«

Plötzlich taten Murphy die Hände weh. Er schaute hinunter und sah, dass seine Knöchel weiß hervortraten, so fest hatte er die Fäuste geballt. »Wer hat dir den Schlag versetzt? Hast du jemanden gesehen?«, fragte er.

»Nein!«, sagte Eliza mit schmerzverzerrter Stimme. »Ich habe überhaupt nichts gesehen.«

KAPITEL ACHT

CON

Im Nebenzimmer kratzte sich Con am Kinn, lauschte jedem einzelnen Wort und sah schließlich Gabriella an. »Die Geräusche auf dem Berg hörten plötzlich auf …?«

Gabriella schien begeistert. »Geh du schon rein«, sagte sie. »Ich will nur noch schnell was googeln.«

»Was denn?«

»Geh schon, Con.«

Er stand auf und ließ Telefon und Kopfhörer bei ihr.

Als er Elizas Zimmer betrat, wandten sich ihm alle Blicke zu. »Guten Tag zusammen«, sagte er freundlich. Er zeigte kurz seine Marke, dann nickte er Eliza zu. »Es tut mir leid, dass ich erst jetzt komme. Ich musste noch ein paar Dinge klären. Mein Name ist Detective Con Badenhorst, aber nennen Sie mich bitte Con. Murphy, könnten Sie uns bitte allein lassen?« Er lächelte der Krankenschwester zu. »Ich bin mir sicher, das Krankenhaus hat irgendwo was zu essen für Sie.«

Er befühlte Murphys Jacke und ließ eine Hand in die Außentasche gleiten, während er mit der anderen prüfend an den Kragen fasste. »Die ist immer noch klitschnass. Soll ich die über die Heizung hängen?«

»Pfoten weg!« Murphy schob seine Hände von sich, und Con steckte heimlich das Diktiergerät wieder ein. Die Schwester nahm Murphy sanft am Arm und führte ihn aus dem Zimmer.

»He! Ich bin noch nicht fertig!«, protestierte Murphy, obwohl sich die Tür schon hinter ihm schloss.

Con setzte sich auf den Stuhl neben Elizas Bett.

»Haben sie die Mädchen gefunden?«, fragte sie und sah ihn aus blutunterlaufenen Augen flehend an. »Oder wenigstens irgendwas?«

»Das Wetter behindert die Suchaktion. Allerdings wurde Jasmines Trinkflasche gefunden, blutverschmiert.«

»Sie hatte eine aufgeplatzte Lippe«, sagte Eliza. »Von der Prügelei.«

Sie ließ den Kopf ins Kissen sinken. Con blieb stumm. Er holte sein Notizbuch hervor und wartete. Sie sah ihn an, sein Notizbuch, dann wieder ihn. Er machte ein sehr interessiertes Gesicht, sagte aber kein Wort.

»Sie wollen wissen, was da oben passiert ist«, sagte sie.

Con lächelte und klickte die Mine aus dem Kugelschreiber.

Sie zögerte kurz, dann fing sie an, ihm dieselbe Geschichte zu erzählen, die er gerade schon gehört hatte. Die Prügelei zwischen den Mädchen, dass sie Madison vorausgeschickt hatte. Wie Eliza klar geworden war, dass drei der vier Mädchen fehlten, und kehrtmachte, um sie zu suchen. Dass alles ganz merkwürdig wurde. Die Stille, die Orientierungslosigkeit, der Sturm.

Con schwieg, während sie erzählte, und machte sich ab und zu eine Notiz, ohne sie dabei aus den Augen zu lassen. Er wusste, dass seine tiefblauen Augen manchmal eine verstörende Wirkung entfalteten – er hatte diese Masche, nicht zu blinzeln, nicht wegzusehen, sein Gegenüber einfach nur zu betrachten und mitzuschreiben, ohne dabei auch nur ein einziges Mal einen Blick aufs Papier zu werfen.

Als ihr Bericht zu Ende war, verstummte sie und sah ihn an. »Klingt verrückt, oder?«, sagte sie schließlich.

Con antwortete nicht. Zog das Schweigen absichtlich in die

Länge. Menschen gaben oft mehr preis, als sie eigentlich wollten, nur um die Stille zu füllen.

»Geht es Ihnen gut, Detective?« Sie sah ihn neugierig an.

»Noch etwas?«, fragte er ein wenig irritiert. Bei ihr funktionierten offensichtlich weder Blicktrick noch Schweigen.

»Hm … also …«, sagte sie. »Es klingt albern, und vielleicht hat Georgia sich das auch nur ausgedacht.«

»Was meinen Sie?« Con beugte sich vor.

»Ehe die Mädchen verschwanden … irgendwann unterwegs auf dem Wanderweg meinte Georgia, sie hätte eine Gestalt gesehen, die uns beobachtet.«

»Sie hat jemanden gesehen? Wieso haben Sie das niemandem gesagt?«

»Weil ich dachte, es wäre Einbildung«, sagte sie. »Sie hat es mir ja *selbst* nicht sofort erzählt, weil sie sich auch nicht sicher war. Aber als wir eines der Hochmoorfelder überquerten, wo die Bäume weniger dicht stehen, sagte sie, sie hätte oben am Grat jemanden gesehen, an dieser Stelle, die aussieht wie die Rückenflosse von einem Fisch.«

»Hat sie gesagt, wie die Gestalt aussah?«, fragte Con.

»Georgia sagte … na ja, wie ein … riesiger …« Sie verstummte unwillig.

»Wie ein was?«

»Ein Bärenmann.« Sie seufzte. »Verstehen Sie jetzt? Deshalb habe ich es keinem erzählt. Georgia dachte, sie hätte im Gebüsch einen Bären gesehen.«

»Einen … Bären.« Con musste sich zusammenreißen, um nicht zu lachen. »Aber Sie haben ihn nicht gesehen.«

»Wie ich schon sagte, sie hat mich ja nicht gleich drauf aufmerksam gemacht. Sie sagte, sie wollte den anderen keine Angst einjagen und schon gar nicht, dass sie sich über sie lustig machen.«

»Hat Georgia sonst noch irgendwas gesagt?«

»Nur, dass sich, was immer sie gesehen hat, plötzlich hinter einem Baum versteckte, sobald sie es bemerkt hatte. Es wollte nicht gesehen werden. Georgia sagte, es hätte ausgesehen, als würde es was auf dem Rücken tragen.«

Die Tür ging auf, und ein älterer Arzt betrat das Zimmer. »Entschuldigen Sie, Detective, aber ich weiß nicht, wer Ihnen den Zugang zu dieser Patientin gestattet hat. Miss Ellis muss sich ausruhen. Sie ist momentan nicht in der Verfassung, Fragen zu beantworten.«

Hinter seinem breiten Rücken tauchte Gabriella auf. Sie sah Con achselzuckend an und nippte an einer Tasse Kaffee, die sie offensichtlich dem Personal abgeschwatzt hatte. »Ich habe ihm gesagt, du brauchst mehr Zeit, aber er bestand drauf.«

Wieder verspürte Con einen Anflug von Irritation, aber er verbarg ihn. »Sorry, Kumpel, aber es ist wichtig«, erklärte er dem Arzt. »Hier geht es möglicherweise um Leben und Tod.«

»›Kumpel‹ ist eher unangemessen«, sagte der Arzt, aber er wurde trotzdem milder. »Wie lange brauchen Sie noch?«

»Eliza, diese Gestalt, ganz egal, wie seltsam, ist vielleicht unsere einzige Spur. Fällt Ihnen sonst noch was dazu ein? Glauben Sie, Sie könnten uns zu der Stelle führen?«

»Vielleicht? Aber in diesem Zustand? Wahrscheinlich eher nicht.« Sie zeigte mit einer ungeduldigen Handbewegung frustriert auf ihren Kopf. »Ich habe Ihnen alles gesagt, woran ich mich erinnere. In einem Moment waren die Mädchen noch da. Und dann waren sie plötzlich verschwunden.« Sie schlug sich die Hände vors Gesicht. »Das ist ein Albtraum. Ich muss helfen, sie wiederzufinden.«

Der Arzt räusperte sich vernehmlich und deutete auf die Tür.

»Vielen Dank, dass Sie mit mir gesprochen haben, Eliza. Sie haben uns sehr geholfen«, sagte Con. »Und jetzt sehen Sie zu, dass es Ihnen bald wieder besser geht. Und falls Ihnen doch noch was einfällt, melden Sie sich *bitte* bei uns. So können Sie uns am besten dabei helfen, die Mädchen zu finden.«

Er nickte dem Arzt zu und trat hinaus auf den Gang, wo Gabriella bereits auf ihn wartete.

»Ich habe versucht, mit ihm zu reden, aber er ließ sich nicht erweichen«, wiederholte sie. »Er sagt, wir haben es mit einer schweren Gehirnerschütterung zu tun, was nicht nur Einfluss auf das Erinnerungsvermögen hat, sondern unter Umständen auch auf die Persönlichkeit – Verwirrung, Stimmungsschwankungen, Paranoia. Nicht nur, dass sie sich nicht erinnern kann, sie ist vielleicht auch nicht ganz sie selbst, und es kann niemand sagen, wie lange das anhält. Wir müssen, was sie uns erzählt, mit Vorsicht genießen.«

»Ja, dachte ich mir schon. Wie heftig war der Schlag?«

Gabriella hielt ihm ein Foto aus Elizas Krankenakte hin: Es zeigte Elizas Stirn mit einer tiefen, von einem Bluterguss umgebenen Fleischwunde. »Das hier hat sie sich beim Sturz zugezogen – aber die Wunde am Hinterkopf …« Sie zeigte ihm das nächste Foto: Elizas Hinterkopf, die blonden Haare geteilt, dazwischen eine blutverkrustete Beule. »Stumpfe Gewalteinwirkung. Sie haben Rindenpartikel darin gefunden.« Gabriella präsentierte ein drittes Foto. »Die Sohlen ihrer Füße. Schau dir die Schrammen an. Sie ist barfuß durch die Gegend gelaufen, wahrscheinlich stundenlang«, sagte Gabriella mit gerötetem Gesicht. »Ist das nicht *unheimlich*?«

»Du hast das Beste verpasst.« Er lud die Aufnahme auf sein Telefon und spulte zurück.

Als sie alles gehört hatte, atmete Gabriella tief aus. »Georgia hat jemanden gesehen?«

Con korrigierte sie. »Georgia dachte, sie hätte einen Bären gesehen.«

»Oder einen Yowie! Meinst du, es ist möglich, dass er eines der Mädchen auf dem Rücken trug?«

»Zu dem Zeitpunkt waren die Mädchen noch bei Eliza.«

»Vielleicht jemand in einem Kostüm? Oder nur mit dicker Jacke?« Sie klang begeistert. »Oder wie ich schon sagte. Ein Affenmensch. Ein Yowie.«

»Oder das wirre Gefasel einer Frau, der jemand mit dem Stock eins übergebraten hat und die traumatisiert ist von dem Schock, dass vier Mädchen aus ihrer Obhut verschwunden sind«, sagte Con. »Was meinte sie denn bloß mit ›plötzlich wurde alles still‹? Der Teil ergibt auch keinen Sinn.«

»Doch, tut er, Con. Das nennt sich Oz-Effekt!«, sagte Gabriella. Sie fing an, auf den Absätzen zu wippen, und sprach immer schneller. »Das ist ein echtes Phänomen, dazu gibt es jede Menge Berichte. Es beginnt normalerweise mit einem Gefühl von Angst. Die Zeit verliert ihre Bedeutung. Man fühlt sich isoliert. *Und dann wird alles still.*«

»Und in welchem Zusammenhang erleben Leute dieses Phänomen?«

»Na ja, normalerweise bei der Begegnung mit Ufos.«

Con schwieg geschlagene fünf Sekunden lang. Er schloss die Augen. »Bitte sag mir, dass das ein Witz ist.«

»Gar nicht!«, entgegnete Gabriella und wippte noch ein bisschen schneller. »Manche erleben es auch bei Bigfoot-Sichtungen.«

»Hör auf, Gabby …«

»Und Bigfoot heißt in Australien nun mal Yowie!«

»Ich dachte, wir hätten dich endlich von diesem Verschwörungstrip runtergebracht.«

»Nur weil es dir Schiss macht, heißt das noch lange nicht, dass wir es ignorieren sollten«, sagte Gabriella. Wenn sie sich angegriffen fühlte, wurde ihr Kiwi-Akzent noch stärker.

»Dieses Thema besprechen wir definitiv nicht!«, sagte Con.

»Wenn du nur mal eine Sekunde im Leben deine Zynismusbrille abnehmen und …«

»Warte!« Con blieb abrupt stehen. »Wo ist eigentlich Murphy?«

»Sein Bruder hat ihn abgeholt. Der Anwalt hatte ihm Bescheid gesagt. Der Bruder war stocksauer, weil Murphy mit uns allein gewesen war. Ist vielleicht besser so. Der arme Kerl war fix und fertig. Murphy ist nach dem Gespräch mit Eliza zusammengebrochen – ich glaube nicht, dass das gut für ihn war.« Gabriellas Stimme war eisig, aber ihre Kritik war immer noch besser, als sich ihre Verschwörungstheorien anhören zu müssen. »Hätte ich ihn davon abhalten sollen, nach Hause zu fahren?«

»Wär vielleicht besser gewesen, aber das lernst du schon noch. Wart's ab, wir machen schon noch eine echte Polizistin aus dir.«

Sie boxte ihn in die Rippen.

Con und Gabriella waren sich einig, dass dieser Fall eher nicht über Nacht gelöst sein würde, und fuhren, ehe sie Launceston wieder verließen, jeweils noch kurz bei sich zu Hause vorbei, um genug Sachen für ein paar Übernachtungen in Limestone Creek zusammenzupacken. Neben diversen Koffern holte Con außerdem die Einsatztasche aus seinem Privatwagen, in der sich neben einem Schweizer Taschenmesser auch ein Satz Dietriche, Kabelbinder, Fallschirmschnur und so einige andere Dinge befanden, die einem irgendwann von Nutzen sein konnten.

Die ganze Trickkiste.

Ohne Blaulicht und Sirenen zog sich die Rückfahrt nach Limestone Creek entschieden in die Länge. Gabriella recherchierte weiter im Internet und ließ ab und zu eine Bemerkung fallen, um Con zum Reden zu kriegen.

»Ach ja, richtig, die Hunde wollten auch nicht suchen, oder? Wovor die wohl Angst hatten, frage ich mich.«

Oder: »Hmmm, in den Tiers wird immer wieder von Min-Min-Lichtern berichtet. Das ist ja interessant … wusstest du, dass man immer noch nicht erklären kann, woher diese Lichter kommen …«

Und: »Platz drei der heimgesuchtesten Spukstädte Australiens … *wie interessant.*«

Als sie die Polizeidienststelle von Limestone Creek erreichten, war die Sonne endgültig untergegangen. Sie tauschten den Streifenwagen gegen ein Zivilfahrzeug, eine silberne BMW-Limousine, und fuhren dann endlich zum Western Tiers Country Inn.

Es regnete in Strömen. Kugelrunde Gartenleuchten tauchten die Auffahrt neben dem großen Gebäude in warmes Licht. Der historische Ziegelbau erstrahlte in wässrigem Flutlicht. Con lenkte den BMW unter einem mit einer weißen Lichterkette verzierten Efeubogen hindurch und schaltete den Scheibenwischer aus.

Er stieg aus und war im selben Augenblick schon wieder klitschnass. Er zerrte drei große Koffer aus dem Kofferraum, stapelte die Gepäckstücke routiniert übereinander und rollte damit auf den Eingang zu. Gabriella ging mit ihrem sehr viel schlichteren Köfferchen neben ihm her, die Schultern zum Schutz vor dem Regen hochgezogen bis zu den Ohren.

Ein älterer Herr, der mit Blick auf die Tür im Hotelrestaurant beim Essen saß, sprang auf, um Con zu öffnen, und half ihm, die Koffer über die Schwelle zu hieven.

»Scheußliches Wetter, was?«, sagte der Mann, sobald sie im Foyer standen, und sah betrübt Richtung Berge.

»Da haben Sie recht«, antwortete Con.

Der Essensduft von nebenan ließ seinen Magen knurren, aber aus dem Restaurant drangen nur gedämpfte Geräusche.

»Wie auf einer Beerdigung«, raunte Gabriella ihm zu.

Mit Sicherheit waren die meisten Leute heute Abend mit ihren Gedanken bei den vier Mädchen auf dem Berg, bei diesem Wetter, noch dazu in der Dunkelheit, nicht nur hier in Limestone Creek, sondern in ganz Australien.

Die Frau an der Rezeption legte ihre Zeitschrift weg und musterte Con und sein Gepäck von oben bis unten. »Schon wieder Presse? Haben Sie reserviert?«

»Nein, keine Presse, Polizei. Und ja; auf den Namen Badenhorst.«

Sie sah in ihrem Computer nach. »Sie sind spät dran«, sagte sie, und mit einem Blick auf sein Gepäck: »Und die Reservierung ist nur für eine Person.«

»Da bin ich ja froh, ich habe nämlich ein Einzelzimmer gebucht.«

Sie zog eine Augenbraue hoch. »Ganz schön viel Gepäck für eine Person. Haben Sie einen Ausweis?«

Gabriella tauchte an seiner Seite auf und hakte sich bei ihm ein. »Ist er nicht ein Schatz? So nett, dass er mir mit meinen Koffern hilft.«

Con zeigte der Rezeptionistin seinen Dienstausweis und nahm den Zimmerschlüssel in Empfang.

»Tut mir leid, wenn ich patzig war«, sagte die Frau, auch wenn sie klang, als täte ihr das gar nicht leid. »Wir haben es heute schon den ganzen Tag mit irgendwelchen Schnüffelnasen zu tun. Manche von denen haben sich sogar als Polizisten ausgegeben.« Ihr Blick schweifte zum Fenster, gegen das der Regen prasselte. »Die Ärmsten. Ihr findet sie doch, oder?«

»Vermutlich«, antwortete Con.

Gabriella versetzte ihm einen Hieb. »Ja, Ma'am. Wir werden sie finden.«

Con wartete, während Gabriella eincheckte, dann rollten sie beide ihr Gepäck durch den Flur in Richtung Zimmer.

»Treffen wir uns noch zum Abendessen?«, fragte Gabriella.

»Ich glaube, ich bestell mir was aufs Zimmer und mache früh Schluss heute«, sagte Con.

»Auch gut.« Sie brachte ihn bis vor seine Tür und ging dann weiter.

Con machte die Tür hinter sich zu und stieß einen lang gezogenen Seufzer aus.

Das Zimmer wirkte großzügig und geräumig, der Stil war eher ländlich rustikal: eine unverputzte Ziegelwand, ein Gasfeuer in einem künstlichen Kamin, ein paar Weidenkörbe als zusätzlicher Stauraum. Daneben gab es modernen Komfort wie Kaffeemaschine, Minibar und ein Fenster zum angrenzenden Bad für freie Sicht von der Badewanne auf den Flachbildfernseher gegenüber dem Bett. Das Bett war breit, der Teppich weich, die Lampen aus Messing.

Sich grundsätzlich die beste Kategorie zu gönnen gehörte zu Cons Selbstfürsorgekonzept.

Der Vorschlag war von seinem Therapeuten gekommen. Früher, vor dem Jaguar-Fall, hatte Con mit Selbstfürsorge eher wenig anfangen können. Billige Zimmer, Surferklamotten, nur die nötigsten Basics. Jetzt lagen die Dinge anders – es hatte sich vieles verändert.

Er hievte seine drei Koffer aufs Bett und zog die Reißverschlüsse auf. Zum ersten Mal an diesem Tag ließ die Anspannung in seinen Schultern nach.

Als Erstes stöpselte er sein gutes altes Radio ein und stellte es auf das Kopfteil des Betts. Der leise Singsang eines Nachrichtensprechers ertönte.

»… haben eine Petition zum Erlass einer nächtlichen Ausgangssperre für alle jungen Frauen in Limestone Creek und dem Meander Valley gestartet. Man konnte bereits über 5000 Unterschriften sammeln, die meisten stammen allerdings von außerhalb, was in der Gemeinde selbst gemischte Reaktionen hervorruft. Der lokale Abgeordnete Alejandro Tully bezeichnete die Petition als alarmierend und sexistisch, doch eine kleine Gruppe besorgter Mütter …«

Neben dem Radio reihte er seine Medikamentenfläschchen auf. Sertralin, 200 mg. Temazepam, 15 mg. Magnesiumphosphat je nach Bedarf. Nexium, 10 mg.

Er trat ans Fenster und hob die Vorhangstange aus der Halterung. Er ließ die schweren grauen Vorhänge von der Stange gleiten, legte sie sorgfältig zusammen, holte seine eigenen dunkelblauen Vorhänge aus dem Koffer und fädelte sie auf. Dann hängte er die Stange zurück in die Halterung.

»... wurde die Suchaktion aufgrund der Wetterbedingungen inzwischen für heute eingestellt. Allerdings weigern sich einige Anwohner, unter ihnen Angehörige und Freunde der vermissten Mädchen, die Suche aufzugeben. Sie sind gegen den ausdrücklichen Rat des Katastrophenschutzes fest entschlossen, mit Regenkleidung und Scheinwerfern ausgestattet, die Suchaktion auch in der Nacht fortzusetzen ...«

Die gerahmten Fotos an der Wand – australische Wälder und Luftaufnahmen der Great Western Tiers – verstaute Con im Schrank. Stattdessen hängte er ein gerahmtes Foto seiner Eltern auf, ein Foto seines Jahrgangs von der Akademie und ein Gruppenfoto mit ihm und seinen Kumpels aus Sydney. Ein Stapel Bücher, die er gerade las, wanderte auf den Nachttisch, auch wenn er wusste, dass er sicher nicht zum Lesen kommen würde.

Dann stellte er seinen Laptop neben die Kaffeemaschine mitten auf den Eichentisch, und seine helle LED-Schreibtischlampe ersetzte das elegante Messingmodell. Er schaltete den Fernseher ein. Es lief eine Wiederholung von *Dein Haus, meine Baustelle*. Con beließ es dabei und stellte nur den Ton leiser, der sich in den Hintergrundlärm aus dem Radio mischte.

Die Pistole legte er auf den Nachttisch, den Kricketschläger schob er unters Bett. Schließlich nahm er die inzwischen sehr viel leichteren Koffer vom Bett und ersetzte zum Schluss noch die Bettwäsche durch seine eigene – dunkelblau, in der Farbe der Vorhänge.

Als Con fertig war, hatte er zu seiner großen Scham einen Kloß im Hals, und ihm kamen die Tränen. Er rieb sich die Augen. Das passierte schon mal am Ende eines langen Tages. Er bestellte sich etwas zu essen aufs Zimmer – Chicken Parmesan –, das in Rekordzeit eintraf. Er kaute bedächtig, in Gedanken mit dem Fall beschäftigt, und spülte den Teller im Waschbecken ab, ehe er ihn nach draußen auf den Gang stellte.

Er warf einen Blick auf das Thermostat und zog sich nackt aus. Er ließ die feuchten Klamotten neben dem Bett liegen und trat unter die offene Dusche. Das heiße Wasser lief ihm über den Nacken, der Dampf stieg auf, Con wickelte das kleine Seifenstück aus und fing an nachzudenken.

Schülerinnen, die sich im Busch verirrt haben … Schülerinnen, die im Busch entführt wurden? Eine Jahrzehnte zurückliegende Entführungsserie … eine Wiederholung … eine Nachahmungstat?

Seine Gedanken kehrten zu dem Blut auf der Trinkflasche und zu Elizas Aussage zurück.

Elizas Kopfverletzungen … Elizas Schuhe … Der Oz-Effekt …

Er hatte sich nicht um diesen Fall gerissen. Commander Normandy hatte am Morgen noch zu ihm gesagt, wahrscheinlich hätten sich nur ein paar Mädchen im Busch verlaufen und dass er abends wieder in seinem eigenen Bett in Launceston liegen würde.

Natürlich hatte man ihm den Fall übertragen. Er bekam immer die Fälle, in denen es um Teenager oder Kinder ging. Weil das sein Spezialgebiet war. Bevor er von Sydney nach Tasmanien umgezogen war, hatte er einen der spektakulärsten Fälle überhaupt gelöst … na ja, es war zu spät gewesen, noch jemanden zu retten, aber trotzdem, er hatte ihn gelöst …

Die Hypothesen würden kommen. Das taten sie immer.

Ein Umzug nach Tasmanien. Und zwar nicht in den belebten Teil Tasmaniens – falls man das Wort »belebt« auf Tasmanien überhaupt anwenden konnte. Er hatte dringend eine Pause gebraucht, war aber nicht bereit gewesen, seinen Job aufzugeben. Er war gut darin. Der Meinung war auch Commander Normandy. Sie war diejenige gewesen, die dafür plädiert hatte, dass er sich versetzen ließ. Anstelle einer Beurlaubung. Er wollte keinen Urlaub. Es ging ihm gut, wenn er zu tun hatte.

Okay, Cornelius, konzentrier dich. Wie lauten die interessanten Eckpunkte dieses Falls? Jasmine ist die Tochter eines mutmaßlichen Drogendealers. Es gab eine Prügelei zwischen Jasmine und Madison, bei der Jasmine eine aufgeplatzte Lippe kassierte. Cierra und Madison sind Zwillingsschwestern: Ist das wichtig? Madison betreibt einen YouTube-Kanal und wurde vom Rest der Gruppe getrennt, ehe die Mädchen verschwanden. Ich muss mir morgen die Zeit nehmen, mit ihr zu sprechen. Und Georgia hat einen Bärenmann gesehen …?

Als Nächstes fing er an, über potenzielle Verdächtige nachzudenken.

In der sicheren Umgebung seiner eigenen Gedanken benutzte er das Kategorisierungssystem von *Dungeons & Dragons*, einem Spiel aus seiner Kindheit. An dieses System hielt er sich seit seinen Anfängen bei der Polizei, auch wenn er das natürlich *niemals* zugeben würde. Es handelte sich um eine Matrix, mit der sich ethische und moralische Perspektiven kategorisieren ließen: Gut gegen Böse, Rechtschaffen gegen Chaotisch und Neutral in der Mitte.

Gut und Böse waren selbsterklärend. Aber Rechtschaffen und Chaotisch … diese Kategorien hatten Con schon immer am meisten fasziniert.

»Rechtschaffen« meinte jemanden, der sich innerhalb der Grenzen eines Systems, eines Kodex oder eines Regelwerks bewegte. »Neutral« bedeutete, dass man zwar keine Skrupel hatte, Menschen zu verletzen, sich aber auch nicht die Mühe machte, es grundlos zu tun. Und schließlich die Kategorie »Chaotisch« für jemanden, dessen Verhalten keiner übergeordneten Logik folgte außer seinen eigenen Wünschen und Bedürfnissen.

Mithilfe dieses Systems hangelte Con sich langsam an den Gegebenheiten des Falls entlang. Er trat aus der Dusche, wickelte sich ein Handtuch um und tippte eine Liste mit Verdächtigen in seinen Laptop.

1. Eliza Ellis (& Komplizen?) – Neutral Böse?
2. Jordan Murphy – Rechtschaffen Böse
3. Unbekannter Drogendealer – Rechtschaffen Böse
4. Unbekannter Sexualstraftäter – Chaotisch Böse
5. Psychisch kranker Psychopath (?) – Chaotisch Böse
6. Bärenmann – Weiß der Geier

Nach kurzem Zögern fügte Con einen siebten Verdächtigen hinzu:

7. Der Hungermann von 1985 –? Böse

Er schnaubte leise und löschte die letzte Zeile.

Dann speicherte er die Datei, klappte den Computer zu und legte sich unter die Bettdecke.

Eine Sekunde später stand er wieder auf und kehrte an den Computer zurück. Er schlug den Deckel auf, öffnete die Datei und fügte den Hungermann wieder hinzu.

Er ging zurück ins Bett, schluckte seine Pillen, schaltete das Licht aus. Draußen schlug und peitschte der Wind gegen die Fenster.

Als er endlich in den Schlaf glitt, bevölkerten plötzlich die Mädchen aus seinem letzten Fall in Sydney seine Träume – die Opfer des Jaguars. Ihre entstellten Gesichter, ihre blutigen Gliedmaßen. Sie schrien um Hilfe. Und er kam, wie jedes Mal, zu spät, um sie zu retten.

KAPITEL NEUN

ELIZA

Am nächsten Morgen stand Eliza nackt in dem Bad ihres Krankenzimmers und musterte sich im Spiegel. Ihr Herz raste. Ihr war noch immer etwas schwindlig, noch immer etwas schlecht. Wenigstens hatte sie geduscht und bekam langsam wieder das Gefühl, sie selbst zu sein.

Aber ihr Brustkorb war eng, der Magen verkrampft, sie war ständig am Rand der Tränen.

Ich bin schuld.

Ihre Zwillingsschwester Monica hatte ihr eine Tasche mit Anziehsachen gebracht, dazu Waschzeug, Make-up und Schmuck. Im Augenblick wartete Monica drüben auf ihrem Bett. Für Eliza zu packen war sicher keine große Herausforderung für sie gewesen – Elizas Sachen befanden sich zum Großteil sowieso bei Monica. Seit Denni sich umgebracht hatte, wohnte Eliza bei ihrer Zwillingsschwester und deren Mann Tom.

Eliza trocknete sich behutsam ab, betrachtete die Schrammen und die Blutergüsse und machte sich langsam zurecht. Unterwäsche, Make-up, Anziehsachen, Schmuck.

Sie stand vor ihrem Spiegelbild und fühlte sich ein bisschen besser. Sie trug ihre Ersatzbrille – ein großes, rundes Retrogestell aus Metall –, außerdem einen grauen Wollpullover, Jeans und Ballerinas. In den Ohren steckten goldene Creolen. Trotz der Wunde am Hinterkopf, die die Krankenschwester vor ihrer Entlassung noch einmal neu verbinden wollte, fühlte sie sich schon wieder ein bisschen normaler. Wenn auch mit Schmerzen.

Egal, was die Leute sagen, ich bin schuld.

Sie untersuchte den Schnitt über der Augenbraue, der mit einem Klammerpflaster zusammengehalten wurde. Sie tupfte noch ein bisschen Grundierung über den Bluterguss auf ihrer Wange. Sie wollte nicht, dass man sah, was mit ihr passiert war – sie hatte kein Mitleid verdient.

Sie dachte an Wren – Monicas kleine Tochter. Dann dachte sie an ihre andere Schwester, Kiera, Dennis Mutter. Denni, die schon als Minderjährige tätowiert gewesen war, mit ihrem Sinn für Humor und ihrem langen geflochtenen Seitenzopf.

Denni, die sich vor fast einem Jahr am Galgenbaum erhängt hatte und deren Auffinden live im Netz gestreamt worden war.

Denni, die für Eliza wie eine Tochter gewesen war.

Schuld. Unschlüssigkeit. Wie viel sollte sie preisgeben?

Nutze deine Werkzeuge, Eliza, dachte sie. Die Werkzeuge, die sie von ihrer Therapeutin an die Hand bekommen hatte und die ihr helfen sollten, die abgrundtiefe Trauer über den Verlust von Denni zu verarbeiten. *Nutze deine Erlaubnisscheine.*

Sie nahm den kleinen Krankenhausblock zur Hand, den die Schwester ihr gebracht hatte, und schrieb:

Ich erteile Eliza Ellis die Erlaubnis, heute stark zu sein,
keine Schuldgefühle zu haben und alles zu geben, um die
vermissten Mädchen wiederzufinden.
Gezeichnet, E. Ellis

Sie riss den Zettel ab und klemmte ihn an den Spiegel. Als Pfand. Sich selbst Erlaubnisscheine auszustellen war eine Übung, mit der man Intentionen formulierte. Eliza schwor inzwischen auf die Technik, die sie im letzten Jahr gerettet hatte.

Es klopfte an der Tür. »Alles okay da drin, Eliza?«, fragte Monica.

»Du hast die Erlaubnis, stark zu sein«, sagte sie zu ihrem Spiegelbild. »Du *wirst* die Mädchen finden. Du machst alles wieder gut.«

Sie öffnete die Tür – da stand ihre eineiige Zwillingsschwester mit kürzeren Haaren, unversehrtem Gesicht und Tränen in den Augen. Monica nahm sie fest in den Arm. Sie duftete nach Zimt und Rosen. »Sch, alles gut … wir werden sie finden …«

Die bereits vertraute Krankenschwester betrat das Zimmer. Als sie mit dem Verbandwechsel fertig war, zog sie ein Tuch mit Leopardenmuster aus der Tasche.

»Das habe ich heute Morgen von zu Hause mitgebracht, Sie Ärmste. Damit lässt sich beides kaschieren, der Verband am Hinterkopf und das Klammerpflaster.«

Eliza ließ sich das Tuch um den Kopf binden, mit einer großen Schleife seitlich an der Schläfe, und tatsächlich war nichts mehr zu sehen.

Seite an Seite gingen Monica und Eliza durch die endlosen Krankenhausflure. Monica hielt Eliza am Arm, als hätte sie Angst, sie würde jeden Moment stürzen.

Elizas Gedanken kehrten währenddessen ständig wieder zu dem Wanderpfad zurück.

Als sie ins Freie traten, brandete der Verkehrslärm der Stadt gegen sie an. Obwohl es immer noch regnete, hatten sich ein paar hartgesottene Reporter vor dem Eingang postiert, um Eliza bei ihrer Entlassung abzupassen, und Monica bahnte ihnen lautstark fluchend den Weg zum Auto.

»Nur eine kurze Frage! Wie geht es Ihnen, Eliza?«, rief einer. »Können Sie uns sagen, was passiert ist?«

Eliza verzog das Gesicht, stieg stumm ins Auto und verkniff sich die zahllosen Entschuldigungen, die ihr auf der Zunge lagen.

Dann waren sie auf dem Rückweg. Zurück nach Limestone Creek.

Eliza sah zu, wie die Wolken langsam kleiner wurden und sich ausdünnten, endlich flaute der Sturm ab. Monica hielt ihre Hand und streichelte ihr mit dem Daumen über den Handrücken.

Wie egoistisch ich bin!, dachte Eliza plötzlich. »Wie geht es Tom?«

Monicas Mann war ebenfalls mit auf dem Ausflug gewesen. Er fühlte sich sicher genauso verantwortlich wie sie, auch wenn er und Jack sich zu der Zeit um die ganzen anderen Mädchen gekümmert hatten.

»Er wartet zu Hause auf uns. Er wollte sich eigentlich an der Suchaktion beteiligen, aber er musste bei Wren bleiben, als ich losfuhr, um dich abzuholen.«

Noch mehr Schuldgefühle. »Tut mir leid.«

»Wage es nicht, Eliza«, sagte Monica streng. »Nicht nach allem, was du durchgemacht hast.«

Eliza war zum Weinen zumute, aber sie konnte nicht. Sie spürte, wie sie sich langsam immer weiter in sich selbst verkroch, und trat sich entschieden in den Weg. *Nein. Du wirst alles fühlen. Jeden Splitter. So leicht kommst du mir nicht davon.*

Nach dieser inneren Standpauke kamen die Tränen. Kurz darauf schluchzte sie hysterisch.

»Sch …, alles gut, Eliza …«

Die wolkenverhangene Silhouette der Great Western Tiers kam in Sicht und verschwand wieder, während es zwischendurch immer wieder regnete. Dann verließen sie den Highway und fuhren schon bald über die kurvigen Straßen des Meander Valley, vorbei an kleinen Kiefernwäldchen, durchweichten Koppeln, aufgelassenen Friedhöfen aus der Sträflingsära. Eine Stunde nachdem sie Launceston verlassen hatten, bogen sie in die Auffahrt von Monicas und Toms Haus ein. Das Grundstück lag am Ortsrand und grenzte nach hinten an pappelbestandene Pferdekoppeln.

Es handelte sich um ein altes, zweistöckiges rotes Backsteinhaus im Stil der Föderationsarchitektur mit Veranda, einem weitläufigen Bauerngarten mit Akazien, Rosen und Lavendelbüschen und zwei Fahrzeugen auf der Kieszufahrt: Elizas Corolla und Toms Landcruiser.

Erschöpft und leer geweint stieg Eliza aus, ging über den Kiesweg zur – unverschlossenen – Haustür und betrat das Haus. In der Diele hingen Familienfotos. Elizas Blick wanderte unwillkürlich zu Dennis Porträt; das war jedes Mal so.

Sobald er sie hörte, kam Tom hektisch aus der Küche geeilt, um sie zu begrüßen, und stieß dabei gegen die Wand. Er umarmte zuerst Monica und schloss dann Eliza in seine stahlharten, muskelbepackten Arme. Er trug ein ärmelloses Shirt und schwarze Laufhosen dazu. Er roch nach Whisky. »Eliza, es tut mir so leid, ich …«

Eliza legte ihm den Finger auf die Lippen, und er verstummte, aber er ließ sie nicht los. »Ich will heute keine Entschuldigungen mehr hören. Von niemandem«, sagte sie heiser. Sie verstärkte den Druck auf seine Lippen, seine Bartstoppeln kratzten sie am Finger. Jetzt ließ er sie zwar los, aber ohne den Kontakt zu ihrem Finger zu lösen, also tat sie es selbst.

»Die Polizei hat angerufen. Sie kommen später vorbei, um noch ein paar Fragen zu stellen«, sagte er.

»Was haben sie dir erzählt? Was ist passiert? Tom, ich habe dich seit gestern nicht mehr gesehen …«

»Tante Leesy!« Ihre siebenjährige Nichte Wren kam auf sie zugerannt. Sie hatte die gleichen kornblumenblauen Augen wie Tom, die gleichen honigfarbenen Haare wie Eliza und Monica und dazu einen Mund voller Zahnlücken.

Eliza schloss Wren fest in die Arme. »Hallo, meine Süße!«, sagte sie in ihre Haare hinein. Eine Woge aus Zärtlichkeit und Liebe erfasste sie. Sie hätte Wren am liebsten nie wieder losgelassen.

»Ich habe der Polizei erzählt, was ich wusste«, sagte Tom. »Sie hatten eine Million Fragen zu den vier Mädchen, zu allen anderen, die sonst noch dabei waren, zum Zeitablauf, ob die Mädchen gestern anders waren als sonst … ob *du* anders warst.«

»Ich?« Eliza ließ die zappelnde Wren wieder los. »Was wollten sie denn wissen?«

»Ich kümmere mich ums Mittagessen«, sagte Monica eilig.

Tom hob die Hand. »Ich hab schon angefangen, uns ein paar Sandwiches zu machen. Ihr setzt euch hin.« Monica zögerte, aber Tom fasste sie bei den Schultern und drehte sie in Richtung des geräumigen Wohnzimmers, wo eine große dunkelgraue Eckcouch vor einem riesigen Fernseher stand. »Bitte.« Er drückte allen dreien – Monica, Wren, Eliza – einen Kuss auf die Wange und verschwand in der Küche.

Sarge, Toms Rottweiler-Boxer-Mischling, kam – über und über mit inzwischen getrocknetem Schlamm beschmiert – mit klickenden Krallen aus dem Flur ins Zimmer gelaufen, lehnte sich an Elizas Bein und sah treuherzig zu ihr hoch.

»Komm, wir schauen *Piebald Rangers*«, sagte Wren und zerrte an Elizas Hand.

»Nein, Süße«, sagte Monica, »wir müssen die Nachrichten im Auge behalten.« Und zu Eliza gewandt: »Auf *Sunrise* läuft eine Sondersendung. Sie berichten den ganzen Tag live von der Suchaktion. Wie damals bei dem Grubenunglück in Beaconsfield. Erinnerst du dich?«

»Weißt du was? *Piebald Rangers* ist jetzt genau, was ich brauche.« Eliza tätschelte Sarge den Kopf und ließ sich von Wren auf das große Sofa ziehen. »Ich glaube, jetzt irgendwas über die Lehrerin zu hören, die auf einem Schulausflug vier Schülerinnen verloren hat, könnte ich im Augenblick nicht ertragen.«

»So was sagt niemand!«, antwortete Monica. Sie setzte sich an Wrens freie Seite, nahm ihre Hand und hielt sie fest, als Wren sich losmachen wollte. »Mummy ist heute Morgen ein bisschen traurig. Darf ich bitte deine Hand halten?« Wren fügte sich murrend.

Sarge sprang zu Eliza aufs Sofa, legte seinen Kopf in ihren Schoß und drückte sich mit seinem Gewicht gegen sie. Kurz darauf fing er an zu schnarchen.

Gemeinsam sahen sie den Zeichentrickhelden mit ihren sprechenden Pferden dabei zu, wie sie die Stadt vor einem Erdbeben retteten. Der helle Bildschirm und die grellen Zeichentrickbilder taten Eliza in den Augen weh. Der Arzt hatte sie vorgewarnt – Begleiterscheinungen der Gehirnerschütterung. Falls die Symptome sich verschlimmerten, sollte sie zurückkommen und zur Beobachtung im Krankenhaus bleiben, aber das würde definitiv nicht passieren. Sie blieb hier, bei ihrer Familie. Sie machte die Augen zu und genoss die Geborgenheit.

Kurze Zeit später kam auch Tom zu ihnen. Er trug vier Teller mit zurechtgeschnittenen Schinkensandwiches. »Wren, Süße, wir müssen jetzt zu den Nachrichten umschalten«, sagte er, als der Abspann lief.

»Noch nicht«, sagte Eliza, ehe Wren protestieren konnte. »Können wir bitte noch eine Folge sehen?«

Tom kuschelte sich hinter Wren, zog sie zu sich auf den Schoß und überredete sie, ihr Brot zu essen. Eliza spürte, wie sein Bein gegen ihres drückte.

Sarge schnüffelte, wachte auf, gähnte, kletterte vom Sofa und verschwand durch die Hundeklappe nach draußen in den Garten.

Eliza hörte benommen zu, wie die *Piebald Rangers* erfolgreich einen Streit unter Freunden beilegten, dann war auch diese Folge zu Ende. Ohne ein Wort – nur mit einem Blick in Elizas Richtung – ließ Tom auch die nächste Folge noch laufen. Sie beendeten stumm ihr Mittagessen und sahen den *Piebald Rangers* dabei zu, wie sie schon wieder die Stadt retteten. Eliza war in Gedanken weit, weit weg.

Plötzlich klingelte es an der Haustür. Sarge kam wie der Blitz durch die Klappe geschossen und raste zur Tür.

»Alles gut, das ist nur Toms Mum«, sagte Monica. »Ich habe sie gebeten, Wren für eine Weile mit zu sich zu nehmen … falls die Polizei kommt, ich …« Sie brach ab. Ihr traten Tränen in die Augen.

»Nein. Nein! Aus! Runter mit dir, du dämlicher Köter!«, erklang die Stimme von Mrs North in der Diele. »Braver Junge.« Sie kam ins Wohnzimmer geeilt. »Eliza, du *Ärmste*!«

Eliza rappelte sich auf und ließ sich von Toms Mum in den Arm nehmen.

»Wie geht es dir? Bist du okay? Wie *furchtbar*. Wenn ich irgendwas tun kann … egal was.«

Erschrocken über den plötzlichen Trubel, fing Wren an zu weinen. Mrs North nahm sie sofort in die Arme. »Keine Angst, Liebling. Es ist alles gut. Alles okay. Und jetzt sag Mummy und Daddy und Tante Leesy schnell Auf Wiedersehen.« Mrs North wartete, bis alle Wren einen Kuss gegeben hatten, und trug das schreiende Kind dann aus dem Zimmer.

»Darf ich …?«, fragte Monica mit erstickter Stimme und griff zur Fernbedienung.

Eliza nickte.

Augenblicklich füllten die Gesichter von Cierra, Jasmine und Georgia den Bildschirm. Die Aufnahmen stammten offensichtlich vom Morgen vor der Wanderung und waren im Schulbus entstanden. Es musste sich um Material von Madisons YouTube-Kanal handeln. Bree war nicht dabei. Sie gehörte nicht zu den selbst ernannten »Fab Four«.

Eliza wischte sich gereizt die Tränen weg. Da waren sie. Jasmine, schmal und trotzdem so leidenschaftlich. Cierra mit ihrer blauen Perücke, sie wirkte nervös. Georgia und ihre intelligenten Augen.

Tom schenkte für sie alle Whisky-Cola ein und drückte den Frauen ihr Glas in die Hand. Er setzte sich wieder in die Mitte und zog beide Schwestern nah zu sich heran. Eliza machte sich los. Sarge versuchte, wieder aufs Sofa zu klettern, aber Tom zeigte zur Tür und sagte: »Ab!« Der Hund gehorchte mit kläglichem Schwanzwedeln.

Tom wandte den Blick wieder dem Fernseher zu.

Es folgten Aufnahmen von der Suchaktion, und mit Regenschirmen bewaffnete Reporter informierten die Zuschauer, dass die Mädchen jetzt seit über vierundzwanzig Stunden vermisst wurden. Dann kamen die Tiers ins Bild, die Kamera zoomte die Steilwände heran und die hinter Wolken verborgenen Gipfel.

Tom stellte den Fernseher stumm. »Wenn irgendwer schuld ist, dann ich«, sagte er. »Ich hätte hinten mit ihnen laufen müssen.«

»Keiner von euch beiden ist schuld«, sagte Monica. »Sei nicht albern …«

»Aber wenn ich hinten bei ihnen gewesen wäre …« Tom atmete schwer, sah Eliza an und legte ihr die Hand aufs Bein.

Im Ernst? Sogar *jetzt*? Er konnte es einfach nicht lassen. Er hatte nie ein Geheimnis daraus gemacht, dass er auf Eliza stand, auch nicht vor Monica, hatte immer durchblicken lassen, dass die Vorstellung von Zwillingsschwestern ihn erregte. Sie konnte nicht fassen, dass er sie sogar jetzt anmachte, in dieser Situation, und obwohl sie seine unverblümten Annäherungsversuche schon so oft zurückgewiesen hatte. Vielleicht stand er aber einfach auch nur genauso unter Schock wie sie.

Sie entschuldigte sich. Monica sah sie mitfühlend an. Eliza brachte es nicht über sich, ihrer Schwester in die Augen zu sehen. Sie ging ins Bad und schloss hinter sich ab. Monica hatte nicht das Recht, sie zu bemitleiden. Eliza liebte ihre Schwester und würde es auch immer tun, aber irgendwann musste Monica trotzdem Verantwortung übernehmen. Als Tom kurz nach Wrens Geburt den Wunsch geäußert hatte, mit Eliza ins Bett zu gehen, hatte Monica ihm die Erlaubnis erteilt. Tom bekam von ihr immer, was er wollte.

Auf Elizas Zurückweisung hatte er zwar enttäuscht reagiert, sich aber nichts weiter draus gemacht. Kurz darauf hatte er angefangen, ein Auge auf die älteren Schülerinnen zu werfen. Auch wenn er sich nicht traute, in Elizas Gegenwart mit ihnen zu flirten, lag auf der Hand, was los war. Ihr war klar, dass sie hätte einschreiten müssen – sie wusste, dass es falsch war, was er tat, und sie als Lehrerin dazu verpflichtet gewesen wäre –, aber sie handelte nicht, weil sie Monica, weil sie Wren beschützen wollte. Sie fühlte sich durchaus nicht gut dabei, es war ein moralischer Kompromiss. Stumm zu bleiben war egoistisch, aber sie hatte das Leid, das eine kaputte Familie verursachen konnte, am eigenen Leib erfahren und brachte es wegen Wren nicht über sich, etwas zu unternehmen, das Toms Job gefährdet oder seinem Ruf geschadet hätte.

Natürlich galt Toms Aufmerksamkeit vor allem den Mädchen, die sein Interesse erwiderten. Mädchen wie Denni.

Eingesperrt in Monicas Bad, saß Eliza da und dachte an damals zurück. An jenen Tag im Winter vor zwei Jahren. Kiera, ihre große Schwester, war in einem ihrer seltenen klaren Momente bei Eliza aufgetaucht. Sie hatte Denni im Schlepptau gehabt und ihre Schwester angefleht, sich um das Kind zu kümmern. Kiera liebte ihre Tochter, aber sie wusste, dass sie eine schlechte Mutter war – eben weil sie Denni liebte, wollte sie, dass Eliza sie aufzog. Denni war an ihr vorbeigestürmt, in Elizas Gästezimmer, das bald schon ihr Zimmer werden würde, hatte getobt und Kiera angeschrien.

Eliza konnte nicht Nein sagen. Die arme Kiera hatte unter der Vernachlässigung und den Misshandlungen durch ihre Eltern am meisten gelitten. Sie war eine schlechte Mutter. Und Eliza … hatte sich nie etwas so sehr gewünscht, wie Mutter zu sein.

Sie hatte Denni all ihre Zeit gewidmet. Sie langsam, behutsam beruhigt. Getröstet. Ihr zugehört, sie bestärkt, ihr die Erlaubnis gegeben, stark zu sein, nett zu sein, präsent zu sein. Eliza hatte sämtliche Ratgeber gelesen, hatte alles darüber lernen wollen, wie man mit einer Tochter umgehen musste, um sie stark zu machen. Etwas, zu dem ihre eigenen Eltern nie in der Lage gewesen waren. Aber Eliza und Monica hatten wenigstens einander gehabt, während Kiera die volle Wucht abbekommen hatte.

Kiera. Sie lebte inzwischen irgendwo auf dem Festland, versumpfte mit einem Drogendealer, abgestumpft und blind gegen alles, was außerhalb ihrer unmittelbaren Suchtbedürfnisse lag, um irgendwie den Schmerz über den Selbstmord ihrer Tochter zu betäuben. Eliza hatte seit Monaten nichts von ihr gehört, aber das war nicht ungewöhnlich. Sie und Monica hatten sich damit abgefunden, dass es nur eine Frage der Zeit war, bis sie einen Anruf von der Polizei oder irgendeinem Krankenhaus bekamen, der sie darüber informierte, dass Kiera tot war.

Damals jedenfalls, Monate nachdem Denni bei ihr eingezogen war, hatte das provokante, rebellierende und längst noch nicht geheilte Mädchen angefangen, sich an Tom ranzumachen. Kleine Bemerkungen und Berührungen und bedeutungsvolle Blicke. Und Tom, notgeil wie immer, hatte *reagiert.*

Eliza hatte alles getan, um Denni davon abzuhalten, um Tom aufzuhalten, aber nichts hatte funktioniert – weder vernünftige Gespräche noch die Drohung, Tom in der Schule zu melden, oder der Versuch, Denni mit Geschenken zu bestechen. Einmal hatte Eliza ihr sogar das Ultimatum gestellt, dass sie mit ihr in eine andere Stadt ziehen würde, wenn sie nicht sofort aufhörte. Doch auch das hatte nicht gewirkt – Denni hatte einfach gesagt, dann würde sie eben bei Tom und Monica einziehen.

Monica … ihre süße, total vernarrte Schwester mit ihrem eigenen Paket an Kindheitstraumata und ihrer Angst vor Zurückweisung hatte Tom noch nie die Stirn geboten. Und Eliza brachte es bis heute kaum über sich, ihm direkt in die Augen zu sehen, und das, obwohl sie inzwischen mit ihm unter einem Dach lebte. Er war groß, kräftig – und konnte, wenn er wütend war, einschüchternd sein. Er war ein echter Kerl in einer Männerwelt in einer Kleinstadt auf dem Land, wo Männer immer noch das Sagen hatten.

Doch dann war es auf einmal zwischen ihm und Denni aus gewesen. Eliza fand nie eine Erklärung dafür; nach allem, was sie versucht und unternommen hatte, hatte Denni offenbar von selbst Schluss gemacht, quasi von einem Tag auf den anderen.

Und vor nicht allzu langer Zeit hatte Eliza mitbekommen, dass er es mal wieder auf eine Schülerin abgesehen hatte. Auf Cierra Mason. Zuerst dachte sie, Cierra sei der Grund, weshalb Denni mit Tom Schluss gemacht hatte, doch es schien eine neue Entwicklung zu sein; ansonsten hätte Eliza früher etwas gemerkt. Ein einziger Blick zwischen Tom und Cierra verriet ihr alles, was sie wissen musste. Sie kannte dieses Funkeln in seinen Augen nur zu gut – sie war selbst bereits Auslöser dafür gewesen, genau wie Denni.

Wenn Eliza über die Sache zwischen Tom und Cierra Bescheid wusste, war es nur eine Frage der Zeit, bis auch Madison Wind davon bekam. Außerdem kannte sie Tom – er würde sich nicht mit nur einer Mason-Zwillingsschwester zufriedengeben. Das konnte sie unmöglich zulassen, Madison würde es hemmungslos in die Welt rausposaunen. Wren durfte ihren Vater auf keinen Fall an die Justiz verlieren – oder noch Schlimmeres. Das musste Eliza um jeden Preis verhindern – sie hatte bereits eine Nichte verloren. Sie brauchte Absolution. Sie musste es wiedergutmachen. *Ihre* Denni, das Kostbarste, was sie auf der Welt hatte, hatte sich das Leben genommen, unter ihrer Obhut.

Eliza hatte tatsächlich einen Plan, wie sie die Sache zwischen Cierra und Tom beenden konnte, aber jetzt war Cierra verschwunden – und wenn rauskäme, dass Tom mit ihr geschlafen hatte, würden sie ihn auf offener Straße lynchen. Und ihre arme kleine Wren würde …

Eliza war selbst ohne Vater aufgewachsen. Sie hatte es gehasst, es schmerzte sie noch heute, wenn sie daran dachte. Wren sollte glücklich und unbeschwert aufwachsen. Nicht nur mit einem Vater, sondern mit einem Vater, den sie respektieren konnte.

Es hatte sich von Anfang an so angefühlt, als würde sie sich entscheiden müssen: Wren oder Cierra.

Irgendwie fiel immer alles auf Eliza zurück. Immer lag alles in ihrer Verantwortung. Oder war ihre Schuld.

Nein. Dieses Muster ist alt und überholt, sagte sie zu sich. *Da spricht deine abgekämpfte Mutter. Nichts ist deine Schuld. Es ist nicht deine Schuld, dass Tom sich nimmt, was immer er will. Es ist nicht deine Schuld, dass er Cierra nachsteigt.*

Eliza rieb sich die Stirn. Sie dachte an ihre beiden Nichten. An Wren und an Denni. *Du hast die Erlaubnis, stark zu sein.*

Sie ging unter die Dusche und riss sich die Verbände vom Kopf.

Ich, Eliza Ellis, erteile dir die Erlaubnis, stark zu sein ... auch wenn das alles deine Schuld ist.

Stimmt's?

Plötzlich, ungebeten, kam ihr der alte Reim in den Sinn.

Er hockt in den Bergen versteckt, um zu töten.
Er hockt in den Höhlen versteckt, um zu warten.

Sanft schlug sie mit der Stirn gegen die gekachelte Duschwand, versuchte, sich die Worte aus dem Kopf zu hämmern, doch damit verstärkte sie nur das Gedankenstakkato. Dann eine verschwommene Erinnerung ... an Schritte ... Schritte im Gebüsch ...

Drum geh ich da oben nie allein durch den Wald,
sonst kommt der Hungermann und macht mich kalt.

KAPITEL ZEHN

MURPHY

Murphy träumte, dass er an einer Steilwand hinunterstürzte.

Der Erdboden raste auf ihn zu, Steine, Felsen, gezackte Kanten. Wind fuhr ihm durch die Kleidung, zerrte an seinem Gesicht, frisch und eukalyptusgeschwängert, rauschte in seinen Ohren.

Ich darf nicht sterben! Ich muss Jasmine finden!

Und dann schlug er auf. Und war wach. Er fand sich zu Hause auf der Couch wieder, umgeben von leeren Bierdosen, und der Wind blies durchs offene Fenster.

Es war später Vormittag. Die Mädchen waren seit vierundzwanzig Stunden verschwunden.

Eine halbe Stunde später saß Murphy am Tisch, eine Frühstücksdose Bier in der Hand, die Augen auf das offen stehende Fenster und den Regen gerichtet. In der Luft hing der süßliche Geruch von Butchs Joint.

Murphys Brustraum schmerzte. Er wollte nichts so sehr wie auf den Berg, um sich der Suchaktion anzuschließen, die bei Tagesanbruch wieder aufgenommen worden war. Aber Dave hatte ihm eine Nachricht geschickt, um ihm mitzuteilen, dass der SES eine einstweilige Verfügung gegen Murphys Mithilfe erwirkt hatte.

Ich hätte dem Typen nicht den Finger brechen sollen …

Seit Murphy aufgewacht war, redete Butch in einer Tour: motzte über den SES, die Schule, die Lehrer, die Polizei, die Medien, die Suchaktion, die Schweinekälte letzte Nacht, dass nicht genug unternommen wurde, beschwerte sich über die Rettungspferde, die bei Donner gescheut und ihre Reiter abgeworfen hatten, über die Scheißhubschrauberpiloten, die sich wegen dem bisschen Regen nicht einscheißen und endlich ihre Ärsche hochkriegen und mit der Scheißsuche aus der Luft anfangen sollten oder wenigstens ihre verfickten Drohnen losschicken und ein paar nützliche Scheißbilder liefern, und was war eigentlich mit Infrarot, und was zum Teufel taten die eigentlich überhaupt?

Murphy hielt sich die Bierdose an die Stirn und versuchte, seinen Bruder auszublenden, indem er die Augen schloss. Im Fernseher lief die Liveberichterstattung. Er sollte da oben sein. Scheiß auf die einstweilige Verfügung – er hatte kein Problem damit, dafür den Knast zu riskieren.

Allerdings hatte Dave auch noch geschrieben, dass er als Verdächtiger gehandelt wurde und sich noch verdächtiger machte, wenn er sich da oben blicken ließ. Die einstweilige Verfügung machte es noch komplizierter. Und wenn sie ihn wirklich einsperrten, wie sollte er Jasmine dann noch eine Hilfe sein?

Klar. Und was für eine Hilfe bin ich ihr jetzt?

Er beschloss, noch bis Mittag zu warten. Falls er bis dahin nichts gehört hatte, schloss er sich der Suchaktion an, ob sie ihn dahaben wollten oder nicht. Sie würden ihn festketten müssen, um ihn davon abzuhalten, den Höhenzug zu durchkämmen, notfalls auch allein.

Trotzdem würde er erst mal versuchen, vernünftig zu bleiben. Rational zu sein. Das würde Sara jetzt tun. Weiß Gott, er wünschte, sie wäre jetzt hier und er selbst dafür tot.

Es war nicht fair.

Er versuchte, nicht an den Busch zu denken, der an manchen Stellen so dicht war, dass man direkt an einer Leiche vorbeispazieren konnte, ohne es zu merken. In dem man sich verlaufen konnte, sogar ohne den Weg zu verlassen, wo man auf Pfaden, die alle gleich aussahen, stundenlang im Kreis laufen konnte, bis man irgendwann versehentlich von einer Klippe stürzte.

Seine Lippen zitterten. Er presste sie aufeinander. Das stoppte die Tränen. Ab jetzt würde er nicht mehr heulen. Er musste stark sein.

Im Hintergrund plärrte der Fernseher vor sich hin: »*... an die Bürgermeisterin Meredith Phythian, die ihr ganzes Leben in Limestone Creek verbracht hat. Miss Phythian, viele Menschen sind inzwischen davon überzeugt, dass das Verschwinden der Mädchen demselben Täter zugeschrieben werden muss, der auch für die Morde von 1985 verantwortlich war – sie glauben, dass der sogenannte Hungermann noch immer am Leben ist und jetzt aufs Neue zugeschlagen hat. Sind Sie der Meinung, für die Öffentlichkeit besteht Grund zur Sorge?*«

»*Nein. Das Schlimmste, was wir tun können, ist, Panik zu verbreiten. Diese Mädchen sind darauf angewiesen, dass wir jetzt zusammenhalten und unsere Kräfte bündeln, um sie zu finden. Der Unmensch, der für die Vorfälle von 1985 verantwortlich war, ist tot. Limestone Creek hat in schweren Zeiten schon immer zusammengefunden, ob wir es nun mit Buschfeuern oder Hochwasser oder der globalen Finanzkrise zu tun hatten, und das hier ist keine Ausnahme ...*«

Es klopfte an der Tür.

Murphy stieß in der Hektik, zu öffnen, den Stuhl um.

Auf der Türschwelle stand eine kleine Frau mit tiefen Sorgenfalten im Gesicht und platinblondem Bob. Sie trug einen teuren schwarzen Mantel, Perlenohrringe und hohe Absätze. Sie war in Murphys Haus völlig fehl am Platz. Und sie weinte.

Murphy sah sie stirnrunzelnd an. »Nelly?«

»Bitte, Murphy!« Es war Nelly Mason, die Mutter von Cierra und Madison. Wimperntusche lief ihr über das Gesicht. Sie hielt ihm ein Foto hin. Es war ein Schulfoto von Cierra. »Bitte bring sie wieder zurück.«

Murphy wich einen Schritt zurück. »Was?«

»Bitte, Murphy. *Bitte.*« Sie folgte ihm ins Haus.

Er brauchte ein paar Sekunden, um zu kapieren, was sie meinte. »Moment mal – ich war das nicht!«

»Lügner!«, schrie sie. Sie fuchtelte mit dem Bild herum wie mit einer Waffe. »Ich weiß, dass du in ihrem Zimmer warst!«

»Was? Machst du Witze, Nelly, Scheiße noch mal?« Butch tauchte neben seinem Bruder auf.

»Wo sind sie?«

»Das wüsste ich selbst gern!« Nelly versuchte, sich an Butch vorbeizuschieben, und Murphy wich zurück. »Jasmine ist auch verschwunden!«

»Deine eigene Tochter! Wie konntest du nur?«

»Okay, Lady, Zeit zu gehen.« Butch warf sich die zierliche Frau kurzerhand über die Schulter und marschierte mit ihr zur Haustür raus.

»Wir wissen, dass du das warst, Murphy!«, kreischte sie und bearbeitete Butchs Rücken mit ihren winzigen Fäusten. *»Alle wissen das!«*

Butch setzte sie vor dem Haus ab, drehte sich um und knallte die Tür zu.

»Bring sie zurück!« Nelly trommelte gegen das Holz. *»Bring sie wieder zurück!«*

Murphy taumelte rückwärts, bis er gegen den Tisch stieß. »Ich hab sie nicht entführt«, sagte er. »Das war ich nicht.«

»Hör gar nicht auf sie, Bro«, sagte Butch.

Murphys Herz raste, während Nelly Mason weiter gegen die Haustür trommelte. »Ich muss mit ihr reden.«

»Stopp!« Butch packte ihn an den Schultern und zwang ihn auf einen Stuhl. Er machte einen Joint fertig und zündete ihn an. »Hör nicht auf sie.«

Butch reichte ihm den fertigen Joint, und Murphy steckte ihn sich zwischen die Lippen. Das Trommeln an der Tür brach ab. »Bitte … bitte …« Jede Silbe fühlte sich an wie ein Schuss. Ohne einen Zug genommen zu haben, nahm Murphy den Joint aus dem Mundwinkel und reichte ihn an seinen Bruder weiter. Er wischte sich den Schweiß von der Stirn.

»Du darfst sie nicht …«, fing Butch an.

»Die glaubt, ich hätte das getan!«, sagte Murphy. *»Hör sie dir an!«*

Murphy ging zur Couch zurück und stellte den Fernseher lauter, um Nellys Weinen zu übertönen.

Dass Doble versuchen würde, ihn fertigzumachen, war ihm klar gewesen, aber es wäre Murphy nie in den Sinn gekommen, dass der Rest der Stadt ihn ebenfalls im Verdacht haben könnte …

Er hatte Theodore Barclay nicht vergessen, den Hausmeister der Schule, der für das Verschwinden der Mädchen von 1985 verantwortlich gemacht worden war; zuerst hatten sie sein Haus niedergebrannt, dann war er durch die Straßen gejagt und grün und blau geprügelt worden. Schließlich sperrten sie ihn ein, und er erhängte sich, sobald sie ihn auf Kaution wieder auf freien Fuß gesetzt hatten. Hier draußen, in der Wildnis von Tasmanien, nahmen die Leute das Gesetz gern selbst in die Hand, und normalerweise kamen sie damit durch.

Dieser ganze Schmerz … und die Leute denken, ich wär der Grund …

Diese Leute waren mit ihm aufgewachsen oder hatten ihn aufwachsen sehen. Sie waren dabei gewesen, als er Sara verloren hatte, sein Geschäft, sein Haus – und fast auch seinen Verstand. Wie konnten sie glauben, dass er zu so was in der Lage wäre? Jasmine war alles, was er hatte.

Gleichzeitig, ganz hinten in seinem Kopf, kannte er die Antwort.

Weil ich ein Drogendealer bin.

Erschöpfung fuhr ihm in die Glieder, und er schleppte sich durch den Flur in sein Zimmer. Vielleicht wäre es besser, das Haus eine Weile nicht zu verlassen. Er wollte noch nicht zu Tode geprügelt werden. Nicht, ehe er Jasmine wiedergefunden hatte.

Es war ein Segen, dass er Nelly Mason in seinem Bett nicht weinen hören konnte. Karl Chaos sprang zu ihm hoch, rollte sich an seinem Rücken zusammen und schnurrte. Abwesend fuhr Murphy ihm mit der Hand durchs Fell, während in seinem Kopf nur eine einzige Frage Platz hatte:

Wieso denkt sie, ich wäre in Cierras Zimmer gewesen?

KAPITEL ELF

CON

Con wachte auf, weil jemand an seine Tür pochte. Er sprang aus dem Bett, griff automatisch nach dem Kricketschläger, drehte sich mit gefletschten Zähnen um …

Und erstarrte, als ihm klar wurde, wo er war. Er ließ den Schläger fallen und trat ihn unters Bett zurück. Er nahm ein frisches Handtuch aus dem Schrank, wickelte es sich um die Taille und machte die Tür auf.

Gabriella betrat sein Zimmer, in voller Montur, in der einen Hand ihren Laptop und in der anderen einen Kaffee to go aus dem Hotelrestaurant. Sie setzte sich auf sein Bett und klopfte einladend neben sich auf die Matratze. Ihr Atem roch nach Kaffee. »Du hast verschlafen. Es ist kurz vor acht.« Sie hielt inne. »Alles okay?«

Er hatte eine unruhige Nacht hinter sich, vollgepackt mit lebhaften Albträumen. »Du wolltest mich doch nur nackt erwischen, gib's zu.« Con setzte sich mit gebührendem Abstand aufs Bett und hielt den Handtuchzipfel fest. »Was ist los?«

»Madison Mason. Die Schwester von Cierra. Ich habe dir doch gestern erzählt, dass sie YouTuberin ist. Detective Coops hat berichtet, laut Aussage des Schulsozialarbeiters benutzt sie ihren Kanal quasi als Waffe. Also, jedenfalls hat sie heute Morgen ein Video hochgeladen und …« Gabriella trank einen Schluck Kaffee und wackelte mit den Augenbrauen.

»Nicht gut?«, fragte Con.

»Doch, mit den besten Absichten, da bin ich mir sicher«, sagte sie und klappte den Computer auf. »Trotzdem wird hier in Kürze die Hölle los sein.«

»Wie meinst du das?«

Statt einer Antwort drückte sie auf Play.

Madisons rote Haare waren kunstvoll zerzaust, das Gesicht stark geschminkt, nur das dunkelblaue Veilchen rund um ihr linkes Auge nicht, es schimmerte grell und in allerbester Auflösung. Sie saß auf ein opulentes Bett drapiert und sprach direkt in die Kamera. Mit Tränen in den Augen schilderte sie ihre Version der Ereignisse.

»Wir haben uns gestritten, Jasmine und ich, und die anderen haben sich auch eingemischt. Sogar Bree Wilkins. Ich würde euch ja gern erzählen, worum es ging, aber das wäre nicht fair, weil Jasmine nicht hier ist und sich nicht verteidigen kann. Jedenfalls wurde es … ziemlich krass.« Sie berührte behutsam das Veilchen. »Miss Ellis trennte mich von der Gruppe, zwang mich dazu, mich dem Rest anzuschließen. Ich war so sauer auf sie, auf Jasmine, sogar auf Georgia und Cierra. Ich … ich habe zu Jasmine gesagt, dass ich sie hasse, und dann bin ich weggelaufen und … und das war das letzte Mal, dass ich sie gesehen habe … kaum hatte ich die anderen eingeholt, hat es schlagartig angefangen zu donnern und zu regnen, und Mr North hat gesagt, wir sollen uns beeilen. Sie hatten schon telefoniert, damit wir am Lake-Nameless-Parkplatz mit dem Bus abgeholt werden. Und dann … am Bus wurde uns klar, dass niemand Miss Ellis und die vier Mädchen gesehen hatte …

Und jetzt … jetzt sind die Leute, die ihr alle von meinem Kanal hier kennt und liebt, verschwunden. Jasmine, meine beste Freundin – verschwunden. Meine Schwester Cierra – verschwunden. Das Mädchen, das ich immer als meine Schwester im Herzen bezeichne, Georgia – verschwunden. Und ein Mädchen, das ich mal zu meinen besten Freundinnen zählte, Bree Wilkins … Dennis beste Freundin … verschwunden. Oben an den Klippen. Uns läuft die Zeit …« Sie vergrub den Kopf in den Händen.

»Bitte …« Sie hob den Blick, sah wieder in die Kamera und flehte die Zuschauer mit riesengroßen Augen an. »Wer auch immer von euch da draußen Zeit hat, kommt und schließt euch der Suchaktion an. Ich weiß, dass meine Schwester noch irgendwo da oben ist – ich weiß es einfach. Das fühle ich in meinem … Aber die Gegend ist so riesig … ganz egal, wo in Australien ihr seid oder wo auf der Welt …«

»Und jetzt sieh dir bitte an, wie viele Views sie bereits hat«, sagte Gabriella über Madisons Stimme hinweg. »Über eine Million. Dabei ist der Film erst eine Stunde online! Constable Darren Cahil hat eben angerufen, der Koordinator der Suchaktion. Er sagt, auf dem Weg zum Aussichtspunkt tauchen Autos vollgepackt mit Leuten auf. Der reinste Albtraum. Sie müssen die Wege abriegeln, falls eventuell Beweisstücke übersehen wurden, aber da oben herrscht inzwischen die reinste Selbstjustiz. Es würde mich nicht wundern, wenn wir bei dem Wetter ein paar Helfer verlieren.«

Das Video war noch nicht zu Ende. Jetzt waren drei der Mädchen – Georgia, Cierra und Jasmine – auf der Rückbank eines Schulbusses zu sehen, offensichtlich am Morgen vor der Wanderung. Madison stellte sie aus dem Off einzeln vor. Das Ganze war mit ergreifender Musik unterlegt.

»Weshalb haben die Mädchen sich geprügelt?«, murmelte Con. »Worum ging es da?«

Dann wieder ein Schnitt zurück auf Madison in ihrem Zimmer. »Von Bree habe ich leider nur wenig Material – wir waren letztes Jahr noch eng befreundet, aber nach der Sache mit Denni … Trotzdem, Anfang des Jahres waren wir gemeinsam an einem Filmprojekt beteiligt, für Gesundheitskunde. Ich lade es heute Abend hoch. Bitte, betet für die vier, und wer immer von euch es irgendwie schafft: Bitte, bitte, bitte kommt nach Limestone Creek. Helft uns suchen … bringt unsere Mädels wieder nach Hause …

Ich weiß, einige von euch glauben nicht an … an den Hungermann. Aber wisst ihr, vor langer Zeit sind in diesen Bergen schon einmal fünf Mädchen verschwunden, genau hier, und von denen hat man nie wieder was gesehen oder gehört. Ich kann nicht …« Ihre Stimme brach, und es dauerte ein paar Sekunden, bis sie sich wieder im Griff hatte. »Ich glaube, dass er real ist. Ich glaube, der Hungermann ist zurück. Lasst nicht zu, dass der Hungermann sich vier neue Opfer holt. Nicht nur wegen diesen vier, sondern auch wegen den Mädchen von damals. Wir holen uns vom Knochenmann die Knochen zurück. Wir müssen den Hungermann aufhalten.«

Und damit war das Video vorbei.

Nach ein paar sehr langen Sekunden sagte Gabriella: »Irgendwelche Ideen?«

»Viel zu viele«, murmelte Con.

»Ich stimme für ›der Hungermann ist zurück‹.«

»Und was sollte das mit dem Knochenmann? Ist das ein anderer Name für den Hungermann?« Con scrollte durch Madisons Kanal. »Wahnsinn. Sie hat tatsächlich über eine Million Abonnenten.«

»Und gestern waren es noch 700 000. Das werden noch mehr. Vor allem wenn die Geschichten vom Hungermann wieder die Runde machen. Im Polizeibericht von heute Morgen heißt es ernsthaft, die ersten Familien mit jungen Mädchen würden ihr Zeug zusammenpacken und abhauen.«

Con klickte wahllos ein anderes Video an und scrollte sich durch die Einzelbilder. Dieses zeigte Cierra und Madison, die zusammen auf einem Bett saßen und sich gegenseitig schminkten. Sie waren eher spärlich bekleidet in ihren Seidenschlafanzügen.

»Zwei sehr hübsche Mädchen …«, bemerkte Gabriella.

»Hübsch genug, um entführt zu werden?« In Cons Magengegend machte sich ein unangenehmes Gefühl breit. Seine Gedanken wanderten nach Sydney und zum Jaguar-Fall zurück.

Ich hätte wissen müssen, dass es nicht nur um ein paar Mädchen geht, die sich im Busch verlaufen haben.

Der Gedanke machte ihn unsagbar traurig.

»Wir werden uns ein bisschen mit Miss Madison Mason unterhalten«, sagte Con. »Wir treffen uns in einer Viertelstunde in der Lobby.«

Er machte den Schrank auf und holte sich ein paar von den Sachen raus, die er am Vorabend aufgehängt hatte – weißes Leinenhemd, graue Anzughose, Unterwäsche. Plötzlich merkte er, dass Gabriella immer noch da war. Er drehte sich zu ihr um und sah, dass sie ihn beobachtete, mit einem Grinsen auf den Lippen und ihrem iPhone in der Hand.

»Lass dich von mir nicht stören«, sagte sie, die Kamera auf ihn gerichtet.

»Das ist sexuelle Belästigung.«

»Japp …« Lachend tänzelte sie aus dem Zimmer.

Gabriella stieß einen Pfiff aus, als das Haus der Masons vor ihnen auftauchte. Sie nahm die Sonnenbrille ab. »Scheiße!«

Das zweistöckige Gebäude war weiß verputzt und mit goldenen Abschlüssen verziert, zwischen lila blühenden Jakarandabäumen spitzten Erker und Türmchen hervor, die Luft war schwer von Blütenduft, und überall summten die Bienen. Der Pfad von der Auffahrt zur Veranda bestand aus einer Reihe marmorner Trittsteine in einem akkurat gemähten Rasen.

»Ich habe das Gefühl, gleich das Haus von richtig reichen Menschen zu betreten. Meinst du, der Effekt ist Absicht?«, raunte Gabriella ihm zu.

Con klopfte an die Haustür. Einen Augenblick später war das metallene Quietschen beim Öffnen des Spions zu hören, und hinter der geschlossenen Tür erklang eine vertraute Mädchenstimme. »Wer sind Sie?«

Con hielt seine Dienstmarke vor den Spion. »Madison? Ich bin Detective Badenhorst, und das ist Detective Pakinga. Sind deine Eltern zu Hause?«

Man hörte, wie eine Kette gelöst wurde, dann ging die Haustür auf. Madison sah aus wie in dem Video, das sie am Morgen gepostet hatte. Sie hielt einen zitternden grauen Windhund auf dem Arm.

»Dad ist oben bei der Suchaktion«, sagte Madison. »Mum ist mit meinem kleinen Bruder in der Schule.«

»Heute ist keine Schule«, sagte Gabriella.

»Sie bieten Krisenintervention an«, sagte Madison ein bisschen heiser. »Vor allem für die Kinder, die betroffen sind. Wie mein kleiner Bruder. Sollten Sie so was nicht wissen?«

»Wir konzentrieren uns auf etwas andere Dinge, Madison«, sagte Con lächelnd, doch seine Stimme klang hart.

»Sorry, ich wollte nicht unhöflich sein«, sagte sie. »Kommen Sie rein.«

Sie ging voraus in ein vor Sauberkeit glänzendes, wuchtiges Esszimmer und bot ihnen an dem Tisch aus tasmanischer Eiche an, Platz zu nehmen. Sie selbst blieb stehen und setzte den Hund auf den Boden. »Das ist Mr Bruiser. Er tut Ihnen nichts.«

Wie um zu zeigen, dass sie recht hatte, trippelte der Hund aus dem Zimmer.

»Kann ich Ihnen etwas anbieten? Was zu trinken? Oder was zu essen?«

»Wir würden uns gerne kurz mit dir unterhalten, falls das geht«, sagte Gabriella. »In erster Linie über etwas, das du heute Morgen in deinem Video gesagt hast.«

Ein ironisches Lächeln erschien auf Madisons Lippen. Sie lehnte sich gegen den Tisch und verschränkte die Arme. »Das haben Sie gesehen? Was wollen Sie denn wissen?«

»Wir müssen auf deine Eltern warten«, antwortete Con.

»Ich weiß nicht, wann die wiederkommen. Und ganz ehrlich? Ich habe ziemlich viel zu tun. Können wir einfach zum Punkt kommen?« Sie seufzte. »Sorry, das war schon wieder unhöflich. Ich habe im Augenblick nicht die Kraft, höflich zu sein. Können Sie mich nicht einfach fragen, was Sie wissen wollen?«

»Vorausgesetzt, dir ist klar, dass es sich hier nicht um eine offizielle Vernehmung handelt. Du musst ohne deine Eltern nicht mit uns reden.«

Madison nickte ungeduldig.

»Du und Jasmine, ihr hattet Streit. Kannst du uns sagen, worum es da ging?«, fragte Gabriella.

»Nein.«

Gabriella gab ein seltsames Geräusch von sich, halb Grunzen, halb empörtes Prusten.

»Madison, es ist wichtig«, sagte Con.

»Ich kann es Ihnen aber trotzdem nicht sagen.«

»Ich glaube, du verstehst nicht …«

Madison fiel ihm ins Wort. »Wie würden Sie sich fühlen, wenn Sie wüssten, dass Sie einen Ihrer Freunde geschlagen haben, ihm gesagt haben, wie sehr Sie ihn hassen, und ein paar Stunden später ist er plötzlich *verschwunden*? Ich möchte nicht darüber sprechen. Sie haben gesagt, ich muss Ihre Fragen nicht beantworten.«

»Schön«, sagte Con. »Dann eben ein paar emotional unverfänglichere Fragen. Wie lange hast du gebraucht, um die große Gruppe einzuholen, nachdem Miss Ellis dich weggeschickt hatte?«

»Keine Ahnung? Eine Viertelstunde? Ich hab getrödelt – ich hab die ganze Zeit überlegt, ob ich umkehren und mich entschuldigen oder umkehren und Jasmine noch eine reinhauen soll.« Ihr stiegen Tränen in die Augen. »Wäre vielleicht besser gewesen. Vielleicht hätte ich das, was passiert ist, damit verhindern können …« Sie wischte sich mit dem Handrücken die Nase.

»Oder du wärst vielleicht auch mit reingezogen worden, vergiss das nicht. In was auch immer«, sagte Con. »Ist dir, als du die anderen verlassen hast, irgendetwas aufgefallen? Etwas auf dem Wanderweg, war irgendwas anders als normal? Egal, wie klein es gewesen sein mag.« Er dachte an den Bären, den Georgia zu sehen geglaubt hatte. »Oder wie groß.«

»Nein. Gar nichts. Nicht mal das Geräusch von Schritten.«

»Was meinst du damit?«, fragte Gabriella.

»Das gehört zur Legende vom Hungermann. Es heißt, man hört seine Schritte neben sich im Gebüsch, und wenn man ihn ansieht ... dann holt er einen.«

»Interessant!«, sagte Gabriella.

»Aber du hast nichts gehört und niemanden gesehen«, hakte Con nach.

»Gar niemanden«, bestätigte Madison. »Dabei wissen wir, dass da oben wer war, richtig? *Irgendwer* hat Miss Ellis überfallen. Was sagt sie denn?«

»Hat eines der anderen Mädchen sich seltsam verhalten?«, fragte Con.

»Wir waren alle ziemlich durch den Wind ... und Bree ist natürlich ausgetickt. War ja logisch.« Sie nahm sich ausführlich Zeit, um sich mit einem Taschentuch die Nase zu putzen, und merkte dann, dass Con und Gabriella sie abwartend ansahen. »Was denn?«

»Weshalb ist Bree ausgetickt?«, fragte Gabriella.

»Haben Sie eigentlich keine Unterlagen? Denni King, die Nichte von Miss Ellis, war Brees beste Freundin. Seit Denni tot ist, wird Bree ständig sauer – *stinksauer*. Die sagen, das wäre posttraumatischer Stress. Keine Ahnung, wie viele Verweise sie seit Dennis Tod schon kassiert hat.«

Con und Gabriella warfen sich einen Blick zu.

»Das wussten Sie aber schon, oder?«, fragte Madison gedehnt.

Con zuckte die Achseln. Es gefiel ihm nicht, sich von einem

Teenager in die Enge treiben zu lassen. »Wir sammeln derzeit Informationen.«

Möglich, dass in den Protokollen, die Coops geschickt hatte, was davon gestanden hatte, jedenfalls erinnerte er sich nicht daran. Der Sozialarbeiter hätte doch bestimmt was erwähnt.

»Sie wussten nicht, dass Bree an PTBS leidet?« Ärger schlich sich in Madisons Stimme. »Haben Sie eigentlich *irgendwas* recherchiert? Das ist wirklich kein Geheimnis. Bree bindet das eigentlich jedem auf die Nase.«

»Du hast in deinem Video gesagt, du hättest Aufnahmen von Bree«, sagte Gabriella schnell. »Könnten wir die sehen, bevor du das Material hochlädst?«

»Wenn's sein muss.« Sie klang immer noch aufgebracht. »Ich saß gerade am Schnitt, als Sie gekommen sind. Außer den Videos kann ich nichts tun. Ich meine, irgendwas *wirklich* Hilfreiches, verstehen Sie?«

»Na ja, also …«, fing Con an, aber Gabriella versetzte ihm einen Tritt. Er dachte an das Chaos, das sie mit ihrem letzten Video ausgelöst hatte.

Sie folgten Madison in ihr Zimmer: ein heller, großzügiger Raum, aufgeräumt und sauber, im Mittelpunkt ein riesiges Bett, mit Plüschvögeln dekoriert. Auf einem Tisch an der Wand stand ein übergroßer Bildschirm mit geöffnetem Videoschnittprogramm.

Madison setzte sich davor. »Das haben wir letztes Jahr gedreht … seitdem ist vieles anders.«

Sie spielte das Video ab. Bree saß vor schwarzem Hintergrund. Sie war ungeschminkt, blonde, ungepflegte Haare hingen ihr offen ins Gesicht, und in den hellen Augen lag Wut.

»Mein Name ist Bree Wilkins … und dieser Text ist von mir.«

Die Bilder waren mit gleichmäßigem Trommelrhythmus unterlegt. Dann folgte ein Schnitt auf eine andere Kameraeinstellung. Brees Gesicht verschwamm, dann wurde es wieder scharf.

Der Film wirkte professionell gemacht, mit künstlerischem Anspruch. Ein Gitarrenriff setzte ein, gleichzeitig fing Bree an zu sprechen:

»Es gibt Tage, an denen fühle ich mich
hohl und leblos und unzulänglich
mein Lächeln lässt sich nicht vergleichen
mit dem Lächeln auf den Gesichtern der Schönen und Reichen
die sich so tummeln auf ihrem Instakanal
Ich kann nicht so tun, als wär mein Gewicht mir egal
aber vielleicht steckt ja mehr in mir drin
vielleicht stehe ich gar nicht unter der Bienenkönigin
vielleicht ist alles Äußere nur dämlicher Stuss
vielleicht kann ich Bree-Königin sein, ohne dass ich mich umbringen muss ...«

Gabriella sah Con mit hochgezogenen Augenbrauen an. Er löste den Blick nicht vom Bildschirm.

»Wenn Menschen mir nahekommen, spüren sie es schließlich in sich
und dann hassen sie mich genauso wie ich mich ...«

Das Video endete abrupt, der Bildschirm wurde schwarz.

Madison schüttelte den Kopf. »Bree hatte seit Dennis Tod ständig Selbstmordgedanken«, sagte sie. »Aber mehr habe ich bis jetzt noch nicht. Es gibt jede Menge Material, aber wir haben es nie geschnitten. Nach den Aufnahmen ist Bree total ausgeflippt, und ich musste ihr schwören, es nie zu teilen.«

»Ausgeflippt?«, fragte Gabriella.

»Wütend geworden. Hat sich aufgeregt. Zu mir gesagt, das ganze Projekt wäre sowieso die reinste Zeitverschwendung und dass sie mich verklagen würde, falls davon je was an die Öffentlichkeit kommt. Oder mich verprügeln. Oder umbringen. Das weiß ich nicht mehr so genau.«

»Und jetzt willst du's trotzdem veröffentlichen?«, sagte Con einen Tick vorwurfsvoller als beabsichtigt.

»Haben Sie eine Ahnung, wie viele Leute mein Video dazu motiviert hat, sich der Suchaktion anzuschließen?«, sagte Madison mit erhobener Stimme, plötzlich wieder abwehrend. »Sie wussten ja nicht mal, dass Bree unter PTBS leidet! Erstellen Sie eigentlich keine Vermisstenprofile? Ich kann nicht hier rumsitzen und nichts tun! Sie haben doch gar keine Ahnung, was diese Mädchen mir bedeuten! Meine Zwillingsschwester! *Meine besten Freundinnen!*«

»Ich dachte, du verstehst dich nicht mit Bree«, sagte Con.

Gabriella trat ihn schon wieder, und er schaute sie verärgert an. Madisons Vorstellung war gut, aber er hatte langsam das Gefühl, dass es genau das war, eine Vorstellung. *Was zum Teufel verschweigt sie uns?*

Madison schenkte ihm einen vernichtenden Blick. Dann wandte sie sich wieder dem Bildschirm zu. »Ich muss das Video zu Ende schneiden. Sie finden sicher selbst raus.«

Von einer Sechzehnjährigen vor die Tür gesetzt zu werden war eine Erfahrung, die Con nicht wirklich prickelnd fand, aber Gabriella packte ihn am Arm, und er ließ sich von ihr nach draußen ziehen. Sein Gehirn arbeitete auf Hochtouren, sortierte mit Sorgfalt Beobachtungen und Fakten in einzelne Kästchen, listete Möglichkeiten auf und setzte Prioritäten und formulierte Fragen, auf die er Antworten brauchte.

Ohne die ausländische Reporterin zu beachten, die geschminkt und auf hohen Absätzen in der Nähe vor einer Kamera stand, das Haus der Masons hinter sich, gingen sie zurück zum Wagen. Erst als sie saßen, brach Gabriella ihr Schweigen. »Madison war allein auf demselben Wanderweg unterwegs, aber sie wurde nicht entführt. Ich meine, schließlich ist sie diejenige mit der Riesennetzpräsenz – hältst du es für möglich, dass jemand die Schwestern verwechselt hat?«

»Madison verbirgt was«, antwortete Con.

»Ach was? Vielleicht solltest du noch mal umdrehen und deine einfühlsame Befragung weiterführen?«

»Man sollte meinen, sie würde uns alles sagen, das ihrer Meinung nach helfen könnte, die Mädchen zu finden.«

»Dann zurück zu meiner Frage, Badenhorst – könnte jemand Cierra versehentlich entführt haben?«

»Cierra trug eine knallblaue Perücke. Das macht eine Verwechslung schwer«, sagte Con. »Aber könnte *Bree* was damit zu tun haben? Madison sagte, sie wäre wütend geworden …«

»Eliza hat recht: Ich wette, es ging um einen Jungen«, fiel Gabriella ihm ins Wort.

»Was?«

»Der Streit. Da muss ein Junge im Spiel gewesen sein.«

»Woher willst du denn bitte …«

»Du bist hier schließlich nicht der Einzige mit außergewöhnlicher kriminalistischer Intuition.«

»Ich glaube auch, dass mehr dahintersteckt. Ruf Coops an und bitte ihn, uns *alles* zu schicken, was er von den Gesprächen mit Lehrern und Freunden hat.«

»Coops ist ein guter Kriminalist, aber eigentlich sollten wir da draußen unterwegs sein und uns mit den Leuten unterhalten …«

»Wir können aber nicht überall sein.«

»… um rauszufinden, wer mit wem geht, wer wen betrogen hat. Alle Teenagerinnen haben irgendwelche Jungs im Kopf, oder auch Mädchen, und der einzige Weg, um …«

»Sich festzufahren, indem man sich in den Sumpf von Teenager-Beziehungen begibt, ist ein zäher Start für einen Fall«, wandte er ein.

»Glaubst du nicht, dass es wichtig ist?«

»Doch. Aber es dauert ewig und ist nur ein einziger Punkt auf der ellenlangen Liste von Überlegungen, die wir anstellen müssen. Haben sie sich tatsächlich nur verlaufen, oder ist an der Sache mehr dran? Was ist mit Elizas Kopfwunde? Was ist mit dem ›Bären‹ zwischen den Bäumen? Wenn tatsächlich mehr dran ist, könnte jedes der Mädchen das Ziel gewesen sein – und die anderen hängen mit drin oder wurden mit entführt, um sie als Zeuginnen auszuschalten. Dann sind da die verschwundenen Mädchen aus den Achtzigern – wir wissen nicht, ob Ted Barclay der Täter war oder nicht. Außerdem ist der Vater einer der Vermissten Drogendealer. Und: Ein YouTube-Star ist mit allen vermissten Mädchen befreundet.«

»Der Fall steckt voller Geheimnisse! Fangen wir mit dem Abhaken der ellenlangen Liste an.« Sie holte das Telefon raus und fing an zu scrollen. »Ich rufe im Krankenhaus an. Ich will wissen, warum Eliza Ellis glaubt, dass es bei der Prügelei um einen Jungen ging.«

Con machte den Mund auf, um zu protestieren – sie hatten immer noch keine Genehmigung von dem behandelnden Arzt –, aber Gabriella telefonierte bereits. Er grunzte und ließ auf, wie er hoffte, möglichst ärgerliche Weise den Motor an.

»Super!«, sagte Gabriella, als sie fertig war. »Eliza wurde heute Morgen aus dem Krankenhaus entlassen. Angeblich haben sie auf den Anrufbeantworter der Dienststelle gesprochen, nur hat es leider niemand an uns weitergeleitet.«

»Landeier!«, brach es aus Con heraus. »Keine Ahnung, wo bei einem AB vorne und hinten ist.«

»Sie haben mir gesagt, dass sie bei ihrer Schwester bleiben wird. Ich habe die Adresse.«

»Hoffen wir, dass Eliza heute ein bisschen klarer im Kopf ist.«

»Vielleicht kann sie sich ja inzwischen an noch mehr … *Paranormales* erinnern!«

»Bitte! Hoffentlich nicht!«

Das Haus von Tom und Monica North lag am Ortsrand von Limestone Creek, wo große Pappeln die Landschaft prägten – mit ihrer Fähigkeit, viel Wasser zu speichern, eine natürliche Feuerschneise, die die ersten Siedler gegen die gefürchteten Buschfeuer angelegt hatten. Die regennasse Luft roch nach Gras und Dünger.

Con klingelte. Hinter der Tür erklang Hundegebell.

»*Runter, Sarge – nein, raus! Raus mit dir! Los!*«, ertönte Elizas Stimme. Dann ging die Haustür auf. Eliza wirkte verändert: Die Haare waren kürzer, sie trug keine Brille und hatte weder Schrammen noch Blutergüsse im Gesicht. Aber sie war noch genauso hübsch wie gestern, mit denselben Sommersprossen auf der Nase. Sie öffnete die Tür nur einen Spaltbreit.

»Hallo, Eliza«, sagte Con etwas verunsichert.

»Ich bin Monica«, antwortete sie kühl und kniff skeptisch die braunen Augen zusammen. »Ich bin Elizas Schwester. Und Sie?«

Gabriella zeigte Monica ihre Marke. »Bitte entschuldigen Sie, Monica. Eliza hat uns nicht erzählt, dass Sie Zwillinge sind.«

Zwei Paar eineiige Zwillinge …, dachte Con. *Kann das Zufall sein?*

Monica entspannte sich. »Ich dachte, Sie wären von der Presse. Die haben schon zweimal versucht, mit ihr zu sprechen.« Sie öffnete die Haustür ganz. »Bitte, kommen Sie rein. Eliza ist noch im Bett. Oder vielleicht auch schon unter der Dusche. Ich sag ihr Bescheid.«

Sie folgten Monica in die Küche – schwarzer Marmor mit cremeweißen Ornamenten – und setzten sich an die Theke. Monica verschwand mit wippenden Haaren durch den Flur.

»Zwei eineiige Zwillingspaare in einer Kleinstadt«, sagte Con. »Ist das ungewöhnlich?«

»So klein ist Limestone Creek auch wieder nicht«, sagte Gabriella. »Als *abnormal* würde ich es nicht direkt bezeichnen.«

Kurz darauf kam Monica mit Eliza zurück. Der Bluterguss sah noch schlimmer aus als am Vortag, aber sie trug einen pinkfarbenen Morgenmantel, große Creolen in den Ohren und um den Kopf einen Schal mit Leopardenmuster. »Hallo, Detective Badenhorst.« Sie streckte Gabriella die Hand hin. »Ich glaube, wir haben uns noch nicht kennengelernt, Detective …?«

»Das ist Detective Pakinga, aber Con und Gabriella reicht völlig«, sagte Con. »Wie geht es Ihnen heute Morgen?«

»Körperlich? Viel besser.« Ihr Lächeln reichte nicht bis zu den Augen. »Aber sonst … was soll ich sagen? Dass es sich anfühlt wie ein einziger Albtraum und ich es kaum aushalten kann? Dass ich diesen Vormittag ständig wieder durchlebe?«

»Gestern sagten Sie, Sie könnten sich kaum erinnern …«

»Ich erinnere mich nur an das, was ich Ihnen schon erzählt habe«, antwortete Eliza. »Ich weiß nur noch, dass ich Georgia allein gelassen habe, um die anderen zu suchen, dann wurde plötzlich alles sehr merkwürdig, und irgendwann bin ich im Matsch wieder zu mir gekommen.«

»Haben Sie Schritte gehört?«, fragte Gabriella unvermittelt.

»Ach, gehört der Hungermann also schon zum Kreis der Verdächtigen, ja?«, sagte Eliza sichtlich unbehaglich. »Also … nachdem ich wieder zu mir kam, dachte ich – ja, vielleicht. Meine Erinnerung ist verschwommen, das kommt von der Gehirnerschütterung, sagt der Arzt. Ich weiß nicht mal mehr die Hälfte von dem, was ich zu Carmen gesagt habe. Ich erinnere mich auch nicht, wie weit ich weitergelaufen bin, ehe sie mich gefunden haben, und ich habe eine vage Erinnerung an … Vielleicht habe ich wirklich Schritte gehört? Jedenfalls habe ich seitdem ständig diesen bescheuerten Kinderreim im Kopf, es lässt sich also schwer sagen.«

»Was für einen Kinderreim?«, wollte Gabriella wissen.

»Kennen Sie den noch nicht? Der gehört hier oben zum festen Repertoire – wird von Generation zu Generation weitergereicht.

Er hockt in den Bergen versteckt, um zu töten.
Er hockt in den Höhlen versteckt, um zu warten.
Der Hungermann, der Hungermann, er steht auf kleine
Mädchen,
auf die hübschen Gesichter aus unserem Städtchen.
Glaub ja nicht, was die Erwachsenen sagen,
der Hungermann wird's wieder wagen.
Drum geh ich da oben nie allein durch den Wald,
sonst kommt der Hungermann und macht mich kalt.

Gabriella schauderte. »Gruselig.«

»Wem sagen Sie das. Denni hat es in ihrem Zimmer an die Wand geschrieben – sie war besessen vom Hungermann.«

»Ich habe auch Nichten …«, sagte Gabriella. »Es tut mir leid, was passiert ist.«

»Und jetzt habe ich noch vier Mädchen verloren.« Eliza schlug sich die Hände vors Gesicht. »Lehrerin des Jahres.«

»Es war nicht Ihre Schuld …«

Eliza fiel ihr ins Wort. »Ich weiß, ich weiß«, sagte sie, aber sie klang dankbar. Sie ließ die Hände sinken. In ihren Augen schwammen Tränen. »Das sagt mir jeder. Und vom Kopf her weiß ich das auch. Aber in meinem Herzen …«

»Ich würde gerne mehr über den Streit zwischen den Mädchen erfahren«, sagte Con. »Sie wissen wirklich nicht, worum es dabei ging?«

»Sie wollten es mir nicht sagen.«

»Aber Sie haben eine Ahnung, oder?«, hakte Gabriella nach.

»Ganz ehrlich? Ich glaube, es ging um Jungs. Worum hätte es sonst gehen sollen?«

Gabriella nickte und schenkte Con ein kleines Grinsen. »Das glaube ich auch.«

»Madison hat ständig ungefähr 50 000 Jungs gleichzeitig am Start«, sagte Eliza. »Jasmine ist nie länger als einen Tag an jemandem interessiert, aber es gibt Gerüchte, dass sie heimlich mit jemandem zusammen ist. Jedenfalls muss der Grund ernst gewesen sein, so heftig, wie die aufeinander losgegangen sind. Die Mädchen sind beide nicht der Typ, der sich wegen einem Jungen prügelt.«

»Was Ernstes«, sagte Gabriella. »Eine Beziehung … Ich frage mich, wer sonst noch über Jasmines heimlichen Freund Bescheid wusste.« Sie nahm ihr Telefon, wandte sich ab und fing an zu tippen – sicher, um Detective Coops eine Nachricht zu schicken, vermutete Con.

»Sie sagten mir gestern, Georgia hätte einen … Bären gesehen«, fuhr Con fort. »Jetzt, nachdem Sie sich ausruhen und ein bisschen erholen konnten – glauben Sie, Georgia hat sich das möglicherweise ausgedacht?«

»So ist Georgia nicht … Aber wissen Sie, Detective, in den Bergen da oben sieht man *wirklich* leicht mal Dinge. Die Gegend ist unheimlich. Und ich meine, Georgia hat eben auch besondere Antennen – das ganze Blut in der Erde.«

»Sie meinen 1985?«

»Ich meine den Schwarzen Krieg.«

Con und Gabriella sahen sie nur verständnislos an.

»Aboriginal-Geschichte war nicht eben ein Schwerpunkt im Unterricht unserer Generation, oder?«, fuhr Eliza fort. »Der Schwarze Krieg war einer der ersten dokumentierten Genozide der Menschheitsgeschichte. Die europäischen Siedler erklärten den Aboriginal-Völkern Tasmaniens den totalen Krieg und löschten sie fast vollständig aus. Und das nahm genau hier seinen Anfang, in den Great Western Tiers. *Kooparoona Niara*, wie das Gebirge bei dem lokalen Stamm heißt. Berg der Geister.«

»Berg der *Geister*!« Gabriella klang enthusiastisch.

»Okay, das Gebirge kann einem also an die Nerven gehen«, sagte Con, dem Gabriellas Gesichtsausdruck gar nicht gefiel. Sogar die Nachricht an Coops blieb ungesendet. »Und die Legende um den Hungermann macht es sicher auch nicht besser.«

»Es gibt viele hier, die nicht glauben, dass der Hungermann nur eine Legende ist, Detective.«

»Und Sie?«

»Ich kann an nichts anderes mehr denken. Da oben im Busch, zwischen den vielen Bäumen und den Klippen, fällt es einem schwer, nicht zu glauben, dass sich jemand da rumschleicht und einen beobachtet. Und, na ja, was bis heute unerklärlich ist, das ist die Sache mit Dorrie Dossett. Sie war die einzige Zeugin damals. Dorrie ist die Quelle der Geschichten um den Hungermann.

»Wenn ich richtig verstanden habe, litt sie am Downsyndrom«, sagte Con.

»Das bringt einen aber nicht dazu, Dinge zu sehen, die nicht da sind, Con«, sagte Gabriella.

»Dorrie erzählte, ein dünner, bärtiger Buschmann hätte sie von zu Hause, aus dem Garten, weggeholt«, sagte Eliza. »Er verschleppte sie nach oben auf den Berg und dann tief in eine Höhle. Sie behauptete, Rose Cahil dort gesehen zu haben, und zwar lebendig. Sie sagte, Rose hätten Finger und Zehen gefehlt. Sie sagte, der Mann – der Hungermann – hätte sie aufgegessen. Dorrie konnte fliehen, als er schlief, und fand zurück nach Hause.«

»Noch mal, und bitte entschuldigen Sie, aber das Downsyndrom verleitet nicht gerade zu waghalsigen Fluchten aus den Fängen gestörter Serienmörder«, sagte Con.

»Stimmt. Und du bist nicht der Einzige, der so denkt«, sagte Gabriella. »Vielleicht hat er sie unterschätzt und sie deshalb nicht gefesselt.«

»Dorrie wurde nie ernst genommen, sie war allen eher lästig«, fuhr Eliza fort. »Schließlich hatte die Polizei ihren Mann – Ted Barclay –, aber der saß, als Dorrie Dossett entführt wurde, in

Untersuchungshaft. Sie waren nicht gerade glücklich darüber, und Ted kam auf Kaution frei. Was dann passierte, wissen Sie.

Viele Leute ignorierten Dorries Aussage. Ted war der Hausmeister der Schule, und es gab Gerüchte, dass sie befreundet wären und sie sich die Geschichte ausgedacht hätte, um ihn zu beschützen.«

Auf dem Flur waren Schritte zu hören, dann tauchte Tom North in der Küche auf, mit nacktem Oberkörper. Als er Con und Gabriella sah, blieb er stehen. »Ah«, sagte er. »Sorry.« Er machte auf dem Absatz kehrt und verschwand zurück in den Flur.

»Nein, bitte«, sagte Con und stand auf. »Mit Ihnen würden wir uns auch gern unterhalten.«

Tom zögerte, dann machte er wieder kehrt. Sie hatten schon kurz mit ihm gesprochen, auf dem Parkplatz am Wanderweg, zusammen mit Jack Michaels, aber jetzt, nur in Jogginghose, sah er ganz anders aus. Sein Kiefer wirkte zu groß für sein Gesicht – ein typischer Hinweis auf Anabolika. Als er eben umgedreht war, hatte Con die Akne auf seinem Rücken gesehen. Tom North schluckte definitiv Steroide. Con speicherte die Information ab.

»Ich weiß nicht, was ich Ihnen sonst noch sagen könnte.«

»Es haben sich ein paar neue Fragen ergeben. Setzen Sie sich doch«, sagte Con. »Erzählen Sie mir was über die Mädchen – fangen wir mit Jasmine Murphy an.«

»Die ist in Ordnung«, sagte Tom. Er setzte sich an den Küchentresen. »Ich habe sie nur in Sport. Gibt immer Vollgas. Zierliches Ding, steht ein bisschen in dem Ruf, ein böses Mädchen zu sein. Die Jungs sind in Scharen hinter ihr her. Bin mir nicht ganz sicher, wie sie das macht.«

Eliza nickte. »Jasmine und Georgia sind nicht so umwerfend wie die Zwillinge, aber die Jungs stehen trotzdem auf sie. Sie sind etwas bodenständiger. Oder vielleicht auch nicht ganz so … unnahbar.«

»Hat Jasmine einen Freund?« Con sah von ihm zu ihr.

Tom antwortete als Erster. »Den Jungs in der Schule erzählte sie, sie hätte einen, wollte aber niemandem verraten, wer es ist«, sagte er. »Das machte die Kids *irre*. Ich sage Ihnen, wenn Sie glauben, Klatsch wäre Mädchensache, sollten Sie mal vor dem Footballtraining in den Umkleideraum kommen.« Er lachte. »Oder lieber nicht. Da geht es manchmal ziemlich unflätig zu. Jasmine hat dieses Temperament – da fahren die Jungs total drauf ab. Ähnlich wie ihr Vater.«

»Sie kennen Jordan Murphy?«

»Klar«, sagte Tom. Monica kam in die Küche und drückte ihm ein T-Shirt in die Hände, das er sich eilig überzog und Gabriella damit einen stummen Seufzer der Enttäuschung entlockte. »Wir waren im selben Jahrgang, sind beide hier aufgewachsen. Auch wenn wir uns nicht in denselben Kreisen bewegt haben, wenn Sie wissen, was ich meine.«

»Tun wir so, als wüsste ich es nicht«, sagte Con und lächelte.

»Na ja. Murphy ließ sich eher sporadisch in der Schule blicken. Und wenn er mal da war, war er den halben Tag am Basketballplatz zum Rauchen und die andere Hälfte im Büro des Direktors. Sein Dad war unser Dealer. Das beste Buschgras weit und breit. Irgendwann schmiss er die Schule und trat in Daddys Fußstapfen …«

Eliza stieß ihn in die Seite.

»Was denn?«, sagte Tom. »Als ob die das nicht längst wüssten.« Er beugte sich vor. »*Den* sollten Sie verhören!«

»Ach, ein Verhör sieht anders aus«, versetzte Con.

»War auch nur ein Witz, Kumpel«, sagte Tom.

»Erzählen Sie uns was über Cierra Mason«, schaltete Gabriella sich ein.

Monica war in der Küche geblieben und beschäftigte sich mit dem Abwasch. Con registrierte, wie sie bei der Frage kurz innehielt, eine Sekunde nur.

»Ich habe kaum was mit ihr zu tun«, sagte Tom. »Falls sie

doch mal im Sportunterricht auftaucht, macht sie so gut wie nie mit. Ich habe mich deshalb schon ein paarmal mit den Eltern in Verbindung gesetzt, aber da ist nie was passiert. Man sollte meinen, den Zwillingen scheint die Sonne aus dem Hintern, so wie die Eltern über sie reden.« Er zuckte die Achseln. »Da kann Eliza sicher mehr zu sagen.«

»Cierra interessiert sich nicht besonders für Englisch oder Geschichte oder Indigene Studien oder … überhaupt irgendwas«, sagte Eliza mit einem Anflug von Anspannung in der Stimme und einem Seitenblick auf Tom. »Ehrlich gesagt, sie ist im Unterricht eine ziemliche Nervensäge: Wenn sie es irgendwann endlich geschafft hat, ihr Buch aufzuschlagen, was normalerweise eine halbe Stunde dauert, meckert sie rum, weil ihr die Aufgaben zu schwer sind. Sie braucht ständig Einzelbetreuung. Das absolute Gegenteil von ihrer Schwester.«

»Ist Cierra mit jemandem zusammen?«, hakte Gabriella nach.

»Klar. Sie hat ständig was am Laufen«, mischte Tom sich ein. »Tyler Cabot? Oder ist es gerade Jye Calloway?« Tom stand auf und streckte sich. »Ich helfe Monica mal beim Abtrocknen. Ich fürchte, über die anderen beiden weiß ich auch kaum was zu sagen.«

»Bleiben Sie ruhig hier, ich bin noch nicht ganz fertig«, sagte Con. »Als Sie merkten, dass Eliza und die Mädchen verschwunden waren, ist Ihnen da oben auf dem Berg irgendwas Ungewöhnliches aufgefallen?«

»Überhaupt nichts. Da hat sich seit gestern nichts dran geändert. Die Gewitterwolken zogen viel schneller auf, als wir erwartet hatten, aber das kommt in den Tiers schon mal vor – manchmal donnert's sogar an einem ruhigen, strahlend blauen Tag. Man kann sich nie sicher sein.«

»Was können Sie uns über Madison erzählen?«, fragte Gabriella. »Sie ist offensichtlich eine kleine lokale Berühmtheit … und tendierte sie vielleicht dazu, andere zu mobben?«

Tom und Eliza nickten.

»Auf wen hat sie's besonders abgesehen? Wir würden uns gern mit ihren Opfern unterhalten«, sagte Gabriella.

»Viel Glück«, antwortete Eliza. »Die Letzte, die sich getraut hat, den Mund aufzumachen, war Yani Hugh, die Tochter vom Pastor. Sosehr wir auch versucht haben, sie zu schützen, außerhalb der Schule hat sie trotzdem ganz schön was abbekommen.«

»Was zum Beispiel?«

»Cybermobbing durch einen Haufen Fremder«, sagte Eliza. »Zufällig waren das alles Follower von Madisons diversen Profilen. Aber weil es nicht von Madison direkt ausging, waren uns die Hände gebunden.«

»Yani kam zu uns, um uns zu erzählen, dass Madison von den Mädchen in der Schule Nacktfotos einsammeln würde«, sagte Tom. »Aber nach dem Cybermobbing hat Yani alles zurückgenommen. Sie behauptete, sie hätte sich die Geschichte nur ausgedacht, das sei alles eine Lüge gewesen.«

»Obwohl es durchaus stimmen könnte.« Eliza seufzte. »Nachdem sie bei uns gewesen war, zirkulierte online ein Foto von Yani … zum Glück war alles außer ihrem Gesicht verpixelt, aber das Foto war eindeutig eine Warnung.«

»Für mich hört sich Madison gefährlich nach Soziopathin an«, sagte Gabriella geradeheraus. »Sie sammelte Nacktfotos?«

Cons Telefon summte. Commander Normandy rief ihn an. »Entschuldigen Sie mich kurz …« Er verschwand in der Diele, das Telefon am Ohr.

»Cornelius«, erklang die kühle, kultivierte Stimme von Agatha Normandy.

»Hallo, Commander, alles okay?«

»Es tut mir leid, aber ich fürchte, ich habe mich verkalkuliert.« Con schloss die Augen. Ihm war klar, was jetzt kam. »Hätte ich Ihnen diesen Fall trotz Ihrer Expertise nicht übertragen, hätte das Fragen aufgeworfen. Auf der anderen Seite gibt es so einige, die sich fragen, ob Sie wirklich dazu in der Lage sind, ob Sie sich von dem Sydney-Fall tatsächlich erholt haben. Ich war davon ausgegangen, es würde sich lediglich um ein paar Mädchen handeln, die sich im Busch verirrt haben. Ich dachte, es würde Ihnen helfen, ein paar neue Pluspunkte zu sammeln … Verzeihen Sie einer alten Frau ihre Fehler …«

»Ach du Scheiße …«

»Ja. Leider. Die Hubschrauber haben eine Leiche gesichtet.«

In Cons Ohren ertönte leises Jaulen. Seine Vorgesetzte sprach weiter, aber er konnte ihr nicht mehr folgen. Er zwang sich, langsam zu atmen. *Reiß dich zusammen, Mann.*

»… Cornelius? Hören Sie mir zu?«

»Sorry, ich glaube, die Verbindung ist schlecht«, sagte er einen Hauch zu spät.

»Sehr überzeugend. Fühlen Sie sich imstande, sich die Leiche anzusehen? Sie wissen, dass Sie Nein sagen können.«

Con holte noch einmal tief Luft. »Alles gut. Ich fahre hin.«

»Ich verlasse mich darauf, dass Sie Ihre Grenzen kennen«, sagte sie. »Ich habe zur Sicherheit trotzdem ein paar Fäden gezogen und konnte Detective Tran aus Hobart für die Taskforce gewinnen. Sie kommt extra früher aus ihrem Sonderurlaub zurück. Sie ist auf dem Weg zu Ihnen.«

»Melinda Tran?«, sagte Con. »Gut! Gute Idee.« Er war ihr noch nicht persönlich begegnet, kannte aber ihren Ruf – eine Kriminalbeamtin aus Hobart, die besonders bei Fällen im Busch erfolgreich war.

Sie beendeten das Gespräch. Con wischte sich den Schweiß von der Stirn und ging in die Küche zurück. Er warf Gabriella einen Blick zu. »Es tut mir leid, aber Detective Pakinga und ich müssen los. Vielen Dank für Ihre Zeit. Wir melden uns, wenn weitere Fragen auftauchen.«

Con ging zur Tür, Gabriella folgte ihm.

»Was ist passiert?«, fragte sie, sobald sie im Auto saßen. »Du siehst übel aus.«

»Sie haben eine Leiche gesichtet«, sagte Con.

»*Was?* Wen?«

»Steht noch nicht fest«, sagte Con. »Die Leiche wurde aus der Luft entdeckt, aber der Busch ist zu dicht, um zu landen. Ein Bergungstrupp ist zu Fuß unterwegs. Commander Normandy wollte wissen, ob ich dabei sein will …«

»Willst du, dass ich gehe?«, fragte Gabriella sofort. »Ich mach das. Du bleibst hier und unterhältst dich noch ein bisschen mit den beiden, schaust, ob du noch was aus ihnen herausholen kannst.«

»Nein«, sagte er. »Ich schaffe das.«

Sie musterte ihn einen Moment, dann zuckte sie die Achseln. »Okay. Aber ich fahre.« Sie schubste ihn Richtung Tür und kletterte über die Mittelkonsole auf den Fahrersitz.

Con stieg aus, ging vorne um den Wagen herum und setzte sich neben sie. Eine Sekunde später hieb er mit der flachen Hand aufs Armaturenbrett. »*Scheiße!*«

»Du schuldest diesem Job gar nichts, du kannst aufhören, wann immer du willst«, sagte Gabriella. »Vergiss das nie. Weißt du, wenn die Wunde außen wäre und nicht in deinem Inneren, wärst du sehr viel netter zu dir.«

Con antwortete nicht. Er konzentrierte sich auf seinen Atem und versuchte, nicht daran zu denken, was der Anblick einer toten Teenagerin in ihm auslösen würde.

So viel dazu, diesen Fall abzuschließen, bevor jemandem was passiert.

KAPITEL ZWÖLF

CON

Der Helikopter kreiste über den Steilwänden von Devils Gullet, einer tiefen Schlucht im Basaltgestein, kurz vor dem westlichen Ende der Tiers. Er drehte noch eine Runde, und Con spähte durchs Fenster nach unten. Dicky, der altgediente SES-Pilot, saß neben ihm und berichtete ihm über Kopfhörer, wie die bisherige Suchaktion verlaufen war.

»Die ganzen Freiwilligen sind mehr Fluch als Segen. Könntet ihr das Video von diesem Mädchen bitte sperren?«, sagte Dicky. »Man hat das Gefühl, ganz Australien wäre zur Suche angerückt.«

»Es ist gar nicht so einfach, ein Video wieder aus dem Netz zu nehmen«, sagte Con. »Diese Riesenkonzerne sind ein Albtraum. Außerdem hat sich das Material längst auf den verschiedensten Plattformen weiterverbreitet.«

»Irre, Mann, das ist doch nur noch irre. Die Welt ist verrückt geworden.«

Der Helikopter ging weiter runter, knapp an einer Felskante vorbei, und die Wipfel der Eukalyptusbäume bogen sich im Abwind. »Sehen Sie es jetzt?«

Zwischen den Bäumen war plötzlich die Leiche zu sehen, ein schroffer Kontrast zur Felswand. Sie sah aus wie eine Gummipuppe, die jemand achtlos über den Rand geworfen hatte, direkt am Fuß des Abhangs, mit dem Gesicht nach unten im Geröll.

Lang und tief einatmen, langsam ausatmen. Con ließ den Blick über das umliegende Buschland schweifen. »Ganz schöner Marsch, dahin zu gelangen.«

»Wir landen da drüben, links, auf der Lichtung am Fluss«, sagte Dicky. Con entdeckte eine Ansammlung von Geländefahrzeugen und Motorrädern. »Die Kriminaltechniker und der SES warten schon auf Sie. Sind den Flussweg raufgefahren, das dauert ewig. Sollen wir runter, oder wollen Sie vorher noch eine Runde drehen?«

»Gehen Sie noch einmal etwas näher an die Leiche ran. Und dann rauf zur Klippenkante.«

»Roger.«

Sie überflogen noch einmal die Fundstelle. Der felsige Abgrund war gesäumt von marmorierten Schnee-Eukalyptusbäumen, deren Rinde sich in braunroten und hellgrauen Bahnen von den Stämmen schälte.

»Dicky, gibt es einen Pfad durch die Bäume bis zum Rand der Klippe?«

»Da, da leuchtet was … sehen Sie das? Direkt oben an der Felskante.«

Con folgte Dickys Finger und entdeckte einen leuchtend gelben Fleck. Er hatte es zuerst für einen Busch gehalten und sah jetzt erst, dass es dafür zu kräftig gefärbt war.

»Wie nah kommen wir ran?«

»Nicht viel näher«, antwortete Dicky. »In der Sitztasche steckt ein Fernglas.«

Con tastete danach, justierte die Sehschärfe und richtete es auf das gelbe Objekt.

»Was ist es?«, fragte Dicky.

»Ich bin mir nicht sicher, aber sieht aus wie Schuhe … zwei, ordentlich nebeneinander.« Con drückte sich das Fernglas fest an die Augen, aber der Neigungswinkel war zu steil, er konnte es nicht richtig erkennen. »Wir brauchen die Spurensicherung da oben, die sollen sich drum kümmern. Es ist sehr wichtig, dass kein anderer die Dinger anfasst.« Er legte das Fernglas weg und lehnte die Stirn an die Scheibe, den Blick fest auf den winzigen gelben Fleck gerichtet. Er holte das Telefon raus und rief Constable Darren an, den Suchkoordinator, um ihm seinen Fund detailliert zu beschreiben.

Der Hubschrauber ging auf einem kahlen Fleck neben einem bierfarbenen Gebirgsfluss am Fuße der Schlucht nieder. Con sprang ab, ehe sich der Staub wieder gesetzt hatte. Leute liefen nervös durch die Gegend – Mitarbeiter der Spurensicherung, eine Gruppe ortsansässiger Polizisten, aufgestockt mit Kollegen von außerhalb, und die SES-Kräfte, bewaffnet mit Kettensägen und Macheten.

Und Detective Melinda Tran. Sie war klein und trug eine Lederjacke, Jeans und abgenutzte Bergstiefel. Sie hielt einen Wanderstock in der Hand.

»Detective Badenhorst«, sagte sie. »Schön, Sie endlich kennenzulernen. Ich habe schon viel von Ihnen gehört.«

Con schüttelte die ausgestreckte Hand. »Ebenfalls. Willkommen im Team – es ist eine große Entlastung, jemanden mit Ihrer Erfahrung dabeizuhaben. Kommen Sie, ich will Ihnen schnell etwas sagen.«

Er zog sie beiseite und erzählte ihr leise vom Fund am Rand der Klippe. Er wollte nicht, dass es jetzt schon die Runde machte, nicht bei den ganzen Leuten, die da oben durchs Gebirge stapften und möglicherweise ihre Beweise niedertrampelten. Und wegen der Hysterie, die der Fund womöglich auslösen würde – 1985 hatte man ebenfalls Schuhe gefunden, die Schuhe von Rose, einem der Opfer, ordentlich geschnürt am Rand einer Klippe.

Er musterte die Leute, die wartend herumstanden, ihnen neugierige Blicke zuwarfen, auf seinen Marschbefehl warteten und sich wahrscheinlich fragten, was er und Tran zu tuscheln hatten. Die Nervosität war mit Händen zu greifen.

Eine Frau in orangefarbener Warnweste und mit einer Baseballkappe trat auf sie zu. »Willkommen, Detective, ich bin Anaya. Ich gehöre zum SES.« Sie zeigte überflüssigerweise auf ihre Uniform. »Constable Darren wollte eigentlich längst hier sein, aber er muss sich um das Chaos am Zugang zum Wanderweg kümmern.«

»Kein Problem, Anaya, ich habe eben mit ihm telefoniert«, sagte Con.

Con und Detective Tran folgten Anaya durch die frisch geschlagene Schneise in den Busch hinein, bahnten sich ihren Weg über das Schnittgut, das die SES-Leute hinterließen, während sie mit ihren Kettensägen vorangingen und die Kookaburras in die Flucht schlugen.

Auf dem Weg zur ersten Leiche in diesem Fall. Bitte, Gott, lass es auch die letzte sein.

»Was hatte Constable Darren zur Suchaktion zu sagen? Irgendwelche Neuigkeiten?«, wollte Tran wissen. »Ich konnte bis jetzt nur kurz mit ihm sprechen – ich bin überrascht, dass man hier überhaupt Empfang hat.«

»Offiziell wurde die Suchaktion gestern Abend bei Sonnenuntergang bis heute Morgen unterbrochen, aber es waren trotzdem die ganze Nacht über Leute unterwegs«, berichtete Con. »Wir können von Glück reden: haufenweise verstauchte Knöchel und mindestens ein gebrochenes Bein, aber nichts Ernstes. Heute sind schon den ganzen Tag Drohnen und zwei Hubschrauber in der Luft, aber die Baumkronen sind zu dicht, um viel zu erkennen, auch wenn auf diese Weise die Leiche entdeckt wurde. Außerdem sind diverse, von Darren koordinierte und von SES-Leuten angeführte Teams zu Fuß unterwegs, aber das ist ein einziges Durcheinander, seit Madison Mason die gesamte YouTube-Bevölkerung auf den Berg beordert hat.«

»Ich werde eng mit Darren zusammenarbeiten, um dafür eine Lösung zu finden, machen Sie sich keine Sorgen. Und ich leite dann sämtliche Ergebnisse der Suchaktion gefiltert an Sie weiter, damit Sie sich auf Ihre Ermittlung konzentrieren können«, beruhigte ihn Tran. »Übrigens: Guter Job bei dem Jaguar-Fall, wollte ich noch sagen. War ja überall in den Nachrichten.«

»Danke«, erwiderte Con. Er war Gratulationen gewohnt und reagierte auf Autopilot.

Sie bemerkte seinen Tonfall. »Schon klar. Hat sich eher nicht nach Erfolg angefühlt.«

Er lächelte gequält. »Kann man so sagen. Trotzdem erzählt mir jeder ständig …«

»Es sei nicht Ihre Schuld, dass sie tot sind«, beendete Tran den Satz. »Versteh schon.«

Sie wandte sich an Anaya, stellte ihr Fragen über das Gelände und das Wetter. Das Buschland war durchsetzt mit großen Steinen und Kuhlen, und das Unterholz aus Hartriegel und Moschusbaum war so dicht, dass die Kettensägen und Macheten viel zu tun hatten.

Con sah die Steilwand durch die Lücken im Gebüsch immer näher kommen. Erst mit Verzögerung fiel ihm auf, dass er den Atem anhielt. Er war kein abergläubischer Mensch. Auf Gabriellas Theorien gab er definitiv keinen Pfifferling. Aber dieser felsige Steilhang, an den sich hier und da ein paar Büsche klammerten, dazwischen immer wieder Erdklumpen und Vogelnester, strahlte etwas … Unheimliches aus.

Er grub sich die Fingernägel in die Handflächen, nahm bewusst tiefe Atemzüge und versuchte, sich in den gegenwärtigen Moment zurückzuholen. Er wusste, dass seine Nervosität nichts damit zu tun hatte, dass in den Felswänden etwas Böses lauerte, sondern nur mit der Aussicht, gleich mit dem Anblick eines toten Mädchens konfrontiert zu werden.

Du bist nicht in Sydney ... das sind nicht dieselben Mädchen ... reiß dich zusammen, Cornelius ... es ist nicht deine Schuld, dass sie gestorben ist.

Detective Tran fasste ihn am Ellbogen. »Alles in Ordnung, Badenhorst? Hören Sie zu?«

»Sorry«, sagte er und kam wieder zu sich. »Ich war abgelenkt.«

Kurz kam ihm der Gedanke, ob seine Eltern ihn wohl am Vortag im Fernsehen gesehen hatten, in der Lobby ihrer exklusiven Seniorenresidenz, bei der improvisierten Pressekonferenz. Er fragte sich, ob sie versucht hatten, ihn zu erreichen, um zu fragen, ob ihm das jetzt endlich genug Action wäre im verschlafenen Launceston. Con hatte das Gefühl, dass vor allem sein Vater seine Versetzung als Verbannung empfand – »dürftiger Dank für den Mann, der im Alleingang den Jaguar-Fall gelöst hat«.

Seine Mum würde sich mit Sicherheit bei ihm melden, sobald sie hörte, dass eine Leiche involviert war. Sie würde ihn davon überzeugen wollen, den Dienst zu quittieren. Sie wollte, dass er nach Sydney zurückkam und sich was Neues aufbaute.

Con schüttelte die Schultern aus und löste mit einer Kopfbewegung den verspannten Nacken.

Reiß dich am Riemen, Badenhorst.

Er hatte immer noch kein Wort von dem mitbekommen, was Tran zu ihm sagte.

Dann waren sie plötzlich da. Am Fuß der Steilwand. Fliegensurren wie ein Trommelwirbel.

Reiß. Dich. Am. Riemen.

Und dann sah er sie.

Con war auf den erbärmlichen Anblick der Leiche nicht gefasst gewesen. Ihm wurde übel. Dicky fluchte, Anaya gab ein würgendes Geräusch von sich, und Detective Tran fing unverzüglich an zu fotografieren.

Die Kleidung des Mädchens war in Fetzen gerissen, in den Mulden der Felsen hatten sich Pfützen aus geronnenem Blut gesammelt. Das Fleisch war ihr von den Beinen gerissen worden, an manchen Stellen bis auf die rosaroten Knochen.

»Die Tasmanischen Teufel haben sich über sie hergemacht. Armes Ding«, sagte Anaya.

»Die Teufel sind nachtaktiv, also lag sie über Nacht hier«, stellte Tran fest. »Aber wo sind ihre Schuhe?« Sie stupste Con an.

Cons Blick blieb an den nackten Füßen hängen.

Die Schuhe oben auf der Klippe … genau wie 1985 die Schuhe von Rose Cahil, ordentlich nebeneinander …

Auch Eliza war am Vortag barfuß aufgefunden worden – vielleicht gehörten die Schuhe da oben ja ihr? Er hoffte, dass es Constable Darren bald gelang, die Schuhe sicherzustellen.

Vier Kriminaltechniker gingen neben der Leiche in die Hocke, platzierten Zahlentäfelchen und machten ebenfalls Fotos. Als sie mit ihren Vorbereitungen fertig waren, war der Zeitpunkt gekommen, den Leichnam umzudrehen und das Gesicht freizulegen.

Con grub sich die Nägel tiefer in die Handballen. Behutsam, fast ehrfürchtig, drehte ein Kriminaltechniker den Kopf des Mädchens um.

Das Gesicht war zerschrammt und blutig, aber eindeutig zu erkennen.

»Georgia Lenah«, sagte Con. Seine Stimme kam von sehr weit weg. »Bereitet die Trage vor. Wir benötigen so schnell wie möglich eine Autopsie. Ich sage Bescheid.«

Er hatte das Telefonat eben beendet, als eine der Technikerinnen ihn zu sich rief. Sie berührte ihn am Arm; er war sich vage bewusst, dass er an der Felswand lehnte, schwitzend, mit Schwindel im Kopf, die Knie weich wie Watte.

»Detective? Geht es Ihnen gut?«, fragte sie. »Sind Sie gestolpert?«

»Ja! Scheißgeröll!«, sagte er und kam wieder zu sich.

»Das müssen Sie sich ansehen.«

Widerstrebend wandte Con sich wieder der Leiche zu. Eine andere Technikerin hatte etwas aus Georgias Hosentasche gezogen.

Ein kleines Plastiktütchen, halb gefüllt mit Marihuana. Vorne drauf ein Aufkleber: »THE CAPTAIN«.

KAPITEL DREIZEHN

MURPHY

Murphy hatte wieder denselben Traum. Er stürzte über die Klippe, der Wind zerrte an seinen Klamotten. Er konnte nicht schreien vor lauter Angst.

Ich muss sie finden. Ich darf nicht sterben. Ich bin der Einzige, der sie finden kann.

Und dann schlug er auf.

Er schreckte aus dem Schlaf hoch. Die Uhr auf dem Nachttisch zeigte 14.12 Uhr an. Er war nach Nellys Ausbruch auf seinem Bett eingeschlafen, voll angezogen, emotional am Ende.

Es war Zeit, sich endlich der Suchaktion anzuschließen. Zum Teufel mit dem SES und zum Teufel mit den Bullen. Zum Teufel mit der ganzen Stadt. Und wenn sie ihn totprügeln wollten, auch egal. Er würde sie alle in die Flucht schlagen und zur Not zu Fuß auf den Scheißberg steigen.

Er machte den Schrank auf und zog eine robuste Arbeitshose und einen dicken Pullover raus. Sein Blick ging zu dem Wachsmalkreidebild, das mit Tesafilm an die Schranktür geklebt war: ein Strichmännchen, das eine runde Glasphiole in der Hand hielt, eindeutig eine Bong. Jasmine hatte es im ersten Schuljahr gemalt und aller Welt erzählt, das sei ihr Onkel Butch.

Murphy hatte sich kaputtgelacht. Sara war zuerst stocksauer gewesen und hatte irgendwann auch die lustige Seite gesehen. Sara wusste, wann man lachte. Als Murphy nach ihrem Tod zu

Butch gezogen war, gehörte dieses Bild zu den wenigen Dingen, die er aus dem alten Haus mitgenommen hatte.

Was würde Sara sagen, wenn sie sehen könnte, dass Murphy Jasmine ausgerechnet bei Butch großzog? Noch schlimmer, dass Murphy jetzt für Butch *arbeitete*, in Dads altem Metier, obwohl er Sara geschworen hatte, dass er nie was damit zu tun haben würde? Dass er seine Landschaftsbaufirma den Bach hatte runtergehen lassen, schließlich alle Kunden verloren hatte und jetzt sein ganzes gärtnerisches Talent auf den Anbau von Cannabis konzentrierte?

Was hatte er nur *getan*? Er hatte sich von seiner Trauer in den Abgrund treiben lassen.

Das hast du Jasmine angetan. Du Arschloch. Das hast du dem Gedenken an Sara angetan.

Wenn er Jasmine erst wiederhatte, würde alles anders werden. Er würde sein Geschäft wieder aufbauen, ausziehen, ein neues Haus kaufen. Nur Limestone Creek würde er nicht verlassen. Jasmine liebte es hier, Butch war trotzdem seine Familie, und außerdem … außerdem hatte Murphy noch nie woanders gelebt.

Die Maulende Myrte kam ins Zimmer gewatschelt, zutiefst beleidigt. Natürlich. Jasmine war nicht da gewesen, um sie zu füttern.

Sie setzte sich mitten auf seine große Jagdjacke und fing an, die Krallen daran zu wetzen. Die Jacke lag zerknautscht auf dem Fußboden; er hatte sie am Vortag getragen, als er morgens am Rand des Grundstücks wieder zu sich gekommen war. Sie war immer noch voller Zweige und Dornen, und ein großer Schlammfleck zeugte davon, dass er oben am Parkplatz zu Boden gerungen worden war, als er dem SES-Typen die Finger gebrochen und auf die Bullen eingeprügelt hatte.

Er schob Myrte von der Jacke runter, zögerte kurz und strich mit dem Finger über den einen Jackenärmel. Ein Riss zog sich vom Ellbogen bis zur Manschette. Er befühlte die Ränder. Wo kam der her?

Plötzlich erklang vorne im Haus das Geräusch von splitterndem Glas. Butch fluchte laut. Murphy rannte den Gang hinunter, Myrte kam immer noch maunzend hinterher.

Auf dem Esszimmerboden lag mitten in den Scherben des eingeworfenen Fensters ein Ziegelstein. Von draußen klangen laute Stimmen zu ihnen herein.

»Du kannst null beweisen, Butch!«, schrie eine tiefe Stimme.

Murphy rannte zur Haustür raus. Auf dem Grünstreifen standen vier Männer. Der größte von ihnen stritt sich mit Butch, wedelte dabei mit den Armen. Gartenhandschuhe, roter, perfekt gestutzter Vollbart und schwere Goldkette um den Hals: Kevin Mason, Nellys Ehemann. Der Vater von Cierra und Madison.

Kevins Blick fiel auf Murphy. »Da ist er! Das pädophile Schwein!«, brüllte er.

»Du verpisst dich jetzt sofort von meinem Grundstück, Mason«, erwiderte Butch.

»Was willst du denn tun? Die Bullen rufen? Mit Sicherheit nicht, oder?« Kevin zog die Handschuhe aus und schob sie in die Gesäßtasche. »Keine Fingerabdrücke, du kannst mir gar nichts. Und wenn du die Mädchen bis heute Abend nicht zurückgebracht hast, fackle ich euch die Bruchbude ab – und zwar mit euch drin.«

In Murphys Brustkorb fing es an zu toben. Er ließ die Fingergelenke knacken und ging die Stufen runter auf Kevin zu. »Sag das noch einmal, Mason!«

»Hey, Bro, nicht«, sagte Butch und stellte sich zwischen sie, eine Hand an Murphys Brust. Am Rand seines Bewusstseins nahm Murphy undeutlich wahr, wie einer von Kevins Kumpeln die Handykamera auf ihn richtete. »*Nicht!* Da drüben stehen Reporter.«

Murphy warf einen flüchtigen Blick in die Richtung, in die Butch gedeutet hatte. Zwei Journalisten fotografierten, und ein weiterer war dabei zu filmen.

»Du hast sie entführt«, sagte Kevin. Er drehte sich zu der kleinen Gruppe Nachbarn um, die sich inzwischen auf der Straße versammelt hatten. »Dieses pädophile Schwein hat mit meiner Tochter rumgemacht!« Kevin zog ein kleines Tütchen aus der Jackentasche, vorne drauf prangte der »THE CAPTAIN«-Aufkleber. »Das hier habe ich in ihrem Zimmer gefunden. *Dein* Gras, Murphy!« Er zeigte auf Murphy. »Du hast dich schon immer viel zu gut mit meinen Töchtern verstanden!«

Murphy sah, dass in dem Tütchen neben seinem Gras drei eingeschweißte Kondome lagen. »Wir verkaufen kein Gras an Minderjährige«, knurrte er.

»Halt's *Maul*, Bro!«, sagte Butch.

Der Mann mit dem Telefon nickte Mason zu. »Hab ich: ›Wir verkaufen kein Gras an Minderjährige.‹«

Murphy spähte zu den Reportern rüber. *Shit*. Die hatten das mit Sicherheit auch.

Ein BMW bog in die Straße ein, hinter der Windschutzscheibe blinkten Einsatzleuchten. Murphy beugte sich bitzschnell vor und versuchte, Kevin Mason das Gras abzunehmen, aber vergebens.

Der BMW blieb vor ihrem Haus stehen, und zum Vorschein kam Detective Badenhorst, mit losem Hemd.

Jemand hatte tatsächlich die Bullen gerufen. Vermutlich jemand von den Schaulustigen, dachte Murphy.

»Was ist das?« Badenhorst zeigte auf Kevins Hand. Kevin machte Anstalten, das Tütchen zu überreichen, aber ehe er zufasste, zog der Detective ein Paar Latexhandschuhe aus der Tasche.

»Das habe ich in Cierras Zimmer gefunden. Ich bin ihr Vater – wir haben uns kurz oben am Parkplatz getroffen, erinnern

Sie sich?« Kevin zeigte auf Murphy. »Das Gras stammt von ihm. Das verrät der Aufkleber.«

»Du verfickter Lügner …«, fing Murphy an. Butch zerrte ihn zurück.

Con zog einen Beweisbeutel aus der anderen Tasche und ließ das Grastütchen hineinfallen. »Und Sie sind lieber hergekommen, um ihn selbst zur Rede zu stellen, anstatt sich an uns zu wenden, Mr Mason?«

»Nein, Detective, ich habe nur einen Spaziergang gemacht«, sagte Kevin. »Ich bin rein zufällig hier vorbeigekommen.«

Ehe Badenhorst etwas erwidern konnte, raste ein Streifenwagen um die Ecke, mit blinkenden Lichtern und Sirene. Er kam mit quietschenden Reifen zum Stehen, und Constable Cavanagh und Sergeant Doble sprangen heraus.

Murphy sah, wie Badenhorst das Gesicht verzog.

»Na, was haben wir denn hier, Murphy?«, sagte Doble mit Blick auf den Beutel in Badenhorsts Hand. »THE CAPTAIN … ein bisschen von deinem Zeug, was?«

»Sergeant Doble«, sagte Con. »Könnten Sie und Constable Cavanagh sich wohl um diese Herren kümmern, während ich und Mr Murphy uns kurz drinnen unterhalten? Und was alle anderen betrifft – vielleicht haben Sie ja sonst irgendwo noch was anderes zu tun?«, fügte er trocken an die Versammlung Schaulustiger gewandt hinzu.

»Nein. Ich glaube, ich komme lieber mit rein«, sagte Doble.

»Ich verspreche Ihnen, Sie können ihn bald verhaften. Ich muss nur vorher mit ihm sprechen«, sagte Con betont gelassen. »Im Haus, Mr Murphy.«

Murphy drängte es, zu protestieren, aber Butch gab ihm einen Schubs in Richtung Haustür. »Geh. Das hier sieht für uns beide schlecht aus«, murmelte er.

Murphy stolzierte ins Haus und hörte, wie Butch sich bei Cavanagh und Doble über die Sache mit dem Ziegelstein und dem eingeworfenen Fenster ausließ, während Kevin Mason und seine Kumpel genauso laut dagegenhielten. Es zeigte, wie besorgt Butch war oder wie viel Schiss er hatte – normalerweise würde er sich im Leben nicht auf ein Gespräch mit den Bullen einlassen, und am allerwenigsten mit Doble. Die Reporter rückten näher, fügten ihre Sicht der Dinge hinzu und unterstützten damit Butchs Version.

Badenhorst folgte Murphy ins Wohnzimmer und setzte sich. Karl Chaos sprang ihm auf den Schoß, und der Detective schob ihn abwesend zur Seite. Er hielt den Beweisbeutel hoch, sodass der Aufkleber sichtbar war. »Ist das Ihre Ware?«

»Ich weiß nicht, wovon Sie sprechen.«

»Hören Sie, Kumpel. Früher oder später finden wir's sowieso raus.«

»Ich bin nicht Ihr Kumpel.«

Con zog das Telefon aus der Tasche und zeigte Murphy ein Foto: noch ein Tütchen THE CAPTAIN, auf steinigem Untergrund liegend, daneben ein gelbes Beweismittelschildchen. »Ist das auch Ihre Ware?«

»Nein«, sagte Murphy.

»Sie haben Georgia Lenah also nichts verkauft?«

»Nein«, sagte Murphy. »Warum?«

»Weil wir es bei ihrer Leiche gefunden haben. Es steckte in ihrer Tasche.«

Murphy spürte, wie sich tief in ihm alles verkrampfte. »Was?«, sagte er. »Georgia ist tot?« Ein tiefes Heulen entstand irgendwo in seinem Kopf. Ihm wurde gleißend hell vor Augen.

»Wir haben soeben die Leiche von Georgia Lenah gefunden. Von den anderen keine Spur.« Badenhorst ließ ihn nicht aus den Augen, aber das war Murphy total egal. Das Heulen in seinem Kopf wurde lauter. »Wir haben das hier in ihrer Hosentasche sichergestellt, und ein ähnliches Tütchen wurde offenbar in Cierras Zimmer gefunden.«

Es war alles viel zu grell. Zu laut. Murphys Kehle war wie zugeschnürt. Er bekam keine Luft. »Irgendeine Spur von Jasmine?«

»Nur Georgia.«

»Vielleicht ist sie tot. Ich muss da rauf!«, sagte Murphy gepresst. »Wo haben Sie Georgia gefunden? Was ist mit ihr passiert? Zeigen Sie's mir.«

»Sie gehen nirgendwohin. Jordan Murphy, ich verhafte Sie wegen Anbau und Vertrieb illegaler Substanzen.«

»Na klar!« Murphy stand plötzlich direkt vor Badenhorsts Stuhl, ohne dass er wusste, wie er aufgestanden und dort hingekommen war. »Glauben Sie etwa, ich war das?«

Badenhorst schlug das Jackett zurück, enthüllte sein Hüfthalfter, löste die Arretierung und stand langsam auf. Seine Augen wanderten zwischen Murphys Augen hin und her. »Beweisen Sie mir, dass ich falschliege«, sagte er mit ruhiger Stimme. »Kommen Sie mit auf die Dienststelle.«

»Ich gehe nirgendwohin!«, schrie Murphy. Er spürte, wie die Schleusentore seiner Wut sich unaufhaltsam öffneten.

»Beruhigen Sie sich, Murphy.«

Aber Murphy war völlig außer sich. Er versetzte dem Detective einen Stoß. »*Niemand* hält mich davon ab, da jetzt raufzugehen und nach meinem …«

Der Schlag in Murphys Magengrube kam so schnell, dass er nichts davon mitbekam. Er krümmte sich keuchend, und Badenhorst zog ihm mit einem Tritt die Füße weg. Er fiel mit einem dumpfen Schlag auf die Knie, der Detective warf sich quer über seinen Rücken, zerrte seine Arme nach hinten und legte ihm Handschellen an.

»Wissen Sie, Sie machen sich die Sache wirklich besonders schwer«, sagte Badenhorst. Er zerrte Murphy zurück auf die Beine. »Schon klar, dass Sie das nicht interessiert, aber mein Tag ist auch nicht so besonders toll.« Er schleifte ihn zur Tür.

Als Murphy rot vor Zorn in Handschellen unsanft aus dem

Haus geführt wurde, hatten sich noch mehr Leute auf dem Gehweg versammelt. Kevins Freund filmte immer noch. Genau wie die Reporter.

Minuten später waren die Aufnahmen auf Facebook. Und dann in den Nachrichten. Eine halbe Stunde später wusste die ganze Stadt, dass Georgia Lenahs Leiche gefunden worden war, dass sie ein Tütchen Marihuana in der Tasche gehabt hatte, wahrscheinlich aus Murphys Cannabishandel, den er quasi vor laufender Kamera gestanden hatte, und dass er verhaftet worden war.

Innerhalb einer Stunde landete die erste Todesdrohung auf Murphys Anrufbeantworter. Außer Butch war niemand da, um sie abzuhören.

KAPITEL VIERZEHN

ELIZA

Eliza saß wie erstarrt auf dem Sofa. Monica streichelte ihr den Rücken. Detective Pakinga hatte eben angerufen, ihre Worte fuhren in Elizas Kopf Karussell. »Es tut mir leid, Eliza, es gibt schlechte Neuigkeiten … Wir haben Georgias Leiche gefunden. So, wie es aussieht, ist sie von einer Klippe gestürzt …«

»Eliza, sprich mit mir … was kann ich tun?« Monicas Stimme war heiser vom Weinen.

»Ich muss zurück«, sagte Eliza hölzern.

»Wohin?«, fragte Monica. »Ins Krankenhaus?«

»Ich muss eine Möglichkeit finden, mich zu erinnern.«

Ich muss ihnen von der Prügelei erzählen, schrie ein Teil von ihr, aber von sehr weit weg, als würde die Stimme einer anderen gehören. *Ich muss ihnen das mit Tom und Cierra erzählen. Das verändert alles!* Sie schob den Gedanken sofort wieder beiseite. Sie musste tun, was für Wren das Beste war. *Ich habe die Erlaubnis, stark zu sein.*

»Eliza, du *kannst* da nicht noch mal rauf. Das ist zu gefährlich. Überlass das den Suchmannschaften …«

»Ich muss zu Georgias Familie. Ich muss es ihnen erklären. Ich muss … Ich muss um Verzeihung bitten.« Nur noch das zählte, war auf einmal die wichtigste Sache der Welt.

»Es ist nicht deine Schuld!«

»Ich habe Georgia allein gelassen!«, schrie sie und sah ihre

Schwester an. »Als ich zurückgegangen bin, um die anderen zu suchen. Ich habe sie ganz allein gelassen!«

Monica blieb ganz ruhig. »Du musstest die anderen suchen gehen«, sagte sie. »Hör mit diesen Selbstvorwürfen auf! Eliza, du kannst nicht *jeden* retten!«

»Ich! Meine Schuld! Nur *meine eigene* Schuld!«

»Nicht, wenn sie von einer Klippe gestürzt ist …«

»Glaubst du wirklich, dass es so war?«

»Natürlich! Wie-wieso? Was ist denn deiner Meinung nach passiert?«

Der Wutausbruch war schon wieder verebbt. Neue Emotionen legten sich schwer auf Elizas Haut, fremd und wie aus weiter Ferne. Erinnerungen, Gedanken, Dinge, an die sie sich auf keinen Fall erinnern wollte. Trauer.

»Er hockt in den Bergen versteckt, um zu töten …«, sagte sie.

»Nein. Unmöglich.«

Ihr wurde schwindlig von den Erinnerungen. »Grauenhafte Angst«, sagte sie. »Ich hatte solche Angst, ich wäre sofort von der Klippe gesprungen, um zu entkommen. Und ich bin gerannt, so furchtbar schnell gerannt … ich kann mich nicht erinnern … es liegt alles dicht unter der Oberfläche … ich glaube, da waren Schritte … aber … Bringst du mich zu Georgias Eltern?«

»Bist du sicher, dass das eine gute …«

»Monica. *Bitte!*«

»Ich hole die Jacken.«

Die Lenahs wohnten in einem runtergekommenen Eternithaus, das an das Buschland des Steilhangs grenzte. Fenchelholzbäume und Akazien neigten sich über den Zaun. Es stand am Ende einer langen, von Waratahsträuchern gesäumten Schotterstraße, und ein weißer Lattenzaun begrenzte den überwucherten, mit gedrungenen Lorbeerbüschen bewachsenen Garten.

Als Monica hinter dem Streifenwagen hielt, der in der Auffahrt parkte, hatte es wieder begonnen zu regnen. An dem Fahnenmast im Vorgarten hing schlaff eine Aboriginal-Flagge herunter.

»Soll ich mitkommen?«, fragte Monica.

»Ich schaff das schon«, sagte Eliza und schlang die Arme um sich. Das Haus war ihr vertraut. Sie war schon ein paarmal hier gewesen, um Georgia bei ihrem Museumsprojekt zu unterstützen. Ein stechender Schmerz durchzuckte ihre Eingeweide, als ihr bewusst wurde, dass diese Treffen nie wieder stattfinden würden.

Als sie die Autotür öffnete, drang lautes Heulen aus dem Haus. Eine Welle aus Übelkeit wogte durch sie hindurch, und sie musste sich an dem kleinen Gartentor am Rande des Fußwegs festhalten. Es war das Geräusch einer Frau, die es vor Seelenqualen zerriss.

Hinter sich hörte sie die Autotür aufgehen. »Eliza?«, rief ihre Schwester. »Alles okay?«

Eliza nickte. Die Luft war frisch und duftete nach Waratah. Sie öffnete das Gartentörchen und klopfte an die Tür. Ein Mann machte auf. Er war groß, hatte blonde Haare und einen blonden Schnauzbart und eine ziemlich krumme Nase. Er wirkte verwirrt.

»Gehören Sie zur Familie?«, fragte er nicht unfreundlich.

»Nein, ich bin Eliza Ellis, die Lehrerin, die …«

»Miss Ellis. Entschuldigung, wir haben uns noch nicht kennengelernt.« Er machte die Haustür ganz auf. »Ich bin Detective Stuart Coops. Ich stehe eng in Kontakt mit dem Sozialarbeiter Ihrer Schule. Wir warten noch auf Rosies Familie, aber es ist gut, dass Sie da sind. Ich glaube, Rosie ist vielleicht froh, ein vertrautes Gesicht zu sehen.«

»Ich bin gekommen, um sie um Verzeihung zu bitten.«

Aber Detective Coops war schon zurück ins Haus gegangen. »Pakinga? Eliza Ellis ist hier.«

Am Ende des Flurs tauchte Gabriella Pakinga auf. Als sie Eliza sah, lächelte sie. »Kommen Sie rein. Gut, dass Sie da sind. Rosie braucht dringend jemanden, der sie in den Arm nimmt. Sie ist auf die Polizei nicht allzu gut zu sprechen.« Sie beugte sich vor und flüsterte ihr ins Ohr: »Kennen Sie sich mit dem ›Sorry Business‹ aus?«

»Ich unterrichte an der Schule ein bisschen was aus dem Lehrplan für Indigene Studien«, sagte Eliza. »Und ich habe viel von Georgia gelernt.« Sie schlug sich die Hand vor den Mund. »Man soll den Namen der Toten nicht erwähnen!«

»Damit sind Sie definitiv weiter als Coops«, sagte Gabriella düster. »Na los, kommen Sie rein.«

Sie betraten das Esszimmer. Rosie Lenah lag hingestreckt über den Tisch, ihr Rücken bebte. Sie hatte graue Strähnen in ihrem dunklen Haar und trug ein weites, geblümtes Kleid.

Beim Anblick dieser Verzweiflung hätte Eliza sich vor lauter Schuldgefühlen fast übergeben. »Rosie?«, sagte sie. »Es … es tut mir so leid …«

Rosie hob den Kopf, fuhr herum und zog Eliza mit einer einzigen Bewegung in ihre Arme. Sie stammelte unzusammenhängende Worte. Eliza konnte nichts tun, als sie festzuhalten und ihren eigenen Tränen freien Lauf zu lassen. Rosie duftete nach Parfüm und Backen. Elizas Gedanken schweiften zu Denni ab, zu dem Augenblick, als sie von ihrem Tod erfahren hatte, und ihre eigene Trauer wurde von Rosie gespiegelt und verstärkt zu ihr zurückgeworfen.

Schließlich fing Rosie zwischen den Schluchzern an zu sprechen. »Der Berg *brauchte* meine Tochter«, stammelte sie. »Wir brauchten sie auch … Warum hat er sie geholt …?«

Eliza sah über Rosies Schulter hinweg, wie Gabriella und Coops Blicke tauschten. Coops wirkte eindeutig verwirrt, Gabriella schien seltsam aufgeregt zu sein. Ihre Augen glitzerten.

Dann pochte es laut an der Tür. Coops ging nach vorne und kam mit zwei älteren Frauen zurück. Die Ähnlichkeit war unverkennbar, und die Vehemenz, mit der Rosie sich ihnen in die Arme warf, machte endgültig klar, dass sie verwandt waren. Die drei Frauen heulten lautstark ihre Trauer heraus, und Rosie wurde nach nebenan auf die durchgesessene Couch in dem winzigen Wohnzimmer geführt.

Gabriella packte Eliza an der Schulter und ging mit ihr nach draußen auf den Gang. »Können Sie uns ihr Zimmer zeigen?«, flüsterte sie. »Wir wollen uns nur mal kurz umsehen, im Moment ist Zeit immer noch ein entscheidender Faktor. Rosie hat uns ihre Erlaubnis gegeben. Zumindest glaube ich, dass sie genickt hat. Bis jetzt haben sie noch keine Polizisten ins Haus gelassen, um sich in ihrem Zimmer umzusehen. Wir waren gerade an einem Durchsuchungsbefehl dran …«

»Was hoffen Sie denn zu finden?«, flüsterte Eliza.

»Wissen wir noch nicht«, antwortete Gabriella. »Aber wissen Sie vielleicht, was Rosie damit meinte, der Berg brauche G…« – sie konnte sich gerade noch bremsen und sah sich mit großen Augen um –, »brauche das Mädchen?«

»Ja. Das werden Sie gleich verstehen …« Sie ging voraus. Das winzige Zimmer wurde von einem riesigen Schreibtisch dominiert.

»Was ist das denn?« Gabriella trat an den Tisch.

Darauf stand das maßstabsgetreue Modell eines weitläufigen, geschwungenen Gebäudes. Am höchsten Punkt steckte ein Fahnenmast, an dem eine winzige Aboriginal-Flagge wehte.

»Das war ihr Traum. Das Kooparoona Niara Aboriginal Heritage Museum«, sagte Eliza. Das Gebilde war eine Mischung aus Architekturmodell und Miniatureisenbahn. Georgia hatte sogar winzige Menschen aufgestellt, die es sich im Picknickbereich gemütlich machten, durch den Außenbereich spazierten, am Kaffeestand in der Schlange standen. »Sie wollte ein Museum für Aboriginal-Geschichte errichten, hier bei uns in Limestone Creek. Und sie hätte es auch geschafft. Sie hatte das Zeug dazu.«

Gabriella blätterte in einem Ordner. »Bauanträge …« Sie nahm ein dickes Buch zur Hand. »Eigentumsrecht.«

Coops las die Titel der Bücher vor, die auf dem Fußboden lagen. »*Die Tasmanischen Aboriginals, Der Schwarze Krieg, Whitewashing …*«

Eine der auf dem Boden verstreuten Seiten fiel Eliza besonders ins Auge, weil sie darauf ihre eigene Handschrift erkannte. Es war ein Aufsatz mit ihren Anmerkungen. Mit einem Stich im Herzen hob sie die Blätter auf. Während die Polizisten das übrige Zimmer durchsuchten und laut darüber nachdachten, ob das Museum vielleicht jemandem als Motiv gedient haben könnte, fuhr sich Eliza mit dem Handrücken über die Augen und fing an zu lesen:

Der Berg der Geister
Von Georgia Lenah

Am unteren Ende der Welt liegt eine Insel.

Die Luft und das Wasser auf dieser Insel sind so rein und sauber wie sonst nirgendwo auf der Welt. Ihre Landschaft ist wild und ungezähmt, beherrscht von Eis und Schnee und glühender Hitze, mit den ältesten Bäumen auf Erden und Seen, so tief, dass bis heute kein Mensch, keine Maschine ihnen auf den Grund gehen konnte. Ein Fünftel dieser Insel steht unter Naturschutz und kann weder ausgebeutet noch industrialisiert werden, und nur ein kleiner Bruchteil ist von Straßen erschlossen. Es heißt, hier würden noch heute längst ausgestorbene Tiger herumstreifen. Und nicht nur Tiger, heißt es. Nachts geistern seltsame Lichter über den Himmel, und unheimliches Geheul schallt durch den Busch.

Diese Insel ist der Schauplatz eines der frühesten dokumentierten Genozide der Menschheit, wo Sträflinge zu Kannibalen wurden, wo zum ersten Mal die psychologische Folter von Ge-

fängnisinsassen Anwendung fand, der Schauplatz von Australiens größtem Massaker. Einst versetzte der Name dieser Insel die Herzen der Menschen in Angst. Es heißt, noch heute würde die Erde weinen vom Blut der First Nations, und ihre Knochen würden das Land verfluchen.

Vorausgesetzt, man glaubt an solche Dinge.

Nahe am höchsten Punkt dieser Insel, in der Mitte, am Rande der zentralen Hochebene, findet sich ein felsiger Gebirgszug. Heutzutage trägt er den Namen Great Western Tiers. Doch der ursprüngliche Name, den er schon immer trug, lautet Kooparoona Niara. Dieser Ort war einst eine heilige Stätte, ein Treffpunkt und eine Passage. Es heißt, dieser Ort sei das Tor zum Herzen Tasmaniens.

Es ist ein Ort launischer Wetterkapriolen, ein Ort der Stille, ein Ort brütender, dräuender Gefahr, ein Ort versteckter Höhlen und moderner Legenden und ein Ort, an dem einst Mörder ihr Unwesen trieben.

Der Kooparoona Niara, so sagt man, ist ein Berg, der selbst auf sich achtgibt.

Vorausgesetzt, man glaubt an solche Dinge.

Schaudernd legte Eliza das Blatt weg.

»Was ist das?« Gabriella griff danach und fing mit hochgezogenen Augenbrauen an zu lesen.

»Vielleicht hilft uns das hier weiter«, sagte Coops. Er lag auf dem Fußboden und hielt ein violettes Notizbuch in der Hand, das er unter dem Bett hervorgezogen hatte. »Sieht aus wie ein Tagebuch.«

»Perfekt«, sagte Gabriella und nahm ihm das Buch aus der Hand.

»Legen Sie das weg! Das geht Sie einen Scheißdreck an!«, erklang die ruppige Stimme eines Mannes von der Tür. »Was habt ihr Schweine im Zimmer meiner Schwester zu suchen?« Ein kleiner junger Mann in schmutzigem T-Shirt und Fußballshorts stand vor ihnen und sah sie mit gefurchter Stirn an. Ihm liefen Tränen übers Gesicht, aber er schien es gar nicht zu merken. »Raus hier!«

»Beruhig dich, Carl«, sagte Eliza. »Die Leute sind von der Polizei.«

»Ich weiß, wer die sind. Ich will, dass sie aus ihrem Zimmer verschwinden.«

»Es tut mir leid, ich weiß, wie schwer das ist«, sagte Gabriella. »Aber ein Tagebuch ist wichtig, es könnte helfen, uns ein Bild davon zu machen, was passiert ist.«

»Raus hier!«, knurrte Carl. Er machte einen Satz und riss ihr das Tagebuch aus der Hand.

»Tu ihm nicht weh!«, rief Coops, als Gabriella dem Jungen blitzschnell das Handgelenk verdrehte. Carl jaulte auf, und Gabriella gab ihn frei, ohne ihn aus den Augen zu lassen.

Carl ballte die Fäuste. »Her damit, oder ich bring dich um!«

»Es tut mir wirklich leid. Carl, richtig?«, sagte Coops. »Wir müssen alles, was wir finden können, nutzen, um rauszufinden, was mit Ihrer Schwester passiert ist, und um die anderen Mädchen wiederzufinden.«

»Klar! Meine Schwester interessiert dich doch 'n Scheiß, du Schwein.«

»Carl, bitte«, sagte Eliza. »Deine Mutter braucht dich jetzt.« Carl starrte Eliza einen Moment lang an. Vom anderen Ende des Hauses waren immer noch Rosies Klageschreie zu hören. »Sie braucht dich wirklich sehr …«

Er machte kehrt und verließ das Zimmer.

Gabriella senkte den Blick auf Georgias Tagebuch in ihrer Hand. »Gut gemacht, Eliza.«

Plötzlich stürmte eine der Verwandten ins Zimmer. Sie hatte eine rote Strieme auf der Wange. »Tut mir leid, aber er ist an Ihrem Auto!«

Fluchend rannte Gabriella zur Tür hinaus.

Coops ging langsam auf die Frau zu. »Ihr Gesicht – ist alles in Ordnung?«

»Ja, ja. Ich hab mich an der Tür gestoßen.« Die Frau brach in Tränen aus. »Er ist total außer sich.«

Eine Sekunde später knisterte das Funkgerät. »Hab ihn, Coops«, sagte Gabriella. »Er hatte gerade damit angefangen, mir eine Nachricht in den Lack zu kratzen. K-U-N... Ist leider nicht weiter gekommen. Wer weiß, was das geworden wäre.«

Coops stieß einen Seufzer aus und strich sich über den Schnurrbart. Eliza folgte ihm nach draußen.

Vor dem Haus hatte sich eine ganze Traube Verwandte angesammelt – es waren immer neue dazugekommen. Die Leute scharten sich um den Streifenwagen und ließen sich vom Regen durchweichen. Auf der Suche nach Gabriella drängten Eliza und Coops sich an ihnen vorbei. Gabriella hielt sich fluchend den Unterarm, auf dem eine rote Bissspur prangte. Carl war nirgendwo zu sehen.

»Er hat mich *gebissen*!«, sagte Gabriella. »Der kleine Wilde.«

Ihre Worte schienen die Umstehenden zu provozieren, und aus der Menge erhob sich aggressives Murren. Sofort griff Coops nach dem Funkgerät. »Detective Coops hier, wir brauchen Verstärkung. Ein Flüchtiger, männlich, Teenager. Tätlicher Angriff aus Polizeibeamtin. Carl Lenah. Soeben mit einer Geländemaschine geflohen – brauner Helm, orangefarbenes Motorrad.«

»Nein!«, schrie Rosie, die, auf einen Mann gestützt, aus dem Haus gekommen war. »Bitte, nicht schon wieder! Bitte nicht wieder aufs Revier!«

»Bitte, Sir, drücken Sie ein Auge zu ...«, sagte jemand. »Mann, Kumpel, das hat der doch nicht so gemeint«, jemand anderes.

»Es tut mir leid, Mrs Lenah, aber er hat eine Beamtin angegriffen«, sagte Coops. »Wir wollten ihm lediglich klarmachen, wie wichtig Georgias Tagebuch für uns ist.«

In der Menge erhob sich wütendes Gemurmel.

»Nicht den Namen aussprechen!«, zischte Gabriella.

»Scheiße! Tut mir leid!«, sagte Coops.

Rosie löste sich von dem Mann und stürmte mit wogenden Hüften auf sie zu, das geblümte Kleid bauschte sich in einem plötzlichen Windstoß. »Geben Sie das her!«

»Sir, bitte geben Sie ihr das Tagebuch.« – »Seien Sie kein Unmensch, Mann, das ist das Tagebuch ihrer Tochter …«

Die Leute drängten näher. Jemand versuchte, Gabriella das Buch aus der Hand zu nehmen.

»Eliza!« Monica stand plötzlich neben ihr. »Komm, wir gehen.« Sie führte Eliza weg von der Gruppe und setzte sie ins Auto. »Das könnte gleich ziemlich hässlich werden.«

Sie setzten aus der Einfahrt zurück.

»Wir hätten dableiben müssen, dafür sorgen, dass alle sich beruhigen«, sagte Eliza.

»Das wird so weitergehen, bis die Mädchen gefunden worden sind«, antwortete Monica. »Hör mal. Willst du wirklich immer noch nach oben auf den Berg?«

Eliza war bei der Lektüre von Georgias Aufsatz wieder schlecht geworden. Außerdem war der Kinderreim noch immer da:

Drum geh ich da oben nie allein durch den Wald …

»Ich muss mich umziehen. Bring mich nach Hause. Ich schließe mich der Suchaktion an. Aber ich gehe nicht allein.«

… sonst kommt der Hungermann und macht mich kalt.

KAPITEL FÜNFZEHN

CON

Con ging auf dem Flur auf und ab und telefonierte mit Commander Normandy. Nebenan im Verhörraum saßen Murphy und sein Anwalt Dave allein und warteten.

Das Telefon signalisierte einen zweiten Anrufer, und Con warf einen kurzen Blick aufs Display. Eine unbekannte Nummer. Das würde warten müssen.

Mit ihm auf dem Flur war Detective Melinda Tran. Sie hockte an die Wand gelehnt und scrollte sich durch ihr Telefon, während sie darauf wartete, dass Con sein Telefonat beendete.

»Ja, Commander«, sagte Con gedehnt. »Ich habe den Autopsiebericht gelesen. Keine offensichtlichen Kampfspuren – zumindest keine Haut unter den Fingernägeln … Nein, aber die Schädelverletzungen waren zu stark, um sagen zu können, ob sie einen Schlag erhalten hatte. Nein, keine Spur von ihrem Rucksack, wir müssen davon ausgehen, dass sie ihn nicht aufhatte oder dass jemand ihn gestohlen hat … Ja, das ist am wahrscheinlichsten, ich stimme Ihnen zu … Sie haben die Schuhe am Rand der Klippe sichergestellt, und wir haben die Bestätigung, dass es ihre sind … Nein, er sagte, die Schnürsenkel seien ordentlich zugebunden gewesen, für ihn sah es so aus, als wären sie absichtlich dort platziert worden. Wenn Sie sich die Fotos ansehen, können Sie … Nein. Bis jetzt ausschließlich *ihre* DNA, aber es hat über Nacht stark geregnet.

Pakinga ist im Augenblick bei Georgia zu Hause, mit Detective Coops … Weil ich über Funk mitbekam, dass es vor Murphys Haus eine Auseinandersetzung gab … Nennen wir es Ahnung, Ma'am … Dafür gibt es keine Beweise, obwohl sie schon mindestens ein halbes Dutzend Mal nach seinem Stoff gesucht haben. Jeder im Ort scheint zu wissen, dass Murphy und sein Bruder den lokalen Cannabishandel dominieren … Ich werde gleich mit … Na ja, einen Mob würde ich es jetzt nicht gerade nennen … Ja, auf dem Weg in die Dienststelle habe ich gehört, dass sie ihn umbringen wollen … Ja … Ich hasse diese Käffer auf dem Land, Ma'am … Nein, ich verschwinde mit ihm durch die Hintertür … Na ja, könnte natürlich sein, dass die Mädchen da sind, wo auch der Stoff versteckt ist … Natürlich. Ich werde mir größte Mühe geben, was aus ihm rauszukriegen, Ma'am. Ich halte Sie auf dem Laufenden.«

Er legte auf. Einen Moment später sagte er zu Tran: »Alles mitbekommen?«

»Die Jungs in Hobart nennen sie das ›Teufelsweib‹«, sagte Tran.

»Zu dieser Frau würden *viele* Namen passen.« In seiner Stimme schwang Zuneigung. »Wollen Sie mit rein oder lieber über Monitor zusehen?«

»Monitor. Vielleicht wird er ein bisschen unachtsamer, wenn Sie allein reingehen.« Sie stand auf. »Glauben wir wirklich, dass er was damit zu tun hat? Seine eigene Tochter?«

Con zögerte. »Es gibt einen Haufen Überschneidungen. Behalten Sie ihn im Auge, und sagen Sie mir hinterher, was Sie denken.«

Auf seinem Telefon poppte eine SMS auf. Sie stammte von derselben Nummer wie der abgewiesene Anruf:

Hallo, Detective. Hier ist Pastor Hugh. Können Sie mich bitte unter dieser Nummer zurückrufen?

Con warf einen kurzen Blick darauf, drückte die Nachricht weg und betrat den Verhörraum. Murphy und sein Anwalt saßen nebeneinander mit dem Blick zur Tür und sahen ihn an. Er schob das Telefon in die Tasche. »Wollen wir?«

Murphy war blass und hatte dunkle Ringe unter den Augen, aber zusammen mit den buschigen Brauen und dem langen Vollbart machte ihn das nur noch Furcht einflößender.

»Sie müssen mich hier rauslassen. Ich muss sie suchen.«

»Sie haben doch sicher drängendere Sorgen, Detective«, sagte Dave. »Sie halten meinen Klienten wegen *Gras* fest? Müssen Sie keinen Tatort untersuchen?«

»Wir geben Ihnen eine Chance, reinen Tisch zu machen, Murphy«, sagte Con, ohne auf Dave einzugehen. »Die Indizien sehen wirklich schlecht für Sie aus.«

»Ihre ›Indizien‹ stellen keinerlei Beweise dar«, warf Dave ein.

Con entnahm seiner Akte vier Fotos und legte sie nebeneinander auf den Tisch, das vierte verdeckt. Die ersten drei zeigten jeweils ein Tütchen Marihuana mit »THE CAPTAIN«-Aufkleber. Das erste der Fund vom Wanderweg, das zweite aus Georgias Tasche und als Drittes das Tütchen mit den drei Kondomen, das Kevin Mason Murphy vor kaum einer Stunde unter die Nase gehalten hatte.

»Ist das Ihre Ware?«, fragte Con.

»Nein«, sagte Dave.

»Nein«, sagte Murphy.

»Das hier wurde auf dem Wanderweg gefunden«, sagte Con.

»Das hätte jede Schülerin verloren haben können«, erwiderte Dave. »Scheiße, oder einer der Lehrer oder irgendein Wanderer.«

»Dieses hier«, Con tippte auf das dritte Foto, »wurde, soweit wir wissen, im Zimmer von Cierra Mason gefunden. Mit den Kondomen.«

»Angeblich«, sagte Dave.

Con tippte auf das zweite Foto, ohne Murphy aus den Augen zu lassen. »Dieses hier stammt aus Georgia Lenahs Hosentasche.«

Keine Reaktion. Murphy sah sich die Bilder nicht mal an. Sein stechender Blick war auf Con gerichtet.

»Und das hier …« Con drehte das vierte Foto um. Es zeigte ein paar neongelbe Turnschuhe auf einem Felsen. Die Schnürsenkel waren ordentlich gebunden, daneben lag ein durchnässtes Sockenknäuel. »Das sind Georgias Schuhe, gefunden am Rand der Klippe, von der sie in den Tod stürzte.«

Murphys Interesse war geweckt. Er senkte den Blick auf das Bild.

Stille füllte den Raum.

»Und was hat Murphy damit zu tun?«, fragte Dave mit einiger Verzögerung.

Con antwortete nicht. Er sah Murphy forschend ins Gesicht.

»Warum stehen die da so …?« Murphy nahm das Foto zur Hand. »Warum sind die Schnürsenkel gebunden?« Seine Hände zitterten. »Was haben Sie sonst noch gefunden?«

»Wo liegt Ihre Plantage versteckt?«, fragte Con.

»Ich weiß nicht, wovon Sie sprechen«, antwortete Murphy, ohne den Blick von dem Bild zu lösen. »Sonst haben Sie da oben nichts gefunden? Warum sind die Dinger zugebunden, verdammt noch mal? Ich dachte, Sie hätten gesagt, sie wäre gestürzt? Ist sie gesprungen? *Wurde sie gestoßen?*«

»Ihre Cannabisplantage, Murphy. Wo ist die? Ihr Trockenraum? Ihr Lager?«

»Aha. Genau wie vermutet. Sie haben für die Vorwürfe gegen meinen Mandanten keinerlei Beweise«, sagte Dave. »Ich nehme an, dass mein Klient jetzt gehen kann.«

»Ich muss es wissen, Kumpel«, sagte Con, ohne auf Dave zu achten. »Die Kriminaltechnik hat uns bestätigt, dass sämtliches Marihuana von derselben Mutterpflanze stammt, dabei hätte uns auch der Aufkleber allein schon gereicht. Wenn das Ihres ist, Murphy, muss ich das *wissen.*« Er beugte sich über den Tisch. »Und wenn ich gezwungen bin, das auf andere Weise rauszufinden, sieht es für Sie nur noch schlechter aus.«

»Als hätten Sie es nicht von vornherein auf ihn abgesehen«, sagte Dave schneidend. »Wir sind *bestens* vertraut damit, wie ›Gerechtigkeit‹ in dieser Gegend funktioniert.«

»Das Gras ist nicht von mir, und ich habe keine Ahnung, wovon Sie sprechen«, sagte Murphy. Er legte das Foto zurück auf den Tisch. Jetzt waren die Augen wieder auf Con gerichtet, stechend vor Wut. »Sie haben mein Grundstück doch längst durchsucht, oder? Während Sie mich hier warten lassen, während meine Tochter immer noch irgendwo da draußen ist, während das erste Mädchen tot aufgefunden wurde, haben Sie nichts Besseres zu tun, als mit einer Horde Bullen mein Haus auf den Kopf zu stellen. Und das, obwohl es bereits *sechs* Durchsuchungen gab. Bei denen nie was gefunden wurde, und diesmal haben Sie auch nichts gefunden. Also. Warum schwingen Sie nicht endlich die Hufe und *machen Ihren Scheißjob* und gehen da raus und finden meine Tochter und gehen mir endlich aus dem Weg, Scheiße noch mal!« Er war aufgesprungen und brüllte Con direkt ins Gesicht.

Con erhob sich, ganz langsam. Er starrte zurück, ohne zu blinzeln, legte alles, was er hatte, in seinen Trickblick. Er ließ zu, dass das Schweigen sich ausbreitete.

Es dauerte, und Con fing innerlich schon an zu fluchen, aber irgendwann setzte Murphy sich tatsächlich wieder hin. Und murmelte sogar eine Entschuldigung.

Geht doch, dachte Con.

»Ich möchte von Ihnen wissen, Detective Badenhorst«, sagte Dave, »was Sie mit den Hooligans zu tun gedenken, die einen Ziegelstein durch das Fenster meines Mandanten geworfen haben. Ist irgendeiner von denen zwischenzeitlich angezeigt worden? Oder stehen alle, die an dieser als Ermittlungen getarnten Hexenjagd beteiligt sind, über dem Gesetz?«

»Hatten Sie mit Cierra Mason Geschlechtsverkehr, Murphy?«, fragte Con.

»*Was?*« Murphy explodierte förmlich und war sofort wieder auf den Beinen.

»Sie *wagen* es …«, fing Dave an.

»Beantworten Sie meine Frage«, sagte Con.

Murphy beugte sich über den Tisch. Er zitterte vor Wut, das Gesicht war vor Abscheu verzerrt. »Nein. Ich hatte keinen Geschlechtsverkehr mit Cierra Mason. Und auch mit keiner anderen Minderjährigen.« Er versuchte, auf den Tisch zu spucken, aber er war so zornig, dass ihm nur ein kleines Rinnsal übers Kinn lief. »Sie ist so alt wie meine Tochter, verfluchte Scheiße!« Er fuhr sich mit dem Handrücken übers Gesicht.

Con lehnte sich zurück. Murphy hatte die Augenbrauen nach unten und die Nase kraus gezogen. Das sogenannte Ekelgesicht war eine Schutzmaßnahme des Körpers – zusammengekniffene Augen, um sie vor Verletzungen zu schützen, die nasalen Atemwege verschlossen, um sich vor gefährlichen Dämpfen zu schützen, die Lippen geöffnet. Murphys Abscheu war echt. Er sagte die Wahrheit.

»Schön, Murphy«, sagte Con, und sein Misstrauen schwand dahin. Er konzentrierte sich darauf, Murphy mit seiner eigenen Körpersprache zu beruhigen – entspannte Schultern, hochgezogene Augenbrauen. Er senkte die Stimme, um möglichst vernünftig zu klingen, besorgt, aber nicht anklagend. »Wer auch immer Cierra Ihr Tütchen verkauft hat, hat auch Georgia versorgt.«

»Sie haben keine Töchter, was, Detective?«, mischte Dave sich plötzlich ein.

Zum ersten Mal in diesem Gespräch blickte Con ihn an. »Wie bitte?« Selbst Murphy sah aus, als hätte Daves Frage ihn verwirrt.

»Teenager *teilen*«, sagte Dave. »Falls Cierra tatsächlich Gras bei sich im Zimmer hatte, stehen die Chancen gut, dass sie es mit ihren Freundinnen geteilt hat.«

»Ich bin mir der Gewohnheiten von Teenagern durchaus bewusst, aber wir müssen rausfinden, woher das Zeug kommt …«

»Was zum Teufel haben Marihuana und Kondome mit dem Verschwinden der Mädchen zu tun?« Jetzt lehnte Dave sich über den Tisch. »Durchsuchen Sie die Zimmer der Mädchen dieser Stadt, und Sie werden mindestens bei der Hälfte das Gleiche finden. Hier draußen gibt es zwei Möglichkeiten, an Marihuana zu kommen – man kann es selbst anbauen, aber der Dealer auf dieser Dienststelle macht gute Preise, und es ist viel weniger riskant, direkt bei ihm zu kaufen. Aber das interessiert euresgleichen natürlich nicht die Bohne.«

Auf dieser Dienststelle? Con geriet aus dem Konzept.

»Sie hatten keine Ahnung, dass Sergeant Doble mit Gras dealt«, sagte Murphy tonlos. »O Gott. Das ist wirklich fantastisch.«

»Ich bin nicht hier, um über irgendwen anderes zu sprechen«, sagte Con und versuchte, sich wieder zu fassen. »Hier geht es um Sie.«

»Wie wär's, wenn wir zur Abwechslung mal über Sie reden?«, sagte Dave. »Ich hab mich ein bisschen umgehört. Sie haben beim Jaguar-Fall in Sydney einen ziemlich guten Job gemacht, und das bestreitet auch niemand, aber in Tasmanien wird nach anderen Regeln gespielt. Außerdem habe ich inzwischen eine interessante SMS von Butch bekommen. Sie *haben* doch inzwischen Beamte geschickt, um nach dieser angeblichen Plantage zu suchen, richtig?«

Con antwortete nicht. Ehrlich gesagt hatte er sich das gespart: Er ging nicht davon aus, diesmal mehr zu finden als bei den Durchsuchungen in der Vergangenheit, und hatte außerdem keine Lust auf den Staub, den eine Durchsuchung aufwirbeln würde. Murphy hatte es auch so schon geschafft, dass vorne vor dem Polizeirevier ein aufgebrachter Mob wartete, um ihn zu lynchen, und es wäre sicher wenig hilfreich, wenn jetzt auch noch uniformierte Beamte sein Grundstück durchkämmten.

»Ich würde es begrüßen, wenn Sie in diesem Raum Ihr Telefon ausgeschaltet ließen, Mr Llewellyn.«

»Weil Butch nämlich einen Einbruch gemeldet hat.«

»Was?«, fragte Murphy. »Ist er okay?«

»Und das wäre mit Sicherheit nicht passiert, wenn Ihre Beamten vor Ort gewesen wären.« Dave erhob sich. »Also haben Sie weder das Grundstück durchsucht noch haben Sie es für nötig befunden, Beamte abzustellen, um das Haus zu bewachen? Trotz des Mobs, der sich inzwischen hier draußen versammelt hat?«

»Was für ein Mob?«, fragte Murphy.

»Sie sind genauso unfähig wie der verdammte Rest hier, was, Detective? Los, Murphy, wir gehen. Irgendwer ist bei euch zu Hause eingebrochen, und dein Bruder braucht dich.«

»Sind Sie sicher, dass Sie uns nichts zu sagen haben, Murphy?«, fragte Con noch einmal.

»Zählt ›leck mich‹ auch?«

Con machte eine wegwerfende Handbewegung. Er wartete, bis die beiden schon fast zur Tür raus waren, ehe er sagte: »Nehmen Sie lieber den Seitenausgang. Von der Vordertür würde ich Ihnen abraten. Der Code lautet 9779.«

Murphy schien kurz zu zögern, dann schloss sich die Tür.

Sobald die beiden weg waren, zog Con das Telefon heraus und rief Gabriella an.

»Hi, wie ist es bei dir gelaufen, was haben …«

Er kam nicht mal dazu, die Frage zu stellen, weil Gabriella sofort lossprudelte, um ihm zu berichten, was bei den Lenahs vorgefallen war. »Carl ist noch nicht wieder aufgetaucht – ich hoffe nur, die kriegen ihn. Ich habe schon einen blauen Fleck, wo er mich gebissen hat.«

»Und das Tagebuch?«

»Jede Menge Aufzeichnungen, aber nichts von Interesse. Nur Ideen und Pläne für ihr Museum. Ich habe Coops damit beauftragt. Er scannt es ein und schickt es uns per E-Mail.«

»Okay. Halten wir es für möglich, dass das Museum Georgia zu einem potenziellen Ziel gemacht hat?«

»Möglich. Ich habe mit der Bürgermeisterin telefoniert, Meredith Phythian, und hatte mit ihr ein sehr interessantes Gespräch zu dem Thema«, sagte Gabriella. »Das erzähl ich dir gleich alles persönlich. Wir sind fast da.«

»Gut. Du kannst mich abholen. Wir überlassen Coops die Fahndung nach Carl und gehen irgendwo mittagessen. Hoffentlich haben sich die Dinge bis dann schon wieder ein bisschen beruhigt – ich will noch mal zu den Masons und mit den Eltern sprechen. Und du bekommst eine Zusammenfassung von meinem kleinen Plausch mit Murphy.«

»Ich kann immer noch nicht fassen, dass Kevin Knallkopf die Tüte, die er in Cierras Zimmer gefunden hat, angepackt hat«, sagte Gabriella. »Wie sollen wir da jetzt noch brauchbare Fingerabdrücke sicherstellen?«

Melinda Tran betrat den Raum. Sie war blass.

»Ich ruf dich gleich noch mal an, Gab«, sagte Con und legte auf. »Was ist los?«

»Kommen Sie schnell«, sagte Melinda. »Die da draußen machen aus Ihrem Dealer gerade Kleinholz.«

KAPITEL SECHZEHN

MURPHY

Murphy und Dave nahmen den Seitenausgang, Badenhorsts Code hatte gestimmt.

Draußen lungerte ein einzelner Typ rum. Er hatte offensichtlich auf sie gewartet, ein junger Mann mit stacheligen schwarzen Haaren und Smartphone. Er saß im Schneidersitz auf dem Boden, neben sich ein handbemalter Pappkarton, auf dem »BRINGT SIE NACH HAUSE« stand. »Hier ist er!«, schrie er, sprang auf und hielt die Kamera auf Murphy gerichtet. »Wo sind die Mädchen? Was hast du mit ihnen gemacht?«

Mit geballten Fäusten ging Murphy auf ihn zu. Der Typ wich zurück, ohne das Handy zu senken.

Fluchend rannte Dave voraus zu seinem Auto, das ein Stück entfernt auf der Straße geparkt war.

»Was hast du gesagt?«, fragte Murphy drohend.

Ein Pulk Leute, darunter auch diverse Reporter, kam um die Ecke gerannt, die Stimmen laut vor Aufregung.

Blitzlichter zuckten auf. Menschen schrien. Murphy ging immer näher auf den jungen Mann zu. Seine Schläfen pochten vor Wut.

Ein Reporter hielt Murphy sein Mikro vor die Nase. »Was haben Sie zu den …«

Murphys Faust landete mitten in seinem Gesicht. Der Mann stürzte, das Mikrofon fiel scheppernd neben ihm zu Boden.

Murphy fuhr zum nächsten Reporter herum, die Schultern gekrümmt wie ein wildes Tier.

Sofort war er von kräftigen Männern umzingelt. »Weißt du, was wir hier bei uns mit pädophilen Schweinen wie dir machen?«, sagte der, der ihm am nächsten stand, ein langhaariger Typ mit flacher Nase und schwarzen Augen.

Zwei von ihnen packten Murphy plötzlich von hinten, ein Dritter rammte ihm die Faust erst in den Bauch, dann ins Gesicht. Murphy spürte, wie ihm das Blut über Mund und Bart lief, registrierte den Geschmack von Eisen. Er riss sich los, aber schon stürzten sich die Nächsten auf ihn, schleuderten ihn zu Boden. Sie traten auf ihn ein, auf Schultern, Kopf, in die Rippen. Schmerz und Adrenalin fluteten ihn in einem heißen Schwall.

Murphy hatte in seinem Leben schon oft Prügel kassiert. Er war härter im Nehmen als die meisten. Er kam zurück auf die Beine, und ehe er wusste, was passiert war, hatte er Blut an den Knöcheln, und zwei seiner Angreifer lagen am Boden.

Menschen schrien, Sirenen heulten, und dann war Dave plötzlich da, stieß die Leute beiseite, riss Murphy aus der Traube heraus. Murphy, blind vor Wut, schüttelte Dave ab. Uniformierte Polizisten tauchten auf und stellten sich zwischen Murphy und die selbst ernannten Hüter des Gesetzes.

»Ihr Bruder braucht Sie, Murphy! Los jetzt!«, ertönte rechts hinter ihm Badenhorsts Stimme. Murphy drehte sich um und sah, wie er mit ausgebreiteten Armen den Mob zurückhielt.

Dave versuchte, Murphy zu seinem Wagen zu zerren. »*Ich verklage euch alle, Ihr Arschlöcher! Wir sehen uns vor Gericht!*« Er zog Murphy am Arm. »*Beweg dich*, verdammte Scheiße!«

Murphy sah, dass seine Angreifer unter Badenhorsts Aufsicht bereits verhaftet wurden. Er ließ sich in Daves Wagen schieben, selbst als ein paar Teenager auf die Motorhaube kletterten, darauf herumsprangen, ihn Kinderficker nannten und wüst bedrohten.

»*Ma-di-son! Ma-di-son!*«, skandierten sie und sprangen erst johlend und lachend ab, als Dave den Gang einlegte und Gas gab.

Obwohl ihm das Blut ins Auge und in den Mund lief, hätte Murphy fast wieder um sich geschlagen, als Dave ihm die Kleenexpackung aus der Mittelkonsole in die Hand drückte.

»Wir sollten dich ins Krankenhaus bringen.«

»Ich bring sie um!«

»Wen?«

»Alle.«

Dave antwortete nicht. Er fuhr schweigend zu Butch, während Murphy neben ihm fluchte und wütete und mit der Faust gegen die Tür drosch.

»Ich habe ihr nichts verkauft«, sagte er schließlich. »Keiner von denen. Das weißt du.«

»Wenn *du* Cierra und Georgia nicht versorgt hast, war's jemand, den du versorgst … vielleicht hatte derjenige Sex mit Cierra.«

»Wir arbeiten mit einem Zwischenhändler«, sagte Murphy. »Sein Name ist Skinner. Ich habe keine Ahnung, an wen der alles verkauft: Seine Regel lautet, dass er seinen Lieferanten nicht erzählt, wer seine Kunden sind. Das verschafft uns einen Puffer. Aber ich *weiß*, dass der nicht an Minderjährige verkauft.«

»Du musst mit ihm reden. Hör dich selbst ein bisschen um. Wenn du den Bullen nicht sagst, dass der Stoff tatsächlich von dir kommt …«

»Dazu hast du mir geraten!«

»Und dazu stehe ich auch nach wie vor«, sagte Dave. »Aber Cierra hatte ein Tütchen, und Georgia hatte ein Tütchen, und …«

»Und Jasmine hatte eins«, sagte Murphy.

»Was?«

»Sie hat auf dem Weg zur Tür raus eins geklaut, vor dem Klassencamp. Butch hat's mitgekriegt, aber er hat mich angelogen.«

Dave schwieg einen Augenblick. »Also …«, sagte er vorsichtig. »Wir wissen, dass *irgendwer*, der euer Gras raucht, in Cierras Zimmer war. Das ist zwar echt vage, aber du musst dich trotzdem drum kümmern, Kumpel … denn wenn jemand Jasmine im Auge hatte …«

Murphy fühlte sich, als hätte ihm jemand eine Kugel in die Brust geschossen. »Was?« Er wurde wieder laut. »Was hast du da gerade …«

»Nein. Lass es ja nicht an mir aus! Du bist ein *Drogendealer*. Ein *Krimineller*. Du hast Feinde in dieser Stadt – einflussreiche Feinde. Zum Beispiel diesen verfickten kleinen Bullen. Wenn Jasmine entführt wurde, um dich zu erpressen, oder … oder sonst was …«

Murphys Schultern verspannten sich. Er hatte das Gefühl, sofort losprügeln zu müssen. Dann ließ er sich gegen die Beifahrertür krachen. Ein heißer Schmerz lief durch ihn hindurch, Nase und Gesicht fingen heftig an zu pochen.

Er begann zu weinen.

»Hey, Kumpel, schon gut … Sch …, schon gut«, sagte Dave.

»Was soll ich nur tun, Dave?«, schluchzte Murphy. »Was zur Hölle soll ich tun?«

»Du musst Skinner fragen, an wen er verkauft.«

»Das sagt der mir nie!«

»Bring ihn dazu.« Dann waren sie da.

Auf dem Gehweg vor dem Haus lungerten drei Journalisten rum.

»Ich weiß nicht.«

Dave seufzte. Er stellte den Motor ab. »Hör mal, dein Alter war ein echt guter Kumpel von mir.« Er hob abwehrend die Hände. »Ja, ich weiß. Seinen Söhnen gegenüber war er wirklich ein Schwein und auch sehr großzügig mit seinen Fäusten. Aber … ich habe in euch Jungs immer so was wie meine Neffen gesehen. Wusstest du das? Jedenfalls, wenn dein Dad noch am Leben wäre, hätte er sicher nichts dagegen, wenn ich dir das hier gebe – behalte bitte für eine Sekunde die Clowns da draußen im Auge.«

»Was hast du denn …«, sagte Murphy.

Dave öffnete das Handschuhfach und fasste hinein. »Behalt sie einfach im Auge.« Hinter einer versteckten Klappe zog er eine Pistole heraus. Eine Glock 9 Millimeter, die gleiche Waffe, wie die tasmanische Polizei sie benutzte.

»Leck mich, Dave.«

»Betrachte es als Geschenk. Also. Ich sage dir nicht, dass du sie benutzen sollst, aber falls es nötig ist, bei Skinner Überzeugungsarbeit zu leisten … na ja, wenn es hilft, Jasmine wiederzukriegen, sind wohl alle Mittel recht, oder?« Dave kaute auf seiner Unterlippe, dann gab er Murphy die Pistole. »Du bist ja wohl nicht so blöd, dich damit erwischen zu lassen, oder?«

Murphy drehte die Waffe hin und her. Sie war schwer und kalt. In ihm regte sich was. »Ich habe noch nie mit einer Handfeuerwaffe geschossen.«

»Denk einfach dran, sie mit beiden Händen zu halten und gleichmäßig zu atmen«, sagte Dave. »Hier hast du noch ein Extramagazin, und so wird sie geladen …«

Ein paar Minuten später ging Murphy auf seine Haustür zu. Die Pistole steckte hinten im Gürtel, unter seinem Shirt. Die Schaulustigen zuckten zusammen, als er ihnen einen Blick zuwarf, und ihm war klar, dass er mal wieder furchterregend aussehen musste: das Gesicht zerbeult, mit blutigem Mund und Bart.

Er drückte die Haustür auf.

Neben seinem Fuß zischte etwas, und er sprang mit einem Aufschrei zurück.

»Murph! Bleib weg!«, rief Butch ihm mit schriller Stimme entgegen.

Murphy wich noch einen Schritt zurück. Eine mindestens anderthalb Meter lange Schwarze Tigerotter bäumte sich auf der

Fußmatte auf und knurrte wie ein Hund. Sie hatte einen schwarz geschuppten Kopf und gelbe Tigerstreifen, die sich am Bauch aufwärts wanden.

»Die Schweine haben sie durch das kaputte Fenster geworfen«, schrie Butch.

»Alles okay?« Murphy bewegte sich ruckartig auf die Schlange zu, sie ließ den Kopf wieder sinken und glitt davon.

»Sie haben mich noch nicht gebissen, falls du das meinst.« Butchs Stimme schwankte.

Murphy fand seinen großen Bruder zusammengekauert mitten auf dem Esstisch. Butch hatte höllische Angst vor Schlangen.

»Wie viele?«, fragte Murphy.

»Die sind *scheiß*giftig, fuck!«, schrie Butch. Er fing an, die Nerven zu verlieren. *»Eine ist schon zu viel!«*

»Okay, okay. Ich mach das, Butch.«

Er ließ die Haustür weit offen, um den Schlangen die Flucht ins Freie zu ermöglichen, ging seitlich am Haus entlang und sprang über den Gartenzaun, ohne auf die Blicke der Journalisten zu achten, die immer noch vorne standen. Er ging in den Schuppen und holte sich einen Besen, Gummistiefel und dicke Handschuhe.

Er zögerte kurz und versteckte die Glock dann unter einer Bodendiele hinter der Couch. Zwischen den Sofakissen entdeckte er einen Gegenstand: eine kleine Sprühflasche. Skinners Angel Dust. Er nahm sie in die Hand und schüttelte sie – die Flasche war immer noch halb voll. Was für ein Glück, dass die Bullen das Grundstück doch nicht durchsucht hatten …

Er steckte die Flasche zu der Glock ins Versteck, zog die Schuppentür hinter sich zu und ging durch den Hintereingang ins Haus. Dort schaltete er sämtliche Lichter ein.

Direkt neben dem Türrahmen rollte sich eine Tigerotter in ihrer Ecke zusammen. Die schwarz-gelben Streifen weckten eine Urangst in ihm, die Murphy nur mit Mühe ersticken konnte.

Alle Kinder, die im tasmanischen Busch aufwuchsen, lernten die Tigerotter zu fürchten. Sie war auf dieser Insel allgegenwärtig.

Mit dem Besen scheuchte er das giftige Reptil in Richtung Tür. Es richtete sich knurrend auf und glitt schließlich davon.

Als Nächstes war sein Zimmer dran. Er machte Licht, ging vorsichtig um den Teppich herum, stieß mit dem Besen in sämtliche Ecken und unter den Tisch. Zum Schluss stocherte er unter dem Bett herum.

Er stieß gegen etwas Weiches, und der Besenstiel fing an, sich zu drehen.

Ächzend zog Murphy den Besen heraus. Eine lange Schlange hatte sich um den Stiel gewunden, und der schwarze, pfeilförmige Kopf war direkt auf Murphy gerichtet.

Die Schlange schoss auf ihn zu.

Mit von Adrenalin geschärften Reflexen packte Murphy sie mit beiden Handschuhen direkt hinter dem Kopf. Sie wand sich zwischen seinen Fäusten, und instinktiv verdrehte er sie, so fest er konnte. Kurz darauf hörte sie auf, um sich zu schlagen, und hing schlaff wie ein Gartenschlauch herunter.

Murphy machte das Fenster auf und warf die Schlange hinaus. Ihn beschlich ein trauriges Gefühl. Tigerottern standen unter Naturschutz.

Im Esszimmer umrundete Murphy Butch und seinen Tisch und stieß dort auf drei weitere Exemplare. Er fegte sie zur Haustür raus, während die Ottern zischten und sich aufstellten und nach seinen Stiefeln schnappten, ehe sie schließlich davonkrochen.

Die Reporter verließen ihre Posten und flüchteten sich schreiend in ihre Autos.

Schließlich fegte Murphy noch zwei Exemplare aus der Küche heraus und durchsuchte anschließend systematisch den Rest des Hauses. Eine weitere Schlange hing tot in der geborstenen Fensterscheibe. Sie hatte einen Zettel um den zerquetschten Kopf gebunden: »BRING UNS UNSERE KINDER WIEDER, DU PÄDO-SCHLANGE, SONST BIST DU DER NÄCHSTE.«

Er schaute zum Fenster hinaus. Vor dem Haus standen zwei Teenager und filmten. Murphy rannte zur Haustür, riss sie auf und schleuderte die tote Schlange in ihre Richtung.

Die Jungen rannten kreischend davon, Murphy machte befriedigt die Tür wieder zu und ging zu Butch zurück, um ihm Entwarnung zu geben. Der große Mann kletterte vom Tisch und versuchte, den dunklen Fleck vorn auf seiner Hose zu verbergen.

»Ich hab mich angepisst …«, murmelte er und wich Murphys Blicken aus. Dann sah er ihn genauer an. »Was zur Hölle ist mit dir passiert?«

»Alles gut«, sagte Murphy. »Geh dich sauber machen.«

Während Murphy darauf wartete, dass Butch wieder aus der Dusche kam, klingelte sein Telefon. Es war Dave. »Haben sie sie gefunden?«, fragte er.

»Nein. Ich bin noch mal zurück zur Dienststelle. Der Journalist, den du vermöbelt hast, will Anzeige erstatten.«

Murphy ließ sich auf den Stuhl fallen.

»Keine Angst. Das krieg ich hin. Ich argumentiere mit Selbstverteidigung, und Badenhorst gibt mir Rückendeckung, erstaunlicherweise. Ich werd echt nicht schlau aus dem Kerl. Er lässt dir was ausrichten: Wenn du die U-Haft vermeiden und am Leben bleiben willst, geh nicht noch mal aus dem Haus, bis er dir grünes Licht gibt. Er sorgt dafür, dass eine Streife regelmäßig bei euch vorbeifährt, zum Schutz.«

Murphy sagte nichts.

Dave senkte die Stimme. »Das macht es vielleicht ein bisschen schwieriger, diesen Skinner zu euch ins Haus zu locken …«

»Ich lass mir was einfallen. Ich bin auch nicht scharf drauf, noch mal einem Lynchmob in die Arme zu laufen.«

Dave beendete das Gespräch, und Murphy legte den Kopf auf den Tisch.

»War das Dave?« Butch kam nackt aus dem Bad. »Gibt es was Neues über Jasmine? Hast du ihm das mit den Schlangen erzählt?«

»Ich werde Skinner heute Abend anrufen. Hast du damit ein Problem?«, fragte Murphy, ohne den Kopf zu heben.

»Willst du ausgerechnet jetzt was verticken?«, fragte Butch.

»Nein. Ich muss wissen, wem er unser Zeug verkauft.«

»Du weißt genau, dass er uns das nicht sagen wird, Bro.«

»Doch, wird er, wenn er high genug ist. Wir nehmen ihn mit in den Schuppen – wir haben noch was von seinem Angel Dust.«

»Du willst ihn mit Angel Dust abschießen? Scheiße.« Butch verschwand durch den Flur in sein Zimmer, um sich anzuziehen. »Sag Bescheid, wenn er auf dem Weg ist.«

KAPITEL SIEBZEHN

ELIZA

Eliza stand auf der Türschwelle zum Gemeindezentrum, in dem die Suchkommandozentrale errichtet worden war.

Sie hielt einen zusammengeknüllten Erlaubnisschein in der Hand:

Ich erteile Eliza Ellis die Erlaubnis, sich an der Suchaktion zu beteiligen und keine Schuldgefühle zu haben.
Gezeichnet, E. Ellis

Sie warf einen verstohlenen Blick über die Schulter. Die SES-Mitarbeiterin an der Tür hatte sie reingelassen, nachdem Eliza ihr erklärt hatte, wer sie war, und stritt jetzt mit einer jungen Frau, die sich ebenfalls unbedingt der Suche anschließen wollte.

»Die Frau da vorne haben Sie doch auch eben reingelassen, und warum mich nicht?«, fragte sie. »Wir sind hergekommen, um zu helfen!«

Auf der Wiese neben dem Gemeindezentrum hatten unzählige Freiwillige ihre Zelte aufgeschlagen. Das Gebäude war früher eine Kirche gewesen, inklusive einem uralten Friedhof. Es hatte quasi aus heiterem Himmel angefangen zu schneien, und ein paar Leute hatten Lagerfeuer entfacht. Die Sache entwickelte sich langsam zu einem Minifestival, inklusive Cateringbussen, die Kaffee und Toasties verkauften, von irgendwoher dröhnte Musik.

Eliza schüttelte sich den Schnee von der Wanderjacke und durchquerte den Saal mit dem alten Holzfußboden. Auf der kleinen, von roten Vorhängen umrahmten Bühne stand eine Gruppe Frauen und Männer um einen Tisch versammelt. An der Wand dahinter hingen verstaubte Urkunden und Medaillen. Stimmen hallten durch den Raum, und obwohl die alten Heizradiatoren an den Wänden auf Hochtouren liefen, war es so kalt, dass Eliza kleine Atemwölkchen ausstieß.

Während sie die Stufen hinaufstieg, strich sie sich die Haare hinter den Leopardenschal zurück, den sie immer noch um den Kopf trug, und musterte die über den Tisch gebeugten Menschen. Ein Mann am Kopfende zeigte auf eine ausgebreitete Landkarte und malte mit dem Finger den Wanderweg nach. Die anderen hörten ihm konzentriert zu. Sie schloss daraus, dass es sich um Constable Darren Cahil handelte, den Leiter der Suchaktion. Er war Mitte vierzig, trug die dichten, dunklen Haare zurückgekämmt, und ein Fan-Schal der Geelong Cats fiel ihm zu beiden Seiten bis weit auf die Jacke.

Eliza ging ein Stückchen näher ran, bis sie verstand, was gesprochen wurde.

»… und selbst wenn in jeder Hütte nur eine Person übernachtet, wissen wir nicht, wann sie über …« Er sah auf. Seine Augen waren hellwach. »Miss Ellis!«, sagte er.

Die Leute um den Tisch drehten sich zu ihr um. Sie registrierte die neugierigen, teils mitleidigen Blicke. Sie konnte sich vorstellen, was sie jetzt dachten. *Das ist die Lehrerin, die dabei war, als die Mädchen verschwanden. Sie ist der Grund für dieses ganze Schlamassel. Wofür hält die sich, ausgerechnet hier aufzukreuzen?*

Du bist paranoid, rügte sie sich und schloss die Faust um den Erlaubnisschein.

»Sie sind gekommen, um sich der Suchaktion anzuschließen«, sagte Darren sachlich.

»Ich möchte in ein Team«, erwiderte sie.

Eine Frau mit SES-Schutzanzug zupfte an ihrer Nagelhaut herum, und ein wichtig wirkender Mann in Polizeiuniform wandte sich an Darren. »Ich weiß, wo wir Miss Ellis …«

»Ich drehe mit Miss Ellis kurz eine Runde«, sagte Darren eilig und warf ein warmes Lächeln in die Runde. »Kümmert euch darum, dass in den übrigen Berghütten jemand stationiert wird, und gebt jedem ein Satellitentelefon mit.«

Er trat hinter dem Tisch hervor, ehe jemand etwas einwenden konnte, nahm Eliza am Ellbogen und führte sie zu einer improvisierten Bar, wo man italienischen Kaffee bekam. Der Barista war gerade damit beschäftigt, eine Reihe Wegwerfbecher auf dem Tisch aufzureihen. Vor ihm drängte sich eine Gruppe Farmer mit ihren typischen Akubra-Hüten und in Warnwesten, und die Luft war erfüllt mit angespanntem, übertriebenem Gelächter.

»Hier gibt es leider nur ordinären Cappuccino«, sagte Darren und drückte Eliza einen Becher in die Hand. »Mir persönlich ist ein Flat White ja lieber.« Eliza bemerkte den schlichten Ehering an seinem Finger, den Schmutz unter den Nägeln. »Trinken Sie. Wärmen Sie sich auf. Da oben wird es kalt. Außer, es wird warm – bei den Tiers kann man nie wissen.«

Eliza schlang die Hände um den Becher, und Darren zeigte auf eine Tür, die nach draußen in den umzäunten Garten führte.

»Danke, dass Sie gekommen sind. Dank Ihnen habe ich jetzt eine Ausrede dafür, endlich selbst auf den Berg zu gehen und mich persönlich an der Suchaktion zu beteiligen.«

»Können Sie sich nicht einfach selbst einem Team zuteilen?«, fragte Eliza. »Ich dachte, Sie haben die Leitung?«

Er lachte. »Offenbar bin ich hier unten von größerem Nutzen, bloß damit die Leute sehen, wie ich auf irgendwelche Landkarten zeige.« Sein Blick hielt ihren fest. »Ich hatte, ehrlich gesagt, gehofft, dass Sie kommen würden. Sie sind unser wichtigster Aktivposten, Miss Ellis. Ich möchte dringend möglichst genau an die Stelle, wo Sie gefunden wurden, und dort suchen.« Er musterte sie von Kopf bis Fuß und nickte anerkennend. »Man hat mir schon gesagt, dass Sie eine erfahrene Wanderin sind. Sind Sie bereit?«

»Sie wollen den Lake Nameless Trail gehen.«

»Andere Teilnehmerinnen des Ausflugs haben uns bereits geholfen, die Stelle ausfindig zu machen, an der Sie gefunden wurden, aber ich würde gerne wissen, was Sie davon halten. Klingt das nach einem Plan, Miss Ellis?«

Sie befühlte das Kopftuch, die Erinnerung an den Übelkeit erregenden Schmerz war immer noch präsent. »Sie können mich Eliza nennen.«

Er neigte den Kopf. »Miss Ellis.« Einige der angereisten Freiwilligen warfen ihnen neugierige Blicke zu und riefen über den Zaun zu ihnen herüber, doch Darren ignorierte sie. »Ich hoffe, es macht Ihnen nichts aus, mit dem Motorrad zu fahren. Ich suche schnell einen Helm für Sie, schnappe mir beim SES noch ein paar Wanderrucksäcke und organisiere ein bisschen Verstärkung für uns.«

Bei strahlendem Sonnenschein und leichter Brise traten sie anschließend wieder vor die Gemeindehalle.

Eliza und Darren stiegen den steilen, matschigen Wanderweg hinauf. Zwischen den niedrigen Zweigen eines Mostgummi-Eukalyptus hockte eine Bassian-Drossel, ihr trillernder Gesang erfüllte die Luft. Eliza schauderte. Diese Vögel kamen nur in der Dämmerung heraus, oder wenn es, wie jetzt, so wolkenverhangen war, dass es sich anfühlte wie Dämmerung. Ihr kam es wie ein schlechtes Omen vor.

Sie war froh gewesen, als sie vorhin das Motorrad endlich abgestellt hatten, weil der Weg zu steil geworden war – ihr war von dem Geholper schlecht und schwindlig geworden, aber sie konnte auf ihre Gehirnerschütterung jetzt keine Rücksicht nehmen. Sie hatten neben drei weiteren Geländemaschinen geparkt, und jetzt begleiteten zwei SES-Freiwillige und ein Farmer sie den Berg hinauf. Einer hielt den Blick nach vorne gerichtet, einer nach links und einer nach rechts.

»Mir war nicht bewusst, dass es hier oben im Busch so viele Motocross-Pfade gibt«, sagte Eliza. »Das ging wirklich schnell …«

»Danken Sie mir nicht zu früh«, sagte Darren. »Es ist trotzdem noch ein schönes Stück bis zum Lake Nameless Trail.«

Die Wolken rissen auf, und sie wurden von Sonnenlicht überflutet wie von einer Welle. Die Drossel verstummte mit einem hohen »Siit«, dafür setzte der Gesang anderer Vögel ein. Auf einmal surrten Insekten um sie herum, winzige, metallisch blau schimmernde Fliegen.

»Da vorne kommt ein Wasserfall, den müssen wir kreuzen«, sagte Darren und wedelte die Fliegen weg.

Eliza lauschte. In der Ferne rauschte es. Ihr wurde leichter ums Herz. Die Wasserfälle hier oben waren wunderschön. »Wie gut, dass ich mich für wasserfeste Stiefel entschieden habe«, sagte sie. Sie gingen schweigend weiter, dann sagte sie: »Darf ich Sie was fragen? Sie sind doch Constable, oder?«

»Ja, Ma'am.«

»Wieso hat man Ihnen die Leitung der Suchaktion übertragen?«

»Einem einfachen Constable, meinen Sie?« Darren lachte. »Normalerweise sucht man sich für so einen Einsatz jemanden, der praktisch veranlagt ist, über brauchbares Wissen verfügt … jemanden, der mit beiden Beinen fest auf dem Boden steht, wenn Sie wissen, was ich meine. Solche Persönlichkeiten sind normalerweise mit dem, was sie erreicht haben, ganz zufrieden, auch wenn sie vielleicht schon länger Constable sind, als ihr Sergeant überhaupt bei der Truppe ist. Das ist bei mir allerdings nicht der Fall«, sagte er und tippte sich mit dem Daumen ironisch gegen die Brust. »Ich hatte einfach das Glück, aus der Gegend zu sein. Bin auf einer Farm in Meander aufgewachsen – meine Eltern betreiben sie immer noch. Ich bin einfach schon sehr, sehr oft in diesen Bergen wandern gewesen. Ich kenne die Gegend wahrscheinlich besser als jeder andere Cop in Tasmanien. Deshalb haben sie mir die Einsatzleitung für die Suchaktion übertragen. Es ist auch nicht meine erste Rettungsaktion in den Tiers.«

»Dann werden Sie die Mädchen auch finden«, sagte Eliza.

Schweigend ging Darren weiter, nur seine Stiefel machten schmatzende Geräusche auf dem matschigen Pfad. Als er schließlich antwortete, war der Wasserfall bereits so nah, dass sie ihn kaum noch verstehen konnte. »Die Tiers lassen nichts gern wieder frei, Miss Ellis … aber wir geben unser Bestes.«

Sie gelangten an einen flachen Gebirgsbach, der sich über eine zerklüftete Felswand in den tieferen Fluss darunter ergoss. Sie hatten sich dem Wasserfall von oben genähert, und Eliza entdeckte das dicke, über den Bach gespannte Drahtseil, an dem man sich zum Queren festhalten konnte. »Hier war ich schon mal!«, sagte sie überrascht.

»Möglich«, sagte Darren. »Aber es gibt in den Tiers jede Menge Übergänge wie diesen, die sich alle ziemlich ähnlich sehen. Und im Winter ändern die Bäche manchmal völlig ihren Lauf …«

Eine der SES-Freiwilligen, eine Frau mit grauen Haaren, überholte ihn, ging bis an die Kante des Wasserfalls und spähte hinunter. Eliza überwand sich und stellte sich neben die Frau auf einen glitschigen Felsen. Bernsteinfarbenes Wasser stürzte sich schäumend in ein wogendes Becken, wunderschön im Sonnenlicht und gleichzeitig heimtückisch zwischen den hervorstehenden Felsen.

»Könnten sie da unten sein?«, fragte sie die Frau neben sich. Bei der Vorstellung wurde ihr schlecht.

»Möglich«, sagte die Freiwillige und seufzte schwer. »Sollen wir die Taucher anfordern?«, rief sie Darren über das Tosen hinweg zu.

Darren hatte einen unerschütterlich festen Stand, während er ebenfalls nach unten in das Becken sah, obwohl das Wasser über seine Wanderstiefel rauschte. »Wir können nicht jeden Kessel durchsuchen, an dem wir vorbeikommen«, sagte er, »aber … vielleicht sollten wir es mit dem hier versuchen.«

Eliza hörte, wie Darren die Zentrale anfunkte, während er gleichzeitig den Wasserfall überquerte. In sachlichem Tonfall gab er die Koordinaten durch, eine Wegbeschreibung, forderte einen Trupp Taucher an.

Das Drahtseil schnitt ihr beim Queren in die Hand, während sie in Gedanken immer wieder zu dem tosenden, schäumenden Wasser zurückkehrte. *Wir können nicht jeden Kessel durchsuchen …*

Der Rest des Teams folgte ihnen, die Augen strikt in die angewiesene Richtung gelenkt, stumm, mit ernsten Gesichtern.

Nach einer halben Stunde blieben sie stehen. Der Himmel hatte sich schon wieder zugezogen, kalter Wind kam auf. »Also, soweit ich weiß, hat Mr Michaels Sie genau hier gefunden, nachdem Miss Carmen ihn geholt hatte«, sagte Darren.

Eine große Strauchmargerite neigte sich über den Weg, mit Hunderten weißen Blüten, für die Jahreszeit sehr früh. Es duftete durchdringend, würzig, und die Luft war voller Bienen.

Irgendwo sind wir auf den Lake Nameless Trail eingebogen, dachte sie überrascht. *Und ich habe es nicht mal bemerkt.*

Sie hatte völlig die Orientierung verloren.

Doch als sie in die Hocke ging und sich mit der Hand in den weichen Blüten abstützte, durchzuckte sie eine Erinnerung. Sie wusste, dass sie hier gelegen hatte, im Schlamm, in der Nässe. Das Aroma war eindringlicher als das anderer Pflanzen.

»Hier wurden Sie gefunden«, sagte Darren. »Können Sie sich an irgendetwas erinnern?«

»Ich glaube, hier bin ich stehen geblieben.« Sie musterte den Busch. Er war größer als sie, größer als Darren, so groß, dass er fast außerweltlich wirkte. Als hätte jemand ihn aus einem hübschen Vorgarten geklaut und mit Zauberpulver bestreut, um ihn wild wuchern zu lassen. »Ich weiß nicht, warum, aber ich hatte das Gefühl, unbedingt anhalten zu müssen.«

»Bestimmt die Blumen«, sagte der griesgrämige Farmer und kratzte sich am Knie. »Mädchen mögen Blumen.«

Eliza zwickte eine Blüte ab und wiegte sie in ihrer Hand. Die Wildbienen surrten.

Diese Strauchmargerite hat mich vor meinem Verfolger beschützt. Der Gedanke war aus dem Nichts gekommen, und plötzlich durchzuckte sie wilde, irrationale Angst. Sie fuhr herum, starrte in den Wald, packte Darrens Hand. Ihr Atem kam stoßweise, der Brustkorb wurde eng, der Hals trocken. »Da war noch etwas anderes … Schritte, jetzt weiß ich es wieder … *jemand war hinter mir her*!«

»Beruhigen Sie sich, Miss Ellis«, sagte Darren. »Atmen Sie. Alles ist gut. Sie sind okay.«

»Er hat mich bis hierher verfolgt. Ich erinnere mich an seine Schritte! *Wirklich!*« Sie fing an zu keuchen.

»Sollen wir Hilfe rufen? Sie bekommt keine Luft«, sagte der Farmer.

»Nein, alles gut«, sagte Darren. »Es geht ihr gut. Stimmt doch, Miss Ellis?« Er strich ihr über den Rücken. »Es ist völlig okay, eine Panikattacke zu haben, Sie waren großem Stress ausgesetzt. Versuchen Sie, zu atmen, lassen Sie sich Zeit – wir bleiben alle hier und warten, bis Sie so weit sind. Lassen Sie sich einfach Zeit.«

Allmählich und mit Darrens Unterstützung begann Elizas Atem sich wieder zu normalisieren, bis sie endlich wütend »Ich … habe … keine Panik…attacke!« herauswürgen konnte.

»Wie dem auch sei, Sie machen das toll«, sagte er. »Na also, schon besser. Es geht Ihnen gut.«

»Nein, wirklich nicht«, sagte Eliza, als sie endlich wieder sprechen konnte. »Das ist ein Nervenzusammenbruch.«

Es hatte zu regnen angefangen. Die anderen setzten die Rucksäcke ab und holten ihr Regenzeug heraus, nur Darren ließ sich die eisigen Tropfen ungerührt über die Haare ins Gesicht laufen. »Also … erinnern Sie sich tatsächlich an etwas?«

»Jemand hat mich bis hierher verfolgt.«

»Woran genau können Sie sich erinnern?«

»Nur an Schritte …« Ihr Hinterkopf begann zu schmerzen. Sie erinnerte sich an die grauenvolle Angst, weil jemand sie verfolgte, an den schrecklichen Druck auf der Brust, weil sie die Mädchen finden musste, an die zwingende Notwendigkeit, ihren Verfolger auf keinen Fall zu den Mädchen zu führen …

»Denken Sie nach, Miss Ellis. Sie schaffen das.«

»Ich *kann* nicht.«

»Bitte. Sie … Können Sie es versuchen?«

»Ich kann mich nicht …«

»Eliza.« Er fiel ihr ins Wort. »Ich … ich muss Ihnen etwas sagen.«

Eliza schaute ihn an. Er sah umwerfend aus mit den klitschnassen Haaren im Regen.

»Meine Schwester war eines der Mädchen, die 1985 entführt wurden.«

»Was?«

»Rose. Rose Cahil.«

»Oh, Darren! Das tut mir so leid!«

»In meiner Familie hat niemand je an die Schuld von Ted Barclay geglaubt. Und falls der Hungermann tatsächlich wieder aktiv geworden ist … will ich ihn aufhalten. Ich will ihn finden. *Ich muss ihn aufhalten.*« Er packte sie an den Schultern. »Ich will, dass Sie nachdenken. Strengen Sie sich an. Erinnern Sie sich, wo

Sie wieder zu sich gekommen sind? Wo Sie waren, als Sie merkten, dass jemand Sie verfolgt?«

Eliza ließ den Blick in beide Richtungen über den Pfad schweifen. Sie befreite sich aus seinem Griff. »Ich könnte ja nicht mal zu den Motorrädern zurückfinden, ganz zu schweigen von der Stelle, wo Carmen mich gefunden hat, wo ich wieder zu mir kam.«

»Sie sind wahrscheinlich die Einzige, die uns helfen kann. Wir müssen die Mädchen finden. Falls sie noch am Leben sind.«

»Darren …«, sagte die grauhaarige Frau.

»Ja, ich weiß!« Er warf die Arme in die Luft. Er ging weg, ein paar Schritte nur, dann machte er kehrt. »Es tut mir leid. Ich dachte einfach, einen Versuch wäre es wert.«

Er zog seinen Regenüberwurf aus dem Rucksack und reichte ihn Eliza. Sie setzte den Rucksack ab. Ihr Herz raste immer noch in Erinnerung an die Angst. Sie drehte sich um und ließ sich von ihm in den Überwurf helfen. Sie spähte in den Busch. Schwere Regentropfen ließen die Blätter tanzen. »Wir kommen noch mal wieder. Dann versuche ich es noch mal. Versprochen.«

»Mehr kann man nicht verlangen«, murmelte Darren. In der Ferne donnerte es. Er blickte in Richtung des Dröhnens und hielt prüfend eine Hand in den Wind. »Okay, Leute, höchste Zeit, dass wir von diesem Berg runterkommen. Und inzwischen rufe ich schon mal Detective Badenhorst an und berichte ihm, woran Sie sich erinnert haben.«

KAPITEL ACHTZEHN

CON

Con und Gabriella saßen in einem Café abseits der Hauptstraße von Limestone Creek am Fenster. Die Sonne schien, die Straße war nass von Regen und Schneematsch, und draußen liefen die Menschen im T-Shirt durch die Gegend. Con vermutete, dass die Leute hier die ständigen Wetterwechsel gewohnt waren. Oder aber die Tragödie trieb sie aus den Häusern.

Sie diskutierten über den Anruf von Constable Darren.

»Da oben war jemand. Das hat uns bereits Elizas Kopfverletzung verraten. Die Frage ist nur, wer«, sagte Con.

»Vielleicht müssen wir einfach abwarten, bis Eliza sich an noch mehr Details erinnert?«

»Ich hasse es zu warten«, sagte Con. »Und dieses Tagebuch ist auch für die Katz.«

Auf dem Tisch ausgebreitet, zwischen Kaffeetassen und Gabriellas zweiter Schüssel Nachos, lagen die fotokopierten Seiten von Georgia Lenahs Tagebuch.

»Hör auf zu jammern. Was haben wir erwartet? Dass sie den Namen ihres Mörders niedergeschrieben hat?« Gabriella nahm das nächste Blatt zur Hand.

»Das ist noch nicht mal ein richtiges Tagebuch«, sagte Con. »Nur ein Heft mit Notizen für ihr dämliches Museum.«

»Das Museum war ihr Leben«, sagte Gabriella.

Con legte ein Blatt mit Plänen für eine Kunstgalerie für tasmanische Künstler beiseite. »Wie realistisch war das eigentlich? Hatte sie überhaupt finanzielle Mittel?«

»Gar nichts, aber es war was angeleiert. Die Bürgermeisterin erzählte mir, dass Georgia in ganz Tasmanien und sogar auf dem Festland Unterstützer hatte.«

»Ziemlich beeindruckend, oder?«, sagte Con.

»Die Sache ist nur die. In Limestone Creek selbst … na ja, diese Berge sind irgendwie ein wunder Punkt. *Kooparoona Niara* – Berg der Geister. Das Ganze hier war von Bedeutung, aber die lokale Industrie hat keine Lust, die Leute dran zu erinnern. Georgia bekam ziemlichen Gegenwind von der Holzindustrie und vom Bergbau – für beide Branchen ist die Gegend von großem Interesse, und beide haben sehr schlaue Leute an der Hand, denen klar ist, dass ein Museum über die örtliche Aboriginal-Geschichte sich für sie ziemlich negativ auswirken könnte.«

»War die Bedrohung so groß, dass es für einen Mord reichen würde?«

»Hier draußen, mitten im Nirgendwo? Wer weiß«, sagte Gabriella. »Aber hier, schau dir das mal an.« Sie schob Con eine Seite über den Tisch.

Con überflog das Blatt. »Hab ich schon gelesen.«

»Dann lies es noch mal. Aber richtig.«

Con nahm die Seite zur Hand und las vor: »Heute bin ich wieder auf Nachfahren der Überlebenden der örtlichen Lynchmobs gestoßen. Sie leben zwar inzwischen in Hobart, aber sie kennen Geschichten über den Kooparoona Niara. Es gibt tatsächlich Legenden, die sich speziell mit diesem Gebirgszug befassen, aber die haben nichts mit dem Blödsinn zu tun, von dem Madison ständig faselt, Seelenfallen und so ’n Zeug, diese dämliche Ziege. Hab sie trotzdem lieb.«

Er sah Gabriella an. »Schlimm, wie Teenager reden.«

»*Seelenfallen!*«, sagte sie. »So was wie Portale, Con. Weißt du nicht, was in der Nähe von Portalen passiert? *Der Oz-Effekt!*«

Con las zu Ende, ohne zu reagieren. »Hier, das ist interessant. ›Madison ist besessen von diesen Geschichten. Also wirklich besessen. Ich habe sie noch nie so aufgeregt erlebt. Sie will die Leute unbedingt für ein Video interviewen, aber sie wollen nicht, und ich werde den Kontakt ganz sicher nicht herstellen. Sie hat mich gefragt, ob ich darüber reden würde. Als ich sagte, dazu müsste ich noch viel mehr recherchieren, meinte sie, es wäre nicht so schlimm, wenn ich mir ein bisschen was ausdenke. Ich weigere mich, an einem Video mitzuwirken, in dem sie sich Märchen über unsere Geschichte aus den Fingern saugt. Tja. Daraufhin ist Madison mal wieder einfach so drauflosgeprescht und hat selbst eins gedreht, hat sich einfach irgendwas ausgedacht. Sie denkt, sie kommt mit 'ner Mogelpackung durch, aber sie hat keinen Schimmer von unserer Kultur. Sie versucht nur, so viele Views wie möglich zu kriegen … Andererseits sorgen ihre Videos dafür, dass mehr Menschen auf mein Museum aufmerksam werden, also muss ich wohl noch eine Weile mitspielen. Ich hoffe nur, dass mich keiner aus meiner Community dafür hasst.«

Con klappte den Laptop auf, öffnete einen neuen Browser-Tab und ging zu Madisons YouTube-Kanal. Er brauchte nicht lang, um auf ein neueres Video zu stoßen. Es trug den vielversprechenden Titel: »HABE ICH IN DEN BERGEN WIRKLICH GERADE GEISTERPORTALE ENTDECKT?«

Er startete das Video und drehte den Monitor so, dass Gabriella mit reinschauen konnte.

Der Schauplatz befand sich oben in den Tiers, am Rand einer felsigen Klippe, die tasmanischen Berge verloren sich in der Ferne. Schnee-Eukalyptusbäume klammerten sich an den Abhang. Die Kamera schwenkte auf Madison und Cierra, die neben drei Motorrädern standen. Madison wie immer perfekt geschminkt – diesmal war der Lippenstift grün – und Cierra mit pinkfarbener Perücke.

»Hallo, Leute«, sagte Madison. »Heute erforschen wir einen

ganz besonderen Ort hier oben in den Great Western Tiers, auf den wir durch unsere liebe Georgia aufmerksam wurden, die – wie manche von euch sicher wissen – treibende Kraft hinter dem Kooparoona Niara Aboriginal Heritage Museum. Aber heute begleitet uns Jasmine, das Babe des Jahres.«

Die Kamera fuhr herum, kurz kam winkend Jasmine ins Bild – sie fungierte als Kamerafrau –, und schwenkte dann auf Madison und Cierra zurück, die inzwischen am Rand der Klippe entlangliefen. Der Ausblick war spektakulär. Jasmine zoomte den Steilhang heran: zerklüftete Felskämme und Eukalyptusbäume, die sich unter ihnen bis zu den fernen Gipfeln erstreckten. Dann schwenkte die Kamera hoch in den pastellblauen, mit weißen Federwolken gestreiften Himmel.

»Erzähl uns, was wir inzwischen herausgefunden haben, Madison«, sagte Cierra.

»Also. Es heißt, dass sich an diesem Steilhang eines der Tore zur Geisterwelt verbirgt. Quasi ein Portal. Hier kamen die jungen Männer und Frauen her, um mit ihren Ahnen auf der anderen Seite zu sprechen und um Mutproben zu bestehen.«

»Und wie haben sie das gemacht?«, fragte Cierra. Jasmine schwenkte erneut über die Felskante nach unten.

»Offensichtlich gab es verschiedene Möglichkeiten: Eine bestand darin, über der Felskante zu hängen und sich mit den Händen festzuklammern – eine Kraftprobe. Es heißt, ein junger Mann wäre dabei verschwunden, und als er viel später wieder auftauchte, dachte er, es sei noch immer derselbe Tag. Er war durch die *Zeit* gefallen!«

»Niemals!«, kreischte Cierra.

»Es gab noch andere Wege. Andere Rituale. Das kam ganz darauf an, was einem die Geister sagten und zu welcher Zeit man herkam.«

»Die Geister haben zu ihnen gesprochen? Und war das nur hier auf dieser Klippe?«

»Nein. Aber diese Felsenklippe war was ganz Besonderes …«

Das Gespräch ging weiter, Madison erzählte von den anderen Portalen, von den Geschichten, die die Leute aus der Gegend sich erzählten, und endete schließlich mit der unausweichlichen Verbindung zu den verschwundenen Mädchen und zum Hungermann.

»Das ist faszinierend«, sagte Gabriella.

»Das ist erstunken und erlogen, Gabby«, sagte Con. »Keine dieser Geschichten ist wahr.«

»Nenn mich nicht Gabby, Cornelius.«

Plötzlich folgte ein harter Schnitt. Es war Nacht, Cierra und Madison waren allein. Madison trug eine flauschig weiße Mütze und weißen Lippenstift und Cierra eine weiße Lockenperücke.

»Wir sind wieder zurück, oben auf der Heiligen Klippe, wie wir sie nennen«, sagte Madison. »Wir werden heute hier übernachten. Wir werden versuchen, in Kontakt mit den Geistern zu treten …«

Gabriella keuchte melodramatisch und beugte sich vor. Die Mädchen saßen in ihrem Zelt, kreischten, wenn sie Geräusche hörten, erzählten sich und ihrem Publikum Gespenstergeschichten und Legenden von Menschen, denen in den Bergen Geister erschienen waren. Plötzlich schimmerte von außen ein seltsames Licht durch die Zeltwand, die Mädchen schrien, das Bild wurde dunkel.

Con schnaubte. »Ist dir auch aufgefallen, dass Cierra nicht mit im Bild war, als das Licht auf die Zeltwand traf?«

»Pscht!«, machte Gabriella.

Die nächste Szene zeigte Madison und Cierra in ihren Schlafsäcken. Durch den geöffneten Eingang fiel Tageslicht ins Zelt.

»Leute! Wir haben heute Nacht was gesehen«, sagte Madison. Sie wirkte blass und angespannt. Das Make-up war verschmiert. »Wir glauben, dass die Geister tatsächlich zu uns gesprochen haben – wir glauben, wir haben einen Weg gefunden, um mit der Geisterwelt in Kontakt zu treten … aber es ist uns noch nicht gestattet, darüber zu sprechen.«

»Mach's doch nicht so dramatisch …«, sagte Cierra mit bebender Stimme und boxte ihre Schwester in die Seite. »Wir wissen nicht mal, ob das wirklich die Geister waren.«

»Ach. Glaubst du etwa, es ist Zufall, dass wir beide denselben Traum hatten?«, fragte Madison und schubste zurück.

»Das ist total irre …«, sagte Cierra. Falls ihre Angst nicht echt war, war sie wirklich gut gespielt.

»Wir müssen überlegen, wie wir es teilen und mit wem.« Madison sah direkt in die Kamera. »Wir müssen los. Bis bald.«

Con stoppte das Bild. »Schau mal, da steht was auf den Schlafsack geschrieben. Mit weißem Lippenstift.«

»›Kundela lautet das Motto‹«, las Gabriella vor. »Was soll das denn bedeuten?«

Eine kurze Google-Anfrage brachte ihnen die Antwort. »Kundela ist in der australischen Aboriginal-Kultur ein Knochen, den man benutzte, um Menschen zu verfluchen«, sagte Con.

Stille trat ein.

»Das ist der beste Fall, den wir je hatten!«, flüsterte Gabriella.

Con klappte den Laptop zu. »Schluss mit dem Quatsch. Los, wir fahren zu ihr.«

KAPITEL NEUNZEHN

ELIZA

Es war fünf Uhr nachmittags. Eliza und Tom saßen gemeinsam auf dem Sofa und sahen sich auf ihren Telefonen ein Video an. Sarge drängte sich an sie, und Eliza saß eingequetscht zwischen massigem Hund und massigem Mann. Hundegeruch und Toms mit David-Beckham-Eau-de-Cologne vermischter Schweiß drangen ihr in die Nase.

Sie versuchte sich von ihren Erinnerungen abzulenken.

Wie nah war ich …?

Das Video war von einer öffentlichen Facebook-Seite mit dem Titel »Gerechtigkeit für die Limestone-Vier« hochgeladen und bereits tausendfach geteilt worden.

Es handelte sich um einen Zusammenschnitt aus dem Facebook-Live-Video von Kevin Mason, der Murphy vor seinem Haus zur Rede stellte, inklusive Murphys unseligem Geständnis – »Wir verkaufen kein Gras an Minderjährige« – sowie neuem Material, das Murphy beim Verlassen des Polizeireviers zeigte, wie er einen Journalisten schlug und dann von der Meute verprügelt wurde. Am Ende des Films wurden Murphys Adresse und ein Foto seines Hauses eingeblendet.

»Ich wusste immer schon, dass mit Murphy ernsthaft was faul ist«, murmelte Tom.

»Hör auf«, sagte Eliza. »Wage es nicht.« Sie scrollte durch die Kommentare. »Das ist schrecklich …«

Ich muss es jemandem erzählen, dachte sie. Der Aufstieg auf den Berg steckte ihr noch in den Knochen. *Bevor die Sache noch weiter aus dem Ruder läuft …*

»Madison hat mit einem eigenen Video reagiert«, sagte Tom. Eliza sah mit zu ihm ins Telefon.

»Ich kenne Jasmines Dad, Mr Murphy, und ich verspreche euch, er hätte meine Schwester und die anderen niemals entführt. Ja, ich weiß, der Mann mit den Anschuldigungen im ersten Film war mein Dad, aber er irrt sich. So ein Mensch ist Mr Murphy nicht. Er hätte so was nie gemacht! Hört bitte auf, einen Unschuldigen zu mobben. Um meiner Freundin willen – deren Namen wir nicht mehr aussprechen dürfen –, um ihres Andenkens willen. Wir dürfen keine Zeit damit verschwenden, die Falschen zu jagen. Wenn ihr Murphy zur Rede stellen wollt, kommt zuerst zu mir. Meine Adresse: 23 Wirrawee Way, Limestone Creek.«

»Was? Hat sie da eben ihre *Adresse* genannt? Hat Madison den Verstand verloren?«, sagte Tom.

In dem Moment ging die Haustür auf. Monica kam zurück. Sie hatte Wren bei Toms Eltern besucht. Sie war wieder in Tränen aufgelöst, die Wimperntusche war verlaufen, die Haare zerzaust.

Als Monica zu ihnen kam, um Tom einen Kuss zu geben, verschwand Eliza in ihr Zimmer, mit sich selbst im Widerstreit. Jack und Jasmine. Es war höchste Zeit, damit zur Polizei zu gehen.

Hatte sie das Recht dazu? Lag es überhaupt in ihrem Ermessen?

Sie nahm einen Post-it-Block vom Tisch und fing eilig an zu kritzeln.

Ich erteile Eliza Ellis die Erlaubnis, zu tun, was richtig ist.
Gezeichnet, E. Ellis

Das war erledigt.

Con Badenhorst hatte ihr seine Karte gegeben. Er hob beim vierten Klingeln ab.

»Detective? Hier spricht Eliza Ellis.«

»Ist alles in Ordnung?«

»Ja … ich meine, nein. Eigentlich nicht. Es gibt da etwas, das ich Ihnen hätte sagen sollen. Aber Sie müssen mir was versprechen. Niemand darf erfahren, dass Sie das von mir haben.«

»Worum geht es denn, Eliza?«

»Ich weiß, mit wem Jasmine heimlich zusammen war. Aber er kann nichts damit zu tun haben … er hat ein Alibi, deshalb dachte ich zuerst, es wäre nicht wichtig … Er ist ein guter Mensch, und …«

»Wer ist es, Eliza?«

»Unser Assistenzlehrer … Jack Michaels.«

KAPITEL ZWANZIG

CON

»Danke, Eliza. Wenn Ihnen noch was einfällt, melden Sie sich bitte bei mir.«

An die Haustür der Masons gelehnt, beendete Con das Telefonat. Er war kurz nach draußen gegangen, um den Anruf anzunehmen.

Jack Michaels und Jasmine Murphy. Warum habe ich ihn nicht schon längst verhört? Dumm, dumm, dumm …

Aber mal im Ernst, was zum Teufel ist eigentlich los mit dieser Stadt?

Gabriella und Con waren zehn Minuten zuvor bei den Masons eingetroffen und hatten bei der Gelegenheit erfahren, dass Madison in ihrem neusten Video ihre Adresse preisgegeben hatte. Nelly Mason war hysterisch, weil sie panische Angst hatte, jemand würde Madison entführen.

»Dieser *unmögliche* Kanal!«, jammerte sie ständig.

Con setzte sich wieder neben Gabriella an den Küchentresen. Es roch nach Spülmittel und Rotwein. Der Kaffee, den Madisons Mutter ihm angeboten hatte, schmeckte leicht nach Seife. Mr Bruiser, der zitternde kleine Windhund, untermalte die Szene mit ununterbrochenem Fiepen.

Jack Michaels, dachte er wieder. *Den hat Detective Coops doch bestimmt auch befragt. Ist mir der Bericht entgangen?*

Er meinte sich zu erinnern, dass irgendwer am ersten Tag auf dem Parkplatz den Namen Jack Michaels erwähnt hatte. Jemand von den Eltern? Ein Freiwilliger? Oder Tom North?

Als die Mädchen vom Camp aus weitergewandert waren, hatte Jack sich an der Spitze der Gruppe befunden, also weit weg vom Geschehen. Er hätte trotzdem mit ihm sprechen müssen. Aber hätte er überhaupt gewusst, welche Fragen er stellen sollte? Es war dermaßen viel los, ihm wurde so viel Material zugespielt, dass Con unmöglich alle Spuren verfolgen konnte. Hatte er sich einen groben Schnitzer geleistet?

Ich bin ein Idiot, dachte er wütend. *Jack Michaels hat Eliza gefunden!*

Er überlegte, wie er Gabriella ins Bild setzen sollte, ohne dass Madison oder ihre Mutter etwas davon mitbekamen.

»Kevin kommt bestimmt gleich zurück«, sagte Nelly Mason, wuselte weiter in der Küche herum und putzte mit wehendem platinblondem Bob Dinge, die in Cons Augen bereits lupenrein waren. »Ich weiß, Sie haben andere Dinge zu tun, aber ich fühle mich erst wieder sicherer, wenn mein Mann zu Hause ist«, wiederholte sie bereits zum fünften Mal. Sie sah zum Fenster hinaus. »Möchten Sie Tee oder Kaffee?« Ihr Blick fiel auf die Tassen, die vor ihnen standen, und ihr entfuhr ein hysterisches Kichern. Mr Bruiser winselte weiter.

»Würden Sie sich bitte hinsetzen?«, sagte Con und stellte die Kaffeetasse beiseite.

»Natürlich.« Nelly setzte sich zu ihnen, ohne den Topf wegzulegen, den sie gerade poliert hatte.

»Fällt Ihnen abgesehen von Mr Murphy noch jemand ein, dem die Kondome gehören könnten?«, fragte Gabriella.

»Nein, niemand«, antwortete sie sofort. »Meine Cierra war mit niemandem zusammen. Ich wusste zwar, dass sie eine gewisse Schwäche für … für Jasmines Vater hatte … aber ich hätte nie gedacht …«

»Ist es möglich, dass sie jemand anderem erzählt hat, mit wem sie ins Bett ging? Fällt Ihnen jemand ein, der das wissen könnte?«, fragte Gabriella.

»Niemand«, sagte Nelly.

»Krass. Danke, Mum«, ertönte Madisons eisige Stimme. Sie saß nebenan im Wohnzimmer an ihrem Laptop. Sie hatte ihnen mitgeteilt, sie sei damit beschäftigt, ein Gedenkvideo für Georgia zusammenzustellen, und habe keine Zeit, mit ihnen zu reden. Sie trug einen luxuriösen violetten Morgenmantel und hatte nasse Haare. »Ich habe Ihnen doch schon gesagt, dass Mr Murphy Cierra nicht gefickt hat.«

»Sprich nicht so!«, kreischte Nelly und knallte den Topf auf die Anrichte. »Dieser Kerl war immer viel zu nett zu euch. Und außerdem … *wie konntest du nur unsere Adresse in die Welt rausposaunen*?« Schluchzend rannte Nelly aus der Küche.

Mr Bruiser lief ihr winselnd nach und hinterließ eine Pfütze Urin auf dem Küchenfußboden.

Einen Augenblick herrschte geradezu gellende Stille.

»Die Kondome sind nicht von Murphy«, wiederholte Madison in die Stille hinein. »Er ist ein guter Mensch.«

»Von wem sind sie dann?«, fragte Con. Natürlich war der Versuch, noch einmal mit Madison zu sprechen, der einzige Grund für ihren Besuch, aber sie hatten sich bemüht, es geschickt anzugehen.

»Wieso müssen sie überhaupt jemand anderem außer Cierra gehören? Wieso flippen eigentlich alle bei der Vorstellung, dass Cierra Sex hat, so aus?«, sagte Madison. »Sie ist sechzehn. Hätte man die Kondome im Zimmer eines Jungen gefunden, hätte niemand auch nur mit der Wimper gezuckt.«

»Eure Eltern scheinen sich jedenfalls Sorgen zu machen«, sagte Gabriella mit hochgezogener Augenbraue.

»Noch mal: Wäre sie ein Junge, wäre ihnen das scheißegal. Ich sag Ihnen was: Die Dinger spielen keine Rolle. Und Murphy hat nichts damit zu tun.«

»Wenn du etwas weißt, solltest du mit uns darüber sprechen«, sagte Con.

»Na klar. Weil Sie ja auch mit den Infos, die Sie bereits haben, einen so megageilen Job machen.« Madison warf die nassen Haare zurück und starrte sie wütend an. »Georgia ist *tot*, und Sie machen Jagd auf Gummis und Gras.«

»Von wem war das Zeug?«, fragte Con noch einmal. Er hörte Nelly nebenan schluchzen. Was bedeutete, dass sie in Hörweite war – ihm war klar, dass er sich auf dünnem Eis befand. Er würde es trotzdem versuchen und so tun, als wäre sie im Raum. »Wenn es keine Rolle spielt, warum erzählst du es uns dann nicht?«

»Die Person, mit der Cierra im Bett war, hat sie nicht entführt.«

»Wie kannst du dir da so sicher sein?«, fragte Con.

»Felsenfestes Alibi.« Das Gesicht, das sie dabei machte, wenn auch nur für eine Sekunde, legte nahe, dass sie die Wahrheit sagte.

Con beschloss, auf Risiko zu spielen.

»Cierra schläft mit Jack Michaels«, sagte Con. »Genau wie Jasmine.«

Madison sah ihn entgeistert an. »Was haben Sie da eben gesagt?«

»Ich habe mich lediglich gefragt, ob …«

»Woher wissen Sie das?« Sie stand auf, die Hände zu Fäusten geballt. »Wer hat Ihnen das mit Jack und Jasmine erzählt?«

»Also stimmt es?« Con wich Gabriellas neugierigen Blicken aus. Er hatte keine Gelegenheit gehabt, sie einzuweihen.

»Jack war bei Mr North, als die anderen verschwanden«, sagte Madison. »Dafür gibt es jede Menge Zeugen.« Sie bleckte ihre perfekten weißen Zähne. »Das hängen Sie ihm nicht an!«

»Die Kondome gehören also *nicht* Jack Michaels?«, fragte Con.

»Zum letzten Mal: Die Kondome gehören Cierra!« Madison setzte sich wieder. »Kann noch ein bisschen dauern, bis Dad wiederkommt. Im Gegensatz zu Ihnen ist er nämlich oben auf dem Berg und hilft suchen. Sie sollten sich lieber auf den Weg machen und, keine Ahnung, vielleicht zur Abwechslung mal ermitteln?«

»War das der Grund für den Streit im Camp?«, fragte Gabriella leise. »Ging es dabei um Jack? Hat eine der anderen damit gedroht, ihn zu verraten? War eine der anderen eifersüchtig?«

Madison holte ihr Telefon heraus und zerzauste sich mit den Händen die gekämmten Haare, bis sie aussah wie frisch aus der Dusche. Ein paar Sekunden später sprach sie in die Kamera.

»Hallo, ihr da draußen auf Instagram Live, Facebook Live oder auf welcher Plattform auch immer ihr gerade zuseht. Ich möchte mich bei allen für den unglaublichen Support heute bedanken. Es ist …« Ihre Stimme brach. »Zu wissen, dass unsere Freundin nicht mehr unter uns ist … zu wissen, dass Cierra und Jasmine immer noch irgendwo da draußen sind, und auch Bree …« Perfekte kleine Tränen kullerten ihr über die Wangen. »Ich bedanke mich bei all den mutigen Freiwilligen, die in diesem Moment da draußen sind und bei der Suchaktion helfen. Ich wünschte, wir alle könnten noch viel mehr tun, als nur hoffen …«

Con warf Gabriella einen warnenden Blick zu. Er stand auf, um zu gehen, aber Gabriella blieb sitzen und lehnte sich mit verschränkten Armen zurück.

»Wie konnte sie uns das verschweigen?«, zischte sie. »Das ist ein wesentlicher Hinweis.«

»Ich möchte mich bei euch allen für den Zuspruch und die netten Worte über Cierra bedanken … und: Ja, ich wiederhole es auch jetzt noch einmal. Es ist ein Video viral gegangen, das meinen Dad vor Jasmine Murphys Haus zeigt. Darin unterstellt mein Dad dem von Jasmine, er hätte mit meiner Schwester geschlafen. Wie ich euch allen bereits erzählt habe, ist das *definitiv unwahr*. Das Sexleben meiner Schwester geht absolut niemanden etwas an und hat nichts mit ihrem Verschwinden zu tun, aber den Dad von Jasmine zu beschuldigen ...« Sie schüttelte den Kopf. »Was glaubt ihr, wie Jasmine sich fühlt, wenn sie erfährt, dass ihr eigener Vater verdächtigt wurde, sie entführt zu haben? Ich möchte euch bitten, unter dem Hashtag #GerechtigkeitFürMurphy eurer Solidarität mit Mr Murphy Ausdruck zu geben.«

Con packte Gabriella an der Schulter und versuchte, sie vom Hocker zu zerren, aber sie schlug seine Hand weg.

»Wir sollten gehen!«, sagte Con.

»Ich lasse mich nicht an der Nase herumführen«, sagte Gabriella. »Außerdem hast du doch gesagt, sie verheimlicht uns was. Ich wette, da gibt es noch mehr.«

»Ich streame das hier live, weil ich euch noch was erzählen will ... Seitdem im Zimmer meiner Schwester Kondome aufgetaucht sind, durften wir miterleben, wie die Polizei ihre kostbaren Ressourcen darauf verschwendete, einen Unschuldigen zu verhaften. Und, noch schlimmer, die Detectives, die eigentlich dafür verantwortlich sind, *unsere Mädchen wiederzufinden*, sind hierhergekommen, zu mir nach Hause, um sich *schon wieder* über diese Kondome zu erkundigen. Als wäre Sex was Schmutziges, als wäre Sex der Grund, weshalb Cierra verschwunden ist. *Wir sind Frauen. Unser Körper gehört uns. Es ist normal, dass wir Sex haben!*«

Sie tippte den Bildschirm an, wechselte von der Frontkamera zur anderen und richtete das Telefon auf Con und Gabriella. »Begrüßt mit mir Detective Badenhorst und Detective Pakinga. Meine Schwester ist seit sechsunddreißig Stunden verschwunden, und diese beiden hier machen Jagd auf *Kondome*. Falls irgendjemand von euch da draußen weiß, wie das mit den Dienstaufsichtsbeschwerden gegen unfähige Polizeibeamte funktioniert, hinterlasst mir bitte einen Kommentar.«

»Wir wissen, dass Madison uns etwas verschweigt«, rief Gabriella plötzlich direkt in die Kamera. »Und da draußen gibt es

Leute, die wissen, was. Wir müssen unbedingt erfahren, was Madison uns nicht erzählt. Keine Angst: Meldet euch einfach bei uns. Helft uns, die Mädchen zu finden.«

Madison schnappte nach Luft. Sie war außer sich vor Wut. Sie wechselte zurück auf die Frontkamera. »Merkt ihr was? Die versuchen, uns gegeneinander aufzuhetzen. Vorhin habe ich mit eigenen Ohren gehört, dass sie jetzt unseren Assistenzlehrer Jack Michaels verdächtigen, was mit der Sache zu tun zu haben. Es gibt dreißig Augenzeugen, die dafür bürgen, dass er die Mädchen nicht entführt hat. Er war es schließlich, der Miss Ellis verletzt da oben auf dem Weg *gefunden* hat. Lasst nicht zu, dass sie sich den nächsten Verdächtigen aus den Fingern saugen. Gerechtigkeit für Murphy! Gerechtigkeit für Jack! *Bringt unsere Mädchen zurück!*«

Con zerrte Gabriella mit sich nach draußen in den Flur, ehe sie noch etwas sagen konnte. »Was zum Teufel sollte das denn?«, fuhr er sie an, sobald sie aus dem Haus waren. Er konnte gar nicht schnell genug wegkommen.

»Die verschweigt uns was. Das wissen wir beide!« Gabriella sträubte sich wie eine Katze und machte sich los. »Dieses kleine Biest. Versucht tatsächlich, uns als die Bösen hinzustellen – will sie jetzt das Opfer spielen? Na warte, die wird uns schon noch kennenlernen … Hast du gesehen, wie sie extra noch den Gürtel gelockert und dann die Kamera so justiert hat, dass jeder sehen konnte, dass sie unter dem Morgenmantel fast nichts anhat? Sie sah aus, als hätten wir sie aus dem Bett gezerrt oder aus dem Bad oder … irgendwas anderes Widerliches.«

»Wir müssen uns unbedingt mit Jack Michaels unterhalten«, sagte Con.

»Genau. Und jetzt weiß er auch, dass wir auf dem Weg sind.«

»Das können wir zu unserem Vorteil nutzen«, sagte Con. »Könnte allerdings sein, dass wir dafür gegen ein paar Vorschriften verstoßen müssen.«

»Von mir aus gern. Ist mir egal, solange wir rausfinden, was Madison im Schilde führt.« Gabriella öffnete die Fahrertür.

Auf Cons Handy ploppte eine neue Nachricht auf: *Hallo, hier Pastor Hugh noch mal. Bitte rufen Sie mich so bald wie möglich zurück. Es ist ziemlich dringend.*

Schnell tippte Con eine Antwort: *Sorry, melde mich bald. Können Sie mir schreiben, worum es geht?*

Ohne auf die Journalisten zu achten, die versuchten, ihn auf sich aufmerksam zu machen, stieg Con zu Gabriella in den Wagen, und sie rasten davon. Es fing wieder an zu regnen.

KAPITEL EINUNDZWANZIG

MURPHY

Murphy saß mit Butch und Skinner auf den gemütlichen Sofas im Schuppen am Ofen, die anderen beiden zogen genüsslich an ihren Joints. Skinner wusste es nicht, aber sein Exemplar war mit Angel Dust präpariert. Der Plan war, ihn auszuquetschen, sobald er sich zugedröhnt hatte. Es konnte allerdings auch passieren, dass die ganze Sache furchtbar schieflief und er versuchen würde, sie umzubringen. Sie mussten abwarten, bis das Zeug reinhaute.

Murphy scrollte sich durch die Kommentare unter dem Video auf der »Gerechtigkeit für die Limestone-Vier«-Facebook-Seite. Erstaunlich, wie viele Leute, die er schon ein Leben lang kannte, ihn tot sehen wollten. Er musste an die Glock denken, die in dem Versteck hinter der Couch lag, auf der er saß. Vielleicht sollte er die Waffe in Zukunft besser bei sich tragen.

Als er den Kommentar von MMMMadisonMason entdeckte, klickte er ihre Seite an. Sie sendete gerade einen Livestream.

»Zu wissen, dass unsere Freundin nicht mehr unter uns ist … zu wissen, dass Cierra und Jasmine immer noch irgendwo da draußen sind, und auch Bree …«

Jasmine, wo bist du? Ich komm dich holen, versprochen!

Butch und Skinner lauschten stumm. Als Madison anfing, Murphy zu verteidigen, fingen sie an zu johlen. Dann wurde Jack Michaels erwähnt, und in Murphy kochte die Wut hoch. Butch spuckte aus, und Skinner guckte dumm.

Als Madison die Kamera wechselte und die beiden Detectives ins Bild kamen und als Detective Pakinga dann auch noch plötzlich dazu aufrief, sich zu melden, falls man Hinweise darauf geben könnte, was Madison verschwieg, fing Butch an zu brüllen: »Wie können die Schweine es wagen, dem armen Mädchen so was zu unterstellen!«

»Halt's Maul, Kiffer«, sagte Skinner und boxte ihn in die Schulter. »Wir wollen das hören.«

Madison erklärte Murphy zum zweiten Mal für unschuldig – und auch Jack –, und damit endete der Livestream. Nur das knisternde Feuer und Butch, der tiefe Züge von seinem Joint nahm, füllten die Stille.

»Tja«, sagte Skinner. »Ist ja doch wer auf deiner Seite. Ihre Unterstützung ist bestimmt meganützlich. Allerdings frage ich mich, warum jemand ausgerechnet Michaels was in die Schuhe schieben will.«

»Einer der wenigen Männer in der ganzen Stadt, der es nicht gewesen sein kann«, murrte Murphy. »Und lauter kleine Schulmädchen, die das bezeugen.« Nach einer kurzen Pause sagte er: »Ich hätte trotzdem nichts dagegen, wenn dem jemand den Mob auf den Hals hetzt.«

»Immer noch sauer wegen dem Saatgut?«, fragte Skinner betont gelassen.

»Logo!« Butch starrte ihn wütend an. »Weißt du, wie lange Dad gebraucht hat, um unsere Sorte zu züchten? Es gibt einen Grund, weshalb du das Zeug so teuer verkaufen kannst – weil es verdammt gut ist. Jack hat unser Saatgut geklaut, und du hast ihn gelassen! Wichser.«

»Ich konnte doch nicht wissen, was er vorhat! Und zu seiner Verteidigung: Er hat alles entsorgt – und bettelt immer wieder darum, dass ich ihm was verkaufe«, sagte Skinner. Er hielt abwehrend die Hände hoch. »Ja, ich weiß, ich weiß – der kriegt nichts mehr von mir, okay? Holt er sich's eben woanders. Tom

North und er sind dicke Kumpel, und Tom nimmt mir mehr als genug ab.«

»Dann hör auf, an Tom zu verkaufen«, sagte Murphy.

Skinner lachte gezwungen. »Dein Ernst? Auf den Umsatz wollt ihr verzichten? Mal ehrlich, Jack hat einen Fehler gemacht – einen dämlichen Fehler –, aber das ist Geschichte.«

»Wir haben ihm unsere Tür geöffnet. Wir haben ihn wie einen kleinen Bruder behandelt«, sagte Butch. »Und wie hat er's uns vergolten?« Er stand auf, fiel fast um, ließ sich wieder aufs Sofa plumpsen und wedelte vor sich in der Luft herum.

»Wenn's um Kohle geht, tickt jeder ein bisschen aus, Butch, und wir wissen alle, wie mies er dran war.« Skinner beäugte Butch misstrauisch. »He, Kumpel, du verbrennst dich.«

Mit geschwellter Brust kam Butch schwankend wieder hoch. »Das ist doch jetzt scheißegal.«

»Verfluchte Scheiße, Mann. Was rauchst du da eigentlich?« Skinner riss Butch den Joint aus der Hand und leckte daran. »Angel Dust! Wie viel?«

»Gar nichts!« Butch durchbohrte die Wand mit tödlichen Blicken. »Obwohl … das würde wahrscheinlich den verfickten Scheiß erklären, den ich sehe.«

»Ich glaube, du hattest genug.« Skinner öffnete die Ofenklappe und warf den restlichen Joint ins Feuer.

»He!«, grölte Butch.

»Ich hab's euch neulich schon gesagt. Seid vorsichtig mit dem Zeug: Ihr wart von dem winzigen bisschen schon total aggro.«

»Halt's Maul. Ich werde auf Gras *nie* aggro.« Butch baute sich bedrohlich über Skinner auf.

»Nein. Aber auf Angel Dust. Sorgt für ziemlich krassen Scheiß.« Skinner warf Murphy einen Blick zu. »Murphy, hilf mir bitte, ihn wieder ein bisschen runterzuholen, ja? Scheiße. Hast du etwa auch was genommen? Du warst neulich ziemlich übel drauf.«

»Butch. Setz dich wieder hin«, sagte Murphy.

Butch ließ sich aufs Sofa fallen. »Wo ist mein Telefon? Ich ruf ein paar Leute an.«

»Was meinst du damit?«, fragte Murphy, ohne seinen Bruder zu beachten. »Ich bin eingepennt. Sonst nichts.«

»Eingepennt.« Skinner lachte. Butch war schon wieder auf den Beinen, stolperte durch den Schuppen, murmelte vor sich hin und starrte die Wände an. »Du bist völlig ausgetickt, Bro. Hast angefangen, von deiner toten Frau und von Jasmine zu labern.«

»Was?«, sagte Murphy. »Daran kann ich mich nicht erinnern.«

»*Amnesie*, Kumpel. Gibt's bei Angel Dust gratis mit dazu. Wir dachten, du wärst ins Bett gegangen oder würdest dich irgendwo anders weiter mit deiner toten Frau unterhalten. Hat Butch dich nicht draußen im Garten gefunden? Wahrscheinlich bist du ins Koma gefallen. Nackt warst du aber nicht, oder?«

Plötzlich durchzuckte Murphy eine Erinnerung. Butchs Stimme, die ihn weckte, er eiskalt und durchnässt auf dem Boden, in seine Jagdjacke gehüllt.

Butch schrie irgendwas an, das außer ihm niemand sah. »Ich kriege keine Luft! Ich brauche Wasser.« Er fegte die leeren Bierflaschen vom Tisch, die sie im Laufe des Abends dort aufgereiht hatten.

»He, Butch, Bro. Alles gut!«, sagte Murphy.

»Ich geh mal Wasser holen«, sagte Skinner und verschwand ins Freie.

»Die verfickten Tigerottern kriechen die Wände hoch«, sagte Butch. Er hatte Tränen in den Augen. »Ich hasse diese verfickten Schlangen, Bro. Wo ist Jasmine? Ich darf sie nicht verlieren …«

Butch fiel Murphy in die Arme und fing an seiner Schulter an zu schluchzen. »Ich muss ihr sagen, dass es mir leidtut. Es tut mir so leid …« Seine Hände krallten sich in Murphys Rücken. »Da hängt ein verfickter Dämon von der Decke. Streckt mir den nackten Arsch hin. Den bring ich um!« Er stieß Murphy von sich und schlug auf etwas ein, das nicht da war.

Die Tür flog auf, und Skinner drückte Butch eine Wasserflasche in die Hand.

»Gift …«, stöhnte Butch, setzte die Flasche an und trank. Dann rollte er sich auf der Couch zusammen und sah weiter Dinge, die es nicht gab.

Murphy warf Skinner einen Blick zu. Er wirkte irgendwie schuldbewusst. Murphy wusste nicht, ob es daran lag, dass sie über die Sache mit Jack gesprochen hatten, oder an dem Angel Dust, jedenfalls wirkte Skinner ziemlich aus dem Lot. Murphy packte ihn am Arm und zerrte ihn ins Freie. Jetzt oder nie.

»Ich brauche die Liste«, sagte er ohne Umschweife. »Jeden aus der Gegend, dem du unser Gras verkaufst.«

»Du weißt, dass ich das nicht machen kann«, sagte er. »Das ist gegen meinen Kodex. Distanz hält einem Ärger vom Hals, sorgt dafür, dass die Leute nicht zu den Bullen rennen, wenn was schiefläuft. Du hast auch so schon genug Feuer unterm Arsch mit diesem korrupten Bullen, der dich auf Schritt und Tritt beobachtet. Und jeder weiß das. Wenn ich nicht dazwischenstehen würde, würde keiner dein Zeug kaufen.«

»Einer deiner Kunden war bei Cierra im Zimmer …«, fing Murphy an.

»Ich schaue auch die Nachrichten, Kumpel. Sie verschwand aber auf einem Berg, nicht aus ihrem Zimmer«, sagte Skinner. »Dein Buschgras ist das beste weit und breit, deshalb habe ich auf meiner Liste jede Menge Leute.«

Aus dem Schuppen drang lautes Heulen, dann ging wieder was zu Bruch. Murphy bekämpfte mit aller Macht den Drang, zu seinem Bruder zurückzulaufen. *Bis jetzt haben die Drogen ihn noch nicht umgebracht …* »Wenn ich dich doch überzeugen könnte, dann könntest du mir die Liste jetzt sofort zeigen, oder?«

»Klar, ist alles in meinem Telefon. Natürlich verschlüsselt, spar dir also deine Tricks, aber … Kumpel, dazu braucht es schon mehr als ein Tütchen Gras und ein paar Kondome im Zimmer eines Mädchens. Es gibt *Regeln*, Mann.«

»Ich habe Beweise«, sagte Murphy. »Im Trockenraum.«

Skinners Augen wurden kugelrund. »Du willst mir euren Trockenraum zeigen? Das nenn ich Ehre.«

»Bin gleich wieder da.« Murphy ging in den Schuppen zurück. Butch lag zusammengekrümmt auf der Seite. Murphy hockte sich hinter der Couch hin und holte die Glock aus ihrem Versteck. Er steckte sich die Waffe hinten in den Hosenbund und nahm einen Schlüssel vom Haken neben der Tür.

»Echt, ich fühle mich total geehrt, Kumpel«, sagte Skinner, als Murphy wieder ins Freie trat. »Megamäßig geehrt …«

»Halte du einfach die Liste bereit«, sagte Murphy. Er fragte sich, wie Butch reagieren würde, wenn er erfuhr, dass Murphy einem Außenstehenden gezeigt hatte, wo ihr Trockenraum war. Das war fast genauso schlimm, wie ihm die Plantage zu zeigen. Es gab Skinner zu viel Macht über sie, aber ihm blieb keine andere Möglichkeit.

Am Ende eines schmalen Pfads aus Zement, auf den gerade noch das Licht von der Verandalampe fiel, stand eine leere Wäschespinne, an der nur ein paar rostige Wäscheklammern hingen. Murphy betätigte die Kurbel, bis die Arme der Wäschespinne senkrecht standen.

»Was tust du da …?«, fragte Skinner.

Murphy hob die Ecke eines Stückchens Kunstrasen hoch. Darunter kamen ein Riegel und ein großes Vorhängeschloss zum Vorschein. Mit dem Schlüssel, den er aus dem Schuppen mitgenommen hatte, schloss er auf.

»Ich glaub's ja nicht …«, sagte Skinner beeindruckt.

Murphy packte die Wäschespinne mit beiden Händen, legte sie um, und mit quietschendem Geräusch öffnete sich die gesamte darunterliegende Bodenplatte. Zum Vorschein kam eine rechteckige Luke.

»Was? Direkt hier im Garten? Das ist frech …«

Murphy kletterte die Metallleiter in die Dunkelheit hinunter. Die Luft war berauschend. Süß und warm und sehr lebendig. Er tastete nach dem Lichtschalter am Ende eines Kabels. Neonröhren erleuchteten einen lang gezogenen Metallraum mit geriffelten Wänden.

»Ein Frachtcontainer!« Skinner kam hinter ihm von der Leiter herunter und versetzte dem Korb, der daneben an einer Schnur baumelte, einen Schlag. »Ihr habt einen Scheißcontainer in eurem Garten verbuddelt!«

Cannabispflanzen hingen von langen Drahtseilen zum Trocknen wie Kleider an einem Ständer. An einer Seitenwand waren ein Thermometer und ein Hygrometer installiert, unter der Decke schlängelte sich das dicke Rohr einer Belüftungsanlage entlang, dessen Enden durch die Decke nach draußen ins Erdreich verschwanden.

»Ich dachte, die Bullen waren mit Spürhunden hier?«, sagte Skinner. »Wie geht das denn? Das hätten die doch riechen müssen.«

»Die Belüftungsleitung führt direkt rauf in den Hühnerstall. Sieht von oben aus wie ein Pfahl. Und die Hunde riechen nur Hühnerkacke.«

»Das ist krass, Kumpel. Total krass. Habt ihr das gebaut?«

»Den Container hat Dad eingegraben. Hat ihn an Silvester hergekarrt, als alle am Feiern waren und keiner den Lkw oder den Bagger gehört hat. Butch und ich haben inzwischen noch ein paar Verbesserungen eingebaut.«

»Ich kann nicht fassen, dass Doble nie was gefunden hat. Der würde kotzen, wenn er das wüsste, der fette Sack. Und was ist mit der Stromrechnung? Das fällt doch auf.«

»Den zapfen wir bei einem alten Typen ein Stückchen weiter die Straße runter ab – wir haben eine Erdleitung unter dem Zaun verlegt. Er hatte mit Dad einen Deal.« Murphy zuckte die Achseln. »Was ist jetzt mit der Liste?«

»Ich wette, du bist neulich nachts hier gewesen.«

»Was?«

»Na ja, du warst nicht in deinem Bett. Ich war im Haus, weil ich was zu futtern gesucht habe, und da hab ich bei dir reingeschaut, um zu sehen, ob alles okay ist, aber du warst nicht da. Ich hab dich im ganzen Haus gesucht – ich hatte echt Angst um dich, Kumpel –, aber wahrscheinlich warst du hier. Du hast aber nicht zufällig eins von den Mädchen hier versteckt, oder?« Skinner kicherte.

Murphy hielt die Hand hinter dem Rücken versteckt und umklammerte die Glock. Er hielt inne. »Ich hätte nicht hier sein können«, sagte er. »Es gibt nur einen Schlüssel, und der hing im Schuppen.«

»Ach, mach dir deshalb keinen Kopf, Kumpel. Angel Dust ist echt übles Zeug. Du hättest dein Haus abfackeln können und würdest dich nicht mehr daran erinnern.« Skinner musterte ihn forschend. »Was machst du dahinten?«

Murphy umklammerte die Waffe.

Jetzt war's so weit.

Was war er bereit zu tun?

Wie weit war er bereit zu gehen?

Skinner ist trotzdem ein Kumpel, ich kann ihn doch nicht mit einer Waffe bedrohen … oder doch? Was soll ich denn sonst tun?

Er ließ die Glock los, und die Hand kam wieder zum Vorschein.

»Ich muss wirklich dringend deine Liste sehen.«

»Ich habe dir gesagt, dass das nicht geht. Nicht, solange du keine Beweise dafür hast, dass einer meiner Kunden deine Tochter entführt hat.«

Murphy zögerte kurz, dann ging er vor Skinner auf die Knie. »Kumpel ... meine Tochter ... ich muss alles versuchen. Ich *flehe* dich an!«

Murphys Reputation gehörte zu den wichtigsten Dingen, die sie auf dieser Welt besaßen. Es war der Grund, warum THE CAPTAIN auf ihrem Zeug stand: Sie hatten das Sagen. Ansonsten hatten sie nicht wirklich viele Waffen in ihrem Arsenal – Drohungen und Einschüchterungen konnten den Unterschied bedeuten, ob man in diesem Spiel ein Player war oder alles verlor.

Und jetzt? Kniete er hier auf dem Boden wie ein Bettler.

Er konnte für weniger verprügelt werden. Er konnte für weniger plattgemacht werden.

»Steh auf, Murph«, sagte Skinner peinlich berührt.

Murphy legte die Stirn auf den verdreckten Teppich. »Ich tue alles. Egal, was.« Ihm war der Hals wie zugeschnürt. Er brach in Tränen aus. »Sag einfach, was.«

»Kumpel ... du verstehst das nicht. Die Entscheidung liegt nicht mal bei mir. Wir wären alle arbeitslos – mein Boss wäre nicht froh darüber. Hör auf zu heulen ... wenn du anfängst zu heulen, heul ich mit. Ich kann mit dieser emotionalen Scheiße nicht umgehen.«

»Bitte. Ich tue alles. Ich sag dir, wo unsere Pflanzen stehen. Ich *schenke* dir unsere Pflanzen. Ich geb dir unser *Saatgut* ...«

»Murph ...« Skinner ging vor ihm in die Hocke. »Steh auf. Schau mich an. Du musst aus diesem Film raus. Ich will euer Saatgut nicht. Ich habe keine Ahnung, wie man Dope anbaut. Alles gut, Kumpel. Du findest sie. Jemand wird sie finden. Es wird alles wieder gut.«

Murphys Tasche fing an zu vibrieren. Irgendwer versuchte ihn zu erreichen. Er ging nicht ran. »Deine Liste ist der einzige Anhaltspunkt ...«

Skinners Unterlippe zitterte. »Ach, Scheiße, Mann, du machst mich fertig. Ich kann dir die Liste nicht geben. Ich *kann* nicht.

Hör auf damit. Bitte. Soll ich ein paar von meinen Jungs anrufen? Soll ich für dich wen aufmischen lassen?«

Murphys Telefon vibrierte wieder. Wer auch immer was von ihm wollte, rief schon wieder an.

»Ich will dir ja helfen, Kumpel, will ich wirklich«, sagte Skinner. »Aber ich kann meine Lebensgrundlage dafür nicht in die Tonne treten. Ich weiß, dass ich ein Feigling bin ...«

Murphy rappelte sich wieder hoch. Er war sich der Waffe, die gegen seinen Rücken drückte, nur allzu bewusst.

Er hatte Schwäche gezeigt, sich verletzbar gemacht, aber das hatte nicht funktioniert. Jetzt blieb ihm nur noch die Waffe.

Aber dazu brauchte er volle Konzentration – das Vibrieren in seiner Tasche lenkte ihn ab.

Er zog das Telefon heraus, um es auszuschalten. Auf dem Display stand »Eliza Ellis«. Er erstarrte.

»Alles cool zwischen uns, ja?«, sagte Skinner. »Du hast mir Zugang zu eurem Allerheiligsten gewährt – ich respektiere das. Du weißt, dass ich den Scheiß nicht glaube, den sie über dich ...«

»Eliza?« Murphy hielt sich das Telefon ans Ohr. Sein ganzer Körper war plötzlich hellwach. »Was ist los? *Hast du dich an was erinnert?*«

»Nein, ich ... es geht um was anderes. Ich dachte, es ist besser, wenn ich es dir selbst erzähle, bevor du es von jemand anderem hörst.« Ihre Stimme klang monoton und müde. »Ich hätte es dir früher erzählen sollen, aber ich habe es selbst erst gestern erfahren, und – na ja. Er ist ein Freund ...«

»Worum geht es, Eliza?«

»Jasmine war mit jemandem im Bett.«

Das Blut fing an, ihm in den Ohren zu pochen. Murphy drückte den Rücken durch. »Mit wem?«

»Flipp jetzt nicht aus ...«

»*Wer ist der Kerl?*«, brüllte er.

»Jack Michaels.«

Murphy blieb stehen wie erstarrt, dann drehte er sich um und ging zur Leiter.

»Was ist passiert?«, wollte Skinner wissen.

Murphy legte auf. »Kümmere dich um Butch«, sagte er, kletterte durch die Luke ins Freie und ging zum Haus, in Gedanken längst unterwegs zu Jack.

Die Pistole lag offen in seiner Hand.

KAPITEL ZWEIUNDZWANZIG

CON

Con und Gabriella parkten den Streifenwagen einen Block von Jacks Haus entfernt. Zu zweit unter einen Schirm gedrängt, liefen sie den Gehweg entlang wie ein Pärchen auf seinem Abendspaziergang. Con ignorierte das Telefon, das in seiner Manteltasche vibrierte; Commander Normandy hatte auf der Fahrt hierher bereits zweimal angerufen, und er hatte beide Male nicht reagiert.

Ihm war klar, dass sie außer sich sein würde, aber im Augenblick war Jack wichtiger. Jack wusste, dass die Polizei auf dem Weg zu ihm war, Con ging davon aus, dass er unberechenbar und leichtsinnig reagieren würde, und das hieß, sein Verhalten konnte für sie überaus aussagekräftig sein.

Er lebte in einer winzigen Schuhschachtel unter hoch aufragenden Goldulmen, eingepfercht zwischen verrotteten Lattenzäunen und bis auf das schwache Licht von der Laterne auf der anderen Straßenseite in völlige Dunkelheit getaucht. Gabriella drückte Cons Arm. Er löste sich von ihr, verschwand im Gebüsch am vorderen Zaun und quetschte sich zwischen zwei Latten auf das überwucherte Grundstück.

Ein Schauer lief ihm über Rücken und Arme. Wie er das vermisst hatte!

Er ging um das Haus herum und schaute in die Fenster, aus denen Licht kam, blickte aber nur auf zugezogene Vorhänge oder in leere Räume.

Im Carport stand eine Geländemaschine. Er sah sich weiter um. Dann bewegte sich hinter einem Vorhang plötzlich ein Schatten.

Er schlich sich an das Fenster heran und presste das Ohr gegen die Scheibe. Er hörte eine Stimme, verstand aber nicht, was gesprochen wurde.

Con huschte zur Hintertür, doch die war abgeschlossen. Er zog den Dietrichsatz aus der Tasche und machte sich mit dem Spanner und einem Rake Pick am Schloss zu schaffen. Das Schloss zu knacken war lauter, als ihm lieb war, aber er setzte darauf, dass Jack abgelenkt war. Schließlich ließ der Dietrich sich vollständig umdrehen, und das Schloss gab nach.

Er verstieß im Augenblick zwar gleich gegen mehrere Gesetze, aber am Ende heiligte der Zweck die Mittel. Ein Mädchen war tot, drei weitere verschwunden, und der Mann, der in diesem Haus wohnte, hatte mindestens mit einer von ihnen geschlafen.

Er schlich sich auf Zehenspitzen ins Haus und schloss leise die Tür hinter sich. Er befand sich in einer Waschküche. Der Fliesenboden war übersät mit Schuhen und Stiefeln, und auf einer Wäscheleine, die sich bis nach draußen in den Hausflur erstreckte, hing ein Durcheinander an Hemden und Hosen.

Eine Männerstimme drang an sein Ohr. Er zog das Telefon aus der Manteltasche und überprüfte, ob die leere Textnachricht an Gabriella bereit war; das Zeichen für sie, an die Haustür zu klopfen und Jack abzulenken, falls plötzlich die Gefahr bestand, dass Con aufflog.

Er bahnte sich vorsichtig einen Weg über Schuhe und um hängende Kleidungsstücke herum und schlüpfte ins Schlafzimmer, das offenbar direkt an den Raum grenzte, in dem Jack unruhig auf und ab ging. Im Schlafzimmer war es abgesehen von dem ungemachten Bett verhältnismäßig ordentlich. An den

Wänden hingen Poster von Mountainbikern in Aktion und halb nackten Frauen. Con lauschte, während Jack nebenan gehetzt telefonierte.

»… natürlich habe ich dort gesucht! Ich habe überall gesucht … Georgia ist *tot*, natürlich habe ich Angst! Keine Ahnung, wer denen das erzählt hat. Wer weiß denn überhaupt was von Jasmine und mir?« Seine Stimme klang immer panischer. »Wo sind sie? Wer hat sie entführt? Nein, nein – das ist mir völlig egal! Ich fahre heute Nacht wieder hin. Vielleicht haben sie es doch noch geschafft … Ich weiß! Aber wir müssen …«

Plötzlich pochte es laut an der Haustür.

Gabriella! Was soll das? Con warf einen Blick auf sein Telefon, um zu sehen, ob er versehentlich die SMS abgeschickt hatte – und sah, dass Pastor Hugh schon wieder geschrieben hatte.

In dem Moment wurde die Haustür eingetreten.

»Du Schwein!«, schrie eine Männerstimme. »Wo steckst du!«

Die Stimme gehörte eindeutig Murphy. Con spähte um die Ecke und sah sein wütendes Gesicht. Direkt hinter ihm entdeckte er Gabriella. Jack trat aus dem Zimmer auf den Flur und steckte dabei das Telefon in die Tasche, und Con nutzte den Moment, um sich zu verdrücken. Er hechtete durch den Flur zurück in die Waschküche und von dort zur Hintertür hinaus. Er rannte am Haus entlang, rutschte auf dem nassen Gras aus, sprang über den Zaun und vorne zur Haustür wieder rein.

Gabriella stand zwischen Jack und Murphy im Wohnzimmer und sah von einem zum anderen. Murphy ragte bedrohlich über Jack auf, der leichenblass geworden war, die kantigen Kiefer zusammengepresst.

»Zurück, Murphy!« Con eilte zu Gabriella und legte Murphy die Hand auf die Brust, um ihn zurückzuhalten.

»Ich reiß dich in Stücke!« Murphy versuchte, auf Jack loszugehen. »Wie lange geht das schon?«

»Beruhig dich, Murphy, das – das war ich nicht, das schwör

ich dir«, stammelte Jack und sah sich panisch nach einem Schlupfloch um.

»Du klaust unser Saatgut. Du klaust meine Tochter. Hast du sie etwa verkauft, um deine Speed-Schulden zu bezahlen?«

Con und Gabriella stemmten sich inzwischen mit vereinten Kräften gegen Murphys Brustkorb. Sie hatten Mühe, ihn zurückzuhalten. Er griff mit seinen langen Armen um sie herum. Con war nicht klar gewesen, wie viel Kraft der Typ hatte.

Gabriella dagegen schien sich prächtig zu amüsieren. Genau wie Con war sie für Nahkampfsituationen geschult, aber im Gegensatz zu ihm besaß sie außerdem einen schwarzen Gürtel in Brasilianischem Jiu-Jitsu – so wie er sie kannte, konnte sie den Showdown kaum erwarten.

Jack war so weit wie möglich zurückgewichen und stand inzwischen mit dem Rücken zur Wand, Schweißperlen auf der Stirn. »Es ist nicht meine Schuld … Jasmine hat sich an *mich* rangemacht!«

»Sie ist sechzehn!«, brüllte Murphy. Er schubste Con und Gabriella zur Seite und stürzte sich auf ihn. Eine Sekunde später knallte er der Länge nach auf den Boden, und schon saß Gabriella rittlings auf ihm und legte ihm Handschellen an.

Murphy wand sich unter ihr, den wilden Blick auf Jack gerichtet, und wehrte sich vergebens gegen Gabriellas eisernen Griff.

In dem Moment verhedderte sich Cons rechter Fuß in einem Läufer, er stolperte gegen Jack und packte ihn am Arm, um nicht das Gleichgewicht zu verlieren. Jack stand wie erstarrt daneben und sah entsetzt zu, wie Murphy sich tobend gegen Gabriella wehrte.

Con wandte sich eilig ab, um das Telefon zu überprüfen, das er Jack gerade aus der Tasche gezogen hatte – er musste unbedingt wissen, mit wem er telefoniert hatte –, aber der Bildschirm war gesperrt. Innerlich fluchend reichte er Jack das Handy. »Hier, das ist Ihnen runtergefallen.«

Jack griff wortlos danach, ohne Murphy aus den Augen zu lassen.

»Jack, Sie müssen uns auf die Dienststelle begleiten«, sagte Con. »Keine Sorge, das ist keine Verhaftung. Sie können selbst fahren, oder aber Sie kommen mit uns. Mit ihm und mir.« Er deutete mit dem Kinn zu Murphy.

Jack schluckte. »Wir treffen uns besser dort ...«

»Super. Dann kann Gabriella bei Ihnen mitfahren.«

Gabriella stieg von Murphys Rücken. »Na, dann los!« Sie war rot im Gesicht. Murphy hatte ihr offensichtlich mehr zu schaffen gemacht, als sie sich anmerken ließ.

Con half Murphy auf die Beine und spürte den gigantischen Bizeps unter seinen Fingern, bereit, zuzuschlagen. Etwas gröber als unbedingt nötig schubste Con ihn auf die Straße hinaus. Murphy hatte seine Pläne versaut, und jetzt mussten sie Jack auf die altmodische Weise verhören.

»Und? Weswegen wollen Sie mich diesmal anzeigen, Badenhorst?«, knurrte Murphy.

»Wenn Sie es hinkriegen, sich, sagen wir, fünf Minuten lang im Griff zu haben, Kumpel, dann überhaupt nicht«, sagte Con. »Machen Sie Blödsinn, wenn ich Sie vorne einsteigen lasse?«

»Nein«, sagte Murphy, als der Streifenwagen in Sicht kam. Con öffnete die Beifahrertür und schubste ihn auf den Sitz. Murphy verlor mit den gefesselten Händen kurz das Gleichgewicht und stolperte gegen Con, ehe er sich auf den Sitz fallen ließ.

Con ging um den Wagen herum und stieg ein. Er sah zu, wie Murphy sich verrenkte, die gefesselten Arme unter den Beinen herauszog und die Hände in den Schoß legte.

»Reißen Sie sich zusammen!«, sagte Con und nahm seine AirPods aus der Mittelkonsole. Er setzte sie ein und wählte. »Und: Keinen Mucks.«

Commander Normandy ging beim vierten Klingeln ran. Er wusste, dass sie ihr Diensthandy grundsätzlich nicht ausschaltete, auch bei sich zu Hause in Blackstone Heights in Launceston nicht. »Cornelius«, sagte sie mit seidenweicher Stimme. »Wie nett, dass Sie einer alten Dame an einem so scheußlichen, kalten Abend einen Rückruf gewähren.«

»Es tut mir leid, Agatha.«

»Ach? Es tut Ihnen leid? Bitte, was gab es denn so Dringendes?« Sie lachte freudlos. »Haben Sie für Ihren nächsten YouTube-Gastauftritt geübt?«

»Ich weiß nicht, wovon Sie sprechen«, sagte Con.

»Oh doch.« Von der aufgesetzten Freundlichkeit war nichts mehr zu hören. »Ist Pakinga bei Ihnen?«

»Sie bringt Jack Michaels gerade in die Dienststelle. Wir halten ihn für verdächtig.«

»Und wen haben Sie dann bei sich? Bitte sagen Sie nicht, Jordan Murphy.«

»Würde … würde es helfen, wenn ich seinen Namen nicht erwähne?«, fragte Con. Er ließ den Motor an. Aus dem Augenwinkel sah er Murphy an den Handschellen rumfummeln und schlug ihm warnend auf die Hände.

»Sie haben Jordan Murphy.« Ihre Stimme klang gepresst. »*Und* Jack Michaels. Und nehmen beide mit auf die Dienststelle, nachdem Madison Mason gerade ein Video veröffentlicht hat, in welchem sie diese beiden Männer für unschuldig erklärt.«

»Wir können nicht zulassen, dass Madison Mason uns sagt, wo's langgeht.« Con bekam langsam das Gefühl, er sollte womöglich besser anfangen zu lügen.

»Das könnte eventuell schwierig werden, angesichts der Menschenmenge, die inzwischen das Polizeirevier umzingelt.«

»Schon wieder?«

»Die Bevölkerung von Limestone Creek hat, scheint mir, einen ausgeprägten Sinn für Bürgerrechte. ›Gerechtigkeit für Jack‹, ›Gerechtigkeit für Murphy‹. Der Mob besteht zum größten Teil aus beleidigten Möchtegern-Freiwilligen, die vor dem

Gemeindezentrum campen, unter Madisons Regie, versteht sich. Schon erstaunlich – noch vor ein paar Stunden wollte ein Mob Murphy umbringen. Jetzt eilen sie zu seiner Rettung herbei. Ich gestehe, das entbehrt nicht einer gewissen Ironie.«

»Was soll ich tun, Ma'am? Wo könnte ich sonst mit ihm hin?«

»Lassen Sie sich was einfallen, nur bitte nicht zur Dienststelle.« Sie wurde laut. »Eine Minderjährige live im Internet zu provozieren, noch dazu auf ihrem *eigenen* Kanal – was hat Pakinga sich dabei gedacht?«

»Gabriella hat einen Plan, Commander.«

»Jetzt nicht mehr, Badenhorst. Sie ist draußen.«

»Ich … nein!«, sagte Con. Er ging vom Gas und fuhr links ran. »Was? Agatha?«

»Warum halten wir …«, sagte Murphy, doch Con brachte ihn mit einem Schlag auf den Arm zum Schweigen.

»Wir machen Fortschritte, Ma'am. Sie können sie jetzt nicht von dem Fall abziehen.«

»Was es an Fortschritten gibt, kann an Pakingas Nachfolgerin übergeben werden – Melinda Tran. Und an Ihre, wenn Sie nicht bald was vorzuweisen haben. Haben Sie eine Ahnung, welchen Schaden sie damit angerichtet hat? Inzwischen wird bereits offen an meinem Urteilsvermögen gezweifelt. Wenn ich Gabriella nicht aus dem Team nehme, wird man weitergraben, und dann ist es nur eine Frage der Zeit, bis jemand Ihre Krankenakte und Ihr psychologisches Gutachten ans Licht zerrt, Con. Dann muss ich mich noch mehr rechtfertigen. Also. Sie haben noch einen letzten Versuch, dann sind Sie ebenfalls raus, und ich setze jemand anderes an den Fall.«

Con war sprachlos. Er brauchte einen Moment, bis er sich wieder gefasst hatte. »Bei allem Respekt, Commander, das könnte für die vermissten Mädchen fatale Folgen haben, von der kolossalen Zeitverschwendung ganz zu schweigen.«

»Sie und Gabriella sind quasi viral gegangen. Das wirft sehr schlechtes Licht auf die Abteilung. Ich weiß, dass Sie es mit den Regeln ab und an nicht allzu genau nehmen, wenn Sie unter Druck sind, und dieses Risiko kann ich nicht eingehen. Sie haben von mir weiß Gott genug Chancen bekommen.«

»Ach! Dann geht es hier also um die *Optik*?«, rief Con erbost. »Drei Mädchen sind verschwunden. Ein Mädchen ist *tot*!«

»Werden Sie erwachsen, Badenhorst. Es geht immer nur um die Optik«, blaffte Normandy. Dann seufzte sie. »Hören Sie zu, Badenhorst. Sie haben bis jetzt noch nicht wirklich Fortschritte gemacht. Sie haben keine Spuren, keine stichhaltigen Beweise, und, wie Sie bereits sagten: Ein Mädchen ist tot. Schon möglich, dass Sie sich keine Gedanken über den Albtraum in Sachen Finanzierung und PR machen müssen, den diese Sache auf lange Sicht nach sich ziehen wird, ich jedoch schon. Madison Masons Online-Präsenz macht uns die Sache nur noch schwerer.« Ihre Stimme wurde weich. »Und falls tatsächlich jemand anfängt, Ihren Hintergrund etwas genauer zu beleuchten, hagelt es jede Menge Fragen, warum Sie um Ihrer selbst willen nicht schon längst entlassen wurden, geschweige denn, warum ich Sie überhaupt mit diesem Fall betraut habe.«

»Weil ich der Beste bin, Agatha. Das wissen Sie. Aus Sicht der Vermissten ist es die richtige Entscheidung gewesen.«

»Cornelius, es fehlt nicht viel, und die Menschen auf dieser Insel machen Ihnen gegenüber dicht. Man wird sich gegen Sie richten – vielleicht ist es sogar schon geschehen. Dieser Fall ist der größte auf Tasmanien seit zehn Jahren, vielleicht sogar der größte in ganz Australien. Es ist ein riesiges Medienspektakel, und meine beiden Hauptermittler haben von der tragischen Heldin der Stadt, Madison Mason, soeben den Stempel ›Bösewichter‹ aufgedrückt bekommen. Wenn Ihr psychischer Zustand ans Licht kommt …«

»Wir werden gleich Jack Michaels verhören. Wir sind so nah dran.«

»Es gibt kein ›wir‹ mehr. Ich möchte, dass Sie Gabriella davon in Kenntnis setzen, dass sie auf meinen Befehl hin von dem Fall abgezogen wurde. Melinda Tran ersetzt sie mit sofortiger Wirkung als Ihre Partnerin.«

»Commander …«

»Das ist mein letztes Wort, Cornelius.« Sie klang erschöpft und traurig. »Ich erwarte morgen früh Ihren neusten Bericht. Und jetzt gute Nacht. Eine alte Frau braucht ihren Schlaf.«

Die Leitung war tot. Ein paar Sekunden lang saß Con schweigend da und atmete schwer.

»Diese Dinger sind komplizierter, als man meinen sollte«, sagte Murphy.

Irritiert sah Con zu ihm hinüber.

Aus dem Schloss der Handschellen ragte einer seiner eigenen Dietriche heraus. Die Fesseln saßen immer noch fest um Murphys Handgelenke.

Cons Blick blieb eine gefühlte Ewigkeit daran hängen, während er versuchte, zu kapieren, was los war. Dann klopfte er sich die Jackentaschen ab. »Was zur Hölle?« Er beugte sich über die Mittelkonsole und schnappte sich den Dietrichsatz.

»Sie sind nicht der Einzige, der sich als Taschendieb betätigt.« Murphy lehnte sich zurück. »Allerdings habe ich nie gelernt, wie man Schlösser knackt.« Er rasselte mit den Handschellen.

»Einen Bullen beklauen! Du willst doch unbedingt in den Knast, Mann!«

»Seien Sie nicht so selbstgefällig, Badenhorst. Ich hab gesehen, wie Sie Jack das Telefon aus der Tasche geangelt haben.«

»Das geht Sie nichts an.«

»Da der Scheißtyp meine vermisste Tochter gevögelt hat, würde ich sagen, das geht mich verflucht noch mal sehr wohl was an«, sagte Murphy. »Sie hatten ja wohl kaum einen Durchsuchungsbefehl für sein Telefon, oder? Wär schon interessant, zu erfahren, was Ihre Vorgesetzte dazu zu sagen hat, oder?«

»Ich habe keine Zeit für diese Scheiße.« Con ließ den Motor an und gab Gas. »Was war das vorhin eigentlich für eine Nummer mit Jack und Ihrem Saatgut?«

»Ich habe keinen Schimmer, wovon Sie reden«, sagte Murphy.

»Ach, ver…« Con holte tief Luft. »Murphy, wie Sie eben selbst sagten, er war mit *Ihrer vermissten Tochter* zusammen. Was ist jetzt? Arbeiten Sie mit uns oder gegen uns?«

»Ich werde gegen jeden arbeiten, der mir die Schuld in die Schuhe schieben will«, sagte Murphy.

»Glauben Sie tatsächlich, wir wollen Sie reinlegen, Kumpel? Glauben Sie, das hier ist ein Scheißkinofilm, verdammt noch mal? Und Sie der verkannte Held? Die Bullen sind Ihnen nicht auf den Fersen, Murphy.«

Murphy lachte, schallend und sarkastisch. »Sie haben tatsächlich keinen Schimmer, wie der Hase hier läuft, oder?«

Ich habe langsam wirklich die Schnauze voll, mir das ständig sagen zu lassen, dachte Con und umklammerte das Lenkrad, bis die Knöchel weiß wurden. »Dann erklären Sie's mir. Falls Sie in der Lage sind, drei zusammenhängende Sätze zu formulieren, Sie *debiles, durch Inzucht entstandenes Landei.*« Er hatte nicht vorgehabt, die letzten Worte laut auszusprechen.

Murphy lachte unbekümmert. »Okay, da Sie offensichtlich tatsächlich zu dämlich sind, um es zu raffen …« Er gluckste. »Hören Sie gut zu. Vorausgesetzt, der Stock in Ihrem Arsch hat Ihnen nicht auch die Ohren verstopft. Nur mal angenommen, rein hypothetisch, diese Berge hier – hübsch und abgelegen und nicht allzu dicht besiedelt, ziemlich interessantes Klima –, angenommen also, die Gegend wäre perfekt geeignet, um echt gutes Buschgras anzubauen. Und ich meine, *wirklich richtig gut*. Und jetzt stellen Sie sich vor, Sie sind Bulle und arbeiten hier. Sie kriegen mit, dass die Leute bereit sind, für gutes Buschgras echt was hinzublättern. Sie versuchen, das Geschäft trockenzulegen, aber das Zeug lässt sich hier wirklich leicht verstecken, und Sie kommen keinen Schritt weiter. Und dann denken Sie plötzlich, hey, mein Gehalt ist sowieso viel zu mickrig, außerdem sind wir hier in Scheißtasmanien, keiner kontrolliert uns hier, und die drüben auf dem Festland scheren sich einen Dreck um uns. Und dann wird Ihnen was klar. Hey, denken Sie, wenn ich meine eigene kleine Plantage aufziehe, kann ich alle anderen fertigmachen, die versuchen, hier am Ort ihr ehrliches Geld zu verdienen, und mir ein Monopol aufbauen.«

»Ehrliches Geld verdienen?«

»Tja, und weil Sie Bulle sind, haben Sie natürlich mehr Macht als der normale Durchschnittstyp. Sie können in Ruhe jeden plattmachen, der Ihnen in die Quere kommt.«

»Ist hier gerade von Doble die Rede?«, fragte Con. »Ich dachte, der hätte Sie auf dem Kieker, weil Sie mit seiner Frau geschlafen haben.«

»Ja, aber nur aus Rache«, sagte Murphy. »Doble betreibt draußen vor der Stadt ein hübsches Gewächshaus. So ein Riesenhydrokulturteil. *Deshalb* hasst er mich, aber der kann uns auch mithilfe seiner ganzen Kumpels nicht aufhalten.«

»Ich dachte, wir reden hier rein hypothetisch?«, sagte Con, als sie sich der Dienststelle näherten. Er war automatisch hergefahren – und er hatte Pakinga immer noch nicht gesagt, dass sie Jack auf keinen Fall zum Polizeirevier bringen sollte.

Die Menschenmenge auf der Straße war bereits von einem Block Entfernung zu sehen. Sie saßen in einem Streifenwagen. Das Zivilfahrzeug parkte immer noch vor dem Revier.

Er fuhr wieder links ran – er musste dringend mit Pakinga telefonieren.

Murphy wurde unruhig. »Die sind ja immer noch da«, sagte er. »Ob die inzwischen einen Galgen gebaut haben?«

Con warf ihm einen Blick zu. Murphy hatte keine Ahnung, dass die Leute jetzt nicht mehr gegen, sondern für ihn demonstrierten.

Ein paar Schaulustige hatten den Streifenwagen entdeckt und kamen mit gezückten Handys auf sie zu.

»Das ist Jordan Murphy, da auf dem Beifahrersitz«, rief der, der ihnen am nächsten war. »Madison hatte recht!«

Con legte mit quietschenden Reifen einen U-Turn hin. Sie rasten davon.

»Mir war nicht klar, dass Sie so um meine Sicherheit besorgt sind«, sagte Murphy und klammerte sich an den Türgriff.

»Logisch.« Er entsperrte sein Telefon und reichte es zu Murphy rüber. »Rufen Sie Gabriella an – oh, steht unter Gabby. Sagen Sie ihr, sie soll auf keinen Fall zur Dienststelle fahren. Sagen Sie uns, wo wir uns stattdessen treffen sollen, irgendwas Diskretes.«

»Sie wollen, dass *ich* was aussuche?«

»Sie kennen dieses dämliche Kaff besser als ich«, blaffte Con.

Murphy tippte auf dem Telefon herum. »Hallo? Ja, nein, hier spricht Murphy … Cornelius?« Er drehte sich zu Con um. »Sie heißen *Cornelius*?« Dann sprach er wieder in den Hörer. »Nein, dem geht's gut, ist mit Fahren beschäftigt … Warum sind Sie … Was?« Murphy durchfuhr ein Ruck. *»Ich wusste es!«* Er wandte sich an Con. »Jack hat die Biege gemacht. Hat sie abgehängt und ist mit dem Motorrad davon. Sie hat ihn mit seinem Auto verfolgt, aber er ist auf einen der Feldwege abgebogen. Moment, Detective, welcher? Der direkt bei ihm um die Ecke? … Ich weiß, wohin der führt.«

»Was?«, mischte Con sich ein. »Wo will der hin, Murphy? Was hat Gabriella gesagt? Wohin führt der Pfad?«

»Zum Lake Mackenzie.«

KAPITEL DREIUNDZWANZIG

ELIZA

»Ich bin mir nicht sicher, ob das eine gute Idee ist«, sagte Tom. Er lenkte seinen weißen Pritschenwagen über die mit Schlaglöchern und Eukalyptusästen übersäte Allradpiste, die rund um den Lake Mackenzie führte.

»Warum hast du mir nicht erzählt, dass Jack die Hütte kennt?«, fragte Eliza.

»Warum hast du mir nicht erzählt, dass Jasmine mit Jack zusammen ist?«, fragte Tom zurück.

»Wenn Jack die Hütte kennt, hat er vielleicht Jasmine was davon erzählt. Vielleicht versteckt sie sich dort, und Cierra und Bree auch.«

»Dann sollten wir die Polizei informieren«, sagte Tom.

»Was, wenn Georgias Tod ein Unfall war? Vielleicht haben sie Angst. Vielleicht denken die Mädchen, sie stecken in Schwierigkeiten. Vielleicht *wollen* sie nicht gefunden werden. Wenn wir die Polizei holen, hauen sie vielleicht ab.«

»Oder wer auch immer sie entführt hat, versteckt sich dort.«

»Ich weiß«, sagte Eliza. »Deshalb habe ich dich mitgenommen. Und deine Waffe.« Auf der Rücksitzbank lag Toms Jagdgewehr.

Die Scheinwerferkegel hüpften über den schlammigen Pfad. Neben ihnen lag unsichtbar in dichter, regennasser Dunkelheit der Lake Mackenzie.

»Mach die Scheinwerfer aus. Besser, sie merken nicht, dass wir kommen«, sagte Eliza.

»Von hier aus können wir zu Fuß gehen. Es sind nur noch ungefähr dreihundert Meter.«

Sie fuhren links ran und kletterten aus dem Landcruiser. Die Dunkelheit – Wolken hatten den Mond verschluckt – war beinahe absolut. Eliza knipste die Taschenlampe an und leuchtete auf ihre Schuhe. Pfützen und nasse Steine glitzerten im Lichtstrahl.

Gemeinsam gingen sie den Pfad entlang. Tom hatte sein Gewehr geschultert. In der Luft hing schwere Feuchtigkeit, der Geruch nach moderndem Laub. »Das wäre dann aber ein weiter Marsch gewesen, bis hierher«, sagte Tom.

»Wenn sie einen Kompass hatten, hätten sie mehr oder weniger schnurgerade durch den Busch laufen können. Im Grunde ist es gar nicht so weit weg von der Stelle, wo Georgia gefunden wurde.«

»Dazu hätten sie die Straße überqueren müssen. Jemand hätte sie gesehen«, sagte Tom.

»Außer, sie wollten nicht gesehen werden …«

»Das ist ziemlich weit hergeholt, Eliza«, sagte Tom. »Ich glaube, du wünschst dir so dringend, dass sie in Sicherheit sind, dass du dir inzwischen felsenfest einbildest, sie würden gesund und munter in der Fischerhütte sitzen und warten.«

»Okay.« Eliza legte einen Zahn zu. Ihre Stiefel schmatzten im Matsch. »Du kannst ja umdrehen. Gehe ich eben alleine weiter.«

»Sei doch nicht so.« Tom kam im Laufschritt hinter ihr her. »Ich will nur nicht, dass du dir falsche Hoffnungen machst.«

»Ich kenne diese Mädchen, Tom. Denen traue ich so was durchaus zu.«

»Glaubst du, ich nicht? Ich kenne Cierra besser als sonst wer.«

Das war nicht im Geringsten ein Trost, und in ihrer Vorstellung schob sich Dennis Gesicht über das von Cierra. »Warum zum Teufel hast du dein Gras und deine Kondome in ihrem Zimmer gelassen, Tom? Bist du *geisteskrank*? Wren braucht dich, und zwar als Vater *mit* einem Job. Du setzt alles aufs Spiel, nur weil du nicht … aufpasst!«

»Ich war so high, ich war *grün* im Gesicht! Du warst doch selbst dabei – du weißt, dass ich in keiner guten Verfassung war. Du hättest dran denken müssen, das Zeug mitzunehmen!« Tom stapfte eine Weile wütend durch den Matsch, ehe er kleinlaut »Sorry« sagte und dann wie ein kleiner Junge: »Was, wenn sie mich nicht sehen will?«

»Cierra liebt dich, Tom.« So sehr Eliza hasste, das sagen zu müssen, es war die Wahrheit. Es fing wieder an zu regnen. Eliza zog sich die Kapuze über den Kopf, Tom schien der Regen egal zu sein. »Weiß der Geier, warum …«

Sie hatten die kleine Schonung Weißer Eukalyptusbäume erreicht, die den Wallaby-Pfad runter zu der versteckten Fischerhütte am Ufer des Sees markierte. Der Taschenlampenstrahl glitt über nasse, tanzende Blätter und fallende Lichtpartikel, wo er auf Regentropfen traf.

Eliza hatte durch Tom von der Hütte erfahren. Er hatte sie, Wren und Monica letztes Jahr zu einem Familienausflug mit hergenommen, inklusive Picknickkorb mit belegten Broten und Wein und gemütlicher Matratze. Sie hatten am See gesessen und den Sonnenuntergang bewundert. Die Hütte lag gut versteckt, überwuchert von Gestrüpp und halb in den Boden eingesunken. Der Ort war ein wunderbares, geheimes Juwel.

Plötzlich wurde ihr klar, dass Jack derjenige gewesen war, der Tom den Ort gezeigt hatte.

»Da ist es«, flüsterte Tom. »Ich bin ja gespannt, ob sie da sind.«

»Warte!« Eliza zog sich die Kapuze vom Ohr. »Hörst du das? Klingt wie ein Auto.«

Selbst durch das Regenrauschen war in der Ferne das Zuschlagen einer Wagentür zu hören. Eliza und Tom erstarrten und knipsten gleichzeitig die Taschenlampen aus. Das Geräusch war von der Allradpiste gekommen, aus der Richtung, in die sie schauten.

»Bleib hier!« Tom drückte Eliza das Gewehr in die Hand und rannte in die Dunkelheit.

»Nein, Tom!«, rief Eliza leise, aber er war schon weg. »Ich hasse Gewehre!«, flüsterte sie.

Es war beängstigend, wie schnell sie sich völlig allein fühlte. Der Busch machte unheimliche Geräusche, das Rascheln von Wind und Regen. Er schien sich über ihrem Kopf zusammenzuziehen.

Keine Panik. Bloß keine Panik.

Sie hörte, wie jemand ganz in der Nähe in eine Pfütze trat.

»*Tom?*«, quiekte sie.

Sie hörte eine Stimme rufen, schroff und wütend. Nicht Tom.

Eliza fing an zu rennen, den Wallaby-Pfad entlang, auf die Fischerhütte zu. Sie schwang sich das Gewehr über die Schulter und knipste die Taschenlampe wieder an, dämpfte aber den Strahl mit der Hand und ließ nur gerade so viel Licht durch die Finger, um die knorrigen Wurzeln und ausgewaschenen Löcher auf dem Pfad zu erkennen.

Vor ihr öffnete sich eine kleine Lichtung voller Felsen und Erde und verrottetem Laub.

An der Hütte war jemand.

Der Taschenlampenstrahl fing eine große Gestalt ein. Sie stand mit dem Rücken zu ihr in der geöffneten Hüttentür, eine Silhouette im Regen. Die Taschenlampe fiel Eliza aus den tauben Fingern, kullerte über den Boden, beleuchtete die Bäume, beleuchtete die Gestalt. Sie drehte sich um und sah Eliza an.

Eliza schrie. Die Gestalt war groß und pechschwarz, und der Kopf war viel, viel zu groß für den Körper.

Eliza wurde von Todesangst geflutet. Wer immer das war, hatte kein Gesicht.

Eine Gestalt, groß wie ein Bär ...

Sie schrie wieder, packte das Gewehr. Die Gestalt vor ihr gab ein Geräusch von sich, dunkel und tief und unmenschlich.

Sie wich zurück, hob mit zitternden Händen das Gewehr.

»Bleib weg von mir!«

Die Gestalt kam auf sie zu, hob die Arme, und im gleichen Moment donnerten direkt hinter ihr Schritte den Trampelpfad entlang.

Eliza schoss.

Der Schuss hallte laut wie Donner.

Die Gestalt griff sich an die Seite und fiel zu Boden. Eliza fuhr herum und richtete das Gewehr auf den Angreifer hinter sich.

»Bleib weg von mir!«

Ein Lichtstrahl traf grell ihr Gesicht, blendete sie.

»Eliza!« Die Stimme gehörte Murphy. »Nicht schießen!«

Ihre Knie wurden weich.

Er packte sie an den Schultern und nahm ihr das Gewehr aus den Händen. »Eliza! Was ist passiert? Geht es dir gut? Sind die Mädchen hier? Tom sagt, du glaubst ...«

Von der Hütte ertönte dumpfes, undeutliches Rufen. Murphy riss ihre heruntergefallene Taschenlampe an sich, die viel stärker leuchtete als das Suchlicht seines Handys. Eliza sah die Gestalt am Boden liegen ... den riesengroßen Kopf ...

Vor der Hütte lag jemand. Er trug einen Motorradanzug und einen mattschwarzen Helm.

»O nein!«, keuchte Eliza.

»Badenhorst! Hierher!«, brüllte Murphy. »Jack wurde angeschossen.«

»Jack?«, flüsterte Eliza. »O nein ... o nein, o nein, o nein ...« Sie sackte in sich zusammen, und Murphy musste sie stützen.

Detective Con Badenhorst kam auf dem Wallaby-Pfad durchs Gebüsch gerannt, ebenfalls eine Taschenlampe in der Hand, das weiße Leinenhemd zerrissen. »Was ist passiert?«, rief er. Ohne eine Antwort abzuwarten, stürzte er zu Jack, kniete neben ihm nieder und setzte ihm vorsichtig den Helm ab.

Die hektisch tanzenden Taschenlampen tauchten die Szene in unheimliches Licht und warfen völlig verrückte Schatten in die Baumkronen rund um die Lichtung. Eliza konnte nicht fassen, was sie getan hatte. »Oh, Jack! Es tut mir so leid! O nein, o nein, es tut mir so leid, Jack, *nein* …«

Con klemmte sich das Telefon zwischen Schulter und Ohr. »Gabriella, wir brauchen den Notarzt. Jack Michaels wurde angeschossen, unten am Lake Mackenzie. Wir sind abseits der Straße. Wir dürfen ihn *auf keinen Fall* verlieren!«

»Nein«, stöhnte Jack. »Nicht noch mehr Leute …«

Con packte seine Hände und legte sie ihm seitlich auf den Bauch. »Hier drücken, Kumpel. Sie müssen aus dem Regen raus. Murphy, helfen Sie mir, ihn in die Hütte zu tragen.«

»Nein«, stöhnte Jack. »Nicht …«

Murphy fasste Eliza an den Schultern und half ihr, selbstständig zu stehen. »Hier. Du musst uns leuchten.«

»Ich habe auf ihn geschossen!«

»Ja, ich gratuliere später, aber jetzt müssen wir ihn stabilisieren, also kannst du uns bitte leuchten, verdammt?«, rief Murphy.

Am ganzen Körper unkontrollierbar zitternd, griff Eliza nach der Taschenlampe. Murphy und Con verschränkten ihre Hände zum Tragegriff und schleppten Jack durch die offen stehende Tür in die Fischerhütte. Eliza folgte ihnen, das Gewehr in der einen und die Taschenlampe in der anderen Hand, und sorgte für Licht, so gut es ging. Sie entdeckte Jacks Geländemotorrad, das fast außer Sicht an einem Baum lehnte.

Die Hütte war noch genauso wie in ihrer Erinnerung. Roh gezimmerte Bretterwände, ein morscher Holzboden, der sich nach hinten zu der ausgehöhlten Steinmulde absenkte. Sogar die Campingmatratze war noch da, und Eliza durchfuhr ein Ruck

Übelkeit erregender Nostalgie. Die Männer legten Jack auf der Matratze ab.

Der Strahl der Taschenlampe streifte zwei große, prall gefüllte Wanderrucksäcke. Sie lehnten an der Wand. Einer war gelb, der zweite pink.

»Was ist passiert, Eliza?«, fragte Con, die Hände fest auf die von Jack gelegt, in dem Versuch, Druck auf die Wunde auszuüben.

»Ich … ich habe ihn da stehen sehen … und im Regen, mit dem Helm, da sah er so … ich … und dann ist Murphy hinter mir durchs Gebüsch gebrochen, und ich habe die Nerven verloren.« Heiße Tränen liefen ihr über das Gesicht. »Es tut mir so leid, Jack.«

»Was zum Teufel ist das hier?« Murphy griff nach dem pinkfarbenen Rucksack, öffnete den Reißverschluss und zerrte Mädchenklamotten, einen Satz Heringe, Eiweißriegel und Instantnudeln heraus, dazu eine Erste-Hilfe-Tasche …

»Murphy, nicht!«, sagte Con scharf. »Das ist Beweismaterial. Nichts anfassen!«

Murphy stellte den Rucksack auf den Boden zurück. Er drehte sich um, die nassen Haare standen wirr vom Kopf ab, er hatte Wut im Gesicht. Er richtete sich zu seiner vollen Größe auf, seine dröhnende Stimme erfüllte die Hütte. »Was treibst du hier, Jack? Was machst du mit einem Rucksack voller Mädchensachen?«

»Nicht, bitte!« Eliza verstellte ihm den Weg. »Wir müssen auf den Notarzt warten.«

»Wo ist *Jasmine*?«, brüllte Murphy.

»Weg«, stöhnte Jack zitternd. »Ich weiß nicht, wohin.«

»Und was weißt du?«

»Murphy, das ist kein guter Zeitpunkt«, sagte Con durch zusammengebissene Zähne, während er immer noch möglichst viel Druck auf die Schusswunde ausübte.

»Die haben sich das ausgedacht, Murphy.« Jack stöhnte. »Du musst wissen … die Mädchen haben sich das alles ausgedacht.«

Eliza hielt den Atem an. Angst und Schuld mischten sich in die riesige Woge der Erleichterung.

Der Streit. Ich muss ihnen das jetzt erzählen.

»Was haben die Mädchen sich ausgedacht?«, fragte Con.

»Madisons … Idee …« Jack schien jeder einzelne Atemzug unerträgliche Schmerzen zu bereiten.

»Lügner!«, fauchte Murphy. »Jasmine würde so was Bescheuertes nie tun!«

»Würde sie schon …«, sagte Jack. »Wenn sie denkt … wäre … das Beste.« Er keuchte. »… ging schief … Georgia … ihr Rucksack und Brees … der von Jasmine und Cierra … weg … sie sollten … *sie waren weg, ehe ich kam* … Bree … die Mädchen müssen entführt … worden sein … einzige Möglichkeit. *Eine Entführung.*« Sein Kopf fiel zur Seite, er verstummte, stöhnte nur noch stoßweise vor sich hin.

Sie sahen einander ungläubig an.

»Das ist unmöglich«, sagte Murphy.

»Du kennst Madison nicht so wie ich«, sagte Eliza. Ihr war schlecht. »Sie ist dazu imstande. Aber irgendwas … es ergibt keinen Sinn.«

»Ach, du meinst zum Beispiel, dass Georgia aus Versehen tot ist, verdammt?«, rief Murphy.

»Die haben das selbst inszeniert«, sagte Con. Seine Stimme verriet nichts von seinen Gedanken. »Aber wenn der Plan lautete, auf ihn zu warten … wären sie sicher nicht ohne Grund aufgebrochen.«

»Und wer hat mich dann oben auf dem Berg niedergeschlagen? Eine von ihnen?«, fragte Eliza. Sie ging vor Jack in die Hocke und wischte ihm den Schweiß von der Stirn. »Jack, du unfassbarer Dummkopf, was hast du dir nur dabei gedacht?«

Con telefonierte wieder. »Gabriella? Hörst du mich?« Er stellte auf Lautsprecher, damit sie mithören konnten.

»Wir warten oben am Pfad. Der Notarzt ist schon unterwegs, aber Normandy hat zusätzlich aus Launceston einen Hubschrauber angefordert. Wenn wir Jack verlieren, verlieren wir die Mädchen. Wie geht es ihm?«

»Sag ihnen, sie sollen sich beeilen«, erwiderte Con. »Und hol die Spurensicherung. Hier gibt es Beweismittel, möglich, dass die Hütte der letzte Ort war, wo die Mädchen sich aufgehalten haben.«

Murphy verließ steifbeinig die Hütte und knallte die Tür hinter sich zu.

»Murphy?«, rief Con. »Gabriella? Murphy ist in eure Richtung unterwegs. Passt auf eure Autoschlüssel auf und sorgt dafür, dass er keinen Blödsinn macht. Vorsicht. Taschendiebstahl kann er.«

Vor der Hütte ertönte Motorengeräusch.

»Scheiße! Er hat sich Jacks Motorrad gekrallt. Gabriella!«, schrie Con ins Telefon.

»Bin dran«, antwortete sie atemlos.

Eliza drückte Jacks Hand, aber er reagierte nicht mehr.

Es tut mir leid, Jack. Ich muss ihnen dringend von dem Streit erzählen.

KAPITEL VIERUNDZWANZIG

MURPHY

Murphy lenkte Jacks Geländemaschine über den Trampelpfad, wich Steinen und Wurzeln aus, vor ihm im Scheinwerferlicht die Reifenspuren, die ihm die Route verrieten, auf der Jack gekommen war.

Er näherte sich dem Ende des Wallaby-Pfads, das hochtourige Motorengeräusch dröhnte im Helm, und der Regen peitschte ihm ins Gesicht, weil er das Visier hochgeschoben hatte, um nicht regenblind zu werden. Vor ihm tauchten Lichter auf, die schnell näher kamen. Es waren Tom und Gabriella, sie stellten sich ihm in den Weg, versuchten, ihn mit Winken und Rufen aufzuhalten.

Murphy gab Gas und hielt direkt auf sie zu.

Sie sprangen zur Seite, die Gesichter undeutliche Schemen im Regen und im Schein ihrer Taschenlampen, und dann war Murphy auch schon auf der breiteren Allradpiste. Das Scheinwerferlicht hüpfte vor ihm auf und ab, beleuchtete den Weg und darüber hängende Äste, die sich nach ihm streckten wie gespenstische Arme.

Vor ihm querte ein Wallaby mit großen Sprüngen den Weg, das Junge im Beutel, und blieb stehen, um ihn zu beobachten. Seine Augen reflektierten glänzend das Scheinwerferlicht. Murphy fuhr vorbei, ohne vom Gas zu gehen. Er wusste, wo er hinwollte.

Er nahm die uralten Buschwege, die er schon seit seiner Jugend kannte, als er den ganzen Tag mit Butch hier draußen unterwegs gewesen war. Im Zickzack ging es über Waldwege und schlammige Trampelpfade, die Bergflanke hinunter, bis er die Peripherie von Limestone Creek erreicht hatte und auf einen breiten Feldweg abbog. Er folgte ihm bis zur Straße, weiter durch die Wiesen und in die Stadt hinein.

Er raste durch die Straßen, vorbei an baufälligen Häusern und bellenden Hunden, und es dauerte nicht lang, bis er die zweistöckige Villa der Masons erreicht hatte. Er sprang ab, lehnte die Maschine im Leerlauf gegen den Zaun und stürmte zur Haustür, ohne sich um die Trittsteine in dem manikürten Rasen zu scheren. Er versetzte der massiven Holztür einen Tritt, und sie flog krachend auf.

»Madison!«, brüllte er und machte im Wohnbereich das Licht an, wo es vor Sauberkeit nur so blitzte. »Wo bist du?«

Oben im ersten Stock fing Nelly Mason an zu schreien, Sekunden später ging das Treppenlicht an. Mr Bruiser schoss die Stufen herunter auf ihn zu, kauerte sich unten hin und fing an zu kläffen wie ein Wachhund. Einen Augenblick später kam Kevin Mason nach unten gerannt, nackt, mit einem Kricketschläger bewaffnet.

Nelly war direkt hinter ihm, in ihren Morgenmantel gehüllt.

»Murphy, du Arschloch, was zur Hölle hast du hier …«, schrie Kevin.

Murphy zog die Glock aus dem Gürtel und zielte direkt auf seinen Kopf.

Kevin verstummte, der Schläger polterte ihm aus der Hand. Nelly fiel in Ohnmacht und sank mit einem dumpfen Schlag auf die mit Teppich ausgelegten Stufen.

»Madison! Komm runter«, brüllte Murphy. »Sofort!«

»Nein«, krächzte Kevin mit erstickter Stimme. »Madison! Er ist bewaffnet!«

Oben waren Schritte zu hören, dann tauchte auch Madison auf, die Haare wirr, das Telefon in der Hand.

»Wirf das Ding weg, oder ich erschieße deinen Dad«, sagte Murphy.

Erschrocken ließ Madison das Telefon fallen. Es kollerte über die Stufen und blieb neben ihrer ohnmächtigen Mutter liegen. »Sie waren das? Sie haben Georgia umgebracht? Ich war mir so sicher, dass Sie unschuldig sind …«, flüsterte sie. Ein Ausdruck der Empörung ging über ihr Gesicht. »Ich habe Sie *verteidigt*!«

»Jack sagt, das war dein Plan!«, schrie Murphy. »Du und die Mädchen, ihr habt geplant, dass sie verschwinden. Wozu? Für deinen beschissenen YouTube-Kanal?«

Sofort wich die Angst auf ihrem Gesicht einer hochgezogenen Augenbraue. Sie kam die Treppe herunter und stützte die Hände in die Seiten. »Das hat er also gesagt, ja? Wussten Sie, dass Jack Ihre Tochter vögelt?«

»Madison, geh in dein Zimmer!«, krächzte Kevin.

»Keine Angst, Dad, der schießt nicht – das ist *Murphy.*« Madison schüttelte den Kopf. »Der ist genauso ein Weichei wie Jasmine.«

»War das dein Plan, Madison? Und Jasmine hat mitgemacht?« Murphy bewegte die Pistole. »Antworte mir!«

»Glauben Sie, ich hätte Georgia befohlen, sich von einer Klippe zu stürzen?« Madison fing an zu grinsen. »Trauen Sie mir so was tatsächlich zu?«

»Hast du dir das ausgedacht?«, fragte Murphy noch einmal.

»Ja«, sagte Madison. »Habe ich. Das Ganze ist mein Plan gewesen.«

»Was redest du denn da?« Kevin löste sich aus seiner Erstarrung und drehte sich ein winziges Stückchen in ihre Richtung.

»Sie haben die Rucksäcke gefunden, stimmt's?«, fragte Madison. »Dann kommt es sowieso bald ans Licht. Ja, wir haben geplant, dass die vier verschwinden. Aber dann ist was schiefgelaufen. Sie haben sich nie bei mir gemeldet, Georgia ist tot, und Bree hat ihren Rucksack auch nie geholt. Ich glaube, sie sind wirklich entführt worden, Murphy. Es kann natürlich auch sein, dass Cierra und Jasmine ein Spielchen spielen, von dem ich nichts weiß. Die kleinen Schlampen.« Ihre Augen sprühten Feuer. »Eins steht jedenfalls fest. Georgia ist tot, und die anderen drei werden vermisst, und das heißt, dass unsere ausgedachte Geschichte vielleicht wahr geworden ist. Wir haben den Hungermann herbeigerufen.«

»Was ist mit Jasmine? Du erzählst mir das jetzt«, sagte Murphy. »Und zwar alles.« Er bedrohte sie wieder mit der Waffe.

»Sagen Sie ›Bitte‹«, antwortete Madison.

Murphy biss die Zähne so fest zusammen, dass es knirschte.

»Na los«, sagte Madison. »Sagen Sie ›Bitte‹.«

»Madison«, flüsterte Kevin.

»... bitte«, knurrte Murphy schließlich.

»Nein. Ich gehe wieder ins Bett. Ich werde mich morgen mit der Polizei unterhalten, aber mit Ihnen rede ich ganz bestimmt nicht, solange Sie so schlechte Laune haben. Gute Nacht, Mr Murphy. Schlaf gut, Dad.«

Madison hob ihr Telefon auf, drehte sich um und verschwand nach oben. Murphy sah ihr nach.

Nelly war, wie er bemerkte, wieder zu sich gekommen, doch sie bewegte sich nicht. Kevin war weiß wie die Wand.

Murphy schob sich die Glock zurück in den Gürtel. »Deine verfickte Tochter ist total außer Kontrolle, verdammt!« Er stiefelte aus dem Haus und trat auf dem Weg zum Motorrad im Vorbeigehen eine Topfpflanze um.

Allmählich nahm in Murphys Kopf eine Geschichte Gestalt an. Georgias Tod war ein Unfall gewesen, Jasmine und Cierra waren – aus Angst, in Schwierigkeiten zu geraten – weggelaufen, hatten sich ihre Rucksäcke geschnappt und versteckten sich jetzt irgendwo. Und es musste einen Grund geben, weshalb Madison derartig ruhig und selbstsicher war. Die Weigerung dieser kleinen Kröte, zu erzählen, was sich hinter ihrem arroganten Puppengesicht an Geheimnissen verbarg, war kaum auszuhalten, aber das … das hieß auch, dass Jasmine vielleicht doch nichts ganz so Schlimmes passiert war.

Zwei gegensätzliche Gefühle kämpften in Murphy um die Oberhand. Seine Tochter war verschwunden, und das fühlte sich an wie eine Krankheit, wie eine Lungenentzündung: Etwas lag ihm schwer auf der Brust, er konnte kaum atmen, und er glühte fiebrig. Aber gleichzeitig war da plötzlich etwas Neues in ihm: ein Funken Hoffnung.

Die Rucksäcke von Jasmine und Cierra sind weg, das heißt, beide haben es vom Lake Nameless Trail zur Fischerhütte am Lake Mackenzie geschafft. Während er auf Jacks Motorrad nach Hause fuhr, machte sich plötzlich in ihm eine Gewissheit breit. *Jasmine lebt.*

Morgen früh würde er zum See rauffahren und sich an der Suchaktion beteiligen, die mit Sicherheit dort organisiert werden würde.

Er parkte die Geländemaschine in der Auffahrt, direkt hinter Butchs Hilux. Aus dem Schuppen dröhnte Musik – Butch war immer noch da drin.

Murphy ging in sein Zimmer und blieb vor Jasmines Zeichnung stehen. Zum ersten Mal seit Saras Tod kniete er vor seinem Bett nieder und betete.

Sara, wenn du wirklich da oben bist – ich brauch dich jetzt … bitte bring Jasmine zurück zu mir. Ich verspreche, dass ich nie wieder Gras rauchen werde, ich werde nie wieder …

Er überlegte, welche Dinge Sara besonders missfallen hatten.

Ich werde nie wieder Gras rauchen, ich höre auf zu fluchen. Ich … ich mache es wieder gut, Gott. Mit wem auch immer ich sprechen muss. Ich kriege mein Leben wieder auf die Reihe, das schwöre ich … Jesus, bitte bring sie sicher wieder nach Hause, dann schleppe ich sie auch jeden verfluchten Sonntag in die Kirche, das schwöre ich …

KAPITEL FÜNFUNDZWANZIG

CON

Con und Eliza saßen sich in einem Wartezimmer im Launceston General Hospital gegenüber. Gabriella lag mitten auf dem Teppich, die Jacke als Kissen unter dem Kopf, und schlief tief und fest. Helles Sonnenlicht fiel aus einem strahlend blauen Morgenhimmel durch die Dachluke.

Sobald Jack sicher im Rettungshubschrauber lag, waren Gabriella und Eliza direkt zum Krankenhaus gefahren. Con hatte auf dem Weg noch im Hotel haltgemacht, um seine Medikamente zu nehmen. Trotzdem fing der Schlafmangel an, sich bemerkbar zu machen. Er spürte, dass er kribbelig wurde und Wut in ihm hochkochte.

Madison Mason.

Wenn Jack die Wahrheit sagte, hatte Madison die ganze Sache geplant. Na ja, fast – auf alle Fälle das Verschwinden der Mädchen. Und Georgias Tod? Eher nicht.

Con stand auf und schritt in dem Wartezimmer auf und ab. Ein Mädchen, das für Publicity die eigene Schwester in Gefahr brachte. Trotzdem, solange er nicht mit ihr gesprochen hatte …

Sein Telefon vibrierte. Commander Normandy.

Er hatte ihr vom Hotel aus eine Nachricht hinterlassen, aber das war mitten in der Nacht gewesen. Offensichtlich war sie inzwischen wach.

»Ich muss nur kurz telefonieren, Eliza. Bin gleich wieder da.«

Eliza nickte. Die Leopardenschleife auf ihrem Kopf geriet ins Wanken. Sie sah todmüde aus.

Con ging nach nebenan, um den Anruf anzunehmen.

»Cornelius.« Die Stimme seiner Vorgesetzten klang frostig. »Geht es Ihnen gut?«

»Ich bin im Krankenhaus«, antwortete Con. »Ich warte darauf, dass Jack wieder aufwacht.«

Ihre Stimme wurde hart. »Und Sie glauben ihm tatsächlich?«

»Ich … ja. Ich glaube ihm.«

»Er versucht, sich rauszureden. Er wurde am Tatort angetroffen – am Tatort angeschossen. Mit Eliza müssen wir uns über kurz oder lang ebenfalls beschäftigen, aber im Moment haben die Mädchen oberste Priorität. Jacks Behauptung, sie hätten ihr Verschwinden selbst inszeniert, ist eine äußerst praktische Schutzbehauptung.«

»Für ihn war das quasi ein Geständnis auf dem Sterbebett«, widersprach Con. »Er hatte keinen Grund, uns anzulügen.«

»Ihnen ist klar, dass uns das in eine heikle Situation bringt.«

»Inwiefern?« Con ging dieses Gerede um den heißen Brei zunehmend auf die Nerven.

»Madison Mason hat all das vorausgesehen. In ihrem Video sagt sie, die Polizei würde als Erstes Murphy ins Visier nehmen, dann Michaels und dann sie. Gabriellas Gefühlsausbruch …«

»Der absolut ins Schwarze traf!«

»Der absolut unprofessionell war! Gabriellas Gefühlsausbruch gibt jedem windigen Strafverteidiger eine Steilvorlage an die Hand, um Madison mit Leichtigkeit aus allem rauszuhauen, wozu es keine hieb- und stichfesten Beweise gibt!«, blaffte Normandy. »Das haben wir jetzt nicht mehr in der Hand. Ich gehe jedoch fest davon aus, dass Gabriella inzwischen weiß, dass sie von dem Fall abgezogen wurde, ja? Zwingen Sie mich nicht dazu, es selbst zu tun. Sie sind der leitende Ermittler.«

»Commander«, sagte Con gequält – das Gespräch ging nicht in die Richtung, die er erwartet hatte. »Ich finde, Sie sollten das dringend noch mal überdenken.«

»Glaub ich Ihnen gern«, sagte sie. »Ich schicke Detective Tran jetzt zu den Technikern in die Fischerhütte, und Sie schicken Gabriella nach Hause. Und zwar sofort, sonst können Sie gleich mitgehen.«

»Commander, ich …«

»Kommen Sie in die Gänge, Badenhorst, und finden Sie raus, ob Jack die Wahrheit sagt oder nicht. Und zwar *bevor* Sie Madison Mason zur Rede stellen. Ach, und Cornelius? Ich komme nach Limestone Creek. Höchste Zeit, mir selbst ein Bild zu machen. Ich bin in ein paar Stunden da. Sollte mir Gabriella über den Weg laufen, weiß ich, dass Sie zu schwach waren, um meine Anweisungen zu befolgen.«

Sie legte auf.

Sie ist wahrscheinlich eher kein Morgenmensch, dachte Con wütend. *Na ja. Ich auch nicht.*

Er ging zurück ins Wartezimmer. Gabriella schlief immer noch, aber Eliza war nicht mehr da, stattdessen ein Pfleger, der dasaß und mit seinem Telefon spielte. Als er Con bemerkte, steckte er es eilig weg. »Mr Michaels ist jetzt wach. Sie können zu ihm rein, wenn Sie wollen. Ihre andere Kollegin ist schon vorgegangen.« Er warf Gabriella einen skeptischen Blick zu. »Ich wusste nicht, ob ich sie wecken soll, aber der zweiten Beamtin schien es nichts auszumachen.«

Con ließ Gabriella schlafen und folgte dem Pfleger zu Jacks Zimmer.

KAPITEL SECHSUNDZWANZIG

ELIZA

Nur Sekunden nachdem Con aus dem Zimmer gegangen war, um zu telefonieren, betrat ein junger Pfleger den Raum und tippte auf einem Tablet herum, das in einer dicken Schutzhülle steckte.

Der Pfleger sah auf Gabriella hinunter, die immer noch leise schnarchte, und wandte sich an Eliza. »Detective?«

Eliza zögerte keinen Augenblick. Sie nickte.

»Mr Michaels ist wieder bei Bewusstsein, aber noch sehr schwach. Er hat viel Blut verloren und wurde bis vor Kurzem operiert«, berichtete er. »Der Chirurg sagt zwar, dass Mr Michaels Schonung braucht, aber ihm ist auch klar, dass Sie dringend mit ihm sprechen müssen. Sein Zustand ist recht kritisch, die Narkose hat gerade erst nachgelassen, und wir haben ihm noch keine Schmerzmittel verabreicht. Gut möglich, dass dies der einzige Augenblick ist, wo Sie etwas Vernünftiges aus ihm rauskriegen.«

Elizas Blick schnellte zu Gabriella und wieder zu dem Pfleger zurück.

»Ja. Wir müssen mit ihm sprechen«, sagte sie.

»Okay. Aber fassen Sie sich bitte kurz. Und ich muss dabeibleiben, um seinen Zustand zu überwachen.«

Eliza bat ihn mit einer Geste, vorauszugehen. Als sie vor Jacks Zimmer ankamen, blieb sie stehen. »Es tut mir leid, Sir, aber momentan … gilt jeder als verdächtig. So sind die Vorschriften.

Sie müssen draußen warten.« Sie legte besondere Autorität in ihre Lehrerinnenstimme. »Und bitte versuchen Sie nicht, zu lauschen, Sir. Ich möchte Sie nicht wegen Behinderung der Ermittlungen verhaften müssen. Wir befinden uns in einer laufenden, äh, Mordermittlung.«

Der Pfleger nickte unbehaglich. Eliza fixierte ihn mit strengem Blick, schenkte ihm ein äußerst professionelles Nicken und betrat das Zimmer.

Jack lag im Bett, dick einbandagiert, einen Zugang im Arm, eine Kanüle in der Nase. Er schwitzte, die Augen waren blutunterlaufen, das Gesicht bläulich verfärbt.

Er versuchte, sich aufzurichten, und zuckte zusammen. »Eliza … haben sie sie gefunden?« Er sprach undeutlich, fast lallend.

»Es tut mir so leid … ich hätte dich fast umgebracht«, flüsterte Eliza und ging neben dem Bett in die Hocke. »Es tut mir leid.«

»Wo sind die De-Detectives?«, fragte er. Seine Zähne klapperten.

»Auf dem Weg. Hör zu, Jack«, sagte Eliza. »Du hast gesagt, die Mädchen hätten ihr Verschwinden geplant?«

»Nein!«, sagte er und versuchte wieder, sich aufzusetzen. »Habe ich nicht. Hab ich nicht. Das – das darf niemand erfahren.«

»Jack!« Eliza sah über die Schulter zur Tür. Dann beugte sie sich näher an sein Ohr. »Was hat Madison gegen dich in der Hand?«

»Wo-wovon redest du?«, stammelte Jack. Sein Atem ging schwer, die Augenlider fingen an zu flattern, und er sank auf die Matratze zurück.

»Madison hat dich mit reingezogen, hab ich recht?«, sagte sie. »Hat sie dich erpresst?«

»Woher … Wa-was hat sie dir erzählt?«, keuchte Jack.

»Sag mir, womit. Ich kann dir helfen«, bedrängte Eliza ihn weiter. Sie hasste sich dafür, aber es musste sein. Um sich zu wappnen, dachte sie an ihre Nichte. »Hatte sie vor, dich und Jasmine zu verraten?«

»Was … was weißt du denn davon – *du* hast es Murphy erzählt!«

Eliza schnalzte mit der Zunge. »Jack …«

Die Tür flog auf, und Con kam mit großen Schritten ins Zimmer. »Michaels. Sie sind wach. Gut.« Er verschränkte die Arme. »Sie müssen mir jetzt die Wahrheit sagen.«

»Ich – ich weiß nichts …«

»Verarschen Sie mich nicht, Jack«, sagte Con. »Sie wurden mit dem Eigentum von zwei der vermissten Mädchen aufgefunden, und Sie hatten mit einer von beiden Geschlechtsverkehr.«

»Detective! Bitte!«, sagte der Pfleger und betrat hinter ihm das Zimmer. »Er braucht Ruhe.«

»Und? Georgias Blut klebt an Ihren Händen. Helfen Sie uns jetzt dabei, die anderen zu finden? Oder haben Sie sich das nur ausgedacht, um sich selbst zu schützen? *Sie* wurden an dem Ort aufgefunden, wo die Mädchen sich vermutlich zuletzt aufgehalten haben. *Sie* hatten mit einer der Vermissten Geschlechtsverkehr. *Sie* waren an dem Tag, als die Mädchen verschwanden, mit auf dem Berg.«

Jack stöhnte. Er zitterte, schüttelte den Kopf, die Tränen liefen ihm übers Gesicht.

»Mr Michaels?« Der Pfleger eilte an sein Bett und überprüfte die Anzeigen auf dem Überwachungsmonitor. »Bitte, Detectives, ich muss Sie jetzt wirklich bitten, zu gehen.«

»Nein. Ich muss es aus seinem Munde hören. Ich muss hören, dass er zugibt, gelogen zu haben, was den Plan betrifft, und dass er die Mädchen in noch größere Gefahr gebracht hat, nur um seine eigene Haut zu retten.«

Als Eliza merkte, wie sehr Con Jack bedrängte, wurde ihr endgültig klar, dass sie ihr Geheimnis nicht länger für sich behalten durfte. Sie konnte Wren nicht länger beschützen.

Sie wandte sich an Con, packte ihn am Arm und zog ihn mit sich hinaus vor die Tür.

»Eliza, was tun Sie denn …«

»Höchste Zeit, Ihnen die Wahrheit zu sagen«, begann sie. »Aber bitte … was auch immer Sie tun, erzählen Sie Madison nichts davon.«

Sie sah sich suchend um und entschied sich kurzerhand für eine Nische, in der Bettwäsche gelagert wurde, auf der anderen Seite des Flurs. Con folgte ihr in den winzigen Schlupfwinkel hinein.

»Ich muss Ihnen etwas gestehen … es geht um den Streit zwischen Jasmine und Madison.« Eliza konnte ihm nicht in die Augen sehen. »Vor ein paar Wochen kam Madison zu mir. Sie bat mich darum, auf dem Ausflug dafür zu sorgen, dass Cierra und sie sich ein Zelt teilten und Jasmine und Bree ein weiteres.«

»Was? Das ist alles?« Con stieß ein zynisches Lachen aus. Er wirkte heute irgendwie aus der Fassung. »Wer mit wem übernachtet? Wunderbar, Fall gelöst, vielen Dank für …«

»Darum geht es nicht«, fiel Eliza ihm ins Wort. »Madison kündigte an, dass sie und Jasmine am zweiten Tag im Camp eine Prügelei inszenieren würden. Und dass ich danach alle anderen inklusive Madison vorausschicken und nur Jasmine, Georgia, Bree und Cierra bei mir behalten sollte. Sie wollte, dass wir fünf allein hinter der Gruppe zurückbleiben.«

»Was? Und damit waren Sie einverstanden?« Con war fassungslos.

»Ich dachte, sie wollten nur irgendwas filmen! Das ist alles nicht so einfach …«

»Warum um alles in der Welt haben Sie da mitgemacht, Eliza?«

»Weil Madison mich erpresst hat«, sagte Eliza eilig.

Das saß. Con brauchte einen Moment, um das zu verdauen. »Womit? Was um alles in der Welt sollte eine Schülerin gegen Sie …«

»Was ich damit sagen will: Ich bin mir sicher, dass Jack die Wahrheit sagt. Madison hat mich dazu gebracht, die vier Mädchen vom Rest der Gruppe zu trennen. Die Mädchen waren imstande, eine Prügelei zu inszenieren. Dann waren sie auch imstande, ihr eigenes Verschwinden zu inszenieren.«

»Warum zum Teufel haben Sie mir das nicht schon viel früher erzählt? Georgia ist tot!«

Jacks Zimmertür ging auf, und der Pfleger kam auf sie zu. »Er will Sie sprechen – er lässt sich nicht beruhigen. Er sagt, es geht um die Mädchen.«

Con eilte zurück in Jacks Zimmer, Eliza lief hinterher. Ein zweiter Pfleger half Jack dabei, aus einem Glas Wasser zu trinken, aber als er Con sah, ließ er es fallen und machte sich nass. In seinem fahlen Gesicht glühten zwei rote Flecken.

»Es war Madisons Idee«, sagte Jack. Er war immer noch schweißnass. »Cierra musste mitmachen, weil Madisons Zuschauer sie kennen. Georgia …« Jack zögerte. »Sie dachte, es würde ihrem Museum helfen. Dass sie, wenn sie ein paar Monate später aus den Bergen zurückkämen …«

»Ein paar *Monate*?«, wiederholte Con. »Die Mädchen planten, monatelang zu verschwinden?«

Selbst die Pfleger wirkten schockiert und musterten Jack mit morbider Faszination.

»Gehörte Georgias Tod auch zum Plan?«, fragte Con.

»Alle *lieben* Georgia!« Jacks Gesicht wurde leichenblass, als ihm endlich klar wurde, dass er womöglich dafür verantwortlich gemacht werden würde. »Der Plan lautete, zu behaupten, sie wären entführt worden … Die Einzige, die niemand ausstehen konnte, war Bree.«

»Aber sie gehört doch auch dazu.«

»Bree ist der absolute Albtraum«, sagte Jack. »Madison hat Bree nur mitmachen lassen, weil sie glaubte, es würde ihr helfen. Bree wollte ihren Tod inszenieren, damit endlich allen klar wurde, wie sehr sie sie vermissten – Madison gibt sich heute noch die Schuld an Dennis Tod, und der war ja vor allem der Grund für Brees Depressionen. Madison dachte, wenn Bree ihren eigenen Tod vortäuscht, hört sie endlich damit auf, ständig an Selbstmord zu denken.«

Als Dennis Name fiel, zog sich Eliza der Magen zusammen.

»Und Sie fanden das in Ordnung?«, fragte Con. »Hielten das tatsächlich für eine gute Idee, ja? Ließen zu, dass ein selbstmordgefährdeter Teenager in den Wald läuft und *sein eigenes Verschwinden inszeniert*?«

»Die hätten das sowieso gemacht, ob mit meiner Hilfe …«

»*Das sind minderjährige Mädchen*«, schrie Con. »*Und sie waren in Ihrer Obhut! Sie hätten die Eltern informieren müssen, die Schule, die Polizei, irgendwen!*«

»Bitte, Detective«, sagte einer der Pfleger leise, aber der andere nickte nur zustimmend.

In dem Moment betrat Gabriella das Zimmer und schloss die Tür hinter sich. »Hat die Party etwa schon ohne mich angefangen?«

»Ich mach's kurz: Die Mädchen haben die Sache inszeniert«, sagte Con, ohne Jack aus den Augen zu lassen. »Cierra wollte Klicks für Madisons YouTube-Kanal, Georgia wollte Werbung für ihr Museum, und Bree sehnte sich nach Mitgefühl. Wir werden gleich erfahren, welche Gründe Jasmine dafür hatte. Richtig, Jack?«

»Das hat Jaz mir nicht gesagt.«

Oh, Jack, dachte Eliza. Das war offensichtlich eine glatte Lüge.

»Und es störte Sie nicht, dass das Mädchen, mit dem Sie ins Bett gehen, abhauen wollte?«, fragte Con mit gespielter Geduld.

»Keine Ahnung, ich wollte sie nicht unter Druck setzen …«

»Aber Sie *sind* mit ihr ins Bett gegangen, ja? Und wenn Sie jetzt lügen, bekommen wir beide ziemliche Schwierigkeiten.«

Jack zögerte. »Ja«, sagte er schließlich gedehnt.

»Wie lange schon?«

»Eine Zeit lang.«

»Wie lange?«

»Neun Monate …«

Con schloss die Augen und holte tief durch die Nase Luft, um sich zu beruhigen. Als er die Augen öffnete, hatte er seine Emotionen wieder im Griff, sein Gesicht wirkte fast wieder professionell. »Nur, damit ich das richtig verstehe: Sie haben den Mädchen bei der Durchführung ihres Plans nur aus Liebe zu Jasmine geholfen?«

»Na ja, das auch, und … und weil Madison damit gedroht hat, das mit Jasmine und mir überall rumzuerzählen … außerdem hat sie mir Geld geboten«, murmelte er schließlich.

»Wie viel?«

»Fünf Riesen.«

»Wo zum Teufel hat Madison so viel Geld her?«, fragte Con mit einem Seitenblick auf Eliza und Gabriella. »Wie reich sind ihre Eltern eigentlich?«

»Kevin Mason investiert in Immobilien«, sagte Eliza kleinlaut. Sie fühlte sich immer noch abgestraft.

»Bei den vielen Followern macht sie auf YouTube mit Sicherheit Werbeeinnahmen von mehreren Tausend, Con«, sagte Gabriella.

»Und was genau hat sie von Ihnen verlangt?« Con wandte sich wieder an Jack.

»Ich sollte ein Versteck für sie suchen. Die Rucksäcke oben in der Fischerhütte deponieren. Dort wollten sie eine Zeit lang bleiben … dann sollte ich sie abholen und zu einem Bauernhof in Ridgley bringen …«

»Aber als Sie dann kamen, war niemand dort«, sagte Con.

»Detective, ich glaube, er braucht jetzt wirklich Ruhe«, mischte sich einer der Pfleger ein.

Jack hatte inzwischen die Augen geschlossen, doch er sprach weiter. »Konnte die Rucksäcke von Cierra und Jaz nicht finden … war auf der Stadtseite, war auf der Bergseite … hätte sie … hätte sie inzwischen längst finden müssen … *jemand hat sie mitgenommen.*«

»Zwei Rucksäcke. Wenn Georgia starb, ehe sie es zur Hütte geschafft hatten, erklärt das, weshalb ihr Rucksack noch dort steht«, sagte Gabriella. »Aber wo ist Bree … weshalb hat sie ihren Rucksack nicht mitgenommen?«

»Ich habe keine Ahnung. Die SES-Teams konzentrieren die Suche inzwischen auf den Lake Mackenzie und auf das Gebiet zwischen dort und dem Lake Nameless«, sagte Con und sah zu, wie die Pfleger sich an Jack zu schaffen machten. »Als Nächstes müssen wir mit Madisons Eltern sprechen.«

»Nein!« Jack fuhr hoch. »Die macht mir mein Leben kaputt! Und Ihres auch, Detective!« Er fing an zu husten und konnte nicht mehr damit aufhören. Blutstropfen fielen auf seinen Brustkorb.

»Raus! Alle raus hier! Sofort«, zischte der Pfleger und scheuchte sie hinaus auf den Flur.

Eliza folgte den beiden. Con war bereits wieder am Telefon und lief im Stechschritt auf einen Ausgang zu, der auf einen Innenhof führte. Gabriella rannte ihm kopfschüttelnd hinterher und versuchte offensichtlich, die Wendung der Ereignisse zu verdauen.

Elizas Knie wurden weich, und sie musste sich an die Wand lehnen.

Bitte, Jack, werde wieder gesund. Wenigstens war es jetzt raus. *Und ich werde zum Staatsfeind Nummer eins. Aber ich habe es nicht anders verdient.*

Ihr blieb nur die Hoffnung, dass Madison, wenn alles gut ging, nie dahinterkommen würde, dass Eliza Jacks Geschichte bestätigt hatte …

Wie durch den Gedanken herbeigerufen, hallte plötzlich das Geräusch von klappernden Absätzen auf dem Fliesenboden.

»Hallo, Miss Ellis.«

Vor ihr stand Madison Mason. Frisur und Make-up waren perfekt, sie trug eine teure grüne Vintage-Jacke mit steifem Stehkragen und einer Albatros-Brosche am Revers.

Eliza richtete sich auf. »Madison …«

»Ich habe gehört, Mr Michaels wurde angeschossen. Ich habe mir Sorgen gemacht. Ich habe mich *sofort* von meiner Mum herfahren lassen. Um mich selbst zu überzeugen.« Madison schürzte die Lippen und ließ den Blick zu Jacks Zimmertür gleiten. Ein Arzt eilte gerade hinein, ein Pfleger kam heraus. »Aber jetzt, wo ich Sie hier sehe, wird mir einiges klar.«

»Madison, bitte …«

»Ich hatte gestern Abend Besuch von Jasmines Vater. Es war ein sehr interessantes Gespräch. Mr Michaels war der Einzige, der ihm hätte erzählen können, dass wir die Sache geplant haben. Aber Murphy *hasst* ihn, und ich bin mir sicher, dass jemand seine Geschichte bestätigt hat. Er hätte Jack sonst niemals geglaubt.« Über Madisons linkem Auge fing es ganz leicht an zu zucken. »Tja, Miss Ellis, aber Sie kannten überhaupt nicht den ganzen Plan … wahrscheinlich hat eine von den anderen Ihnen was erzählt. Stimmt's? Ich tippe auf Bree – sie und Denni waren ja so unzertrennlich. Ich dachte, wir hätten darüber gesprochen, was passiert, wenn Sie sich einmischen? Ich dachte, ich weiß Dinge über Sie, die Sie vernichten würden, Miss Ellis. Ist doch so?«

»Madison, bitte hör mir zu. Ich habe Murphy wirklich nichts erzählt«, sagte Eliza. »Die Mädchen sind inzwischen tatsächlich verschwunden. Georgia ist *tot* …«

»Weiß ich«, sagte Madison mit rauer Stimme, ein winziger Riss in ihrer Maske. »Das ist furchtbar. Ich habe Georgia sehr gemocht. Aber …« Sie zwang den Schmerz zurück hinter die Fassade. »Georgia ist verunglückt. Das lässt sich nicht mehr ändern. Ich will gar nicht wissen, wie schlimm das gewesen sein muss, und jetzt haben die anderen drei furchtbare Angst, dass man ihnen die Schuld gibt.«

»Madison, verstehst du denn nicht, wie ernst die Sache ist?«, sagte Eliza. »Das ist die Publicity nicht wert!«

»*Publicity?*«, wiederholte Madison ungläubig und riss einen Moment die Augen auf, ehe sie sich wieder unter Kontrolle hatte. »Miss Ellis, Sie haben keine Ahnung, was wir hier tun, was wir damit erreichen werden …« Sie zupfte an der Jacke herum. »Wir waren uns einig, dass es für die anderen zu schwierig werden würde wegzubleiben, wenn sie die Medienberichte über ihr Verschwinden mitkriegen würden, aber für den Fall, dass Jasmine sich nicht an die Regeln hält und doch online geht oder sonst wie Wind davon bekommen hat, was hier los ist … jedenfalls konnte ich nicht zulassen, dass sie mitbekommt, wie Jack oder ihr Vater unwidersprochen beschuldigt werden. Sie würde sofort zurückkommen, um sie zu schützen. Aber Sie …«, sagte Madison. »Es gibt wirklich keinen Grund, Sie aus der Schusslinie zu nehmen. Sie werden also bald von mir hören, Miss Ellis.« Sie machte auf dem Absatz kehrt und stolzierte davon.

»Madison! Bitte!« Eliza eilte ihr nach. »Madison, du musst die Sache beenden. Bitte!«

»Nein. Selbst wenn ich könnte.« Sie drehte sich zu Eliza um. »Sie haben auch so schon sehr bald genug eigene Probleme.« Madison warf die Haare zurück. »Und nur fürs Protokoll: Denni hat sich Ihretwegen umgebracht.«

Heiße Wut, wie Eliza sie noch nie erlebt hatte, flutete ihren ganzen Körper. Sie musste sich furchtbar zusammenreißen, um Madison nicht die Faust ins Gesicht zu knallen.

»Ich habe unsere kleinen Gespräche immer genossen, Miss Ellis. Wissen Sie noch? *Big Hoop Energy!*«, sagte sie affektiert. »*Die Erlaubnis zur Selbstermächtigung!*« Madison drehte sich um und schlenderte mit klickenden Absätzen davon.

KAPITEL SIEBENUNDZWANZIG

CON

Con stand im Innenhof, zwar ohne Geruch nach Desinfektionsmittel in der Nase, dafür machte der Wählton ihn fertig. Er versuchte es bereits zum dritten Mal und hatte wieder nur Nelly Masons Mailbox dran.

»Rufen Sie mich bitte sofort zurück, Mrs Mason. Ich muss dringend mit Ihnen sprechen.« Er legte im selben Augenblick auf wie Gabriella. »Hast du Tran erreicht?«, fragte er.

»Ja. Sie war gerade beim Suchkoordinator, Constable Darren Cahil.«

»Moment. Der Name sagt mir was.«

»Seine Schwester war Rose Cahil. Verschwunden im Zuge der Entführungen von 1985.«

Con rieb sich das Auge. »Zufall?«

»Damals muss er etwa *zehn* gewesen sein.« Gabriella klatschte in die Hände. »Ich liebe diesen Fall, Con. All diese kleinen Querverbindungen, und jetzt stellt sich auch noch raus, dass die Mädchen sich selbst entführt haben? *Was für eine Wendung!* Danke, danke, danke, dass wir uns noch nicht selbst ins Aus gekickt haben.«

Con zog sich der Magen zusammen.

»Komm mit, ich muss dir was sagen«, antwortete er schleppend.

Sie fing an zu strahlen. »Schon wieder ein Twist im Plot?«

»Ja. Aber einer, der dir nicht gefallen wird.« Mit Gabriella im Schlepptau ging Con zurück ins Gebäude und suchte einen leeren Raum. »Rein hier«, sagte er.

»Oh, Sie sind mir aber ein Schlingel, Detective!« Gabriella warf sich die Locken in den Nacken und stemmte die Hand in die Hüfte. »Können's wohl nicht mehr abwarten, bis Feierabend ist.«

Con verzog das Gesicht. »Gabriella.«

Sie registrierte den Ton seiner Stimme. »Was ist los? Wieso nennst du mich beim vollen Namen?«

»Gestern, als du dich in Madisons Livestream eingemischt hast …«

»Du meinst den Moment, als ich korrekterweise voraussagte, dass sie uns was verschweigt?«

»Ja, also, Commander Normandy hat mich angerufen und … ich glaube, es ist eine Überreaktion – nein, es ist definitiv eine Überreaktion –, aber sie hat gesagt …« Er schluckte. »Dein Auftritt hat die ganze Abteilung in schlechtes Licht gerückt und jede Menge Leute gegen uns aufgebracht … und hat sie, also Commander Normandys Autorität … infrage gestellt, und …« Er schaffte kaum, es auszusprechen. »Du bist raus aus dem Fall.«

Gabriella blinzelte. *»Pardonne-moi?«*

»Seit gestern schon. Außerdem ist Normandy auf dem Weg hierher, sodass ich nicht mal die Möglichkeit habe, es unter den Tisch zu kehren.« Er fing fast an zu flehen. »Es tut mir leid, Gab, ich habe …«

Gabriella richtete sich zu ihrer vollen Größe auf. »Du ziehst mich von dem Fall ab?«

»Nein, nicht ich. Commander Normandy. Du musst noch in der Abteilung vorbei und deine Dienstwaffe abgeben, bis du wieder eingesetzt wirst. Fahr nach Hause, Gabriella.«

»Hast du für mich gekämpft?«, wollte sie wissen. »Hast du für die Mädchen gekämpft?«

»Natürlich!«, sagte er betroffen.

»Aber offensichtlich nicht besonders hart«, blaffte sie giftig. »Ich würde zu gerne wissen, ob sie *dich* weitermachen lassen würde, wenn sie wüsste, was du hier treibst. Schlösser knacken, zum Beispiel. Ohne Durchsuchungsbefehl! Seht her, seht mich an, so ehrbar und erfolgreich bin ich, Mr ›Ich darf trotz PTBS meinen Job behalten, weil niemand sieht, was für eine Belastung ich bin‹.«

»He!« Con stieg die Röte ins Gesicht, und er wurde genauso laut wie sie. »Es ist nicht meine Schuld, dass du eine Teenagerin in ihrem eigenen Livestream angegriffen hast. Welcher Teufel hat dich da eigentlich geritten?«

»Instinkt, Badenhorst«, fauchte sie. Ihre Wangen glühten, offensichtlich peinlich berührt, aber zu stolz, einen Rückzieher zu machen. »Das zeichnet alle guten Polizisten aus.«

»Du hast dich benommen wie auf der Highschool, und was hat es dir gebracht? Bist raus aus einem Fall, der ein echtes Karrieretrittbrett hätte werden können«, sagte Con. »Und noch schlimmer, es sorgt für immensen Gegenwind, den ich jetzt abkriege, der Profi, der nach wie vor versuchen muss, diesen Fall zu lösen.«

»O nein! ›Ich, Held des Jaguar-Falls, will von allen geliebt werden.‹ Du wirst nicht von allen gemocht? *Der Horror!*«

»Warum bist du sauer auf mich? Es ist nicht meine Schuld.«

»Warum schreist du mich an?«, brüllte sie.

»Ich schreie nicht!«, brüllte er.

»Du glaubst, du kannst diesen Fall ohne mich lösen? Schön. Viel Glück, *Schwachkopf!*« Sie stürmte davon.

Das Ganze war so ungerecht. Die Tatsache, dass sie recht hatte, machte es noch schlimmer – sie hatte wirklich guten Instinkt bewiesen.

Er machte Anstalten, ihr nachzulaufen – er wollte ihr noch eins vor den Latz knallen, er wollte sichergehen, dass mit ihr alles okay war, er wusste nicht, was er wollte –, doch dann blieb er ruckartig stehen. Er hatte etwas vergessen.

Er rannte zurück auf Jacks Station. Michaels wurde gerade aus dem Zimmer gerollt, offensichtlich bewusstlos und mit einem Beatmungsschlauch intubiert. Ärzte und Pfleger wuselten um ihn herum.

»Was ist passiert?«, fragte Con, während er sich an die Wand presste, um ihnen Platz zu machen.

Einer der Pfleger antwortete im Vorbeigehen: »Er ist auf dem Weg in den OP. Die inneren Verletzungen sind wohl schwerer als ursprünglich gedacht.«

Con durchfuhr ein stechendes Schuldgefühl, das er wütend verdrängte. Die barsche Befragung war nötig gewesen. Das Leben von drei Mädchen stand auf dem Spiel.

»Was ist mit der anderen Frau? Eliza – blond, Brille, Leopardenschal um den Kopf. Haben Sie gesehen, wo sie hingegangen ist?«

Der Mann zuckte die Achseln und eilte Jack hinterher. »Keine Ahnung.«

Con sah ihnen nach und wandte sich zum Gehen.

Sollte er Gabriella oder Normandy zuerst anrufen?

Er entschied sich für Gabriella.

Sie drückte ihn weg.

Er fluchte und rief seine Vorgesetzte an.

»Cornelius«, sagte sie, »was haben Sie mir zu berichten?«

KAPITEL ACHTUNDZWANZIG

ELIZA

Eliza klammerte sich an Darrens Rücken, die Sitzbank der Geländemaschine war hart und durchgesessen. Sie rasten den Lake Mackenzie entlang. Die Allradpiste führte nah am sandigen Ufer entlang und bot ihnen einen ungehinderten Ausblick auf den eiskalten Bergsee. In dem teils sattgrünen, teils dunkelblauen Wasser spiegelten sich der Himmel und die umliegenden Gipfel.

Wenn Madison ernst machte, war dies Elizas letzte Chance, sich an der Suchaktion zu beteiligen. Ihre letzte Chance, die Suche zu der Stelle hinzulenken, wo Georgia die Gestalt gesehen hatte, und vielleicht, nur vielleicht, etwas zu finden, das half, die Mädchen wiederzufinden und Madison aufzuhalten, ehe Wrens Leben zerstört war.

Auf dem See tanzten signalfarbene Schlauchboote, immer wieder erschienen Polizeitaucher an der Wasseroberfläche. Hoch oben zog der Hubschrauber weite Kreise, tauchte auf und verschwand wieder. Mindestens zwei Drittel der Suchmannschaften konzentrierten sich inzwischen auf dieses Gebiet, sowohl direkt am Ufer des Sees als auch überall drum herum. Wäre das Motorrad nicht so laut gewesen, hätte sie sicher die schallenden Rufe gehört. »Jasmine! Bree! Cierra!«

Sie hatte Darren gebeten, den Wallaby-Pfad, der zur Hütte führte, links liegen zu lassen und weiter der Schotterstraße zu folgen. Er hatte ihr zu erklären versucht, dass die verschwundenen Rucksäcke von Jasmine und Cierra ein Hinweis darauf waren, dass die beiden das Buschland hinter sich gelassen hatten, in das sie selbst jetzt gerade immer tiefer vordrangen, immer weiter bergauf, aber Eliza hatte sich nicht beirren lassen.

Schließlich blieben sie stehen, und Darren stellte den Motor ab. »Und? Hier ungefähr, oder?« Er schnallte die Rucksäcke vom Gepäckträger und reichte Eliza ihren.

Sie befanden sich auf einer Anhöhe neben einem kleinen Wäldchen aus verkrüppelten Weißen Eukalyptusbäumen, die ihre Wurzeln um große hellgraue Felsbrocken geschlungen hatten. Bis auf die Bäume war die Landschaft um sie herum weit und offen: eine karge, mit niedrigen Sträuchern und Gras bewachsene Ebene, gesprenkelt mit schroffen Felsspitzen und kleinen Teichen. In der Ferne erhob sich in bläulichem Dunst der Ironstone Mountain. Insekten surrten, Grillen zirpten.

»Wissen Sie, wo wir sind?«, fragte Darren. Er musterte sie eingehend.

»Ich glaube schon«, sagte Eliza.

»Mir ist klar, dass das, was gestern Abend mit Jack passiert ist … schwierig für Sie ist. Aber was genau hat sich seit unserem letzten Versuch verändert?« Obwohl er höflich interessiert klang, verrieten seine Augen den Zweifel.

Ich habe gestern Nacht auf jemanden geschossen. Weil ich dachte, er wäre ein Bärenmann. Ich habe dasselbe Grauen gespürt.

»Es sind viele Gefühle dabei hochgekommen«, sagte sie. »Und mit den Gefühlen Erinnerungsbrocken.« Sie deutete erst auf den Ironstone Mountain, dann auf einen nahe gelegenen Grat. »Ich bin mir sicher, dass Georgia dachte, sie hätte *da oben* jemanden gesehen.«

In etwa fünfhundert Meter Entfernung erhob sich ein steiler Felsrücken, der aussah wie eine Fächerfischflosse. Auf dem höchsten Punkt stand ein einzelner Weißer Eukalyptus, der seine Blätter in den Himmel streckte. Er war so groß und fehl am Platz, dass Eliza sich sicher war, ihn wiederzuerkennen.

Darren musterte skeptisch den Felsgrat. »Sie erinnern sich an den Felsrücken, auf dem Georgia die Gestalt gesehen hat?«

»Ich erinnere mich an den Baum. Ich erinnere mich an die Flossenform.«

»Hier gibt es jede Menge Bäume und einzeln stehende Felsrücken«, sagte Darren.

»Ich erinnere mich an den Ironstone Mountain im Hintergrund. Ich erinnere mich, dass wir kurz vorher den Pfad zur Penny-Royal-Hütte passiert hatten. Ich erinnere mich daran, dass der Lake Nameless irgendwo im Osten lag. Und ich erinnere mich an den großen Weißen Eukalyptus auf einem Flossenfelsen, weil Georgia behauptete, was immer sie gesehen hatte, hätte sich dahinter versteckt.«

»Dann hätten wir mehr Leute mitnehmen sollen«, sagte Darren und zog sein Satellitentelefon aus der Tasche.

Eliza legte ihm die Hand auf den Arm. »Je weniger Leute, desto besser. Wenn Georgia tatsächlich jemanden gesehen hat, ist es demjenigen bis jetzt gelungen, den Suchmannschaften auszuweichen. Das heißt, wir müssen leise sein. Außerdem … ich meine, falls er … ist, was Georgia in ihm gesehen hat …«

»Wir müssen uns an die Regeln halten, Miss Ellis.«

»Das meine ich doch gar nicht.« In ihrer Stimme lag ein Hauch Verzweiflung. »Hören Sie, wären Sie nicht gern derjenige, der den Hungermann findet? Für Ihre Schwester Rose?«

Das war unter der Gürtellinie, und sie hasste sich dafür, aber es erzielte den gewünschten Effekt. Darren zögerte, auf seinem Gesicht lagen die Emotionen offen im Widerstreit.

»Was hoffen Sie denn da oben zu finden?« Seine Miene wurde streng. »Sie bringen mich in eine schwierige Lage.«

»Wer weiß, was wir finden?«, sagte Eliza. »Hinweise? Beweise. Antworten.«

Darren musterte sie misstrauisch. Dann fasste er einen Entschluss. »Also. Gehen wir.«

Sie verließen den Wanderweg und gingen direkt auf den Felsrücken zu. Plötzlich hatte Eliza Toms Stimme im Ohr. *In den Great Western Tiers einen Wanderweg zu verlassen ist der reinste Selbstmord. Versucht es gar nicht erst.* Das hatte er der versammelten Wandergruppe eingebläut, ehe sie die Schule verlassen hatten.

Aber so schlimm würde es schon nicht sein. Die Gegend um sie herum war ungewöhnlich offen, und das Eukalyptuswäldchen würde ihnen Orientierung bieten.

Sie hätte wissen müssen, dass es nicht so einfach war. Was vom Weg aus gewirkt hatte wie niedriges Gestrüpp, waren in Wirklichkeit Büsche, die ihnen bis zu den Schultern reichten, ab und zu sogar bis über den Kopf. Der Untergrund war zerklüftet und uneben und immer wieder übersät mit unerklärlich sumpfigen Flecken.

»Bleiben wir einen Moment hier stehen«, sagte Darren nach zehn Minuten. Obwohl das Gebiet relativ flach war, entpuppte sich das Gehen als anstrengend. Sie waren umringt von Kupferblatt-Scheinbeere, einer Pflanze, die es nur in Tasmanien gab. Die großen Büsche hatten dunkelgrün glänzende, gezackte Blätter und Blütenstände mit kleinen weißen Blüten, die wie Glöckchen geformt waren. Eine wunderschöne Pflanze mit einem Geruch nach Wildnis und Freiheit, in voller Blütenpracht und hier draußen im Buschland am perfekten Ort.

»Schließen Sie die Augen und drehen Sie sich dreimal um die eigene Achse«, sagte Darren.

»Was?«

»Ich möchte Ihnen etwas zeigen.«

Eliza schloss die Augen und tat wie geheißen. Als sie sie wieder aufmachte, hörte sie, wie Darren laut raschelnd im Gebüsch verschwand. Sie sprang erschrocken zurück und schnitt sich an den scharfen Blättern die Handrücken auf.

Dann stand Darren plötzlich hinter ihr.

»Was soll das?«

»Ich will, dass Sie mir die Richtung zum Wanderweg zeigen. Ich habe meine Position verändert, um Ihnen keinen Anhaltspunkt zur Orientierung zu geben. Zeigen Sie mir die Richtung, aus der wir gekommen sind.«

Eliza deutete in Richtung Weg.

Darren schüttelte den Kopf. »Falsch. Versuchen Sie's noch mal.«

Eliza zögerte, dann deutete sie um fünfundvierzig Grad versetzt zu ihrem ersten Versuch.

»Wieder falsch. Sie sind schon tot. Verirrt im Busch. Und das wo? Zehn Minuten vom Wanderweg entfernt?«

»Wissen Sie denn noch, wo wir sind?«

»Ja.« Er schob den Ärmel hoch und enthüllte einen wasserdichten Kompass, der mit einem Stückchen Seil an seinem Handgelenk befestigt war. »Weil *ich* weiß, dass ich mich hier draußen nicht auf meinen Orientierungssinn verlassen kann.«

»Und wissen Sie auch noch, in welche Richtung der Felsen liegt?«, fragte Eliza.

»Ich versuche, Ihnen etwas klarzumachen. Sich zu zweit auf den Weg zu machen ist dumm. Zu glauben, da oben auf dem Felsgrat wäre nach so langer Zeit und nach so einem Wetter tatsächlich noch was zu finden, ist dumm. Hier draußen rumzusuchen, obwohl wir an den Stellen suchen sollten, von denen wir *wissen*, dass die Mädchen dort waren, ist dumm.«

»Wieso haben Sie sich dann drauf eingelassen, wenn ich so ein dummes kleines Mädchen bin?«

»Weil Sie, Miss Ellis, weder ein kleines Mädchen sind noch dumm. Entweder Sie wissen etwas, das Sie mir nicht sagen, oder Sie lassen sich von Emotionen leiten, die Ihren gesunden Menschenverstand außer Kraft setzen. Ich würde gerne wissen, was der Fall ist.«

»Ich weiß nicht, was Sie meinen.«

Darren ließ den Kompass wieder im Ärmel verschwinden. »Gut. Wir bewegen uns nicht vom Fleck, bis Sie es mir gesagt haben.«

»Das können Sie nicht machen.«

»Sie haben keine Ahnung, wie dringend ich diese Mädchen finden will«, sagte Darren. »Ehe ich nicht erfahren habe, was Sie mir verheimlichen, gehen wir nicht zurück auf den Weg.«

»Hören Sie, Darren … bringen Sie mich einfach nur zu diesem Felsen.«

»Hören Sie mir eigentlich zu?«

»Schön.« Sie schob sich an ihm vorbei. »Gehe ich eben allein.« Sie achtete weder auf die scharfkantigen Blätter noch auf das Surren der Insekten.

Plötzlich machten die Scheinbeerensträucher einem kleinen Streifen blauer Flachslilien Platz, und der Blick auf den markanten Felsen war wieder frei. Querfeldein stampfte Eliza direkt auf den hoch aufragenden Felsrücken mit dem einsamen Weißen Eukalyptus zu.

Hinter sich konnte sie Darrens Schritte hören. Außerdem hörte sie ihn leise kichern, und unwillkürlich stellten sich ihr die Nackenhaare auf. »Wissen Sie, was wirklich interessant ist, Miss Ellis?«

Sie ignorierte ihn, den Blick fest auf den Felsrücken gerichtet.

»Vor einer Sekunde hatten Sie keine Ahnung mehr, in welche Richtung Sie müssen.«

»Sie sind nicht der Einzige, der einen Kompass lesen kann, Constable.« Sie marschierte weiter mitten durchs niedrige Gestrüpp.

»Früher oder später werde ich es rauskriegen, Miss Ellis«, sagte er. »Egal, was es ist. Ich finde es immer raus.«

Und wahrscheinlich eher früher als später, dachte sie. Madisons Gesicht tauchte vor ihrem inneren Auge auf. Wahrscheinlich wartete Con in der Stadt schon auf sie.

Darrens Worte hallten ihr im Ohr. *Sie lassen sich von Emotionen leiten, die Ihren gesunden Menschenverstand außer Kraft setzen.* Eine unbequeme Wahrheit.

Eliza dachte an den Erlaubnisschein in ihrer Tasche:

Ich erteile Eliza Ellis die Erlaubnis, stark zu sein.
Gezeichnet, E. Ellis.

Der Sandsteinfelsen war steil und überraschend zerklüftet, Tussockgrasbüschel überzogen ihn wie einen beengten Garten. Oben auf dem Grat der Rückenflosse wehte ein beißend kalter Wind. Er ertränkte sämtliche Geräusche. Darrens Schritte hinter ihr, sogar ihren eigenen Atem. Es gab nur noch den Wind.

Eliza blieb stehen, schloss einen Moment lang die Augen, ließ den Lärm an sich vorbeitosen wie einen fahrenden Zug, ließ sich vollkommen davon einhüllen. Frisch und klar und frei. Nur für einen Augenblick.

Sie machte die Augen wieder auf und wischte sich die Tränen weg. Direkt vor ihr stand der riesige Weiße Eukalyptus. Dahinter bot sich ihr ein atemberaubender Blick auf in Dunst gehüllte Hügelketten und düstere Berge und undurchdringliche Wildnis.

Sie ging zu dem Baum und legte eine Hand auf den Stamm. Er fühlte sich kalt an. Sie musterte ihn, umkreiste ihn, suchte den Boden ab, schob Grasbüschel beiseite, um die darunterliegende Erde zu begutachten. Sie war auf der Suche nach Fußabdrücken, Schrammen, Stofffetzen, irgendwas.

Doch da war nichts. Nicht der kleinste Hinweis, der ihr verraten hätte, wer hier gestanden, wer sie niedergeschlagen, wessen Schritte sie gehört haben könnte. Genau wie Darren vermutet hatte. Hier gab es nichts zu sehen.

Trotzdem. Sie hatte den Felsen gefunden. Jetzt konnte Darren andere Suchteams herschicken, um die Gegend mit einzubeziehen. Sie war *nicht* völlig nutzlos.

»Miss Ellis«, sagte Darren.

Sie schüttelte ihn ab. »Cierra!«, schrie sie gegen den Wind. »*Bree! Jasmine!*« Der Wind riss ihr die Worte aus dem Mund. »Cierra! Bree! Jasmine! *Cierra, wo seid ihr?*«

»Miss Ellis, da ziehen Wolken auf. Wir müssen umkehren …«

»Cierra! CIERRA!«, kreischte sie.

Der Wind scherte sich nicht um sie. Der Berg scherte sich nicht um sie.

Ihre Knie gaben nach, doch Eliza klammerte sich an den Baum und schrie weiter. »BREE! JASMINE! CIERRA!«

Wo sind die Mädchen? Wo sind die Mädchen? Denni, warum konnte ich dich nicht retten?

Sie fiel auf die Knie. Die Sonne verschwand hinter einer dicken Wolkenwand, und Eliza sah die Regenwolken heranrollen. Der erste dicke Tropfen fiel ihr auf die Wange.

Sie konnte nicht mehr schreien, brachte keine Namen mehr heraus. Sie schlang die Arme um die Knie und trat, nur einen Moment lang, vollkommen weg.

Darren holte seinen Regenumhang aus dem Rucksack, und sie spürte, wie er sie darin einhüllte. Seine Arme fühlten sich warm an. Scham und Schuld und Schmerz überwältigten sie, gaben ihr das Gefühl, winzig zu sein und einsam, verloren in einem Meer aus Wildnis.

Als der Regen heftiger wurde, ließ sie sich von Darren auf die Füße zerren und zurück zum Wanderweg führen, mitten durch Pflanzen und Gebüsch hindurch, betäubt und mit hölzernem Gang.

Der Rückweg kam ihr viel kürzer vor, der eisige Regen raubte ihr sämtliches Gefühl aus Gesicht und Händen. Darren warf ihr immer wieder besorgte Blicke zu, aber ihr war alles egal. Der

Wind hatte nicht nur ihre Schreie weggerissen, sondern auch sämtliche Willenskraft.

Madison wird es der Polizei erzählen.

Das Motorrad stand da, wo sie es verlassen hatten. Eliza hatte Mühe, bei dem Anblick etwas zu empfinden.

Darren drehte sie zu sich um und sah ihr ins Gesicht. »Hören Sie zu, Miss Ellis, ich weiß, es klingt grausam, aber Sie sind vielleicht nach wie vor die einzige Möglichkeit, die Mädchen je wiederzufinden. Sie sind ein guter Mensch. Dass sie verschwunden sind, ist nicht Ihre Schuld.« Sie wünschte, er würde den Mund halten, aber er sprach weiter. »Sie dürfen jetzt nicht aufgeben … bleiben Sie bei mir …«

Sie hob den Blick und sah ihm in die Augen. Sie hatte Mühe, ihn scharf zu sehen. Sie ließ den Blick wieder sinken.

Er seufzte, stieg auf und ließ den Motor an.

Das Motorrad erwachte röhrend zum Leben, der Klang übertönte Wind und Regen, gab ihr ein warmes Gefühl und erinnerte sie, während sie losfuhren, raus aus der Wildnis, zurück in Richtung Stadt, an Technologie, an Zivilisation.

Und die ganze Zeit konnte Eliza nur an ihre Nichte denken.

Und an das, was kommen würde.

KAPITEL NEUNUNDZWANZIG

MURPHY

Der Traum war Murphy inzwischen so vertraut, dass ihm fast schon bewusst war, dass er träumte.

Außerdem stürzte er inzwischen langsamer, es dauerte länger, bis er unten im Nebel aufschlug.

Wir werden dich finden, Jasmine. Wir finden dich.

Er hatte erwartet, beim Aufprall seiner Tochter zu begegnen, die da unten auf ihn wartete, aber es war nicht Jasmine … es war seine Frau.

Sara stand da, das Gesicht nach oben gerichtet, die Haare vom Wind zerzaust, und streckte lachend die Arme nach ihm aus. Ihr lavendelfarbenes Kleid ließ die Schultern frei. Ihre weißen Zähne blitzten, Erregung lag in ihrem Blick, dann krachte er in sie hinein.

Er fuhr hoch und war auf einen Schlag wach. Er atmete ein paarmal tief ein und aus, rollte sich auf die Seite und starrte in die Dunkelheit.

Später am Vormittag stand Murphy vor dem Haus und las die obszöne Beschimpfung, die jemand mit Unkrautvernichter in seinen Vorgarten geätzt hatte.

Eine alte Frau kam auf ihrer täglichen Übungsrunde im Laufschritt vorbei. Sie bremste ab, las, schnaubte empört und starrte Murphy böse an. Dann beschleunigte sie wieder und lief davon.

»Ich hab das nicht geschrieben!«, rief Murphy ihr nach.

Die Frau legte noch einen Zahn zu.

Auf der anderen Straßenseite parkten zwei Fahrzeuge: ein Streifenwagen, dessen Insassen Murphy nicht aus den Augen ließen, und das Auto eines Journalisten, der ihn ungeniert fotografierte. Murphy kratzte sich gemächlich die Eier, sah dem Mann direkt in die Augen, drehte sich um und ging zur Haustür zurück. Er betrat das Haus und knallte die Tür hinter sich zu.

»Füge diesem scheiß Haus nicht noch mehr Schaden zu!«, murrte Butch, der in seinen Blundstone-Boots dastand, um das zerbrochene Glas auf dem Küchenboden zusammenzukehren, nachdem in der Nacht schon wieder ein Ziegelstein durchs Fenster geflogen war. Offensichtlich hatte Madisons herzerweichende Unschuldsverkündung die Leute nicht wirklich überzeugt.

Murphy warf sich auf die Couch. Er schaute zum Fernseher und sofort wieder weg. Mitten im Bildschirm prangte ein Loch. Das war Butchs Fuß gewesen.

Butch war offensichtlich gestern Abend, nachdem Skinner gegangen war, ins Haus gekommen, um sich die 24-Stunden-Berichterstattung reinzuziehen. Und er war noch ziemlich drauf gewesen von dem Angel Dust. Irgendwann hatte er sich so aufgeregt, dass er den Fernseher eingetreten hatte. Die neusten Entwicklungen hatten sich alle um Murphy gedreht – *wir verkaufen kein Gras an Minderjährige* – und um seinen offensichtlich enorm großen Einfluss auf Madison Mason, der sie zu der entschiedenen Erklärung veranlasst hätte, er sei unschuldig am Verschwinden der Mädchen.

Madison Mason … Murphy würde einem Mädchen nie etwas antun, aber der kleinen Schlampe hätte er am liebsten den Hals umgedreht.

Dann wurde ihm leichter ums Herz. Sara war ihm im Traum erschienen. Hieß das, sie hatte sein Gebet erhört? Möglicherweise.

Trotzdem – Madison war schuld. Sie hatte diesen Plan ausgeheckt, und jetzt war seine Jasmine verschollen. Oder auch nicht. Vielleicht wollte sie nur einfach nicht gefunden werden.

Hoffnung und Angst vermischten sich in ihm und machten ihn noch nervöser. Wohin würde sie gehen? Wahrscheinlich verfügte ihr Rucksack über die gleiche Ausstattung wie die, die sie in der Fischerhütte gefunden hatten. Also. Wo würde sie ihr Lager aufschlagen? Welcher Ort wäre ihrer Meinung nach so sicher, dass niemand auf die Idee käme, dort nach ihr zu suchen?

Dann ging ihm ein Licht auf. *Logisch!* Die Plantage.

Sie wusste zwar offiziell nicht, wo sie ihr Zeug anbauten, aber Murphy hatte schon lange den Verdacht, dass Jasmine ihnen nachgeschlichen war, mindestens einmal.

Er sprang von der Couch und ging zu seinem Bruder. »Los. Lass uns nach der Plantage sehen.«

»Ganz schlechte Idee, Bro«, sagte Butch. »Die Bullen haben uns im Visier.«

»Gut. Sollen sie doch. Spätestens in der Schlucht sind wir sie los. Es kann uns keiner verbieten, im Busch spazieren zu gehen.« Er schaffte es kaum, die Aufregung aus seiner Stimme fernzuhalten, aber er wollte Butch den wahren Grund für seinen Vorschlag nicht verraten.

»Wozu soll das gut sein? Damit gießt du nur Öl ins Feuer. Wenn sie dich im Busch erwischen, denken sie nur, du bist unterwegs, um die Leichen zu verscharren oder sonst was«, sagte Butch. »Was ist denn plötzlich los mit dir? Normalerweise bin ich von uns beiden der, der auf Risiko spielt.«

Murphy hatte Butch nicht erzählt, dass Jasmine ihr Verschwinden geplant hatte. Was zwar dumm war, aber zwischen ihnen herrschte, auch was Jasmines Erziehung betraf, schon immer diese Rivalität unter Brüdern. Er wollte, dass Butch ihn für einen guten Vater hielt, auch wenn seine Tochter inzwischen die Aufmerksamkeit der ganzen Welt auf sich gelenkt hatte mit dieser … Es würde früher oder später zwar sowieso rauskommen, aber wenn er sie heute tatsächlich fand, wäre es vielleicht nicht ganz so schlimm …

Und – na ja – vielleicht wollte er auch Jasmines Ruf schützen. In Butchs Augen war seine Nichte das absolute Musterkind.

»Komm schon, lass uns bitte einfach die Plantage checken. Ich weiß, es klingt albern, aber … vielleicht ist Jasmine ja dort.«

»Viel zu riskant. Die hatten uns noch nie so dermaßen im Visier.«

»Bro! Hörst du mir eigentlich zu? Könnte sein, dass Jasmine dort ist.«

Butch warf resigniert die Arme in die Luft und ging sich umziehen.

Fast unmittelbar nachdem sie ihr Grundstück durch den Garten verlassen hatten, hatte der Busch sie verschluckt. Schattiger Hartriegel, Moschusbäume, dazu das *Kak-kak-kak-kak* eines Pfuhlhuhns. Das Gelände vor ihnen stieg schnell steil an, und die Geräusche der Stadt lösten sich hinter ihnen auf.

Sie machten sich an den Aufstieg. In die schrillen Pfuhlhuhnschreie mischte sich der triste Ruf eines einsamen Kookaburra hoch oben in den gespenstischen Weißen Eukalyptusbäumen. Die ganze Gegend fühlte sich unheimlich an – Murphy hatte die Strecke schon als Kind gehasst, wenn sein Vater ihn rauf zur Plantage schickte, weil er zu faul war, um selbst nach den Pflanzen zu sehen. Dad hatte genau gewusst, wie groß seine Angst war, deshalb gehörte der Gang zur Plantage zu seinen Lieblingsstrafen – abgesehen davon, ihn mit dem Gürtel grün und blau zu schlagen.

Butch schien seine Gedanken zu lesen. »Was, glaubst du, würde der Alte wohl jetzt sagen?«, raunte er leise, aus unbewusstem Respekt für die heilige Stille im Busch um sie herum.

»Der wäre sicher Tag und Nacht draußen auf den Beinen, um

sie zu suchen«, sagte Murphy. »Ein Bier in der einen und die Schrotflinte in der anderen Hand.«

Kurz tauchte die Glock vor seinem inneren Auge auf, die inzwischen in seiner Nachttischschublade lag.

»Und Sara?«

Murphy antwortete nicht gleich. »Keine Ahnung«, sagte er schließlich.

Sie gingen gleichzeitig auf alle viere, um ein steiles Geröllfeld hinaufzuklettern, die Finger zwischen die Steine gekrallt.

»Ich wünschte, sie wäre hier«, sagte Butch keuchend, sobald sie oben waren und wieder zu Atem kamen.

»Ich auch«, sagte Murphy. Er fegte mit den Händen ein Spinnennetz beiseite, als sie sich auf einem Wallaby-Pfad durch ein Gebüsch aus Weißem Eukalyptus und Hartriegel schoben. »Ich habe letzte Nacht von ihr geträumt.«

»Echt? Hat sie was gesagt?«

»Nichts.« Faulige Eukalyptusrinde schmatzte unter Murphys Stiefeln, feucht und glitschig. »Nur gelächelt.«

»Das ist ein gutes Zeichen«, sagte Butch.

»Genau.«

Wieder breitete sich die Stille um sie herum aus. Eine kleine Seegrasmücke landete flatternd auf einem abgebrochenen Zweig, das gelbe Auge direkt auf Murphy gerichtet.

»Du bist ein starker Mann, Murph«, sagte Butch. »Habe ich dir das eigentlich je gesagt?«

»Bin ich nicht«, antwortete Murphy schnell. »Ich bin ein Schwächling.« Seine Stimme wurde rau. »Nach ihrem Tod bin ich zusammengebrochen – du warst doch dabei. Und dann ist alles den Bach runtergegangen. Hab mein Geschäft gegen die Wand gefahren, mein Haus verloren. Nicht mal für Jasmine war ich da …«

»Du bist immer für Jaz da gewesen. Immer«, widersprach Butch. »Sag das nicht. Bei jedem Elternabend. Bei jedem Netzball-Training. Bei jedem verfickten Wutanfall. Wenn sie jemanden zum Reden brauchte, hast du sofort alles stehen und liegen lassen. Du warst da für – keine Ahnung, Scheiße, Mann –, du warst für ihre Gefühle da. Du bist ein verdammt guter Vater, Murph.«

»Ich bin ein Dealer, Butch.«

Butch zögerte. »Oh, Mann … das ist doch nur Gras.«

Der Wallaby-Pfad öffnete sich auf eine mit Scheinbuchen umstandene Lichtung – der reinste Märchenwald. Zwischen Wurzeln und großen bemoosten Felsbrocken zog sich murmelnd ein Gebirgsbach dahin, aus den Buchenstämmen wuchsen leuchtend rote Baumpilze. Auf einem Felsen hockte eine Agame in der Größe einer Bierflasche und beobachtete die Brüder aus ihren trägen, weisen Augen. Der Rand der Lichtung war mit Farnen gesäumt, die sich sanft im Wind wiegten.

Sie blieben stehen. Murphy holte tief Luft. Er war schon wieder kurz vorm Losheulen. »Was soll ich nur machen, Butch? Was soll ich machen, wenn sie nicht zurückkommt?«

»Sie wird zurückkommen. Du hast Sara gesehen. Ich glaube, das bedeutet, sie schickt Jasmine zu dir zurück. So 'nen Scheiß hat die drauf. Mit dem Alten Herrn reden und Jasmine zurückbringen.« Butch war unerschütterlich in seinem Glauben.

Das Jucken in der Kehle war nur die Vorwarnung, dann kamen die Tränen, sturzbachartig. Butch packte seine Schultern und umarmte ihn. Murphy klammerte sich an den breiten Rücken seines Bruders, krallte sich mit den Fingern an seinem Unterhemd fest und vergrub den Kopf an Butchs nackter, nach Schweiß und Dope stinkender Schulter.

»Es tut mir leid, es tut mir leid, es tut mir so leid …«, schluchzte Murphy. Seine Entschuldigung galt allen – Butch, Jasmine, Sara, Gott.

»Sch…, schon gut, es ist gut, Mann. Alles ist gut … Wir werden sie finden. Das versprech ich dir, Bro. Wir werden sie finden …«

Die Scheinbuche über ihnen raschelte wie zum Trost mit ihren kleinen Blättern. Die Agame blinzelte mit ihren trägen Augen und wandte den Blick ab.

Kurz darauf durchquerten sie eine tiefe, dicht mit knorrigen King-Billy-Fichten bewachsene Schlucht. Murphys quälerische Gedanken kehrten ständig wieder zu dem Tag zurück, als Jasmine verschwunden war. Genauer gesagt, zu dem Abend davor. Die Amnesie kitzelte sein Hirn – was Skinner zu ihm gesagt hatte, ließ ihm keine Ruhe. *Wenn ich in der Nacht nicht im Haus war … wo war ich dann?*

Er blieb stehen, aber Butch versetzte ihm von hinten einen Schubs. »Nicht stehen bleiben, hab ich gesagt!«

»Was?«

Butch packte ihn am Hemd und zerrte ihn weiter. »Hörst du mir eigentlich zu? Wir werden verfolgt. *Nicht* umdrehen!«

»Bullen?«, fragte Murphy. Das kümmerte ihn wenig. Er wusste, dass sie sie locker abhängen konnten.

»Nein. Es ist nur einer.«

Murphy nickte. »Also das Übliche?«

Sie erreichten das Ende der Schlucht und wandten sich nach rechts. Vor ihnen lag eine Höhle, der Eingang halb hinter Farnen und Spinnweben und abgebrochenen Ästen verborgen. Streng genommen war es keine Höhle, sondern ein Spalt in einem der kleineren Felsen, die den Abhang stützten.

Eilig sahen die Brüder sich um, um sicherzugehen, dass die Luft rein war, und duckten sich hinein.

Es war staubig, schmutzig, schlammig, verschwiegen. Aus olivgrünen Mooskissen neben dem Eingang spitzten kleine Schleimfußhelmlinge hervor.

Sie stiegen über verstreute Bierdosen bis zum hinteren Ende der Höhle, scheuchten ein paar Eidechsen auf, ließen im Vorbeigehen die Fingerspitzen über ihre in die Höhlenwand geritzten

Namen gleiten, die seit Ewigkeiten dort standen, und verschwanden durch den Hinterausgang auf der anderen Seite.

Zurück im Freien drehten sie um, schlichen neben der Höhle den Abhang wieder hinauf und krochen bäuchlings unter ein paar Farne, die dicht zwischen den Fichtenstämmen wuchsen. Von hier oben aus hatten sie einen guten Blick auf den Eingang zur Höhle. Sie brauchten nicht lange zu warten. Ein schmächtiger kleiner Mann mit dünnem Kinnbart kam langsam auf die Höhle zu. Er trug geflickte Jeans und einen blauen Wollpullover.

»Das ist einer von Dobles Leuten«, flüsterte Butch.

Der Mann sah sich um und duckte sich in den Felsspalt hinein.

Butch und Murphy schlitterten unter ihrem Versteck heraus zurück nach unten und griffen sich jeweils einen schweren Kiefernast.

»Du mischst dich nicht ein, Murph«, sagte Butch mit einer Härte in der Stimme, die Murphy lange nicht mehr gehört hatte. »Du lässt mich das machen.«

»Butch?«

»Es ist mein Ernst. Doble ist der Grund dafür, dass die Leute dir das anhängen. Glaubst du etwa nicht? Das lassen wir dem nicht durchgehen.« Er packte den Ast fester. »Würde mich nicht wundern, wenn Doble hinter der ganzen Sache mit Jasmine steckt.«

»Butch …«, sagte Murphy. Er musste ihm dringend die Wahrheit sagen, je schneller, desto besser.

In dem Moment kam der schmächtige Mann mit schief sitzender Kappe ins Freie gestolpert. Er sah sich um.

Als er Murphy und Butch entdeckte, verwandelte seine Verwirrung sich in Angst.

»Na? Nicht gefunden, was du gesucht hast?«, sagte Butch.

Der Mann wich mit erhobenen Händen zurück. »Easy, Jungs. Ich mache nur einen Spaziergang.«

»Du bist auf der Suche nach unserer Plantage«, sagte Butch und machte einen Schritt auf ihn zu. »Doble hat dich geschickt.«

Der Mann stolperte rückwärts, rutschte aus und landete auf dem Hintern. »Fasst mich nicht an! Der kriegt euch dran, wenn ihr das tut!«

Aus Butchs Kehle löste sich ein tiefes Knurren. »Fuck, ich hab es so dermaßen satt!« Er schlug sich mit dem Ast in die geöffnete Hand und baute sich drohend über dem Mann auf. »Sag Doble, mit dem Nächsten, den er schickt, nimmt es ein schlimmeres Ende als mit dir.«

Er hieb dem Mann vor sich auf dem Boden den Ast mitten ins Gesicht. Die Nase brach, Blut schoss heraus. »Das passiert nie wieder«, heulte er. »Ich schwöre!« Er hielt sich die Hände an die Nase, um die Blutung einzudämmen. »Ich sag es ihm.«

»Wird allerdings nicht leicht mit zwei gebrochenen Beinen.« Butch schwang den Knüppel hoch über den Kopf, aber Murphy hielt ihn zurück.

»Butch!«, sagte er warnend.

»Halt du dich da raus, Murph.«

Der Mann rappelte sich hoch und verschwand mit einem Sprint im Gebüsch, der Oberkörper blutüberströmt.

»Was ist los mit dir?«, knurrte Butch und stieß Murphy von sich.

»Du warst drauf und dran, dem Typen die Beine zu brechen.« Murphy trat zurück. »Wie hätte er mit gebrochenen Beinen wieder den Berg runterkommen sollen? Hättest du ihn etwa getragen?«

Butch schwang den Ast wie einen Kricketschläger. Er konnte Murphy nicht in die Augen sehen. »Geh du nach der Plantage sehen. Ich bleibe hier, falls er mit Verstärkung wiederkommt.«

»Butch!«, sagte Murphy noch einmal warnend.

»Geh einfach!«, zischte Butch.

Also ging Murphy allein. Ein kurzes Stück weiter, hinter einer Schonung aus King-Billy-Fichten, die so dicht an dicht standen, als würden die verkrüppelten Stämme sich küssen, standen zwei massive Felsplatten aneinandergelehnt und formten einen schmalen Durchgang. Er bückte sich, zog an einer Angelschnur, die beinahe unsichtbar quer über die Öffnung gespannt war, und trat eilig zurück.

Von oben schwang mit einem Rauschen ein viereinhalb Kilo schwerer Vorschlaghammer herab, genau dorthin, wo Murphys Brustkorb gewesen wäre. Er wartete, bis der Hammer aufhörte zu schwingen, dann schob er sich daran vorbei und durchquerte den kurzen Tunnel zwischen den beiden Felsplatten. Auf der anderen Seite befand sich ein verstecktes Stückchen fruchtbare Erde, etwa in der Größe eines Basketballfeldes, das etwas erhöht direkt auf die tiefste Stelle der Schlucht hinausging. Sein Großvater Brandon Murphy Senior hatte dieses Stückchen Land vor vielen Jahren gründlich gerodet. Der Vorsprung fiel zu drei Seiten steil ab, war rundum von Kiefernwipfeln und großen Felsbrocken begrenzt und nur über den schmalen Durchgang erreichbar, durch den Murphy gekommen war.

Und hier, versteckt und einsam, streckte sich ein großer Wald von Cannabispflanzen dem Sonnenlicht entgegen und wiegte sich flüsternd im Wind. Dunkelgrün wie Weihnachtsbäume, die typischen siebenfingrigen Blätter saftig und gesund. Über die Felsen stürzte ein Gebirgsbach herab und speiste die sorgfältig angelegten Bewässerungsgräben.

Der Duft der Pflanzen, die Einsamkeit, ein Gefühl von Sinn und Lebendigkeit – normalerweise war dieser Platz für Murphy ein heiliger Zufluchtsort, die Verkörperung all des Guten, das in Marihuana steckte, ein Ort, an dem Marihuana Symbol für ein gutes, gemächliches Leben war, überschaubar und mit genug Geld auf der Bank.

Aber nicht heute.

»Jasmine? Bist du hier?«

Den Bärenfallen ausweichend, die sie überall ausgelegt hatten, rannte Murphy an einer Reihe Pflanzen entlang und hielt Ausschau nach Spuren von Jasmine: nach ihrem Zelt, ihren Fußabdrücken. Er erreichte den Rand des Vorsprungs, legte die Hand auf einen Baumstamm und spähte über die nicht besonders hohe Klippe nach unten in die enge, mit Laub und umgestürzten Bäumen angefüllte Schlucht.

»Jasmine?«, rief er. »Jasmine!«

Doch abgesehen vom Rascheln der Cannabispflanzen und dem Wispern des tasmanischen Buschlands blieb alles still.

Murphy rief noch lange Zeit weiter.

Und nur die Vögel antworteten ihm.

Zusammen mit Butch machte er sich auf den Rückweg. Sein Herz war zentnerschwer, genau wie seine Schritte. Er betrat das Haus durch die Hintertür, trat die Stiefel von den Füßen und erstarrte – er hörte das Husten eines Mädchens. Da war jemand im Haus.

Murphy winkte Butch hektisch zu und hielt sich den Finger an die Lippen.

»Was ist denn jetzt schon wieder …?«

Murphy ignorierte ihn und schlich auf Zehenspitzen zu Jasmines Zimmertür.

Die Bodendielen knarrten unter seinen Schritten.

»Jasmine?«, krächzte Murphy und öffnete die Tür.

Ein angsterfüllter Schrei erklang, und ein Mädchen sprang von Jasmines Bett, dünn und mit dunklen Haaren. Jasmines Fotoalben lagen aufgeschlagen auf der Tagesdecke verstreut.

»Carmen?« Murphys Stimme war immer noch belegt. Er kannte Carmen. Sie war in Jasmines Klasse, hatte ein paarmal bei ihnen übernachtet und gehörte zu Jasmines engerem Freundeskreis. Aber nicht zu den Fab Four.

Das Mädchen nickte schluckend.

»Was machst du hier?«

»Jasmine … hat mir mal gezeigt, wo der Ersatzschlüssel für die Hintertür liegt«, wimmerte Carmen. Sie zitterte vor Angst.

»Ja, aber warum bist du hier?« Murphy trat auf den Flur hinaus und winkte sie aus dem Zimmer. Er hatte Mühe, sich zusammenzureißen. »Würdest du bitte augenblicklich das Haus verlassen? Du bringst mich nur in noch größere Schwierigkeiten!«

»Deswegen bin ich ja hier.«

»Nein!« Murphy durchquerte mit großen Schritten den Flur und riss die Hintertür auf. »Du musst verschwinden.«

»Bitte, Mr Murphy.« Carmen kam ihm hinterher und blieb kurz vor der Tür stehen. »Ich weiß, dass Sie die Mädchen nicht entführt haben. Ich weiß, dass Sie nicht so sind, wie alle sagen.«

»Ich will, dass du *verschwindest*!« Er hatte nicht laut werden wollen, und es tat ihm leid, wie sehr er sie damit erschreckte, trotzdem behielt er die Hand auf dem Türgriff und deutete nach draußen.

»Du hast gehört, was er gesagt hat«, mischte sich Butch ein. Er stand in den Türrahmen gelehnt, die Arme vor der Brust verschränkt, und machte sich noch größer.

»Nein«, sagte Carmen zitternd. »Ich muss Ihnen was erzählen … Ich – ich weiß, mit wem Cierra geschlafen hat …«

»Dann erzähl das bitte der Polizei und nicht mir«, sagte Murphy. »Bitte hau endlich ab, ehe dich jemand hier sieht.«

»Die Kondome waren nur … nur eine Art Witz, glaube ich …«

»*Raus!*«

»Ich weiß, dass Sie nicht mit Cierra im Bett waren, weil Cierra … also, na ja, … *Cierra hatte mit Miss Ellis Sex!*«

Einen Augenblick herrschte Schweigen. Murphys Hand rutschte von der Türklinke.

Butch glitt an der Wand auf den Fußboden runter und fluchte leise vor sich hin.

Murphys Mund ging auf und wieder zu. »Das ist … das ist doch Blödsinn. Eliza ist … sie ist doch keine … oder … was?«

»Cierra ist nicht hetero«, sagte Carmen bestimmt. »Cierra und Miss Ellis waren …«

»Nicht zu fassen!«, sagte Butch. »Wir müssen zur Polizei. Und du sagst denen das, verstanden?«

Carmen nickte eilig. »Ja, klar. Natürlich.«

»Nein«, sagte Murphy plötzlich.

»Wie bitte?«, fragte Butch.

»Das erzählen wir nicht den Bullen.«

»Warum denn nicht, verfickt noch mal!«, schrie Butch.

»Eliza kann die Mädchen nicht entführt haben«, antwortete Murphy. »Sie wurde von hinten niedergeschlagen. Sie kann es nicht gewesen sein. Und ich glaube keine Sekunde lang, dass sie … dass sie mit …«

»Mit einem Mädchen in die Kiste springt?«, fragte Butch.

»Mit einer *Schülerin* ins Bett gehen würde«, sagte Murphy. »Sie ist ein guter Mensch. Eine gute Lehrerin.«

»Das muss unbedingt dieser Detective erfahren! Außerdem kommst du dann endlich aus der Schusslinie …«

»Ganz genau!«, brüllte Murphy, um Butch zu übertönen, der immer lauter geworden war. »Du hast ja gesehen, was die mit mir gemacht haben. Wenn das rauskommt, wird Eliza auf der Straße gelyncht …«

»Sollte sie auch, verdammte Scheiße«, schrie Butch. »Und dich lassen sie endlich in Ruhe.«

»Nein, Butch … Das … das ist meine Entscheidung.« Murphy beugte sich zu Carmen hinunter und sah ihr direkt in die Augen. »Du musst mir versprechen, es niemandem zu erzählen.«

»Wieso zum Teufel ist das deine Entscheidung?«, fragte Butch. »Es ist Carmens Entscheidung.«

»Und ich finde, Sie haben es nicht verdient, dass man so schlimme Sachen über Sie sagt«, ergänzte Carmen.

Murphy verzog keine Miene. »Ich werde mit Miss Ellis sprechen. Aber du darfst es niemandem sagen. Okay? Versprich es.«

Carmen griff nach seinen Händen. »Das ist noch nicht alles. Madison wollte, dass ich Ihnen das hier gebe.«

»Madison hat dich geschickt?« Murphy entzog ihr seine Hände. Plötzlich war ihm kalt.

»Sie wollte, dass Sie über Miss Ellis Bescheid wissen …«, fing Carmen an.

»Madison hat dir gesagt, du sollst mir das erzählen?« Murphy war fassungslos. »Was hat sie dir sonst noch gesagt?«

»Nur das mit Miss Ellis. Und sie wollte, dass Sie das hier bekommen.« Carmen angelte einen USB-Stick aus der Tasche.

Murphy nahm den Stick mit zwei Fingern und hielt ihn möglichst weit von sich gestreckt, als hätte er es mit einer Tigerotter zu tun.

»Murph, du *musst* es den Bullen erzählen«, sagte Butch.

Murphy sah zur Tür hinaus und senkte dann den Blick auf den USB-Stick. *Alles, was diese kleine Hexe von sich gibt, sind Lügen und Gift. Was auch immer da drauf ist, dient ihrem eigenen Zweck. Ich weigere mich, ihr Spiel mitzuspielen – ich glaube keine Sekunde lang, dass Eliza mit Cierra im Bett war, aber ich muss sie auf alle Fälle warnen.*

Er schob den Stick in die Tasche. »Ich nehme den Hilux, und ich werde mit Eliza reden. Carmen, versprich mir, dass du es niemandem verrätst.«

Carmen zuckte die Achseln. »Okay. Es sei denn, Madison sagt mir was anderes – Cierra ist schließlich ihre Schwester. Aber …«

Murphy hatte bereits den Autoschlüssel vom Haken genommen und war auf dem Weg zum Wagen.

KAPITEL DREISSIG

ELIZA

Eliza saß in der Küche auf einem Hocker, frisch geduscht und aufgewärmt. Sie trug ein neues rotes Tuch um den Kopf gewickelt und dazu die goldenen Creolen. Sie trank Weißwein direkt aus der Flasche, starrte zum Fenster hinaus und beobachtete den Wind im Ahornbaum.

Es war erst eine Stunde her, seit sie aus den Bergen zurückgekommen war. Monica war bei Toms Mutter, um Wren zu besuchen. Tom hatte sich einer der Suchmannschaften am Lake Mackenzie angeschlossen. Sarge, der Hund, war in den Garten gesperrt. Sie wollte ihn nicht im Weg haben, wenn die Polizei kam.

Vor ihr auf dem Küchentresen lagen drei gelbe Post-it-Zettel.

Ich erteile Eliza Ellis die Erlaubnis, zu tun, was notwendig ist, um ihre Nichte zu beschützen.
Gezeichnet, E. Ellis

Ich erteile Eliza Ellis die Erlaubnis, nicht die Hoffnung zu verlieren.
Gezeichnet, E. Ellis

Ich erteile Eliza Ellis die Erlaubnis, die stärkste Version ihrer selbst zu sein.
Gezeichnet, E. Ellis

Sie dachte an den Tag zurück, als Madison mit ihrem Plan zu ihr gekommen war, erst ein paar Wochen war das her. Sie war in der Mittagspause im Lehrerzimmer aufgetaucht, mit einem frechen Grinsen im Gesicht, und hatte Eliza vor sämtlichen Kolleginnen und Kollegen gebeten, mitzukommen, um etwas Persönliches mit ihr zu besprechen. Dann hatte sie ihr, in einer Ecke des Parkplatzes, eröffnet, dass sie und Jasmine im Camp während des Schulausflugs einen Streit anzetteln würden, woraufhin Eliza die vier Mädchen vom Rest der Gruppe zu trennen hätte.

Sie hatte ihr keine Wahl gelassen. »Wenn Sie nicht tun, was ich will, erzähle ich überall rum, mit wem Cierra ins Bett steigt …«

Das war alles, was sie sagte, aber für Eliza war es genug.

Ich habe die Erlaubnis, die Hoffnung nicht zu verlieren.

Sie war für Denni nicht da gewesen. Unter dem Strich lief alles immer wieder darauf hinaus. Denni war Elizas kostbarster Schatz gewesen, die Chance, endlich zu bekommen, was die Welt ihr verweigert hatte. Im Gegenzug wollte Eliza Denni geben, was sie selbst nie bekommen hatte, oder Monica oder Kiera. Aber Denni hatte sich trotzdem umgebracht, ganz egal, was Eliza für sie getan hatte. Nichts auf der Welt würde je wieder gut sein. Dann hatte sie versucht, Wren zu beschützen, und sie hatte wieder versagt.

Dumpfe Faustschläge an der Haustür holten sie in die Gegenwart zurück.

Na also. Es geht los.

Sie stellte die Flasche auf den Tresen und ging zur Haustür. Sie öffnete sie und wich erschrocken zurück, als Murphy sich ins Haus drängte, die gebleckten Zähne hell in seinem dunklen Bart.

»Murphy! Wa-was willst du hier?« Sie schaute an ihm vorbei, in der Erwartung, draußen einen Streifenwagen zu sehen, aber in der Einfahrt stand nur Butchs Hilux.

Murphy sah sich suchend um, dann richtete er den Blick auf sie. Seine Augen waren scharf und klar, und auf Eliza, die beeinflusst war von Alkohol, ihren Emotionen und ihrer Angst, wirkte er mit seinen breiten Schultern und dem entschiedenen Gesichtsausdruck plötzlich extrem attraktiv.

Er packte sie am Arm und zog sie dicht an sich heran. Sie schrie auf. Sein Blick suchte den ihren, dann presste er ihr plötzlich seinen Mund auf die Lippen. Sie riss vor Schreck die Augen auf und wusste nicht gleich, was sie tun sollte. Dann biss sie zu – kräftig – und rammte ihm das Knie in die Leiste.

Murphy torkelte stöhnend zurück, krümmte sich zusammen und presste die Hand zwischen die Beine.

Sie trat ihn gegen das Schienbein und trommelte mit beiden Fäusten auf ihn ein. »Was *fällt* dir ein!« Sie hörte nicht auf zu boxen und fragte sich, ob sie es schaffen würde, ihn zur Tür rauszuprügeln. »Du widerliches, ekelhaftes …«

»Ich musste sichergehen«, stöhnte er, noch immer vornübergekrümmt. »Du bist … mir nie … wie eine Lesbe vorgekommen.«

»*Wie bitte?*« Sie packte ihn an den Haaren und riss seinen Kopf zurück, um ihm in die Augen zu sehen. Sie konnte nicht fassen, dass sie ihn eben gerade tatsächlich noch attraktiv gefunden hatte. »Erstens: *Wie kannst du es wagen!*« Sie zog sein Gesicht näher an sich heran. Es spiegelte Schmerz und Unsicherheit. »Zweitens: Wie kommst du auf die Idee, meine sexuelle Orientierung könnte dich *irgendwas* angehen? Und drittens: *Glaubst du tatsächlich, du könntest die sexuelle Orientierung eines Menschen durch Küssen rausfinden?*« Sie packte seinen Bart und zerrte ihn noch näher an sich heran. »Ich könnte heterosexuell sein, homosexuell, bisexuell, pansexuell – mich zu küssen sagt dir *gar nichts* über mich.«

Er stöhnte.

»Dass ich dich auch noch verteidigt habe …«

»Madison erzählt es überall herum.« Er packte sie am Handgelenk, um zu verhindern, dass sie ihm noch mehr Barthaare ausriss. »Du und Cierra. Ich habe ihr kein Wort geglaubt.«

Eliza ließ nicht los. »Was genau hat sie dir erzählt?«

»Sie hat Carmen geschickt …«

»Was hat sie erzählt?«

»Dass du und Cierra miteinander im Bett wart.«

Eliza sah ihm in die Augen. Sie rührte sich nicht, sagte kein einziges Wort. Ihre Hand glitt durch seinen Bart und sank herab.

Natürlich.

Alles, was Madison in der Nacht in Cierras Zimmer gesehen hatte, war ihre halb nackte Schwester gewesen, und direkt neben ihr Eliza im Morgenmantel. Eliza war davon ausgegangen, dass Cierra ihrer Schwester im Anschluss die Wahrheit erzählt hatte, aber stattdessen …

Cierra hatte Eliza spätabends angerufen, voller Angst, weil Tom in ihrem Bett das Bewusstsein verloren hatte. Eliza war überstürzt aufgestanden, im Morgenmantel quer durch die Stadt gefahren und über das Spalier zu Cierras Zimmer raufgeklettert. Zu zweit hatten sie es geschafft, den sturzbetrunkenen Tom zum Fenster zu wuchten und ihn nach unten in die dichte Koniferenhecke zu werfen. Der Lärm hatte Mr Bruiser, den Familienhund, geweckt, und der wiederum hatte Madison auf den Plan gerufen. Offensichtlich hatte sie falsche Schlüsse gezogen.

Ganz plötzlich hatte Eliza wieder eine Wahl … Nein, natürlich musste sie die Wahrheit über Tom sagen. Aber was würde sie damit auslösen?

Tom wird für das Verschwinden der Mädchen verantwortlich gemacht, obwohl er nichts damit zu tun hat. Und die Mädchen werden nicht gefunden.

Monica hasst mich. Ich verliere meine Schwester.

Wren hasst mich. Ihr Vater verliert alles.

Ist mir egal! Ist mir egal! Ich halte nicht für ihn den Kopf hin!

»Es stimmt nicht, oder?« Murphy kam schwankend zum Stehen und hielt sich schützend die Hände vor den Schritt. »Ich habe der Polizei nichts gesagt. Ich glaube ihr nicht. Ich habe Carmen gebeten, es niemandem zu erzählen, aber wer weiß, was

Madison vorhat. Ist das immer noch alles Teil ihres Werbegags, oder wie?«

»Carmen wollte damit zur Polizei?«

»Ja.«

»Und du hast sie davon abgehalten? Warum?«

»Die würden dich kreuzigen«, sagte Murphy und rieb sich das schmerzende Kinn. »Die wollten mich umbringen, stell dir mal vor, was sie mit dir anstellen würden.«

Wieder klopfte es laut an der Tür. »Eliza? Machen Sie bitte auf.« Das war Cons Stimme.

Eliza und Murphy drehten sich gleichzeitig zur Tür. Sie steckten die Köpfe zusammen.

»Von mir wissen sie es nicht, das schwöre ich dir«, flüsterte Murphy. »Los, hau ab. Ich halte sie auf.«

Eliza lachte, aber es lag keine Freude darin. »Abhauen? Dein Ernst?«

»Eliza!«, rief Con. »Wir müssen reden.«

Sie trat vor und öffnete die Tür.

Con betrat mit hochgerollten Hemdsärmeln das Haus. Er wirkte gestresst. Hinter ihm kam eine Frau herein und hielt Eliza etwas unter die Nase. Polizeimarke und ID wiesen sie als Detective Melinda Tran aus.

Con sah Murphy stirnrunzelnd an. »Was tun Sie denn hier?«

»Eine Freundin besuchen«, sagte Murphy. »Was tun *Sie* hier?«

»Eliza, es ist notwendig, dass Sie uns zur Dienststelle begleiten.«

»Worum geht es denn?«, fragte sie.

»Um Madisons neustes Video. Ich bin mir nicht sicher, ob sie es schon hochgeladen hat, jedenfalls hat sie es vor einer Viertelstunde an die hiesige Polizeidienststelle geschickt.« Seine Hände waren zu Fäusten geballt. »Und, wie ich vermute, an sämtliche großen Medien. Raten Sie mal, Eliza. Was glauben Sie? Worum geht es in dem Video?«

Von draußen ertönten laute Rufe, und Tom stürzte ins Haus. Die Tür krachte gegen die Wand, und eine der Glasscheiben brach heraus. Wie ein muskelbepackter Berg tauchte er im Durchgang auf, der riesige Kiefer voller Schlamm, als wäre er gestürzt. Die Augen waren weit vor Schreck. Schuld und Gewissensbisse standen ihm ins Gesicht geschrieben.

»Eliza?« Toms Blick schoss zwischen den beiden Detectives hin und her, blieb kurz an Murphy hängen und landete schließlich bei ihr. »Ich habe es eben gehört. Madison hat es auf Facebook gepostet.«

Eine Woge der Erleichterung überschwemmte sie. Tom war gekommen, um ein Geständnis abzulegen. Er nahm ihr die Entscheidung aus der Hand.

Er zog sie beschützend in die Arme und wandte sich an die Beamten. »Bis sie einen Anwalt hat, sagt sie gar nichts mehr. Ihre Beziehung zu Cierra hat nichts mit der Sache zu tun.«

Detective Tran lenkte den Blick zurück auf Eliza. »Miss Ellis, wenn ich bitten darf?«

Elizas Erleichterung war in Toms Umklammerung sämtliche Luft ausgegangen, sie hielt sich trotzdem kerzengerade.

»Bitte. Denk an Wren«, flüsterte Tom ihr ins Ohr.

»Sag kein Wort«, flüsterte Murphy auf der anderen Seite.

Hoch erhobenen Hauptes schritt Eliza auf den wartenden Streifenwagen zu. Sie beachtete die Reporter nicht, setzte sich auf die Rückbank und zog das Telefon aus der Tasche. Sie hatte jede Menge verpasste Anrufe und Nachrichten von besorgten Freunden und ihrer Familie – inklusive Monica und Tom. Sie ignorierte alles und ging direkt auf YouTube.

Während der Streifenwagen sich in Bewegung setzte und die Reporter sie durchs Autofenster fotografierten, sah Eliza sich Madisons neustes Video an.

Madison saß an ihrem üblichen Platz auf dem Bett. Sie hatte

dieselbe grüne Jacke an wie im Krankenhaus. Sie sah umwerfend aus, die perfekte trauernde Netz-Ikone.

»Ich muss euch etwas sagen … ich muss gestehen, dass ich die ganze Zeit etwas verheimlicht habe … Ich weiß, mit wem meine Schwester Cierra Sex hatte.«

Madison tat einen tiefen, zittrigen Atemzug.

»Cierra ist ein liebevoller, offener Mensch. Unfassbar offen. Ich kenne niemanden, der so schnell Beziehungen zu anderen aufbaut wie meine Schwester. Zu Freunden, zu Angehörigen … zu Lehrern.

Ich hätte es von Anfang an wissen müssen. Ich meine, Miss Ellis stand uns allen schon immer näher als alle anderen Lehrer … und als dann letztes Jahr ihre Nichte starb – Denni King, ihr erinnert euch alle daran –, wurde die Beziehung noch enger. Wir hatten unsere Freundin verloren, aber sie ein Familienmitglied. Was ich damals noch nicht wusste … Cierra und Miss Ellis fingen wohl an, sich gegenseitig zu trösten …

Also ich bin nicht homophob, wirklich nicht. Cierra kann lieben, wen immer sie lieben will … aber ich kann nicht länger hier rumsitzen und zulassen, dass man Leuten wie Jack Michaels oder Mr Murphy die Schuld in die Schuhe schiebt, obwohl meine Schwester in Wirklichkeit mit Miss Eliza Ellis ins Bett gegangen ist. Und … falls einige von euch wirklich noch Beweise brauchen … hier für euch Cierra persönlich.«

Es folgte ein Schnitt, dann war ein anderes Gesicht im Bild: identisch, aber an anderer Stelle, mit anderem Make-up und violetter Perücke. Eliza wusste trotzdem Bescheid. Das war nicht Cierra, das war Madison, die versuchte, wie Cierra auszusehen.

»Ich liebe sie. Und ich weiß, dass sie mich auch liebt. Es wird vielleicht nicht halten, aber ist das nicht die Zeit, um sich auszuprobieren? Miss Ellis macht mich glücklicher, als ich es jemals war …«, sagte Cierra/Madison. »Warum sollte das außer mich irgendjemanden was angehen?«

Eliza schaltete das Telefon aus.

Wie sollte sie sich dagegen zur Wehr setzen? Wie sollte sie den Leuten je beweisen, dass Madison Theater spielte?

Und wenn es ihr tatsächlich gelang … was würde dann mit Wren passieren? Am Ende fiel alles immer wieder nur auf sie zurück. Eliza spürte in sich eine abgrundtiefe Erschöpfung.

Sie saß in einem der Verhörräume an einem Metalltisch, das Neonlicht funkte den Beginn heftiger Kopfschmerzen hinten an ihre Schädeldecke. Tom hatte ihr eine Anwältin besorgt und bezahlt – eine alte, hagere Frau namens Rosalie –, die jetzt mit geschürzten Lippen an ihrer Seite saß.

Gegenüber am Tisch legte Detective Melinda Tran die Jacke ab. Ihre Augen waren dunkel und Unheil verkündend. Sie war allein.

»Hatten Sie eine sexuelle Beziehung zu Cierra Mason?«, fragte Detective Tran ohne Umschweife und presste die Lippen zu einem schmalen Strich zusammen.

»Ich glaube, meine Mandantin benötigt kurz Zeit«, sagte Rosalie.

»Ich fürchte, sie hatte inzwischen genug Zeit«, entgegnete Tran.

»Eliza, meine Liebe, Sie sollten antworten – sagen Sie doch einfach die Wahrheit«, riet Rosalie ihr.

Die Wahrheit?

Du hast die Erlaubnis, stark zu sein.

»Ja.« Eliza musste sich zwingen, es laut auszusprechen. »Ja. Habe ich.«

»Wie bitte? Eliza? Haben Sie die Frage richtig verstanden?«, fragte Rosalie.

»Ich glaube, sie hat die Frage sehr gut verstanden«, sagte Detective Tran. »Seit wann geht das schon? Wer weiß sonst noch davon?«

»Ich weiß es nicht. Niemand.«

»Haben Sie veranlasst, dass Cierra entführt wurde?«

»Natürlich nicht!«

»Und wem gehören dann die Kondome? Und das Marihuana?«

»Das Gras gehört mir. Die Kondome stammen noch von meiner letzten Affäre.«

»Mit einem Mann?«, fragte Detective Tran.

»Offensichtlich.«

»Würden Sie sich als bisexuell beschreiben?«

»Das ist hier nicht von Belang«, zischte Rosalie.

»Hatten Sie bereits früher Beziehungen zu Frauen?«

»Nein – ich meine, ja. Ich habe …«

»Wieso ist das relevant?«, fragte Rosalie.

»Wir sind immer noch dabei, ein Profil des Entführers zu erstellen, und dazu gehören auch sexuelle Vorlieben. Mit welchen anderen Frauen hatten Sie Geschlechtsverkehr, Miss Ellis?«

»Mit gar keiner.«

»Dann war Cierra also doch das erste Mädchen, mit dem Sie Sex hatten? Und Sie haben gelogen?« Detective Tran sah sie unbewegt an.

Eliza senkte den Blick. Das Sprechen fiel ihr schwer. Sie bekam Platzangst.

Ich bin ein guter Mensch!, hätte sie am liebsten gerufen.

»Wir müssen das wissen.« Tran lehnte sich vor. »Es werden noch immer drei Mädchen vermisst, Sie sind die letzte Erwachsene, die zu ihnen Kontakt hatte, und jetzt stellt sich heraus, dass Sie mit mindestens einer der Vermissten Geschlechtsverkehr hatten. Hier könnte sich ein Motiv verbergen … Fühlen Sie sich sexuell zu Bree hingezogen? Zu Jasmine?« Tran legte eine Pause ein. »Zu Georgia?«

»Detective, ich glaube nicht, dass diese Befragungstaktik angemessen ist«, sagte Rosalie.

»Ich habe die Mädchen nicht entführt.«

»Die Mädchen waren da oben mit Ihnen allein«, sagte Detective Tran. »Was genau fanden Sie an Cierra so attraktiv?«

»Diese Frage ist absolut unangemessen«, protestierte Rosalie.

»Also, Miss Ellis?«, sagte Tran. »Keine Antwort?« Sie trommelte mit den langen, lackierten Fingernägeln auf den Tisch. »Dann wird die nächste Frage für Sie sehr unangenehm. Ich möchte Sie daran erinnern, dass dieses Gespräch aufgezeichnet wird, ich muss Sie also bitten, möglichst detailliert und genau zu antworten. Was genau spielte sich zwischen Ihnen und der eindeutig minderjährigen Cierra Mason, Ihrer Schülerin, zu der Sie ein enges Vertrauensverhältnis hatten, während Ihrer sexuellen Begegnungen ab?«

»Das ist lächerlich!«, rief Rosalie.

Insgeheim stimmte Eliza ihr zu. Die Befragung war beleidigend, unnötig vulgär.

Und dann fiel es Eliza plötzlich wie Schuppen von den Augen.

Diese Fragen zielten nicht darauf ab, irgendetwas aus ihr herauszubekommen. Sie dienten allein dazu, sie aus dem Konzept zu bringen, sich in Widersprüche zu verstricken, die Schwächen ihrer Geschichte aufzudecken.

Sie glaubt mir nicht. Sie glaubt nicht, dass ich mit Cierra zusammen war.

Einen winzigen Augenblick lang verspürte Eliza Erleichterung, gefolgt von Wut – *wie kann sie es wagen* –, wiederum gefolgt von tiefem Unbehagen.

Sie sah nach oben in die Kamera. Das war nicht Detective Trans Idee. Sie dachte an die tiefblauen Augen, mit denen Con sie am ersten Tag im Krankenhaus angesehen hatte: sein wissender Blick, sein Versuch, sie zu verunsichern, um ihr die Wahrheit zu entlocken.

Con weiß, dass ich Tom decke.

KAPITEL EINUNDDREISSIG

CON

Eliza sah ihm aus dem Monitor entgegen, direkt in die Augen. *Sie hat uns durchschaut*, dachte er.

»Was sehen Sie, Cornelius?«, fragte Commander Agatha Normandy, die direkt neben ihm saß. Sie war etwa eine Stunde zuvor aus Hobart eingetroffen und hatte es sich bereits gemütlich gemacht. Normandy war eine zierliche Frau mit einem grauen Bob und adretter Wollstrickjacke. Sie trank einen Schluck Tee, ohne dass eine Spur von Lippenstift am Porzellan hängen blieb.

»Sie deckt jemanden«, sagte Con. »Ich tippe auf ihren Schwager Tom North.«

»Melinda macht sich gut, nicht wahr?«, bemerkte Commander Normandy beiläufig. »Eine ungewöhnliche Fragetaktik und ziemlich spezifisch im Stil. Fast, als wäre sie im Vorfeld von jemandem gecoacht worden.« Sie sah Con direkt in die Augen und trank noch einen Schluck Tee. »Wieso fällt es Ihnen so schwer zu glauben, dass Eliza mit Cierra Mason geschlafen haben könnte?«

»Ich weiß nicht. Vielleicht, weil sie Trans Fragen nicht schnell genug beantworten kann? Vielleicht, weil sie nicht wirklich empört auf die Befragung reagiert?«

Vielleicht einfach nur, weil es eine gewagte Hypothese wäre. In einem Fall wie diesem muss irgendwas auch ganz normal sein – der steroidfressende Turnlehrer muss als heimlicher Liebhaber einer Schülerin wahrscheinlicher sein als die verwaiste Englischlehrerin mit der toten Nichte.

»Leider haben wir dafür keine Beweise«, sagte Agatha, als könnte sie Gedanken lesen. »Abgesehen davon setzen Ihre männliche Intuition und die Art und Weise, wie Sie Tran gecoacht haben, eine bestimmte Schlussfolgerung voraus. Eliza ist aber nicht hier, um sich gegen einen Verdacht zu wehren. Sie hat bereits gestanden. Madison hat die Anschuldigung in den Raum gestellt, und Eliza hat zugegeben, mit Cierra im Bett gewesen zu sein«, sagte Agatha. »Was Cierras Einlassung zu dem Thema betrifft, so müssen wir das sehr ernst nehmen, und das bedeutet, Miss Eliza Ellis ist soeben unsere Hauptverdächtige geworden.« Sie legte den Kopf schief und rückte die Teetasse gerade. »Allerdings muss ich zugeben ... es fühlt sich tatsächlich nicht stimmig an. Aber Gefühle stellen keinen Beweis dar ... Leider ...« Sie hob die Tasse, führte sie zum Mund und hielt inne. »Wissen Sie, was mir wirklich nicht gefällt? Dass Madison Mason offensichtlich der Auslöser von alldem ist. Wenn sie das Verschwinden der Mädchen tatsächlich inszeniert hat, müssen sämtliche Videos, die sie veröffentlicht – muss jegliche Information, die von ihr kommt –, einen bestimmten Zweck verfolgen. Was mich wirklich interessiert, ist, was sie sich davon erhofft, ausgerechnet Eliza Ellis in unseren Fokus zu rücken.«

»Dann sollte ich mich dringend mit Madison unterhalten«, sagte Con. Er konnte es kaum erwarten.

»Noch nicht. Das untersage ich Ihnen«, erwiderte Agatha. »Madison muss ab sofort mit Samthandschuhen angefasst werden, und das überlassen Sie mir. Außerdem möchte ich nicht, dass auch nur ein Hauch der Erkenntnis, dass sie die ganze Sache geplant hat, an die Öffentlichkeit dringt. Auch was das betrifft, müssen wir sehr behutsam vorgehen.« Sie trank aus und setzte die Tasse wieder ab. »Eine Sache noch. Carl Lenah ist immer noch nicht wieder aufgetaucht.«

Con schüttelte den Kopf. »So schön es wäre, wenigstens ein Problem weniger zu haben, wir müssen unsere Ressourcen dort konzentrieren, wo sie den größten Nutzen bringen. Ich glaube, ihn können wir getrost ausschließen. Nach allem, was wir wissen, herrscht bei ihm und seiner Familie einfach tiefes Misstrauen gegenüber der Polizei.«

»Ich stimme Ihnen zu. Falls er auftaucht, ehe die Sache vorbei ist, sprechen wir mit ihm, aber darüber hinaus machen wir keine große Sache daraus. Wenn wir *ihn* falsch anpacken, verstärkt das lediglich Madisons Narrativ.« Sie sah auf die Uhr. »Dabei fällt mir ein – der Commissioner erwartet meinen Anruf bezüglich dieses Videos mit Gabriella und Ihnen.«

Sie klopfte Con auf die Schulter und verließ den Raum.

Con wandte sich wieder dem Monitor zu. Eliza Ellis. »Warum schützt du ihn?«, murmelte er. »Schützt du Tom tatsächlich?« Er trommelte mit den Fingerspitzen einen nervösen Rhythmus auf den Tisch.

Schließlich war der erste Teil des Verhörs vorüber, und Melinda Tran ging hinaus.

Eliza blieb allein mit ihrer Anwältin zurück. Keine von beiden sagte ein Wort. Die Anwältin hatte sich mit tiefroten Wangen von Eliza abgewandt.

Wieder starrte Eliza nach oben in die Kamera, ein leichtes Stirnrunzeln hinter der Brille.

»Gut gemacht«, sagte Con, als Tran ins Zimmer kam. »Was denken Sie?«

»Ich glaube, Sie haben recht. Sie versucht, jemanden zu decken«, sagte Tran. »Sie ist als Schauspielerin weniger talentiert, als sie denkt. Was jetzt?«

»Detective Coops soll Murphy zum Gespräch bitten. Er soll es bitte nett und höflich tun, aber so, dass Murphy nicht Nein sagen kann. Er war bei Eliza, als wir kamen. Ich will wissen, weshalb.« Cons Blick kehrte zum Monitor zurück. »Und bis dahin …

Monica und Tom North sind gekommen. Sie warten darauf, Eliza sehen zu können. Ich würde sagen, wir lassen sie reden, aber irgendwo, wo wir mithören können. Und danach … wie ist Ihr Verhältnis zu Lehrern, Tran? Ich glaube, Mr North braucht dringend jemanden, bei dem er seinen Gefühlen über den Skandal mit seiner Schwägerin freien Lauf lassen kann.«

»Ich biete ihm meine Schulter zum Ausweinen an.« Tran grinste verschlagen. »Mal sehen, ob er besser schauspielern kann als sie.« Mit klappernden Absätzen verließ sie den Raum.

Während sein Blick weiter auf Eliza ruhte, dachte Con über die Strategie nach, die er anwenden wollte, wenn er später persönlich mit ihr sprach.

Die Tür ging auf, und Constable Cavanagh, Dobles junge Kollegin, kam mit rotem Kopf ins Zimmer. »Detective Badenhorst? Hier ist ein Gespräch für Sie … Pastor Hugh ist am Telefon. Tut mir leid, das ist mein Privathandy. Er hat mich angerufen …« Sie streckte ihm ihr Telefon hin. »Sie müssen sich dringend anhören, was er zu sagen hat … aber das bleibt in diesem Raum. Das darf niemand von dieser Dienststelle erfahren.«

Der Pastor! Den hatte er völlig vergessen. Das war kein gutes Zeichen. Er nahm Cavanagh das Telefon aus der Hand und hörte sich, nachdem er sich aufrichtig bei Pastor Hugh entschuldigt hatte, an, was er ihm zu sagen hatte.

KAPITEL ZWEIUNDDREISSIG

MURPHY

Die ganze Strecke von Eliza zurück nach Hause trommelte Murphy nervös auf dem Lenkrad herum. Ohne auf die lauernden Reporter zu achten, stürmte er ins Haus und knallte die Tür hinter sich zu.

»Hast du's schon gesehen?«, fragte Butch aufgeregt. Der Laptop stand aufgeklappt auf dem Tisch. »Madison hat ein neues Video hochgeladen …«

»Will ich gar nicht sehen«, sagte Murphy. »Eliza war nicht mit Cierra im Bett, und das weißt du. Ich brauche deinen Laptop – ich will mir Madisons USB-Stick ansehen. Vielleicht ist da was drauf, was ich Con zeigen kann, um Eliza zu helfen.«

»Ach, nennen wir ihn jetzt schon Con?«, sagte Butch. »Was soll das? Beste Kumpel, oder was?«

»Halt's Maul, Idiot.« Murphy steckte den USB-Stick in den Anschluss.

Auf dem Laufwerk befand sich ein Ordner mit dem Titel »Filmmaterial Jasmine« und eine Textdatei mit dem Namen »Zuerst lesen«.

Filmmaterial Jasmine. Murphy pochte das Herz in den Ohren. *Ganz ruhig. Madison kann man nicht trauen …*

Er öffnete das Dokument und fing an zu lesen:

Mr Murphy,
ich bin ziemlich sicher, dass Sie mich hassen, und das verstehe ich. Ginge mir an Ihrer Stelle genauso.

Ich schwöre, ich weiß nicht, wo Jasmine ist. Und ich weiß auch nicht, was mit Georgia passiert ist oder warum Brees Rucksack noch in der Fischerhütte stand. Aber eines weiß ich: Wenn die Rucksäcke von Jasmine und Cierra weg sind, bedeutet das, sie sind in Sicherheit. Ganz bestimmt.

Ich glaube, es wäre gut für Sie zu verstehen, warum Jasmine beschlossen hat, mitzumachen, warum sie beschlossen hat, für ein halbes Jahr zu verschwinden. Weshalb sie bei meinem Plan mitgespielt hat. Die Dateien enthalten alle Aufnahmen, die ich von ihr besitze.

Falls Sie das Material irgendwem zeigen, mache ich Sie fertig.

Und wenn Sie die Dateien in dem Ordner gesichtet haben, werden Sie auch wissen, dass ich dazu in der Lage bin.

Beginnen Sie mit Video #1.

Alles Liebe
Madison XOXO

Der Ordner enthielt sechs durchnummerierte MP4-Dateien.

»Was ist das?«, fragte Butch.

Für ein halbes Jahr zu verschwinden …

»Ich bin in meinem Zimmer.« Murphy packte den Laptop und ging, ohne auf Butchs Protest zu achten.

Er versicherte sich, dass die windschiefe Zimmertür fest verschlossen war, und setzte sich aufs Bett. Die Federn quietschten. Dann öffnete er die erste Datei.

Der Film zeigte Jasmine auf Madisons Bett. Sie war stark geschminkt, saß sehr aufrecht und hatte eindeutig geweint.

Murphy beugte sich vor und berührte sanft den Bildschirm.

»… und deshalb hab ich mich auf Jack eingelassen«, sagte sie. »Er war stark und fürsorglich, und ich hab mich bei ihm sicher gefühlt. Er liebt mich. Sehr, sehr lange wusste ich nicht, ob … ob ich es wert bin, geliebt zu werden. Ob ich je einem Mann vertrauen könnte …«

»Und was ist der Grund dafür, Jasmine?«, ertönte Madisons Stimme aus dem Off.

Jasmine lenkte kurz den Blick auf eine Stelle über der Kamera. Sie zuckte mit den Achseln. Die Frage war ihr sichtlich unangenehm. »Na ja, ich denke, man könnte sagen, mein Vater hat meine Mutter vergewaltigt, oder?« Ihre Lippen zitterten. »So wurde ich gezeugt: Mein Vater vergewaltigte meine Mutter.«

Damit endete das Video.

In Murphys Kopf fing es an zu surren, die Ränder seines Sichtfeldes verschwammen.

Mein Vater vergewaltigte meine Mutter …

»Ich habe sie nicht vergewaltigt«, flüsterte er. »So was habe ich nie – so was würde ich niemals tun!«

Und schon waren sie da, die Zweifel. *Oder doch? War Sara wirklich einverstanden gewesen? Hat sie … habe ich sie zu sehr bedrängt?*

Hatte er nicht. Er war sich sicher. Er war sich fast zu hundert Prozent sicher, dass er … sie hatten so oft Sex gehabt … andererseits, Sara war wirklich sehr jung schwanger geworden …

Hat sie mich nur geheiratet, weil sie Angst vor mir hatte?

Ausgerechnet bei dem Gedanken fiel sein Blick auf die Jagdjacke mit dem unerklärlichen Riss im Ärmel. Die hatte er in der Nacht mit dem Angel Dust getragen. Die hatte er an dem Morgen getragen, als Jasmine verschwunden war. In der Nacht, über die er keine Rechenschaft ablegen konnte.

Was, wenn du Sara vergewaltigt hast, ohne es zu wissen … was hast du dann sonst noch getan, von dem du nichts weißt?

Ein krasser Gedanke, der in seinem Kopf herumwirbelte. Und, wenn er ehrlich war, derselbe Gedanke, der da oben Karussell fuhr, seit er erfahren hatte, dass Jasmine vermisst wurde – er hatte keine Ahnung, wo er zu dem Zeitpunkt gewesen war, als seine Tochter verschwand.

Er hatte die ganze Zeit versucht, sich einzureden, dass der Rausch ihn unmöglich von seinem Garten bis rauf zu dem Wanderweg und wieder zurück getragen haben konnte, ohne dass er irgendwas davon mitbekommen hatte. Egal, was Skinner über Angel Dust sagte. Aber … war es möglich, dass in ihm etwas Dunkles schlummerte? Etwas, von dem er selbst nichts wusste? Dass die Drogen in ihm etwas zum Vorschein gebracht hatten? Einen versteckten Dämon von der Leine gelassen hatten?

So funktionieren Drogen nicht!, dachte er wütend.

»Murphy?«, erklang Butchs Stimme vor seiner Tür. »Die Bullen wollen mit dir sprechen.«

Murphy zog den Stick ab, klappte den Laptop zu und eilte zur Tür – er hatte keine Sirenen gehört, nicht mal das Klopfen. »Haben sie was gefunden?«, krächzte er.

Butch zuckte die Achseln. »Sind in der Küche.«

Murphy rannte durch den Flur.

In der Küche standen zwei Uniformierte und ein Detective: der Typ, den er am ersten Tag auf dem Wanderparkplatz gesehen hatte.

»Wer sind Sie?«, wollte Murphy wissen.

»Detective Stuart Coops. Hätten Sie was dagegen, uns auf die Dienststelle zu begleiten?«

»Worum geht es?«

»Detective Badenhorst würde sich gerne mit Ihnen unterhalten«, sagte Coops freundlich.

»Und warum erscheint er dann nicht selbst?«

»Er ist beschäftigt. Kommen Sie. Ich nehme Sie mit.«

»Und wenn ich mich weigere?« Murphy ballte die Fäuste. Er spürte Wut in sich aufsteigen. Seine Gedanken sprangen ständig wieder zu dem Video zurück, zu Jasmines verfluchter Behauptung, zu dem Riss in seiner Jacke …

»Dann würde ich Sie trotzdem mit aufs Revier nehmen«, sagte Coops. »Kommen Sie schon, Kumpel. So ist es für uns beide viel angenehmer. Je eher wir aufbrechen, desto schneller sind Sie wieder zu Hause.«

Ohne auf Butch zu achten, der zischelnd versuchte, ihn auf sich aufmerksam zu machen, folgte Murphy den Polizisten nach draußen.

Er schluckte seine Wut hinunter. Er musste wissen, was Con zu sagen hatte.

Ich habe deine Mum nicht vergewaltigt, Jasmine.

Das weiß ich.

Bitte komm zu mir zurück.

Murphy folgte Detective Coops die Stufen zum Polizeirevier hinauf, die beiden Uniformierten gingen hinterher. Reporter belagerten den Eingang und bombardierten ihn mit Fragen.

»Mr Murphy! Haben Sie etwas zu sagen?«

»War Eliza Ellis mit Jasmine auch im Bett?«

»Haben Sie ein Verhältnis mit Eliza Ellis?«

»Finden Sie es nicht ekelhaft, dass eine Lehrerin …«

Hinter der Eingangstür stand die nächste Menschentraube versammelt, einige kannte er aus der Stadt. Sobald sie ihn sahen, zückten sie die Telefone.

Tom North sprang aus seinem Stuhl und baute sich vor ihm auf. »Murphy, du musst gestehen«, sagte er drängend. »Gib endlich zu, was du getan hast. Erzähl ihnen, dass du die Mädchen entführt hast …«

»Entschuldigung.« Detective Coops drängte Tom unsanft zur Seite und führte Murphy durch einen langen Korridor in denselben Verhörraum wie beim letzten Mal.

Con Badenhorst saß bereits am Tisch und erwartete ihn. Er schien Murphys Verfassung mit einem einzigen Blick in sich aufzunehmen. »Setzen Sie sich.«

»Ich warte im Büro, Con«, sagte Coops im Hinausgehen und zog die Tür hinter sich zu.

Murphy setzte sich auf die vorderste Stuhlkante. »Was ist los?«

»Wie geht es Ihnen?«, fragte Con. »Nach letzter Nacht? Nach der Sache mit Jack?«

»Als würde es Sie interessieren, wie es mir geht! Was wollen Sie von mir? Mich schon wieder verhören?«, blaffte Murphy. »Mein Anwalt ist zurück in Hobart, aber ein Anruf genügt, und Dave macht auf dem Absatz kehrt.«

»Nein, kein Verhör. Ich brauche Ihren Rat. Sie waren gestern Abend dabei«, sagte Con. »Sie haben gehört, was Jack gesagt hat. Madison hat die ganze Sache geplant. Sie sind endgültig runter von meiner Liste, Murphy.«

Murphy musterte forschend Cons Gesicht. »Und was soll ich dann hier?«

»Offensichtlich ist bei Madisons Plan etwas ernsthaft schiefgelaufen. Georgia ist tot, und Bree hat ihren Rucksack nicht aus der Hütte geholt, im Gegensatz zu Jasmine und Cierra. Eine Schlussfolgerung lautet, die beiden haben es tatsächlich in die Fischerhütte geschafft, sind aber im Anschluss vielleicht noch entführt wurden. Aber von wem? Und warum? Oder verstecken sie sich tatsächlich irgendwo? Und was ist mit Bree?«

Er zuckte übertrieben mit den Achseln.

»Sie sind heute bei Eliza gewesen. Vielleicht können Sie mir also helfen, diesen nagelneuen Joker im Spiel einzuordnen: die Behauptung, Eliza hätte mit Cierra Geschlechtsverkehr gehabt. Glauben *Sie* das?«

»Nicht eine Sekunde«, sagte Murphy wie aus der Pistole geschossen. Und fügte in Erinnerung an Elizas Knie in seinen Eiern eilig hinzu: »Nicht, dass ich irgendwas über ihre sexuellen Neigungen wüsste. Sie könnte genauso gut bi sein. Was völlig okay wäre! Ich meine, mit einer Schülerin ins Bett zu steigen, ist nicht okay. Aber ansonsten kann sie schlafen, mit wem sie will. Trotzdem. Eliza würde niemals mit einer Schülerin ins Bett gehen. Ich weiß nichts über ihre sexuelle Ausrichtung …«

»Okay, okay!« Con hob die Hand. »Aber Sie waren vorhin bei ihr. Warum?«

Murphy überlegte, ob er lügen sollte, und entschied sich binnen einer Millisekunde, Con gegenüber ehrlich zu sein. »Madison hat jemanden zu mir geschickt, um mir zu stecken, dass Eliza mit Cierra im Bett war. Ich wollte Eliza warnen – mir war klar, dass man sie dafür lynchen würde.«

Con sah Murphy forschend an. »Wissen Sie, dass Eliza es zugegeben hat?«

»*Was?* Schwachsinn!«

»Ganz Ihrer Meinung. Ich glaube, sie deckt jemanden, vielleicht sogar denjenigen, der die Mädchen entführt hat. Und ich habe keine Ahnung, wen. Wenn Sie es nicht sind.«

»Mich jedenfalls nicht«, sagte Murphy bestimmt. »Ich würde niemals mit einer Minderjährigen ins Bett gehen.«

Jasmines Stimme hallte in seinem Kopf wider: »Mein Vater vergewaltigte meine Mutter.«

Sei still. Habe ich nicht, hielt er verzweifelt dagegen.

»An diesem Fall hat sich alles geändert.« Con wandte den Blick ab und musterte die leere Wand. »Die Mädchen haben geplant, zu verschwinden. Deshalb frage ich Sie: Glauben Sie, Jasmine würde sich freiwillig komplett von allem abschneiden? Telefon? Internet? Sämtliche Medien? Ihre Familie?«

Wut loderte in Murphy hoch. »Nein!« Er ließ sich mit einem tiefen Seufzer gegen die Stuhllehne sinken. »Doch. Ehrlich gesagt, ich traue ihr das durchaus zu. Jasmine ist stur – wenn sie beschlossen hat, etwas nicht zu hören oder zu lesen, dann ist das so. Einmal, in der Siebten, hat sie Telefon und Laptop in den Fluss geworfen, weil sie es einen Monat ohne soziale Medien schaffen wollte. Sie lebte fast ein Jahr vegan, nur weil Butch behauptet hatte, sie würde es nicht mal eine Woche aushalten.

Jasmine macht keine halben Sachen. Was das betrifft, kommt sie nach ihrem Onkel. Aber deshalb haben Sie mich doch nicht hergeholt!«

»Nein«, sagte Con. »Ich habe eben ein sehr interessantes Telefonat mit Pastor Hugh geführt. Er sagte, er hätte Informationen über Sergeant Doble, wollte aber, dass ich mich in der Kirche mit ihm treffe. Angesichts dessen, was Sie mir über den Sergeant erzählt haben, dachte ich, Sie hätten vielleicht Lust, mitzukommen.«

»Wollen Sie damit sagen, Sie schenken *mir* mehr Glauben als einem Bullen?«

»Ich sage nur, ich möchte, dass Sie mich zur Kirche begleiten und mir erzählen, was Sie von den Informationen halten, die der Pastor für mich hat.«

Murphy zögerte und sah an die Decke. *Gott! Wenn Jasmines Verschwinden nur einer von Deinen miesen Tricks ist, mich wieder in die Kirche zu kriegen, werde ich sauer, und zwar extrem!*

KAPITEL DREIUNDDREISSIG

CON

Die Kirche der Baptistengemeinde von Limestone Creek stand allein auf einer Anhöhe, dahinter der Friedhof. Die traditionelle Backsteinkapelle mit Buntglasfenstern und Kirchturm hatte irgendwann einen modernen Anbau bekommen, ein Gebäude mit Flachdach und verputzter Ziegelfassade.

Con klopfte an die gläserne Eingangstür und spähte hinein. Durch die Scheibe war ein mit Teppichboden ausgelegter Flur zu erkennen. Als sich nichts rührte, drückte er die Tür auf und betrat das Gebäude. Murphy kam zögernd hinter ihm her und beäugte misstrauisch seine Umgebung, als könnte das Haus jeden Moment einstürzen.

An den verputzten Wänden des langen Flurs befanden sich Plakate, gerahmte Fotografien, aber auch Schrammen und Dellen. Es roch, wie es in Kirchen immer roch – nach Heiligkeit und Papier und Essen. Con fühlte sich augenblicklich zurückversetzt in die katholische Kirche aus seinen Schultagen.

»Hallo?«, rief er. »Ist da jemand?«

Eine Tür ging auf, und Con hätte sich nicht gewundert, wenn ein gutmütiges Großmütterchen mit Schürze aufgetaucht wäre und ihn auf eine Tasse Tee und einen Schwatz zu sich in die Küche gewinkt hätte. Stattdessen trat ein Bär von einem Mann auf den Flur, mit Glatze, dichtem, grau meliertem Vollbart und grauen, buschigen Augenbrauen.

»Zur Hölle«, murmelte Con und wich unwillkürlich einen Schritt zurück. Der Mann war mindestens eins fünfundneunzig groß.

»Detective Badenhorst?« Der Bär streckte ihm die Pranke hin und schüttelte Con die Hand. »Peter Hugh. Gut, dass Sie kommen konnten. Freut mich, dass Sie aufgehört haben, sich meinen Annäherungsversuchen zu entziehen.« Jetzt erinnerte Con sich auch wieder an den Pastor. Er hatte sich am Tag, als die Mädchen verschwunden waren, einer der Suchmannschaften angeschlossen. Er hatte eine breite Brust und kräftige Arme und trug ein blaues, kurzärmeliges Hemd und Jeans. Auf beiden Unterarmen prangten verblichene Seemannstätowierungen.

»Das war keine Absicht, bitte glauben Sie mir.«

Hughs Gesicht legte sich in Lachfältchen. »Wissen Sie was? Ich glaube Ihnen. Manches Timing ist göttliche Fügung.«

Hinter dem Pastor trat ein hagerer, blässlicher Mann auf den Flur. »Wieso Detective?«, jammerte er.

»Der will nichts von dir, Wes«, sagte der Pastor nach hinten gewandt. Und zu Con sagte er: »Hören Sie, ich bin gerade noch in einem Beratungsgespräch mit einem Freund. Es dauert nicht mehr lange. Tut mir leid, wenn ich Sie noch einen Moment warten lassen muss. Bin in einer Minute bei Ihnen.«

»Quatsch, Pastor Pete, ich kann auch gehen!« Wes machte Anstalten, sich in Richtung Hintertür zu verdrücken.

»Wage es nicht!«, knurrte Hugh. »Du schwingst deinen Hintern wieder da rein.« Er wandte sich noch einmal an Con und Murphy. »Geben Sie mir eine Minute.« Er folgte Wes zurück in sein Büro und schloss die Tür.

Murphy raufte sich den Bart, ging unruhig auf dem Flur auf und ab. Er sah aus, als wollte er jeden Moment wegrennen. Con setzte sich auf einen der Stühle vor der Tür zum Büro. Fasziniert lauschte er den Stimmen, die nach draußen drangen.

»Das ist ein Bulle«, jammerte Wes.

»Ja, Kumpel, aber der ist nicht deinetwegen hier«, sagte Hugh. »Es geht um die Mädchen.«

»Der kann das riechen.«

»Dann küss ihn einfach nicht, und alles ist gut. Also, was wirst du geschafft haben, wenn wir uns nächste Woche wiedersehen?«

Wes murmelte etwas.

»Wie bitte?«, hakte Hugh nach.

»Ich werde es auf einmal am Tag reduziert haben.«

»Und?«

»Und wenn ich in Versuchung komme, rufe ich Sie an.«

»Ich nehme dich beim Wort. Also. Wer spricht das Gebet? Du oder ich?«

Nach einem Moment nuschelte Wes: »Na ja, dann eben ich …«

»Woher kennen Sie den Pastor?«, fragte Con Murphy flüsternd.

»Das hier ist Limestone Creek«, antwortete Murphy. »Hier kennt jeder jeden.«

»Lügner«, sagte Con. Murphy reagierte nicht.

Die Tür ging wieder auf, und die Männer traten auf den Flur. »Und es wird nicht mit Detective Badenhorst geknutscht«, rief Hugh dem Mann hinterher.

Wes zuckte zusammen und eilte zur Tür.

Hugh zwinkerte Con zu. »Er ist ein netter Kerl. Gott hat Großes mit ihm vor. Und jetzt, meine Herren, kommen Sie doch bitte herein.«

Die Wände des Büros waren mit Plakaten von Motorrädern und Bergen zugepflastert, das Bücherregal quoll über, nur der Schreibtisch war bis auf Laptop und Thermoskanne leer.

Con nahm vor dem Schreibtisch Platz und ließ den Blick durch den Raum schweifen. Murphy blieb stehen. Auf seiner Seite vom Tisch legte Hugh die Fingerspitzen zusammen und sah auf Con herunter. »Gut. Lassen Sie mich zu Beginn ein Gebet sprechen.« Er senkte den Kopf.

Con nickte und senkte ebenfalls den Kopf.

»Entspannen Sie sich, Kumpel. Das war ein Witz. Nur der Versuch, das Eis zu brechen.« Hugh lachte.

Con zuckte die Achseln. »Vater unser im Himmel, geheiligt werde dein Name …«, feierlich sprach Con das ganze Vaterunser.

»Amen«, sagte Hugh am Ende gedehnt. Con sah ihn an, Hugh zog eine Augenbraue hoch und schloss die Augen. »Gut. Jetzt ich: Papa Gott, danke für diesen Tag, danke, dass du Detective Badenhorst heute hergeführt hast, und unseren lieben Freund Murphy. Bitte gib Detective Badenhorst für diese Ermittlungen Kraft und Führung und bewahre ihn vor Stress und Angst, vor Mitgefühlsmüdigkeit und allem anderen, das sein Job mit sich bringen kann, zum Beispiel posttraumatischen Belastungsstörungen …«

Con riss den Kopf hoch und sah Hugh entgeistert an, doch der betete mit geschlossenen Augen weiter.

»… und bitte, Herr, hilf uns, diese Mädchen wiederzufinden, hilf Con, die kranke, verdorbene Seele aufzuspüren, die das getan hat, und der Gerechtigkeit zuzuführen. Sei bei den Mädchen, Herr. Du liebst sie mehr, als wir es tun; Du sorgst dich mehr um sie als wir. Lass Deinen Heiligen Geist meine Stimme führen und Cons Verstand in dem Gespräch, das uns jetzt hier bevorsteht, Herr, damit er …«

Con ließ den Blick über die Buchrücken im Regal schweifen. Einer der Titel stach ihm ins Auge: *Belastungssyndrome*. Jetzt fiel ihm auch das goldgerahmte Diplom an der Wand auf: *Master in Beratung und Psychotherapie*.

»… und sei auch bei Murphy. Du liebst ihn, Herr. Lass ihn das wissen, lass es ihn spüren. Lass ihn Trost in Dir finden, auch in diesen unglaublich beschissenen Zeiten. Amen.«

Con war schockiert, dass ein Pastor Schimpfworte in den Mund nahm. Murphy grunzte genervt.

Hugh griff hinter seinen Schreibtisch, das Klirren von Glas war zu hören, dann zog er drei Flaschen Ginger Beer aus einem kleinen Kühlschrank.

»Lassen Sie mich raten«, sagte er zu Con. »Katholik?«

Con nickte, nahm eine Flasche entgegen und stellte sie ungeöffnet auf den Tisch. »Katholische Schule. Und katholische Eltern.«

»Wunderbar«, sagte Hugh. Er musterte Con, die Augen wie zwei Kameras, die jede Regung, jedes Zucken registrierten. Con verlagerte das Gewicht. War das das Gefühl, das er bei anderen verursachte, wenn er seinen Trick anwendete?

»Können Sie mir sagen, weshalb Sie mich so dringend sprechen wollten?«, fragte er. »Sie sagten am Telefon, Sie müssten mir etwas Wichtiges mitteilen.«

Hugh trank einen Schluck aus seiner Flasche. »Aha. Wir kommen also direkt zur Sache, ja?« Er tippte sich ans Kinn, wie um seine Gedanken zu sammeln. »Gut. Bevor wir anfangen, möchte ich, dass Sie verstehen, dass wir hier mehr sind als nur ein Ort für den Sonntagsgottesdienst. Wir bieten auch unter der Woche diverse Gemeindedienste an, unter anderem eine Männergruppe, aber ich führe auch Einzelgespräche. Männer wie Wes kommen zu mir, und wir arbeiten gemeinsam an bestimmten Themen.«

Er deutete auf das Diplom an der Wand.

»Also, momentan arbeite ich mit einem bestimmten Klienten. Ein Mann, der … nicht mehr weiterweiß. Normalerweise bin ich zu absoluter Vertraulichkeit verpflichtet, aber unter diesen Umständen kann ich Ihnen so viel verraten: Sergeant Doble zählt zu meinen Klienten. Und da Sie Murphy mitgebracht haben, gehe ich davon aus, dass Sie über Sergeant Dobles Cannabisgeschäfte Bescheid wissen?«

»Dann stimmt es also?«, sagte Con. »Und niemand unternimmt was dagegen?«

Murphy schnaubte verächtlich.

»Es zählt zu den traurigen Gesetzen des Lebens, dass korrupte Polizisten von noch korrupteren Vorgesetzen auf ihren Stühlen gehalten werden. Aber es ist in dieser Stadt auch allgemein bekannt, dass es in Sachen Cannabishandel heißt: die Murphy-Brüder gegen Doble. Ich möchte, dass Sie die Tragweite des Alibis begreifen, das ich gleich geben werde, und dass Ihnen klar ist, dass ich mir das nie ausdenken würde.«

»Was meinen Sie damit?«, fragte Con.

»Sergeant Doble hat die Mädchen nicht entführt. Das weiß ich, weil er an dem Tag, als sie verschwanden, hier bei mir war, in diesem Zimmer, und zwar den ganzen Vormittag.«

Es herrschte Schweigen.

»Sie haben mich hierherbestellt, um mir zu erzählen, dass Doble die Mädchen *nicht* entführt hat?«

»Nein, das ist nicht alles, aber es ist wichtig. Ich habe das Gefühl, dass Sie ihn früher oder später genauer unter die Lupe nehmen werden, und fühle mich verpflichtet, dafür zu sorgen, dass Sie vorher sämtliche Fakten kennen.«

»Doble macht eine Therapie?«, fragte Murphy, plötzlich überaus interessiert. »Was quält denn seine arme, kleine Seele so sehr?«

»Ich werde sein Vertrauen nicht missbrauchen, so, wie ich auch nie jemandem erzählt habe, worum es in all unseren Sitzungen damals ging, Murphy.«

Con witterte eine Falle. »Was soll das? Das hätten Sie mir alles genauso gut am Telefon erzählen können. Wieso habe ich das Gefühl, Sie wollten mich aus der Dienststelle weglocken?«

Pastor Hugh verzog das Gesicht und rief: »Ihr könnt reinkommen, Yani, Detective Pakinga.«

Die Tür ging auf, und eine junge, schüchterne Frau mit kurzen schwarzen Haaren betrat das Zimmer, und direkt hinter ihr kam mit funkelnden Augen Gabriella hereinspaziert.

Con sprang auf. »Gabriella! Was tust du …«

»Ich habe ihn gebeten, dich herzuholen«, sagte sie. »Ich konnte nicht riskieren, dass Commander Normandy mich auf dem Revier erwischt, aber wenn wir uns zufällig in der Kirche über den Weg laufen, kann sie schlecht was dagegen haben …« Sie setzte sich auf die Couch, die junge Frau setzte sich neben sie. »Ich habe nicht damit gerechnet, dass du Murphy im Schlepptau hast.«

Con seufzte. »Sag mal, willst du ernsthaft deinen Job verlieren?« Er wandte sich an Pastor Hugh. »Und Sie? Spielen ihre Spielchen auch noch mit?«

»Ich weiß, dass Detective Pakinga von dem Fall abgezogen wurde. Aber nachdem Yani ihren Auftritt in Madisons Livestream mitbekommen hatte, bestand sie darauf, mit ihr zu sprechen, und zwar nur mit ihr. Und da es offensichtlich unmöglich war, mit Ihnen in Kontakt zu treten … Yani ist meine Tochter.«

»Keine Angst, Yani«, sagte Gabriella. »Con wird dir zuhören, und wir werden uns der Sache annehmen, und Madison wird niemals erfahren, dass du mit uns gesprochen hast.«

»Gabriella …«

Murphy fiel Con ins Wort. »Weißt du etwas über Jasmine?«

»Ja«, sagte Yani.

Con setzte sich wieder hin.

Yani senkte den Blick zu Boden. Ihre Stimme zitterte. »Also … ich fange ganz von vorne an. Es gibt da diesen Gruppenchat. Da waren wir alle drin.« Yani hob den Blick, schaute von Murphy zu Con und dann wieder zurück auf ihre Füße. »Er heißt … der Honcho-Dori-Club.«

»Honcho Dori?«, wiederholte Con.

Yani machte den Mund auf, aber es kam nichts heraus.

»Du zeigst uns die Screenshots«, sagte Gabriella sanft zu ihr, »und ich erkläre es.«

Yani nickte, zog das Telefon aus der Tasche und fing an zu scrollen.

»Pastor Hugh hat mich kontaktiert«, sagte Gabriella. »Yani wollte mit niemandem darüber sprechen, aus Angst, dass derjenige sofort damit zu Madison rennt und sie zur Zielscheibe wird. Madison hatte sie schon mal im Visier. Aber dann hat sie meinen Aufruf in Madisons Livestream mitbekommen.« Gabriella schenkte Con ein selbstgefälliges Grinsen.

»Zielscheibe?«, fragte Murphy. »Was hatte Madison denn vor, Yani?«

»Die Nacktfotos …«, sagte Con.

Yani wurde feuerrot. Sie schüttelte den Kopf, warf Gabriella einen Blick zu und scrollte weiter durch ihr Telefon.

»Der Honcho-Dori-Club ist eine von Madison gegründete Online-Chatgruppe. Der Messenger-Dienst, den sie benutzt, erlaubt es den Mädchen, Pseudonyme zu verwenden – ursprünglich handelte es sich um eine anonyme Selbsthilfegruppe für selbstverletzendes Verhalten«, sagte Gabriella. »Du weißt schon, so was wie Ritzen zum Beispiel?« Yani gab Gabriella ihr Telefon, die reichte es an Con weiter.

»Ritzen ist bei uns an der Schule ein großes Ding«, sagte Yani mit leiser Stimme.

»Jasmine auch?«, fragte Murphy heiser.

»Ja. Jasmine auch.«

»Selbstverletzungen sind viel weiter verbreitet, als man glaubt«, mischte sich Pastor Hugh ins Gespräch. Er beugte sich zur Seite und nahm die Hand seiner Tochter. »Das ist kein Zeichen von Schwäche, sondern ein Zeichen von Not.«

»Con … bitte … pass ein bisschen auf, wenn du das liest.« Gabriella schaute ihn eindringlich an.

Con sah sich den ersten Screenshot an. Die Mädchen benutzten Spitznamen. Yanis Nachrichten hoben sich in einer anderen Farbe deutlich ab. Ihr Spitzname war xxDogGodxx.

Er wischte sich von einem Screenshot zum nächsten, und allmählich drehte sich ihm der Magen um. Anfangs klangen die

Reaktionen noch unterstützend, wenn die Mädchen Fotos von ihren Selbstverletzungen posteten – blutige Schnitte an Armen oder Oberschenkeln –, mit Unterschriften wie: »Es war so hart heute. Ich konnte nicht anders …« Darauf folgten liebevolle, aufmunternde Nachrichten der anderen Chatmitglieder. »Du bist stark, Süße. Du schaffst das!« oder »Aua, das sieht tief aus. Geht's Dir gut? Hast Du was draufgetan? Du solltest mit einer Lehrerin sprechen.«

Doch im weiteren Verlauf wurden die Bilder drastischer, die Verletzungen schwerer, mit blutenden Schlitzen übersäte Handgelenke und Oberschenkel, manche Videos zeigten sogar den Akt der Selbstverletzung – Rasierklingen, Teppichmesser, Küchenmesser, die in Haut schnitten. Die Wunden wurden tiefer und größer, die unterstützenden Worte weniger. Schwarzer Humor schlich sich ein.

»Wenigstens kann ich inzwischen echt gut mit dem Messer umgehen. Das bringt mir in Hauswirtschaft sicher eine Eins.«

»Wie findet Ihr den? Ihr könnt mich ab jetzt Blutpunzel nennen, weil ich mein Blut herunterlasse, wenn ich mich wieder mit den Jungs in die Haare kriege.«

»Achtung, lieber nicht nachmachen. LOL. Brennt wie Hölle.«

Con sank gegen die Stuhllehne und schaute zur Decke. Ihm war schlecht.

Warum triggert dich das so? Die sind nicht mal tot. Du schaffst das.

»Zeigen Sie's mir«, sagte Murphy.

»Ich bin mir nicht sicher, dass du das …«, begann Pastor Hugh.

Murphy riss Con das Telefon aus der Hand. Das Gesicht hinter dem Bart wurde weiß wie die Wand, während er sich durch die Screenshots scrollte. »Was zum Teufel haben die für ein Problem?«, keuchte er. »Das sieht aus wie ein Wettbewerb …« Er verstummte. Nach einer langen Pause sagte er: »Welche von ihnen ist Jasmine?«

»MountainLion«, sagte Yani.

»Nein …«, stöhnte Murphy. Er legte das Telefon auf den Tisch und presste sich die Handballen gegen die Augen. »Ich kann nicht fassen, dass ich nichts davon gemerkt habe.«

»Erzähl Con, weshalb du die Gruppe verlassen hast, Yani«, sagte Gabriella.

»Wegen … wegen Denni King«, erwiderte Yani. »Wir dachten alle, es ginge ihr wieder besser, ihre psychischen Probleme und so, und dann hat sie …«

»War Denni auch in der Gruppe?« Con nahm das Telefon wieder zur Hand.

»Ja. VoodooQueen«, sagte Yani. »Ich wollte damals zur Polizei gehen, ich wollte sagen, dass der Club vielleicht was mit Dennis Selbstmord zu tun hatte, aber dann hat Madison davon Wind bekommen … Sie hat Fotos von mir. Nacktfotos. Die holt sie sich von allen Mädchen, die Mitglied im Honcho-Dori-Club werden wollen. Zur Absicherung. Und dann hat sie eins geteilt …« Yanis Wangen loderten geradezu.

»Hat Madison gegen Jasmine auch was in der Hand?«, fragte Murphy.

»Klar. Dasselbe wie gegen uns alle. Nacktfotos. Geheimnisse.« Sie redete schneller. »Madison darf man nicht vertrauen. Sie verwendet alles gegen einen. Sie hat mich aus dem Club gekickt, sie hat Gerüchte über mich in die Welt gesetzt … und ich kann mich nicht dagegen wehren, weil sie sonst mein Leben zerstört …« Ihr liefen die Tränen über die Wangen.

»Vielen Dank, Yani. Das ist sehr mutig von dir, und du bist

uns damit eine riesige Hilfe«, sagte Con. »Gabriella, leite du die Screenshots an mich weiter, und ich …«

»Nein.«

»Wie bitte?«

»Yani vertraut diese Bilder niemand anderem an. Nur mir.« Ihr Tonfall klang bedauernd, aber Con durchschaute sie sofort. »Und da ich raus bin aus dem Team … muss ich auch nicht tun, was du mir sagst.«

Con wandte sich an Yani. »Bitte, du musst verstehen … wenn du uns die Screenshots nicht gibst, können wir der Sache nicht nachgehen.«

Yani sah Gabriella an, dann sagte sie zu ihm: »Ich kann nicht riskieren, dass Madison was davon erfährt. Mir ist lieber, Detective Pakinga behält sie.«

»Ich habe sie auch darum gebeten, Detective, aber Yani ist siebzehn und trifft ihre eigenen Entscheidungen«, sagte Pastor Hugh. »Aber sie ist einverstanden, Ihre Fragen zu beantworten.«

»Ich brauche mehr als das …«, setzte Con an, doch Murphy unterbrach ihn.

»Ich wusste das nicht. Jasmine hat mir nie … ich hatte keine Ahnung …«

»Niemand macht dir einen Vorwurf«, sagte Pastor Hugh. »Es gibt viele Methoden, sich selbst zu verletzen.«

Murphy sah Con an. »Dafür kriegen Sie Madison dran, oder?«

»Nein!«, schrie Yani. »Sie darf nichts davon mitbekommen!«

»Aber es könnte der Grund sein, weshalb Jasmine mit Madisons Plan einverstanden war, zu verschwinden!«

»Mit ihrem *was*?«, rief Pastor Hugh. »Das war *geplant*?«

»Da ist noch was, Con«, sagte Gabriella. »Es ist wichtig. Aber du darfst dich nicht darüber lustig machen.«

Con kannte diesen Tonfall. Ihm sträubten sich jetzt schon die Nackenhaare.

»Madison hat noch ein Geheimnis …«, sagte Yani. »Sie ist … eine Hexe.«

»Du lieber Herr im …«

»Lassen Sie sie ausreden«, fiel Pastor Hugh Con ins Wort. »Weisen Sie nicht alles von sich, das Sie nicht verstehen.«

»Madison hat die Mädchen in Frösche verwandelt, und deshalb können wir sie nicht finden. Schon kapiert«, sagte Con.

»Halt die Klappe, Con!«, fauchte Gabriella. »Erzähl weiter, Yani.«

Yani schluckte, dann sprach sie mit zitternder Stimme weiter. »M-Madison hat versucht, den Hungermann he-heraufzubeschwören.«

»Das wird ja immer besser«, sagte Con.

»Allerdings, Con«, rief Gabriella und stand auf. »Madison hatte von einem *Ritual* gehört, mit dem sich der Hungermann heraufbeschwören lässt.«

»Du glaubst diesen Schwachsinn tatsächlich, stimmt's?« Con lachte wieder.

»Doch! Wirklich!«, sagte Yani plötzlich überraschend laut. »Sie ist besessen vom Hungermann. Sie glaubt, dass er was mit den Portalen in den Bergen zu tun hat, den Portalen, die von den Aboriginals benutzt wurden.«

»Das ist Irrsinn. Was zur Hölle ist los mit dieser Stadt?«

»Ganz ruhig, Detective«, sagte Pastor Hugh.

»Wie sieht dieses Ritual aus?« Murphy lehnte sich vor. »Weißt du das?«

»Nein, aber offensichtlich gibt es eine Möglichkeit, sich selbst zu schützen. Madison hat uns den zweiten Teil des Reims vom Hungermann beigebracht. Er geht so:

Schau dem Hungermann niemals ins Gesicht,
tust du es doch, entkommst du ihm nicht.
Willst du wach sein bis zum Morgen,

musst du für drei Dinge sorgen:
Schnitz ein Gesicht, die Augen blind,
eine Schlinge aus Garn um die Kehle bind'.
Verbringe die Nacht in den Bäumen, allein,
sag, es tut dir leid, gesteh deine Sünden dir ein.
Zuletzt knüpf ein Mädchen auf am Baum mit dem Seil,
nur dann geht der Hungermann an dir vorbei.

»Hab ich doch gesagt! Völliger Irrsinn«, fauchte Con und stand auf. »Los, Murphy, wir gehen. Wir haben keine Zeit für diese Scheiße.«

»Con! Ich glaube, das ist der wahre Grund für Denni Kings Selbstmord«, sagte Gabriella. »Deshalb hat sie dafür gesorgt, dass Madison sie findet. Es war Teil des Rituals! Weißt du noch, was Eliza gesagt hat? Auch Denni war besessen vom Hungermann.«

»Wir dachten alle, es ginge ihr besser«, sagte Yani. »Denni war immer total fürsorglich und beschützend – es wäre doch logisch, wenn sie gedacht hätte, sie könnte ihre Freundinnen beschützen, indem sie …«

»Nein, nein, Schluss damit! Ich will nichts davon hören, Gabriella«, sagte Con. »Das hier ist das echte Leben. Es gibt keinen Hungermann!«

»Denk doch bitte mal darüber nach, was Eliza da oben erlebt hat.« Gabriella pikte Con mit dem Zeigefinger in die Brust. »Die Schuhe. Dorrie Dossett. Der Yowie. Es gibt in diesem Fall viel zu viele schräge Dinge, Con. Du musst dringend deine Scheuklappen abnehmen!«

»Und Sie? Glauben Sie das etwa auch?«, fragte Con an Pastor Hugh gewandt.

»Ich weiß, dass wir umgeben sind von dämonischen Kräften, die wir nicht begreifen können und die uns mit Freuden dazu treiben würden, schreckliche Dinge zu tun. Und ich weiß, dass

Madison ein sehr verdrehtes Mädchen ist. Wer weiß, welchen Mächten sie sich geöffnet hat?«

Con warf Murphy einen Blick zu. »Ich muss dringend zurück an die Arbeit, reale Ermittlungsarbeit, um Ihre Tochter zu finden.« Er ging zur Tür. Kurz dachte er, Murphy würde nicht mitkommen, doch dann folgte er Con nach draußen.

»Wenn du der Sache nicht nachgehst, tue ich's!«, rief Gabriella ihm hinterher. »Geh mir bloß aus dem Weg!«

Con lief murrend weiter. Murphy schwieg, bis sie im Auto saßen, und erst als sie schon losgefahren waren, fragte er: »Warum sind Sie eigentlich so ausgeflippt?«

»Wovon reden Sie?«

»Wusste gar nicht, dass Sie so aus der Haut fahren können«, sagte Murphy. »Sie merken nicht mal, dass Sie brüllen, stimmt's?«

»Ich brülle …« Con holte tief Luft. »Ich brülle nicht.«

»Sie sind da drin total ausgeflippt. Warum? Ist es wirklich so abwegig, dass die ganze Sache Teil eines völlig bescheuerten Teenager-Wahns rund um den Hungermann ist? Ich meine, für Madisons Online-Nummer wäre das Gold wert.«

»Das ist lächerlich.«

»Aber warum regen Sie sich so darüber auf?«, fragte Murphy.

Con konzentrierte sich aufs Fahren. Als sie vor Murphys Haus ankamen, spürte Con die ersten Anzeichen von Scham über seinen Ausbruch, aber die Gesichter der Jaguar-Mädchen gingen ihm nicht aus dem Sinn.

»Sie schulden mir die Wahrheit«, sagte Murphy. »Warum weigern Sie sich, der Sache nachzugehen?«

»Na schön!« Con warf die Hände in die Luft. »Na schön. Ich hatte in Sydney einen Fall … eine Reihe junger Mädchen wurde zu Tode gequält. Dabei ging es um Rituale. Jeder, der an der Sache beteiligt war, ließ sich von der Thematik einwickeln, von dem ganzen übernatürlichen Scheißdreck, der mit den Ritualen in Zusammenhang stand, mich eingeschlossen. Und dabei übersahen wir auf der Hand liegende Beweise und Spuren, die sich nun mal aus guter, solider Polizeiarbeit ergeben. Wir haben versagt … ein paar der Mädchen hätten wir retten können. Ich will denselben Fehler einfach nicht noch mal machen.«

»Und deshalb haben Sie die Nerven verloren«, sagte Murphy.

»Mit meinen Nerven ist alles in bester Ordnung, vielen Dank auch. Ich will damit nur sagen, ich habe Erfahrung mit Ritualmorden, und das hier fühlt sich anders an!«

»Schon gut, Kumpel. Wenn Sie es sagen. Sie sind der Detective.« Murphy stieg aus dem Wagen.

Con raste davon, zurück ins Hotel. Die Jaguar-Mädchen schwebten vor seinem inneren Auge, ihre Verletzungen frisch wie am ersten Tag.

Con betrat sein Zimmer und erstarrte.

Der Fernseher lief leise, das Radio auch, aber das war okay: Er hatte beides absichtlich angelassen. Doch seine Medikamente standen nicht so, wie sie sollten.

Er machte auf dem Absatz kehrt, verließ das Zimmer und zog die Tür hinter sich zu.

Als er die Rezeption erreicht hatte, bebte er.

»Ja, bitte?«, sagte die Frau hinter dem Empfangstresen.

»Ich wohne in Zimmer 5. Ich habe darum gebeten, absolut nicht gestört zu werden. Offensichtlich ist jemand in meinem Zimmer gewesen.«

»Moment.« Sie tippte auf ihrem Computer herum. »Ja, genau, Status stimmt. Von uns war da niemand drin.«

»Tja, wie es aussieht, schon.«

»Wie gesagt, von unseren Leuten sicher niemand. Haben Sie irgendwem Ihren Schlüssel gegeben?«

Con schlug mit der Hand auf den Tresen. »Wo ist der Geschäftsführer?«

»Hören Sie zu, schöner Mann.« Sie beugte sich vor. »Wir haben hier auch so schon genug Zimmer zu putzen, ohne unsere Nasen auch noch in die von Typen zu stecken, die glauben, sie könnten es besser als wir.«

Er drehte sich um und ging. Die Anspannung in Schultern und Nacken wurde schlimmer. Er betrat sein Zimmer und sperrte die Tür hinter sich zu.

Con sah zur Sicherheit noch einmal nach – sämtliche Medikamentenflaschen waren in die falsche Richtung gedreht.

Du drehst durch, Cornelius, sagte er wütend zu sich selbst. *Niemand hat deine Sachen angefasst.*

Er zog sich aus und ging unter die Dusche.

Heißes Wasser prasselte beruhigend auf seinen Rücken, Wasserdampf stieg auf und füllte den Raum, über ihm surrte die Lüftung. Er lehnte die Stirn an die gekachelte Wand und schloss die Augen. Das brachte zwar ein bisschen Entspannung, aber klar denken konnte er immer noch nicht wieder. Seine Gedanken weigerten sich, in ihre Kästchen zu springen; es gelang ihm nicht, eine Liste zum Abhaken zusammenzustellen.

Georgias Leiche tauchte vor seinem inneren Auge auf. Zerschmettert am Fuße einer Felswand, ein junges Leben, für immer ausgelöscht.

Wie? Bist du gestürzt? Wurdest du gestoßen? Bist du gesprungen?

Ihm war nicht mal in den Sinn gekommen, nachzufragen, ob Georgia ebenfalls zum Honcho-Dori-Club gehört hatte. Es blieb ihm nichts anderes übrig, als Gabriellas Draht zu Yani zu nutzen und sie zu fragen. Gabriella würde ihn dafür zahlen lassen, aber sie würde seine Frage beantworten.

Commander Normandy darf auf keinen Fall erfahren, dass Gabriella sich immer noch hier rumtreibt.

Vielleicht war Georgia gesprungen. Vielleicht hatte sie sich mit ihrem Museum selbst mehr Druck gemacht, als sie aushalten konnte. Wenn sie auch Mitglied in diesem Honcho-Dori-Club gewesen war, hatte sie auch mit Selbstverletzung zu tun gehabt …

Selbstverletzung in der Gruppe. Ein Ritual. »… knüpf ein Mädchen auf am Baum mit dem Seil«. Warum muss immer ein Mädchen sterben?

Elizas schauriger Bericht kam ihm in den Sinn. Über das, was Georgia angeblich gesehen hatte. Vielleicht hatte jemand Georgia über die Klippe gehetzt?

Der Hungermann. Ein Mann, groß wie ein Bär …

Auch der Jaguar war ein großer Mann gewesen.

Nein. Der ist tot. Der hat nichts damit zu tun, dachte Con. *Tief einatmen; langsam ausatmen.*

Wieder tauchte Georgias Leichnam vor ihm auf. Diesmal lagen noch andere neben ihr. Violett marmorierte Gesichter, aufgequollene Gliedmaßen, ins Leere starrende Augen, aufgerissene Münder. Die Jaguar-Mädchen.

Con drehte sich der Magen um. *Verschwindet! Zurück in eure Kästchen!* Er ging in die Knie und übergab sich in den Ausguss.

Sanft trommelte er mit dem Kopf gegen die Kacheln und atmete bewusst durch den Mund. Er musste jetzt stark bleiben: Jasmine, Cierra und Bree zu finden lag in seiner Hand.

Und Madison war der Schlüssel.

Ein Ritual … ein Geheimclub, in dem Selbstverletzung glorifiziert wird … und alles nur für die Abonnenten ihres YouTube-Kanals … der Tod von Denni King … eine Hexe.

Madison ist eine Hexe. Sie hat ihn heraufbeschworen.

Den Hungermann.

Wieder tauchten mit weit geöffneten Augen die Jaguar-Mädchen in den dunklen Ecken seines Verstandes auf. *Bist du sicher, dass es keine Monster gibt?*, schienen sie zu fragen. *Bist. Du. Sicher?*

Abrupt stellte er das Wasser ab. Tropfend stand er da, während die Lüftung den Wasserdampf einsaugte.

Die Jaguar-Mädchen spähten auf ihn herunter. Georgia war bei ihnen.

Du hast den Fall nicht schnell genug gelöst.

Du bist nie schnell genug.

Er wickelte sich das Handtuch um die Hüften und schnappte sich auf dem Weg ins Bett den Laptop vom Tisch. Die Geräuschkulisse von Radio und Fernseher war Balsam für seine Seele. Neuerdings brauchte er den Klang menschlicher Stimmen im Hintergrund. Ein gutes Mittel gegen die Angst vor dem Alleinsein.

Er klappte den Laptop auf und fing an, seine Gedanken aufzuschreiben, versuchte, sie endlich in passende Kästchen zu zwängen:

1. JASMINE MURPHY –
   TOCHTER EINES DROGENDEALERS = ZUFALL/
   ERPRESSUNG?
2. CIERRA MASON –
   SEXUELLER MISSBRAUCH = ELIZA DECKT
   JEMANDEN
3. GEORGIA LENAH –
   MUSEUM FÜR ABORIGINAL–GESCHICHTE
4. BREE WILKINS –
   PTBS???

Jasmine war als Ziel am wahrscheinlichsten, als Druckmittel gegen Murphy. Auch wenn Sergeant Doble tatsächlich korrupt sein sollte, Con konnte einfach nicht glauben, dass er in dieser Stadt tatsächlich derart freie Hand hatte – es sei denn, er hatte wirklich keinen Schimmer von Tasmanien. Er musste mit Normandy darüber sprechen. Nur weil Doble ein Alibi hatte, hieß das noch lange nicht, dass Jasmine nicht von einem Komplizen entführt wurde. Aber wozu? Es gab bis jetzt keine Kontaktaufnahme, keinerlei Forderungen an Murphy.

Auch Cierra Mason war ein mögliches Ziel. Con glaubte nicht, dass Eliza Ellis mit ihr intim gewesen war, im Gegensatz zu demjenigen, den Eliza deckte … Con hatte Tom North im Verdacht, aber auch der besaß ein Alibi. Und warum auch noch die anderen Mädchen entführen? Warum Georgia umbringen?

Dies war die zentrale Frage, zu der er immer wieder zurückkehrte: Weshalb sollte irgendjemand vier Mädchen entführen und eines davon umbringen? Brauchte der Entführer vier Mädchen, beziehungsweise hätte er vier gebraucht, aber etwas war schiefgelaufen? Oder hatte der Entführer es lediglich auf eine der vier abgesehen und die anderen drei als Zeuginnen ausgeschaltet? Hätte es jede Beliebige von den vieren sein können?

Carl Lenah kam ihm wieder in den Sinn. Er war immer noch flüchtig, kein Wunder, wenn man von Polizisten wie Doble umgeben war. In der idealen Welt hätte Con viel mehr Ressourcen darauf verwendet, ihn zu finden, aber es war nun mal, wie es war. Sein Instinkt riet ihm, an Carl Lenah keine Zeit zu verschwenden.

Was den Einsatz der verfügbaren Ressourcen betraf, so musste er dringend mehr über Bree erfahren. Er hatte noch nicht mal persönlich mit ihren Eltern gesprochen. Detective Coops hatte den Vater befragt, Marcus Wilkins, und später dann auch noch die Mutter. Der Bericht hatte nicht wirklich viel hergegeben, deshalb hatte Con sich nicht näher damit befasst. Er konnte nicht überall gleichzeitig sein, er hatte ja kaum Zeit, richtig nachzudenken. Er hatte gelernt, sich selbst Grenzen zu setzen, weil er es sonst übertrieb und anfing, Fehler zu machen …

Aber übersah er etwas? Er brauchte mehr Informationen über Bree. War PTBS mit im Spiel? War sie ausgetickt und hatte Georgia umgebracht? *Nein, so funktionieren psychische Krankheiten nicht. Menschen ticken selten einfach so aus und bringen jemanden um. So was passiert nur im Film.*

Machte er nur deshalb einen Bogen um Bree, weil er vermeiden wollte, dass bei der Befragung PTBS zum Thema wurde?

Es sei denn, es sind Drogen im Spiel. Dann ticken Leute durchaus aus. Waren Drogen im Spiel?

Auf alle Fälle Cannabis, aber auch härterer Stoff? Bei ihrer ersten Begegnung hatte Murphy definitiv unter dem Einfluss von was anderem gestanden. Er hatte es an seinen Augen erkannt, an seiner Reaktionsgeschwindigkeit und natürlich daran, wie er schließlich ausgerastet war und alle möglichen Leute attackiert hatte.

Außerdem hatte Murphy erwähnt, dass Jack Speed-Schulden hatte. Der Assistenzlehrer verdiente definitiv ebenfalls mehr Aufmerksamkeit, aber der lag momentan im künstlichen Koma.

Murphy steckte in dem Kästchen für Randfiguren, die nicht als Verdächtige galten. Im Augenblick war er allein da drin.

Was war mit Eliza? In welches Kästchen gehörte sie? Nicht direkt tatverdächtig, aber sie hatte Madisons Plan gekannt und nichts dagegen unternommen. Weshalb deckte sie Tom? Was verheimlichte sie noch? Er musste dringend noch einmal mit ihr sprechen.

Verfluchte Scheiße, es war so viel zu tun! Er konnte doch nicht überall sein!

Und was, wenn eine der Vermissten die anderen Mädchen umgebracht hatte und sie die Leichen einfach noch nicht gefunden hatten? Wäre das möglich? Und wie passte der Honcho-Dori-Club ins Bild? Was war mit dem Plan der Mädchen, zu verschwinden?

Vielleicht hatte Georgias Mörder vorher gewusst, dass sie versuchen wollten, zu verschwinden – *Rechtschaffen Böse*, Madison –, oder die Motivation für den Mord war eine andere gewesen oder sogar Zufall – *Chaotisch Böse …*

Vielleicht ist der Hungermann tatsächlich die logischste Erklärung …

Er öffnete einen neuen Browser-Tab und tippte in die Suchzeile: *1985 Great Western Tiers verschwundene Mädchen.*

Dann fing er an zu lesen. Der verfluchte Reim ging ihm nicht mehr aus dem Kopf. Wahrscheinlich war das der Grund, warum er ständig glaubte, Gesichter vor dem Fenster zu sehen. Und die Lichter draußen im Wald waren sicher nur die Taschenlampen einer Suchmannschaft.

Als sie in dieser Nacht kamen, waren die Albträume heftig wie selten.

KAPITEL VIERUNDDREISSIG

CON

Es war Morgen, der Regen hatte aufgehört, nur die Gipfel der Tiers waren noch in Dunst gehüllt.

Con und Commander Agatha Normandy hatten in einem kleinen Raum der Polizeidienststelle Platz genommen, gegenüber von Madison. Nelly Mason saß neben ihrer Tochter. Das Zimmer war normalerweise für Gespräche mit trauernden Angehörigen oder für Sitzungen der Sozialarbeiter reserviert. Die Sofas waren gemütlich, das Licht gedämpft, ein Fenster ging hinaus auf die Straße und die dahinterliegenden Tiers.

»Ich habe Ihnen schon gesagt, was ich gesehen habe«, sagte Madison. Ihr Gesicht wirkte abgespannt, sie zitterte. Es ging ihr offensichtlich nicht gut. Sogar die dunkelroten Haare schienen ihre Leuchtkraft eingebüßt zu haben, und das Make-up konnte die verquollenen Augen nicht kaschieren. Wenigstens der ärmellose grüne Jumpsuit wirkte elegant. »Sie haben die Schlampe doch schon: Wieso können Sie meine Schwester nicht finden?«

Nelly Mason hielt die Hand ihrer Tochter umklammert und stierte mit leerem Blick zu Boden. Con war sich nicht sicher, dass sie überhaupt wusste, wo sie war.

»Es tut mir wirklich leid, dass wir dich noch einmal belästigen müssen, aber wir haben noch ein paar Fragen an dich«, sagte Agatha.

Madison verschränkte die nackten Arme vor der Brust, ohne die Hand ihrer Mutter loszulassen. »Was wollen Sie denn noch wissen?«

»Du hast ausgesagt, du hättest Miss Ellis im Zimmer deiner Schwester ertappt, stimmt das?«, fragte Agatha. »Kannst du mir das bitte noch einmal im Einzelnen schildern?«

Madison presste die Ellbogen nach unten. »Das habe ich doch alles schon gesagt …«

»Ich weiß. Aber es ist für mich sehr hilfreich, die Details noch einmal von dir persönlich zu hören, falls sich Fragen ergeben.« Agatha lächelte freundlich.

Madison verdrehte die Augen. »Wir waren allein zu Hause. Mum und Dad waren übers Wochenende verreist. Es war spätabends, ich war in meinem Zimmer mit Videoschnitt beschäftigt, und dann fing Mr Bruiser an, durchzudrehen. Er rannte zu Cierras Zimmertür. Ich klopfte, sie machte nicht auf, und weil ich dachte, sie wäre in Gefahr, habe ich die Tür trotzdem aufgemacht. Und da sah ich Miss Ellis am offenen Fenster stehen, im Morgenmantel. Überall standen leere Flaschen rum und es stank nach Weed. Cierra … hatte kaum was an.« Madison wurde rot.

Ihre Mutter reagierte nicht.

»Was taten die beiden?«, fragte Normandy.

»Cierra schob mich sofort wieder raus auf den Flur, ehe ich irgendwas erkennen konnte. Ich musste ihr schwören, niemandem was davon zu erzählen.« Madison standen Tränen in den Augen. »Also bin ich in mein Zimmer zurückgegangen und habe mir die Kopfhörer eingesetzt.«

»Wie kamst du darauf, Cierra könnte in Gefahr sein?«

Madison zuckte die Achseln. »Einfach so.«

»Es ist wirklich wichtig, dass du aufrichtig zu mir bist«, sagte Agatha. »Warum glaubst *du*, deine Schwester könnte in Gefahr sein?«

Wieder zuckte Madison die Achseln.

»Auch wenn du vielleicht denkst, es sei nicht wichtig, Madison, du musst es mir sagen.«

»Okay!« Madison drehte den Kopf weg. »Wegen dem Verdacht, den ich hatte. Mit wem sie ins Bett geht.«

»Du wusstest, dass Cierra sich mit Miss Ellis traf?«

»Nein.« Madisons Wangen fingen an zu lodern. »Hätte ich das gewusst, wäre ich niemals … Sie war mit jemandem zusammen, und sie wollte von mir wissen …«

»Was wollte deine Schwester von dir wissen, Madison?«

»Sie wollte wissen, ob ich Lust zu einem Dreier hätte.« Wieder schwammen die Augen in Tränen.

Nelly zuckte zusammen. Sie drehte sich mechanisch zu Madison um und zog sie an sich. »Sch … Baby … Sch …«

»Sie hatte mir erzählt, dass sie mit jemandem zusammen ist«, sagte Madison mit heiserer, zittriger Stimme, »und dass sie unbedingt einen Dreier ausprobieren wollten, weil wir Zwillinge sind und er total auf so was steht. Ich sagte Nein – natürlich sagte ich Nein! Das ist widerlich. Der Junge, mit dem sie rummacht, ist ein absoluter Wichser. Sein Name ist Tyler Cabot. Den sollten Sie verhören. Er war den ganzen Tag in der Schule, aber … jedenfalls, ich dachte, Tyler würde ihr vielleicht wehtun, und als ich in ihr Zimmer reinging, stand plötzlich Miss Ellis da. Und dann machte die ganze Zwillingsnummer auf einmal natürlich total Sinn!«

Madison bekam einen hysterischen Heulkrampf und fing an, sich mit den Händen vor dem Gesicht herumzuwedeln. Nelly zog ihren Kopf noch näher zu sich heran.

Con war sicher, dass die Tränen echt waren. Zum ersten Mal hatte Madison die Kontrolle verloren. Und das hieß, sie war sich sicher, dass sie Eliza in Cierras Zimmer gesehen hatte.

»Schon gut«, sagte Commander Normandy abwesend. »Alles gut …«

Eine Stunde später standen Con und Agatha vor dem Verhörraum. Agatha hielt einen Umschlag in der Hand.

»Warum fühlt sich das nur so falsch an?«, murmelte er.

»Sie hatten doch noch nie ein Problem damit, die Vorschriften zu umgehen«, sagte Agatha.

Con antwortete nicht sofort. Als er ihr die Sache mit Doble erzählt hatte, war sie nicht im Mindesten überrascht gewesen. Das wurmte ihn auch deswegen so, weil man ihm das, was er gleich veranstalten würde, im Grunde als Trickserei auslegen könnte. *Doble und ich haben nichts gemeinsam.* »Wieso haben Sie mir nicht erzählt, dass es hier einen derartigen Fall von Korruption gibt?«

»Weil Sie, mein lieber Cornelius, im Menschen grundsätzlich erst mal das Gute sehen. Genau das macht einen hervorragenden Detective manchmal aus – und ich brauche dringend hervorragende Detectives. Und jetzt reißen Sie sich zusammen. Seien Sie nicht so zappelig.«

»Ich bin nie zappelig!«, sagte er beleidigt.

Sie öffnete die Tür, und sie betraten gemeinsam den Raum.

Eliza Ellis erwartete sie bereits – allein, ohne ihre Anwältin. Sie hatte auf ihren Beistand verzichtet. Sie hatte die Nacht in der Arrestzelle verbracht und trug die Anziehsachen, die ihre Schwester für sie vorbeigebracht hatte. Hinter dem Metalltisch wirkte sie schwach, blässlich.

Con und Agatha musterten Eliza mehrere Minuten lang, ohne das Wort an sie zu richten. Immer wieder durchlief ein Schauer ihren Körper, trotzdem saß sie aufrecht und mit kerzengeradem Rücken.

Plötzlich stand Agatha auf, so schnell, dass Eliza zurückzuckte. Agatha ging zur Tür und rief: »Könnten wir es hier drin bitte etwas wärmer haben?«

Sie kehrte an den Tisch zurück, setzte sich wieder und lächelte Eliza entschuldigend an. »Na ja, ich kann nicht behaupten, dass ich zustimmen würde …« Sie zog einige Unterlagen aus dem Umschlag und blätterte darin. »Aber ich glaube, ich verstehe trotzdem.«

»Ich weiß nicht, wovon Sie sprechen«, sagte Eliza.

»Ich hatte vorhin eine äußerst interessante Unterhaltung mit Madison Mason. Sie erinnert sich an viele Dinge, die sie ursprünglich als unwichtig erachtet hatte.«

Normandy tat so, als würde sie das Protokoll der »Aussage« überfliegen, die sie und Con sich vor einer halben Stunde höchstpersönlich aus den Fingern gesogen hatten. Sie war voll mit Dingen, die Madison definitiv nicht gesagt hatte. Das war nicht wirklich illegal, weil das Dokument diesen Raum niemals verlassen würde. Es war nichts weiter als eine Requisite. Zumindest versuchte Con, sich das einzureden.

»Madison sagte, Cierra hätte ihr erzählt, sie würde einen Mann erwarten – einen *Mann*, ja? –, der auf eine Erfahrung mit Zwillingen aus war.« Sie hob den Blick und sah Eliza an. »Sie sagte, sie hätte einen dumpfen Schlag vernommen, als würde ein Körper draußen auf der Erde aufschlagen. Und dass die Hecke vor dem Fenster ihrer Schwester, jetzt, wo sie noch einmal darüber nachgedacht hätte, irgendwie ramponiert ausgesehen hätte. Als wäre jemand aus dem Fenster gesprungen. Wahrscheinlich war das der dumpfe Schlag, den sie gehört hatte.«

Agatha zeigte Eliza eine Fotografie vom Haus der Masons, die Con erst vor einer Viertelstunde im Eiltempo angefertigt hatte. Um die Hecke unter Cierras Fenster war ein roter Kringel gemalt. Die Koniferen sahen tatsächlich ramponiert aus.

»Der Geruch nach Marihuana, die leeren Flaschen im Zimmer … Sagen Sie, können Sie mir zufällig sagen, wie es um die Alkoholtoleranz Ihres Schwagers Tom North bestellt ist? Wobei, wenn Cannabis im Spiel ist, fühlt man sich ja eher schneller … unwohl. Sie haben seinen Zustand sicherlich unmittelbar erlebt, als Sie ins Haus der Masons eilten, um ihn zu retten. Oh ja, und ich habe mal gehört, dass man während der Einnahme von Steroiden auf Alkohol verzichten sollte.«

»Ich weiß nicht, wovon Sie sprechen«, wiederholte Eliza.

»Was mich allerdings erstaunt, ist die Tatsache, dass er *Sie* angerufen hat. Wusste seine Frau Bescheid? Ich vermute, er hatte diesen Fetisch schon, ehe er Ihnen begegnete?« Agatha verzog das Gesicht. »Ich verurteile den Mann keineswegs für seine sexuellen Vorlieben, aber wenn Minderjährige ins Spiel kommen, und noch dazu seine Schülerinnen ... nein, Moment ... Cierra hat Sie angerufen, habe ich recht? Nicht Tom. Sie hat Sie angerufen, die einzige Person, die ihrer Meinung nach vielleicht in der Lage wäre, ihr in dieser Situation zu helfen. Hat Cierra Sie von ihrem eigenen Telefon oder von Toms Handy angerufen?«

»Ich möchte meine Anwältin.«

»Natürlich. Bis sie eintrifft, müssen Sie natürlich nichts mehr sagen.«

Das war Cons Stichwort.

Heimlich tippte er unter dem Tisch auf sein Telefon. Zehn Sekunden später ging der Wecker, der klang wie sein Klingelton.

Umständlich zog er das Telefon hervor, schaute erstaunt aufs Display und tat, als würde er den Anruf annehmen.

»Con hier. Was gibt es, Tran?« Er zog die Augenbrauen hoch und sagte mit hoher Stimme: »Was? Sie *lebt*?«

Eliza beugte sich vor. Con spiegelte ihre Reaktion und beugte sich ebenfalls vor. Sein Blick kreuzte ihren, dann sah er weg.

»Ja. Wo? Irgendein Zeichen von Jasmine?« Er ließ die Schultern sinken. »Aber Cierra? Ist sie ansprechbar?«

Eliza stieß einen Seufzer aus. »Gott sei Dank.«

»Ich komme gleich. Ich muss nur noch das Verhör mit Eliza beenden ... Ja. Einverstanden. Wir lassen uns das von dem Mädchen bestätigen.«

Eliza legte eine Hand auf den Tisch, und wieder spiegelte Con ihre Geste, sah ihr in die Augen, ließ den Blick aber nicht zu lange verweilen. Körpersprache spiegeln, um eine unbewusste Verbindung aufzubauen. Sie in sein Spinnennetz locken.

»Ich melde mich so bald wie möglich.« Er tat, als würde er das Gespräch beenden, und atmete laut und langsam durch die Zähne aus. »*Sie lebt*«, flüsterte er wie zu sich selbst.

»Vielleicht wäre es möglich, solche Telefonate das nächste Mal außerhalb eines Verhörraums zu führen?«, sagte Agatha betont ungehalten.

»Wo ist sie? Wo wurde sie gefunden? Was ist mit Jasmine?«, fragte Eliza. »Con! Bitte!«

Con machte den Mund auf, um zu antworten, aber Agatha brachte ihn mit harscher Stimme zum Schweigen. »Nein. Sie haben schon genug gesagt, Badenhorst. Miss Ellis gilt immer noch als Person von besonderem Interesse.«

Mit gequältem Gesicht sackte Eliza auf ihrem Stuhl zusammen.

Con durchzuckten Schuldgefühle.

»Wissen Sie, was ich glaube, Miss Ellis? Sie halten hier für Tom North den Kopf hin«, sagte Agatha. »Ich glaube, Sie wollten im Interesse Ihrer Schwester und Ihrer Nichte handeln. Das kann ich verstehen. Trotzdem frage ich mich, was an Tom so besonders ist, dass Sie einen solchen Mann beschützen wollen.«

Zum ersten Mal sah Con einen Ausdruck von Wut auf Elizas Gesicht.

»Wenn Cierra am Leben ist«, sagte Agatha trocken mit einem Blick auf Con und sein Telefon, »werden wir die Wahrheit sowieso bald erfahren. Aber bis dahin verschwenden wir unsere Zeit und Energie darauf, gegen Sie zu ermitteln, obwohl wir uns um Tom kümmern sollten.«

»Tom kann nichts damit zu tun haben, und das wissen Sie«, sagte Eliza. »Er und seine Gruppe waren weit vor uns.«

»Weshalb leugnen Sie dann seine Beziehung zu Cierra?«

Eliza schwieg.

»Er wandert ins Gefängnis. Und dasselbe gilt vielleicht für Sie, wenn wir Jasmine nicht finden können. Wenn Cierra uns erst einmal bestätigt hat, dass Sie uns belogen haben, wird es nicht lange dauern, bis die Leute sich fragen, weshalb wir Sie als Verdächtige nicht genauer ins Auge gefasst haben.«

»Aber Wren ist diejenige, die am meisten darunter leiden wird …«

»Und wie sehr hat Cierra gelitten? Es hätte an dem Abend auch noch Madison treffen können. Irgendwann hätte Tom schließlich beide Schwestern im Bett gehabt, um an ihnen seine Fantasien auszuleben. Genau, wie er es wollte. Das war nur eine Frage der Zeit. Ist Ihnen überhaupt bewusst, dass wir es hier mit sexuellem Missbrauch zu tun haben? Weiß Monica davon?«

»Ja«, presste Eliza schließlich hervor. »Sie wollte bei Wren bleiben, während ich zu Cierra fuhr, um Tom zu holen.« Eliza liefen Tränen über die Wangen. »Cierra ist in Sicherheit … Gott sei Dank.« Sie fing an zu schluchzen.

Con schloss kurz die Augen. Erneut durchfluteten ihn Schuldgefühle.

Sobald Eliza sich wieder etwas gefasst hatte, schob Agatha ein beschriebenes Blatt Papier über den Tisch – ein getipptes Geständnis, das Agatha mit Cons Hilfe bereits ausformuliert hatte. »Mit Ihrer Unterschrift bestätigen Sie, dass Tom North in Cierras Zimmer war«, sagte Agatha.

Eliza nahm den Stift zur Hand und unterschrieb.

Wiederum eine Stunde später saßen Con und Agatha Tom North und seiner Anwältin Mrs Barrow gegenüber.

»Egal, was die Schlampe über mich erzählt hat, das ist alles gelogen«, sagte Tom aufgebracht.

Bedächtig trank Commander Normandy einen Schluck aus ihrer Teetasse, ohne den Blick von ihm abzuwenden.

»Können wir jetzt zur Sache kommen und über die lachhaften Vorwürfe gegen meinen Mandanten sprechen?«, fragte Mrs Barrow schließlich.

»Ja«, sagte Agatha. »Können wir. Uns liegt die Aussage von Eliza Ellis vor.«

»Sie stützen sich auf das Wort einer Frau, die versucht, ihren eigenen Kopf aus der Schlinge zu ziehen?«, fragte Mrs Barrow. »Ich hätte Sie für klüger gehalten.«

»Wir erwarten in Kürze den Bericht der Kriminaltechnik, der beweisen wird, dass die DNA von Mr North mit den Spuren auf dem Cannabis und den Kondomen übereinstimmt, die in Cierra Masons Zimmer gefunden wurden. Aus reiner Neugier: Wussten Sie, dass Ihr Klient versuchte, eine DNA-Probe zu verweigern? Wir mussten ihn dazu zwingen.«

»Das sei, wie es sein mag …«

»Das sei, wie es *ist*, Mrs Barrow. Mr North, werden Sie uns jetzt die Wahrheit sagen, oder muss ich mir noch eine Tasse Tee kochen, während Sie hier weiter Ihre Spielchen spielen?« Ihre Stimme klang eisig. »Drei Mädchen werden vermisst, um ein viertes trauert bereits die Familie. Ich würde meine Energien liebend gern darauf konzentrieren, sie zu finden. Je länger Sie mich hier aufhalten, desto größer wird mein Verdacht, dass Sie was damit zu tun haben.« Sie beugte sich vor. »Es machen jetzt schon erste Gerüchte über Sie die Runde. Möglicherweise ist unsere Arrestzelle momentan der sicherste Ort für Sie. Sind Sie in der Lage, sich vorzustellen, was passiert, wenn sich herausstellen sollte, dass die Zeit, die Sie uns hier gerade stehlen, genau die Zeitspanne ist, die für Cierra den Unterschied zwischen Leben und Tod ausmacht?«

»Ich muss Sie warnen, Tom«, sagte Mrs Barrow. »Was einmal ausgesprochen ist, lässt sich nicht mehr zurücknehmen.«

Tom verzog das Gesicht.

Dann legte er ein volles Geständnis ab.

Ja, er war in Cierras Zimmer gewesen. Ja, er hatte eine intime Beziehung zu ihr. Ja, Eliza war an dem Abend ebenfalls dort gewesen. Sie hatte ihm aus dem Fenster geholfen und ihn nach Hause gebracht. Ja, ihm war klar, dass er in Schwierigkeiten steckte. Nein, nein, nein, er hatte nichts mit dem Verschwinden der Mädchen zu tun. Nein, nein, nein, er verschwieg ihnen nichts.

Als Con irgendwann später ins Freie ging, um kurz dem Neonlicht zu entkommen und frische Luft zu schnappen, sah er Eliza über den Parkplatz laufen. Constable Cavanagh würde sie zu ihrer Schwester fahren – angesichts ihrer Aussage gegen Tom wahrscheinlich ein nicht ganz so angenehmer Ort für sie.

Als sie ihn bemerkte, erschien ein Ausdruck abgrundtiefer Enttäuschung auf ihrem Gesicht. Con erstarrte. Offensichtlich hatte sie inzwischen erfahren, dass Cierra noch immer verschwunden war.

Beschämt zog Con den Kopf zwischen die Schultern und floh zurück ins Gebäude.

Heiligte das Ziel tatsächlich alle Mittel? Er war sich nicht mehr ganz sicher.

KAPITEL FÜNFUNDDREISSIG

ELIZA

Als Eliza zurückkam, war Monica nicht zu Hause – sie war immer noch bei der Polizei, wie vorhin, als sie ihre Schwester tränenüberströmt ignoriert hatte.

Elizas Wut auf Con war grenzenlos. Sie suchte, so schnell sie konnte, ihre Habseligkeiten zusammen, packte alles ins Auto und fuhr zu sich nach Hause zurück. Fast ein Jahr hatte sie zusammen mit Denni in dem kleinen Cottage gelebt, nur sie beide, Tante und Nichte … auch wenn Eliza für Denni eher eine Mischung aus großer Schwester und Mutter gewesen war.

Am Ende eines steilen Straßenzugs bog sie in die Auffahrt zu ihrem Häuschen ein. Lange Grashalme schleiften am Unterboden entlang. Die Wiese war überwuchert mit Brombeergestrüpp und Farnen und einem Meer gelber Osterglocken.

Das Cottage selbst war winzig. Ein windschiefes Häuschen, willkürlich auf den steilen Hügel gepflanzt, mit einer nachträglich angebauten, großen Holzterrasse, die entlang der gesamten Vorderfront verlief. Die Terrasse stammte von ihren Vorbesitzern – ein älteres Ehepaar mit jeder Menge Enkelkindern. Dichter Efeu rankte sich über die gesamte Fassade bis hinauf zum Dach.

Eliza hatte sich auf den ersten Blick in das Häuschen verliebt und es dem älteren Ehepaar für geradezu lachhaft wenig Geld abgekauft. Jetzt konnte sie den Anblick kaum ertragen; seit Dennis Tod hatte sie keine einzige Nacht mehr hier geschlafen. Der rostige Grill auf der Terrasse, das Quietschen des Wetterhahns auf dem Dach, der kaputte Gartenzaun – jedes Detail barg schmerzhafte Erinnerungen.

Trotzdem. Eliza blieb nichts anderes übrig, als ab jetzt wieder hier zu wohnen. Bei Monica konnte sie nicht länger bleiben.

Dabei war es die Wahrheit. Ich muss mich nicht schuldig fühlen, weil ich die Wahrheit gesagt habe …

Tom hat es nicht anders verdient, das steht außer Zweifel …

Eliza blieb im Auto sitzen. Sie erstickte fast an ihren Schuldgefühlen wegen Wren. Wie würde das Leben ihrer kleinen Nichte ab jetzt aussehen? Wie lange würde es dauern, bis Monica ihr verzieh?

Wütend trommelte sie mit beiden Fäusten auf das Lenkrad ein.

Alles nur, weil Con mich angelogen hat. Wie konnte er das tun? Wie konnte *er nur?*

Sie stieg aus und blieb vor dem Haus stehen.

Ich wurde reingelegt. Er hat mich dazu gebracht, haargenau das zu tun, was er wollte. Er und diese Frau!

Nie wieder.

Ein paar Stunden später lag Eliza in der kleinen Badewanne. Sie hatte sich ein Lavendelbad eingelassen und balancierte ein Glas Rotwein auf dem schmalen Wannenrand. Aus ihrem Telefon kam sanfte Musik, auf dem Dach trommelte der Nachmittagsregen den Rhythmus dazu, ein tröstliches Tropfen.

Ich habe die Erlaubnis, es mir gut gehen zu lassen.

Doch sie hatte verdrängt, wie unheimlich das Haus manchmal sein konnte, es war kalt, und überall knarzte es. Als würde Dennis Geist – boshaft, rachsüchtig – zwischen den Wänden spuken.

Plötzlich klopfte es an der Haustür. Eliza zuckte zusammen und verschüttete vor Schreck den Rotwein. Das Klopfen hörte nicht auf.

Eliza stieg aus der Wanne, hüllte sich eilig in einen weißen Bademantel und schlich sich zur Haustür. Dann machte sie die Tür einen Spalt weit auf.

Madison stand vor ihr, die nassen Haare klebten ihr am Kopf, die roten Lippen waren gehässig verzogen. »Hexe!«, zischte das Mädchen. Sie quetschte sich in den Türspalt und zwang die Tür weiter auf.

Madison hielt etwas in der Hand, eine grob geschnitzte Figur.

»Raus aus meinem Haus!« In Eliza kochte Wut hoch.

»Ich habe von Ihrem ›Geständnis‹ gehört. Sie sind eine Lügnerin. Eine miese Lügnerin. Ich weiß, was Sie in Wirklichkeit sind. *Wie sind Sie in mein Zimmer gekommen?*«

»In *dein* Zimmer? Wovon zum Teufel redest du?«, schrie Eliza.

»Davon!« Madison streckte die Figur in die Höhe. Das Ding sah aus wie eine Puppe, eine geschnitzte Frauenstatue, etwa so groß wie ein Milchkarton, grob und schlampig aus hellbraunem Fenchelholz gehauen, anstelle der Augen zwei Knochensplitter ins Holz getrieben und um den Hals eine Schlinge aus grobem Strick.

Eliza wich zurück. »Was soll das sein?«, fragte sie angewidert.

Bebend schleuderte Madison die Figur zu Boden. »Lügen Sie mich nicht an – ich weiß, dass Sie mir dieses Ding ins Zimmer gestellt haben! Das ist eine von Dennis Statuen! Und das mit Cierra ist auch gelogen, das weiß ich genau!«

»*Dennis* Statuen?«

»Warum haben Sie uns überhaupt geholfen? Sie haben bei der Prügelei mitgespielt, Sie haben getan, was ich gesagt habe, und jetzt behaupten Sie auf einmal, Sie wären gar nicht mit Cierra im Bett gewesen?« Madisons Stimme zitterte. Wie magisch angezogen kehrte ihr Blick ständig wieder zu der Statue zurück. »Sie wissen doch, wozu ich in der Lage bin. Wieso kommen Sie mir auf einmal dermaßen in die Quere?«

»Bist du immer noch nicht zufrieden, du kleine Schlampe? Alle Augen sind auf dich gerichtet. Alle sehen sich deine Videos an. *Arme kleine Madison, ihre Freundin Georgia ist tot, genau wie die arme kleine Denni.* Schön für dich! Du hast doch bekommen, was du wolltest!«

»Halten Sie den Rand!«, kreischte Madison. »*Sie* haben die Mädchen entführt! Das erzähle ich überall rum!« Wieder fiel Madisons Blick mit weit aufgerissenen Augen auf die Statue. »Wo sind sie? *Wo sind sie?*«

»Raus aus meinem Haus! *Sofort!*«

»Sonst was? Rufen Sie die Polizei?«, schrie Madison.

»Nein. Sonst mache ich mein eigenes Video und erzähle der ganzen Welt, wie du mich erpresst hast und dass du das Verschwinden der Mädchen geplant hast.«

»Können Sie ja versuchen.« Madison ballte die Hände zu Fäusten und öffnete sie wieder. »Haben Sie immer noch nicht kapiert, dass ich euch allen immer drei Schritte voraus bin?«

»Und ich erzähle das mit dem Kundela-Spiel.«

Madison erstarrte. Dann fing sie höhnisch an zu lachen, aber es klang gezwungen. »Ich habe keine Ahnung, was Sie meinen.«

»Ich weiß, dass Denni mitgespielt hat. Falls das irgendwas mit ihrem Tod zu tun hat …«

»Dämliche *Schlampe*!« Madison drehte sich um und stürmte türenknallend aus dem Haus.

Der Schlag der Haustür ließ die Holzwände wackeln. Dennis Geist, tobend und rasend.

Eliza hatte Mühe, sich wieder unter Kontrolle zu bekommen. Madisons Statue lag noch auf dem Boden. Eliza hob sie auf, drehte sie zwischen den Händen, berührte die Knochensplitter in den Augen und erschauderte. Das Ding war grässlich, ekelerregend, wie der Geschmack von Blut in ihrem Mund.

Das hat Denni geschnitzt …

Sie stellte die Figur auf das Tischchen neben der Küchentür

und ging, auf ihrer Unterlippe kauend, zurück ins Bad. Sie zog den Stöpsel aus der Badewanne und trocknete sich, während die Rohre gluckerten, mit zitternden Händen ab. Sie zog sich an, band sich das rote Tuch um den Kopf und ging in die Küche.

Von der Statue ging eine finstere Bedrohung aus, die den ganzen Raum erfüllte.

Dann klopfte es wieder.

Eliza streckte den Rücken durch und riss die Haustür auf. Sie hatte mit Madison gerechnet, doch vor ihr stand Detective Pakinga mit leuchtenden Augen und gerötetem Gesicht.

»Ich habe gehört, Sie haben es aufgegeben, Tom beschützen zu wollen.« Sie klang aufgeregt. »Und von Cons schmutzigem Trick habe ich auch gehört. Jedenfalls, ich glaube, ich bin da einer Sache auf der Spur und brauche Ihre Hilfe … Ich weiß nicht, ob Sie es schon mitbekommen haben, aber ich bin nicht mehr Teil des Ermittlerteams.« Sie zog sich ungefragt die Jeansjacke aus. Dabei fiel ihr Blick auf die Statue. Pakinga wurde sichtlich blass.

»Die hat Madison eben hergebracht. Eigentlich weiß ich nicht …«

»Madison?« Gabriella hob den Blick. »Sie war hier?«

Eliza führte Gabriella nach nebenan ins Wohnzimmer, und sie setzten sich auf die Couch. Dort erzählte Eliza ihr von Madisons Besuch.

»Ich verstehe immer noch nicht, weshalb die Polizei nicht öffentlich gemacht hat, dass Madison hinter dem Verschwinden der Mädchen steckt«, sagte Eliza. »Das ändert doch alles, oder nicht? Da draußen suchen immer noch Leute von morgens bis abends den Busch ab.«

»Madison dachte, die Statue wäre von Denni …«, sagte Gabriella, in Gedanken versunken. »Wie kommt sie darauf?«

»Denni konnte gut mit Holz umgehen. Genau wie ihre Mutter.« Eliza stand auf und holte die grässliche Figur. »Aber so was habe ich noch nie gesehen … allerdings habe ich, glaube ich, schon mal davon gehört … Ist Ihnen bei Ihren Ermittlungen der Begriff ›Kundela-Spiel‹ begegnet?«

»Was soll das sein, das Kundela-Spiel?«

Eliza schwieg einen Augenblick. Als sie weitersprach, war ihre Stimme tief und schleppend. »Ich habe irgendwann mal mitbekommen, wie Denni am Telefon mit Madison darüber sprach. Es handelte sich offenbar um eine Art Gruppenspiel … eine Reihe von Mutproben, jeden Tag eine. Man musste beweisen, dass man sie absolviert hatte. Ich habe davon erfahren, als Denni einen Verweis kassierte, weil sie vor dem Direktor das T-Shirt gelüpft und ihren BH gezeigt hatte. Es hat lange gedauert, bis sie zugab, dass es eine Mutprobe gewesen war, danach zählte ich eins und eins zusammen. Als ich sie auf das Kundela-Spiel ansprach, flippte sie vollkommen aus. Ich musste ihr schwören, es nie wieder zu erwähnen, vor allem nicht vor Madison.« Elizas Stimme wurde leise. »Ich glaube, das war ungefähr zur selben Zeit, als sie aufhörte, mir zu vertrauen.«

Gabriella tippte sich nachdenklich an die Lippen. »In einem ihrer YouTube-Videos stand auf Madisons Schlafsack ›Kundela lautet das Motto‹ geschrieben … Vielleicht handelt es sich ja tatsächlich nur um harmlose Streiche, wie sich in Unterwäsche zeigen, aber falls irgendwann mehr daraus wurde …« Gabriella verstummte. »Wussten Sie, dass Denni sich ritzte?«

»Ja, ich weiß … im Obduktionsbericht stand, dass Denni Narben hatte … Aber was hat das mit …«

Gabriella hatte den Blick abgewandt und sprach schon wieder mit sich selbst. »Der Honcho-Dori-Club war wahrscheinlich der Vorläufer von diesem Kundela-Spiel. Als Madison klar wurde, dass sie Leute dazu bringen konnte, zu tun, was sie wollte, kam sie auf den Geschmack … Aber wer hätte ihr eine Schutzfigur gegen den Hungermann ins Zimmer schmuggeln sollen?«

»Der Hungermann?« Eliza schauderte. »Was hat der denn damit zu tun? Und was ist ein Honcho Dori?«

»Wie wär's, wenn Sie uns Kaffee kochen? Das könnte ziemlich heftig werden.«

Eine Stunde später scrollte Eliza noch immer durch die Screenshots des Gruppenchats vom Honcho-Dori-Club auf Gabriellas Handy. Ihr war übel.

Gabriella nippte tief in Gedanken an ihrer zweiten Tasse Kaffee.

Eliza war Lehrerin – sie wusste, wie Teenager tickten. Sie war mit Sicherheit in der Lage, zwischen den Zeilen zu lesen und die Hinweise auf Zustimmung in den »Aufmunterungsposts« zu erkennen, sobald eine selbst zugefügte Wunde nur tief oder groß genug war:

Wow! Das tut sicher sauweh, Du bist so stark!

Dafuk, bitch, nicht so stumpfe messer, sei lieb mit dir

Ach, sis, wär ich doch so stark wie Du!

Und zwischendurch immer wieder die leicht spöttischen Reaktionen einer Chatteilnehmerin mit dem Spitznamen Honcho, sobald eine Wunde nicht drastisch genug war:

Bist ja schon wieder gut drauf

Dafür reicht Leukoplast

Man sieht ja fast kein Blut, oder? Hast Du's schon weggewischt? Hoffentlich hast Du Dir den Uniformrock nicht versaut.

Trau Dich beim nächsten Mal, tiefer zu schneiden – es richtig zu fühlen.

Mal subtil und mal ganz offen forderte Honcho die Chatteilnehmerinnen zu Selbstverletzungen auf, und die anderen folgten ihr bereitwillig.

Honcho musste der Spitzname von Madison sein.

Eliza erkannte die Bilder von Dennis Arm an den Sommersprossen und am Teint – und an dem Messer, das noch immer hier im Haus in der Küchenschublade lag. Denni war VoodooQueen.

Die anderen Pseudonyme hatte sie noch nicht entschlüsselt. Sie war sich nicht sicher, ob sie es überhaupt wollte. Der einzige Trost bestand darin, dass die Fotos von VoodooQueen im Laufe der Zeit immer weniger drastisch wurden und eine Art Heilung dokumentierten, auch wenn die anderen Mädchen sie offenbar weiter antreiben wollten.

He, VoodooQueen, man könnte meinen,
Du fühlst nichts mehr.

Bist Du nicht stark genug für den
Honcho-Dori-Club, VoodooQueen?

»Was bedeutet Honcho Dori eigentlich?«, flüsterte Eliza irgendwann.

»Ich habe es gegoogelt«, sagte Gabriella. »Honcho Dori war der Name einer Straße in Yokohama, die amerikanische Matrosen auf der Suche nach Prostituierten aufsuchten. Irgendwann prägten sie den verballhornten Begriff »sich hunky-dory fühlen«, also prima. Aber ich glaube, Madison hat den Namen gewählt, weil sie hier der Honcho, der Boss, ist. Nach außen hin ist bei allen alles hunky-dory, aber in Wirklichkeit machen sie heimlich diesen ganzen Mist, und Madison sagt ihnen, wo's langgeht.«

Eliza legte das Telefon weg. »Und die Statuen …?«

»Yani hat uns den zweiten Teil des Hungermann-Reims verraten. Ein Ritual zum Schutz vor dem Hungermann.« Gabriella zitierte aus dem Gedächtnis.

Die schreckliche Schlussfolgerung hatte Eliza bereits selbst gezogen. »Wenn das Ding hier wirklich von Denni ist, wie Madison behauptet, heißt das dann … Heißt das, Denni hat geglaubt, sie hätte den Hungermann gesehen?« Eliza schlug die Hände vors Gesicht. »Zuletzt knüpf ein Mädchen auf am Baum mit dem Seil.«

»Geht man nach den Fotos im Chat, sieht es eigentlich so aus, als wäre sie auf dem Weg der Besserung gewesen. Das entspricht auch der Einschätzung einiger Leute, mit denen wir gesprochen haben. Aber wenn Sie mich fragen, wäre es für *jedes* Mädchen, das Mitglied in diesem Club war, schwer, sich wieder ganz davon zu erholen. Ich muss Ihnen kaum erzählen, dass zwischen Selbstverletzung, Depression und Selbstmord ein Zusammenhang besteht. Deshalb ist das Thema so ernst.« Gabriellas Stimme wurde weich. »Entschuldigung, ich versuche, taktvoll zu sein, aber das ist alles echt schräg. Ich frage mich … sagen Sie, haben Sie Dennis Telefon noch?«

»Ja. In ihrem Zimmer. Ich habe es seit der Beerdigung nicht wieder betreten.«

Gabriella berührte sie an der Schulter. »Ich weiß, wie schwer das für Sie ist. Danke, dass Sie mir helfen.«

»Was soll ich denn sonst tun? Vor allem jetzt, wo jeder weiß, dass ich für Tom gelogen habe.«

»Ja. Um ehrlich zu sein, das war ein schlechter Schachzug«, sagte Gabriella.

Gemeinsam gingen sie nach hinten zu Dennis Zimmer.

Alles war noch genau so wie vor Dennis Tod. Auf dem wackeligen Bettgestell lag eine lilafarbene Tagesdecke, die Wände waren mit Postern vom Weltall und irgendwelchen Indie-Bands tapeziert. Über dem schmalen Schreibtisch hingen Zeichnungen von Bäumen, die sofort Gabriellas Interesse weckten.

»Was hing hier?«, fragte sie Eliza und zeigte auf eine leere Stelle, an der noch die Löcher der Reißzwecken zu sehen waren.

»Das habe ich abgehängt. Eine Zeichnung von Denni … das Symbol am Galgenbaum.«

»Das was?«, fragte Gabriella.

»Der Baum oben am Wanderweg über der Schule. Das Zeichen ist in den Stamm geritzt. Sieht aus wie ein schlampiges A.«

»Moment mal …« Gabriella nahm ihr Telefon und scrollte sich durch die Screenshots. Dann hielt sie Eliza den Bildschirm hin. »Das hier? Das Profilbild für den Honcho-Dori-Gruppenchat?«

»Ja. Ich glaube, es soll ein Strichmännchen mit Schlinge um den Hals darstellen«, sagte Eliza. »Das ist definitiv dasselbe wie an dem Baum.«

»Der Galgenbaum. Können Sie mir mehr darüber erzählen?«

Eliza leckte sich zögernd die Lippen. »An dem Baum ist Denni gestorben. Und Ted Barclay. Wenn Sie wollen, kann ich Sie hinführen. Der Baum liegt nicht weit von der Straße entfernt.«

»Eliza, es tut mir so leid. Sie müssen nicht mit mir dorthin. Ich habe einen Mietwagen – sagen Sie mir einfach, wo ich lang muss.«

»Nein, schon gut. Ich gehe ab und zu hin und lege für Denni Blumen ab«, sagte Eliza. »Und ehe Sie fragen, das Symbol war schon da, bevor die Mädchen überhaupt geboren waren. Es heißt, es wäre sogar schon vor Ted Barclay dort gewesen.«

Dann zog sie die Schreibtischschublade auf und nahm Dennis Telefon heraus. Sie brachte das Ladekabel an, das immer noch in der Steckdose steckte, dann warteten sie, bis sich das Telefon einschaltete. »Wonach suchen Sie?«

»Ich würde gern den Nachrichtenverlauf mit Madison sehen. Falls es Denni wirklich besser ging … Madison kam mit dem zweiten Teil vom Hungermann-Reim an, wo es um dieses Ritual geht, und sie war diejenige, die Dennis Leiche fand … Vielleicht wollte sie damit den neuen Teil der Legende um den Hungermann zementieren.«

»Glauben Sie, Madison hat Denni dazu überredet, sich umzubringen?«

»Ich möchte mir lediglich ihre Nachrichten ansehen …«

Eliza wurde schwindlig, sie musste sich aufs Bett setzen. »Nach Dennis Tod wollte Madison unbedingt in ihr Zimmer. Sie hat mich regelrecht angefleht, aber es fühlte sich einfach falsch an. Damals waren die Wunden noch so frisch. Am Morgen der Beerdigung hat sie sich hier reingeschlichen. Ich habe sie rausgeworfen.« Plötzlich legte sich Wut in ihre Stimme, ihre Hände formten sich zu Krallen. »Glauben Sie, Madison war auf der Suche nach Dennis Telefon?«

»Könnte sein«, sagte Gabriella. Das Telefon hatte inzwischen wieder genug Strom und schaltete sich ein. Sie reichte Eliza das Handy zum Entsperren und öffnete Dennis Facebook-Messenger-App. Es gab Dutzende ungelesene Nachrichten. »Ah …« Sie hielt Eliza den Bildschirm hin. »Sehen Sie diesen Thread? Da steht lediglich ›Facebook-Nutzer‹. Ich glaube, das bedeutet, der andere User hat sie blockiert. Das muss Madison sein.« Sie scrollte sich durch die Nachrichten und stöhnte auf. »O nein.«

Eliza nahm ihr das Telefon aus der Hand und las:

Facebook-Nutzer: Ich werde direkt hinter Dir sein. Ich sorge dafür, dass wir Deine Leiche finden, ehe es eklig wird xxx

Denni King: Ich kann nicht glauben, dass wir das tatsächlich durchziehen. Langsam werde ich echt traurig.

Facebook-Nutzer: Ich komm zu Dir vor die Haustür und wir reden darüber. Bring alles mit, ich helfe Dir, die Sachen raufzuschleppen xx

Denni King: Okay. Bis dann xxoxoxoxoxoxoxoxoxoxox

In Elizas Ohren ertönte ein seltsames Geräusch. Sie merkte erst, dass sie weinte, als sie das Salz auf ihren Lippen schmeckte. Das Geräusch kam von ihr, ein hohes, fremdes Wehklagen.

Bedauernswert.

Sie würde nie wieder bedauernswert sein.

Ich habe die Erlaubnis, die stärkste Frau zu sein, die es je gab.

»Eliza … es tut mir so leid …«

Ich habe die Erlaubnis zu töten.

»Ich bringe sie um.« Eliza stand auf und ging zur Tür.

»Nein, Eliza – dafür kriegen wir Madison dran. Das sind Beweise. Diese Nachrichten können …«

»Das bringt Denni nicht zurück!«, schrie Eliza.

Sie war schon fast zur Haustür raus, jeder Schritt eine Todesverheißung. Gabriella stürzte an ihr vorbei und versperrte ihr den Weg. »Nein. Eliza, das dürfen Sie nicht. Wenn Sie Madison etwas antun, wird man Sie auch für alles verantwortlich machen, was mit den anderen Mädchen passiert ist.«

»Sie verdient zu sterben!«

Eliza versuchte, sich an Gabriella vorbeizuschieben, aber Gabriella drängte sie zurück. »Nein, Eliza!«

Eliza hob die Fäuste. »Aus dem Weg, Gabriella.«

»Nein.«

Eliza schlug zu, Gabriella packte sie am Handgelenk, und im nächsten Augenblick fand Eliza sich mit dem Gesicht nach unten auf dem Fußboden wieder, Gabriella über sich.

»Eliza, beruhigen Sie sich …«

Dann setzten die wahren Emotionen ein. Gabriella ließ sie los, Eliza blieb auf dem Boden liegen, erst tobend, dann erschöpft und verzweifelt, zu einer Kugel zusammengerollt. »Denni! Denni, nein! Nein, nein, nein …«

Gabriella zog sie behutsam hoch und nahm sie in den Arm. »Alles gut. Sch… Es ist alles gut.«

Eliza barg den Kopf an Gabriellas Schulter. »Es tut mir leid … es tut mir leid, es tut mir leid …«

KAPITEL SECHSUNDDREISSIG

MURPHY

Murphy schloss die Tür ab und setzte sich mit Butchs Laptop aufs Bett. Dann schob er den USB-Stick ein und öffnete das Laufwerk.

Mein Vater vergewaltigte meine Mutter …

Jasmines Worte hallten in seinem Kopf wider.

Er spielte das zweite Video ab.

Wieder erschien Jasmine im Bild, wieder in Madisons Zimmer. Das Video stammte aus jüngerer Zeit. Ihre Haare waren jetzt schwarz gefärbt und zu einem Pferdeschwanz hochgebunden. Sie sprach mit zitternder Stimme.

»Ich war acht, als ich meine Mum zum ersten Mal weinen sah. Es war mitten in der Nacht, sie hockte im Bad auf den Knien, mit dem Kopf auf dem Wannenrand. Ich kann mich noch an ihren Geruch erinnern: Sie duftete nach Küche und Parfüm.

Ich wollte wissen, was los war, und sie drehte sich zu mir um und lächelte. ›Gar nichts, mein Häschen. Ich bete nur.‹

Ich kniete mich neben sie und fragte, ob ich auch beten darf. Sie zog mich ganz nah an sich und sagte Ja, aber nur ganz kurz, dann müsste ich schnell zurück ins Bett. Sie zeigte mir, wie man zu Gott betet, und sagte, wenn ich ihn bitte, kommt Jesus zu mir und wohnt für immer in meinem Herzen. Ich fragte sie, ob Jesus auch in ihrem Herzen wohnt, und sie sagte Ja, aber dass sie nicht so gern an ihn denkt, weil es jemanden in ihrem Leben gibt, dem sie einfach nicht verzeihen kann. Wer das war, wollte sie mir nicht sagen.

Fünf Jahre später, als ich dreizehn wurde, erzählte sie es mir dann. Ein paar Monate später starb sie.«

Jasmine saugte nervös an ihrer Wange.

»Aber eine Woche vor ihrem Tod hat sie mir noch was gesagt. Sie hat mir gesagt, was passieren würde, wenn Dad es jemals rausfände. Also habe ich ihr versprochen, mich darum zu kümmern. Und die einzige Möglichkeit war, etwas total Krasses zu tun.

Dad … ich will, dass du weißt, dass ich das, was ich vorhabe, aus einem sehr guten Grund tue. Du wirst sehen. Ich verspreche dir, dass du das alles irgendwann verstehen wirst. Wenn ich zurückkomme, werde ich dir alles erklären.«

Murphy hatte das Gefühl, sich aufzulösen.

»Und an alle anderen … Geheimnisse können einen kaputtmachen. Wenn eure Eltern in der Nähe sind, nehmt sie fest in den Arm. Ihr wisst nie, ob sie euch auf einmal genommen werden. Und an alle von euch, die Kinder haben … manchmal ist es unsere Aufgabe, euch zu beschützen … oder eure Erinnerungen.«

Vor der Tür knarzte ein Dielenbrett, durch den Türschlitz sah er den Schatten einer Bewegung.

Murphy sprang hoch und riss die Tür auf. Butch war gerade dabei, sich durch den Flur davonzuschleichen.

»Du hast mich belauscht!«, rief Murphy.

Butch zuckte zusammen. »Ich hab mir Sorgen gemacht. Ich wollte nachschauen, wie's dir geht, und da hab ich plötzlich Jasmines Stimme gehört. Hast du dir Filme auf dem Handy angesehen, oder was?«

Murphy hatte seinem Bruder noch immer nichts von den Videos erzählt. Er hatte es auch immer noch nicht über sich gebracht, ihm zu sagen, dass die ganze Sache Madisons Plan gewesen war. Und je länger er damit wartete, desto schwerer wurde es.

»Kannst du nicht anklopfen?«

»Ehrlich? Ich dachte, du hättest keinen Bock darauf, dass ich dich wieder flennen sehe.«

Butch kam rein und setzte sich zu ihm aufs Bett. Ein paar Augenblicke herrschte Schweigen.

Dann vibrierte Murphys Telefon. Der Anruf kam von einer unbekannten Nummer.

»Ja?«, sagte er.

»Murphy? Hier spricht Constable Cavanagh. Con hat mich gebeten, Sie anzurufen. Er dachte, Sie würden vielleicht gern … hören Sie, am besten, Sie gehen sofort online. Gerade läuft wieder ein Livestream von Madison, und es ist … ziemlich krass.«

Murphy klappte den Laptop auf und öffnete die MMMMadisonMason-Seite. Er benutzte die Timeshift-Funktion und startete den Livestream von vorne.

Butch sah ihm über die Schulter.

»Hallo, Leute. Ich muss euch was gestehen. Es ist sehr wichtig, dass ihr mir jetzt alle gut zuhört.« Madison saß an ihrem gewohnten Platz auf dem Bett. Ihre Wimperntusche war verlaufen, fast kunstvoll – wie inszeniert. Ihre Lippen waren rot wie Blut. Sie schaute direkt in die Kamera.

»Es war mein Plan. Ich habe das alles geplant.

Ich meine die verschwundenen Mädchen. Cierra, Bree, Jasmine … und unsere Freundin, deren Name nicht genannt werden darf. Natürlich haben wir fünf das zusammen geplant, aber die Idee stammte von mir. Es war von vornherein klar, dass die vier während unserem Schulausflug verschwinden würden.

Ja, ich weiß, es war dumm. Ja, ich weiß, es war gefährlich. Aber ich hatte gute Gründe. In meinem nächsten Video werde ich euch alles erklären. Trotzdem. Die Wahrheit ist, ich schwöre bei Gott, ich habe keine Ahnung, was da oben passiert ist. Unser Plan lautete, dass sie sich bei mir melden sollten, sobald sie ihr sicheres Versteck erreicht hatten, aber das ist nie geschehen. Sie sind inzwischen *tatsächlich* verschwunden.

Ich trage keine Schuld an dem Tod unserer Freundin, deren Name nicht genannt werden darf. Wir hatten geplant, dass die vier vom Wanderpfad verschwinden und sich spätestens am Lake Mackenzie wiedertreffen sollten, um ihre Ausrüstung zu holen, die wir im Vorfeld dort deponiert hatten. Von dort aus sollten sie an einen sicheren Ort weiterfahren. Ich bin im Besitz von Videos aller vier Mädchen, die vor dem Schulausflug aufgenommen wurden. Ich werde sie heute Abend hier teilen, damit ihr unsere Beweggründe versteht – ihre Beweggründe.

Aber vorher möchte ich eine Mahnwache abhalten für unsere Freundin, deren Name nicht genannt werden darf. Alle, die das hier jetzt sehen, alle, denen es wichtig ist: Kommt heute Abend an die Schule – bringt eure Kerzen mit, bringt eure Blumen mit, bringt eure Gebete mit. Wir treffen uns da und laufen gemeinsam zum Anfang des Wanderwegs. Von dort aus wandern wir bis rauf zu der Klippe, von wo sie in den Tod stürzte. Und eine Bitte: Keine Fotos von ihr, und sprecht ihren Namen nicht aus, aus Respekt vor ihrer Familie. Und vielen Dank dafür, dass ihr die Suche nach meiner Schwester und meinen Freundinnen nicht aufgebt. Vielleicht habe ich sie für immer verloren. Ich verspreche euch, ich werde mich persönlich bei euch allen entschuldigen, bei jeder und jedem Einzelnen.«

Und dann brach Madison zusammen. Selbst Murphy, der die ganze Zeit versucht hatte, Butchs ungläubiges Fluchen neben sich auszublenden, tat sie fast leid.

Fast.

Madison war eine gute Schauspielerin.

»Wir treffen uns an der Limestone Creek District School. Ich hoffe, ihr wisst, dass die Schule, auch wenn momentan kein Unterricht stattfindet, für alle Schülerinnen und Schüler, die sich das wünschen, kostenlose Beratungsgespräche anbietet, und zwar noch die ganze Woche. Wir treffen uns um neunzehn Uhr – also in einer Stunde«, fuhr Madison fort. »Kommt mit mir und lasst uns gemeinsam für unsere Freundin ein Licht entzünden.

Bis dann, alles Liebe.«

Butch rastete aus. »Das war *geplant*? Jasmine ist *mit Absicht* verschwunden?«

»Sieht so aus«, sagte Murphy hölzern.

»Mann! Dann ist vielleicht doch alles okay mit ihr! Kann sein, dass es ihr gut geht!«

»Abgesehen davon, dass Georgia tot ist.«

»Sie waren Freundinnen. Könnte doch sein, dass sie auch zu der Mahnwache kommt!«

Murphys Herz machte einen Sprung. An die Möglichkeit hatte er noch gar nicht gedacht. Alle würden da sein, die Leute von hier, Fremde, Reporter, die Polizei – natürlich würde sie vorsichtig sein, aber falls sie davon wusste, würde sie mit dabei sein wollen, ihrer Freundin Georgia zuliebe.

»Hör mal … das klingt jetzt vielleicht paranoid, aber ich finde, wir sollten uns da nicht zusammen blicken lassen«, sagte Butch. »Oder, wie wär's? Du rufst deinen neuen Bullenkumpel an und fragst ihn, ob er dich mitnimmt. Damit wäre alles astrein, und keiner kann behaupten, du hättest was damit zu tun.«

Murphy zögerte, aber er musste seinem Bruder recht geben. »Okay, Bro, hast recht. Ich rufe Con an.«

KAPITEL SIEBENUNDDREISSIG

ELIZA

Gabriella stellte den Wagen in einer Schotterparkbucht an der Bergstraße ab. Von hier aus führte ein kaum bekannter Trampelpfad zu dem Wanderweg über der Schule. Ab da waren es noch fünf Minuten bis zum Galgenbaum.

»Wir müssen das jetzt nicht tun«, sagte Gabriella.

»Doch«, antwortete Eliza. »Wir tun das jetzt.«

Die zwei Frauen folgten dem Trampelpfad zwischen den dicht stehenden Bäumen. Obwohl es schon spät war, herrschte noch immer Dämmerlicht, dank Sommerzeit und der extrem südlichen Lage von Tasmanien war der Abend hell.

Eliza inhalierte die kühle, torfige Buschluft, den Geruch nach feuchtem Schotter.

In ihrem Kopf hatte nur ein einziger Gedanke Platz: Madison Mason.

Madison hatte die Mädchen dazu überredet, zu verschwinden. Madison hatte Denni dazu überredet, sich das Leben zu nehmen. Madison musste bezahlen.

»Ist das unheimlich hier!«, sagte Gabriella.

»Der unheimlichste Spukwald in ganz Australien, behauptet jedenfalls die umwerfende MMMMadison«, sagte Eliza. »Und bitte nicht vergessen zu liken, zu kommentieren und zu abonnieren.«

Gabriella rückte ein Stückchen näher an sie heran. Vor ihnen verlor sich der Pfad zwischen schulterhohen Farnen. Eliza ging voraus. Ihre Schritte raschelten laut im Unterholz.

Direkt neben ihnen im Gebüsch ertönte ein unheimliches Geräusch. Das kreischende Heulen irgendeines unseligen Untiers.

Gabriella schrie auf und klammerte sich an Elizas Arm.

»Nur ein Tassie«, sagte Eliza. »Wir sind gleich da.«

»So klingen die?«, flüsterte Gabriella gepresst. »Das hat sich angehört wie ein …«

»Was glauben Sie denn, wo der Name Tasmanischer Teufel herkommt?«

Kurz darauf erreichten sie den breiteren, geraderen Wanderweg, der sich rot und steinig im Dämmerlicht abzeichnete. Rund um sie herum heulten und knurrten die Tasmanischen Teufel, darunter mischte sich das Surren von Insekten und das charakteristische *Kussik-Kussik* eines Gelbbauchsittichs. Verschiedene Eukalyptussorten ragten mit weit ausladenden, dunkelgrünen Ästen hoch über ihnen auf und bildeten einen geschlossenen Laubengang.

Ihre Emotionen – unendlich viele tiefe, schwere Gefühle, eins nach dem anderen, seit Tagen – hatten Eliza sämtliche Energie geraubt. Aber sie waren jetzt ganz nah dran. Es wurde schnell dunkel, und Eliza knipste die Taschenlampe an. Und da, direkt vor ihnen, lag auch schon die felsige Lichtung. In der Mitte stand, von farnartigem Bärlapp umgeben, allein die riesengroße King-Billy-Fichte.

»Was war das?«, fragte Gabriella plötzlich angespannt. Eliza blieb stehen, um zu lauschen. Plötzlich hörte sie hinter sich Stimmen.

Durch die Bäume tanzten kleine Lichter auf sie zu, aus Richtung der Schule. Eliza bekam eine Gänsehaut. Dann hörte sie Musik, offensichtlich aus einem tragbaren Lautsprecher. Das waren keine Gespenster. Das waren Menschen. Viele Menschen.

»Schon wieder eine Suchmannschaft?«, fragte Eliza.

»Aber mit Kerzen?«, sagte Gabriella. »Ist es nicht besser, zu warten, bis sie da sind?«

»Da sind Kameras!« Wut stieg in ihr auf – wer wagte es, diesen Moment des Kummers und der Trauer zu stören? Eliza marschierte direkt auf den Baum zu. Gabriella hatte Mühe, mit ihr Schritt zu halten.

Schon standen sie unter den tief herabhängenden Ästen des Galgenbaums. Elizas Schultern waren angespannt. Die Trauer drückte sie nieder wie eine tonnenschwere Last. Der Taschenlampenstrahl streifte die Blumen und Karten, die um den Stamm verteilt lagen, manches davon von ihr.

»O nein!«, rief Gabriella entsetzt.

Der Lichtkegel folgte dem Stamm hinauf und glitt über etwas Dunkles, das über ihnen von einem der unteren Äste hing.

Eliza schrie auf.

»Scheiße, Scheiße, Scheiße!«, sagte Gabriella.

Angelockt von Elizas Schrei, kamen plötzlich jede Menge Menschen auf sie zugelaufen, bis es rund um den riesigen Baum nur so wimmelte vor entsetzt schreienden Menschen und Kerzen und Musik und Kameras – Fernsehteams und Zeitungsreporter und YouTuber und Instagrammer.

»Wer ist das?«

»Sie ist tot! Sie hat sich aufgehängt!«

»Das ist Bree! O Gott, das ist Bree Wilkins.«

»Ruft die Polizei!«

»Die sind doch auch hier irgendwo! Wo sind die denn? Polizei! Ruft einen Krankenwagen!«

Eliza wich zurück. Irgendjemand schlug ihr im Tumult die Taschenlampe aus der Hand.

»O Gott! Was ist das Ding da? Was hängt da an ihrem Handgelenk?«

»Eine Holzfigur!«

»Das ist Voodoo! Das ist Voodoo!«

»Halt! Polizei! Nichts anfassen!«, ertönte plötzlich Con Badenhorsts Stimme. Er bahnte sich einen Weg durch die Menge.

Gabriella ließ Eliza los und rannte ihm entgegen.

Dann stand plötzlich Murphy direkt vor ihr. »Nicht hinschauen, Eliza! Hier! Sieh mich an.« Er nahm ihr Gesicht in seine Hände und half ihr, den Blick von der baumelnden Leiche abzuwenden.

»Was machen die ganzen Leute hier?« Eliza hatte Mühe, scharf zu sehen.

»Madisons Mahnwache. Bist du nicht mit uns gekommen?«

»Was? Madison ist hier?« Eliza fuhr herum. »Wo?«

Auf der Lichtung herrschte das reinste Chaos. Überall Menschen, Stimmengewirr, Schreie, Schluchzen. Kinder und Erwachsene, Teenager und Senioren, Einwohner und Fremde, überall Menschen, Menschen, Menschen.

»Wo bist du, Madison?«, schrie Eliza, doch der Lärm verschluckte ihre Stimme. »Bist du jetzt glücklich? Bist du *glücklich*?«

Doch Madison war nirgends zu sehen.

KAPITEL ACHTUNDDREISSIG

CON

Es war eine lange Nacht oben am Galgenbaum.

Con sah zu, wie die Kriminaltechniker sich an die Arbeit machten. Die Lichtung war in grelles Flutlicht getaucht, das tiefe Schatten warf und bluthungrige Insekten anlockte. Und wie immer heulten die Teufel in die Nacht.

Schließlich wurde Brees Leichnam von dem Baum herabgelassen. Con hatte sich bereits zweimal übergeben, hinten zwischen den Bäumen, im Dunkeln, wo niemand ihn sehen konnte. Doch gegen das Zittern konnte er nichts tun.

Reiß dich zusammen, Cornelius! Er grub sich die Fingernägel in die Handballen, um die Bilder der Jaguar-Mädchen aus dem Kopf zu kriegen. *Du hättest nichts dagegen tun können.*

Er hatte darum gebeten, die Holzfigur zu sehen, die an Brees Handgelenk gebunden gewesen war, ehe die Techniker sie mitnahmen. Die Statue hatte eine Schlinge aus Garn um den Hals. In die Augenhöhlen waren kleine Knochensplitter getrieben. Natürlich war noch keine Gelegenheit gewesen, das Material zu untersuchen, aber sie tippten alle auf Tierknochen. Die Techniker machten mit ihrer Arbeit weiter, der Teamleiter besprach sich mit Commander Normandy, die vor Kurzem eingetroffen war, und mit Melinda Tran.

»Das ist Teil dieses Rituals, von dem Yani uns erzählt hat«, sagte Murphy und hockte sich neben Con am Rand der Lichtung ins Gras. »Schnitz ein Gesicht, die Augen blind ... knüpf ein Mädchen auf am Baum mit dem Seil.«

Con antwortete nicht. Er vermutete, dass Gabriella ihm dasselbe erzählen wollte – seit er sie weggeschickt hatte, versuchte sie, ihn per Wahlwiederholung auf dem Handy zu erreichen. Unter dem Baum ausgerechnet ihr zu begegnen war ein Schlag gewesen – sie gehörte zu den wenigen Menschen, die wussten, was der Anblick von Brees Leiche mit ihm machen, bei ihm triggern würde. Wenn jemand Bescheid wusste, wurde es noch schlimmer. Er war ihr aus dem Weg gegangen, und irgendwann war sie tatsächlich verschwunden, wahrscheinlich um Eliza nach Hause zu bringen. Die Lehrerin war in einem furchtbaren Zustand gewesen.

Gabriella rief schon wieder an. Ihm war klar, dass er besser rangehen sollte. Aber nicht neben einem toten Mädchen auf einer Plane, nur durch eine Zeltwand seinen Blicken entzogen. Nicht während hinter dem Absperrband immer noch jede Menge Mahnwachenteilnehmer rumstanden, voller Sensationsgier und mit gezückten Kameras. Nicht solange Normandy in unmittelbarer Nähe war und womöglich jedes Wort mit anhörte.

Das Bild von Bree Wilkins hatte sich auf seine Netzhaut eingebrannt, der aufgeblähte Körper, die glatten blonden Haare, ein krasser Kontrast zu dem violett verfärbten Gesicht. Sie war seit Tagen tot.

Das war kein Ritualmord. Ich hätte nichts dagegen tun können. Sie hat sich umgebracht. Sie hat sich schlicht und einfach umgebracht.

Und weshalb ist sie nicht schon längst gefunden worden? Das ist keine frische Leiche.

Agatha war mit den Technikern fertig und kam zu ihm herüber.

»Cornelius?«, sagte sie. »Sie zittern ja.«

»Es ist kalt«, sagte er.

»Und warum schwitzen Sie dann?« Sie leuchtete ihm mit der Taschenlampe ins Gesicht. »Grundgütiger!«

Er hob den Arm, um die Augen abzuschirmen, und sie griff nach seiner Hand, die Finger fest um das Handgelenk gepresst. Sie zog ihn nahe zu sich heran.

»Fahren Sie ins Hotel zurück, Cornelius«, sagte sie streng. »Das kann alles bis morgen warten.«

»Aber …«

»Keine Widerrede.«

»Ich …«

»Los jetzt!«, blaffte sie. »Oder ich lasse Sie von einem Kollegen nach Hause fahren. Sie«, sie deutete auf Murphy. »Sind Sie mit ihm gekommen?«

Murphy rappelte sich auf und nickte argwöhnisch.

»Cornelius, geben Sie ihm den Autoschlüssel. Er kann Sie fahren. Auf dieser Seite der Absperrung haben Zivilisten nichts verloren.«

Con streckte den Rücken durch. »Mir geht es gut, Commander …«

»Wir unterhalten uns später. *Gehen* Sie!«

»Commander, Gabriella ist hier gewesen, im Rahmen der Mahnwache. Sie sagte, sie müsse mir etwas Wichtiges mitteilen, es geht um die Figur. Vielleicht sollten Sie sich mit ihr unterhalten.«

»Gabriella Pakinga ist nicht mehr Teil des Ermittlerteams!«, sagte Agatha. »Was immer sie mir zu sagen hat, kann und wird über angemessene Kommunikationskanäle geschehen.«

Con zögerte, warf einen letzten Blick auf das Zelt mit Brees Leiche, dann wandte er sich zum Gehen.

Plötzlich packte Agatha seinen Arm und riss ihn zu sich herum. Überraschend kraftvoll stieß sie seinen Fuß nach außen und brachte ihn aus dem Gleichgewicht. »Sind die Flashbacks schlimm?«, zischte sie und sah ihm dabei direkt in die Augen.

Con nickte und hielt sich reflexartig an ihr fest, um nicht zu stürzen. Wut stieg in ihm hoch, auf sich selbst und auf ihren schmutzigen Trick – sie hatte ihm die Wahrheit entlockt, indem sie ihn im wahrsten Sinne des Wortes überrumpelt und dazu gezwungen hatte, bei ihr Halt zu suchen.

Er machte sich von ihr los. »Nein«, sagte er – zu spät.

»Schlafen Sie sich aus, Badenhorst«, sagte Agatha wieder ganz mild. Die Vehemenz war genauso schnell verschwunden, wie sie gekommen war. Agatha klang so müde, wie Con sich fühlte. »Es tut mir leid, dass ich nicht besser auf Sie achtgegeben habe.«

Con ging davon. Er bahnte sich einen Weg durch die Schaulustigen und ignorierte die Fragen der Reporter, die ihn sofort umschwärmten wie die Fliegen. Murphy ging mit großen, kräftigen Schritten neben ihm her und warf jedem, der ihnen zu nahe kam, finstere Blicke zu.

»Mir geht's gut!«, sagte Con, als sie allein waren.

»Ich hab ja gar nichts gesagt.«

»Was denken Sie?«

»Wenn Bree sich umgebracht hat, stehen die Chancen doch gut, dass die anderen beiden in Sicherheit sind, oder? Es bedeutet, dass Bree nie entführt wurde.«

»Sie sieht aus, als wäre sie schon vor Tagen gestorben. Außerdem stand ihr Rucksack noch in der Fischerhütte«, sagte Con. »Und wie groß ist die Chance, dass Madison eine riesige Mahnwache organisiert, die rein zufällig an dem Ort vorbeiführt, an dem Brees Leiche hängt?«

»Madison weiß, wo Jasmine ist. Ich bin mir sicher.« Murphys Schritt federte beinahe. »Was meinen Sie? Wann werden wir wissen, wie lange sie dort hing?«

»Allein die Fahrt ins Krankenhaus zur Autopsie dauert eine Stunde«, sagte Con. »Wenn sie es heute Nacht überhaupt noch tun.«

»Wird Madison befragt?«, wollte Murphy wissen.

»Morgen? Definitiv.«

»Darf ich dabei sein?«

»Eher nicht«, sagte Con.

Murphy nickte, als hätte er mit der Antwort gerechnet. Unter ihren Fußsohlen knirschten rote Erde und Schotter, um sie herum im Busch heulten die Tasmanischen Teufel, und zwischen den Zweigen einer alten King-Billy-Fichte saß eine Schleiereule und beobachtete sie.

Und Con brachte sein Zittern noch immer nicht unter Kontrolle.

Das ist normal. Du bist auch nur ein Mensch. Das ist der Schock. Du hast alles getan, um Bree zu finden, um sie zu retten, und sie hat sich trotzdem umgebracht. Plötzlich überkam ihn tiefer Verdruss. *Und wozu das Ganze?*

»Ich muss Ihnen was erzählen«, sagte Murphy plötzlich.

»Worum geht's?«

Murphy erzählte von dem USB-Stick, den Madison ihm über Carmen hatte zukommen lassen. Er sagte, bis jetzt hätte er lediglich zwei der sechs Videos gesehen, und war sehr wortkarg, was den Inhalt dieser Filme betraf.

»Kann ich sie sehen?«, fragte Con.

»Die sind sehr intim … wenn ich alle gesehen habe, vielleicht …«

»Es ist wichtig, dass ich die Filme sehe, Murphy. Zwei tote Mädchen. Zwei Mädchen vermisst. Eine davon Ihre Tochter.«

»Leck mich!« Murphy plusterte sich zu seiner vollen Größe auf, aber nach einem Augenblick ließ er die Luft wieder raus und seufzte. »Vielleicht. Aber nicht jetzt.«

Con überlegte kurz, ob er ihn unter Druck setzen sollte, aber ihm fehlte momentan definitiv die Kraft für noch einen Konflikt. Morgen.

Bei dem Gedanken überkam ihn Scham. Er war der schlechteste Polizist der Welt. Er hatte nur einen einzigen Wunsch: endlich in sein Hotelzimmer und ins Bett. Nein, noch besser: zurück nach Hause, nach Launceston. Oder noch viel besser: zurück nach Sydney, zu seinen Freunden, in eine Stadt, die er kapierte, in eine Gegend, die weit weg war von der Wildheit Tasmaniens. Zurück zu seiner Mum und seinem Dad.

Sie hatten den Parkplatz der Schule erreicht und sahen sich suchend nach dem BMW um. Erschöpfung überrollte ihn wie eine Welle, und er stolperte über einen Stein.

Murphy packte ihn an der Schulter. »Soll ich fahren, Kumpel?«

Con starrte ihn wütend an. »Mir geht's gut, verdammt!«

Achselzuckend ließ Murphy, ohne seine Schulter loszulassen, den Autoschlüssel vor seiner Nase baumeln, den er ihm soeben aus der Tasche gezogen hatte. »Ihre Chefin hat gesagt, ich soll fahren, und ganz ehrlich? Vor der habe ich mehr Schiss als vor Ihnen.«

Con hätte gern gekämpft. Doch er nickte nur und ließ sich von Murphy ins Auto helfen.

KAPITEL NEUNUNDDREISSIG

MURPHY

Murphy ließ den Motor an, und Con schlief noch in derselben Sekunde ein. Er fuhr zu sich nach Hause. Neben ihm bewegte sich der Detective im Schlaf.

Butchs Hilux stand nicht in der Auffahrt. Murphy weckte Con auf. Im Blick des Detective lag etwas Wildes, Ungezähmtes, ehe er sich orientiert hatte und offensichtlich wieder wusste, wo er war.

»Danke fürs Wecken«, sagte Con. Der Schmerz, der eben an die Oberfläche getreten war, war schon wieder gut versteckt.

Plötzlich regte sich Murphys Beschützerinstinkt. »Wollen Sie hier pennen? Sie können mein Bett haben, ich nehme das von Jasmine.«

»Nein, alles gut. Aber danke für das Angebot.«

Con gab ihm zum Abschied die Hand und fasste ihm kurz an die Schulter.

Murphy machte die Haustür zu, griff sich ein Sixpack Bier aus dem Kühlschrank und verschwand in seinem Zimmer. Er setzte sich aufs Bett, lehnte sich gegen das Kopfteil und klappte den Laptop auf.

Er öffnete die erste Flasche und trank, während er das dritte Video startete.

Wieder Jasmine, wieder in Madisons Zimmer, wieder an einem anderen Tag. Sie zupfte am Saum ihres Ärmels herum.

»Ich war dreizehn, als ich erfuhr, dass mein Dad nicht mein leiblicher Vater ist.«

Murphy verschluckte sich und prustete einen Mundvoll Bier auf den Monitor.

»Mein leiblicher Vater ist in Wirklichkeit Butch, der Bruder von meinem Dad. Er hat meine Mutter vergewaltigt. So wurde ich gezeugt.«

»Nein!«, sagte Murphy laut und lehnte sich vor.

»Mum hat mir die ganze Geschichte erzählt. Sie war damals zwar schon mit meinem Dad zusammen, aber irgendwann haben sie und Butch sich gemeinsam betrunken. Er ging ihr an die Wäsche, sie konnte sich nicht wehren … und neun Monate später war ich da. Kurz darauf haben sie einen DNA-Test machen lassen.

Butch weiß also Bescheid, aber ich musste meiner Mum schwören, meinem Dad nie was davon zu erzählen. Meinem echten Dad, Jordan Murphy. Sie wollte nicht, dass er schlecht von ihr denkt oder von Butch … oder mich nicht mehr so lieb hat …«

Der Clip war zu Ende.

Das war's.

Mit zitternden Fingern klickte Murphy die nächste Datei an. Er konnte die Wut noch nicht fühlen, aber sie näherte sich bereits aus der Ferne, wie das Vibrieren von Eisenbahnschienen beim Nahen eines Zuges.

Diesmal war Jasmine auffälliger geschminkt, mit Eyeliner, einer dicken Schicht Grundierung und rotem Lippenstift.

»Dad, wenn du diesen Film siehst, weißt du Bescheid. In Wirklichkeit ist Onkel Butch mein leiblicher Vater.« Sie holte tief Luft. »Und das bedeutet auch, du weißt, dass ich und die anderen unser Verschwinden geplant haben. Mir ist klar, dass es für dich sicher schwer ist, das zu verstehen, aber ich tue es für uns. Für dich und mich.

Nachdem ich diesen Schritt gewagt habe, ist es wichtig, dass du Folgendes tust …

Zieh bei Butch aus. Brich die Verbindung zu ihm ab, inklusive diesem schrecklichen Job, und zieh so weit weg von Limestone Creek, wie du kannst. Weit, weit weg. Geh nach Port Douglas, davon redest du doch ständig.

Und wenn du das getan hast … wenn Butch vollkommen raus ist aus unserem Leben … dann treffen wir uns vielleicht dort wieder.«

Damit war der Film zu Ende.

Murphy war nicht bei sich, als er das Zimmer verließ. Er hatte die Glock in der Hand, ohne zu wissen, wie sie dorthin gekommen war. Hatte er die Waffe schon den ganzen Tag bei sich getragen? Lag die nicht versteckt in seiner Nachttischschublade?

Die Wut war da, aber sie brannte nicht.

Sie war kalt, hart, einsam.

Butch.

Butch hatte seine Frau vergewaltigt.

Butch war Jasmines leiblicher Vater.

Er sah ihn vor sich, das Unterhemd, die Shorts, das dämliche Grinsen. Wie er Jasmine knuddelte, von ihr schwärmte, den guten Onkel spielte.

Ein Verbrecher. Ein Vergewaltiger. Wie oft habe ich den mit meiner Tochter allein gelassen?

Butch hatte es gewusst. Butch hatte es die ganze Zeit gewusst.

Genau wie Sara.

Jasmine hatte sich nie was anmerken lassen. Sie hatte ihm gegenüber nie auch nur eine einzige Andeutung gemacht. Sie hatte Butch nie anders als wie einen Onkel behandelt, und Murphy hatte nie Eifersucht in sich gespürt.

Butch ist schuld daran, dass Jasmine weggelaufen ist. Jasmine will erreichen, dass ich mit ihm breche.

Mein Vater vergewaltigte meine Mutter.

Das weiße Rauschen traf ihn mit voller Wucht. Brennendes Eis. In ihm kochte es wie in einem Dampfkessel; nackte Raserei: in seinem Gesicht, in den Kieferknochen, im Magen – unkontrollierbare Wut.

Er sah Brees Leiche vor sich. Das hätte auch Jasmine sein können.

Schaff Butch aus dem Weg, und sie kommt zu dir zurück.

Er stand da, in einer Hand die Glock, in der anderen die nächste Flasche Bier.

Wo war Butch? Er musste ihn finden.

Was hatte Jasmine sonst noch von ihm gewollt? »Zieh bei Butch aus. Brich die Verbindung zu ihm ab, inklusive diesem schrecklichen Job, und zieh so weit weg von Limestone Creek, wie du kannst.«

Ja, er würde aus diesem Haus ausziehen. Und zwar sofort. Er hatte sowieso schon angefangen, es zu demolieren. Ohne es zu merken. Die Wände hatten plötzlich Löcher, und seine Knöchel bluteten.

»… inklusive diesem schrecklichen Job.«

Er versetzte der Hintertür einen Tritt und stürmte zum Schuppen. Er stopfte sich die Waffe in den Hosenbund und griff sich eine Stirnlampe, ein Feuerzeug und den Benzinkanister für den Rasenmäher. Wo war das Bier hin? Er musste es getrunken haben.

Murphys Füße kannten den Weg, selbst im Dunkeln fand er sich im Busch und zwischen den Felsen mühelos zurecht. Das Buschland hieß ihn willkommen, die feuchte Luft, der durchdringende Geruch der Wildnis. Er hatte keine Angst. Die Stirnlampe wies ihm den Weg. Vor ihm floh ein Wallaby mit großen Sprüngen ins Gebüsch, ein Possum eilte den Baum hinauf, und zwei winzige gelbe Laternen in einem uralten Gesicht reflektierten den Lichtstrahl.

Er kam an die beiden aneinandergelehnten Felsen. Er zog an der Angelschnur. Der Vorschlaghammer schwang herunter.

Er ging daran vorbei, durchquerte den Durchgang und stand vor der Plantage. Die Cannabispflanzen ragten hoch über ihm auf, warfen im Lichtkegel wilde, bizarre Schatten, raschelten im Dunkeln.

Murphy umging die Fangeisen und besprenkelte jede einzelne Pflanze mit Benzin. Er wusste, dass das Feuer sich nicht ausbreiten würde – der viele Regen in den letzten Tagen hatte das Buschland durchtränkt, und die alten Schuppenfichten waren zäh –, nur die Plantage würde draufgehen.

Er ging zurück in den Tunnel, hob ein trockenes Blatt vom Boden auf und hielt es in die Flamme des Feuerzeugs. Es fing sofort Feuer. Er ließ das Blatt neben der Cannabispflanze fallen, die ihm am nächsten stand. Mit einem lauten Zischen ging sie in Flammen auf.

Murphy sah zu, wie die Flammen sich ausbreiteten. Der Geruch nach Cannabis und Kiefernnadeln hing schwer in der Luft.

Er wandte der Plantage den Rücken zu und machte sich auf den Heimweg. Er war so berauscht von seiner Wut, dass die Zeit sich zusammenzog. Kaum hatte er den Durchgang passiert, stand er schon wieder vor der Haustür.

Butch war immer noch nicht zu Hause. Musste Murphy ihn eben suchen gehen.

KAPITEL VIERZIG

CON

Con stand unter der dampfend heißen Dusche. Das Zittern hatte aufgehört, doch die Erschöpfung steckte ihm tief in den Knochen. Die Jaguar-Mädchen zogen vor seinem inneren Auge vorbei, dazu Georgias zerschmetterter Körper und Brees aufgedunsenes Gesicht.

Er brauchte Schlaf.

Er musste sich auf Georgia und Bree konzentrieren.

Option 1: Bree hat Georgia und/oder die anderen Mädchen getötet und sich selbst dann aus Reue das Leben genommen.
Option 2: Jemand hat Bree getötet und sie an den Baum geknüpft, um einen Selbstmord vorzutäuschen.
Option 3: Bree hat sich das Leben genommen, weil sie glaubte, die anderen damit vor dem Hungermann beschützen zu können.
Option 4: Madison hatte Bree und Georgia dazu überredet, sich das Leben zu nehmen, als Teil eines völlig kranken, verrückten Plots.

Er dachte an den Honcho-Dori-Club. Er dachte an Denni King. Er dachte an die Holzfigur, die an Brees Handgelenk gebunden war.

Chaotisch Böse: der Hungermann. Chaotisch Böse: Madison Mason. Wo war der Unterschied?

Jemand pochte an seine Zimmertür. Con stellte das Wasser ab, wickelte sich ein Handtuch um die Hüfte und öffnete.

Gabriella stolperte herein, die Hand noch halb zum Klopfen erhoben. »Con, du Schnarchzapfen, wieso gehst du nicht ans Telefon?«

»Gabby, ich bin …«

»Madison hat Denni King auf dem Gewissen«, sprudelte sie los. »Ich habe die Nachrichten gelesen. Auf Dennis Telefon. Madison hat Denni dazu überredet, sich umzubringen.«

»*Was?*«

»Habe ich jetzt endlich deine Aufmerksamkeit, Cornelius?«

»Ich höre.«

Sie blieb mitten im Zimmer stehen und fing an, vor Aufregung auf den Zehenspitzen zu wippen. »Sie nahmen beide an einem Spiel teil, es ging um bestimmte Mutproben. Das Spiel heißt ›Kundela-Spiel‹. Weißt du noch, was auf Madisons Schlafsack stand? ›Kundela lautet das Motto‹. Damit hatte das zu tun. *Und:* Denni hat geschnitzt. Und: Das hier« – sie hielt die Holzstatue hoch, die um Brees Handgelenk gebunden gewesen war – »hat Madison bei sich im Zimmer gefunden!«

»Woher hast du die?« Con nahm ihr die Figur aus der Hand. »Das ist ein Beweisstück. Das gehört in die Kriminaltechnik!«

»Das ist nicht die von Bree. Die hier hat Madison heute bei Eliza vorbeigebracht und sie beschuldigt, die Figur in ihr Zimmer geschmuggelt zu haben, aber Eliza hatte das Ding noch nie gesehen.«

Plötzlich stand Eliza Ellis in der geöffneten Zimmertür. »Kann ich jetzt reinkommen?«

Con zog sich fluchend das Handtuch enger um die Hüften. Er schnappte sich die auf dem Fußboden verstreuten Klamotten und floh ins Bad, um sich anzuziehen. Als er in einem weißen Hemd, grauer Hose und barfuß wieder ins Zimmer kam, saßen die beiden Frauen auf seinem Bett.

Eliza sah Con erwartungsvoll an.

»Hören Sie, Eliza, es tut mir leid, dass ich Sie wegen Cierra belogen habe«, sagte er.

»Das verzeihe ich Ihnen nie. Das war ein mieser Trick.«

»Auch nicht schlimmer, als für Tom North zu lügen«, schoss Con zurück. Er setzte sich auf den Stuhl am Tisch.

»Alles kalter Kaffee«, sagte Gabriella. »Wir müssen jetzt zusammenarbeiten. Ich glaube, dass Jasmine Murphy noch am Leben ist, und ich glaube, sie ist in Limestone Creek. Wenn Denni diese Figuren zum Schutz geschnitzt hat, wer, wenn nicht ihre Freundinnen, würde ein Exemplar besitzen? Ich bin mir sicher, dass Jasmine die Figur in Madisons Zimmer geschmuggelt hat.«

»Wieso nicht Bree?«

»Ich traue es nur Jasmine oder Georgia zu, sich gegen Madison aufzulehnen«, sagte Eliza. »Wenn man bedenkt, was Madison gegen die Mädchen in der Hand hatte – Nacktfotos, und dann noch ihr Einfluss durch den YouTube-Kanal –, wäre das eine Möglichkeit gewesen, sie zu manipulieren. Bei Madison dreht sich schließlich alles um Manipulation und Macht. Wieso sie nicht einfach in den Wahnsinn treiben? Verschwinden, sich Madisons eigenen Plan zunutze machen, um dann so zu tun, als wären sie wirklich verschwunden, als hätte der Hungermann sie tatsächlich geholt. Und Madison dann dazu bringen, ihren Followern alles zu gestehen, ihre Schuld öffentlich zu bekennen.

Jasmine hatte schon immer ein ausgeprägtes Gerechtigkeitsempfinden – Sie sollten sie mal erleben, wenn sie mit mir diskutiert, weil ich sie oder eine ihrer Freundinnen nachsitzen lasse. Aus der wird eines Tages eine gute Anwältin«, sagte Eliza.

»Aber wie kommt dann eine der Statuen ausgerechnet an Brees Handgelenk?«, fragte Con. »Ich kann mir einfach nicht vorstellen, dass alle vier an den Hungermann geglaubt haben.«

»Sie sind nicht von hier, Con«, sagte Eliza. »Sie verstehen nicht, wie das ist, im Schatten dieser Berge aufzuwachsen und zu leben, im Schatten der Ereignisse von 1985.«

»Ja, vielen Dank auch, Eliza. Ich bin mir durchaus bewusst, dass ich kein Tassie bin und auch kein Einwohner von Limestone Creek. Obgleich ich wetten möchte, dass die Erfahrungen, die ich momentan sammeln darf, durchaus authentisch sind …«

Cons Telefon vibrierte. Es war Murphy. Er ging sofort ran.

»Ich bin hier draußen. Vor dem Hotel. Ich muss mit Ihnen reden.« Murphys Stimme klang ungewöhnlich gepresst. Da stimmte was nicht. »Ich habe den USB-Stick dabei.«

»Was ist passiert?«, fragte Con.

»Lassen Sie mich zum Seiteneingang rein. Ich zeig's Ihnen.«

»Eliza und Gabriella sind hier.«

»Interessiert mich nicht. Lassen Sie mich rein.«

»Murphy ist draußen«, sagte Con. »Eliza? Könnten Sie ihm den Seiteneingang aufmachen? Ich glaube, er will nicht gesehen werden.«

»Okay!« Eliza sprang auf und lief hinaus.

»Was zum Teufel hat *sie* hier verloren?«, zischte Con, sobald er mit Gabriella allein war.

»Sie ist Teil der ganzen Geschichte«, keifte Gabriella zurück. »Du vergisst die ganze Zeit, wie *schräg* dieser Fall ist. Weißt du nicht mehr, wie Eliza aufgefunden wurde? Was Georgia gesehen hat?«

»Was sie zu sehen *glaubte*! Das ist wirklich der falsche Zeitpunkt, um irgendwelche Schmusezivilisten in die Ermittlungen zu involvieren!«

»Schmusezivilisten? Und weshalb klopft dann ausgerechnet Jordan Murphy mitten in der Nacht an deine Tür?«

»Weil er handfeste Beweise hat.«

»Ach! Und diese Statue ist kein handfester Beweis, oder was? Genauso eine hatte Bree um ihr Handgelenk gebunden!«

»Die beweist gar nichts. Hättest du sie nicht angepackt, wären wir vielleicht in der Lage gewesen, ein paar Fingerabdrücke sicherzustellen.«

Gabriella pikte ihm den Zeigefinger in die Brust. »Wage es nicht, Badenhorst! Madison und Eliza hatten die Statue beide bereits angefasst. Wage es nicht! Ich bin eine professionelle Ermittlerin, genau wie du! Lass deine Testosteronwallungen nicht an mir aus!«

»Stören wir?«, fragte Eliza schüchtern von der Tür.

Murphy stand neben ihr, angespannt und blass. Mit ihm wehten ein Hauch abgestandenen Biers und ein seltsam waldiger Geruch ins Zimmer.

Con griff zu seinem Laptop. »Zeigen Sie uns, was Sie haben, Murphy.«

»Was denn?«, fragte Gabriella.

»Diesen USB-Stick hat Madison mir zukommen lassen. Sie und Jasmine haben ein paar Videos gedreht …« Murphy reichte Con den Stick. »Butch hat ihre Mum vergewaltigt … Sara … meine Frau. In Wirklichkeit ist Butch Jasmines Vater.«

»Butch?«, rief Eliza entsetzt. »Hat Sara vergewaltigt?«

»*Was?*«, rief Gabriella.

»Und jetzt weiß ich nicht, wo er hin ist …«, sagte Murphy gepresst. »Ich bin hierhergekommen, weil ich ihn sonst umbringen würde.«

»Das war gut so, Murphy«, sagte Gabriella leise.

»Jasmine ist trotzdem Ihre Tochter, Mann, der Rest zählt nicht«, sagte Con mit Nachdruck. Er steckte den Stick in den USB-Anschluss. Auf dem Laufwerk befanden sich ein Textdokument und sechs MP4-Dateien. »Haben Sie sich alle angesehen?«

Murphy nickte, dann zögerte er. »Mhm, ach so … nein. Die letzten beiden noch nicht.«

»Dann fangen wir am Anfang an.«

Sie scharten sich zu viert um den Bildschirm.

Als das vierte Video vorbei war, hatte Murphy feuchte Augen und kaute an seinem Bart. Jeder Atemzug schien ihm körperliche Schmerzen zu bereiten. »Ich glaube, Butch hat die Mädchen entführt«, sagte er. »Er kennt die Fischerhütte. Jack wusste überhaupt nur durch uns davon. Ich glaube, Butch wusste, dass Jasmine vorhatte, mir zu erzählen, was er Sara angetan hatte, und hat sie umgebracht, um sie zum Schweigen zu bringen.«

»Murphy … das halte ich für wenig wahrscheinlich«, sagte Gabriella. »Wenn er gewollt hätte, hätte Butch Jasmine jederzeit was antun können. Außerdem haben Sie beide ein Alibi.«

»Nein«, sagte Murphy. »Haben wir nicht. Ich weiß nicht, wo ich war, als die Mädchen verschwanden. Ich war auf Angel Dust.«

Gabriellas Augenbrauen schossen in die Höhe. Sie drehte sich zu Con um und sagte lautlos: *»Was zur Hölle?«*

Con schüttelte den Kopf. »Butch war zu Hause, als Constable Cavanagh Sie holen kam. Das weiß ich. Ich habe den Bericht gelesen und dann noch mal persönlich mit ihr darüber gesprochen.« Gabriella versuchte, seinen Blick auf sich zu lenken, aber er hob nur die Hand. »Murphy war es nicht, Gab.« Er öffnete die nächste Datei.

Jasmine sprach in die Kamera.

»Wenn ihr das hier seht, wird ein halbes Jahr vergangen sein. Nein, uns hat nicht der Hungermann geholt. Wir sind aus freien Stücken abgehauen. Sicher wollt ihr dringend wissen, warum.«

Es folgte ein Schnitt, und Georgia kam ins Bild, auf demselben Platz. Stolz und aufrecht saß sie da, ihre Brille reflektierte das Licht. »Es heißt immer, Teenagerinnen wären hilflos.«

Dann kam Bree ins Bild, lange blonde Haare, fleckiges Gesicht. »Wir wären schwach.«

Auf Bree folgte Cierra mit ihrer blauen Perücke. »Wir wären nichts weiter als hübsche Püppchen.«

Dann wieder Jasmine: »Logisch. Wenn vier Mädchen verschwinden, gehen automatisch alle davon aus, dass sie entführt wurden. Dass sie aus eigenem Antrieb abgehauen sein könnten, liegt außerhalb der Möglichkeiten.«

Bree: »Schon komisch, dass eine ganze Stadt zu Hilfe eilt, sobald ein Mädchen verschwunden ist, oder? Aber wenn sie direkt vor euren Augen steht und weinend um Hilfe ruft, interessiert das niemanden.«

Cierra: »Wir sind verschwunden, weil wir verschwinden wollten.«

Georgia: »Das Erbe meines Volkes wird ignoriert, und ihr habt euch einen Dreck für mein Museum interessiert. Seit alle glauben, ich wäre tot, ist meine Vision lebendig. So ist das, wenn man ein Teenager ist.«

»Georgia wollte nicht sterben«, sagte Gabriella leise.

Jasmine: »Als meine Mum starb, hat mein Dad ein bisschen den Verstand verloren. Er wurde depressiv, litt unter Ängsten. Er verlor seinen Job und wir unser Haus. Die Leute gingen mir auf der Straße aus dem Weg, weil sie nicht wussten, was sie sagen sollten. Hilfe suchend wandte mein Dad sich an seinen kriminellen Bruder, weil alle anderen uns im Stich gelassen hatten. Ich musste bei einem Drogendealer einziehen. Und dabei zusehen, wie mein Dad, anstatt als Landschaftsgärtner zu arbeiten, was er liebte, selbst zum Dealer wurde, nur um uns über Wasser zu halten. Seit ich verschwunden bin, habt ihr euch wieder um ihn geschart. Wieso ist ein verschwundenes Kind trauriger als eine tote Ehefrau? Wieso hat ihm damals niemand in dieser Stadt unter die Arme gegriffen, obwohl alle sehen konnten, wie sehr er kämpfte, seinen Job zu behalten, für mich da zu sein?«

»Tja, in dem Punkt hat Jasmine sich leider getäuscht«, sagte Con.

Murphy schnaubte.

Und weiter Jasmine: »Und wo wart ihr alle, als mein Onkel meine Mum vergewaltigte?«

Cierra: »Wo wart ihr, als mein Lehrer mich verführte, sich nachts in mein Zimmer schlich, um mit mir zu schlafen, und dann sagte, mir würde sowieso niemand glauben? Ich hatte zu große Angst, um mich zu wehren. Ich wollte nicht, dass noch jemand verletzt wird.«

Georgia: »Wo wart ihr, die ihr alle ach so sehr auf Gerechtigkeit steht, als ich versuchte, die First Nations an diesem Ort zu ehren?«

Bree: »Wo wart ihr, als ich versuchte, euch zu sagen, dass meine beste Freundin Denni Selbstmordgedanken hatte? Wo wart ihr, als mir selbst dieselben Gedanken kamen?«

Cierra: »*Sie hocken in den Städten versteckt, um zu warten. Sie hocken in unseren Betten versteckt, um zu töten.*«

Georgia: »*Die Hungermänner dieser Welt behandeln Mädchen wie Vieh. Bringen sie zum Schweigen, zwingen sie auf die Knie.*«

Bree: »*Glaubt ja nicht, was die Erwachsenen sagen, wir Mädchen finden einen Weg.*«

Jasmine: »*Schließt euch der Bewegung an, verschwindet, und ihr werdet sehn, was man damit erreichen kann.*«

Schließlich kam Madison selbst ins Bild, auf ihrem Bett, die anderen rechts und links von ihr.

»An alle Teenagerinnen da draußen: Schließt euch unserer Bewegung an. Packt eure Tasche, schnappt euch ein Zelt und verschwindet, nur eine Woche lang. Zwingt die Menschen in eurem Leben, euch endlich so zu sehen, wie ihr wirklich seid, euch ein für alle Mal anzuerkennen. Wir sind die Hungermann-Bewegung. #HungermannBewegung, #GerechtigkeitFürTeenagerinnen, #DasKundelaSpiel.«

Damit endete das Video.

Niemand wusste etwas zu sagen. Es war, als hätte eine Bombe eingeschlagen.

»Ein Clip ist noch übrig«, sagte Con schließlich.

»Das, was Bree über Denni gesagt hat …« Eliza hatte Mühe, die Worte auszusprechen. »Niemand … ich … ich hatte keine Ahnung, dass Denni sich umbringen wollte. Mit wem hat Bree darüber gesprochen?«

»Ich glaube, ich brauche eine kurze Pause«, sagte Gabriella.

Murphy beugte sich eilig vor und drückte auf Play.

Wieder Jasmine, diesmal in hellblauer Billabong-Jacke und Wanderhosen. Das Zimmer war ein anderes, viel weniger luxuriös als das von Madison. Con vermutete, dass es ihr eigenes war.

Murphy stöhnte auf. Jasmine trug dieselben Sachen wie in Madisons Post aus dem Schulbus vom ersten Tag des Ausflugs. Das mussten die Sachen sein, die sie angehabt hatte, als Murphy seine Tochter zum letzten Mal sah.

»Hallo, Dad.« Sie lächelte, aber sie hatte eindeutig geweint. »Ich habe Madison gebeten, dir das hier ein halbes Jahr nach unserem Verschwinden zu geben. Es tut mir leid, aber es ging nicht früher, ich konnte auf keinen Fall riskieren, dass du meine Pläne durchkreuzt. Du hast die anderen Videos bestimmt inzwischen gesehen, aber du darfst bitte niemals vergessen: Du wirst trotzdem immer mein Dad sein. Ich musste Mum schwören, dir nie was davon zu erzählen, aber …« Sie fing an zu weinen. »Ich habe Butch zur Rede gestellt, und das Arschloch besaß die Frechheit, mir zu erzählen, Mum hätte *ihn* angemacht. Er sagte, der Sex wäre einvernehmlich gewesen, sie hätte es so gewollt. Wir wissen beide, dass Mum so was nie getan hätte.

Nicht mal entschuldigen konnte er sich! Das hier ist also mein Racheplan. Ich will, dass die ganze Welt erfährt, was er getan hat. Alle sollen wissen, was Mum durchmachen musste, ohne jemals mit jemandem darüber reden zu können. Und ich will, dass du Limestone Creek verlässt, Dad. Hau ab aus diesem Haus, hau ab von Butch, so weit weg, wie es geht, und such dir woanders einen Job. Ich bleibe ein Jahr lang weg – ja, ich habe mich zu einem ganzen Jahr entschlossen –, und danach komme ich zu dir. Ich werde dir eine Postkarte schreiben, mit Treffpunkt und Datum. Ich schicke sie dir ans Polizeirevier in Limestone Creek. Ich habe vor, in der Nähe von Port Douglas zu sein, und wenn du es für uns beide leichter machen willst … dann such dir da ein Haus! Such dir einen Job. Fang ein neues Leben an. Hau ab von Butch, vom Weed, aus Limestone Creek.

Was ich hier vorhabe, ist das Wichtigste, was ich in meinem Leben je tun werde. Wir müssen versuchen, etwas zu bewegen, solange wir den Einfluss von Madisons Kanal nutzen können. Mach dir keine Sorgen – in einem halben Jahr sehen wir uns wieder, das verspreche ich dir. Auf den Tag genau ein Jahr, nachdem wir verschwunden sind. Wenn es dir hilft, stell dir einfach vor, wie ich an einem tropischen Sandstrand sitze!« Sie zwinkerte. Plötzlich hörte man Murphys Stimme von der anderen Seite ihrer Zimmertür. »Ich komme gleich, Dad! Ich mach noch schnell was für Instagram. Hab dich lieb!« Sie schaute zurück in die Kamera, zwinkerte noch einmal und drückte einen Kuss auf die Linse.

Damit endete der Film.

Sämtliche Augen waren auf Murphy gerichtet. Auf seinem Gesicht lag eine wilde Mischung aus Schmerz und Hoffnung und Wut und Trauer. Seine Tochter derart optimistisch zu sehen, fest davon überzeugt, dass sich alles haargenau so entwickeln würde, wie sie es geplant hatte, sie in ihrer unglaublichen Offenheit zu erleben … Con konnte den Schmerz, der in Murphys Herz toben musste, nicht mal erahnen.

Schließlich brach Gabriella das Schweigen. »Und trotzdem ist irgendwas schiefgelaufen.«

»Sagen Sie das nicht!«, knurrte Murphy.

»Madison ist an allem schuld«, sagte Eliza.

»Wir sprechen morgen mit Madison«, antwortete Con bestimmt. »Aber jetzt müssen wir wirklich dringend schlafen. Es ist mitten in der Nacht, und wir brauchen morgen alle einen klaren Kopf.« Er sah auf die Uhr. »Heute.«

»Na gut. Eliza, wenn Sie wollen, können Sie bei mir übernachten«, sagte Gabriella.

Doch Eliza hatte nur Augen für Murphy. Sein Blick hing immer noch an Jasmines eingefrorenem Gesicht auf dem Laptop-Bildschirm.

»Machen Sie sich um den keine Sorgen. Der kann hierbleiben. Ich schlafe auf dem Fußboden«, sagte Con. Er machte den Schrank auf und holte die zusätzlichen Decken und Kissen heraus.

»Na dann, Jungs. Bis nachher. Wir sind um Punkt neun wieder hier«, sagte Gabriella und verließ mit Eliza das Zimmer.

Wortlos nahm Murphy Con das Bettzeug ab und breitete es auf dem Fußboden aus. Er legte sich hin und deckte sich zu.

»Wie … wie fühlen Sie sich?«, fragte Con.

»Ich könnte was zu trinken gebrauchen.«

»Bedienen Sie sich«, sagte Con und deutete zur Minibar.

Murphy holte den gesamten Inhalt heraus und entschied sich schließlich für Wein direkt aus der kleinen Flasche. Er reichte Con ebenfalls eine nach oben.

Con zögerte kurz, dann griff er zu.

Die zwei Männer tranken schweigend. Murphy legte sich hin, neben sich eine offene Flasche. Bald fing er an zu schnarchen und wälzte sich unruhig hin und her.

Con nahm seine Tabletten, löschte die Lichter, zog sich im Dunkeln aus und ging ins Bett. Als er endlich eingeschlafen war, kamen im Traum die Jaguar-Mädchen zu ihm.

KAPITEL EINUNDVIERZIG

CON

Um Punkt acht Uhr vibrierte Cons Telefon. Normandy rief an.

»Wir fahren raus zur Wilkins-Farm. Treffpunkt in fünfzehn Minuten vorn in der Lobby.« Sie legte auf, ehe Con reagieren konnte.

Er warf dem schlafenden Murphy auf dem Teppich einen Blick zu, schlich sich auf Zehenspitzen ins Bad und ließ in Gedanken die Ereignisse des Vortags Revue passieren.

Teenagerinnen sind wahnsinnig, lautete sein Fazit.

Murphy schlief noch immer, als Con ging. Laptop und USB-Stick nahm er mit. Agatha würde die Aufnahmen mit Sicherheit selbst sehen wollen.

Sie erwartete ihn bereits ungeduldig in der Lobby, und gemeinsam gingen sie zu seinem Wagen. Auf dem Weg fasste Con den Inhalt der Filme zusammen und reichte ihr den Laptop rüber, damit sie sich während der Fahrt selbst ein Bild machen konnte. Noch ehe er den Motor anlassen konnte, drückte sie ihm einen zweiseitigen Bericht von Brees Autopsie und der forensischen Untersuchung ihrer Kleidung und persönlichen Gegenstände in die Hand.

»Rosskastanienpartikel im Profil ihrer Wanderstiefel, Zementstaub auf der Kleidung …«, sagte er. »Wissen wir von irgendeiner Baustelle in der Gegend? Und Rosskastanien … ich bin mir sicher, dass ich die hier irgendwo gesehen habe …«

»Wir fragen die Eltern«, sagte Agatha.

Die Fahrt zur Farm der Wilkins dauerte zehn Minuten. Als sie die von Bäumen gesäumte Zufahrt erreichten, hatte Agatha die sechs Videodateien durch.

»Oakdale«, las Con, als sie ein großes Holzschild passierten. Direkt hinter den Bäumen standen Kühe verstreut auf den Weiden einer riesigen Farm, die sich bis zum Buschland der Tiers erstreckte.

»Meinen Sie, Butch Murphy hat was mit dem Verschwinden der Mädchen zu tun?«, fragte Agatha.

»Ich glaube nicht«, sagte Con. »Aber wer weiß das schon?« Sie überquerten eine Steinbrücke, die über einen Bach führte, und erreichten das Wohngebäude. »Verflucht! Das ist ja ein wahrer Palast.«

Das dreistöckige Herrenhaus war ein weißer Quader mit Säulen und Balkonen. Die Front war mit einer riesigen modernen Installation aus Metallblumen und einer Art Wasserspiel geschmückt. Das Anwesen wirkte gepflegt und stilvoll: Wohnstatt einer reichen Familie. Con erinnerte sich, ganz zu Anfang gelesen zu haben, dass die Wilkins eine extrem erfolgreiche Rinderfarm betrieben. In der riesigen Auffahrt parkten mindestens sieben Fahrzeuge.

»Wahrscheinlich ist die ganze Familie gekommen, um Beistand zu leisten«, sagte Agatha.

Con parkte den Wagen, und sie gingen zum Haupteingang. Agatha hatte Cons Laptop und eine schwarze Ledermappe bei sich. Lautes Gebell ertönte, und zwei zottelige Border Collies kamen schwanzwedelnd um die Ecke gelaufen.

Con lächelte unwillkürlich und ging zwischen den beiden Hunden in die Hocke.

Die Haustür öffnete sich. »Millie, Max! Aus!«, rief eine dünne, sportliche Frau – Brees Mutter Isabel Wilkins. »Ach, Sie sind das? Aus!«

»Kein Problem, Ma'am.« Con schob die Hunde von sich, die inzwischen angefangen hatten, ihm das Gesicht zu lecken.

»Was wollen Sie noch hier?«, fragte Isabel. »Ein bisschen zu spät, oder nicht? Bree ist tot.«

»Wir haben über Nacht den Obduktionsbericht erhalten«, sagte Agatha. »Ich würde mich gerne mit Ihnen und Ihrem Mann darüber unterhalten.«

»Macht das meine Tochter wieder lebendig?«, blaffte Isabel, drehte sich um und ging zurück ins Haus.

Con und Normandy folgten ihr.

»Ich glaube, die ist auf die Polizei nicht allzu gut zu sprechen«, sagte Con.

»Ich glaube, sie ist wütend und weiß nicht, wem sie die Schuld geben soll. Du musst zugeben, es ist schon erstaunlich, dass Bree der Polizei und sämtlichen Suchmannschaften so lange entgehen konnte, nur um sich schließlich an diesem Baum zu erhängen. Es ist nachvollziehbar, dass ihre Mutter der Auffassung ist, wir hätten unseren Job nicht richtig gemacht.«

Isabel erwartete sie im Esszimmer am Ende des mit Parkett ausgelegten Flurs, wo sich nicht weniger als dreizehn Leute zu einem Frühstück aus Eiern und Speck versammelt hatten. Sie stand hinter einem stämmigen, dunkelhaarigen Mann und drückte ihm mitfühlend die Schultern. Er saß in einem schmutzigen, signalfarbenen Arbeitshemd und zerschlissenen Jeans am Tisch. Marcus Wilkins – Con war ihm an dem Tag, als die Mädchen verschwunden waren, oben am Parkplatz begegnet. Brees Vater hatte dunkle Ringe unter den Augen und wischte sich, ehe er aufstand, mit dem Ärmel über sein unrasiertes Kinn.

»Nein, bitte, bleiben Sie sitzen, Mr Wilkins. Wären Sie so freundlich, uns allein zu lassen?«, sagte Agatha an die Anwesenden gewandt.

»Ich verbiete Ihnen, meine Familie herumzukommandieren«, sagte Isabel mit schriller Stimme.

Marcus winkte ab. »Schon gut, Leute. Ich nehme an, es geht um Bree.« Seine Stimme stockte, als er ihren Namen aussprach.

Die anderen Familienmitglieder erhoben sich und verließen murrend den Raum. Dann waren sie mit Isabel und Marcus allein.

»Bitte entschuldigen Sie das Durcheinander«, sagte Marcus. Er streckte Con eine schwielige Hand hin. »Marcus Wilkins. Wir kennen uns noch nicht, aber ich weiß, dass Sie die Ermittlungen leiten.«

»Sie haben sich als Freiwilliger beim SES gemeldet, richtig, Mr Wilkins?«

»Tja, leider umsonst«, murmelte er.

Isabel massierte seine Schultern. »Er ist ständig unterwegs. Sobald die Arbeit hier erledigt ist, macht er sich auf den Weg rauf in die Berge. Dort bleibt er bis weit in die Nacht, und morgens vor Sonnenaufgang kümmert er sich schon wieder ums Vieh.« Sie durchbohrte Con mit ihrem Blick. »Sie werden ja wohl kaum von ihm verlangen, dass er weiter da raufgeht. Unsere Tochter ist tot!«

Marcus griff nach ihrer Hand und tätschelte sie abwesend. »Nehmen Sie's ihr nicht übel. Im Grunde weiß Isabel, dass Sie keine Schuld trifft.«

Isabel schnaubte.

»Was führt Sie zu uns?«, fragte Marcus.

»Uns liegen erste Berichte aus der Gerichtsmedizin vor«, sagte Agatha. »Bree ist bereits vor drei Tagen gestorben. Todesursache ist ein Genickbruch. Es ging schnell, und sie hat nicht gelitten.«

Isabel setzte sich. »Drei Tage?«

»Wie kann es sein, dass sie so lange dort gehangen hat?«, fragte Marcus.

»Das steht noch nicht fest«, antwortete Agatha. »Was wir aber wissen, ist, dass das Seil, an dem sie hing, auch den Tod herbeigeführt hat. Wieso sie drei Tage unentdeckt blieb …«

»Das kann nicht sein«, sagte Marcus. »Ich weiß, dass dort gesucht wurde. Ich selbst bin den ganzen Weg von der Schule bis rauf zur Trapper-Hütte abgelaufen. Ich habe sogar gesehen, wie Leute am Galgenbaum Blumen ablegten. Vor drei Tagen war Bree noch nicht dort.«

»Also wurde sie ermordet?« Isabel schlug sich die Hände vor den Mund.

»Das wissen wir noch nicht«, sagte Agatha. »Der Mageninhalt bestand aus Obst, Schokolade, Chips und Trockenfleisch. In Georgias Magen wurde nichts dergleichen gefunden, und auch im Camp wurde, soweit wir wissen, diese Kombination nicht verzehrt. Falls Bree sich das Leben genommen hat, hat sie sich nach ihrem Verschwinden oben in den Bergen bis zu ihrem Tod irgendwo versteckt … und aus diesem Grund wollten wir mit Ihnen sprechen. Haben Sie eine Idee, wo? Es muss ein Ort sein, an dem Rosskastanien wachsen.«

»Wie sehen die aus?«, fragte Isabel ihren Mann.

»Ich dachte, Rosskastanien wären ungenießbar«, sagte Marcus.

»Nein«, sagte Agatha. »Wir haben Spuren davon im Profil ihrer Schuhe gefunden.« Sie entnahm ihrer Mappe ein Foto und legte es auf den Tisch. Es zeigte eine Rosskastanie. Con wusste genau, dass er erst kürzlich welche gesehen hatte. Aber wo?

»Als Kinder haben wir *Conkers* dazu gesagt.« Marcus nahm das Foto zur Hand. »Es gibt ein Spiel, wo man immer zwei gegeneinanderschlägt, bis eine aufplatzt. Aber wir haben uns immer nur auf dem Footballplatz damit beworfen.« Er hob den Blick, und in dem Moment fiel es Con wieder ein.

»In der Schule!«

Marcus nickte. »Entlang der Auffahrt steht eine ganze Reihe.«

»Wird in der Schule irgendwo gebaut?«, fragte Con und dachte dabei an den Zementstaub an Brees Kleidung.

»Ja … der halbe Hauswirtschaftstrakt ist seit Monaten wegen Renovierung gesperrt«, sagte Marcus. »Bree *liebte* Hauswirtschaft.«

»Vielen Dank, Mr Wilkins«, sagte Agatha.

»Da ist heute aber keiner«, erwiderte Isabel. »Die Schülerinnen und Schüler haben schulfrei. Die meisten von ihnen waren dabei … gestern Abend …« Sie holte tief und zitternd Luft. »Stimmt es tatsächlich, dass Madison das alles geplant hat?« Die letzten Worte waren nur noch ein Flüstern. »Bree hasste Madison.«

»Wir würden Ihnen gerne einige Filmaufnahmen zeigen, die vor Kurzem aufgetaucht sind«, sagte Agatha. »Ich muss Sie warnen. Das Material ist ziemlich belastend. Aber vielleicht bekommen Sie dadurch ein wenig Einblick in die Gedankenwelt Ihrer Tochter.«

»Fragen Sie doch endlich!«, sagte Isabel.

»Was denn fragen, Mrs Wilkins?«, fragte Agatha zurück.

»Warum sie sich umgebracht hat. Warum wir ihr nicht helfen konnten. Fragen Sie uns, warum unsere Tochter nicht glaubte, mit ihren Problemen zu uns kommen zu können, und sich lieber …«

»Wir halten es für möglich, dass mehr dahintersteckt, Mrs Wilkins«, unterbrach Con sie. »Ich möchte Sie bitten, sich dieses Video anzusehen.«

Agatha stellte den Laptop auf den Tisch und öffnete die Datei, in der alle fünf Mädchen zu Wort kamen.

Isabel und Marcus beugten sich vor. Als Bree ins Bild kam, streckte Marcus die Hand aus und berührte den Monitor, während sie den Erklärungen der Mädchen lauschten.

Da wurde die Tür aufgerissen. »Oh!«, sagte eine Frau, die Isabel sehr ähnlich sah. »Ihr habt es schon gesehen.« Sie deutete auf den Bildschirm.

»Was meinen Sie?«, fragte Agatha.

»Was ich meine?«, wiederholte die Frau ungläubig. »Das neue Video, das Madison Mason gerade hochgeladen hat.«

»Das ist auf ihrem YouTube-Kanal?« Isabel stand auf. »Ich bringe diese kleine Schlampe um!«

»Con!«, sagte Agatha, während Marcus aufsprang, um seine Frau zurückzuhalten. »Ich kümmere mich darum. Sie rufen Detective Tran an. Sie treffen sich mit ihr an der Schule. Und sagen Sie der Spurensicherung Bescheid. Sobald Sie fertig sind, treffen wir uns in der Dienststelle. Es wird höchste Zeit, dass wir uns noch einmal mit Madison unterhalten.«

Con parkte neben dem Verwaltungstrakt der Schule. Melinda Tran war bereits da, aber die Kriminaltechniker ließen noch auf sich warten. Sie saßen noch an letzten Untersuchungen der Beweismittel vom Galgenbaum.

»Wie gehen wir vor?«, fragte Tran. »Ist ja gar keiner hier.«

»Die Verwaltung ist besetzt. Die warten schon auf uns«, antwortete Con. »Es gibt jede Menge Material der Überwachungskameras zu sichten.«

Gemeinsam betraten sie den Empfangsbereich. Die Frau am Empfang lächelte ihnen betrübt zu. »Hallo, Detectives«, sagte sie mit verstopfter Nase. Ihre Augen waren rot geweint. »Ich bin Lois. Kommen Sie rein.« Sie hielt ihnen die Tür zu einem Büro auf. »Hier können Sie arbeiten. Ich habe für Sie schon auf beiden Computern das System hochgefahren.«

Con und Melinda machten sich ans Werk. Sie konzentrierten sich auf die Aufnahmen der Außenbereiche, und es dauerte nicht lange, bis sie Bree entdeckten. Sie trug einen dunklen Kapuzenpullover und verließ das Gebäude tatsächlich durch eine der Türen, die zum Hauswirtschaftstrakt führten.

»Lois?«, rief Con alarmiert.

Lois kam herein und beugte sich über den Bildschirm. »Das ist sie!«, keuchte sie.

»Wo ist das? Was hat sie da gemacht?«

»Die ehemalige Wäscherei«, sagte Lois. »Der Bereich ist momentan wegen Renovierung geschlossen. Da gibt es nicht mal Strom.«

»Tran! Sie hat ein Seil dabei«, sagte Con. »Und dann der Zeitstempel: drei Uhr morgens, vor drei Tagen.«

Tran seufzte. »Lois, können Sie uns bitte hinführen?«

»Natürlich.«

Lois eilte im Laufschritt voraus, aber da keine unmittelbare Gefahr im Verzug war, würden sie auf die Spurensicherung warten müssen, ehe sie einen potenziellen Tatort betreten konnten. Tran rief das Team an, informierte die Kollegen über die neusten Entwicklungen und nahm ihnen das Versprechen ab, so schnell wie möglich zu kommen.

Con, Melinda und Lois standen vor der Tür zur Wäscherei und warteten. Es hatte wieder zu nieseln begonnen. Vor Cons innerem Auge spielte sich in Endlosschleife die Aufnahme von Bree ab, die sich mit dem Seil über der Schulter direkt an dieser Stelle aus dem Gebäude geschlichen hatte. Die restlichen Aufnahmen zu sichten, um den Moment ausfindig zu machen, wann Bree sich in die Schule hineingestohlen hatte, würde die Aufgabe von jemand anderem sein. Con ging jedoch davon aus, dass es der Abend des Tages war, an dem die Mädchen verschwunden waren.

Ein schlaues Versteck, dachte er. *Bei dem Regen war es mit Sicherheit leicht gewesen, sich unbemerkt hier reinzuschleichen. Außerdem konnte Bree davon ausgehen, dass die Schule nach dem Verschwinden von vier Mädchen erst mal geschlossen bleiben würde.*

Dann traf endlich die Spurensicherung ein, und Lois schloss die Tür auf. Mit Handschuhen, ernsten Mienen und gezückter Videokamera betraten sie das Gebäude.

Sie brauchten nicht lange nach Brees Versteck zu suchen. Direkt neben der Wäscherei stießen sie auf einen kleinen, gekachelten Raum, wo nach Lois' Angaben bis zur Renovierung die Gefriertruhen für den Kochunterricht gestanden hatten. Direkt daneben befand sich eine einzelne Toilette, die noch an Kanalisation und Wasser angeschlossen war. Der Boden des gekachelten Raums war übersät mit Decken, Kissen und Verpackungsmüll. An einer Wand aufgereiht standen sämtliche Bände der *Deltora Quest*-Fantasyreihe, und ordentlich in eine Ecke geräumt lagen Farben, Textmarker und ein Block.

Doch was allen zuerst ins Auge stach, war die Inschrift an den Wänden. An der ersten:

Den Hungermann gibt es wirklich er ist echt er ist echt er ist echt er ist echt er ist echt er ist echt er ist echt er ist echt er ist echt er ist echt der Hungermann ist echt

An der zweiten Wand:

es tut mir leid Hungermann ich erzähl niemandem was ich gesehen habe bitte hol mich nicht bitte hol mich nicht bitte hol mich nicht bitte hol mich nicht

An der dritten:

knüpf ein Mädchen auf am Baum mit dem Seil nur dann geht der Hungermann an dir vorbei. Denni, es tut mir so leid. Wir haben dir nicht geglaubt.

An der vierten Wand:

Sie hatte recht.
Er hat sie in seine Höhle verschleppt.
Und wird sich von ihren Knochen ernähren.

Zwei Stunden später betrat Con den Verhörraum. Madison war allein. Sie hatte den Beistand eines Anwalts abgelehnt und wollte auch ihre Mutter nicht bei sich haben, die jetzt nebenan saß und wartete.

Agatha war noch nicht da. Sie hatte eine Pressekonferenz. Con durfte mit der Befragung auf keinen Fall ohne sie beginnen. Es ging um das offizielle Verhör einer Minderjährigen, und dabei mussten mindestens zwei Polizeibeamte anwesend sein. Im Idealfall wäre auch ein Sozialarbeiter dabei, weil Madison die Anwesenheit ihrer Erziehungsberechtigten verweigert hatte, aber sie hatte bereits verkündet, dass sie ausschließlich mit Agatha und Con sprechen würde.

Con nahm schweigend Platz. Madison saß da und sah ihn an, die Hände lagen gefaltet vor ihr auf dem Tisch. Auf ihren Handrücken entdeckte er Ritznarben, blasse Linien, die ihm vorher nie aufgefallen waren. Ihre Augen sprühten Feuer wie die einer Fanatikerin, ein Grinsen umspielte die roten Lippen. »Woran denken Sie, Detective?«

Plötzlich wallte Wut in ihm auf. Es würde ihm definitiv schlecht bekommen, wenn er jetzt alleine anfing, aber er konnte nicht anders. »Woher wusstest du, dass Bree am Galgenbaum hing?«, fragte er.

»Wovon sprechen Sie, Detective?«

»Du hast dafür gesorgt, dass Hunderte Menschen Bree am Baum hängen sehen. So wie damals bei Denni. Weshalb?«

»Also, mal rein theoretisch, und das ist jetzt garantiert kein Geständnis: Wenn Sie vorhätten, sich umzubringen, würden Sie dann etwa nicht wollen, dass Hunderte Menschen Sie sehen? Endlich mit Ihnen *mitfühlen*?«, sagte Madison. »In diesem Augenblick fluten die Fotos und Filme von Bree geradezu das Netz. Das wird niemand jemals wieder vergessen.«

»Woher wusstest du, dass sie dort hängt?«

»Verstehen Sie denn nicht, Detective? Mein Abonnentenzähler steht inzwischen bei acht Millionen.«

»Und die anderen Mädchen? Cierra und Jasmine? *Georgia?*«

Sie sah ihn regungslos an. Zeigte keine Reaktion. Leckte sich nur mit der Zunge ganz kurz über die Lippen.

»Madison. Sag mir die Wahrheit.«

»Ich sage die Wahrheit.«

»Woher wusstest du, dass Bree dort hängt?«, fragte Con noch einmal. »Sie starb bereits vor drei Tagen.«

Ein Hauch Verwirrung huschte über Madisons Gesicht. »Was reden Sie da? Bree starb unmittelbar, bevor wir dort ankamen. Ihr Blut war noch warm.«

»Ich kann dir gerne den Obduktionsbericht zeigen. Woher wusstest du, dass Bree am Galgenbaum hängt? Hast du ihr gesagt, dass sie sich umbringen soll? So wie damals bei Denni?«

»Sie lügen! Bree war ganz sicher nicht schon seit drei Tagen tot!«

»Hast du ihr eingeredet, das wäre der einzige Weg, um den Hungermann aufzuhalten?«

»*Badenhorst!*« Plötzlich stand Agatha hinter ihm. Er hatte nicht mal mitbekommen, dass die Tür aufgegangen war. »Raus hier! *Sofort!*«

Er trat gemeinsam mit ihr hinaus auf den Gang. Er zitterte.

»Fahren Sie zurück ins Hotel, Cornelius.« Ihre Stimme war eisig.

»Da draußen sind immer noch zwei Mädchen!«

»Stopp, Cornelius!«, schnaubte sie. »Sollten Sie das Hotel verlassen – und glauben Sie mir, ich werde es mitbekommen –, ziehe ich Sie augenblicklich von dem Fall ab.«

Der laute Wortwechsel auf dem Gang hatte Kollegen der Dienststelle angelockt. Auch Doble war bei ihnen.

Con drehte sich wütend um, um zu gehen, aber Agatha war noch nicht mit ihm fertig. »*Moment!* Geben Sie mir Ihr Telefon.«

»Was?«

»Geben Sie mir Ihr Telefon, Badenhorst, oder ich ziehe Sie tatsächlich von dem Fall ab. Ich lasse nicht zu, dass Sie Gabriella oder Murphy oder sonst jemanden dazu überreden, für Sie die Ermittlungen zu übernehmen.«

Er warf ihr das Telefon vor die Füße, bahnte sich einen Weg durch die versammelten Kollegen und verschwand im nächsten Waschraum.

Er stellte sich vor den Spiegel, sah in sein Gesicht und versuchte, sich zu beruhigen. Er war lange nicht mehr so wütend gewesen.

»Hallo, Detective.« Sergeant Doble stand plötzlich hinter ihm. Er trug Uniform, auf seinen Hängebacken lag ein hämischer Ausdruck.

»Was wollen Sie?«

»Hab gehört, Sie ermitteln gegen mich«, sagte er.

»Noch nicht.«

»Sie sehen wirklich übel aus, Kumpel. Ich hab gehört, PTBS kann echt fies sein. Ich wette, da reicht nicht mal Ihr Medikamentenarsenal. Ich meine, Sie haben da ja einen ganz schönen Cocktail rumstehen.«

Con umklammerte den Waschbeckenrand. »Sie sind in meinem Zimmer gewesen.«

»Nein. Ich nicht«, sagte Doble. »Aber einer der Putzmänner ist Kunde bei mir, falls Sie wissen, was ich meine. Als ich Wind davon bekommen habe, dass Sie sich für meinen kleinen Nebenjob interessieren, habe ich ihn gebeten, sich bei Ihnen ein bisschen umzusehen, zur Absicherung gewissermaßen. Gemütlich, das mit den Vorhängen. Aber helfen die tatsächlich gegen die Albträume?«

Con drehte sich mit geballten Fäusten zu ihm um.

»Witzig ist allerdings, dass in Ihrer Personalakte gar nichts von wegen PTBS vermerkt ist. Ich frage mich, was der Commissioner dazu sagen würde, dass der leitende Ermittler der bedeutendsten Entführungsfälle des Jahrzehnts psychisch labil ist. Das würde sicher nicht nur ein schlechtes Licht auf Sie werfen, sondern auch auf Ihre Vorgesetzte, meinen Sie nicht?«

Con machte einen Schritt auf ihn zu. Doble schien die Gefahr nicht zu spüren.

»Ich sag Ihnen jetzt, was Sie tun werden, Badenhorst. Sie werden berichten, und zwar wo und bei wem auch immer das nötig ist, dass ich *sauber* bin, oder ich stecke, was ich weiß, den Medien, und Sie und Normandy sind ein für alle Mal raus aus der Truppe.«

»Als Erstes werde ich die vermissten Mädchen wiederfinden«, sagte Con. »Und danach mache ich Sie fertig. Und wenn Sie ganz großes Glück haben, halte ich Murphy von Ihnen fern.«

Doble holte mit der Faust aus, um sie Con ins Gesicht zu schwingen, aber Con war schneller und ließ Doble mit einem gezielten Aikido-Griff zu Boden gehen. Stöhnend landete der Polizist auf dem Rücken.

Er rappelte sich auf und kam mit hochrotem Gesicht wankend wieder auf die Beine. »Das war ein tätlicher Angriff, Detective«, knurrte er.

»Typen wie Sie sind der Grund, weshalb die Leute Polizisten hassen«, sagte Con. »Sie sind schlimmer als der letzte Dreck.« Con verließ den Waschraum.

Er brauchte Commander Normandy nicht. Er hatte mindestens drei Verbündete, die ihm helfen würden, der Sache endgültig auf den Grund zu gehen: Gabriella, Eliza und Murphy.

KAPITEL ZWEIUNDVIERZIG

MURPHY

Dieses Mal wusste Murphy, was der Traum ihm sagen wollte. Sara stand unten und sah zu ihm hoch. Ihre roten Haare wehten im Wind, das Lavendelkleid blähte sich.

Wir finden dich, Jasmine. Ich weiß es.

Sara hörte nicht auf zu lächeln, als er auf sie draufkrachte.

Murphy fuhr aus dem Schlaf hoch. Er lag vollkommen angezogen und in Decken verheddert in Cons Hotelzimmer auf dem Fußboden. Jemand pochte an die Tür. Der Wecker zeigte 9.04 Uhr, und der Detective war nirgends zu sehen.

Ehe er aufstand, vergewisserte er sich, dass die Glock noch in seinem Gürtel steckte.

Er machte die Tür auf, und Gabriella betrat das Zimmer. »Wo ist Con?«

»Keine Ahnung«, sagte Murphy.

»Wann ist er gegangen?«

Er zuckte die Achseln. »Bin eben erst aufgewacht. Wo ist Eliza?«

»Ich habe ihr ein Taxi gerufen. Sie braucht dringend Raum zum Trauern – sie hat fast die ganze Nacht geweint, auch wenn sie versucht hat, sich nichts anmerken zu lassen.« Sie sah ihm forschend ins Gesicht. »Wie geht es Ihnen heute?«

»Ich will Butch immer noch umbringen.«

Sie nickte. »Wollen Sie mir helfen, ihn zu finden?«

Er sah sie überrascht an.

»Ich habe das Gefühl, dass Con sich eher bei Ihnen meldet als bei mir, und ich muss dringend mit ihm sprechen.« Schon im Hinausgehen rief sie ihm über die Schulter zu: »Und außerdem, wer würde Ihnen denn sonst helfen? Allerdings muss ich Sie fairerweise warnen. Sollten Sie tatsächlich versuchen, Ihren Bruder umzubringen, müsste ich eingreifen. Sie wissen doch noch, wie das beim letzten Mal für Sie ausgegangen ist?«

KAPITEL DREIUNDVIERZIG

ELIZA

Das Taxi hielt vor ihrer Zufahrt, und Eliza stieg aus. Sobald der Wagen weggefahren war, schlang sie die Arme um sich und ging den kurzen Weg zu ihrem kleinen, windschiefen Cottage hinauf.

Die Haustür flog auf, und Butch erschien im Türrahmen, wie immer nur in Unterhemd und Shorts. Er schwankte leicht und hielt eine Flasche umklammert, die ihr bekannt vorkam. »Eliza!«, rief er ihr lallend entgegen.

Jetzt sah sie hinter einem Apfelbaum auch seinen Toyota Hilux stehen.

»Butch?«, sagte sie. »Was tust du …? Wie bist du ins Haus gekommen?«

»Ich brauch deine Hilfe«, lallte er. Taumelnd griff er nach dem Türrahmen.

»Butch …« Eliza bekam Panik. »Murphy hat … er hat erfahren, dass du Jasmines leiblicher Vater bist.«

»Ich weiß. Hab an seiner Tür gelauscht – Madison hat ihm Filme geschickt … kannst du mir trotzdem helfen? Du hast gesagt, du hilfst mir.«

Eliza trat näher. »Was brauchst du, Butch?«

KAPITEL VIERUNDVIERZIG

MURPHY

Gabriella hielt vor seinem Haus. Von Butchs Hilux war nichts zu sehen.

Murphy ging hinein, dicht gefolgt von Gabriella.

»Butch!«, schrie er.

Gabriella durchquerte den Flur, sah sich suchend um und rief kurz darauf: »Murphy!«

Er fand sie in Jasmines Zimmer.

An einer Schlinge aus Garn baumelte eine Holzfigur mit kleinen Knochenstücken in den Augen von der Deckenlampe.

Ihm wurde schlecht.

»Wann waren Sie zuletzt in diesem Zimmer?«, wollte Gabriella wissen.

»Vor ein paar Tagen? Keine Ahnung?«

»Wir müssen das restliche Haus durchsuchen«, sagte sie und rannte aus dem Zimmer.

Murphy rührte sich nicht. Die Statue zog ihn magisch an.

»Murphy!«, schrie Gabriella. »Hierher!«

Er folgte ihrer Stimme in das Zimmer von Butch.

Auf dem Bett lag ein Durcheinander an Klamotten – Jeans und Leggins und Tops und BHs –, zerrissen und voller Blut und Gewebe. In der Mitte des Kleiderhaufens lag wieder eine Holzfigur mit Schlinge um den Hals und Knochen in den Augen.

An der Wand stand, mit Blut geschrieben:

schon 3
bleibt 1

»Ich muss Con anrufen«, sagte Gabriella mit zitternder Stimme.

Murphy wich zurück bis zur Wand und schaute fassungslos zwischen dem Kleiderberg und der schrecklichen Schmiererei hin und her.

Er war wütend gewesen, unfassbar wütend, aber er konnte trotzdem nicht … Butch konnte es nicht gewesen sein …

Ein Teil von ihm hatte sich gewünscht, dass Butch der Täter war, aber ein anderer Teil nicht. *Das konnte nicht sein …*

»Commander Normandy?«, erklang Gabriellas Stimme. »Was machen Sie mit Cons Telefon? Was ist mit ihm passiert?« Sie verließ das Zimmer.

In dem Moment vibrierte Murphys Telefon. Eliza rief ihn an.

»Murphy? Bist du allein?«, fragte sie.

»Eliza …«

Sie unterbrach ihn sofort. »Du musst mir was versprechen. Komm augenblicklich zu mir. Und rede mit niemandem darüber.«

»Was ist denn los?«

»Butch ist bei mir … kannst du bitte mit ihm sprechen und …«

»Eliza, hör mir zu.« Er musterte die blutverschmierte Wand. »Butch ist gefährlich. Du musst aus dem Haus raus. Sofort. Hau ab vor ihm.«

»Wieso? Was ist passiert?«

»Du musst sofort da weg.«

»Soll ich die Polizei rufen? Was ist denn los?«

»Nein!«, sagte er und tastete nach der Pistole in seinem Gürtel. »Zu niemandem ein Wort.«

»Gut. Soll ich … soll ich zu Monica fahren?«

»Ja«, sagte er. »Um Butch kümmere ich mich.«

Er ging in die Küche. Gabriella telefonierte immer noch mit Normandy. Sie bat ihre Vorgesetzte, jemanden vorbeizuschicken.

Ihr Autoschlüssel lag auf der Bank. Murphy griff danach und ging leise zur Tür.

KAPITEL FÜNFUNDVIERZIG

CON

Con stand wieder einmal mit geschlossenen Augen unter der Dusche und ließ sich das Wasser auf den Rücken prasseln.

Einatmen ... und wieder aus.

Madison war der Ursprung von allem, und sie hatte gewusst – woher auch immer –, dass Bree dort hing. Am Galgenbaum ...

Er öffnete die Augen.

Marcus Wilkins hatte ausgesagt, er habe Leute gesehen, die am Galgenbaum Blumen abgelegt hätten. War es möglich, dass sie Brees Leiche nicht gesehen hatten, obwohl sie direkt über ihnen baumelte? Das war eher unwahrscheinlich.

Er stieg aus der Dusche und trocknete sich ab. Er wollte schon Marcus Wilkins anrufen, als ihm einfiel, dass Normandy sein Telefon konfisziert hatte.

Er sah in der Schublade unter dem Zimmerapparat nach und fand tatsächlich ein örtliches Telefonbuch mit dem Eintrag MN & IC WILKINS, »OAKDALE«.

Er rief an. Eine jugendliche Stimme antwortete.

»Hallo, hier spricht Detective Badenhorst. Ich muss mit Marcus sprechen.«

»Sekunde bitte ...«

Einen Augenblick später hatte er Marcus am Apparat. »Detective? Ist was passiert?«

»Sie sagten, Sie hätten am Galgenbaum trauernde Leute gesehen.« Con hatte keine Zeit für lange Vorreden. »Konnten Sie erkennen, wer das war?«

»Ehrlich gesagt, es war nur eine einzelne Person, und ich wollte sie in ihrer Andacht nicht stören.«

»Aber konnten Sie die Person erkennen?«

»Also, ganz sicher bin ich mir nicht, ich habe sie nur von hinten gesehen, aber ich glaube, es war Eliza Ellis.«

KAPITEL SECHSUNDVIERZIG

MURPHY

Mit quietschenden Reifen kam Murphy vor Elizas Auffahrt zum Stehen. Ohne den Motor abzustellen, rannte er zur Haustür.

Innen konnte er Eliza um Hilfe rufen hören.

Er stieß die Haustür auf. »*Eliza*«, schrie er. »*Wo bist du?*«

Er folgte ihrer Stimme, stieß die Tür zu einem Zimmer auf und erstarrte.

Sein Bruder lag nackt auf dem Bett, mit Handschellen an das Kopfteil gefesselt, die Fußgelenke mit Paketschnur ans Fußteil gebunden. In seinem Mund steckte ein Socken, mit einem Geschirrtuch fixiert. Auf seiner Brust und im Gesicht prangten dunkelviolette Striemen. Aus der gebrochenen Nase und einem Schnitt über dem Auge lief Blut.

Als Butch Murphy sah, wehrte er sich mit aller Kraft gegen die Fesseln und versuchte verzweifelt, vom Bett runterzukommen.

Eliza sah nicht viel besser aus. Unter ihrer zerrissenen Kleidung schaute die Unterwäsche heraus, sie hatte Prellungen im Gesicht, das Kopftuch war verschwunden, und die Wunde auf der Stirn lag frei. Sie hielt mit beiden Händen einen Kricketschläger umklammert, und als sie sich umdrehte, hätte sie Murphy beinahe damit eins übergezogen. »Murphy!« Sie ließ den Schläger fallen und warf sich in seine Arme. »Er hat versucht, mich ans Bett zu fesseln, aber ich habe ihn k.o. geschlagen …«

Butch wehrte sich gegen die Handschellen und würgte hinter dem Knebel unverständliche Laute hervor.

»Er hat es zugegeben! Alles!«, sagte Eliza. »Er hat die Mädchen entführt – er hat Cierra und Jasmine getötet. Er hat gestanden!«

Eine Woge unfassbarer Hitze schlug über Murphy zusammen.

Er zog die Pistole aus dem Gürtel.

»Bring ihn um, Murphy!«, kreischte Eliza und zerrte an seinem Arm.

Murphy sah seinem Bruder in die Augen. Ihm wurde schummrig. Er spürte Elizas Hände auf seiner. Sie zog seinen Arm nach oben, zielte mit der Waffe auf Butchs Brustkorb.

Butch erwiderte seinen Blick, Tränen und Todesangst in den Augen, in diesen tiefblauen, durchdringenden Augen … dieses glasklare Blau, das Jasmine von ihm geerbt hatte.

Jasmine hatte Butchs Augen, nicht Murphys. Weil Butch Jasmines Vater war.

Erinnerungen, Emotionen, Bilder von Butch und Jasmine. Sie in seinen Armen, er, sich um sie kümmernd, ihr in ihrer Trauer beistehend, Murphy in seiner Vaterrolle unterstützend.

Butch liebt Jasmine. Er würde sie niemals umbringen.

Elizas Zeigefinger krümmte sich um den Abzug.

»Nein!«, schrie Murphy und versuchte, seine Hand mit der Waffe zu befreien. Mit ohrenbetäubendem Knall löste sich ein Schuss.

Das explosive Geräusch brachte Murphy aus dem Gleichgewicht. Er sah das Loch in der Wand. Dann prallte etwas Hartes seitlich an seinen Schädel.

Schmerz, Sterne – die Welt geriet aus den Fugen. Murphy fiel auf die Knie.

Eliza stand über ihm, den Kricketschläger in beiden Händen. Sie holte ein zweites Mal aus, aber diesmal wusste Murphy, was kam, und fing den Schlag mit seinen kräftigen Unterarmen ab. Er hielt immer noch die Waffe in Händen. Er zielte zur Decke und feuerte einen Warnschuss ab. Wieder ohrenbetäubender Lärm. »Eliza! Was tust du?«

Eliza rannte aus dem Zimmer und fing an zu schreien. »Hilfe! *Hilfe!*«

Murphy rappelte sich hoch und betastete seinen Kopf. An der Stelle, wo sie ihn getroffen hatte, war eine Beule, und er blutete. Ihm wurde übel.

Butch gab durch den Knebel immer noch erstickte Schreie von sich. Murphy ging zum Bett, löste das Geschirrtuch und zog ihm den zerknüllten Socken aus dem Mund.

»Die ist völlig durchgeknallt, Bro. Sie hat mich angegriffen …«, schrie Butch. »Ich habe ihr nichts getan, das schwör ich dir, Mann!«

»Wo ist Jasmine?«

»Was? Keine Ahnung! Das hätte ich dir doch sofort erzählt!«

»Und warum zum Teufel bist du dann hier?«, brüllte Murphy und richtete die Glock auf seinen Bruder.

»He! Beruhig dich!«

»*Antworte mir!*« Es brauchte eine schier übermenschliche Kraftanstrengung, der Wut nicht zu erlauben, den Abzug zu drücken. Murphy spürte Schweißtropfen auf der Stirn.

»Weil Eliza es wusste!«

»Was wusste?«

»Das von mir und Sara, was wir … getan hatten. Sie wusste es … sie wusste, dass Jasmine meine Tochter ist.«

»Was ihr *getan* hattet? Du hast sie vergewaltigt!«

»Hab ich nicht, Mann! Das schwör ich dir. Sara hat mich angemacht. Und Jasmine wusste …«

Murphy drückte Butch die Pistole an den Kopf.

»Okay, okay, beruhig dich, Mann.« Butch richtete sich auf, so gut er konnte, und versuchte verzweifelt, von der Waffe wegzurücken. »Hör mir zu, ja? Hörst du mir verdammt noch mal zu?«

Murphy antwortete nicht. Er keuchte heftig.

Butch verhaspelte sich fast beim Sprechen. »Letztes Jahr war Jasmine bei Eliza. Sie erzählte ihr, was Sara Jasmine vor ihrem Tod eröffnet hatte. Dass ich ihr richtiger Vater bin, okay? Aber ich habe sie nicht *vergewaltigt*, okay? Sara wollte es. Sie *wollte* es.« Murphys Arm fing an zu zucken, und Butch redete noch schneller. »Und wenn du mich jetzt umbringst, erfährst du nie die Wahrheit, okay? Also nimmst du jetzt bitte das verfickte Ding runter?«

»Warum sollte Jasmine damit ausgerechnet zu Eliza gegangen sein?«

»Weil sie wollte, dass ich vor Gericht komme, Murph! Weil sie Eliza vertraut und wollte, dass sie ihr dabei hilft, mich hinter Gitter zu bringen! Nach dem Gespräch rief Eliza mich an, weil ihr klar war, dass ich so nicht bin, und Jasmine die Sache nicht ganz abgenommen hat. Ich habe Eliza den Brief gezeigt ...« Plötzlich fingen Butchs Augen an zu leuchten. »Mann, es gibt einen Brief! Zu Hause! Einen handgeschriebenen Brief von Sara, in dem sie gesteht, was wir getan haben. Einen Brief an dich! Ich wollte ihn dir geben, echt, Bro ...«

»*Und warum hast du's nicht getan?*«

»He, Bro, beruhig dich ... Weil Jasmine es nicht wollte. Nachdem ich ihr den Brief gezeigt hatte, flehte sie mich an, ihn dir nie zu geben. Ich war der Meinung, du hättest es verdient, die Wahrheit zu erfahren, aber Jasmine sagte, es würde dich zerstören, weil es dein Bild von Sara kaputtmachen würde. Jasmine wollte unbedingt, dass ich behaupte, ich hätte Sara gezwungen. Sie will, dass die Sara, an die wir uns erinnern, um jeden Preis perfekt bleibt. Ich glaube, du hast überhaupt keine Ahnung, wie wichtig das für sie ist.«

»Sara *war* perfekt«, knurrte Murphy.

»Du kennst mich doch, Mann. Du weißt, dass ich so was nie tun würde, Bro«, sagte Butch. »Das musst du doch wissen. Sogar Eliza sagte, sie würde für mich bürgen, falls Jasmine wirklich zu den Bullen oder sonst wem ginge. Ich habe den Brief! Bring mich nach Hause, dann zeig ich dir den verdammten Wisch … Ich wünschte, ich könnte jetzt sagen, ich wäre betrunken gewesen oder breit, aber … ich weiß nicht mal mehr, wo du damals eigentlich warst … es ist … einfach … passiert. In dem Moment wollte Sara, dass es passiert … und ich auch.«

Was Murphy hörte, erreichte ihn, und gleichzeitig ging es völlig an ihm vorbei. Er fühlte sich unerträglich allein. Irgendwo, tief in ihm, reifte die Erkenntnis, dass es genau dieses Gefühl war, vor dem Jasmine ihn hatte beschützen wollen …

»Danach … Es ist nie wieder was gewesen, das *schwöre* ich dir!«, sagte Butch. »Sara erzählte Jasmine damals die Wahrheit, aber die wollte sie nicht hören. Jasmine ist davon überzeugt, dass ich Sara vergewaltigt habe. Wahrscheinlich ist es für sie einfacher so … ich habe ihr den Brief gezeigt, aber sie …«

Murphy fing an zu brüllen, keine Worte, nur reine Wut und Rage und Schmerz. Dann hörte er sich selbst sagen: *»Nimm nie wieder ihren Namen in den Mund!«* Die Pistole war wieder direkt auf Butchs Kopf gerichtet.

»Du kennst mich doch, Bruder! Du kennst mich!«

»Murphy! Waffe runter!« Plötzlich stand Con in der Tür, die Dienstwaffe auf Murphy gerichtet. »Es ist okay.«

Murphy drehte sich zu ihm um, die Waffe immer noch erhoben, immer noch brüllend: *»Nimm nie wieder ihren Namen in den Mund!«*

Con machte einen Schritt auf ihn zu. »Ich sag das nicht noch mal, Murphy. Nimm die Waffe runter.«

»Dann tu's doch!«

Con hielt seinem Blick stand.

Seine Hand mit der Glock fing an zu zittern. *»Schieß doch endlich!«*

Ganz langsam senkte Con die Waffe. »Nein, Kumpel.« Mit erhobenen Händen kam er langsam auf ihn zu.

Murphy umklammerte die Pistole, der ganze Arm zitterte inzwischen, und er war fast blind vor Tränen. »Komm mir nicht zu nahe, Mann! Fass mich ja nicht an, Mann! Scheiße!«

Behutsam nahm Con ihm die Waffe aus der Hand. »Alles gut, Kumpel.«

»Nichts ist gut! *Gar nichts ist gut!*«

Murphy brach zusammen. Con schloss ihn in die Arme. »Es ist nicht deine Schuld«, sagte er, und seine Stimme klang traurig. »Es ist nicht deine Schuld.«

»Aber warum hat sie mich dann verlassen?«

Murphy wusste selbst nicht, wen er meinte, Sara oder Jasmine.

Sie blieben eine Weile einfach so stehen, dann wurde Murphy langsam ruhiger und löste sich verlegen aus Cons Umarmung.

»Äh, Detective? Meinen Sie, Sie könnten mich losbinden?«, fragte Butch mit verzagter Stimme. »Ich glaube, meine Rippen sind gebrochen …«

»Was ist hier eigentlich passiert?«, fragte Con, ohne Murphy aus den Augen zu lassen. In seinem Blick lagen Sorge und Mitgefühl.

»Eliza hat mich angegriffen«, sagte Butch.

»Wo ist sie?«, fragte Con. »Die Handschellen sehen aus wie Polizeiausrüstung.« Er tastete nach seinem Schlüsselbund und warf Murphy den Schlüsselring für die Handschellen zu. »Eliza darf uns nicht entkommen.«

Murphy schaute zuerst den Schlüssel in seiner Hand an, dann seinen Bruder.

»Lass mich nicht hier allein!«, wimmerte Butch. »Wage es nicht!«

Murphy schloss die Handschellen auf und schob den Schlüssel in die Tasche. Er hob die Glock vom Boden auf und steckte sie zurück in seinen Hosenbund.

Ohne sich noch einmal umzudrehen, ging er hinaus.

KAPITEL SIEBENUNDVIERZIG

ELIZA

Eliza hielt vor Monicas Haus. Die hohen Pappeln warfen in der Mittagssonne kaum Schatten. Sie hatte sich zu Hause im Gehen die zerfetzten Sachen vom Leib gerissen und sich noch schnell ein Kleid aus der Wäschekammer geangelt. Das geblümte mit der großen Bauchtasche. Darin steckte der zweite Satz Handschellen, die sie heute Morgen aus Gabriellas Zimmer geklaut hatte.

An der Sonnenblende klemmte ein gelber Post-it-Zettel:

Ich erteile Eliza Ellis die Erlaubnis, zu tun, was nötig ist.

Sie zog ihn ab, behielt ihn zerknüllt in der Hand und ging am Haus vorbei zur Hintertür. Sie holte den Ersatzschlüssel unter einem Topf mit blühender Friedenslilie hervor und schlich sich ins Haus.

Aus dem Wohnzimmer dröhnten überlaut die Fernsehnachrichten, irgendein Kommentar zu Madisons jüngstem Video und dem Fund der Leiche von Bree Wilkins.

Monica saß mit Sicherheit davor und sah zu, weil sie wissen wollte, ob auch etwas über Tom kam, aber ihre Tochter würde sie bestimmt nicht zusehen lassen. Behutsam schlich Eliza die Treppe rauf zu Wrens Zimmer.

Es war das perfekte Mädchenzimmer, inklusive Prinzessinnentapete und Himmelbett. Wren lag in einem roten Kleidchen auf einem pinkfarbenen Glitzerteppich und spielte auf ihrem iPad.

Als sie Eliza sah, ging ein Leuchten über ihr Gesicht. »Tante Leesy!«, rief das Mädchen und warf sich in ihre Arme.

Elizas Entschlossenheit geriet ins Wanken. Sie schloss die Faust um den Erlaubnisschein. *Ich darf tun, was immer nötig ist.*

Sie fing an zu weinen. Echte Tränen, keine falschen, die ersten seit langer, langer Zeit.

»Tante Leesy? Nicht weinen.« Wren legte Eliza die Hand auf die Wange.

Eliza schob den zerknüllten Erlaubnisschein in die Rocktasche, nahm Wrens Hand von ihrem Gesicht und packte mit beiden Händen ihren Unterarm.

Eliza wurde schlecht. Sie zitterte am ganzen Körper.

Ihr blieb keine Wahl. Sie musste es tun.

Eliza lächelte Wren durch die Tränen an und brach ihr den kleinen, zarten Unterarm – beide Knochen, Elle und Speiche.

Wren fing an zu schreien und brüllte und brüllte und brüllte vor Schmerz.

Auf der Treppe erklangen laute Schritte, und schon stand Monica in der Tür, mit verweintem Gesicht, zu Tode erschrocken. »Wren!«, kreischte sie.

Hinter ihr jagte der Hund die Treppe hoch und fing wie verrückt an zu bellen. Es herrschte ein Höllenlärm.

»Es tut mir so leid, ich habe mich heimlich reingeschlichen, weil ich sie unbedingt sehen wollte, und sie wollte mir ein Kunststück zeigen, auf dem Bett – sie hat sich den Arm gebrochen«, rief Eliza.

»Wren!«

»Schnell, Monica – nimm mein Auto, es steht gleich vor der Haustür, fahr ins Krankenhaus. Ruf von unterwegs einen Krankenwagen. Sie sollen dir entgegenkommen! Sofort! Beeil dich!«

Eliza hatte gelernt, wie man mit Kindern umging, die starken Emotionen ausgesetzt waren – kurze Anweisungen, bestimmender Tonfall –, und Monica war starken Emotionen ausgesetzt. Sie stand wegen Toms Verhaftung immer noch unter Schock und hatte Todesangst um ihr Kind, das offensichtlich große Schmerzen litt. Sie tat ohne Widerrede exakt das, was Eliza von ihr wollte.

Eliza half Monica, das schreiende Kind zu tragen, und stieß absichtlich gegen den schlaff herunterhängenden Arm. Vom Schmerz überwältigt, verlor Wren das Bewusstsein.

Gemeinsam schnallten sie das ohnmächtige Kind in seinen Sitz, dann raste Monica davon, und Eliza war allein. Nur Sarge stand neben ihr und bellte sie immer noch an.

Sie zerrte den Hund am Halsband quer durchs Haus und sperrte ihn in den Garten. Sein Bellen und Winseln war im ganzen Haus zu hören.

Die Erinnerung an das Gefühl von Wrens brechendem Ärmchen unter ihren Händen – *Es tut mir so leid, Wren* – war grausam präsent. Zitternd nahm sie die Küchenschere zur Hand, ging ins Bad, schnitt sich vor dem Spiegel die Haare auf ungefähr dieselbe Länge, wie Monica sie trug, kehrte den Abfall zusammen und warf ihn in der Küche in den Müll. Dann griff sie zur Käsereibe, biss die Zähne zusammen und fuhr sich mit der rauen Hobelfläche über Wangen und Stirn. Der brennende Schmerz ließ sie zusammenzucken, heißes Blut lief ihr über das Gesicht. Trotzdem. Sie hatte es geschafft, die Stirnwunde zu kaschieren, die sie sich oben am Berg zugezogen hatte.

Sie setzte die Brille ab und steckte sie in die Rocktasche zu den Handschellen.

Sie sah Monica ähnlicher als sich selbst. Zumindest reichte es, um jeden zu täuschen, der an der Haustür klingelte. Allein der Anblick von Blut würde genügen, um ihr Gegenüber von rationalem Denken abzuhalten und hoffentlich zu der von ihr beabsichtigten Schlussfolgerung zu bewegen.

Sie griff sich ein Geschirrtuch, band es sich um den Mund, nahm einen Kabelbinder aus dem Fach unter der Spüle, steckte beide Hände hindurch und zog mit einiger Mühe wegen des losen Knebels mithilfe ihrer Zähne die Schlaufe stramm.

Eliza ging zur Haustür – ohne ihre Brille mit verschwommenem Blick. Sie warf den Beistelltisch im Hausflur um, inklusive der Vase mit den frischen lilafarbenen Tulpen, und drapierte sich auf dem Fußboden in einem See aus Blumenwasser und Blütenblättern.

Kurz darauf hielt ein Wagen vor dem Haus.

KAPITEL ACHTUNDVIERZIG

CON

Con suchte in dem Cottage nach Eliza, aber sie war nicht da. Auch ihr Auto stand nicht dort.

Murphy tauchte neben ihm auf. Das Blut aus der Kopfwunde sickerte in seinen Bart. »Die ist weg.«

»Wir müssen dringend mit Monica sprechen«, sagte Con und eilte zu seinem Wagen. »Ich wüsste sonst niemanden, der uns sagen könnte, was mit Eliza los ist.«

»Was wolltest du eigentlich hier?«, fragte Murphy, während Con den Motor anließ und losfuhr.

»Brees Dad glaubt, Eliza vor ein paar Tagen am Galgenbaum gesehen zu haben – am Morgen des Tages, an dem Bree vermutlich gestorben ist.«

»Glaubst du, Eliza hat was damit zu tun?«

»Sie hat Butch an ein Bett gefesselt und dir mit dem Kricketschläger eins drübergezogen«, sagte Con. »Eindeutig hat sie was damit zu tun.«

Sie fuhren quer durch die Stadt zu Monica. Es wimmelte vor Menschen. Sie führten ihre Hunde Gassi, unterhielten sich über Gartenzäune hinweg, sogar improvisierte Limonadenstände waren aus dem Boden geschossen, weil die Kinder hofften, sich durch die Menschenmassen, die in den letzten Tagen über Limestone Creek hergefallen waren, ihr Taschengeld aufzubessern. Der Frühling hatte die pinkfarbenen Waratahblüten herausgelockt, in den Gartenbeeten blühten büschelweise gelbe Narzissen und Tulpen in allen möglichen Farben. An den Straßenecken standen Fernsehteams aus aller Welt und interviewten die Einwohner. Es fühlte sich an wie ein makabres Festival.

Con hatte das Gefühl, der Einzige zu sein, der dem ein Ende setzen konnte. Er musste Eliza finden. Er musste endlich dieses Rätsel lösen.

Dann waren sie da. Ehe Con auch nur die Handbremse gezogen hatte, war Murphy schon aus dem Wagen gesprungen und rannte zur Vordertür.

»Murphy! Warte!« Con sprintete hinterher. Irgendwo bellte wie verrückt der Hund der Familie. Tiefe, heisere Töne.

Ohne anzuklopfen, drückte Murphy die Haustür auf. »Monica? Bist du da?«, brüllte er.

»Du kannst nicht einfach in anderer Leute Häuser spazieren«, sagte Con. Und erstarrte.

Auf den Fliesen in der Diele lagen Scherben, zerknickte Tulpen in einer Wasserlache, und mittendrin Monica. Ihre Hände waren vor ihrem Körper mit einem Kabelbinder gefesselt, der Mund mit einem Geschirrtuch geknebelt. Sie blutete, ihre braunen Augen waren riesengroß vor Panik.

»Monica!« Con fiel neben ihr auf die Knie und löste den Knebel. Die zusammengeschnürten Gelenke waren aufgescheuert, und die Arme von den Scherben zerkratzt.

»Sie hat Wren!«, schrie sie, sobald er sie von dem Geschirrtuch befreit hatte.

»Ganz ruhig«, sagte Con. »Murphy. Hol ein Messer aus der Küche.«

»Eliza war hier. Sie hat mich angegriffen«, sagte Monica. »Sie hat Wren mitgenommen. Sie sagte, in Launceston würde ein Boot auf sie warten!«

Murphy kam mit einem Messer zurück und durchtrennte den Kabelbinder.

Monica wurde hysterisch. Sie war kaum zu verstehen. »Eliza … Tom und Eliza … Eliza … kann keine Kinder kriegen, wollte immer Wren … und jetzt … und jetzt ist sie weg.« Sie kam zitternd auf die Beine, krallte sich an den Schlüsselhaken fest, versuchte, das Gleichgewicht zu halten. Sie fasste sich an den Bauch und übergab sich auf die Fliesen.

»Murphy, gib mir dein Telefon«, sagte Con. Er tippte eine Nummer ein und hatte eine Sekunde später Normandy am Apparat. So schnell er konnte, fasste er zusammen, was sich seit dem Telefonat mit Marcus Wilkins ereignet hatte. »Möglicherweise ist Eliza im Augenblick mit Wren auf dem Weg nach Launceston.«

»Ich kümmere mich darum«, sagte Agatha. »Sie bleiben, wo Sie sind. Ich rufe unter dieser Nummer zurück. Und glauben Sie ja nicht, dass Sie damit vom Haken wären. Sie haben sich meinen ausdrücklichen Befehlen widersetzt.«

Sie beendete das Gespräch, und Con gab, was er wusste, an Monica und Murphy weiter. »Möchten Sie ins Krankenhaus?«, fragte Con.

»Nein, mir geht es gut«, antwortete Monica zittrig. Sie berührte ihr Gesicht und zuckte vor Schmerz zusammen. »Ich … ich glaube, ich bleibe am besten hier. Eine Freundin von mir ist Ärztin. Ich rufe sie an.«

»Okay. Gute Idee«, sagte Con, verstaute seine Sorge um Monica in dem Kästchen für »Menschen, um die ich mir im Augenblick keine Gedanken machen muss« und konzentrierte seine gedankliche Energie voll und ganz auf das aktuell drängendste Problem: Eliza hatte ihre Nichte entführt und war auf der Flucht.

Monica krümmte sich zusammen und fing wieder an zu würgen. »Ich lege mich ins Bett und rufe sie an.« Zitternd ging sie die Treppe hinauf.

Der Hund im Garten bellte noch immer wie verrückt.

»Ich brauche jetzt was zu trinken«, sagte Murphy. »Was ist mit dir?«

Ohne Cons Antwort abzuwarten, ging er in die Küche und sah sich suchend um. Er nahm eine Flasche Whisky vom Regal und goss sich ein Glas ein.

»Du kannst doch nicht einfach ...«

»Ich glaube, das habe ich mir verdient, Kumpel.« Murphy ging zum Kühlschrank, öffnete das Gefrierfach und holte ein Gefäß mit Eiswürfeln heraus. Er ließ ein paar davon in sein Glas fallen und hielt sich die kalte Schale an die Schläfe.

»Wusstest du, dass Eliza keine Kinder kriegen kann?«, fragte Con.

»Nein«, antwortete Murphy. »Aber das wäre eine Erklärung, oder? Warum sie Jasmine und Cierra entführt hat.«

»Warum zum Teufel sollte das eine Erklärung sein?«

»Keine Ahnung.« Murphy klang erschöpft. »Ich versuche nur, es irgendwie zu kapieren, Mann. Sie hing sehr an Denni. Vielleicht versucht sie, Denni zu ersetzen?« Er trank einen Schluck. »Ist ja auch egal. Ich glaube jedenfalls, dass Eliza Jasmine entführt hat und wir sie finden werden.«

Murphys Telefon klingelte in Cons Hand. Normandy rief zurück. Er stellte das Gespräch auf laut.

»Die Fahndung läuft«, sagte Agatha. »Von Limestone Creek bis nach Launceston ist alles auf der Straße, was Räder hat. Wenn Ihre Timeline stimmt, kann sie noch nicht weit gekommen sein.«

»Gut«, sagte Con.

»Da ist noch etwas.« Normandy klang ernst. »Das ist jetzt wahrscheinlich nicht der beste Zeitpunkt, um Ihnen das zu sagen, aber ich möchte nicht, dass Sie es von Ihren Kollegen erfahren.« Sie seufzte. »Der Commissioner hat mich angerufen. Er wollte wissen, ob ich Sie für diensttauglich halte.«

»Wie kommt er zu der Frage?«

»Oh, ich weiß nicht? Vielleicht, weil Sie Sergeant Doble verprügelt haben?«

»Doble? Ich habe ihn nicht verprügelt. Ich habe ihn nur … zu Fall gebracht.«

Murphy sah Con überrascht an. »Du hast den Wichser verprügelt?«

Con winkte ab.

»Con, warum haben Sie trotz meiner ausdrücklichen Anweisung, sich auszuruhen, weitergemacht?«

»Weil ich neue Informationen bekommen habe – Eliza war an dem Tag, als Bree sich das Leben nahm, am Galgenbaum!«

Sie seufzte wieder. »Sie lassen mir keine andere Wahl, Cornelius.«

»Was meinen Sie?«

»Ich muss Sie von dem Fall abziehen.«

»Jetzt? Wo wir kurz davor sind, Eliza zu verhaften?«

»Ja, Badenhorst. Jetzt. Es sollte doch eine Befriedigung für Sie sein zu wissen, dass Sie den Fall gelöst haben. Aber weder Sie noch ich werden uns in noch größere Schwierigkeiten hineinmanövrieren als sowieso schon. Ich hätte Sie schon vor Tagen suspendieren müssen … Sie können nicht leugnen, dass Ihre PTBS-Symptome Sie massiv behindert haben.«

»Aha. Sie sagen mir also, danke, dass Sie die ganze Drecksarbeit erledigt haben, aber den Ruhm kassieren andere?«

»Ein tätlicher Angriff auf Sergeant Doble, Badenhorst?«, sagte sie eisig.

»Er hat versucht, *mich* zu schlagen. Ich habe ihn nicht mal verletzt!«

»Hören Sie, mit PTBS ist nicht zu spaßen …«

»Ich leide nicht unter PTBS!«, brüllte Con und legte auf.

»Du hast Doble vermöbelt?«, fragte Murphy noch einmal. Er klang beeindruckt. Er schenkte Con ein Glas Whisky ein und ließ es über den Tresen zu ihm rüberrutschen.

Der Geruch des Alkohols stieg ihm in die Nase. Genau das, was er jetzt brauchte. Er betrachtete das Glas einen Moment, dann nahm er es zur Hand. »Alles gut. Die werden Eliza finden.« Er trank einen Schluck. »Wir werden die Antworten kriegen. Wir werden die Mädchen retten. Nur das zählt.«

Hinter dem Haus bellte weiter der Hund.

KAPITEL NEUNUNDVIERZIG

ELIZA

Eliza ließ Con und Murphy in der Küche sitzen, ging nach oben ins Bad und schloss die Tür ab. Die ungewohnt kurzen Haare kitzelten sie im Nacken.

Sie setzte die Brille wieder auf und gönnte ihrem Spiegelbild ein kleines Lächeln.

Dann wusch sie sich das Blut aus dem Gesicht, betupfte Schnitte und Kratzer mit Salbe, versorgte die Wunden mit Pflaster und schminkte sich mit Monicas goldenem Lippenstift, ihrem goldenen Lidschatten. Dann legte sie zwei große goldene Creolen an.

Toms Autoschlüssel steckte bereits sicher in ihrer Rocktasche. Sie hatte ihn, während sie sich vorhin übergeben hatte, vom Haken genommen. Es war Zeit für eine kleine Spazierfahrt. Zeit, alles, was geschehen war, Revue passieren zu lassen und ihre nächsten Schritte zu planen. *Die Erlaubnis, zu tun, was immer nötig ist.*

Zur Abwechslung hatte sie endlich mal ein bisschen Glück gehabt.

Sie hatte nicht damit gerechnet, heute Morgen ausgerechnet von Butch Besuch zu bekommen, auch wenn sie natürlich auf seiner Seite war – sie hatte Jasmine die Lüge, er hätte Sara vergewaltigt, keine Sekunde lang abgenommen. Jasmine war eine hinterlistige, durchtriebene, mordlüsterne Schlampe.

Butch hatte sie fast weinend um Hilfe angefleht und war so betrunken gewesen, dass er sich nicht mal mehr an Saras Brief erinnerte, obwohl er selbst ihr vor Jahren davon erzählt hatte. Als sie ihm anbot, zu ihm nach Hause zu fahren und den Brief zu holen, weil er zu betrunken sei, nahm er ihr Angebot sofort an.

Also war sie zu den Murphys gefahren. Sie hatte eine der beiden Katzen getötet, die fette schwarz-weiße, und dann ihr Blut und die Innereien auf Butchs Bett verteilt. Danach hatte sie die Botschaft an die Wand geschrieben – *schon 3, bleibt 1* –, hatte ein paar Klamotten aus Jasmines Schrank geholt, sie zerrissen und in die Sauerei auf dem Bett getunkt und das Ganze mit ihrem Tribut an Denni gekrönt: mit einer der Hungermann-Schutzfiguren. Versteckt im Ersatzreifenfach ihres Kofferraums lagen gleich mehrere davon.

Als sie danach wieder nach Hause kam, war es ein Kinderspiel gewesen, den betrunkenen Butch dazu zu kriegen, sich auf ihr Bett zu legen, ihn mit Gabriellas Handschellen ans Kopfteil zu fesseln, seine Füße zusammenzubinden, ihn zu knebeln und ihm mithilfe einer Schere die Sachen vom Leib zu zerren. Damit es möglichst echt wirkte, hatte sie ihn außerdem noch ein bisschen mit dem Kricketschläger bearbeitet.

Ihre Hoffnung war gewesen, dass Murphy blind vor Wut ins Haus platzen, unter Schock stehen und nicht in der Lage sein würde, seine Emotionen zu bändigen, und seinen Bruder im Affekt umbringen würde. Wenn Butch erst mal aus dem Weg war und sich nicht mehr verteidigen konnte, wäre es umso naheliegender, dass die Polizei ihn endgültig für das Verschwinden der Mädchen verantwortlich machte.

Und falls es zum Äußersten käme, wollte sie einfach beide Brüder umbringen – und es wie erweiterten Selbstmord aussehen lassen.

Doch ihr Plan war schiefgegangen. Murphy hatte Butch nicht

erschossen, und ihr war es nicht gelungen, ihn mit dem Kricketschläger außer Gefecht zu setzen. Das hatte sie wütend gemacht. Es war seine Schuld, dass sie auf Plan B zurückgreifen musste. Die arme kleine Wren.

Leise verließ sie das Bad und schlich sich hinüber ins Schlafzimmer von Monica und Tom. Sie öffnete den Kleiderschrank und zog ein Kleid ihrer Schwester an, ein ärmelloses, langes weißes Sommerkleid, mit blauen und rosaroten Schmetterlingen bedruckt – das einzige mit Taschen. Sie steckte ihren Erlaubnisschein, die Handschellen und Toms Autoschlüssel ein.

Ihre Rüstung; ihre Waffen. Zeit, in den Krieg zu ziehen. Zeit für das letzte Gefecht.

In dem großen Schlafzimmerspiegel musterte Eliza sich von oben bis unten, tupfte sich sogar noch ein paar Tropfen von Monicas Parfüm auf die blutunterlaufenen Handgelenke, setzte die Brille wieder ab und schlich sich leise nach unten und zur Hintertür hinaus.

Bei ihrem Anblick hörte Sarge abrupt auf zu bellen. Winselnd und schwanzwedelnd kam er zu ihr gelaufen und leckte ihr die Finger.

Sie tätschelte ihn, ging seitlich am Haus entlang nach vorne, trat durchs Gartentor und stieg in Toms Landcruiser.

Eliza setzte die Brille wieder auf. Die Strecke zu den Masons war in leuchtendes Technicolor getaucht. Frühlingsblumen und Vögel, der Nachmittagshimmel strahlend blau. Über ihr die Hubschrauber, Streifenwagen in jeder Straße, Medienvertreter an jeder Ecke. Die Bevölkerung von Limestone Creek hatte sich über Nacht verdoppelt. Überall hingen SALE-Fahnen, die Bäume waren mit Wimpeln geschmückt, und alles war mit Plakaten der vermissten Mädchen zugepflastert – mit den Bildern von allen vieren, weil den Verantwortlichen offensichtlich entgangen war, wie respektlos es war, Georgias Gesicht noch immer zu zeigen.

Alles für dich, Denni.

Sie hielt vor Madisons Haus. Eliza war vor zwei Tagen schon einmal hier gewesen, direkt nach ihrer Entlassung aus der Untersuchungshaft. Ehe sie nach Hause gefahren war, war sie durch Cierras Fenster bei den Masons eingestiegen – auf demselben Weg, den Tom immer gekommen war, dank des kaputten Fensterhebels – und hatte in Madisons Zimmer eine von Dennis Puppen platziert.

Eliza setzte die Brille wieder ab und stieg aus. Den Motor ließ sie laufen. Während sie laut an die Haustür pochte, steigerte sie sich in ihren Zustand blank liegender Nerven hinein, bis die Tränen liefen.

Kurz darauf öffnete Madison die Tür. Sie trug ihre Schuluniform – wahrscheinlich hatte sie gerade ein Video aufgenommen.

Sie hielt ihr iPhone in der Hand, gezückt wie ein Schwert. Ihre Waffe.

Ihre Waffe gegen Elizas nagelneue Rüstung.

»Äh … Eliza?«, sagte Madison sichtlich verwirrt angesichts von Elizas Verwandlung.

»Nein, ich bin Monica …«, sagte Eliza schnell. »Eliza ist im Krankenhaus. Butch ist über sie hergefallen!«

Madison taumelte und musste sich an der Tür festhalten. »Dann stimmt es also?«, flüsterte sie. »Butch hat die Mädchen entführt?«

»Ja, und ich glaube, ich weiß, wo sie sind. Ich brauche jemanden, dem sie vertrauen. Begleitest du mich?« Eliza schlug einen drängenden Tonfall an. »Bitte, bevor es zu spät ist! Du bist die Einzige, die mir helfen kann. Schnell, komm mit.« Sie sprach wieder mit ihrer Lehrerinnenstimme. Kurze, direkte Anweisungen.

Madison zögerte kurz, dann nickte sie. »Ich hol meine Jacke.«

»Dafür haben wir keine Zeit!« Eliza drehte sich um und rannte auf den Wagen zu. »Schnell!«

Eliza hatte gewusst, dass Madison ihr nachlaufen würde. Sie kam angerannt und schwang sich auf den Beifahrersitz. »Was ist mit Ihrem Gesicht passiert?«

Eliza holte zitternd Luft. »Butch ist … beängstigend, wenn er wütend ist.«

»O Gott!«, sagte Madison mit rotem Kopf. Sie hatte das Handy griffbereit, aber Eliza machte sich keine Sorgen, dass sie die Polizei rufen würde.

Natürlich nicht. Madison will vor allen anderen da sein, sie will die ganze Sache filmen, dachte Eliza.

Ohne die Brille fiel ihr das Autofahren schwer. Ihr taten vor Anstrengung die Augen weh. Das Ende war nah! Die Vollendung all ihrer Pläne.

»Hat Butch irgendwas über Bree gesagt?«, fragte Madison.

»Ich glaube nicht«, antwortete Eliza.

»Detective Badenhorst behauptet, Bree wäre schon seit drei Tagen tot gewesen, als wir sie fanden, aber …«

»Aber was?«

»Sie hat mir gestern Morgen noch eine Nachricht geschickt. Ehe sie es tat. Sie wollte sich tatsächlich umbringen. Sie hat mir geschrieben, wann und wo und alles! Damit ich die Mahnwache organisieren kann.«

»Du hattest Kontakt zu den Mädchen?«

»Eigentlich nicht … Georgia hatte das Telefon. Wir waren uns einig, dass es bei ihr am besten aufgehoben wäre, weil sie am vernünftigsten damit umgehen und keine kalten Füße kriegen würde. Als dann ihre Leiche gefunden wurde, bin ich davon ausgegangen, dass sie das Telefon irgendwo verloren hat … aber sie muss es weitergegeben haben, denn gestern Morgen kam plötzlich eine Nachricht von Bree …« Sie stampfte mit dem Fuß auf. »Ich habe keine Ahnung, wo Jasmine und Cierra stecken!«

Eliza taten die Hände weh, und die Knöchel traten weiß hervor, so sehr umklammerte sie das Lenkrad. Plötzlich hatte nur noch ein Gedanke in ihr Platz: die Erinnerung daran, wie sie Jasmines Katze getötet hatte. Dass Katzenblut so warm war!

Warum hatte sie das nur getan? Es war dumm gewesen. Die Polizei würde schnell rausfinden, dass es sich um Katzenblut handelte. Und damit würde der Verdacht eher von Butch *weggelenkt* werden.

Sie machte Fehler. Wie ein dummes kleines Mädchen. Ständig machte sie Fehler.

Bald. Bald war alles vorbei. Gerechtigkeit. Und Stärke. Bald hätte sie beides erreicht.

Warmes Katzenblut und das Gefühl von Wrens brechenden Knochen zwischen ihren Händen.

Ich habe die Erlaubnis, zu tun, was nötig ist.

Der Landcruiser holperte über die Spukbrücke und durch die Außenbezirke von Limestone Creek, bis Eichen und Pappeln den Eukalyptusbäumen wichen, Hartriegelsträuchern und Feldern voll mit Adlerfarn, und hoch über allem die stufige, dunstig blaue Silhouette der Great Western Tiers. Alle waren sie da, die hohen Felsen. Der Projection Bluff, der Liffey Bluff, der Drys Bluff, der Billopp Bluff …

Eliza verließ die Hauptstraße und bog auf einen holprigen Waldweg ein. Sie ging vom Gas, passte ihre Fahrweise der Umgebung an und öffnete die Fenster – draußen das *Kussik-Kussik* von Gelbbauchsittichen, der schrille Schrei eines Kakadus.

»Woher wissen Sie eigentlich, wo wir hinmüssen, Monica?«, fragte Madison, während der Wagen hin und her gerüttelt wurde. Zweifel hatte sich in ihre Stimme geschlichen.

»Ich weiß genau, wohin«, sagte Eliza. »Tom hat mir die Stelle gezeigt. Butch hatte mit Sicherheit keine Probleme, Jasmine dazu zu kriegen, ihm zu folgen.« Ihre Stimme war fest und ließ keinen Raum für Widerrede.

Der steile Waldweg wand sich in einer Reihe von Haarnadelkurven über Steine und schlammig rote Erde bergauf. An einem felsigen Ausblick – eine unerwartete Lücke im dichten Laubdach, die den Blick auf Limestone Creek freigab – fuhr Eliza links ran.

»Ich glaube, wir sind ganz in der Nähe. Kannst du mir helfen?« Ohne Madisons Antwort abzuwarten, stieg sie aus der Fahrerkabine und kletterte auf die Ladefläche. »Na komm, hilf mir, bitte.«

»Was ist denn?«, fragte Madison und stieg aus. »*Hier* sollen sie sein?«

Dann schrie sie auf. Direkt neben ihnen tauchte ein Wombat auf, schwer und breit, und verschwand schnüffelnd wieder zwischen Unterholz und Farnen. Sie lachte erleichtert und strich sich mit zitternden Händen den Uniformrock glatt.

Eliza stand hoch aufgerichtet auf der Ladefläche des Landcruisers, das weiße Kleid blähte sich in der Brise, nach unten gehalten vom Gewicht der Gegenstände in den Rocktaschen. »Komm rauf.«

Madison trat hinter den Wagen und streckte Hilfe suchend die Hand zu Eliza nach oben.

Einen letzten Blick auf Limestone Creek wollte Eliza Madison nicht verwehren. Auf ihr kleines Reich und das Chaos, das sie verursacht hatte. Sie hörte das Knattern der Hubschrauber, den Verkehrslärm und immer wieder Musikfetzen von der Wiese neben dem Gemeindezentrum.

Madison ließ den Blick über die Stadt schweifen, der Wind verfing sich in ihren dunkelroten Haaren, ihre Schultern hoben und senkten sich im Takt ihres aufgeregten Atems.

»Da! Siehst du das?«, raunte Eliza, lehnte sich über die Fahrerkabine und zeigte mit der freien Hand auf eine Stelle irgendwo vor ihnen im Busch. Die andere schloss sich um das kalte Metall der Handschellen in der Rocktasche von Monicas weißem Sommerkleid.

Madison rutschte neben sie. »Was denn? Ich sehe nur Busch.«

»Vielleicht, wenn du dich noch ein bisschen weiter vorlehnst … stütz dich hier ab«, sagte Eliza und deutete auf den Dachträger.

Madison legte ihre Hände genau dahin, wo Eliza sie haben wollte. Mit einer blitzschnellen Bewegung knallte Eliza Madisons Kopf auf die Fahrerkabine, brach ihr die Nase, lähmte sie vor Schock. Ehe Madison wusste, wie ihr geschah, hatte Eliza ihre Hand an den Dachträger gefesselt.

Madison stöhnte auf, wollte sich an die Nase fassen und merkte, dass sie gefangen war. Sie versuchte, sich loszureißen, aber die Handschellen hielten. »Was soll das?«, schrie sie.

Eliza angelte Madisons Telefon aus der Tasche ihrer Schuluniform und trat einen großen Schritt zurück, bis sie außer Reichweite war. Sie wog das Telefon in der Hand, hielt es hoch und machte ein Foto von Madison.

Madison riss die Augen auf. Das Blut strömte ihr aus der Nase. »*Sie* waren das, Monica? Sie haben sie entführt?«

Eliza holte die Brille aus der Tasche und setzte sie auf. Endlich konnte sie Madison wieder klar sehen. Die Angst, das Blut, der panische Atem.

»Eliza! *Sie sind Eliza!*«

»Wo sind Jasmine und Cierra?«, fragte Eliza. »Du sagst mir das jetzt.«

»Ich weiß es nicht. Ich weiß es nicht!«

»Egal. Du wirst schon noch reden.«

Eliza sprang von der Ladefläche, setzte sich wieder ans Steuer und ließ den Motor an.

Sie fuhr weiter bergaufwärts, während Madison auf der Ladefläche mit der einen Hand aufs Fahrerhaus trommelte und schreiend verlangte, freigelassen zu werden.

Wäre in diesem Augenblick ein Hubschrauber über sie hinweggeflogen, hätte der Pilot vielleicht durch die Lücken zwischen den Eukalyptuskronen den weißen Landcruiser entdeckt. Und die verzweifelte Schülerin auf der Ladefläche. Doch die gesamte Suchaktion konzentrierte sich immer noch auf die Gegend rund um den Lake Mackenzie.

Nur Eliza hörte Madison schreien. Lächelnd fuhr sie weiter bergauf, den Klippen entgegen.

KAPITEL FÜNFZIG

CON

»Monica ist abgehauen«, sagte Murphy, als er in die Küche zurückkam. »Ich habe nachgesehen. Sie hat Toms Pick-up genommen.«

»Kann ich verstehen«, sagte Con. »Bestimmt will sie helfen, Wren zu finden. Keine Sorge, ich habe Gabby angerufen, sie …«

Jemand pochte an der Haustür.

»Wo wir gerade von der Kiwi sprechen.«

Mit vor Wut geschwellter Brust kam Gabriella in die Küche gestürmt. Sie zeigte mit dem Finger auf Murphy. »Du! Arschloch! Klau mir noch einmal mein Auto, und ich bringe dich um!«

»He, Gab!«, sagte Con. »Hör zu …«

»Und du! Fang gar nicht erst an!« Jetzt zeigte der Finger auf Con. »Du lässt mich bloß wieder mitspielen, weil du selbst raus bist. Glaub ja nicht, ich hätte das nicht mitbekommen!«

Murphy stand am Fenster und sah auf die Straße hinaus. »Sorry, wenn ich euren Ehestreit unterbreche, aber da fummelt irgendein Kid an deinem Wagen rum, Con …«

Fluchend rannte Con zur Tür, Murphy und Gabriella im Schlepptau.

»Er ist über den Zaun da gesprungen«, sagte Murphy.

»Lasst ihn«, sagte Con. »Wir haben definitiv andere Sorgen.«

»Schau mal, was er dir in den Lack gekratzt hat … Kundela …«

»Das Kundela-Spiel!« Gabriella ging in die Hocke und ließ die Finger über die Kratzer gleiten. »Dasselbe wie auf meinem Auto … K-U-N …« Sie fluchte. »Das war Carl Lenah, Georgias Bruder.«

»Was ist das Kundela-Spiel?«, fragte Murphy.

»Genau das müssen wir endlich rausfinden«, sagte Gabriella und rannte zum Zaun. »Hinterher!«

Schimpfend stürmte Con hinaus auf die Straße und jagte über den Bürgersteig, in dem Versuch, dem flüchtigen Vandalen den Weg abzuschneiden.

Gabriella war schließlich diejenige, die Carl Lenah stellen konnte, zwei Blocks weiter, hinter einem grünen Bushäuschen. Kurz darauf waren auch Con und Murphy bei ihnen.

Carl war ein kleiner, stämmiger Typ mit fuchsteufelswildem Gesicht. Er war in Flip-Flops unterwegs, was Gabriella erlaubt hatte, ihn schließlich einzuholen. Sie drückte ihn gegen die Rückwand der Bushaltestelle.

»Fasst mich nicht an, ihr Schweine!«, rief Carl.

»Der ist betrunken«, sagte Gabriella. »Das riecht man.«

»Ich bin nicht betrunken. *Verpiss* dich!« Er versuchte, sich aus ihrem Griff zu befreien.

Sie presste seine Schultern noch härter gegen die Wand. »Erzähl uns von dem Kundela-Spiel.«

»Verpiss dich.«

»Wir brauchen deine Hilfe, Carl«, sagte Con.

»Ich erzähl euch ’n Scheißdreck!«

»Halt ihn fest, Gabriella.« Murphy baute sich vor ihm auf. »Hör zu, Junge. Meine Tochter ist verschwunden. Wahrscheinlich ist sie inzwischen tot. Was haben Madison und Jasmine mit dem Kundela-Spiel zu tun? Sag mir das!«

»Jasmine gar nichts«, antwortete Carl.

»Und Madison?«, fragte Murphy. Er zog die Glock aus dem Hosenbund und presste sie gegen Carls Kinn. »Du sagst mir das jetzt!«

»He, he, he!«, rief Gabriella.

»Murphy! Was zum Teufel!« Con konnte nicht fassen, dass er versäumt hatte, Murphy nach dem Vorfall in Elizas Haus die Waffe abzunehmen.

»Ich hab nichts mehr zu verlieren«, sagte Murphy tonlos. Er sah Carl tief in die Augen. Der Junge war starr vor Schreck. »Ich habe kein Problem damit, in den Knast zu wandern, weil ich jemanden umgebracht habe, der sich zwischen Jasmine und mich gestellt hat.« Er drückte mit dem Lauf noch fester zu.

Murphy blufft! Con hielt Gabriella mit einer Handbewegung davon ab, Murphy zu entwaffnen.

Carl wurde unsicher. »Ich … Bree hat mir davon erzählt … wir zwei, also … da lief was zwischen uns.«

»Wart ihr zusammen?«, fragte Gabriella.

»Pst!«, machte Con. »Lass ihn ausreden.«

»Du hast hier gar nichts mehr zu sagen, Con!«, fauchte Gabriella. »Beziehungen sind immer wichtig.«

»Bree hat erzählt, Madison hätte da … keine Ahnung, irgend so eine völlig durchgeknallte spiritistische Scheiße am Laufen«, sagte Carl. »Madison hat behauptet, sie hätte einen Geistführer gefunden, namens ›Kundela‹, der ihr den Weg durch die Portale weisen würde. Oben auf der Heiligen Klippe. Den Namen hat sie sich ausgedacht. Dann fingen die Mädchen plötzlich an, total schräge Albträume zu kriegen, und lauter so Zeug. Irgendwann kamen Bree und Denni damit zu mir, weil sie dachten, ich würde mich damit auskennen, weil ich schließlich Aboriginal bin – meine Schwester wollte von Anfang an nichts davon hören. Das ist alles völliger Schwachsinn. Es gibt Kundela-Knochen, aber keine bescheuerten Portale. Daran ist nichts Aboriginal. Nichts.

Aber irgendwie hat mich die Sache trotzdem nicht kaltgelassen. Bei mir fing es auch mit Albträumen an. Ich war echt angepisst, weil diese dämliche weiße Schlampe *unsere* Geschichte für ihren Psychohippiescheiß missbraucht hat ...«

»Und weiter?«, fragte Murphy.

»Madison behauptete, Kundela hätte ihr befohlen, ein Spiel zu erfinden. Sie hat extra eine eigene Website dafür eingerichtet. Man meldet sich an und muss ... man muss Madison ein Nacktfoto von sich schicken. Danach bekommt man die erste Mutprobe. Es fängt mit einfachen Aufgaben an – eine Nacht nicht schlafen, einen Hundertdollarschein verbrennen –, aber dann werden die Aufträge immer heftiger, Ladendiebstahl, oder ... was Größeres anzünden.« Er schielte zu Murphys Waffe runter.

In Con fing es an zu prickeln. Neue Verbindungen wurden geknüpft, neue Theorien taten sich auf. »Erzähl weiter, Carl.«

»Mein neuster Auftrag lautete, das Wort KUNDELA in das Auto eines Bullen zu ritzen und ein Foto davon zu machen. Aber dann hieß es plötzlich, es müsste unbedingt eins von euren Autos sein. Badenhorst oder Pakinga, hieß es. Madison verschickt die Aufgaben, aber sie behauptet, sie würde sie von Kundela empfangen – absoluter Bullshit. Trotzdem. Wenn sie anfängt, Kundela zu ›channeln‹, verändert sie sich total, ihre Stimme und alles. Jedenfalls erzählt dieser Kundela uns, auf der anderen Seite des Portals wären wir alle Könige und Königinnen. Aber bevor man das Leben da drüben erlangt, muss man hier beweisen, dass man würdig ist.«

»Du weißt, dass es Bullshit ist, und machst trotzdem dabei mit?«, fragte Murphy.

Carl bleckte die Zähne. Murphy drückte auf den Triggerpunkt am Ansatz seines Trapezmuskels – die Kombination aus Schock und Adrenalin war das beste Wahrheitsserum. Carl stammelte: »Madison erpresst mich. Ich habe an dem Tag, als die Mädchen verschwunden sind, oben auf dem Wanderweg Miss Ellis überfallen – das war die Aufgabe, die Madison mir gegeben hatte. Und jetzt zwingt sie mich, weiterzuspielen, weil sie sonst damit zur Polizei geht.«

»*Du* warst das?« Gabriella war fassungslos.

»Madison hat mich gezwungen! Sie ist ein Biest. Sie hat sämtliche Mädchen um den Finger gewickelt. Denni glaubte felsenfest an das Spiel. Sie hat alle neunundneunzig Aufgaben von Kundela erfüllt und sich dann oben am Galgenbaum das Leben genommen. Nur so kommt man durch das Portal. Selbstmord ist die hundertste Aufgabe. Ich wette, das ist auch der Grund, warum Bree sich erhängt hat. Was mit meiner Schwester passiert ist, weiß ich nicht, jedenfalls hat sie auf keinen Fall …«

Neben ihnen blieb mit quietschenden Reifen ein Streifenwagen stehen und gab mit der Sirene einen kurzen Warnton von sich.

Murphy drückte Carl weiter die Pistole ans Kinn. »Hat Jasmine auch gespielt?«

»Nein. Bree hat zu mir gesagt, Jasmine weiß nichts davon.«

Constable Cavanagh stieg aus dem Wagen, und Murphy ließ die Waffe sinken, ohne Carl aus den Augen zu lassen.

»Con? Gabriella?«, fragte Cavanagh. »Uns wurde eine Auseinandersetzung mit Handgreiflichkeiten gemeldet. Sie haben übrigens Eliza gefunden – sie war mit Wren im Krankenhaus. Nur, dass es sich in Wirklichkeit um *Monica* handelte, nicht um Eliza. Sie war lediglich mit Elizas Wagen unterwegs.«

»Das kann nicht sein. Monica war bei uns«, sagte Con und sah Murphy an. Ihnen kam zur selben Zeit dieselbe Erkenntnis. »Wir Idioten!«

Murphy ließ Carl los, Carl brachte sich stolpernd in Sicherheit und rannte davon.

»Wir haben sie laufen lassen!«, sagte Murphy.

»Das ist noch nicht alles«, sagte Cavanagh. »Jemand hat Eliza und Madison in Toms Wagen rauf Richtung Tiers fahren sehen. Als bekannt wurde, dass nach Eliza gefahndet wird, hat derjenige uns angerufen.«

Con kam ein Gedanke. »Könnte es sein, dass Eliza mehr über das Kundela-Spiel weiß, als sie zugibt?«

»Wenn Eliza weiß, dass das Spiel der Grund dafür ist, dass Denni sich umgebracht hat …«, sagte Gabriella.

»… gibt sie Madison die Schuld an Dennis Tod«, vollendete Con den Satz.

»Wohin würde sie Madison bringen?«, fragte Gabriella.

»Auf die Klippe aus dem Video«, sagte Con, und Murphy sagte gleichzeitig: »Zur sogenannten Heiligen Klippe.«

»Wo finden wir die?«, fragte Con.

»Wir fragen Jack Michaels«, sagte Gabriella und zog ihr Telefon heraus.

»Jack Michaels!« Con durchfuhr ein Hauch von Schuldgefühl. »Den habe ich vollkommen vergessen!«

»Tja, der ist inzwischen wieder wach und auf dem Weg der Besserung«, sagte Gabriella bissig. »Zum Glück bin ich in der Lage, mir die wichtigsten Zeugen zu merken. Das ist übrigens der Grund, weshalb du einen Detective zum Partner brauchst und keinen Drogendealer.«

»Deine Schmusezivilistin war Eliza, ich glaube, du hältst besser den Mund«, schoss Con zurück.

»Fahren Sie uns bei Eliza vorbei – ich brauche mein Auto«, sagte Gabriella zu Cavanagh und stieg in den Streifenwagen.

Con streckte Murphy die Hand hin. »Gib mir die Waffe, Murphy. Ich kann dich nicht noch länger damit durch die Gegend laufen lassen.«

»Wen werde ich denn deiner Meinung nach damit erschießen? Eliza oder Madison?«

Con hielt ihm weiter die Hand hin.

Murphy reichte ihm die Glock.

»Cavanagh, wenn Sie zurück auf dem Revier sind, tüten Sie das hier als Beweisstück ein … aber halten Sie bitte Murphys Namen raus.«

Sie stiegen alle in Cavanaghs Stinger. Während Gabriella im Krankenhaus anrief, um mit Jack zu sprechen, schossen sie mit Blaulicht und Sirene davon.

KAPITEL EINUNDFÜNFZIG

ELIZA

Langsam brachte Eliza den Landcruiser zum Stehen. Vor ihnen ragten durch Lücken im Blattwerk der Bäume und jenseits der Klippen die uralten tasmanischen Berge auf, die Gipfel in blauem Wolkendunst. Sie befanden sich auf einem leicht abschüssigen Wegstück aus roter Erde und schartigen Steinen, das direkt auf den Rand der Klippe zuführte. Eliza zog die Handbremse an und stellte den Motor ab.

Madison trommelte noch immer schreiend auf das Kabinendach – es klang in Elizas Ohren wie Musik.

Der Rand der Klippe war noch etwa zwanzig Meter entfernt.

Eliza stieg aus.

»Bitte, Miss Ellis«, jammerte Madison. Ihr sorgfältiges Make-up war von Tränen und Schweiß völlig verlaufen. »Bitte …«

Eliza fand in einem Laubhaufen den kräftigen Ast eines umgestürzten Baums. Als sie ihn hochhob, fing Madison wieder an zu schreien, »Nein, nein, nein, nein!«, aber Eliza rammte den Stock lediglich vor einem der Hinterräder in die weiche Erde.

Sie öffnete die hintere Beifahrertür und zog unter der Decke auf der Rückbank Toms Jagdgewehr heraus. Sie warf sich den Gurt über die Schulter, ging vorne um den Wagen herum und griff durch die Fahrertür nach der Handbremse.

Sie löste sie, schlug sämtliche Wagentüren zu, betätigte die

Zentralverriegelung und ging zu Fuß bis nach vorne zum Rand der Klippe.

»Bitte, Miss Ellis, *bitte*!«

Die Berge. Der Wind. Busch und Felsen und Klippen. Der blaue Himmel und Schäfchenwolken. Hoch oben in der Luft ein kreisender Adler.

Eliza warf zwei Schlüsselringe nach unten in die Schlucht, die Schlüssel für die Handschellen und den für Toms Wagen.

»Bitte … Gott! Hilf mir!«, schrie Madison.

Eliza ging wieder zurück, am Landcruiser vorbei, weiter bergauf, und setzte sich ein kleines Stück über Madison auf einen Felsbrocken am Wegrand. Das Gewehr legte sie sich quer über die Beine.

Einen kurzen Augenblick lang begnügte sie sich damit, Madison schluchzen und flehen zu hören. Dann sagte sie: »Ich würde gerne aus dieser Stadt wegziehen. Hier gibt es zu viele Erinnerungen.«

»Miss Ellis …«

»Darf ich dir meine schönste Erinnerung erzählen? Das war der Tag, als meine große Schwester Kiera Denni zu mir brachte. Ich wusste es sofort. Ich wusste es in dem Augenblick, als ich Denni sah. Ich *wollte* sie – als meine Tochter. Ich wollte sie retten, sie aufziehen, ihr all das geben, was ich selbst nie hatte. Limestone Creek sollte für Denni ein Neuanfang werden. Ein neues Leben.« Eliza sah Madison direkt in die Augen. »Und dann traf sie dich.«

»Miss Ellis, bitte …«

»Ehe Denni zu mir kam … ging es mir nicht wirklich schlecht«, sagte Eliza mit rauer Stimme. Ihre Kehle war wie zugeschnürt. »Aber ich hatte das Gefühl, als wäre nichts wirklich von Bedeutung. Es gab kein wahres Vermächtnis. Ein vertrockneter Mutterschoß. Ich hatte nur meine Schüler, meine Arbeit, sonst nichts. Doch dann kam Denni – für mich war Denni ein Schatz.

Und dann hast du sie unter deine Fittiche genommen, und ich dachte: ›Das ist perfekt! Madison Mason, das beliebteste Mädchen der Schule, die absolute Anführerin, interessiert sich für meine Denni.‹ Du, Jasmine, Georgia, Cierra, Bree. Gute Freundinnen, die perfekte Clique. Es war, als wäre die Wolkendecke aufgerissen – ich will gar nicht wissen, was Denni in Kieras Obhut durchmachen musste. Nichts Gutes jedenfalls.«

Madison klammerte sich an den Dachträger auf der Fahrerkabine und fing an zu würgen. »Bitte …«

»Doch dann zogen plötzlich neue Wolken auf. Denni wurde depressiv, wütend, launisch, abweisend. Die Veränderung schlich sich langsam ein, zusammen mit ihrer neuen Leidenschaft: dem Hungermann. Zur selben Zeit schossen deine Abonnentenzahlen in die Höhe. Denni erzählte mir mit Begeisterung davon – deine Gespenstertouren auf YouTube. Ich weiß nicht genau, warum, aber etwa zur selben Zeit fing Tom plötzlich an, sich für sie zu interessieren.

Du wusstest nicht nur, dass Tom Denni nachstieg, du wolltest auch, dass sie sich darauf einließ. Du hast sie regelrecht dazu ermutigt. Das weiß ich von Bree. Bree hat mir viele Dinge erzählt, nachdem Denni gestorben war … nachdem du sie umgebracht hattest.«

»*Sie* waren das!«, keuchte Madison plötzlich. »Sie haben mir mit Georgias Telefon eine Nachricht geschickt. Sie haben Georgia das Telefon abgenommen und so getan, als wären Sie Bree. Haben *Sie* Georgia von der Klippe gestoßen?«

Eliza schwieg. Sie hielt das Gewehr umklammert.

»*Sie haben Georgia ermordet!*« Madison zerrte wie wild an den Handschellen und fing an, gegen die Kabine zu treten.

»Letzten Endes will ich, dass ihr alle tot seid.«

»*Was haben Sie sonst noch getan?*« In ihrer Verzweiflung fing Madison an, die Kette mit ihren Zähnen zu bearbeiten.

»Ihr habt Denni ausgegrenzt. Ihr alle. Habt Gerüchte gestreut.

Ihr das Gefühl gegeben, nichts wert zu sein. Ihr eingetrichtert, sie wäre zu nichts im Leben gut … außer zu sterben. Diese Welt hinter sich zu lassen.«

Madison fiel auf die Knie. »Bitte …«, wimmerte sie.

Eliza stand auf, ging zum Wagen und trat mit dem Fuß gegen die Karosserie. Sie spürte den Widerstand des dicken Asts vor dem Hinterreifen, das Einzige, was den Wagen auf dem leicht abschüssigen Weg noch an Ort und Stelle hielt. Die Todesangst in Madisons Augen verschaffte ihr ein bisschen Befriedigung. Denni hatte monatelang unter Madison gelitten. Es war nur gerecht, sie ebenfalls noch ein bisschen leiden zu lassen. Eliza wollte nicht nur, dass ihr bewusst war, was mit ihr passieren würde, sondern auch, warum. Dass Eliza Ellis diejenige war, die ihr das antat. Dass sie in Wirklichkeit diejenige war, die alles unter Kontrolle hatte, so wie immer schon.

»Du hast Denni umgebracht«, sagte sie nur.

»Habe ich nicht«, heulte Madison. »Sie hat mir erzählt, dass sie ihn gesehen hat! Sie hat den Hungermann gesehen! Sie hat sich wegen dem Ritual das Leben genommen!«

»Das Ritual, das du erfunden hast.«

»Habe ich nicht! Das hat Kundela mir eingegeben! Er hat mir von dem Ritual erzählt!«

Die Göre hätte sich wirklich eine bessere Lüge einfallen lassen sollen.

Eliza trat wieder gegen die Karosserie, fester diesmal. Der Ast knackte. »Weißt du, Madison, Bree und Denni standen sich näher, als du dachtest. Alles, was du Denni erzählt hast, hat sie Bree weitererzählt.

Ja, Denni war tatsächlich davon überzeugt, dem Hungermann begegnet zu sein, eines Nachts im Busch, und auch, dass sie nur knapp mit dem Leben davongekommen ist. Aber du hast Denni eingeredet, dass der Hungermann nie wieder aufhören würde, sie zu jagen, und dass ein Selbstmord die einzige Möglichkeit wäre, ihm zu entkommen. *Schau dem Hungermann niemals ins Gesicht, tust du es doch, entkommst du ihm nicht.*

Bree hat mir selbst erzählt, dass sie dein zweites Opfer werden würde – dass du sie darauf vorbereitet hättest, sich ebenfalls am Galgenbaum aufzuhängen. Ich wollte nicht, dass sie kalte Füße bekam, nachdem Georgias Leiche entdeckt worden war – ihr wäre klar gewesen, was ich getan hatte –, also redete ich mit ihr und zog lediglich den Zeitpunkt vor …« Eliza seufzte. »Hättest du das Telefon nicht ausgerechnet Georgia in die Hand gedrückt, hätte ich sie vielleicht nicht … aber bei Brees Selbstmord durfte nichts schiefgehen. Sie hat mir deinen Plan in allen Einzelheiten geschildert … du hattest ihre Beweggründe vor den anderen Mädchen geheim gehalten; sie würde am dritten Tag nach dem Verschwinden am Galgenbaum sterben wie der Antichrist, um der ganzen Welt ihren Schmerz zu zeigen und den Mythos, den du erfinden wolltest, weiter zu untermauern … um dir noch mehr Follower zu bescheren.

Weißt du, dass ich rechtzeitig am Galgenbaum war, um dabei zuzusehen, wie sie es tat?« Eliza runzelte die Stirn und versuchte mit dem Wedeln ihrer Hand am Ohr das unangenehme Gefühl zu vertreiben, das die Erinnerung mit sich brachte. »Als sie tot war, musste ich zu ihr in den Baum, um ihre Leiche weiter oben zu verstecken. Ich habe sie mit dem Seil nach oben gezerrt, zu einer Astgabel, wo sie nicht zu sehen war. Die Zeit, sie der Welt zu zeigen, war noch nicht gekommen. Ich wollte keine Aufmerksamkeit erregen, indem ich deinem Plan vorgriff, vor allem wollte ich nicht, dass die Polizei zu früh rausbekam, dass sie meinen Schlüssel benutzt hatte, um sich in der Schule zu verstecken.«

Madisons Gesicht war nass vor Angstschweiß. Sie schien erst jetzt wirklich zu begreifen, wozu Eliza Ellis fähig war.

»Sie hatte bereits damit angefangen, die Wände in der Schule vollzukritzeln, und ich habe noch ein bisschen was ergänzt, um die Spuren weiter zu verwischen. Ein paar Tage später, an dem

Tag, als sie mich wieder aus der U-Haft entließen, fuhr ich zu mir nach Hause, um Dennis Schutzfiguren zu holen – die Figuren, die *du* sie hast schnitzen lassen! Eine davon habe ich bei dir zu Hause deponiert, die zweite bei Brees Leiche. Und dann habe ich dir geschrieben und so getan, als wäre das Telefon von Georgia zu Bree gewandert. Um dich wissen zu lassen, dass die Aufgabe vollbracht werden würde.«

Stille. Madison zitterte, heulte, warf immer wieder einen Blick über Elizas Schulter in die Ferne, als hätte sie noch immer die Hoffnung, dass jemand zu ihrer Rettung geeilt kam. Ihre Augen weiteten sich, nur ganz kurz, dann sah sie Eliza an.

Eliza konnte es nicht fassen. Im Blick des Mädchens lag plötzlich neue Kraft. Madison stand auf und bürstete sich mit der freien Hand den Dreck vom Rock.

»Ich habe niemanden ermordet«, sagte sie. »Kapiert? Denni hat sich selbst das Leben genommen, Sie dämliche Schlampe. Denni war total am Arsch. Sie wollte sich schon immer umbringen. Sie wollte sich schon in dem Moment das Leben nehmen, als sie nach Limestone Creek gezogen ist. Sie sollten mir danken, weil ich sie überhaupt so lange am Leben gehalten habe. Irgendwann konnte sie nicht mehr, und ich habe ihr geholfen, endlich ihren Frieden zu finden. Ich habe ihr geholfen, eine Bestimmung zu finden.«

Eliza grub die Fingernägel in den Schaft des Gewehrs. Madison reckte herausfordernd das Kinn. »Meine Online-Präsenz ist das mächtigste Werkzeug, das irgendjemand aus diesem Kaff am Arsch der Welt je in Händen halten wird. Das Gute, das ich damit bewirken kann, ist mehr, als Sie je kapieren werden. Denni war schon lange tot, Sie haben sich nur geweigert, es zu sehen. Aber Sie … Sie haben Georgia umgebracht. Eiskalt. Sie sind hier die Mörderin!«

Eliza stand inzwischen direkt hinter dem Wagen, den Fuß auf die Stoßstange gestützt.

»Und Jasmine und Cierra? Haben Sie die auch umgebracht?«, fragte Madison.

»Tu nicht so dumm. Du stehst doch in Kontakt mit ihnen. Und jetzt erzählst du mir endlich, wo sie sind, sonst bist du die Nächste.«

»Fahren Sie zur Hölle, Miss Ellis.« Sie legte den Kopf in den Nacken und schrie: »Erschießt sie doch endlich!«

Was?

Eliza fuhr herum.

Hinter ihr, ein Stückchen weiter oben, standen Con, Gabriella und Murphy.

Con hielt eine Pistole direkt auf sie gerichtet.

Eliza hob das Gewehr und schoss in ihre Richtung.

Die drei flogen auseinander.

Eliza drehte sich wieder um und stemmte sich mit aller Kraft gegen den Landcruiser, als sie Madisons Blick auffing.

Der Ast gab nach, Madison schrie auf, und der Wagen setzte sich in Bewegung und rollte auf die Klippe zu.

KAPITEL ZWEIUNDFÜNFZIG

MURPHY

Con hatte sich hinter dem Stamm eines Schnee-Eukalyptus verschanzt, bereit, das Feuer zu erwidern.

Gabriella kauerte hinter einem anderen Baum. Sie hatte nicht mal eine Waffe.

Eliza rannte auf einen Bergkamm zu, wo die Bäume dichter standen, das Gewehr quer vor der Brust, das weiße Kleid vom Wind gebläht.

Murphy sprintete mit langen Schritten auf den Pick-up zu, der mit dem Mädchen auf der Ladefläche langsam Richtung Abhang rollte. Knapp zehn Meter vor der Kante hatte er den Landcruiser eingeholt. Er machte einen Satz, krallte sich mit beiden Händen an der Heckklappe fest, warf sich mit seinem ganzen Gewicht nach hinten und rammte die Fersen in den felsigen Untergrund, aber vergebens. Der schwere Wagen zog ihn mit sich.

Murphy brüllte vor Anstrengung, die Unterarme angespannt, mit brennenden Schultern.

Dann war Con neben ihm und hielt mit seinem eigenen Gewicht dagegen. Gemeinsam schafften sie es, den Landcruiser abzubremsen, aber er blieb nicht stehen. Das Geräusch ihrer übers Geröll schlitternden Stiefel mischte sich in das Knirschen der Reifen und Madisons Schreie.

Hinter ihnen wurde geschossen. Con hatte Gabriella offensichtlich seine Dienstwaffe überlassen.

»Madison!«, schrie Con. »Weißt du, ob die Tür verriegelt ist?«

»Ja!«, schrie Madison zurück.

»Wir müssen die Räder blockieren!«, rief Murphy. Der Landcruiser war zu schwer. Sie hatten keine Chance, ihn auf diesem Weg abzubremsen.

»Womit? Uns fehlt die Zeit!«, rief Con. »Madison, du musst dir den Daumen brechen und die Hand rausziehen!«

»Das ist zu eng!«, schrie Madison weinend. »Oh Jesus Christus im Himmel, hilf mir! *Hilf mir!*«

Hochrot im Gesicht vor Anstrengung löste Con eine Hand vom Wagen und klopfte sich suchend die Taschen ab. »Wo sind meine Handschellenschlüssel?«

In dem Moment fiel es Murphy wieder ein. Con hatte die Schlüssel nicht, *Murphy* hatte sie. Er hatte heute Vormittag Butch damit von Elizas Bett befreit.

Die Klippe kam näher. Dahinter nur noch Nebel und Berge, dicke Wolken und ein vollkommener, pastellblauer Himmel.

Ihnen blieben vielleicht noch fünf Meter.

Sara.

Der Traum fiel ihm ein. Hiervor hatte sein Traum ihn die ganze Zeit gewarnt … vor dem Moment, in dem er sterben würde.

Wenn das so war, blieb auch keine Zeit mehr, nachzudenken. Jetzt galt nur noch: Augen zu und durch.

»Halt ihn gerade, Kumpel«, sagte Murphy und zog sich auf die Ladefläche hoch.

»Was tust du?«, brüllte Con. Ohne Murphys Bremskraft bewegte der Wagen sich gefährlich schnell nach vorn.

Die Zeit verlangsamte sich.

Murphy zog den kleinen Schlüssel aus der Tasche. Er schob ihn in das Schloss der Schelle um Madisons Handgelenk.

Madison klammerte sich an ihn. »Es tut mir leid, es tut mir so, so leid!« Von der überlebensgroßen Strippenzieherin war nichts mehr zu finden. Sie war nur noch eine Teenagerin in Todesangst.

Murphy drehte den Schlüssel, die Handschelle sprang auf. Er nahm sie in den Arm wie ein Baby.

Die Zeit hat sich aufgelöst.

Der Landcruiser kippte nach vorn, die Vorderachse hing über den Rand. Das gellende Kreischen von Metall auf Stein übertönte beinahe Cons Schreckensschrei.

Murphy wuchtete Madison über die Heckklappe, schleuderte sie von sich wie einen Strohballen, und sie landete direkt an der Felskante, ein Bein gefährlich weit über dem Abhang. Geistesgegenwärtig klammerte Madison sich an den Klippenrand, zog sich vor und robbte bäuchlings weg aus der Gefahrenzone.

Die Hinterräder des Pick-ups berührten die Kante.

Murphy war bereit.

Das war's.

Er würde Sara wiedersehen.

Schon blähte der Aufwind aus der Schlucht sein kariertes Hemd, zerzauste seinen Bart, trieb ihm die Tränen in die Augen. So wie in seinem Traum.

Die Ladefläche neigte sich.

»Murphy! Spring!« Cons Stimme durchbrach seine Trance. Murphy richtete sich auf, ging hoch auf die Zehenspitzen. *»Spring!«*

Mit aller Kraft hechtete Murphy auf die Heckklappe zu und sprang ab.

Die Zeit gefror.

Um ihn der Wind.

Über ihm der Himmel.

Weit unter ihm die scharfkantigen Felsen.

Die Klippe.

Adrenalin.

Der Traum.

Madison.

Jasmine.

Er hing frei in der Luft, schwebte, kippte vorwärts – *das war's, Murph* – und spürte Cons schweißnasse Hand um sein Handgelenk.

Die Zeit bekam neuen Schwung.

Con riss an ihm, Murphy krachte mit dem ganzen Körper gegen die Felswand, mit baumelnden Füßen, der Wind zerrte und zog.

Con wurde nach vorne gerissen, lag flach auf dem Boden, auf den schartigen Felsen oben am Rand. Er sah mit zusammengebissenen Zähnen zu ihm runter, der Wind riss an seinen Haaren.

Murphys Füße suchten tastend an der Felswand Halt. Doch da war nichts. Ihre schweißnassen Hände begannen auseinanderzugleiten. Mit der freien Hand packte Murphy Cons Unterarm. Con schlitterte ein paar Zentimeter weiter auf den Abgrund zu.

»Ich bin zu schwer. Ich reiß dich mit«, rief Murphy. »Lass mich los.«

»Die Heldennummer kannst du dir in den Arsch schieben!«

»Du musst Jasmine finden.« Langsam löste Murphy die Hand von Cons Arm.

»Du riesengroßes Arschloch!« Con griff mit der freien Hand nach Murphys Hemd. *»Du lässt nicht los!«* Murphy ließ ihn los, aber Con hielt ihn gepackt. »Wage es nicht!«

Ein seltsam losgelöstes Gefühl von Frieden breitete sich in Murphys Brust aus.

Und dann war plötzlich Madison da, direkt neben Con, mit fliegenden Haaren, streckte die Arme aus und zerrte an Murphys Hemd. »Jasmine würde das nicht wollen! Jasmine braucht Sie!«

Der Frieden in seiner Brust zerfranste an den Rändern wie

eine zerschlissene weiße Fahne. Die Todesangst vor dem Sturz drang langsam zu ihm durch. Ein langer Fall, ein Ende voller Schmerz. Jasmine nie wiedersehen. Nie wieder.

Würde Sara das tatsächlich von mir verlangen?

Murphy fing an zu zappeln, auf der Suche nach Halt, packte Cons Arme, und dann, plötzlich, glitt sein Stiefel über einen winzigen Felsvorsprung, der eben noch nicht da gewesen war.

Wind und Himmel, Felsen und Tod. Flechten, eine Feder, die sich in einem Spinnennetz verfangen hatte.

»*Schieb, Murphy!*«, schrie Con.

»*Ich schiebe ja, verdammt!*«, brüllte Murphy zurück.

Dann ertastete seine Hand einen weiteren Vorsprung, seine Stiefel fanden noch besseren Halt, und mit der Hilfe von Con und Madison kletterte er an der Wand nach oben, bis sich seine Hände über der Kante in der Erde festkrallen konnten. Er zog sich bis zu den Achseln nach oben.

Der Wind; die Bluffs; das Lachen eines Kookaburra.

Schüsse in der Ferne.

Con packte einen Arm, Madison den anderen, und Murphy rutschte Stück für Stück vorwärts auf sicheren Boden und schürfte sich an den scharfkantigen Felsen den Bauch auf.

Er rollte sich zur Seite, weg von dem todbringenden Abhang, presste sich fest in den Boden. Die Schwerkraft war wieder sein Freund, der rote Staub sein Zuhause.

Der Wind pfiff an seinem Ohr vorbei. Er hob den Kopf.

Con lag auf dem Rücken, das Gesicht unter blutig geschürften Armen verborgen, und keuchte heftig. Madison lag zusammengerollt neben ihnen, laut heulend, sie blutete aus der Nase, ihre Arme waren übersät mit Prellungen und Quetschungen, die Riemen der schwarzen Uniformschuhe waren gerissen.

Stille.

Plötzlich setzte Con sich wütend auf. »Du hast aufgegeben! Wir sind *so knapp* davor, Jasmine zu finden, und du gibst auf?«

»Ich habe geträumt, dass ich von einer Klippe stürze«, sagte Murphy. »Ständig. Ich dachte, meine Zeit wäre gekommen.«

»Das haben Träume so an sich, Kumpel«, sagte Con und ließ sich keuchend wieder auf den Rücken fallen. »Die sind nicht *echt*, verdammt!«

KAPITEL DREIUNDFÜNFZIG

CON

Con gönnte sich noch eine Minute, um den Schrecken zu verdauen, die Tatsache, dass sie alle drei eben fast gestorben wären. Dann setzte er sich auf.

Gabriella und Eliza waren nirgends zu sehen, die letzten Schüsse waren aus dem Wald gekommen.

Murphy war schon wieder auf den Beinen und stand über Madison gebeugt. »Wo ist Jasmine?« Er sah übel aus, die Klamotten zerrissen und völlig verdreckt.

»Ich weiß es nicht …«, sagte Madison. »Aber Miss Ellis wusste es auch nicht. Ich glaube, das bedeutet, sie ist in Sicherheit.«

»Du musst sie finden!«

»Ich … das kann ich nicht. Wir müssen warten, bis sie sich meldet.«

Con stand auf, ging zu ihnen und kniete sich neben das Mädchen. »Was ist mit Cierra? Sind die beiden zusammen unterwegs?«

»So war der Plan«, sagte Madison. Zitternd flüsterte sie: »Ich will zu meiner Mama.«

Con sah forschend zu den Bäumen rüber. »Alles okay, Madison. Alles ist gut.« Sie klammerte sich an ihn, war fast zu schwach, um aufzustehen, und er half ihr auf die Füße. »Wir bringen dich hier weg.«

Sie gingen über den unebenen Weg zurück nach oben, wo der

Wagen stand. Con hatte Normandy bereits auf dem Hinweg in Kenntnis gesetzt, sofort als Gabriella von Jack Michaels den entscheidenden Hinweis bekommen hatte, und ihm war klar, dass sie auf Neuigkeiten wartete.

Der Bildschirm von Murphys Telefon hatte einen Riss, aber es funktionierte noch.

»Con! Geht es Ihnen gut?«, fragte Agatha.

Er gab ihre eine kurze Zusammenfassung. Dann sagte er: »Ich weiß nicht, wo Gabriella und Eliza sind, aber sie sind beide bewaffnet. Wir haben Schüsse gehört. Wir brauchen den Helikopter. *Sofort*. Wo bleibt die Verstärkung?«

»Doble hat uns massive Knüppel zwischen die Beine geworfen. Er hat all seine korrupten Kameraden bei der Truppe aktiviert, um uns zu schaden: hat behauptet, Sie wären nicht ganz bei sich, ich wäre überfordert. Schließlich ist es mir doch noch gelungen, die Dinge ins Laufen zu bringen, aber die Einsatzfahrzeuge sind gerade erst losgefahren. Sobald ich die Situation wieder unter Kontrolle habe, ist er *erledigt*. Wie geht es Madison?«

»Sie wird's überleben.«

»Seien Sie nett zu ihr, Cornelius«, sagte Agatha. Sein Unterton war ihr nicht entgangen. »Sie ist trotz allem noch ein Kind.«

Er sah zu Madison hinüber, die mit starrem Blick neben ihm herlief. Sie stand eindeutig unter Schock. Und sie hatte geholfen, Murphy über die Klippe zu ziehen, hatte ihm wahrscheinlich das Leben gerettet.

Noch ein Kind. In was für einer Welt leben wir, wo ein Kind mit einer Kamera ein solches Gemetzel anrichten kann?

»Ich nehme an, ich bin zurück im Team?«

»Werden Sie bloß nicht frech, Detective, das steht Ihnen nicht. Warten Sie auf die Verstärkung.«

»Okay.«

Normandy seufzte tief. »Cornelius, ich weiß, dass Sie nicht auf mich hören und losrennen werden, um Gabriella zu helfen, sowie dieses Telefonat zu Ende ist. Bitte sorgen Sie zuerst dafür, dass Madison in Sicherheit ist, und bringen Sie Murphy dazu, sich nicht von der Stelle zu rühren. Wir können uns in dieser Sache nicht noch mehr zivile Opfer leisten.«

»Ja, Ma'am.«

»Ich melde mich.«

Con legte auf und gab Murphy sein Telefon zurück. Madison hatte schon länger keinen Ton mehr gesagt. Sie wirkte apathisch.

Plötzlich ertönten Schüsse zwischen den Bäumen. Und Schreie.

Ohne nachzudenken, machten Con und Murphy automatisch kehrt und rannten los. Dann blieb Con stehen. Er konnte Madison unmöglich allein lassen. Solange Eliza in der Nähe war, war das Mädchen nirgendwo sicher, auch nicht in seinem Wagen.

»Komm mit. Du kannst nicht allein hierbleiben!«

Madison war noch blasser geworden, sie sah wirklich schlecht aus. Trotzdem nickte sie und kam zu ihm gelaufen, und zu zweit liefen sie Murphy nach, der längst im Gebüsch verschwunden war.

Augenblicklich waren sie von nach Honig duftenden Mostgummibäumen umgeben, deren raschelnde Blätter Unterholz und Farne in marmorierten Schatten tauchten.

Tiefer im Busch ertönte ein Schmerzensschrei.

Con holte Murphy ein und rannte, herabhängenden Ästen und großen Felsbrocken ausweichend, an ihm vorbei. Sie befanden sich inzwischen in einem Waldstück, das dicht mit knorrigen, uralten Zypressenfichten bewachsen war. Das Surren von Fliegen erfüllte die Luft. Die Great Western Tiers, ein undurchdringliches Labyrinth aus Bäumen, Felsen und Gestrüpp.

Und irgendwo in diesem Labyrinth steckte Cons Partnerin mit einer Mörderin.

»Gabby!«, rief Con. Er lief in die Richtung weiter, aus der er den Schrei zu hören geglaubt hatte. Madison und Murphy folgten ihm.

»Gabby!«

»Con!« Gabriellas Stimme klang weit entfernt. Er kämpfte sich in ihre Richtung durchs Gestrüpp, Äste rissen an seinem Hemd.

Plötzlich brach Gabriella direkt vor ihm durch die Bäume. Sie hatte Kratzer im Gesicht, ihre Haare waren ein einziges Durcheinander aus Spinnweben und Fichtennadeln. »Ich glaube, ich habe Eliza angeschossen, in die Schulter«, sagte sie keuchend und mit glänzenden Augen. »Ich habe sie getroffen, aber sie ist mir entwischt. Sie ist irgendwo da drüben.« Gabriella deutete in die Richtung, aus der sie gekommen war. »Ich brauche deine Hilfe, ehe sie endgültig verschwindet.«

»Wir können Madison unmöglich einem Schusswechsel aussetzen«, sagte Con.

»Okay, du bleibst hier bei ihr«, sagte Murphy und rannte los.

»Du hast doch nicht mal eine Waffe, Idiot!«, rief Gabriella und jagte hinterher.

Ehe Con auch nur ein Wort sagen konnte, waren die beiden zwischen den Bäumen schon nicht mehr zu sehen.

Er warf Madison einen Blick zu. Sie war wirklich ein Klotz am Bein. »Komm, wir gehen zurück und warten auf die Streifenwagen.«

Madison blickte zu ihm hoch, und in ihrem Blick glomm ein winziger Funken Aufmüpfigkeit. »Und in welcher Richtung soll das sein, Detective?«

Con sah sich um – Panik durchfuhr ihn. Er hatte keine Ahnung. Er hatte nicht mal mehr ein Telefon.

Nirgendwo irgendwelche Hinweise, wohin er auch blickte nur alte Zypressenfichten, die stumm dastanden und Wache hielten.

KAPITEL VIERUNDFÜNFZIG

MURPHY

Murphy und Gabriella jagten durch dichtes Gebüsch und über umgestürzte Bäume, scheuchten Wallabys auf, und jeder einzelne Kängurusprung sorgte für Panik: Was war das? Eliza? Ihr Gewehr? Etwas anderes?

»Bleib in meiner Nähe«, sagte Gabriella. Sie blutete aus einem langen Kratzer auf der Stirn. »Sie ist verzweifelt.«

»Du hörst dich an, als hättest du Spaß«, sagte Murphy.

»Klar! Das ist das Ende der Jagd. Ganz abgesehen davon, dass ich es Normandy und der ganzen Abteilung für den Rest meines Lebens unter die Nase reiben kann, dass ich Eliza erwischt habe. Die haben mich schließlich mit einem Arschtritt aus dem Team befördert.« Sie warf Murphy einen Blick zu. »Aber es darf niemand mehr verletzt werden. Ich meine es ernst. Bleib hinter mir.«

»Es ist mir scheißegal, wenn sie auf mich schießt. Verdammt, ich spiele den Köder. Hauptsache, ihr findet Jasmine.«

»Hör auf mit dem Mist. Jasmine braucht dich lebendig, sie braucht ihren Vater.«

Murphy murrte.

»Schaffst du das, mental, meine ich?«, fragte Gabriella. »Was, wenn Eliza uns sagt, dass Jasmine tot ist?«

»Dann bring ich sie um.«

»Du weißt, dass ich das nicht …« Gabriella verstummte, weil er abrupt stehen geblieben war. Sie drehte sich um. »Was ist los?«

»Eliza wurde angeschossen …«, sagte er langsam. »Wahrscheinlich denkt sie, sie muss sterben.« Er sah zurück in die Richtung, aus der sie gekommen waren. »Sie interessiert nur noch eines. Sich an der Person zu rächen, die für Dennis Tod verantwortlich ist. Madison.«

Gabriella wurde blass. Sie schaute runter auf die Glock in ihren Händen. »Con hat keine Waffe.«

KAPITEL FÜNFUNDFÜNFZIG

CON

Auf den Fußballen wippend sah Con in die Richtung, in die Gabriella und Murphy verschwunden waren. Er hatte Angst um sie, fühlte sich nutzlos, verloren mitten im Wald, ohne die geringste Ahnung, wie sie zurückfinden sollten. Normalerweise hatte er einen exzellenten Orientierungssinn, aber der Busch war das reinste Labyrinth.

Madison legte sich auf einen umgestürzten Baumstamm, ein Arm über dem Gesicht.

Con hörte es hinter sich knacken, dann krachte der Kolben eines Gewehrs gegen seinen Kopf.

Er ging in die Knie, versuchte mit aller Kraft, nicht umzukippen.

Benebelt sah er sich um, sein Blick war verschwommen. Eliza stand direkt über ihm, das weiße Kleid zerrissen und blutverschmiert. Sie hielt das Gewehr unter einen Arm geklemmt. Der Lauf war auf Cons Brust gerichtet. Der andere Arm hing schlaff herunter. Blut lief ihr über die Hand.

Con erfüllte eine nie gekannte, seltsame Angst. Die Angst vor dem unausweichlichen, unmittelbar bevorstehenden Tod.

Trotzdem kroch er zu Madison hinüber, die Eliza entsetzt anstarrte.

»Komm zu mir, Madison«, sagte er mit zitternder Stimme.

»Niemand bewegt sich!«, rief Eliza.

Con hörte nicht auf sie. Er kroch weiter. Die Welt schlingerte und torkelte. Er streckte die Hand aus, und Madison half ihm hoch, ohne Eliza aus den schreckstarren Augen zu lassen.

»Sie will ich nicht töten, Con«, sagte Eliza. »Nur die da.«

»Eliza, hören Sie zu«, rief Con, so laut er konnte. Seine Stimme hallte durch die Bäume. Sein Kopf fing höllisch an zu pochen.

»Kein Grund, so zu brüllen. Bis die uns finden, ist Madison längst tot.«

»Ich bettle nicht mehr …« Madison klammerte sich an Con. »Spätestens jetzt wissen alle, dass Sie das waren.«

»Und du bist tot«, sagte Eliza.

Con schob Madison hinter sich. Sein Atem ging in kurzen, flachen Stößen.

»Sie haben alles Recht der Welt, wütend zu sein, Eliza«, sagte er. »Alles Recht, Madison die Schuld zu geben.«

»Halten Sie den Mund, Con«, sagte Eliza. »Sie versuchen nur, Zeit zu schinden.«

»Madison ist das Monster, das Denni dazu gebracht hat, sich umzubringen.«

»Und Bree«, sagte Eliza. Der Griff um das Gewehr lockerte sich etwas, als sie näher trat.

»Es ist nicht Ihre Schuld«, sagte er. »Ich empfinde dieselben Gefühle. Schuldgefühle.«

»Wovon reden Sie?« Ihr Gesicht war aschfahl, die Lippen blutleer.

»Es gab da einen Fall in Sydney. Ein Mann war der Anführer einer Gruppe … sie quälten junge Mädchen und töteten sie. Es war mein Job, sie zu retten, aber ich kam zu spät. Ich kam *zu spät.*«

Con machte einen Schritt auf sie zu und verlor das Gleichgewicht, aber Madison griff ihm von hinten um die Taille und hielt ihn aufrecht.

»Was soll das werden, Con? Was wollen Sie mir damit sagen?«

Eliza schaffte es, das Gewehr wieder zu heben, und zielte auf seinen Kopf.

»Und jetzt? Noch mehr Schuld … wäre ich Ihnen früher auf die Spur gekommen, hätte ich Madison retten können.« Er machte noch einen Schritt auf sie zu.

»Sie können nichts dafür«, sagte Eliza. »Es ist *ihre* Schuld.«

»Ich habe versagt. Ich kam zu spät. Ich bin der Grund, warum sie alle tot sind.«

Eliza fing an zu keuchen. »Schluss mit dem Zeitschinden, Con. *Weg da!*«

»Ich sage die Wahrheit.« Er stand jetzt nahe genug vor ihr. Er drückte die Stirn gegen die Mündung. »Es ist okay, sich schuldig zu fühlen. Es ist alles okay.« Er kniff die Augen zusammen, kämpfte mit schwindender Kraft gegen die Benommenheit an. »Aber es ist nicht Ihre Schuld«, flüsterte er.

Er spürte das Gewehr in ihrem Arm zittern.

Dann hörte das Zittern auf.

»Sie können mir das nicht mehr ausreden. Ich bin zu weit gekommen.«

Sie schlug ihm den Gewehrlauf ins Gesicht. Heftig. Die Nase brach, Blut flutete seinen Mund, doch Con blieb stehen. Mit letzter Kraft drehte er sich um, zog Madison in seine Arme, deckte ihren Körper mit seinem zu. »Es tut mir so leid«, flüsterte er ihr ins Ohr. Sein Blut färbte ihre Uniform rot.

»Ich will nicht, dass du sie hältst, wenn sie stirbt, Con«, schrie Eliza. »Sie soll alleine sterben!«

Ihm wurde schwarz vor Augen. »Tu das nicht, Eliza.«

»Gut. Dann sterbt ihr eben beide.«

Der Schuss hallte durch die Bäume, ein Schwarm kleiner Vögel mit knallrotem Brustgefieder erhob sich aufgeregt in die Luft.

»Nein!«, schrie Con. Madison wimmerte unter ihm.

Doch da war kein Schmerz. Er spürte Madisons Herz an seinem Brustkorb schlagen.

Er drehte den Kopf. Sein Blick war verschwommen. Eliza war auf die Knie gesunken. Ein Sonnenstrahl fiel durch die Bäume, genau auf ihr Gesicht. Vorne auf dem weißen Kleid breitete sich eine blutrote Blume aus. Das Gewehr lag neben ihr auf einem Bett aus Fichtennadeln.

Eliza kippte langsam zur Seite, der Kopf kam an einem Baumstamm zu liegen. Der glockengleiche Ruf eines Gelbbauchsittichs erfüllte den schweigenden Wald.

Ihre braunen Augen ließen Con nicht los, auch als das Leben aus ihnen wich.

»Con?«, hörte er Gabriella aus weiter Ferne rufen. »Con!«

»Madison?«, sagte er.

»Mir geht's gut. Sie hat mich nicht getroffen. Sie bluten, Mr Badenhorst.«

Con schloss die Augen. Fernes Surren mischte sich in das Rauschen in seinem Kopf. Die Dunkelheit kam schnell.

Als er wieder wach wurde, lag er auf der Rückbank eines Streifenwagens. Constable Darren Cahil saß am Steuer, mit Tränen im Gesicht. Murphy saß neben ihm. Cons Kopf ruhte auf Gabriellas Schoß, er spürte ein Coolpack im Gesicht.

»Ruh dich aus, Con«, flüsterte sie. »Es ist vorbei.«

KAPITEL SECHSUNDFÜNFZIG

CON

Con, Murphy und Gabriella saßen im Gesprächsraum der Polizeidienststelle von Limestone Creek. Es war der gemütliche, der mit den Sofas und den Zeitschriften und dem Fenster mit Blick auf die Tiers. Gabriella war in eine silberne Rettungsdecke gewickelt. Murphy hatte den Kopf in die Hände gelegt. Con saß an die Wand gelehnt, ein Eimer zwischen den Füßen für das Erbrochene, Begleiterscheinung seiner Gehirnerschütterung.

Commander Normandy kam zurück. Sie setzte sich. Sie sprach sanft und langsam. »Das haben Sie sehr gut gemacht. *Sehr* gut. Sie haben Madison das Leben gerettet. Sie haben eine Mörderin gefasst. Diese Gemeinde ist Ihnen allen sehr dankbar, Ihr Land ist stolz auf Sie, und Ihre Tochter wird ebenfalls stolz auf Sie sein, Mr Murphy, sobald wir sie gefunden haben.«

Murphy reagierte nicht. Con war sicher, dass sich das Ganze für ihn eher nicht nach einem Sieg anfühlte. Jasmine war immer noch verschwunden. Cierra war immer noch verschwunden. Bree war tot, Georgia war tot, und ihre Mörderin war erschossen worden, ehe alle Fragen beantwortet werden konnten.

Con erlaubte sich, Murphys Verzweiflung nicht zu teilen. Er gab Jasmine und Cierra ein eigenes Kästchen. Ihm fehlte die Energie, um sich um sie zu sorgen, und das war okay.

Er hatte heute viel geleistet. Sie hatten eine Mörderin zur Strecke gebracht. Sie hatten einem Mädchen das Leben gerettet.

Diesmal war er nicht zu spät gekommen.

Es war Zeit, sich ein bisschen auszuruhen.

»Ich muss zurück zum Commissioner«, sagte Normandy. »Es gibt da noch ein paar Dinge zu klären, basierend auf allem, was Sie uns erzählt haben. Mit den Medien hat auch noch niemand gesprochen. Bis dahin wäre es wohl das Beste, Sie bleiben alle hier. Con, ich denke wirklich, es wäre sinnvoll, wenn die Sanitäter sich das ansehen würden …«

»Mir geht's gut«, murmelte er.

»Seien Sie kein Dummkopf.« Sie stand auf. »Trotzdem. Noch mal – gut gemacht.«

Sobald Normandy aus dem Zimmer war, sprang Gabriella auf. »Oh, wo der Commissioner schon mal hier ist, werde ich gleich die Gelegenheit ergreifen, ihm meine Meinung über Doble zu husten«, sagte sie. »Und falls die Medien zufällig was davon mitbekommen, umso besser.«

»Du riskierst deinen Job«, sagte Con.

»Ich habe heute zwei Menschenleben gerettet. *Nach* meinem Rausschmiss. Ich glaube, ich bin safe. Agatha steht mit Sicherheit hinter mir. Außerdem stehe ich unter Schock. Ich weiß gar nicht, was ich rede.« Sie fegte aus dem Zimmer, und die silberne Rettungsdecke wehte wie ein Umhang hinter ihr her.

»Wie geht's dir, Kumpel?«, fragte Con leise, als sie allein waren.

»Ich kann keine einzige Nacht mehr in dieser Stadt bleiben«, sagte Murphy, den Blick gesenkt. »Auf dieser Insel. Ich haue ab – mit dem Flugzeug, mit dem Boot, mir egal. Hauptsache noch heute.«

»Nach Queensland?«, fragte Con. »Port Douglas?«

»Jasmine wusste, dass ich immer davon geträumt habe. Mir in Port Douglas eine Bretterbude zu kaufen und den ganzen Tag zu gärtnern und zu fischen. Ich habe oft genug meine Witze darüber gerissen.« Er sah zu ihm hoch. »Geld habe ich genug auf der Seite.«

»Drogengeld«, sagte Con.

»Tja, na und? Es hilft mir, hier rauszukommen. Und weg von Butch.« Er lächelte grimmig. »Ich tue genau das, was Jasmine von mir wollte.«

»Wie geht es dir damit?«

»Ich bin extrem angepisst. Und genau das werde ich ihr auch sagen, wenn sie wieder da ist.«

»Wir finden sie«, sagte Con. »Dafür sorge ich.« Sein Blick verschwamm, und kurz fürchtete er, wieder umzukippen. Mit zittrigen Beinen stand er auf. »Weißt du was? Ich glaube, ich schau doch mal bei den Sanitätern vorbei …« Er machte einen Schritt und torkelte gegen die Wand.

Murphy war augenblicklich bei ihm und legte sich Cons Arm über die Schulter. »Warte, Mann, ich helfe dir«, sagte er. »Kannst dich auf mich stützen.«

KAPITEL SIEBENUNDFÜNFZIG

MURPHY

EIN JAHR DANACH

Murphy saß in Port Douglas in einem Café am Ufer.

Es war halb elf am Vormittag. Das Wetter war mild, die Luft frühlingstrunken. Das Meer – direkt vor seiner Nase, gleich hinter der Terrasse – war blau gesprenkelt und ergoss sich in perfekten kleinen Brandungswellen ans Ufer. Salz in der Luft. Seine Haare noch feucht vom morgendlichen Bad im Meer. Das Rascheln der breiten Palmwedel, der Duft von Frangipani, das Lachen der beiden Frauen am Nebentisch, die Joghurt aßen und Kombucha tranken.

Murphy trug ein ärmelloses Trikot, Shorts und Flip-Flops. Sein Bart war kurz getrimmt, sein Gesicht sonnengegerbt. Er hatte abgenommen seit Tasmanien. Er war zwar nicht dünn, aber schlanker, fitter.

Vor ihm auf dem Tisch stand eine Tasse Cappuccino. Nichts zu essen. Er war zu nervös. Ein Bier wäre ihm lieber gewesen, aber … er musste vorsichtig sein. Vor allem heute. Allerdings hatte er nach dem Aufstehen einen kleinen Mutmacher geraucht. Manche Dinge änderten sich nie.

Con saß neben ihm. Er war am Vortag mit dem Flugzeug gekommen. Auch er trug ein ärmelloses Shirt. Er trank einen Schluck Latte und hielt dabei das Glas etwas zu fest. Auch er war nervös.

Sie schwiegen.

Sie waren das ganze Jahr über in Kontakt geblieben, und Con hatte ihn zweimal hier besucht. Sie betrachteten einander inzwischen als Freunde, verbunden durch ihr Trauma. Murphy wiederum war ein paarmal in Tasmanien gewesen, um Butch und andere zu besuchen, inklusive die Masons, um mit ihnen zu trauern, um Hinweise und Theorien auszutauschen. Dann hatte er bei Con in Launceston übernachtet.

Nicht, dass er mit Butch noch ein Problem gehabt hätte. Das war vorbei. Aber er wollte nicht riskieren, dass Jasmine davon erfuhr.

Con ermittelte jetzt seit einem Jahr, und noch immer gab es weder von Jasmine noch von Cierra eine Spur. Nichts, nicht in den Bergen und auch sonst nirgendwo.

Mit Ausnahme von heute. Vielleicht.

Murphy hielt eine Postkarte in der Hand. Sie stammte von Jasmine und war vor einer Woche auf der Polizeidienststelle in Limestone Creek eingetroffen. Con hatte sie ihm mitgebracht. Auf dieser Karte hatte Jasmine den Treffpunkt, das Datum und die Uhrzeit bestimmt. »Kann's kaum erwarten, dich wiederzusehen«, hatte sie geschrieben.

Con hatte sich bemüht, Murphys Erwartungen zu dämpfen – offensichtlich war die Karte über einen Online-Service verschickt und bereits vor einem Jahr in Auftrag gegeben worden. Die Karte bewies gar nichts, und trotzdem war die Hoffnung in Murphys Brust so lebendig wie eine in ein Glas gesperrte Wespe. Und ein Gefühl wie Hoffnung hatte Murphy sich schon lange nicht mehr erlaubt.

Jasmine, die seit einem Jahr verschwunden war, auf den Tag genau …

Ums Haar hätte er Butch mit dazu gebeten, aber er riss sich zusammen. Er durfte nichts riskieren. Er wollte nicht, dass Jasmine seinen Bruder sah und einen Rückzieher machte.

Es hatte seine Zeit gebraucht, aber schließlich hatte Murphy mit Butch seinen Frieden gemacht. Er hatte Saras Brief gelesen, und er glaubte seinem Bruder – Sara hatte die Initiative ergriffen, damals, in der Nacht, als Jasmine gezeugt worden war.

Es war eigenartig gewesen, sich ein bisschen von seiner toten Frau zu entlieben.

Er vermutete, dass Jasmine genau das hatte verhindern wollen. Jasmine mit ihren kleinen Plänen, ihren kleinen Intrigen. Was für einen tiefen Schmerz sie ihm damit bereitet hatte.

Murphy hoffte aus tiefstem Herzen, dass Jasmine, wenn sie heute tatsächlich auftauchte, erwachsener geworden war. *Viel erwachsener.* Denn sie würde ein außerordentliches Maß an Reife benötigen, um den jahrzehntelangen Hausarrest zu überleben, den er ihr aufbrummen würde.

»Wie spät ist es?«, fragte Murphy. Er hatte sein Telefon ausgeschaltet. Er wollte keine Nachrichten. Von niemandem.

»Fünf nach halb«, sagte Con.

»Okay«, brummte Murphy. »Sag was. Irgendwas. Bitte.«

»Äh …«, machte Con. »Wie ist der Kaffee?«

»Gut. Nächste Frage.«

»Penelope ist nett.«

»Ja.« Ein Lächeln umspielte Murphys Lippen. »Sie ist netter, als ich es verdient habe. Geduldiger, als Sara es je war. Allerdings genauso stur.«

Penelope war Lehrerin an der örtlichen Grundschule. Ihre Beziehung war am Anfang ziemlich holprig gewesen – Murphys Trauer und seine Wut kamen ihm in die Quere, sobald eine Situation herausfordernd wurde. Sie hatte ihn dazu gezwungen, eine Therapie zu beginnen, was nicht geholfen hatte, und dann, an einer Männergruppe teilzunehmen, was tatsächlich half. Außerdem hatte sie sich angewöhnt, ihn zur Kirche zu begleiten, als Ausdruck ihrer Unterstützung für die Veränderungen, die Murphy anzugehen versuchte. Es war keine perfekte Beziehung, die gab es nicht, aber sie fing langsam an, Früchte zu tragen. Penelope hatte sich heute sogar freigenommen, um für ihn da zu sein, respektierte aber seinen Wunsch, Jasmine allein zu begegnen.

»Hörst du ab und zu noch was von Pastor Hugh?«, fragte Murphy.

»Ja, hin und wieder«, erzählte Con. »Er schickt mir immer wieder mal eine Nachricht, wenn er in der Gegend ist. Wahrscheinlich hörst du mehr von ihm als ich. Er ist wirklich stolz auf dich, wusstest du das?«, fragte Con. »Wie war's gestern in der Kirche? Konntest du was für dich mitnehmen?«

»Na ja, ich war nicht ganz bei der Sache, weil ich immer an heute denken musste. Aber da sind ein paar echt nette Leute unterwegs, haben mich noch zum Mittagessen eingeladen. Am Anfang bin ich ja nur hingegangen, weil …« Er zögerte. »Ich habe Gott versprochen, wenn er mir Jasmine zurückbringt, gehe ich wieder zur Kirche. Also bin ich in die Kirche gegangen … du weißt schon, um mein Versprechen zu halten.« Murphy umklammerte die Kaffeetasse. »Aber ich werde wahrscheinlich weitermachen. Auch wenn sie heute nicht auftaucht.«

Er blinzelte zu den weißen Wölkchen am strahlend blauen Himmel hinauf. Murphy hatte wirklich oft genug um diesen Tag gebetet, und er hoffte, dass Gott in diesem Moment verdammt noch mal die Lauscher aufsperrte.

»Ich bin froh, dass es dir was bringt, Kumpel«, sagte Con.

»Tut es«, antwortete Murphy leise. »Was mache ich, wenn sie nicht kommt?«

»Daran denkst du jetzt nicht. Was macht die Arbeit?«

Murphy grinste fröhlich. »Keine Ahnung, warum ich das Gärtnern jemals aufgegeben habe. Ich bin der Beste. Ungelogen. Es gibt da einen Typen, der mir ab und zu mal einen Auftrag abnimmt, aber der letzte Auftraggeber weigert sich, ihn weiter bei sich reinzulassen, weil seine Arbeit nicht so gut ist wie meine.

Das ist natürlich ein Kompliment, aber andererseits macht es mir das Leben schwer. Wobei ich mir um Geld sowieso keine Sorgen mache.«

Con wusste zwar, dass Butch ihn nach wie vor finanziell unterstützte, aber nicht, dass Butch immer noch mit Drogen sein Geld verdiente, und zwar mehr als je zuvor. Es war ziemlich hilfreich gewesen, dass Doble suspendiert worden war. Bizarrerweise hatte Butch sich ausgerechnet mit Madison Mason zusammengetan. Madison hatte die Schule geschmissen, lebte als YouTuberin und davon, Butchs Stoff im Darknet zu verticken. Sie vermarkteten ihr Weed als »Hungermanns Buschgras«.

Wenigstens machte Madison mit ihrem Kanal inzwischen auch noch viele andere Dinge – zum Beispiel Geld für gute Zwecke sammeln.

Auch wenn Murphy nicht wirklich glücklich mit der Situation war, nahm er das Geld, das Butch ihm schickte. Er wollte, dass bei Jasmines Rückkehr alles perfekt war: das perfekte Leben in einem perfekten Zuhause. Er besaß inzwischen ein zweistöckiges Haus direkt am Strand mit großen Fenstern und einem Steinweg runter zum Sandstrand, inklusive Pool, Heimkino, einer blitzsauberen Küche, breiten Gartenschaukeln, einer Dachbar und drei Katzen – Karl Chaos, Mickymaus und Meredith.

Und dem gepflegtesten Garten in ganz Port Douglas.

Fehlte nur noch Jasmine.

Und wenn Jasmine erst wieder da war, vielleicht noch ein Verlobungsring an Penelopes Finger.

Con waren inzwischen die Gesprächsthemen ausgegangen. Sie saßen schweigend da und sahen den Wellen zu. Vom Nachbartisch drang Besteckklappern zu ihnen herüber, der Duft nach Kaffee und gebratenen Eiern mit Speck, Vogelgezwitscher und Insektengesumm und Gemurmel und Gelächter und plötzlich eine warme, weiche Brise.

»Dad?«, ertönte eine angstvolle Mädchenstimme.

Den Bruchteil einer Sekunde hatte Murphy das Gefühl, wieder an der Klippe zu hängen.

Er sprang auf, der Tisch kippte um, Geschirr und Besteck flogen durch die Luft, Kaffee spritzte durch die Gegend.

Sie war es. Da stand sie, vor ihm, auf der Terrasse, nur ein paar Schritte entfernt.

Einen Moment lang sah er sie nur an.

Lange, hellrote Dreadlocks, ein sonnengebräuntes Gesicht voller Sommersprossen, strahlend blaue Augen, ein leuchtend grünes Kleid, bedruckt mit tropischen Blättern und Flamingos. Über der Schulter eine Leinentasche und eine billige Sonnenbrille in die Haare geschoben.

Und dann hatte Murphy auch schon die letzten Schritte zurückgelegt und drückte Jasmine an seine Brust.

Sie war am Leben.

Sie war herrlich unübersehbar am Leben.

Er spürte ihre Wärme, roch ihren Duft, die Sonnencreme, das Shampoo, spürte ihre Zartheit, hörte den Klang ihrer Freudenschluchzer, während sie sich an ihn schmiegte, in seine Arme, dort, wo sie hingehörte, in Sicherheit, in Sicherheit, in Sicherheit.

Er machte beruhigende Geräusche, schmeckte das Salz seiner eigenen Tränen, die ihm durch den Bart in den Mund liefen.

»Du tust mir weh!«, gluckste sie mit belegter Stimme. Sie machte sich los.

Er hielt sie auf Armeslänge von sich und musterte sie eindringlich. Seine Hände zitterten. Dieses Strahlen in ihren Augen, frei von jeglicher Teenager-Scheu, sogar frei von dem Schatten der Trauer, der sie seit Saras Tod nie mehr verlassen hatte. Die Fülle in ihrem Gesicht. Gesünder und glücklicher, als er sie je erlebt hatte. In Frieden.

Noch war seine Wut in Schach gehalten, die Wut darüber,

dass er ihretwegen so sehr gelitten hatte, über die Dreistigkeit, am Leben und wohlauf zu sein und ihn *ein ganzes Jahr lang* darüber im Unklaren zu lassen. Sein Herz wurde weit, ihr Anblick war so blendend, dass es beinahe wehtat.

Hinter sich hörte er Con in einer Tour leise fluchen.

»Jasmine …«, krächzte Murphy.

»Hast du dir große Sorgen gemacht?«, fiel sie ihm ins Wort. »Wie schlimm war es? Das war mir damals gar nicht so bewusst, aber jetzt … Und dann war es sowieso zu spät. Ich musste es durchziehen!« Ihre blauen Augen blitzten leidenschaftlich. »Es war wichtig, Dad.«

Sie verdrehte den Arm, um ihm den Text zu zeigen, der auf die Außenseite des Unterarms tätowiert war: *Die Erlaubnis, zu tun, was nötig ist.*

Murphy wurde kurz schlecht. Der Satz war ihm inzwischen bestens vertraut, nach allem, was Con über Eliza herausgefunden hatte.

»Gefällt er dir? Das hat Miss Ellis uns beigebracht. Ich kann's gar nicht erwarten, sie wiederzusehen. Falls irgendwer von der Schule mich überhaupt noch mal wiedersehen will.«

Sie weiß es nicht, wurde Murphy plötzlich klar, aber es war nur ein leiser Gedanke.

Jasmine war am Leben und gesund, und sie war hier, bei ihm.

Das war die einzige, die wichtigste Tatsache seiner gesamten Existenz, der Dreh- und Angelpunkt seiner Wirklichkeit. Etwas anderes zählte nicht.

Jasmine ist hier.

Um sie herum ertönte Raunen, alle beäugten erschrocken den umgestürzten Tisch, beobachteten ihn und Jasmine.

Die Kellnerin war gekommen, mit wütendem Gesicht, aber Con erklärte bereits die Lage, zeigte ihr seine Polizeimarke, deutete auf Murphy und Jasmine. Zusammen mit der Frau stellte er den Tisch wieder auf und machte Ordnung.

»Dad?« Jasmine streckte die Hand nach seiner Wange aus und wischte ihm sanft eine Träne weg. »Ich kann's dir ansehen. Du bist alt geworden. Du hattest Angst. Die Angst hat dich *krank* gemacht. Schau doch nur, wie dünn du geworden bist. Mann, keine Ahnung, ich hätte nicht gedacht, dass du dir meinetwegen solche Sorgen machst … oder ich wollte nicht daran denken. Hast du meine Videos nicht gesehen?

Vielleicht sollten wir uns lieber hinsetzen«, sagte Jasmine schließlich glucksend, nahm seine Hände und hielt sie ganz fest.

So erwachsen.

»Falls es dich tröstet, ich hatte das tollste Jahr meines Lebens.« Sie seufzte glücklich und setzte sich hin. »Ich kann's kaum erwarten, dir zu erzählen, was ich alles erlebt habe. Und ein ganzes Jahr Medien-Detox – ich fühle mich total *gereinigt*, Dad! Wenn ich mal Kinder habe, unterrichte ich sie zu Hause und lasse sie nie in die Nähe von irgendeinem Bildschirm, und Zeitungen gibt's auch keine.«

»Wo … wo bist du gewesen?«, fragte Murphy heiser und setzte sich auf die vorderste Stuhlkante. »Hast du gar nichts … hast du nie die Nachrichten gesehen?«

»Nein. Gar nichts. Ich habe einfach … ich wollte es nicht kaputtmachen. Mir war klar, wenn ich erst mitkriege, was los ist … Außerdem war mir von vornherein klar, dass Cierra, Bree und Georgia irgendwann kneifen würden. War es sehr schlimm, als sie zurückkamen? Wie hat Jack reagiert? Ich war nicht besonders nett zu ihm, wir haben uns nicht an den Plan gehalten, den er kannte … Ich war sogar ziemlich gemein zu ihm, aber als ich mitbekam, dass er euer Saatgut geklaut hat … ich geb's zu, ich wollte mich an ihm rächen. Ich war so ein *Kind*!«

Murphy sah die Schuldgefühle in ihren Augen, die Aufregung und eine Bodenhaftung, die neu war. Sie hatte auf ihn immer wie ein Vogel gewirkt, der jeden Moment wegfliegen würde, und jetzt war sie eine erwachsene Frau.

Wie soll ich ihr das beibringen?, dachte er plötzlich. *Wie soll ich ihr sagen, dass Georgia und Bree tot sind und Cierra immer noch vermisst wird? Dass Eliza Ellis vor meinen Augen gestorben ist …*

Sein Mund war trocken. Sie war ein ganzes Jahr lang weg gewesen und hatte diese friedvolle Version ihrer selbst entdeckt. Wie sollte er ihr diese Neuigkeiten beibringen? Wie sollte er sie unterstützen, wenn sie erst mal erfuhr, wie sehr die Sache aus dem Ruder gelaufen war? Ihr wunderbares Jahr der Selbstfindung würde ihr Trauma werden.

»Ehe ich dir meine Geschichte erzähle, will ich alles ganz genau wissen!« Jasmine klatschte in die Hände, aufgesetzt fröhlich, weil sie spürte, in was für einem Zustand er war. »Hat Georgia ihr Museum bekommen? Hat Cierra ihren eigenen YouTube-Kanal gestartet?«

Jasmine ist hier. Alles ist gut.

»Bist du echt hergezogen? Du hast nicht zufällig die Maulende Myrte mitgebracht? Ich vermisse sie.«

Murphy warf Con einen Blick zu. Der Detective stand in der Nähe und beobachtete sie. Er zuckte nur mit den Achseln.

Murphy lächelte Jasmine an und schüttelte den Kopf. Ihm liefen schon wieder die Tränen über die Wangen.

Und dann fing er an zu lachen, lautes, dröhnendes Gelächter, das im Café zum zweiten Mal für Stillstand sorgte.

Nein. Deine Katze wurde von deiner Lehrerin umgebracht, der Mörderin, die auch dich getötet hätte, hätte sie die Möglichkeit dazu gehabt.

Aber es ist alles gut. Du bist hier. Alles andere ist egal.

Bei mir zu Hause warten drei Katzen auf dich. Ich kann's kaum erwarten, dir alles zu zeigen …

»Du bist *hier.*« Sein Gelächter verwandelte sich in Freudenschluchzer, und er riss sie wieder in seine Arme.

»Ich habe dich vermisst, Dad.«

Er würde den Augenblick noch ein bisschen genießen – würde Jasmine ihn noch ein bisschen genießen lassen –, ehe er es ihr sagte.

Alles ist gut.

EPILOG

BUTCH

Butch hatte das seltsame Gefühl, auf einer guten Spur zu sein.

Trockene Rindenstücke knirschten unter seinen Schritten, als er einem Wallaby-Pfad durch den dichten, mit Berg-Nadelbusch und würzigem Bergpfeffer bewachsenen Busch folgte. Bald ging die Sonne unter – er war viel länger hier draußen unterwegs, als er geplant hatte –, aber er war so betrunken, dass es ihm egal war.

Ein Jahr war vergangen, seit Murphy ihre alte Plantage in Schutt und Asche gelegt hatte. Butch hatte nicht lange gebraucht, um die Plantage neu zu bepflanzen, und er hatte, ohne den lästigen Doble an den Hacken, außerdem noch mehrere kleinere Cannabisfelder angelegt, die sich über den gesamten Hang verteilten.

Was auch nötig war, seit Madison ihn dabei unterstützte, seine Ware online zu verkaufen. Butch wurde von Tag zu Tag erfolgreicher und hatte Mühe, die Nachfrage nach »Hungermanns Buschgras« zu befriedigen.

Einen großen Prozentsatz seines Einkommens schickte er an Murphy, und er fragte sich manchmal, warum er trotzdem immer noch Schuldgefühle hatte.

Er trank, seit ihn gegen Mittag Murphys spärliche Textnachricht erreicht hatte:

Sie ist hier. Sie lebt.

Butch war vollkommen durch den Wind, von Emotionen gebeutelt. Wollte Jasmine ihn sehen? Würden sie noch einmal darüber sprechen, dass er ihr leiblicher Vater war? Würden sie über Sara sprechen …?

Also war er lieber raus in den Busch gegangen, um nach der nächsten geeigneten Anbaustelle zu suchen. Er hatte in diesen Teil der Böschung schon eine ganze Reihe Vorstöße unternommen. Kaum einen Kilometer von seinem Haus entfernt war er auf einen Wallaby-Pfad gestoßen, der in besonders dichtes, absolut abgeschiedenes Buschland führte.

Er erreichte eine von Weißem Eukalyptus umstandene Lichtung. Vor ihm ragte zwischen den Bäumen ein hoher Felsen hervor, den er mit Sicherheit noch nie gesehen hatte. Das war gut. Derart große Felsspitzen deuteten fast immer auf Höhlen hin, und Höhlen waren in Wirklichkeit oft Durchgänge zu verborgenen Gehölzen.

Er ging schneller, dann blieb er enttäuscht stehen.

Da war Müll, verfangen in einem Busch. Hier war schon mal jemand gewesen.

Er hob es auf. Ein angenagter Fetzen Papier, gewellt von der Feuchtigkeit, mit blauer Handschrift beschrieben.

Das meiste war längst unleserlich geworden, nur ein paar Zeilen ließen sich noch entziffern:

und wenn er es nicht tut, ist es auch egal. Sie hat gesagt, wenn wir es nicht tun, können wir trotzdem

Butch ließ das Stück Papier wieder fallen. Ein Brief oder so was, nicht einfach nur Müll. Wahrscheinlich hatte irgendjemand in der Nähe gecampt.

Enttäuscht und gleichzeitig neugierig ging er weiter.

Wieder ein Fetzen Papier. Diesmal völlig unleserlich – diesen hatten Regen und Feuchtigkeit fast in Brei verwandelt. Er steckte unter einem Berg-Nadelbusch.

Das nächste Fitzelchen, das er ein paar Meter weiter fand, war wieder in besserem Zustand:

Wie ich diese blöde Schlampe hasse! Sie hat ihm erzählt, was ich gesagt habe. Jetzt sieht er mich in Hauswirtschaft nicht mal mehr an. Ich schwöre, das zahle ich ihr heim. Mir egal, wie

Butch hörte auf zu lesen und ließ das Blatt fallen. Sah aus wie ein Ausschnitt aus einem Tagebuch. Das Tagebuch einer Schülerin.

Sein Herz schlug schneller.

Das nächste Stück Papier, das er fand, lag nur noch fünf Meter entfernt von dem hohen Felsen – dem Felsen, der, wie ihm erst jetzt auffiel, viel größer war, als er zuerst gedacht hatte.

Das Blatt war in der Hälfte durchgerissen worden.

bei mir behalten, damit ich das Zeitgefühl nicht verliere. Vielleicht wird ja ein Buch draus oder ein Film oder so was. Wow, wenn das ein Film wird. Krasser Scheiß. Wer mich dann wohl spielen würde?

In einer Ecke prangte ein Fleck. Ein runder Tropfen. Dunkelbraun.

Und dann entdeckte er etwas Blaues. Hinter demselben Busch. Eine verdreckte blaue Perücke.

In seinem Kopf fing es an zu rauschen.

Er sah sich um, zurück in die Richtung, aus der er gekommen war.

Der Gedanke drang von weit weg zu ihm vor, als hätte jemand anderes ihn gedacht: *Sie hat eine Spur gelegt …*

Langsam ging Butch weiter zum Felsen. Je näher er kam, desto lauter klingelte es in seinen Ohren, der innere Druck auf seine Trommelfelle wurde mit jedem Schritt, den er machte, größer. Der Fels war ganz anders als das Dolomitgestein dieser Gegend. So einen hatte er noch nie gesehen, massiv und völlig fehl am Platz, wie vom Himmel gefallen.

Am Fuß des Felsens war eine dunkle Mulde aus Steinen.

Der Eingang zu einer Höhle.

Daneben stand ein Paar Wanderschuhe, die Schnürsenkel ordentlich gebunden.

Im Höhleneingang selbst lag noch etwas. Er hob es auf. Ihm war schlecht.

Ein aus einem abgebrochenen Ast grob geschnitztes Püppchen. Anstelle der Augen waren kleine Steinchen ins Holz getrieben. Um den Hals war ein Stückchen Kordel gebunden wie eine Schlinge. Die Kordel war aus dunkelroten Haaren gemacht.

Butch ließ das Ding fallen, als hätte er sich verbrannt.

Keuchend sah er sich um. Da, ein ganzes Stück über ihm, in einen Felsspalt geklemmt, von einem Vorsprung vor Nässe geschützt, klemmte ein zusammengefaltetes Stück Papier.

Er musste sich auf die Zehenspitzen stellen, um es herauszuziehen.

Er wollte es nicht anfassen.

Er wollte es nicht lesen.

Er faltete es trotzdem auseinander. Auf dem Papier waren die gleichen dunkelbraunen Flecken zu sehen.

Dort stand nur:

GOTT HILF MIR
ES GIBT IHN WIRKLICH
ES TUT MIR LEID

DANKSAGUNG

Dank meiner persönlichen Dreieinigkeit: Haylee, Ali und Jojo.

Haylee Nash, meiner Agentin. Sieht so aus, als wären meine Träume auf dem besten Wege, in Erfüllung zu gehen, und zwar nur dank dir.

Ali Watts, meiner Verlegerin. Sie ist der James Bond, die Mutter Teresa, der Danny Ocean und die Oprah Winfrey hinter diesem Buch. Danke für dieses Märchen.

Johannes Jakob, meinem Lektor. Dein Geschick, dein Zuspruch, deine Unterstützung und dein Nachhilfeunterricht haben das Lektorat zu einer von Anfang bis Ende unglaublichen Reise gemacht.

Dank der Heiligen Dreieinigkeit. Wie immer und bis in alle Ewigkeit. JC, Big G, Holy G.

Dan Anstey für den Rat, der meinen Kopf zurück ins Spiel gebracht hat: »Konzentriere deine Energie darauf, das Talent zu verfolgen, das du hast. Es ist der Grund, weshalb die Menschen dich mögen, es hilft dir, fokussiert und erfolgreich zu sein, und verleiht dir ein Gefühl von Bestimmung. Nur darum geht es.«

Jack, meinem geheimen Kontaktmann bei der Polizei, für deinen Rat, deine Erfahrung und alles, was du mir über Rettungsaktionen in den Tiers beigebracht hast.

Diana Cohen für meinen ersten Job mit einem Risikojugendlichen, für alles, was sie mir über die Wirkung und das Chaos von Trauma beigebracht hat, und dafür, dass sie mich nicht gefeuert hat, als der Junge sich mit dem Meißel fast den Finger abgehackt hätte.

Shovel, meinem Tätowierer, für alles, was er mir während unserer langen Sitzungen mit der Nadel angeblich über Buschgras und angeblich auch über den Anbau und den Verkauf erzählt hat.

Constable Cooper für die Beantwortung meiner Fragen zur tasmanischen Polizei und dafür, dass er mir zur Seite sprang, als fremde Frauen versuchten, mein Auto aufzubrechen, »weil sie dachten, es wäre ihres«.

Kevin Young, Wirt meiner Stammkneipe, dafür, dass du dir die Zeit genommen hast, mein Manuskript zu lesen und mir Feedback zu geben, und für den Anruf, um mir zu sagen, du hättest es Deb McGowan von Penguin Random House geschickt, um sie zu fragen, was sie davon hält. Ich werde nie den Moment vergessen, als ich sagte: »Ich kenne keine Deb«, und du: »Doch, tust du, sie war auf der Hochzeit deiner Mutter.«

Deb McGowan, zuständig für den Vertrieb von PRH in Tasmanien, dafür, dass du dich dermaßen für dieses Buch eingesetzt hast. Danke für deine Unterstützung, für deine Ermutigung, auch unabhängig von allen familiären Verbindungen (die Vorstellung, dass du Mums Brautjungfer warst, macht mich immer noch fertig).

Rebecca Thomson, meine allererste Korrekturleserin, die als perfekte Leserin, Kritikerin und Mutmacherin alle Erwartungen übertroffen hat.

Jamie Collins von der Nash Agency, die mir geholfen hat, die Psychologie der Spannung zu kapieren, und die dieses Buch auf die nächste Stufe gehoben hat.

All meinen Probeleserinnen und Probelesern, groß und klein – ich bin euch so dankbar für die Unterstützung und die Zeit, die ihr *Die Stille des Bösen* gewidmet habt. Ihr seid so viele und ihr seid so unterschiedlich, und ich hoffe, euch ist klar, dass in diesem Roman viele kleine Facetten von euch allen stecken.

Dem Team von Penguin Random House Australia, das mich über alle Maßen mit Unterstützung beschenkt hat. Ich nehme nichts davon als selbstverständlich und bin euch allen dankbar. Es ist schön, am Leben zu sein und ein Teil der PRH-Familie.

Und schließlich meiner Familie. Für die Liebe und Fürsorge, die es mir erlaubt hat, zu wachsen. Dafür, nie daran gezweifelt zu haben, dass ich es schaffen würde, und dafür, sich nicht zu wundern, dass es jetzt tatsächlich so weit ist.